Margarete von Navarra

Das Heptameron

Die Erzählungen der Königin von Navarra

Übersetzt von Wilhelm Förster

(Großdruck)

Margarete von Navarra: Das Heptameron. Die Erzählungen der Königin von Navarra (Großdruck)

Übersetzt von Wilhelm Förster.

Erstdruck unter dem Titel »L'Heptaméron des nouvelles de tresillustre et tresexcellente Princesse Marguerite de Valois, Royne de Navarre« Paris 1558 (unvollst.) und 1559. Druck der ersten deutschen Übersetzung »Margeritha, der Königin von Navarra, romantische Erzählungen« von F. A. K. Werthes und J. Ith., 2 Bde.: Berlin 1791.

Neuausgabe

Herausgegeben von Theodor Borken

Berlin 2020

Der Text dieser Ausgabe folgt:

Der Heptameron. Erzählungen der Königin von Navarra. Aus dem Französischen übersetzt von Wilhelm Förster, Leipzig: Bibliographisches Institut, [o.J.].

Dieses Buch folgt in Rechtschreibung und Zeichensetzung obiger Textgrundlage.

Umschlaggestaltung von Thomas Schultz-Overhage unter Verwendung des Bildes: Julius LeBlanc Stewart, Im Schlafzimmer, 1880

Gesetzt aus der Minion Pro, 16 pt, in lesefreundlichem Großdruck

ISBN 978-3-8478-4685-7

Die Deutsche Nationalbibliothek verzeichnet diese Publikation in der Deutschen Nationalbibliografie; detaillierte bibliografische Daten sind im Internet über www.dnb.de abrufbar.

Henricus Edition Deutsche Klassik UG (haftungsbeschränkt), Berlin

Herstellung: BoD – Books on Demand, Norderstedt

Inhalt

Vorwort 7
Erster Tag 19
  1. Eine Frau in Alençon hat zwei Liebhaber 19
  2. Bedauerlicher und ehrenvoller Tod der Frau 28
  3. Der König von Neapel verführt die Frau eines
     Edelmannes 33
  4. Dreistes Unterfangen eines Edelmannes 40
  5. Eine Schifferin entrinnt den Händen zweier
     Franziskanermönche 49
  6. Schlauheit einer Frau, die ihren Liebhaber entwischen
     läßt 53
  7. Ein Kaufmann in Paris täuscht die Mutter seiner
     Geliebten 56
  8. Ein Mann kommt zu seiner Frau 59
  9. Bedauernswerther Tod eines Edelmanns 66
  10. Von der Liebe Amadours und Florindens 73
Zweiter Tag 104
  11. Von zweideutigen Redewendungen 105
  12. Ungebührliches und schamloses Betragen eines
      Herzogs 108
  13. Handelt von einem Schiffskapitain 117
  14. Schlauheit eines Verliebten 133
  15. Eine Dame vom königlichen Hofe sieht sich
      vernachlässigt 141
  16. Eine Dame in Mailand stellt erst den Muth ihres
      Freundes 156
  17. Von der Großmuth König Franz I. 163

18. Eine schöne junge Dame hat ein Verhältniß 167
19. Von zwei Liebenden 174
20. Der Ritter von Ryant liebt eine Edeldame 187

Dritter Tag 192

21. Von der treuen und ehrbaren Liebe eines Mädchens 193
22. Ein sehr frommer Prior wird in seinem Alter genußsüchtig 208
23. Ein Franziskanermönch hintergeht einen Edelmann 221
24. Ein junger Edelmann liebte eine Königin 229
25. Von der Schlauheit eines Prinzen 240
26. Ein junger Prinz hat ein Verhältnis 246
27. Ein einfältiger Sekretär bewirbt sich um die Liebe der Frau 262
28. Ein Sekretär glaubt einen seiner Bekannten 264
29. Ein alter Bauer hat eine junge Frau 268
30. Von der Schwäche der Menschen 271

Vierter Tag 278

31. Von der Grausamkeit eines Franziskanermönches und seiner Bestrafung 279
32. Wie ein Mann seine ehebrecherische Frau härter als mir dem Tode bestraft 285
33. Von einem blutschänderischen Priester 291
34. Zwei Mönche lauschen an einer Wand 296
35. Kluges Verfahren eines Mannes 301
36. Ein Präsident von Grenoble wird unterrichtet 309
37. Von der Klugheit einer Frau 315
38. Von der beachtenswerthen Milde und Güte einer Bürgersfrau 320

39. Von einer guten Art 323
40. Ein Edelmann bringt in Unwissenheit seinen
    Schwager um 325

Fünfter Tag 334
41. Absonderliche Sühne 335
42. Von der Zurückhaltung eines jungen Mädchens und
    seinem Erfolf 339
43. Die Verstellung einer Hofdame 351
44. Von zwei Liebenden 358
45. Ein Ehemann giebt vor 367
46. Von einem Franziskanermönch 372
47. Ein Edelmann in Perche beargwöhnt mit Unrecht
    einen seiner Freunde 375
48. Zwei Franziskanermönche nehmen in einer
    Hochzeitsnacht 380
49. Von der Schlauheit einer Gräfin 383
50. Ein Verliebter, der todtkrank ist 390

Sechster Tag 395
51. Hinterlist und Grausamkeit eines Italieners. 396
52. Von einem schmutzigen Frühstück 401
53. Von der persönlichen Geschicklichkeit eines Prinzen
    405
54. Von einer gutgearteten Frau 413
55. Von der Schlauheit einer Spanierin 416
56. Ein Franziskanermönch verheirathet 419
57. Lächerliche Geschichte von einem englischen Lord
    426
58. Eine Hofdame rächt sich auf gefällige Weise 430
59. Ein Edelmann glaubt unbemerkt eine der Zofen
    seiner Frau zu umarmen 434

60. Eine Pariserin verläßt ihren Mann 440
Siebenter Tag 446
61. Wunderbare Hartnäckigkeit in einer frechen Liebe
 447
62. Eine Dame erzählt eine Liebesgeschichte von sich
 selbst 455
63. Von der beachtenswerthen Keuschheit 458
64. Ein Edelmann wird Mönch 462
65. Von der Einfalt einer alten Frau 468
66. Von einer vergnüglichen Geschichte 470
67. Von der großen und ausdauernden Liebe 473
68. Eine Frau giebt ihrem Mann spanische Fliegen zu
 essen 477
69. Ein Italiener läßt sich von seinem Kammermädchen
 anführen 480
70. Von der Pflichtvergessenheit einer Herzogin 483
Achter Tag 503
71. Eine Frau, die in den letzten Zügen liegt 504
72. Von der fortwährenden Reue einer Nonne 507

Vorwort.

In den ersten Tagen des September, wenn die Bäder in den Pyrenäen anfangen besucht zu werden, befanden sich in Cauterets mehrere Personen, sowohl aus Frankreich als aus Spanien und anderen Ländern; die Einen, um die Quellen zu trinken, die Anderen, um zu baden, und noch Andere, um den Moor zu gebrauchen, welcher so wunderthätig ist, daß Kranke, die schon von den Aerzten aufgegeben sind, davon gesunden. Meine Absicht ist nicht, Euch die Lage oder die Eigenschaften der Bäder zu erklären, sondern nur zu erzählen, was zur Sache gehört. In diesen Bädern blieben alle Kranken über drei Wochen, bis sie sich gesund genug fühlten, um heimzukehren. Aber zur Zeit der Abreise fielen so schwere Regengüsse, daß es schien, als habe Gott sein Versprechen an Noah vergessen, die Welt nicht mehr durch Wasser zu zerstören; denn alle Hütten und Wohnungen von Cauterets waren so mit Wasser überschwemmt, daß es unmöglich wurde, dortzubleiben.

Diejenigen, welche aus Spanien gekommen waren, gingen, so gut es ging, über die Berge zurück; Alle, welche die Wege kannten, retteten sich. Aber die französischen Herren und Damen, welche meinten ebenso leicht nach Tarbes zurückkehren zu können, wie sie von da gekommen waren, fanden die kleinen Flüsse so angeschwollen, daß sie kaum an den seichten Stellen passirbar waren. Als sie aber zur bearnesischen Gave kamen, welche früher nur zwei Fuß Tiefe gehabt hatte, fanden sie diese so wild und reißend, daß sie die Brücken aufsuchen wollten; da aber diese nur aus Holz waren, hatte sie das Wasser fortgerissen. Einige, welche glaubten dem Strom widerstehen zu können, wurden so schnell fortgeschwemmt, daß die Uebrigen die Lust verloren, ihnen zu folgen.

Hierauf, theils wegen Meinungsverschiedenheiten, theils um neue Wege aufzusuchen, trennte sich die Gesellschaft.

Die Einen überstiegen die Berge, durchreisten Aragonien und kamen nach Roussillon und Narbonne; die Anderen gingen direkt nach Barcelona und von da über das Meer nach Marseille und Aigues-Mortes. Aber eine Witwe, namens Oisille, entschloß sich, ohne Furcht vor den schlechten Wegen bis nach Notre-Dame von Serrance zu reisen; sie war überzeugt, daß, wenn es überhaupt ein Mittel gebe, einer Gefahr zu entrinnen, die Mönche es sicherlich finden würden, und langte schließlich auch an, nachdem sie so schwierige und mühselige Pfade hatte übersteigen müssen, daß sie trotz ihres Alters und Gewichts den größten Theil davon zu Fuß zurücklegen mußte. Es war ein Jammer, daß die meisten ihrer Diener und Pferde auf dem Wege umkamen, so daß sie in Serrance nur mit einem Knecht und einer Dienerin ankam; die Mönche empfingen sie daselbst höchst gastfreundlich.

Es befanden sich auch unter den Franzosen zwei Edelleute, welche mehr in die Bäder gereist waren, um die Damen, welchen sie dienten, zu begleiten, als weil sie selbst krank waren. Diese Herren sahen die Gesellschaft sich trennen und die Damen mit ihren Männern gehen und beschlossen, ihnen von fern zu folgen, ohne es Jemandem zu sagen.

Aber eines Abends, nachdem die beiden Gatten mit ihren Frauen Wohnung bei einem Menschen genommen hatten, welcher mehr Bandit als Bauer war, und nachdem sich die beiden jungen Edelleute in ein Haus daneben begeben hatten, hörten letztere gegen Mitternacht einen großen Lärm; sie standen sogleich mit ihren Dienern auf und fragten ihren Wirth, was das zu bedeuten habe. Der arme Mann, welcher selbst Furcht hatte, sagte, es seien schlechte Kerle, welche wohl gekommen wären, um ihren Theil von der Beute seines Nachbars, des Banditen, zu holen. Darauf ergriffen die Edelleute ihre Waffen und eilten sammt ihren

Knappen den Damen zu Hülfe, da sie lieber gestorben wären, als diese zu überleben. Als sie hinein kamen, fanden sie die erste Thür erbrochen und die beiden Herren mit ihren Dienern in muthiger Vertheidigung. Aber die Zahl der Banditen war zu groß, sie selbst waren verwundet, ein großer Theil der Diener gefallen, und so begannen sie zurückzuweichen.

Die beiden Edelleute sahen durch das Fenster die beiden Damen so sehr weinen und schreien, daß ihnen das Herz vor Mitleid und Liebe schwoll und sie sich wie zwei wüthende Bären aus den Bergen auf die Banditen stürzten und so viele von ihnen tödteten, daß die Uebrigen weitere Schläge nicht abwarten wollten und die Flucht ergriffen. Nachdem die Edelleute diese Bösewichter und unter ihnen den Wirth getödtet hatten, vernahmen sie, daß die Wirthin noch schlimmer als ihr Gatte sei, und so versetzten sie ihr einen Degenstich, welcher ihr die Seele ausblies.

Als sie in die niedrige Stube eintraten, fanden sie den einen Gatten sterbend; dem andern war nichts geschehen, außer daß sein Kleid ganz von Dolchstichen durchlöchert und sein Degen zerbrochen war. Der Edelmann dankte ihnen für die geleistete Hülfe, indem er sie umarmte, und bat sie, ihn nicht mehr zu verlassen, welchem Verlangen sie sehr gern entsprachen.

Hierauf begruben sie den todten Edelmann, trösteten seine Witwe, so gut sie es vermochten, und machten sich aufs Gerathewohl auf den Weg.

Wenn Ihr wissen wollt, wie die drei Edelleute hießen, so war der Name des Verheiratheten Hircan, der seiner Frau Parlamente und der der Witwe Longarine; die beiden jungen Edelleute hießen Dagoucin und Saffredant. Nachdem sie den ganzen Tag zu Pferd gewesen waren, ersahen sie gegen Abend einen Glockenthurm; nach viel Arbeit und Mühe erreichten sie ein Kloster und wurden von den Mönchen freundlich empfangen. Das Kloster hieß Saint-Savin. Der Abt, welcher aus sehr gutem Hause war, brachte sie aufs Beste unter und führte sie in seine Wohnung, um sie nach ihren Erlebnissen zu fragen. Nachdem er diese erfahren hatte, sagte er ihnen, daß es ihnen nicht allein so ergangen wäre, denn in einem anderen Zimmer befänden sich zwei Damen, welche einer ähnlichen Gefahr entgangen wären, oder vielmehr einer größeren, da sich bei den Menschen immer noch einige Barmherzigkeit fände, aber bei den Thieren nicht. Die beiden Damen waren auf halbem Wege von Pierrefite einem Bären in den Bergen begegnet und hatten vor diesem so eilig die Flucht ergriffen, daß die Pferde bei ihrer Ankunft todt unter ihnen zusammenstürzten; zwei von ihren Frauen, welche lange nach ihnen ankamen, erzählten, daß der Bär alle ihre Diener getödtet hätte. Die Damen und die drei Edelleute gingen darauf zu ihnen und fanden sie weinend; sie sahen, es waren Nomerfide und Emarsuitte. Sie umarmten sich und erzählten ihre Abenteuer; allmählich beruhigten sie sich und hörten auf die Trostworte des Abtes, daß sie sich ja nun wieder zusammengefunden hätten; am nächsten Morgen gingen sie zur Messe und lobten Gott, daß er sie aus der Gefahr errettet habe. Während sie noch alle in der Messe waren, trat in die Kirche ein Mann ein, welcher nur mit seinem Hemde bekleidet war und um Hülfe schrie, als wenn er verfolgt würde. Sogleich eilten Hircan und seine Genossen zu ihm und sahen zwei Männer mit gezogenem Degen hinter ihm, welche beim Anblick so vieler Leute die Flucht ergriffen. Aber Hircan und seine Begleiter verfolgten sie und schlugen sie nieder. Zurückkehrend fand Hircan, daß der Mann im Hemde einer seiner Gefährten namens Guebron sei, welcher ihnen erzählte, daß er in einem kleinen Bauernhause bei Pierrefite gewesen sei und daß ihn dort drei Männer überfallen hätten, während er noch im Bett lag. Den einen hätte er mit einem Schwertstreich zu Boden gestreckt; während die beiden andern sich mit ihrem gefallenen Kameraden zu schaffen machten, hätte er sich überlegt, daß er unbekleidet und ohne Waffen ihnen nur durch die Flucht entrinnen könne, dies aber um so mehr, als er ohne Kleider schneller wie sie laufen konnte; nun lobte er Gott und diejenigen, welche ihn gerettet hatten. Nachdem sie die Messe angehört und gespeist hatten, schickten sie einen Boten an die Gave, um zu sehen, ob sie schon passirbar sei; aber das war unmöglich, wodurch sie in nicht geringe Verlegenheit geriethen; sie nahmen deshalb das Obdach, welches ihnen der Abt für die Zeit, bis das Wasser sinken würde, anbot, fürs Erste mit Freuden an.

Am Abend langte ein alter Mönch an, welcher jedes Jahr im September nach Serrance kam; über seine Reise befragt, erzählte er, daß er wegen der Ueberschwemmung über die Berge und zwar auf den schlechtesten Wegen gekommen sei, welche er jemals gesehen, und daß er einen großen Jammer erlebt habe. Er hatte einen Edelmann, namens Simontault, gesehen, welcher ungeduldig über das langsame Sinken des Flusses, sich entschlossen hatte, den Uebergang zu erzwingen. So verließ der Edelmann sich auf sein gutes Pferd und vertheilte seine Diener um sich, um das Wasser zu dämmen. Aber mitten im Strom wurden die, welche schlecht beritten waren, vom Wasser fortgerissen, um nie wiederzukehren. Als sich der Edelmann allein sah, wollte er auf demselben Wege umkehren, auf dem er gekommen war, verlor aber die Richtung. Doch wollte Gott, daß er noch gerade so ans Ufer kam, daß er sich, allerdings nicht ohne viel Wasser zu schlucken, auf allen Vieren an das Land schleppen konnte und auf den harten Kieseln matt und haltlos niedersank; gegen Abend kam ein Schäfer, welcher seine Heerde heimtrieb, vorbei und sah ihn zwischen den Steinen sitzen, naß und traurig über die Leute, welche er verloren hatte.

Der Schäfer, welcher wohl sah, was ihm vor Allem Noth that, nahm ihn bei der Hand und führte ihn in sein ärmliches Haus, wo er schnell ein kleines Feuer anmachte und ihn, so gut es ging, trocknete. Und an demselben Abend führte ihm Gott diesen alten Mönch zu, welcher ihm den Weg nach Notre-Dame von Serrance wies, indem er ihm versicherte, daß er dort besser als sonst wo untergebracht sei und daselbst eine alte Witwe namens Oisille finden würde, welche eine Leidensgenossin von ihm sei. Als die ganze Gesellschaft ihn von der guten Dame Oisille und dem edlen Ritter Simontault reden hörte, war ihre Freude groß, und sie lobten den Schöpfer, welcher nur die Diener vernichtet, die Herren und Herrinnen aber gerettet hatte; und vor Allem lobte Parlamente Gott. Denn es hatte eine Zeit gegeben, wo sie diesem Ritter wohl gewogen war. Nachdem sie sich nach dem Weg gen Serrance erkundigt hatten, der ihnen zwar von dem guten Greis als schlimm genug beschrieben wurde, ließen sie sich dennoch nicht abhalten, ihn einzuschlagen; noch an demselben Tage machten sie sich auf den Weg in so guter Ordnung, daß es ihnen an nichts fehlte. Der Abt gab ihnen die besten Pferde, welche in Lavedan zu finden waren, gute bearnesische Rittermäntel, reichliche Lebensmittel und zuverlässige Begleiter, um sie sicher über die Berge zu führen. Sie überstiegen diese mehr zu Fuß als zu Pferde mit viel Schweiß und Arbeit und langten glücklich in Notre-Dame von Serrance an, wo der Abt (obgleich er sonst ein schlechter Mensch war) nicht wagte, ihnen das Obdach zu verweigern, und zwar aus Furcht vor dem Herrn von Béarn, von dem er wußte, daß er ihnen gewogen war; so machte er gute Miene zum bösen Spiel und führte sie zu der guten Dame Oisille und zu dem Ritter Simontault. Die Freude unter dieser so wunderbar versammelten Gesellschaft war so groß, daß die Nacht ihnen zu kurz erschien, um Gott für die Gnade zu loben, welche er ihnen erwiesen hatte. Nachdem sie gegen Morgen etwas Schlaf genossen hatten, hörten sie die Messe und empfingen das heilige Sakrament, in welchem alle Christen vereinigt sind, indem sie Gott baten, durch seine Güte sie ihre Reise zu seinem Ruhme vollenden zu lassen. Nach dem Essen ließen sie nachsehen, ob das Wasser sich verlaufen habe, doch fanden sie, daß es eher gewachsen sei, und beschlossen eine Brücke von einem Felsen zu einem andern zu schlagen, die sehr nahe einander gegenüberstehen; noch heute sind dort Planken für Fußgänger, welche von Oleron kommen und die Gave nicht durchwaten wollen. Der Abt, welcher sich über dieses Vorhaben freute, weil es die Zahl der Bauern und Pilger vermehren würde, gab ihnen Arbeiter, aber er legte keinen Heller zu, das verbot ihm sein Geiz. Da nun die Arbeiter sagten, daß sie die Brücke nicht unter zehn bis zwölf Tagen beenden könnten, fingen die Herren und Damen an, sich zu langweilen. Aber Parlamente, die Gemahlin Hircans, welche niemals müßig oder traurig war, bat ihren Mann um Erlaubniß zu reden und sagte dann zu der alten Dame Oisille: »Ich bin erstaunt, edle Frau, daß Ihr, die Ihr so viel Erfahrung habt und jetzt Mutterstelle an den Damen vertretet, nicht einen Zeitvertreib findet, um die Langeweile, welche wir während unseres langen Aufenthalts hier empfinden werden, abzuschwächen; denn wenn wir nicht eine vergnügliche und tugendhafte Beschäftigung haben, so laufen wir Gefahr, krank zu werden.« Die junge Witwe Longarine fügte darauf hinzu: »Was noch schlimmer ist, wir werden betrübt werden, was eine unheilbare Krankheit ist; denn es ist Niemand unter uns, welcher, wenn er seine Verluste betrachtet, nicht Ursache zu größter Traurigkeit hätte.« Emarsuitte antwortete ihr lachend: »Jede von uns hat aber nicht ihren Gatten verloren wie Ihr, und wegen des Verlustes von Dienstboten braucht man nicht zu verzweifeln, denn sie sind leicht zu ersetzen. Immerhin ist es ganz meine Meinung, eine angenehme Beschäftigung zu finden, um uns die Zeit so fröhlich wie möglich zu vertreiben.« Ihre Gefährtin Nomerfide sagte, das sei gut gesprochen, denn wenn sie an einem Tage ohne Zeitvertreib sei, so würde sie am nächsten Morgen todt sein. Alle Edelleute stimmten ihr bei und baten die Dame Oisille, ihnen zu rathen, was sie thun sollten.

Diese antwortete: »Meine Kinder, Ihr fordert etwas Schwieriges; ich soll Euch einen Zeitvertreib nennen, der Euch vor Langeweile bewahrt; ich habe in meinem ganzen Leben nur ein solches Mittel gefunden, und das ist das Lesen der heiligen Bücher, in denen ich die wahre und vollkommene Geistesfreude finde, aus welcher die Ruhe und Gesundheit des Körpers entspringen. Und wenn Ihr mich fragt, welches Rezept mich so gesund in meinem Alter erhält, so ist es, daß ich, sobald ich aufgestanden bin, die Bibel lese und den Willen Gottes betrachte, welcher für uns seinen Sohn auf die Welt geschickt hat, um uns dieses heilige Wort zu verkünden, durch welches er uns Erlösung von allen Sünden und Vergebung durch die Gabe seiner Liebe, seines Leidens und Martyriums verspricht. Diese Betrachtung giebt mir so viel Freude, daß ich meinen Psalter nehme und so demüthig wie ich kann mit Herz und Mund jene schönen Psalmen und Gesänge spreche, welche der heilige Geist in das Herz Davids und der anderen Sänger gelegt hat. Und die Befriedigung, welche ich danach fühle, thut mir so wohl, daß ich alles Leid, welches mir täglich begegnen kann, als Segen ansehe, da ich in meinem Herzen gläubig denjenigen trage, welcher es mir schickt. Ebenso ziehe ich mich vor dem Abendbrot zurück, um meiner Seele solche Nahrung zu geben; und dann abends bedenke ich, was ich tagüber gethan habe, erflehe seine Verzeihung, danke ihm für seine Gnade und Liebe und schlafe dann friedlich ein, gewappnet gegen alles Uebel. Hier also, meine Kinder, habt Ihr den Zeitvertreib, welchen ich gefunden, nachdem ich überall gesucht und doch keine Befriedigung für meinen Geist gefunden habe. Es ist wahrscheinlich, daß, wenn Ihr ebenfalls allmorgendlich eine Stunde lesen und dann ferner die Messe anhören wollt, Ihr in dieser Einöde alle Schönheit der Städte finden werdet; denn wer Gott kennt, findet alles schön in ihm und alles häßlich ohne ihn. Darum bitte ich Euch, nehmt meinen Rath an, wenn Ihr fröhlich leben wollt.« Hircan antwortete darauf: »Alle, edle Frau, welche die Bibel gelesen haben (und das, glaube ich, thaten wir sämmtlich) werden zugeben, daß Ihr wahr gesprochen habt; aber bedenkt auch, daß wir noch nicht so alt sind, um eine körperliche Uebung entbehren zu können; denn zu Haus haben wir die Jagd und den Vogelfang, welche uns die thörichten Gedanken vertreibt; und die Damen haben ihre Wirthschaft und Arbeit und zuweilen den Tanz, an welchem sie ehrbar theilnehmen. Darum, wenn wir auch morgens die Bibel lesen und die großen und wunderbaren Werke, welche der Herr Jesus Christus für uns gethan hat, betrachten, müssen wir doch vom Mittagsbrod bis zur Vesper irgend einen Zeitvertreib wählen, welcher der Seele nichts schadet und dem Körper angenehm ist; so werden wir den Tag froh verbringen.« Die Dame Oisille antwortete, daß sie sich so viel Mühe gebe, alle Eitelkeiten zu vergessen, daß sie kaum einen solchen guten Zeitvertreib finden würde; aber man solle nun die Sache der Stimmenmehrheit überlassen; Hircan solle anfangen. »Was mich betrifft«, sagte dieser, »wenn ich wüßte, daß der Zeitvertreib, welchen ich wählen möchte, Einer aus der Gesellschaft ebenso angenehm wäre, wie mir, so würde ich bald entschlossen sein; aber laßt uns vorläufig hören, was die andern meinen.« Seine Frau Parlamente erröthete, weil sie diese Bemerkung auf sich bezog, und antwortete halb zornig und halb lachend: »Hircan, die, welche Ihr vielleicht für die Betrübteste über Eure Worte haltet, wüßte wohl, womit sie Euch diese vergelten könnte, wenn sie nur wollte; aber sprechen wir nicht von einem Zeitvertreib, an dem nur zwei theilnehmen können, sondern von einem allgemeinen.« Hircan sagte nun, zu allen Damen gewandt: »Da meine Frau den Sinn meiner Rede so wohl verstanden hat und nichts davon wissen will, so wird am besten sie einen Vorschlag machen können, der allen gefällt; und von Stund' an bin ich von vornherein ihrer Meinung.« Die ganze Gesellschaft stimmte dem bei. Parlamente, welche sah, daß das Loos auf sie gefallen war, sprach folgendermaßen: »Wenn ich mich fähig dazu hielte, so würde ich, wie die Alten die Künste, irgend ein neues Spiel erfinden, um mich meiner Aufgabe zu entledigen; aber da ich zu gut meine Kenntnisse und Kräfte kenne, welche kaum hinreichen, um die Dinge, welche von Anderen geleistet werden, wohl zu behalten, werde ich mich glücklich schätzen, denen nachzufolgen, welche ein dem Euren ähnliches Verlangen schon vor mir erfüllt haben. Jeder von Euch hat doch gewiß die hundert Novellen von Boccaccio gelesen, welche jüngst aus dem Italienischen ins Französische übersetzt worden sind, und von denen der sehr christliche König Franz, der Erste dieses Namens, der Dauphin und die Dauphine und Prinzeß Margarethe so viel Wesens gemacht haben, daß Boccaccio, wenn er in seinem Grabe davon gehört hätte, von diesen Lobeserhebungen wieder auferstanden wäre. Damals hörte ich die beiden obengenannten Damen mit mehreren anderen vom Hofe davon sprechen, etwas Aehnliches zu schreiben, nur mit dem Unterschiede, daß alle diese Erzählungen wirklich wahr sein sollten. Zuerst beschlossen diese Damen und der Dauphin mit ihnen, sich zu Zehnen zusammen zu thun und ein jedes zehn solcher Geschichten zu schreiben, dazu aber nur solche Leute zu wählen, welche sie für dessen würdig hielten, ausgenommen Studirte und Gelehrte; denn der Dauphin wollte nicht, daß sie ihre Kunst und Rhetorik hineinmischen, aus Furcht, daß sie deswegen der Wahrheit der Erzählungen Abbruch thun könnten. Doch die großen Beschäftigungen, welche dem König inzwischen oblagen, der Friedensschluß zwischen ihm und dem Könige von England, sowie verschiedene andere wichtige Hofangelegenheiten und auch die Niederkunft der Dauphine ließen dieses Vorhaben in Vergessenheit gerathen; wir aber könnten es während unserer Muße ausführen, bis unsere Brücke fertig ist. Wenn es Euch also recht ist, können wir von Mittag bis Vesper in diese schönen Gefilde längs der Gave gehen, wo die Bäume so blätterreich sind, daß die Sonne den Schatten nicht durchdringen und die Kühle nicht verscheuchen kann; dort wollen wir es uns bequem machen, und jeder wird eine Geschichte erzählen, welche er selbst erlebt oder von einem glaubwürdigen Menschen gehört hat; nach zehn Tagen werden wir das Hundert zusammen haben. Und wenn Gott will, daß unser Werk dann würdig ist, vor die Augen der oben genannten Herren und Damen zu kommen, so wollen wir ihnen ein Geschenk damit machen, wenn unsere Reise beendet ist; ich versichere Euch, es wird ihnen angenehm sein. Wenn indessen Einer von Euch einen besseren Zeitvertreib weiß, so bequeme ich mich ihm an.« Aber die ganze Gesellschaft antwortete, daß man unmöglich etwas besseres finden könne und daß sie ungeduldig den nächsten Tag erwarteten, um anzufangen.

So verbrachten sie fröhlich diesen Tag, indem sie sich gegenseitig an Dinge erinnerten, welche sie erlebt hatten. Am nächsten Morgen gingen sie in das Gemach der Dame Oisille, welche sie schon bei der Andacht fanden, und nachdem sie eine gute Stunde ihre Vorlesung und dann die Messe angehört hatten, gingen sie um zehn Uhr speisen; danach zogen sich Alle in ihre Gemächer zurück und trafen sich mittags ihrer Verabredung gemäß auf der Wiese; es war dort so schön und anmuthig, daß es eines Boccaccio bedürfte, um es richtig zu beschreiben; aber es wird Euch genügen zu hören, daß es nie vorher dergleichen gab. Als die Versammlung sich auf das Gras gesetzt hatte, welches so weich und zart war, daß sie weder Kissen noch Teppiche brauchten, begann Simontault zu reden: »Wer von uns wird die Leitung über die Anderen übernehmen?« Hircan antwortete: »Da Ihr angefangen habt zu reden, ist es nur recht und billig, wenn Ihr nun auch die Führerschaft übernehmt, denn im Spiel sind wir alle gleich unter einander.« – »Ich wollte wirklich«, sagte Simontault, »daß ich nichts besseres mehr auf der Welt erlebte, als allen aus dieser Gesellschaft befehlen zu können.« Parlamente verstand den Sinn dieser Rede sehr wohl und fing an zu husten, damit Hircan die Röthe nicht bemerkte, welche ihr in die Wangen gestiegen war. Dieser sprach zu Simontault: »Erzählt uns nun eine hübsche Geschichte, wir werden Euch zuhören.« Simontault, von der ganzen Versammlung aufgefordert, sagte: »Meine Damen, ich bin für meine langen Liebesmühen so schlecht belohnt worden, daß ich, um mich an der zu rächen, welche so grausam gegen mich war, von schlimmen Streichen erzählen will, welche die Frauen den armen Männern gespielt haben, und ich will nichts als die lautere Wahrheit berichten.«

Erster Tag.

Erste Erzählung.

Eine Frau in Alençon hat zwei Liebhaber, einen für das Vergnügen, den zweiten für den Gewinn; sie läßt denjenigen von beiden tödten, der zuerst etwas von ihrem Betruge merkt, erhält dann Begnadigung für sich und ihren flüchtigen Gemahl, der aber späterhin, um eine Summe Geldes zu retten, sich an einen Schwarzkünstler wendet, worauf ihr ganzes Treiben entdeckt und sie bestraft werden.

In Alençon lebte während der Regierung des Herzogs Karl, des letzten Herzogs, ein Prokurator, namens Saint-Aignan, welcher ein hübsche Frau aus jener Gegend geheirathet hatte, die sich aber mehr durch Schönheit als durch Sittenreinheit auszeichnete. Wegen ihrer Schönheit und Leichtfertigkeit wurde sie sehr von einem Prälaten verfolgt, dessen Namen ich aus Achtung vor dem Stande verschweigen will. Um an sein Ziel zu gelangen, fesselte dieser nicht nur den Ehemann so gut an sich, daß derselbe nichts von dem lasterhaften Umgang seiner Frau mit dem Prälaten merkte, sondern brachte es noch obendrein dahin, daß jener die Anhänglichkeit, welche er immer im Dienst seiner Landesherren und Fürstinnen bewiesen hatte, vergaß, so daß er aus einem ergebenen Diener das ganze Gegentheil wurde und schließlich zur Zauberei seine Zuflucht nahm, um der Herzogin den Tod zu bringen. Lange Zeit nun stand der Prälat in einem ehebrecherischen Verhältniß mit dieser beklagenswerthen Frau, die ihm mehr aus Habsucht als aus Liebe zugethan war und auch deshalb, weil ihr Mann sie ersuchte, den Prälaten an sich zu ketten. In Alençon lebte aber auch ein junger Mann, ein Sohn des Stadtkommandanten, den sie so sehr liebte, daß sie ganz vernarrt in ihn war. Oft nun bediente sie sich des Prälaten, um ihrem Mann irgend einen Auftrag geben zu lassen und währenddessen den Sohn des Kommandanten nach Gefallen sehen zu können. Dieses Doppelspiel ging eine lange Zeit ungestört fort, sie hielt sich den Prälaten für den Gewinn und den Sohn des Kommandanten für ihr Vergnügen und schwur diesem, daß ihr Entgegenkommen dem Prälaten gegenüber nur dazu diene, daß sie ihr Verhältniß um so ungestörter fortsetzen könnten; jener habe immer nur Versprechungen von ihr erhalten, und er könnte versichert sein, daß niemals ein anderer Mann außer ihm selbst etwas anderes von ihr erhalten würde. Als eines Tages ihr Mann zum Prälaten ging, bat sie ihn um die Erlaubniß, aufs Land gehen zu dürfen, indem sie vorgab, daß die Stadtluft ihr nicht zuträglich sei. Sobald sie aber auf ihrem Meierhofe angekommen war, schrieb sie an den Sohn des Kommandanten, er solle nur ja gegen zehn Uhr abends zu ihr kommen. Der arme junge Mann kam auch; am Thor fand er aber die Kammerzofe, die ihn gewöhnlich einließ und die ihm sagte: »Kehre nur wieder um, mein Lieber, Dein Platz ist besetzt.« Er dachte, der Mann sei angekommen, und fragte, wie denn das käme. Das gute Mädchen empfand Mitleid mit dem schönen jungen Mann, den sie so tief lieben und so wenig Gegenliebe erhalten sah, und erzählte ihm den Verrath ihrer Herrin, in der Meinung, wenn er das hörte, würde er sofort seine Liebe unterdrücken. Sie theilte ihm also mit, daß der Prälat eben angekommen sei, worauf sie nicht vorbereitet gewesen wäre, denn er hätte erst am andern Tage kommen sollen er habe aber ihren Mann bei sich zurückgehalten und sich noch des Nachts aufgemacht, sie zu sehen. Der Sohn des Stadtkommandanten war ganz verzweifelt und wollte garnicht Alles glauben. Er versteckte sich deshalb in einem Nachbarhause und wartete bis drei Uhr morgens, bis er auch wirklich den Prälaten herauskommen sah, den er trotz seiner Verkleidung nur zu gut erkannte. Ganz verzweifelt begab er sich nach Alençon zurück, wohin bald auch seine verrätherische Freundin zurückkehrte, und in der Absicht, ihn weiter wie bisher hinters Licht zu führen, als wäre nichts geschehen, ihn besuchte. Er aber sagte ihr, nachdem sie sich mit heiligen Personen eingelassen habe, sei sie selbst eine zu heilige Person, als daß sie zu einem Sünder, wie er sei, herniedersteigen könne, dessen Reue zudem auch so groß sei, daß er bald Vergebung seiner Sünde erhoffe. Als sie nun merkte, daß ihr Spiel entdeckt sei und weder Entschuldigungen noch Schwüre und Versprechungen, es nicht wieder zu thun, halfen, beklagte sie sich bei ihrem Prälaten. Nachdem sie weiter reiflich über die Angelegenheit nachgedacht hatte, ging sie zu ihrem Mann und sagte ihm, sie könne nicht länger in Alençon wohnen, weil der Sohn des Kommandanten, den sie gerade am meisten von allen Hausfreunden geachtet habe, unaufhörlich ihr nachstelle, und bat, sie möchten, um allen Verdächtigungen aus dem Wege zu gehen, nach Argentan übersiedeln. Ihr Mann, der sich ganz von ihr leiten ließ, gab ihr nach. Nicht lange aber nachdem sie in Argentan angekommen waren, schrieb sie dem Sohne des Kommandanten, er sei ein ganz ehrloser Mensch, sie habe in Erfahrung gebracht, daß er öffentlich Schlechtes von ihr und dem Prälaten gesprochen habe, dafür solle er ihr büßen. Der junge Mann hatte nun zu Niemandem von ihrem Verhältniß mit dem Prälaten gesprochen und da er bei letzterem in Ungnade zu fallen fürchtete, begab er sich mit zweien seiner Diener nach Argentan, wo er seine Geliebte beim Nachmittagsgottesdienst im Jakobinerkloster antraf. Er kniete neben ihr nieder und sagte: »Madame, ich bin hierhergekommen, um Euch vor Gott zu schwören, daß ich niemals zu irgendwem auf der Welt außer zu Euch selbst von Eurem Verhältniß gesprochen habe. Ihr habt mir einen so schlechten Streich gespielt, daß ich

Euch nicht die Hälfte der beleidigenden Worte gesagt habe, die Ihr verdient, und wenn es einen Mann oder eine Frau gibt, die behaupten wollen, ich hätte von Euch öffentlich gesprochen, so will ich sie hier vor Euch Lügen strafen.« Da sie das viele Volk in der Kirche und seine beiden handfesten Diener sah, that sie sich Zwang an und sprach mit ihm so liebenswürdig als sie konnte, versicherte, daß sie keinen Zweifel in die Wahrheit seiner Worte setze, daß sie ihn immer für einen zu anständigen Menschen gehalten habe, um Schlechtes von irgend jemandem zu sprechen, am allerwenigsten von ihr, die sie eine so große Freundschaft für ihn hege; ihr Mann aber habe einige übelwollende Bemerkungen gehört, und deshalb bitte sie ihn, er möchte ihrem Mann selbst versichern, daß er keine Gerüchte in Umlauf gesetzt habe und denselben auch keinen Glauben schenke. Er versprach ihr das gern, wollte sie nach ihrer Wohnung begleiten und bot ihr seine Begleitung an. Sie sagte ihm aber, daß es nicht gut wäre, wenn er mit ihr käme, weil ihr Mann denken würde, daß sie ihm seine Erklärung eingegeben habe, und indem sie einen seiner Diener am Rockärmel zurückhielt, fuhr sie fort: »Lasset diesen mit mir gehen, und sowie es Zeit ist, werde ich Euch durch ihn rufen lassen; inzwischen ruht Euch in Eurer Wohnung aus.« Er ging darauf ein, ohne ihren Plan zu errathen. Sie setzte dem Diener, den sie mitgenommen hatte, Speise und Getränke vor. Er fragte sie oft, ob es nicht Zeit sei, seinen Herrn zu holen, aber sie antwortete immer, er käme noch zurecht. Als es um Mitternacht war, schickte sie heimlich ihre Diener aus und ließ den jungen Mann rufen. Der ahnte nichts von der Falle, in die man ihn lockte, und ging ohne Scheu in das Haus des Saint-Aignan, wo seine Geliebte seinen einen Diener bewirthete, so daß er nur noch einen bei sich hatte. Als er nun an der Hausthür war, theilte ihm der Diener, der ihn hergeführt hatte, mit, daß seine Herrin ihn gern noch vor ihrem Mann sprechen wollte und ihn in einem

Zimmer erwarte, wo außer ihr nur noch der eine seiner Diener sei, so daß er gut thäte, den andern durch die vordere Thür nach Haus zu schicken; was er auch that. Dann stieg er eine kleine ziemlich dunkle Treppe hinauf, wo der Prokurator von Saint-Aignan Leute in einer Garderobe in den Hinterhalt gelegt hatte. Als dieser den Lärm hörte, fragte er nach der Ursache, und es wurde ihm geantwortet, daß ein Mann heimlich ins Haus eindringen wollte. Im selben Augenblicke stürzte ein gewisser Thomas Guérin, dessen Gewerbe darin bestand, Leute umzubringen, und der zu diesem Zweck vom Prokurator gedungen worden war, auf den jungen Mann los und versetzte ihm mehrere Säbelhiebe, so daß dieser trotz seiner Gegenwehr schließlich todt zu ihren Füßen niedersank. Der Diener, der bei der Dame des Hauses war, sagte: »Ich höre meinen Herrn auf der Treppe sprechen, laßt mich zu ihm gehen.« Sie hielt ihn aber zurück mit den Worten: »Sorge Dich nicht, er wird schon gleich kommen.« Als er aber kurz darauf seinen Herrn laut rufen hörte: »Ich sterbe, ich empfehle Gott meine Seele«, wollte er ihm zu Hülfe eilen. Sie hielt ihn aber wieder zurück und sagte, »Sei doch ruhig, mein Mann züchtigt ihn nur wegen seines Uebermuthes, sehen wir selbst, was es ist.« Sie trat auf die oberste Treppenstufe hinaus und fragte ihren Mann: »Nun, ist es geschehen?« worauf dieser erwiderte: »Komm und sieh selbst, endlich habe ich Dich an dem gerächt, der Dir so viel Schande bereitet hat.« Während er dies sagte, stach er mit seinem Dolch noch zehn- oder zwölfmal in den Leib dessen, den er lebend nicht anzugreifen gewagt hatte. Nachdem der Mord begangen und die beiden Diener entflohen waren, um den armen Vater zu benachrichtigen, sagte sich Saint-Aignan, daß der ganze Handel nicht geheim gehalten werden könnte, und überlegte, daß die Diener des Ermordeten nicht als vollgültige Zeugen angesehen werden könnten und daß sonst, abgesehen von den Mördern, einer alten Kammerfrau und einem jungen Mädchen von fünfzehn

Jahren Niemand im Haus von dem Verbrechen etwas gesehen habe. Deshalb wollte er sich der Alten bemächtigen; sie fand aber Gelegenheit, ihm zu entschlüpfen, und ging zu den Jakobinern und gab später das genaueste Zeugniß über den Mord ab. Das junge Mädchen blieb noch einige Tage in seinem Hause; aber er fand Mittel und Wege, sie von einem der Mörder verführen zu lassen, und brachte sie in ein Bordell, so daß sie auch nicht mehr als vollgültige Zeugin auftreten konnte. Im übrigen ließ er, um die Mordthat zu verbergen, den Körper des Ermordeten verbrennen und die Knochen, die das Feuer nicht verzehrte, ließ er dort unter den Mörtel mischen, wo er augenblicklich an seinem Hause baute. Dann schickte er eiligst ein Gnadengesuch an den Hof, in welchem er angab, daß er mehrere Male einem Manne sein Haus verboten, den er im Verdacht habe, seiner Frau nachgestellt zu haben, daß dieser ungeachtet seines Verbotes nachts in sein Haus gedrungen sei, um zu ihr zu gelangen, und daß er ihn, als er ihn am Eingang zu ihrem Zimmer fand, im Zorn und seiner Sinne nicht mächtig, getödtet habe. Aber bevor noch sein Brief in die Hände des Kanzlers kam, hatten der Herzog und die Herzogin schon durch den unglücklichen Vater Kenntniß von dem Vorfall erhalten, und diese benachrichtigten den Kanzler, um die Begnadigung zu verhindern. Als nun der Unglückliche sah, daß er nicht begnadigt werden würde, floh er mit seiner Frau und mehreren seiner Verwandten nach England. Bevor er aber abreiste, sagte er dem Mörder, der von ihm für das Verbrechen gedungen worden war, daß er einen speziellen Befehl des Königs habe, ihn festzunehmen und zum Tode zu verurtheilen, wegen seiner ihm geleisteten Dienste wolle er ihm aber das Leben retten. Er gab ihm zehn Thaler, um außer Landes zu gehen, was dieser auch that; seitdem ist er nicht mehr gesehen worden. Der Mord selbst wurde inzwischen so vollständig festgestellt, theils durch die Diener des Ermordeten und die Kammerfrau, die zu den Jakobinern geflüchtet war, theils auch, weil man die Knochen im Kalk fand, daß der Prozeß auch in Abwesenheit des Saint-Aignan und seiner Frau angestrengt und zu Ende geführt wurde. Sie wurden beide *in contumaciam* zum Tode verurtheilt, ihre Güter eingezogen und dem Vater als Buße 1500 Thaler zugesprochen. Als nun Saint-Aignan in England sah, daß er in Frankreich bürgerlich todt sei, brachte er es durch Dienstleistungen bei mehreren hochgestellten Persönlichkeiten und durch die Fürsprache der Verwandten seiner Frau dahin, daß der König von England sich beim König von Frankreich wegen seiner Begnadigung und Wiedereinsetzung in Aemter und Güter verwandte. Als aber der König von dem schmutzigen und niederträchtigen Verbrechen gehört hatte, schickte er dem König von England die Alten mit der Bitte ein, den Fall daraufhin zu prüfen, ob er Gnade verdiene, und theilte ihm des weiteren mit, daß in seiner Monarchie der Herzog von Alençon für den Umkreis seines Herzogthums allein das Recht der Begnadigung habe. Trotz aller dieser die Ablehnung erklärenden Gründe beruhigte sich der König von England nicht, vielmehr betrieb er die Angelegenheit so angelegentlich weiter, daß der Prokurator schließlich auf seine Verwendung hin begnadigt wurde und in seine Heimath zurückkehrte. Um aber seiner Schlechtigkeit die Krone aufzusetzen, ließ er sich mit einem Zauberer namens Gallery in einen verbotenen Umgang ein, weil er hoffte, durch die Zauberkünste desselben, von der Bezahlung der 1500 Thaler, die er dem Vater des Ermordeten schuldete, befreit zu werden. Zu diesem Zwecke begaben sich er und seine Frau in Verkleidung nach Paris. Als nun seine Frau inne wurde, daß er immer lange Zeit mit Gallery in einem Zimmer eingeschlossen blieb und ihr den Grund nicht angab, lauerte sie ihm eines Morgens auf und sah, daß ihm Gallery fünf Holzfiguren zeigte, von denen drei herunterhangende und zwei in die Höhe gehobene Arme hatten. Der Zauberer sagte dem Prokurator: »Wir müssen ganz gleiche

Figuren aus Wachs herstellen, und die mit den herunterhängenden Armen müssen die sein, deren Tod wir wollen, und die mit den emporgehobenen Armen diejenigen, deren Gunst und Geneigtheit wir wünschen.« Darauf sagte der Prokurator: »Dann soll diese für den König sein, dessen Gnade ich will, und diese für Brinon, den Kanzler von Alençon.« Gallery fuhr fort: »Diese Bilder müssen unter den Altar gestellt werden, und dort muß ihnen eine Messe mit ganz bestimmten Worten gelesen werden, die ich Euch gleich mittheilen werde.« Von den mit den herunterhängenden Armen bestimmte der Prokurator eine Figur für Gilles du Mesnil, den Vater des Ermordeten; denn er wußte, daß dieser nicht aufhören würde, ihn zu verfolgen, so lange er lebte. Eine der Frauenfiguren mit herunterhängenden Armen bestimmte er für die Schwester des Königs, die Herzogin von Alençon, weil sie ihren alten, treuen Diener du Mesnil sehr liebte und in so vielen Beziehungen die Schlechtigkeit des Prokurators erkannt hatte, daß er vor ihrem Tode sein eigenes Leben nicht sicher wähnte. Die zweite Frauenfigur endlich bestimmte er für seine eigene Frau, weil sie die Ursache seines ganzen Unglücks war und er die Ueberzeugung hatte, daß sie ihr lasterhaftes Leben nicht ändern würde. Seine Frau sah Alles durch das Schlüsselloch und als sie vernahm, daß er sie mit auf die Liste der Todten setzte, beschloß sie, daß ihm das selbst das Leben kosten sollte. Sie gab vor, von einem ihrer Onkel Geld leihen zu wollen, fuhr zu dem Requetenmeister des Herzogs von Alençon und erzählte ihm Alles, was sie von ihrem Mann gesehen und gehört hatte. Und da gerade an jenem Tage der Herzog und die Herzogin von Alençon nicht bei Hofe waren, berichtete der Kanzler den seltsamen Fall der Regentin, der Mutter des Königs und der Herzogin. Diese ließen sofort den Stadtschultheiß von Paris La Barre holen, der in aller Eile den Prokurator und seinen Helfershelfer Gallery festnehmen ließ. Sie gestanden ihr Verbrechen ohne weiteres Verhör ein, ohne daß es zur Folter kam, und es wurde ihnen der Prozeß gemacht und darüber dem König berichtet. Einige wollten sie retten und sagten deshalb dem König, sie hätten ja nur seine Gunst durch ihre Zauberkünste erlangen wollen. Der König aber liebte das Leben seiner Schwester wie sein eigenes und bestimmte, daß das Urtheil so gefällt würde, als hätten sie den Mordanschlag gegen sein eigenes Leben gemacht. Aber die Herzogin von Alençon selbst bat den König um das Leben des Prokurators und Umwandlung der Todesstrafe in irgend eine andere schwere Strafe. Der König schenkte ihr Gehör und er und Gallery wurden nach Marseille auf die Galeeren von Saint-Blanquart geschickt, wo sie ihr Leben in der Gefangenschaft beendeten und Muße hatten, die Schwere ihrer Sünden einzusehen. Die verworfene Frau aber setzte ihren verbrecherischen Lebenswandel in der Abwesenheit ihres Mannes schlimmer als früher fort und starb im Elend.

»Nun bitte ich Euch, meine lieben Zuhörerinnen«, endigte Simontault, »seht einmal her, welches Unglück wegen dieser lasterhaften Frau entstanden ist, wie viele Mister ihr sündiges Leben im Gefolge hatte. Ihr werdet finden, daß, seitdem Eva Adam zu Fall brachte, alle Frauen nichts anderes im Schilde führen, als die Männer zu quälen, zu tödten und in die Verdammniß zu stürzen. Ich selbst habe ihre Grausamkeit in so hohem Grade erfahren, daß mich die Verzweiflung, in die mich eine gestürzt hat, noch tödten wird. Und dabei bin ich noch wahnsinnig genug, frei heraus zu sagen, daß die Hölle von ihrer Hand mir etwas lieblicheres ist als das Paradies aus der Hand einer anderen.«

Parlamente that, als verstände sie nicht, daß diese Worte nur ihr galten, und sagte:

»Da die Hölle Euch so lieblich erscheint, scheint Ihr die Teufelin, die Euch dorthin geschickt hat, nicht sonderlich zu fürchten?«

Er antwortete in erregtem Tone:

»Wenn meine Teufelin so schwarz von Angesicht würde, als sie grausam gegen mich gewesen ist, würde sie dieser ehrenwerthen Gesellschaft wahrscheinlich ebensoviel Furcht einflößen, als es mir jetzt Vergnügen macht, sie zu betrachten. Aber die Gluth der Liebe läßt die der Hölle vergessen. Und um selbst nichts weiter über diesen Punkt zu sagen, gebe ich Frau Oisille das Wort; denn ich weiß wohl, daß sie nur meine Ansicht bestätigen kann, wenn sie von den Frauen das, was sie alles weiß, erzählen wollte.«

Sogleich wandten sich alle Anwesenden nach ihr hin und baten sie um ihre Erzählung.

Sie war es zufrieden und begann lächelnd:

»Mir scheint, meine Damen, daß mein Vorredner von der wahrhaftigen Geschichte einer unglücklichen Frau ausgehend soviel Schlechtes von den Frauen gesagt hat, daß ich meine lange Erfahrung zu Hülfe nehmen muß, um eine ausfindig zu machen, deren Tugend seine schlechte Meinung Lügen strafen kann. Und da mir gerade eine Geschichte einfällt, die auch verdient, der Vergessenheit entrissen zu werden, will ich sie Euch erzählen.«

Zweite Erzählung.

Bedauerlicher und ehrenvoller Tod der Frau eines der Maulthiertreiber der Königin von Navarra, welche ein Diener ihres Mannes in dessen Abwesenheit mißbrauchen will.

In Amboise lebte ein Maulthiertreiber in Diensten der Schwester des Königs Franz I., der Königin von Navarra, welche in Blois mit einem Sohne niedergekommen war. Zu dieser hatte sich der Maulthiertreiber aufgemacht, um sich seinen Dienstlohn zu holen, während seine Frau in Amboise in ihrer Wohnung jenseits der

Brücke zurückblieb. Lauge schon liebte letztere ein Knecht ihres Mannes so heftig, daß er eines Tages nicht mehr an sich halten konnte, ihr von seiner Liebe zu sprechen. Sie war aber eine vollkommen ehrbare Frau und wies ihn kurz ab, bedrohte ihn auch damit, ihn von ihrem Mann bestrafen und wegjagen zu lassen. Seitdem hatte er sie nicht mehr mit seinen Reden belästigt, ließ sich auch nichts mehr anmerken; vielmehr bewahrte er die Gluth seiner Liebe in seinem Herzen, bis sein Herr weggereist und seine Herrin eines Tages zur Messe nach der Schloßkirche Saint-Florentin, die sehr weit von ihrer Wohnung ablag, gegangen war. Wie er nun so allein zu Hause saß, kam ihm der Gedanke, daß er durch Gewalt erreichen könnte, was weder Bitten noch Ergebenheit ihn hatten erlangen lassen, und er brach aus der Wand zwischen dem Zimmer seiner Herrin und dem seinigen eine Bohle heraus.

Da nun auf der einen Seite der Wand der Bettvorhang vom Bett seiner Herrin und seines Herrn war, auf der anderen ebenfalls ein Vorhang von einem Bett der Dienerschaft, so blieb das Loch, das er gemacht hatte, unsichtbar, und seine Arglist wurde nicht bemerkt, bis seine Herrin mit einem kleinen zwölfjährigen Mädchen zu Bett gegangen war. Sobald die arme Frau im ersten Schlummer lag, drang er durch die Oeffnung in ihr Zimmer und legte sich im Hemde, ein blankes Schwert in den Händen, in ihr Bett. Kaum aber spürte sie ihn neben sich, als sie aus dem Bett sprang und ihm alle Vorstellungen machte, wie sie nur eine anständige Frau machen kann. Seine Liebe war aber nur eine rein thierische, er hätte eher die Sprache der Maulesel verstanden, als vernünftige Gründe, und er zeigte sich thierischer als die Thiere, die sein gewöhnlicher Umgang waren; denn als er sah, daß sie immer um einen Tisch herumlief, so daß er sie nicht packen konnte, und sie auch so stark war, daß sie sich zweimal schon von ihm losgemacht hatte, gab er die Hoffnung auf, sie lebendig in seinen Besitz zu bringen, und versetzte ihr einen tiefen Hieb über die Hüften, damit der Schmerz fertig bringe, was Furcht und Gewalt nicht vermocht hatten.

Aber vergeblich; denn wie ein tüchtiger Kämpfer, wenn er erst sein Blut fließen sieht, nur noch hitziger losschlägt, um sich zu rächen und Ehre zu erwerben, so verdoppelte sich auch die Kraft ihres keuschen Herzens, und sie fuhr fort, im Zimmer umherzulaufen und den Händen ihres Angreifers zu entwischen, wobei sie ihm unausgesetzt Vorstellungen machte, um ihn zur Einsicht seines sündhaften Verlangens zu bringen. Aber er war so voller Begierde, daß gute Rathschläge nichts mehr bei ihm verschlugen; er versetzte ihr noch einige Degenhiebe, denen sie durch Herumlaufen zu entgehen suchte, so lange ihre Füße sie noch trugen. Als sie aber in Folge des starken Blutverlustes den Tod herannahen fühlte, erhob sie die Augen zum Himmel, faltete ihre Hände und empfahl Gott ihre Seele, indem sie ihm ihre Kraft und Tugend und Ausdauer und Keuschheit nannte und ihn anflehte, das Blut, das sie in Befolgung seiner Gesetze vergossen habe, im Namen seines göttlichen Sohnes, durch dessen Blut alle Sünden vor seinem göttlichen Zorn getilgt und gesühnt seien, gnädig anzunehmen. Dann mit den Worten: »Herr, nimm meine Seele zu dir, die durch deine Güte unbefleckt geblieben ist« fiel sie mit dem Gesicht zur Erde nieder, wo der Schamlose noch weiter auf sie einschlug. Nachdem sie ganz still geworden war, und er seine frevelhafte Begierde befriedigt hatte, floh er eiligst und konnte trotz aller Nachforschungen nicht ausfindig gemacht werden.

Das junge Mädchen, das mit der Frau zusammen in deren Bett gelegen hatte, war in ihrer Furcht unter das Bett gekrochen. Als sie nun sah, daß der Mann das Zimmer verlassen hatte, lief sie zu ihrer Herrin hin, und da diese sich nicht mehr bewegte, rief sie zum Fenster hinaus die Nachbarsleute zu Hülfe. Alle, die sie gern hatten und sie mehr als eine andere Frau der Stadt achteten, kamen unverzüglich herzu und brachten Aerzte mit sich. Diese constatirten 25 tödtliche Wunden an ihrem Körper, und alle ihre Bemühungen, ihr das Leben zu erhalten, blieben ohne Erfolg. Immerhin lebte sie noch eine Stunde, ohne sprechen zu können, versuchte aber mit den Augen und Händen sich noch verständlich zu machen. Von einem Priester um ihr Glaubensbekenntniß befragt, antwortete sie mit so klaren Zeichen, wie sie die Sprache nicht hätte besser geben können, daß ihre Zuversicht in Jesu Christo sei, den sie auf seinem himmlischen Thron zu sehen hoffe. Dann hauchte sie mit freudigem Blicke und mit zum Himmel gewandten Augen ihre Seele aus.

Als sie nun eingesargt und ihre Leiche in Erwartung der Leidtragenden an der Thür niedergestellt worden war, kehrte ihr armer Mann zurück und sah früher die Leiche seiner Frau vor der Thür, als er die Nachricht von ihrem Tode erhalten hatte. Als er gar die näheren Umstände erfahren hatte, verdoppelte sich seine Trauer, und er versank in so großen Kummer, daß es ihm beinahe selbst das Leben kostete. Die Leiche dieser Märtyrerin der Keuschheit wurde in der Kirche Saint-Florentin beigesetzt; keine einzige der ehrbaren Frauen der Stadt verfehlte, sie zu begleiten und ihr die letzte Ehre zu erweisen, und alle schätzten sich glücklich, zu einer Stadt zu gehören, in der eine so tugendhafte Frau gelebt hatte. Als die Leichtfertigen die Ehre sahen, die man dieser Frau erwies, gingen sie in sich und änderten ihren Lebenswandel.

Hiermit endigte Oisille ihre Erzählung und fuhr dann fort:
»Hier, meine Damen, haben Sie eine wahre Geschichte, die uns wohl veranlassen kann, jene schöne Tugend der Keuschheit uns zu bewahren. Müßten wir, die wir von vornehmer Geburt sind, nicht vor Scham sterben, wenn wir in unserm Herzen eine Versuchung verspüren, der zu entfliehen eine arme Frau nicht anstand, in einen so grausamen Tod zu gehen? Ja, wie manche hält sich wohl für eine ehrbare Frau, der es nicht eingefallen ist, bis zum

letzten Blutstropfen zu widerstehen, wie jene es that. Deshalb demüthigen wir uns; denn Gott schenkt den Menschen seine Gnade nicht nach ihrer Geburt oder ihrem Reichtum, sondern nach ihrem wohlgefälligen Leben; er nimmt nicht jedermann, sondern er sucht sich aus, wen er für berufen hält, denn wen er einmal erwählt hat, den ehrt er mit seiner Gnade und krönt ihn mit seinem Ruhm. Und oft wählt er sich Niedriggeborene aus, um diejenigen zu beschämen, die die Welt für hochstehend und achtbar hält, wie er selbst sagt: ›Setzen wir unsern Stolz nicht in unsere Vorzüge, sondern darin, wie wir im Buche des Lebens angeschrieben sind.‹«

In der ganzen Gesellschaft war nicht eine einzige Dame, die nicht Thränen des Mitleids um den heldenmüthigen Tod dieser armen Frau in den Augen gehabt hätte. Eine jede nahm sich vor, sich, wenn gleiches Schicksal ihr begegnen sollte, zu bemühen, dem Beispiel jener zu folgen. Als nun Frau Oisille sah, daß unter den Lobeserhebungen der armen Todten die Zeit verstrich, sagte sie zu Saffredant: »Wenn Ihr nicht etwas erzählt, was die Gesellschaft zum Lachen bringt, wird mir keine unter uns den Fehlgriff verzeihen, sie zu Thränen gerührt zu haben. Deshalb gebe ich Euch das Wort.« Saffredant hätte wohl gewünscht, etwas Gutes zu erzählen was der Gesellschaft gefallen möchte, besonders einer der anwesenden Damen; er sagte aber, man thäte Unrecht, ihn zu wählen, da viel Aeltere und Erfahrenere zugegen wären, die man zuerst erzählen lassen müsse. Da aber das Loos einmal auf ihn gefallen sei, wolle er nur beginnen, denn je mehr vor ihm bessere Erzählungen machen würden, um so schlechter würde die seine befunden werden.

Dritte Erzählung.

Der König von Neapel verführt die Frau eines Edelmannes und wird schließlich selbst betrogen.

Saffredant begann folgendermaßen: Ich habe mir, meine Damen, selbst oft gewünscht, Schicksalsgenosse desjenigen zu sein, dessen Geschichte ich Euch berichten will. In Neapel lebte nämlich zur Zeit des Königs Alphons, dessen wollüstiges Leben in seinem Reich den Scepter führte, ein so hochstehender, schöner und liebenswürdiger Edelmann, daß ein alter Graf ihm wegen seiner Vorzüge seine Tochter zur Frau gab, die an Schönheit und feiner Lebensart in nichts ihrem Manne nachstand. Die Freundschaft war groß zwischen diesen beiden, wenigstens bis zu einem gewissen Karneval, während dessen Dauer der König in einer Maske in die Häuser ging und Alle um die Wette sich anstrengten, ihn aufs beste zu empfangen. So kam er auch in das Haus jenes Edelmanns, wo er besser bewirthet wurde, als in irgend einem anderen, mit feinen Speisen und Gesängen, und wo ihn die schönste Frau unterhielt, die er noch gesehen hatte. Diese trug am Ende des Gastmahls mit ihrem Mann zusammen ein Lied vor, und zwar mit so großer Lieblichkeit, daß ihre Schönheit nur noch mehr hervortrat. Als nun der König so mannigfache Vorzüge in einer Person vereinigt sah, empfand er an dem harmonischen Verhältniß zwischen den beiden Gatten nicht etwa Wohlgefallen, vielmehr dachte er sofort daran, wie er dasselbe zerstören könnte. Die Schwierigkeit bestand aber eben in der großen Zuneigung zwischen jenen beiden. Deshalb verbarg er, so gut er konnte, seine Leidenschaft in seinem Herzen.

Um ihr aber wenigstens eine theilweise Befriedigung zu gewähren, gab er den Herren und Damm von Neapel große Festlichkeiten, bei denen der Edelmann und seine Frau nicht vergessen waren. Da nun der Mensch gern glaubt, was er sich zu sehen einredet, schien es ihm, daß die Augen dieser Dame ihm ein Glück verhießen, und daß nur die Gegenwart ihres Mannes das Hinderniß sei. Um also zu erproben, ob er sich auch nicht irre, gab er ihrem Mann auf, auf zwei bis drei Wochen in Staatsgeschäften nach Rom zu reisen. Kaum aber hatte er die Stadt verlassen, als seine Frau, in deren Erinnerung sein Bild noch lebendig war, in große Trauer verfiel. So viel er konnte suchte sie der König durch freundliche Worte, Geschenke und Gunstbezeugungen zu trösten, so daß sie am Ende sich nicht nur wegen der Abwesenheit ihres Mannes ganz beruhigte, sondern ganz zufrieden damit war. Auf diese Weise waren die drei Wochen noch nicht verstrichen, und schon war sie so sehr in den König verliebt, daß die bevorstehende Rückkehr ihres Mannes ihr jetzt gerade so ungelegen erschien wie vorher seine Abreise. Um nun der ihr theuern Gegenwart des Königs nicht verlustig zu gehen, machten sie beide unter einander ab, daß sie, wenn ihr Mann auf seine Güter gehen würde, den König benachrichtigen wolle, damit er dann heimlich und ganz sicher vor ihrem Mann, den sie mehr fürchtete als ihr Gewissen, sie besuche.

In dieser Hoffnung wurde sie ganz lustig, und als ihr Mann zurückkehrte, empfing sie ihn so gut, daß er den Gerüchten über ein in seiner Abwesenheit zwischen dem König und seiner Frau entstandenes Liebesverhältniß keinen Glauben schenkte. Mit der Zeit aber konnte sie ihre Leidenschaft nicht mehr verbergen, so daß ihr Mann bald nicht mehr die Wahrheit jener Gerüchte bezweifeln konnte; auch paßte er so gut auf, daß er bald volle Sicherheit erhielt. Aber da er, wenn er sich etwas anmerken ließ, befürchten mußte, daß der König noch Schlimmeres gegen ihn unternehmen würde, als ihm nur seine Ehre rauben, entschloß er sich, sich zu verstellen, denn er wollte lieber mit einem Flecken auf seinem Namen leben, als sein Leben selbst wegen einer Frau in die Schanze schlagen, die keine Liebe für ihn hatte. Nichtsdestoweniger beschloß er in seinem Unmuth, dem König wenn möglich die gleiche Schmach anzuthun, und da er wußte, daß die Liebe am leichtesten ein liebeleeres Herz ergreift, nahm er sich eines Tages, als er bei Hofe war, die Kühnheit, der Königin zu sagen, es schmerze ihn tief, daß sie nicht andere Liebe erhielte, als ihr ihr königlicher Gemahl gebe.

Die Königin, welche von dem Verhältniß des Königs mit seiner Frau gehört hatte, antwortete ihm: »Ich kann nicht gleichzeitig die Ehre und den Genuß haben, ich weiß wohl, daß ich die Ehre habe und eine andere den Genuß, dafür hat sie aber auch nicht die Ehre, die ich habe.« Er verstand wohl, worauf sich diese Worte bezogen, und entgegnete: »Hoheit, die Ehre ist mit Euch geboren, denn Ihr seid aus so vornehmem Hause, daß Euer Adel nichts dadurch gewinnen konnte, ob Ihr Königin oder Kaiserin wurdet. Aber Eure Schönheit und Anmuth verdient so sehr, die Freuden der Liebe zu genießen, daß diejenige, die Euch Euren Antheil daran raubt, mehr sich selbst als Euch schadet; denn der Ruhm, um dessenwillen sie Euch den Euch gebührenden Liebesgenuß entzieht, gereicht ihr nur zur Schande. Und ich wage Euch zu sagen, edle Frau, daß, wenn der König seine Krone nicht hätte, er nichts vor mir voraus hätte, ein liebendes Herz zu beglücken; ja, ich meine sogar, wollte er eine erlauchte Dame, wie Ihr seid, wahrhaft glücklich machen, er müßte mir gleichen.«

Die Königin antwortete lächelnd: »Mag auch der König von schwächerem Körperbau sein, als Ihr, immerhin befriedigt mich die Liebe, die er mir schenkt, so sehr, daß ich sie jeder anderen vorziehe.« – »O Königin«, sagte der junge Edelmann, »wenn dem so wäre, würdet Ihr mir nicht Mitleid einflößen, denn ich weiß wohl, daß die keusche Liebe Eures Herzens Euch genug sein würde, wenn sie nur eine gleiche Gegenliebe beim König fände;

aber Gott hat Euch davor bewahrt, daß Ihr aus ihm Euren Gott auf Erden macht, obwohl er Euch nicht geben kann, was Ihr verlangt.« – »Aber ich sage Euch«, erwiderte die Königin, »daß die Liebe, die ich für ihn hege, so groß ist, daß kein anderes Herz mit dem meinigen verglichen werden kann.« – »Verzeihet mir, Königin«, sagte der Edelmann, »aber Ihr habt die Liebe noch nicht bis in ihre letzten Tiefen erkannt, denn ich wage zu behaupten, daß ein Mann Euch mit so großer und verzehrender Liebe zugethan ist, daß die Eure sich neben der seinigen nicht sehen lassen kann, und je mehr er sieht, daß die Liebe zum König in Eurem Herzen noch wurzelt, um so mehr wächst und steigt die seine, so daß, wenn Ihr ihn nur erhören wolltet, er Euch für alle Eure verlorenen Tage entschädigen könnte.«

Sowohl aus seinen Worten wie aus seiner Haltung ersah die Königin bald, daß Alles, was er sagte, ihm aus dem Herzen kam. Ich entsinne mich auch, sagte Saffredant, daß er schon lange eifrig sich bemüht hatte, ihr zu Diensten zu sein, und zwar mit solcher Ergebenheit, daß er ganz trübsinnig wurde. Anfangs hatte sie gedacht, er sei es wegen seiner Frau, jetzt aber gewann sie die Ueberzeugung, daß es aus Liebe zu ihr sei. Auch die Innigkeit seiner Liebe, die man sehr wohl herausfühlt, wo nicht etwa Verstellung vorliegt, gab ihr Gewißheit über seine Gefühle, die im übrigen vor der Welt verborgen blieben. Sie sah auch, daß der Edelmann viel liebenswürdiger als ihr Mann war und wie sie vom König, so er von seiner Frau verlassen. Zorn und Eifersucht wegen ihres Gemahls und die Liebe des Edelmanns wirkten in gleicher Weise auf sie ein, und eines Tages sagte sie mit Thränen in den Augen und unter Seufzen: »O mein Gott, soll Rachsucht über mich gewinnen, was die Liebe nicht zu Wege gebracht hat?« Der Edelmann aber, der diese Bemerkung gehört hatte, erwiderte: »O Königin, süß ist die Rache desjenigen, der, anstatt den Feind zu tödten, den wahren Freund glücklich macht. Es scheint mir an der Zeit, daß die Erkenntniß Euch die thörichte Liebe für den, der Euch nicht mehr liebt, aus dem Herzen reiße und die wahre Liebe Euch alle Furcht, die in einem großen und tugendhaften Herzen nicht Platz haben sollte, nehme. Wohlan, Königin, legen wir Euren hohen Rang bei Seite und berücksichtigen wir nur, daß wir augenblicklich auf der ganzen Welt die beiden am meisten bespöttelten Menschen sind, und von denjenigen verrathen, die wir am herzlichsten liebten. Rächen wir uns, nicht sowohl um ihnen Gleiches mit Gleichem zu vergelten, als vielmehr um unsere eigene Liebe zu befriedigen, denn ich wenigstens kann mit der meinen so nicht weiter leben. Und Euer Herz müßte härter als ein Kieselstein oder ein Diamant sein, wenn Ihr nicht einen Funken von dem Feuer fühltet, das in mir verzehrend wächst, gerade je mehr ich mir Gewalt anthue, es zu verbergen. Wenn Mitleid mit mir, der ich vor Liebe zu Euch sterbe. Euch nicht Liebe für mich einflößen kann, so muß Euch wenigstens der Gedanke darauf hinführen, daß Ihr, so vollkommen und rein, das liebevollste Herz Euer zu nennen verdient, gerade Ihr, die Ihr von dem schmählich verlassen seid, um dessenwillen Ihr alle anderen zurückgewiesen hattet.«

Als die Königin diese Worte vernahm, kam sie ganz aus der Fassung, und um nicht in ihrem Aeußern die Unruhe in ihrem Herzen sehen zu lassen, stützte sie sich auf den Arm des Edelmanns und ging mit ihm in einen Garten nicht weit von ihren Gemächern, wo sie lange auf und ab gingen, ohne daß sie ihm ein einziges Wort sagen konnte. Aber der Edelmann bemerkte wohl ihr halbes Nachgeben, und als sie am Ende einer Allee waren, wo Niemand sie sehen konnte, überwältigte sie die Leidenschaft, die sie so lange unterdrückt hatten, und sie nahmen an ihren ungetreuen Ehegatten Rache. Dort kamen sie auch überein, daß jedesmal, wenn er auf sein Gut gehe und der König dann von seinem Schloß zu seiner Frau nach der Stadt käme, er zur Königin aufs Schloß kommen würde; so, ihre Betrüger ihrerseits betrügend, wollten sie wenigstens alle Vier sich den Liebesgenuß verschaffen, den jene beiden allein hätten haben wollen.

Nachdem sie diese Abmachung getroffen, kehrten sie, die Königin in ihr Zimmer und der Edelmann in seine Wohnung zurück, beide so überglücklich, daß sie den Kummer der letzten Zeit vergaßen. Während sie früher alle beide jedes Zusammentreffen des Königs und der Edelfrau gefürchtet hatten, war ihnen jetzt nichts lieber, so zwar, daß der Edelmann viel häufiger als es seine sonstige Gewohnheit war, auf sein nur eine halbe Meile von der Stadt entferntes Gut reiste. Und sowie dies der König erfuhr, verfehlte er nicht, sofort zu seiner Dame zu eilen, und umgekehrt ging bei Anbruch der Nacht der Edelmann zur Königin aufs Schloß und übernahm die Rolle des Königs; das Alles geschah so in der Verborgenheit, daß in der That Niemand etwas davon merkte.

So ging es eine lange Zeit; aber der König war doch eine zu bekannte Persönlichkeit, daß nicht schließlich die Stadt von seiner Liebe erfuhr. Alle ehrbaren Leute bemitleideten den Edelmann, denn die Gassenjungen machten hinter seinem Rücken Zeichen und verspotteten ihn. Er merkte das wohl. Aber diese Verspottung war ihm ganz gleichgiltig, und er schätzte die Hörner, die er trug, gerade so hoch wie die Krone des Königs. Dieser konnte sich eines Tages, als er bei der Frau des Edelmanns war und im Zimmer des Edelmanns ein Hirschgeweih an der Wand sah, nicht enthalten, in seiner Gegenwart lächelnd zu sagen, daß dieses Geweih recht passend in diesem Hause sei. Der Edelmann wollte ihm an Witz nicht nachstehen und schrieb auf den Schädel:

Wohl trage ich Hörner und trag' sie mit Fleiß,
Doch manch einer trägt sie und nichts davon weiß.

Als der König wieder einmal in seinem Hause war, fand er diese Aufschrift und fragte den Edelmann nach der Bedeutung derselben, worauf dieser erwiderte: »Wenn das Geheimniß des Königs in diesem Hirschgeweih steckt, so ist das noch kein Grund, daß auch das Geheimniß dieser Aufschrift dem König kund gethan werde. Glaubet nur, nicht alle, die Hörner tragen, haben deshalb auch den Verstand verloren; sie sind manchmal so niedlich, daß sie garnicht verunzieren, und der trägt sie am leichtesten, der garnicht dergleichen thut«. Aus diesen Worten ersah der König wohl, daß jener etwas von seinem Verhältniß wußte, aber wegen der Königin kam ihm kein Verdacht. Je mehr diese nämlich innerlich mit dem Leben ihres Mannes zufrieden war, um so mehr stellte sie sich, als wäre sie nur ihm zugethan. Deshalb lebten beide Paare lange Zeit in aller Freundschaft weiter, bis in ihr Alter.

»Hier, meine Damen«, fuhr Saffredant nach Beendigung seiner Erzählung fort, »habt Ihr also eine Geschichte, die ich Euch gern als Beispiel hinstelle, damit Ihr, wenn Eure Gatten Euch betrügen, ihnen das Gleiche thut«. Lächelnd wandte sich Emarsuitte an ihn mit den Worten: »Wißt Ihr, Saffredant, ich glaube gern, daß, wenn Ihr heute noch so liebt, wie ehemals, Ihr Euch gern Hörner so groß wie ein Eichenstamm aufsetzen ließet, um Eure Angebetete Euch geneigt zu machen; jetzt aber sind Eure Haare weiß, und es dürfte doch wohl an der Zeit sein, die Gluth Eures Herzens zu mildern.« – »Meine Gnädige«, erwiderte Saffredant, »wie sehr mir auch die, die ich liebe, alle Hoffnung und meine weißen Haare die Gluth meiner Leidenschaft genommen haben mögen, meine Liebe hat sich nicht vermindert. Da Ihr mich aber so schön zurechtgewiesen habt, gebe ich Euch das Wort, damit Ihr mich durch ein anderes Beispiel Lügen strafen möget.«

Nun muß bemerkt werden, daß während dieser Rede eine der Damen laut zu lachen begann, weil sie wußte, daß diejenige, welche die Worte Saffredants auf sich bezog, durchaus nicht etwa so sehr von ihm geliebt wurde, daß er um ihretwillen sich hätte lächerlich machen lassen. Als Saffredant sah, daß sie ihn wohlverstanden hatte, gab er sich zufrieden und schwieg, um Emarsuitte zu Worte kommen zu lassen, welche folgendermaßen begann: »Damit Saffredant und Ihr alle erfahret, daß nicht alle Damen seiner Königin gleichen und nicht alle dreisten Männer zu ihrem Ziele kommen, will ich euch eine Geschichte erzählen, deren Personen ich freilich nicht nennen werde, denn sie ist vor garnicht langer Zeit erst geschehen, und ich müßte befürchten, bei den Verwandten der Betreffendes Anstoß zu geben.«

Vierte Erzählung.

Dreistes Unterfangen eines Edelmannes gegenüber einer Prinzessin von Flandern, woraus ihm nur Nachtheil und Schande erwächst.

In Flandern lebte eine Dame aus vornehmstem Hause, welche zweimal verheirathet gewesen war, beide Ehegatten aber verloren und Kinder aus diesen Ehen nicht mehr am Leben hatte. Während ihres Witwenstandes lebte sie bei einem ihrer Brüder, der sie sehr liebte; er war ein einflußreicher Prinz und hatte eine Tochter des Königs zur Frau. Dieser junge Prinz suchte gern das Vergnügen; er liebte Jagd, Kurzweil und Tanz, wie es die Jugend mit sich bringt. Seine Frau hingegen war mürrisch und liebte die Vergnügungen ihres Mannes garnicht. Deshalb war es ihm ganz lieb, seine Schwester immer bei sich zu haben, die lebenslustig und unterhaltend war, dabei aber ganz sittsam und ehrbar. Im Hause des Prinzen war auch ein Edelmann, der an Schönheit und Liebenswürdigkeit alle übrigen Begleiter des Prinzen übertraf. Als nun dieser Edelmann sah, daß die Schwester seines Herrn das

Vergnügen liebte und gern lachte, wollte er eines Tages versuchen, ob ihr die Versicherung freundschaftlicher Ergebenheit mißfallen würde. Er wagte den Versuch; aber ihre Antwort fiel sehr gegen seine Erwartung aus. Wenngleich nun diese Antwort so war, wie es sich für eine Prinzessin und ehrbare Frau geziemte, so verzieh sie ihm, dessen Schönheit und Edelmuth ihr nicht entging, nicht ungern seine Kühnheit und gab ihm auch zu verstehen, daß sie an seiner Unterhaltung Gefallen fand; andrerseits untersagte sie ihm aber, jemals wieder, so wie er es gethan, zu ihr zu sprechen. Er versprach dies, um das Vergnügen und die Ehre des Umgangs mit ihr nicht zu verlieren.

Auf die Dauer aber nahm seine Neigung so sehr zu, daß er das gegebene Versprechen vergaß. Nicht daß er verfängliche Bemerkungen machte, denn ihre abweisende Antwort lebte noch zu frisch in seinem Gedächtniß; aber er dachte bei sich, wenn er nur die richtige Gelegenheit fände, so würde sie sich schon seiner und ihrer selbst erbarmen, denn sie war lebhaft, jung und von feurigem Temperament. Um nun eine solche Gelegenheit herbeizuführen, sagte er seinem Herrn, daß er in der Nähe seines Schlosses eine große Jagd besitze, und wenn es ihm gefällig wäre, dort im Mai Hirsche zu jagen, könne er für angenehmen Zeitvertreib bürgen. Der Prinz, der den Edelmann und die Jagd gleich sehr liebte, ging auf diese Einladung ein und begab sich auf das Schloß, welches schön gebaut und reich ausgestattet war, wie von einem der reichsten Edelleute des Landes auch nicht anders zu erwarten. Den Prinzen und seine Frau brachte der Wirth in dem einen Seitenflügel seines Schlosses unter, die Dame seines Herzens in dem gegenüberliegenden.

Das Zimmer der Prinzessin war kostbar ausgestattet, werthvolle Tapeten hingen an den Wänden, die Decke war gemalt und der Fußboden mit dicken Teppichen belegt, so daß eine Fallthür, die von dem Alkoven, in dem das Bett stand, nach dem Zimmer, welches die Mutter des Edelmanns bewohnte, hinunter führte, nicht zu sehen war. Die alte Dame war kränklich und da sie gerade den Husten hatte und befürchtete, die über ihr wohnende Prinzessin in ihrer Ruhe zu stören, so vertauschte sie ihr Zimmer mit dem ihres Sohnes. Alle Abende brachte die alte Gräfin der Prinzessin noch Leckerbissen in ihr Zimmer; ihr Sohn begleitete sie dann stets, und da die Prinzessin die Liebe und Zuneigung ihres Bruders zu dem Edelmann kannte, verwehrte sie ihm auch nicht, bei ihrer Morgen- und Abendtoilette zugegen zu sein. Was er dabei sah, konnte allerdings nur sein Verlangen erhöhen.

Nachdem er nun eines Abends die Prinzessin weit in die Nacht hinein unterhalten hatte, bis die Schläfrigkeit sie übermannte und ihn veranlaßte, ihr Zimmer zu verlassen, begab er sich in das seine. Dort zog er sich ein reich mit Spitzen besetztes und parfümirtes Hemd an und setzte sich eine gestickte Nachtmütze auf und wie er sich so schmückte, sagte er sich, daß keine Frau seiner Anmuth widerstehen würde. Deshalb dachte er auch nicht anders, als daß sein Plan ihm schon glücken würde. Er legte sich also zu Bett, hoffend und sehnend, es bald mit einem freudereicheren zu vertauschen; dann schickte er seine Leute fort, stand wieder auf, um hinter ihnen die Thür zu verschließen, und lauschte dann aufmerksam, ob in dem über ihm gelegenen Zimmer der Prinzessin sich noch etwas regte.

Nachdem er sich vergewissert hatte, daß Alles zu Ruhe gegangen war, ging er an die Ausführung seines Planes, ließ ganz langsam die Fallthür, die so wohl eingefügt und mit Tuch beschlagen war, daß sie sich ganz geräuschlos in den Angeln drehte, hernieder und stieg in den Alkoven hinauf, wo die Prinzessin im ersten Schlummer in ihrem Bette lag. Nicht einen Augenblick dachte er an die Ehrfurcht, die er seiner Herrin und dem Hause, dem sie entsprossen war, schuldete, und ohne es ihr zu überlassen, ihn zu erhören oder nicht, legte er sich neben sie, so daß sie seines

Kommens nicht eher gewahr wurde, als bis sie ihn auch in ihren Armen fühlte. Aber sie war stark und befreite sich aus seinen Händen; sie fragte, wer es sei, und begann auf ihn loszuschlagen, ihn zu beißen und zu kratzen. Schließlich sah er sich genöthigt, ihr mit der Zudecke den Mund zuzustopfen, damit sie nicht laut rufen könne. Es gelang ihm aber nicht, und als sie sah, daß er seinerseits alle Kräfte aufwandte, um sie in seine Gewalt zu bekommen, nahm sie auch ihre ganze Kraft zusammen, um ihn daran zu verhindern, und rief so lange um Beistand, bis ihre Ehrendame, die eben so vernünftig und sittsam war, als der Edelmann das Gegentheil davon, aus dem benachbarten Zimmer, wo sie schlief, nur mit einem Hemde angethan ihr zu Hilfe eilte. Als nun der Edelmann sah, daß sein Anschlag vereitelt war, befiel ihn die Furcht erkannt zu werden, und so schnell er konnte, kehrte er durch die Fallthür in sein Zimmer zurück, eben so verzweifelt über das Mißlingen, als er vorher nach einem guten Empfang verlangt hatte und siegesgewiß gewesen war. Auf seinem Tische fand er einen Spiegel und eine brennende Kerze, er sah sein zerkratztes und zerbissenes Gesicht mit Blut bedeckt, das auf sein schönes Hemd niedertropfte, so daß es seinen ganzen schönen Glanz eingebüßt hatte. Niedergeschlagen rief er aus: »O Schönheit, du hast mir einen guten Lohn eingetragen; auf dich hatte ich mich verlassen, um diesen kühnen Versuch zu wagen, und anstatt zufrieden zu sein, bin ich nur noch unglücklicher. Sicherlich werde ich, wenn sie erfährt, daß ich gegen mein gegebenes Versprechen diesen thörichten Schritt gethan habe, den Verkehr, den ich mit ihr hatte, verlieren. Hätte ich es lieber nur auf meine Stellung, meine Schönheit und Liebenswürdigkeit ankommen lassen und wäre nicht Schleichwege gewandelt. Um ihre Liebe zu gewinnen, durfte ich nicht auf den Gedanken kommen, Gewalt anzuwenden, ich mußte mich in Ergebenheit und Geduld fassen, bis vielleicht auch ihre Liebe erwachte. Denn ohne Liebe ist alle Kraft und Stärke des Mannes machtlos.«

So verging ihm die Nacht unter Thränen und schwer zu schilderndem Kummer. Am Morgen stellte er sich krank und als könnte er das Licht nicht vertragen (denn sein Gesicht war noch ganz wund), bis die Gesellschaft sein Schloß verlassen hatte. Die sieghafte Prinzessin überdachte, daß es nur einen Mann am Hofe ihres Bruders geben könne, der solche Niedertracht zu begehen im Stande wäre, und zwar der, der schon einmal so kühn war, ihr seine Liebe zu erklären; es war für sie demnach außer allem Zweifel, daß ihr Wirth es gewesen war. Sie durchsuchte nun mit ihrer Ehrendame das ganze Zimmer, um irgend ein Anzeichen über die Person ihres nächtlichen Besuchers zu finden, und als ihr dies nicht gelang, rief sie zornig aus: »Bringt mir Gewißheit, daß es nur der Herr dieses Schlosses gewesen sein kann, und morgen will ich seinen Kopf zum Zeugen meiner Keuschheit machen.« Als die Ehrendame sie so aufgeregt sah, sagte sie: »Es freut mich zu sehen, Prinzessin, wie hoch Ihr Eure Ehre schätzt, aber um sie zu vergrößern, schonet das Leben eines Mannes, der vielleicht aus übergroßer Liebe zu Euch zu viel gewagt hat, denn oft glaubt man, seiner Ehre die Krone aufzusetzen, und vermindert sie nur, deshalb bitte ich Euch, erzählt mir den ganzen Vorgang.« Die Prinzessin that dieses worauf die Ehrendame fortfuhr: »Ihr seid sicher, daß er nichts anderes von Euch erhalten hat, als Kratzwunden und Faustschläge?« – »Gewiß nichts anderes; und er müßte einen sehr geschickten Arzt gefunden haben, wenn nicht morgen noch die Wunden zu sehen sind.« – »Wenn es so ist, so seid lieber dankbar, als an Rache zu denken. Glaubt Ihr denn nicht, daß, nachdem ihm alle seine Dreistigkeit und sein Uebermuth nur den Aerger, nichts ausgerichtet zu haben, eingetragen hat, ihm der Tod viel leichter als dieses zu tragen wäre? Wenn Ihr Rache an ihm nehmen wollt, so überlaßt das seiner Liebe und

Reue, die werden ihn genug quälen; und denkt auch an Eure Ehre. Hütet Euch, Prinzessin, nicht einen ähnlichen Fehler zu begehen, wie er selbst, denn anstatt daß ihm das höchste Glück zu Theil wurde, ist er jetzt in der größten Verlegenheit, in der sich nur ein Edelmann befinden kann. Ebenso könntet Ihr, Prinzessin, anstatt Eurer Ehre eine Genugthuung zu verschaffen, sie nur beeinträchtigen, wenn Ihr Euch bei Eurem Bruder beklagt; dann würde nämlich jeder erfahren, was jetzt keiner weiß, während Ihr sicher sein könnt, daß von seiner Seite keine Silbe unter die Leute kommt. Im Gegentheil, wenn Euer Bruder ihm den Prozeß machte und der Arme zum Tode verurtheilt wird, so wird er nur allenthalben erzählen, daß Ihr ihm zu Willen gewesen seid. Dann wird die Mehrzahl sagen, daß es für einen Edelmann von Ehrgefühl doch eine schwierige Sache sei, eine solche That zu wagen, wenn ihm die Dame nicht entgegengekommen ist. Ihr seid jung und schön und lebt lustig, und es giebt keinen an diesem Hofe, der nicht mehr als einmal gesehen hat, daß Ihr die Gesellschaft des Grafen, den Ihr im Verdacht habt, immer sehr gern sahet. Wird da nicht jeder sagen, wenn er so dreist gewesen ist, wird schon auch auf Eurer Seite etwas Schuld sein, und aller Orten, wo man sich diese Geschichte erzählen wird, wird man Eure eigene Ehre, die bisher unangetastet gewesen ist, in Zweifel ziehen.«

Als die Prinzessin diese vernünftigen Erwägungen ihrer Ehrendame hörte, sah sie ein, daß sie Recht hatte und daß sie selbst angesichts ihres freundschaftlichen Verkehrs mit dem Edelmann nur verurtheilt werden würde. Sie fragte deshalb, was sie thun solle worauf jene erwiderte: »Wenn Ihr denn meinen aufrichtigen Rath hören wollt, Prinzessin, so laßt mich Euch sagen, daß Ihr Euch in innerster Seele freuen müßt, daß der schönste und angesehenste Cavalier, den meine Augen je gesehen haben, weder durch seine Liebe noch mit Gewalt Euch Eure Ehrbarkeit hat rauben können. Hierfür müßt Ihr Gott danken und einsehen, daß nicht Eure Tugend allein Euch bewahrt hat, denn manche Frau, die noch ein viel ehrbareres Leben als Ihr geführt hat, ist von einem viel weniger liebenswerthen Mann gedemüthigt worden. Deshalb weiset künftighin alle Liebesversicherungen zurück, denn es kommt oft vor, daß eine Frau ein zweites Mal in die Schlinge fällt, der sie das erste Mal glücklich entging. Bedenket wohl, Prinzessin, die Liebe ist blind und verblendet so, daß man sehr leicht einen geraden Weg zu gehen vermeint, der in Wirklichkeit ein sehr abschüssiger ist.

Deshalb scheint es mir am besten, weder zu ihm noch zu irgend einem anderen von dem Vorfall dieser Nacht zu sprechen. Und sollte er selbst darauf zurückkommen, so stellt Euch, als ob Ihr ihn gar nicht verständet. So werdet Ihr zwei gleich große Gefahren vermeiden, einmal Euch eitler Freude über Euren Sieg hinzugeben, und zweitens, etwa mit geheimem Vergnügen an eine Sache zurückzudenken, die für den Menschen immer einen besonderen Reiz hat, so daß selbst die Keuschesten oft genug sich Gewalt anthun müssen, sich ihm zu entziehen, mögen sie auch sonst so zurückhaltend wie möglich sein. Damit er aber umgekehrt nicht etwa auf den Gedanken kommt, sein Unterfangen sei Euch im Grunde doch etwas Angenehmes gewesen, meine ich auch, daß Ihr ganz langsam den gewohnten Verkehr mit ihm abbrecht. So wird er am besten merken, wie sehr Ihr ihn verachtet und wird die Größe Eurer Güte darin erkennen, daß Ihr Euch an Eurem Siege genug sein laßt und nicht noch Vergeltung verlangt. Der liebe Gott aber bewahre Euch gnädigst die Keuschheit Eures Herzens und Ihr selbst möget erkennen, daß alles Gute von ihm kommt, und ihm deshalb nur noch aufrichtiger als bisher folgen und dienen.«

Die Prinzessin nahm sich vor, den Rath der alten Dame zu befolgen, und schlief ruhig den übrigen Theil der Nacht, während der Edelmann die ganze Nacht kein Auge schloß.

Als am anderen Morgen der Prinz das Schloß verlassen wollte und nach seinem Wirth fragte, wurde ihm gesagt, daß er krank sei, das Zimmer nicht verlassen und auch mit Niemandem sprechen dürfe. Der Prinz war erschrocken über diese Nachricht und wollte ihn dennoch sehen. Es wurde ihm aber gemeldet, daß er gerade schlafe, und so verließ der Prinz mit seiner Gemahlin und seiner Schwester das Schloß, ohne Abschied zu nehmen. Als letztere vernahm, daß er sich habe entschuldigen lassen und weder ihren Bruder zu sich ließ, noch ihnen bei ihrer Abreise das Geleit gab, zweifelte sie nicht mehr, daß er der Frevler war und sich nur wegen seiner Wunden im Gesicht nicht sehen lassen wolle. Der Prinz schickte oft genug nach ihm, er kehrte aber nicht eher an den Hof zurück, bis er ganz genesen war, mit Ausnahme der Wunden, die die Liebe und der Aerger ihm geschlagen hatten. Als er nach seiner Rückkehr sich zum ersten Mal wieder seiner sieghaften Feindin gegenüber sah, konnte er nicht umhin, zu erröthen, und obgleich er der dreisteste aller Cavaliere des Hofes war, ereignete es sich zu seiner eigenen Verwunderung sehr oft, daß er in ihrer Gegenwart ganz und gar die Haltung verlor. Das nahm ihrem Verdacht den letzten Zweifel, und sie begann, ihn mehr wie einen Fremden zu behandeln. Sie stellte es sehr fein an, er merkte es aber doch, sagte jedoch nie ein Wort, um nicht ganz von ihr entfernt zu werden, und verschloß seine Liebe und den Kummer über ihre Entfremdung in seinem Herzen.

»Hier, meine Damen, haben Sie eine Erzählung«, sagte Emarsuitte, »welche lehrt, sich nicht selbst etwas zuzuschreiben, was nicht eigenes Verdienst ist, über welche Sie aber auch stolz sein können, wenn Sie an die Tugend dieser jungen Prinzessin und an den gesunden Menschenverstand ihrer Ehrendame denken.«

»Mir scheint«, unterbrach sie hier Hircan, »dieser Edelmann doch so wenig Muth besessen zu haben, daß er garnicht verdiente, zum Gegenstand einer Erzählung gemacht zu werden. Denn bei solcher Gelegenheit muß man nicht weichen, mag es sich nun um eine Alte oder Junge handeln, und seine Liebe war keine übermächtige, sonst hätte nicht Furcht vor einem möglichen Tode und vor Beschimpfung darin Platz gefunden.« Nomerfide wandte sich an ihn mit den Worten: »Und was hätte der Arme angesichts zweier Frauen machen sollen?« – »Er mußte die Alte tödten«, sagte Hircan, »und wenn sich die Junge allein gesehen hätte, wäre sie schon zu besiegen gewesen.« – »Tödten?« fragte Nomerfide, »wollt Ihr denn aus einem Liebenden einen Mörder machen? Wenn Ihr solche Ansichten habt, muß man sich ja recht vorsehen in Eure Hände zu fallen.« – »Wenn ich einmal so weit bin«, nahm Hircan wieder das Wort, »würde ich mich für entehrt halten, wenn ich meinen Plan nicht zu Ende führte.« Hier unterbrach ihn Guebron. »Findet Ihr es denn seltsam, daß eine Prinzessin, die in allen guten Sitten auferzogen ist, einem einzelnen Mann widerstehen konnte? Da müßte Euch doch eine Frau niederen Standes, die den Händen Zweier entrinnt, noch mehr in Erstaunen setzen.« – »Guebron, ich gebe Euch das Wort«, sagte Emarsuitte; »Ihr scheint eine Geschichte von einer armen Frau zu wissen, die vielleicht ganz gut zu hören wäre.« Guebron sagte: »Da Ihr mich gewählt habt, will ich Euch eine Geschichte erzählen, die ich genau weiß, weil ich den näheren Umständen an Ort und Stelle nachgeforscht habe. Ihr werdet sehen, daß frauenhafte Zurückhaltung und Tugend nicht nur bei Prinzessinnen zu finden ist, und Liebe und fein ausgesonnenes Vorgehen nicht nur bei denen, wo man es zunächst denkt.«

Fünfte Erzählung.

Eine Schifferin entrinnt den Händen zweier Franziskanermönche, die ihr Gewalt anthun wollen, und versteht es so einzurichten, daß die Sache ganz bekannt wird.

An Coulon bei Hiort war eine Schiffersfrau, die Tag und Nacht nichts anderes zu thun hatte, als Leute über den Fluß zu setzen. Eines Tages nun begab es sich, daß zwei Franziskaner aus Hiort allein mit ihr im Nachen waren, und da die Ueberfahrt eine der längsten in ganz Frankreich ist, begannen diese, damit ihnen die Zeit nicht lang würde, ihr von Liebe zu sprechen. Sie antwortete jedoch, wie es sich schickte. Die beiden Mönche aber, die weder die Länge des Weges, den sie schon hinter sich hatten, ermüdet zu haben, noch die aus dem Wasser emporsteigende Frische abzukühlen schien und die sich auch die Zurückweisung der armen Frau nicht zu Herzen nahmen, beschlossen, ihr Gewalt anzuthun und, wenn sie etwa sich sträuben sollte, sie ins Wasser zu werfen. Sie war aber gerade so klug wie jene und sagte zu ihnen: »Ich bin garnicht so ungeneigt, als es den Anschein hat, aber ich bitte Euch, mir zwei Bitten zu gewähren, dann sollt Ihr sehen, daß ich Euch ganz gern zu Diensten sein will.«

Die Mönche schwuren beim heiligen Franziskus, daß sie ihr jede Bitte gewähren wollten, wenn sie nur dann auch ihnen zu Wunsch wäre. Sie sagte nun: »Ich bitte Euch erstens, mir zu schwören, zu keinem lebenden Wesen jemals von dieser Stunde zu sprechen.« Sie versprachen das bereitwilligst. Dann fuhr sie fort: »Das zweite ist, daß, wenn der eine von Euch bei mir ist, der andere nicht zugegen sein soll, ich würde sonst vor Scham vergehen, wenn der andere uns zusähe. Macht also unter Euch ab, wer der erste sein soll.« Die beiden Mönche fanden diese Bitte ganz vernünftig, und der jüngere gab dem älteren den Vorrang. Als sie nun in der Nähe einer kleinen Insel angelangt waren, sagte sie zu dem jüngeren: »Hier könnt Ihr Eure Gebete hersagen, ich fahre indeß mit Eurem Klosterbruder nach der nächsten Insel dort, und wenn wir zurückkommen, bleibt er hier und Ihr kommt mit mir.« Der jüngere sprang also ans Ufer, und die Schifferin fuhr mit dem zweiten nach einer anderen Insel. Als sie dort angelangt waren, beschäftigte sie sich noch eine Weile mit dem Anbinden des Kahnes und sagte, zu ihrem Begleiter: »Sieh Dich doch um und suche eine passende Stelle.«

Der Mönch ging eine Strecke in das Innere der Insel hinein, um einen geeigneten Fleck ausfindig zu machen. Kaum sah sie ihn aber vom Ufer entfernt, als sie sich gegen einen Baumstamm abstieß und mit ihrem Kahn nach der Mitte des Flusses zurückruderte, beide Mönche auf den unbewohnten Inseln lassend. Mit lauter Stimme rief sie zu ihnen herüber: »Nun wartet, bis ein Engel Gottes Euch trösten kommt, von mir werdet Ihr nichts mehr zu sehen bekommen.« Als sich nun die armen Mönche hintergangen sahen, fielen sie am Ufer auf die Kniee und flehten sie an, sie möchte ihnen nicht diese Schande anthun, und verschwuren sich hoch und theuer, sie wollten sie ganz in Ruhe lassen, wenn sie sie nur nach dem anderen Flußufer bringen wollte. Sie entfernte sich aber immer weiter und rief: »Ich müßte thöricht sein, mich wieder in Eure Hände zu geben, denen ich eben entronnen bin.« Nachdem sie in ihr Dorf zurückgekehrt war, rief sie ihren Mann und Leute vom Gericht, um die beiden, denen sie mit Gottes Hülfe entflohen war, festnehmen zu lassen. Das ganze Dorf fast ging mit, Groß und Klein wollte am Vergnügen dieser Jagd theilnehmen. Als die armen Klosterbrüder diese große Anzahl Menschen auf sich zukommen sahen, versteckten sie sich ein jeder in seiner Insel, wie es Adam gethan hatte, als der liebe Gott auf ihn zutrat. Nun endlich wurde ihnen ihre Sünde klar, und die Furcht vor der Strafe machte sie erzittern, so daß man sie halb todt antraf. Nichtsdestoweniger wurden sie ins Gefängniß geführt und auf dem Wege dahin wurden sie weidlich verhöhnt und verspottet von Männern und Frauen. Die einen sagten, sie sind wie die Grabdenkmäler von außen schön anzusehen, und innen ist Alles Staub und Verwesung. Andere riefen, an ihren Früchten sollt ihr sie erkennen.

Ihr könnt überzeugt sein, daß, was nur die Heilige Schrift über die Scheinheiligen sagt, hier angewandt wurde. Schließlich wurden sie auf Verwenden des Abtes, der schleunigst hergereist kam und das weltliche Gericht versicherte, er würde sie schon schwerer bestrafen, als es selbst es könnte, und ihnen so viel Fürbitten und Gebete herzusagen aufgeben, als man nur wünsche, aus der Haft befreit. Der Richter gab sich also damit zufrieden und lieferte die beiden Mönche aus; sie sind auch von ihrem Abt, der ein sittenstrenger Mann war, dermaßen abgekanzelt worden, daß sie niemals wieder über einen Fluß setzten, ohne das Zeichen des Kreuzes zu machen und sich dem Schutze Gottes zu empfehlen.

»Nun bitte ich Euch, meine Damen«, beendete Guebron seine Geschichte, »wenn diese gewöhnliche Schiffersfrau es verstand, zwei verschlagene Mönche zu täuschen, was müssen erst die Frauen thun, die so viel Gutes erlebt, gehört und gelesen haben? Wenn eine Frau, die nichts weiß, die so zu sagen nur zweimal im Jahre eine gute Predigt hört, die an nichts anderes zu denken hat, als ihren Lebensunterhalt zu verdienen, in solcher Lage dennoch ihre Tugend zu bewahren versteht, um wie viel mehr muß das erst eine Frau können, die ein behagliches Leben führt und keine andere Beschäftigung hat, als in der Heiligen Schrift zu lesen, Predigten anzuhören und sich zu befleißigen, die Tugend in allen Stücken zu üben? In jenem Falle erst kann man recht erkennen, was echte Tugend ist, die unbewußt im Herzen wurzelt; gerade in den geistig Armen ist die Stimme Gottes am kräftigsten. In der That ist auch am bedauernswerthesten die Frau, die nicht sorgfältig den Schatz hütete, der ihr wohlbewahrt so viel Ehre, preisgegeben so viel Schande bringt.« Longarine sagte hier zu ihm gewandt: »Mir, lieber Guebron, scheint doch nicht eine besondere Tugend dazu zu gehören, einen Mönch abzuweisen, ich würde es vielmehr für ein unmöglich Ding halten, einen solchen zu lieben.« Guebron antwortete: »Frauen, die nicht so hochstehende Freunde haben, wie Ihr, Longarine, halten die Mönche nicht für zu niedrig; sie sind ebenso schön und kräftig, wie wir, und außerdem führen sie kein so abgehetztes Leben wie unsereiner, sprechen im Uebrigen wie die Engel und können zudringlich sein wie die Teufel. Frauen also, die, wenn es hoch kommt höchstens einmal einen Edelmann von ferne sehen, sind schon ganz tugendhaft, wenn sie sich nicht mit Mönchen einlassen.« – »Nun, Ihr mögt sagen, was Ihr wollt«, nahm hier Nomerfide das Wort, »ich hätte mich eher in den Fluß geworfen, als – –« Hier unterbrach sie Oisille mit den Worten: »Könnt Ihr denn so gut schwimmen?« Nomerfide nahm diese Bemerkung übel, weil sie meinte, Oisille bezweifle die Wahrheit ihrer Worte. Sie sagte deshalb zornig: »O, es hat schon manch Eine angenehmere Leute als einen Franziskanermönch zurückgewiesen und es nicht gleich an die große Glocke gehängt.« Oisille lächelte über ihren Zorn und sagte: »Ebensowenig aber läßt man es gerade in den Straßen ausposaunen, was man gethan und gewährt hat.« Parlamente wollte weitere Bemerkungen verhindern und sagte deshalb: »Ich sehe, daß Simontault gern sprechen möchte, ich gebe ihm deshalb das Wort; denn nach zwei so unerfreulichen Erzählungen thut es noth, daß wir eine zu hören bekommen, um die kein Streit entsteht.« – »Ich bin gern bereit«, sagte Simontault, »aber Ihr braucht mich durchaus nicht einen lustigen Erzähler zu nennen, dieser Name gefällt mir garnicht, und um Euch meine Unzufriedenheit zu zeigen, will ich davon sprechen, daß es Frauen giebt, die gegen gewisse Männer und zu gewissen Zeiten sich sehr sittsam stellen, während am Ende ihre wahre Natur zum Vorschein kommt, wie Ihr aus folgender Geschichte ersehen mögt, die sich wirklich zugetragen hat.«

Sechste Erzählung.

Schlauheit einer Frau, die ihren Liebhaber entwischen läßt, als ihr Mann, der auf einem Auge blind ist sie überraschen will.

Der letzte Herzog von Alençon hatte einen Kammerdiener, der ein Auge verloren hatte und mit einer um vieles jüngeren Frau verheirathet war. Sein Herr und seine Herrin schätzten ihn wie irgend einen aus ihrem Hofhalt und hatten ihn gern um sich, weshalb er nicht so oft, als er wohl gewollt hätte, zu seiner Frau gehen konnte. So kam es, daß diese die eheliche Treue brach und sich in ein Verhältniß mit einem jungen Edelmann einließ, welches am Ende so stadtbekannt wurde, daß Gerüchte davon auch ihrem Mann zu Ohren kamen. Er wollte es aber nicht glauben, weil seine Frau ihm viele Zeichen der Zuneigung und Treue gegeben hatte. Immerhin nahm er sich eines Tages vor, sie auf die Probe zu stellen und wenn möglich sich an dem, der ihn zum Stadtgespräch machte, zu rächen; er gab also vor auf zwei bis drei Tage verreisen zu müssen. Kaum war er fort, als seine Frau ihren Liebhaber holen ließ, der aber noch keine halbe Stunde bei ihr war, als ihr Mann wieder in das Haus zurückkehrte und heftig an die Stubenthür klopfte. Sie erkannte ihn sofort und sagte es ihrem Geliebten, der lieber am Ende der Welt gewesen wäre und sie und die Liebe verwünschte, die ihn in solche Gefahr brachte. Sie sagte ihm aber, er solle nur ohne Sorge sein, sie würde schon ein Mittel finden, ihn ohne Schaden herauszulassen, vor Allem solle er sich nur so schnell als möglich ankleiden.

Unterdeß klopfte ihr Mann immer weiter an die Thür und rief laut den Namen seiner Frau; sie that aber, als wenn sie ihn nicht erkannte und sagte laut zu ihrem Diener: »Was stehst Du nicht auf und bringst die Leute, die solchen Lärm vor der Thür machen, zur Ruhe? Ist denn das eine Zeit, um in das Haus ehrbarer Leute zu kommen? Wenn mein Mann da wäre, würde er Euch schon fortbringen«. Als ihr Mann ihre Stimme hörte, rief er ihr laut durch die Thür zu: »Oeffne mir doch, willst Du denn, daß ich bis zum Morgen hier stehen soll?« Als sie nun sah, daß ihr Liebhaber mit dem Anziehen fertig war, sagte sie zu ihrem Mann: »O, mein lieber Mann, was bin ich froh, daß Du zurück bist, eben habe ich einen so schönen Traum gehabt, der mich ganz glücklich machte, weil es mir war, als sähest Du wieder mit beiden Augen.« Während dieser Worte umarmte sie ihn und küßte ihn, nahm seinen Kopf zwischen ihre Hände, hielt ihm das gesunde Auge zu und fragte: »Siehst Du nicht wirklich besser als bisher?« Er sah garnichts, und unterdeß entschlüpfte ihr Geliebter; er wußte aber nichtsdestoweniger, woran er war, und sagte zu seiner Frau: »Ich werde mich wohl hüten, Euch weiter aufzupassen, denn ich wollte Euch fangen und bin nun selbst das Opfer Eurer durchtriebenen Schlauheit geworden. Gott möge Euch auf den guten Weg zurückführen, denn es liegt außer der Macht eines Mannes, einer liederlichen Frau Schranken zu setzen, er müßte sie denn gleich umbringen. Da aber meine gute Behandlung Euch nicht vor der Sünde bewahrt hat, so möge Euch wenigstens die Verachtung, die ich von jetzt ab nur für Euch haben kann, eine Strafe sein.« Mit diesen Worten ging er fort und ließ seine Frau bestürzt zurück, und nur durch Verwandte und Freunde wurde nach vielen Entschuldigungen und Thränen wieder eine Versöhnung herbeigeführt. Nachdem er so geredet, fuhr Simontault fort:

»Hier sehen Sie also, wie fein eine Frau es anzulegen versteht, wenn es sich darum handelt, einer Gefahr zu entrinnen. Und wenn sie so schnell ein Mittel findet, ein Vergehen zu verbergen, so sollte ich doch meinen, daß ihr das noch leichter und schneller gelingen müßte, wenn es gilt, ein Uebel zu vermeiden oder etwas Gutes zu thun. Wenigstens habe ich immer gehört, daß das Gefühl für das Gute das stärkere sei.« Hircan wandte sich zu ihr: »Sprecht soviel von Schlauheit, als Ihr wollt, ich bin der Meinung, wenn Euch gleiches passiren sollte, Ihr würdet schwerlich gleich ein Aushülfsmittel zur Hand haben.« Sie erwiderte: »Dann könnt Ihr mich schon gleich für die dümmste Frau der Welt ausgeben.« – »Das habe ich nicht sagen wollen«, sagte Hircan, »aber ich glaube, Ihr würdet eher über einen Lärm sehr bestürzt sein, als daran denken, ihn nicht laut werden zu lassen.« – »Ihr glaubt eben, ein jeder macht es so wie Ihr und ertödtet einen Lärm nur mit einem noch größeren«, unterbrach ihn hier Nomerfide; »aber am Ende läuft die Gesellschaft Gefahr, daß sie unter solchem Schein und Trug zu Schaden kommt, wie ein Haus leicht zusammenstürzt, wenn sein Unterbau zu sehr belastet wird. Aber wenn Ihr glaubt, daß die Schlauheit der Männer, von der nach meiner Meinung allerdings ein jeder von Euch einen beträchtlichen Theil besitzt, größer ist, als die der Frauen, so gebe ich Euch das Wort, um uns davon ein Stückchen zu erzählen. Wollt Ihr Euch selbst schildern, so glaube ich gern, daß wir etwas Schönes zu hören bekommen werden.« Hircan sagte: »Ich bin nicht hier, um mich selbst schlechter zu machen, als ich bin, das thun schon andere mehr als mir lieb ist.« Bei diesen Worten blickte er zu seiner Frau hinüber, welche zu ihm sagte: »Scheue Dich nicht um meinetwillen, ohne Umschweife zu reden, denn es ist mir schon lieber, wenn Du von Deinen Streichen erzählst, als daß Du sie etwa in meiner Gegenwart machst, obgleich keiner meine Liebe zu Dir herabmindern kann.« Hircan antwortete: »Ich beklage mich auch garnicht wegen der vielen falschen Ansichten, die Du über mich gehabt hast. Da wir einer den andern genau kennen, ist das nur eine Veranlassung mehr, in Frieden mit einander weiter zu leben. Immerhin bin ich nicht so sehr auf den Kopf gefallen, eine Geschichte von mir selbst zu erzählen, die Dir vielleicht doch Kummer machen könnte. Ich will Euch vielmehr von einem Manne erzählen, den ich sehr gut gekannt habe.«

Siebente Erzählung.

Ein Kaufmann in Paris täuscht die Mutter seiner Geliebten, um ihr Verhältniß vor derselben zu verbergen.

In Paris lebte ein Kaufmann, der der Geliebte einer Tochter seiner Nachbarin war, oder genauer gesagt, mehr von dieser geliebt wurde, als er selbst sie liebte. Denn dieses Verhältniß diente ihm nur zum Vorwand, um ein anderes mit einer hochgestellten Dame dahinter zu verbergen. Sie ließ es geschehen, daß er sie betrog, weil sie ihn so sehr liebte, daß ihr garnicht mehr in den Sinn kam, daß eine andere Frau unter solchen Umständen ihn von sich gestoßen hätte. Anfangs war der Kaufmann selbst immer dorthin gegangen, wo sie sich aufhielt; jetzt ließ er sie einfach kommen, wohin er wollte. Ihre Mutter, welche eine sehr sittenstrenge Frau war, merkte das und untersagte ihr, unter der Androhung sie in ein Kloster zu stecken, jeden weiteren Umgang mit ihrem Geliebten. Sie war diesem aber mehr zugethan als sie ihre Mutter fürchtete und ließ von ihm nicht ab. Eines Tages nun war sie ganz allein in einem Kleiderzimmer, als er zu ihr kam, und da sie sich ungestört glaubten, begannen sie sofort mit einander zu kosen. Eine Kammerfrau hatte ihn aber in das Zimmer eintreten sehen und benachrichtigte sofort ihre Mutter, die eiligst und voller Zorn nach der Kammer stürzte. Als das junge Mädchen sie kommen hörte, rief sie unter Thränen: »O weh, mein Geliebter, jetzt werde ich meine Liebe zu Dir theuer bezahlen müssen. Hier kommt meine Mutter, und ihre Befürchtung wird ihr nun zur Gewißheit werden.« Der Kaufmann aber faßte sich schnell, lief der Mutter entgegen, nahm sie fest in seine Arme und warf sie auf ein Sopha nieder. Sie wußte garnicht, was das zu bedeuten hätte, und fand in ihrer Angst keine anderen Worte als, was er wolle, und ob er den Verstand verloren habe. Er hörte aber nicht auf, sie an sich zu drücken, als wäre sie das schönste Mädchen der Welt, und wenn sie nicht so laut geschrieen hätte, daß alle ihre Diener und Kammerfrauen zusammenliefen, wäre ihr wahrscheinlich passirt, was sie für ihre Tochter befürchtete. So mußten sie die arme Alte mit Gewalt aus den Armen des Kaufmanns befreien, ohne daß sie je erfuhr, welchem Zufall sie diese merkwürdige Situation verdankte, denn ihre Tochter hatte sich inzwischen in ein benachbartes Haus geflüchtet, wo eine Hochzeit gefeiert wurde Sie und ihr Geliebter haben hinterdrein noch oft auf Kosten der nichtsahnenden Alten gelacht.

»Hier habt Ihr also ein Beispiel, meine Damen«, sagte Hircan, »wie die Klugheit eines einzelnen Mannes eine alte Frau hinters Licht geführt und einer jungen die Ehre gerettet hat. Und wenn Ihr die Personen näher gekannt und die Unverfrorenheit des Kaufmanns und die Verwunderung der Alten gesehen hättet und hättet nicht gelacht, dann müßte ich freilich sagen, daß Ihr Euer eigenes Gewissen fürchtet. Mir genügt es, durch diese Geschichte zu beweisen, daß die Geistesgegenwart der Männer im Nothfall eben so helfend zur Hand ist, wie die der Frauen, damit Ihr Euch nicht fürchtet, wenn Ihr in ihre Hände fällt. Denn solltet Ihr einmal den Kopf verlieren, so werden sie schon bedacht sein, für Eure Ehre Sorge zu tragen.« Longarine sagte ihm: »Ich muß zugeben, Hircan, daß die Geschichte eine ganz amüsante und die darin zu Tage tretende Schlauheit eine große ist; dennoch ist es kein Beispiel, das man den Mädchen zur Befolgung empfehlen sollte. Es mag wohl einige geben, denen Ihr gern einreden möchtet, daß es nachahmungswerth sei; aber zum Beispiel seid Ihr doch nicht dumm genug, etwa zu wünschen, daß Eure Frau oder eine andere Dame Eures Herzens solches Spiel spielten. Ich glaube vielmehr, keiner würde ihnen schärfer auf die Finger sehen und ihnen besser heimleuchten als gerade Ihr.« – »Wenn eine der von Euch Genannten«, sagte Hircan, »sich auf solche Sachen einließe und ich nichts davon wüßte, ich würde sie wahrhaftig deshalb nicht weniger schätzen.« Parlamente unterbrach ihn hier mit den Worten: »Es ist überhaupt nicht anders möglich, als daß ein böser Mensch auch mißtrauisch sei; wirklich glücklich ist aber nur der, dem keine Gelegenheit zum Mißtrauen gegeben wird.« Longarine sagte: »Ich habe noch kein großes Feuer gesehen, das nicht viel Rauch gegeben hätte, aber ich habe oft genug viel Rauch gesehen, wo kein großes Feuer war; ebenso oft argwöhnt der Böse Schlimmes, wo es nicht ist.« Hircan sagte: »Ihr habt wirklich so gut gesprochen, Longarine, und so gut die Ehre der mit Unrecht verleumdeten Frauen vertheidigt, daß ich Euch das Wort zu einer neuen Erzählung gebe; nur rührt uns nicht etwa wieder mit übermäßigen Lobeserhebungen der ehrbaren Frauen zu Thränen, wie es Frau Oisille gethan hat.« Longarine lachte herzlich und begann wie folgt: »Wenn ich Euch also zum Lachen bringen soll, so soll es diesmal wenigstens nicht auf Kosten der Frauen geschehen; vielmehr sollt Ihr aus meiner Erzählung ersehen, wie geneigt sie sind zu täuschen, wenn ihre Eifersucht mit ins Spiel kommt, und was dabei herauskommt, wenn sie ihre Männer täuschen wollen.«

Achte Erzählung.

Ein Mann kommt zu seiner Frau, anstatt, wie er beabsichtigt, zu deren Kammermädchen, schickt dann seinen Nachbar hin, der ihn zum betrogenen Ehemann macht, ohne daß seine Frau irgend etwas davon weiß.

In der Grafschaft Allez lebte ein Mann namens Bornet, der eine Frau aus gutem Hause geheirathet hatte, deren guter Ruf ihm sehr am Herzen lag, wie ich glaube, daß es alle hier anwesenden Ehemänner ebenso mit Bezug auf ihre Frauen thun. Obgleich er nun verlangte, daß sie ihm die Treue bewahrte, wollte er umgekehrt für sich nicht gleiche Beschränkung und verliebte sich in das Kammermädchen seiner Frau, denn Abwechselung ergötzt den Menschen. Er hatte überdies einen Nachbarn namens Sandras, der Schneider seines Standes und im übrigen gerade so geartet wie er selbst war. Die Freundschaft zwischen ihnen war so groß, daß, von ihren Frauen abgesehen, sie Alles miteinander theilten. Er theilte deshalb seinem Freunde seine Absichten wegen des Kammermädchens mit. Der fand sie nicht nur vortrefflich, sondern half ihm nach Kräften, allerdings in der Hoffnung, am Siege betheiligt zu sein. Das Kammermädchen war aber nichts weniger als fügsam, und als sie sich von allen Seiten bedrängt sah, theilte sie ihrer Herrin Alles mit und bat, ihr eine Reise zu ihren Eltern zu erlauben, weil sie in dieser ewigen Bedrängniß nicht weiter leben könnte. Da jene aber ihrem Mann zugethan war und schon lange Verdacht gegen ihn hatte, war sie über die Gelegenheit, ihm einmal zeigen zu können, wie Recht sie mit ihrem Zweifel gehabt hatte, ganz erfreut. Sie sagte deshalb ihrem Kammermädchen, sie solle nur aushalten, sie möchte sich sogar ihrem Mann entgegenkommend zeigen und ihm für eine Nacht ein Stelldichein in ihrem

Kleiderzimmer geben, ihr selbst aber genau die Nacht nennen und Sorge tragen, daß kein Anderer etwas davon erfahre.

Das Kammermädchen that ganz, wie ihre Herrin ihr geheißen, worüber deren Mann so vergnügt wurde, daß er seinen guten Freund festlich bewirthete. Ueber dem Essen bat ihn dieser, er solle ihm, da er seinerseits ihm behülflich gewesen sei, einen Theil der nächsten Nacht abtreten, was jener versprach. Als nun die verabredete Stunde gekommen war, ging er zu dem Stelldichein und zwar, wie er vermuthete, mit dem Kammermädchen. Seine Frau aber hatte die Rollen vertauscht und war für diese Nacht ihre Dienerin geworden und empfing ihn nicht wie eine verheirathete Frau, sondern wie ein verschüchtertes Mädchen und zwar so gut, daß ihr Mann nichts merkte. Es wäre schwer zu sagen, wer von beiden vergnügter war, er in dem Gefühl seine Frau zu hintergehen, oder sie in dem Bewußtsein, ihren Mann zu täuschen. Nachdem er ziemlich lange bei ihr geblieben war, verließ er sein Haus und suchte seinen Freund auf, der viel jünger und kräftiger als er selbst war. Sie zechten eine Weile zusammen, bis dieser ihm sagte: »Ihr wißt doch noch, was Ihr mir versprochen habt?« – »Nun.« erwiderte jener, »dann geht schnell, daß sie nicht erst aufsteht oder meine Frau sie ruft.« Der gute Freund ging hinüber und fand auch noch das vermeintliche Kammermädchen, das in der Meinung, es sei ihr Mann, ihm nichts verweigerte. Er blieb viel länger bei ihr als ihr Mann, was sie einigermaßen in Erstaunen setzte, denn sie war von Seiten ihres Mannes nicht mehr recht an solche Nächte gewöhnt. Dennoch hielt sie geduldig aus und freute sich schon im Voraus auf die Bemerkungen, die sie ihm am andern Morgen machen, und den Spott, mit dem sie ihn empfangen würde.

Bei Tagesanbruch verließ sie der Freund und als er fortging, zog er ihr wie im Scherz einen Ring vom Finger. Es war ihr Trauring, den die Frauen jener Gegend sorgfältig hüten, denn es wird dort eine Frau, die ihn bis zum Tode trägt, hoch geschätzt, während man von einer, die ihn auch nur durch Zufall verliert, gleich sagt, sie habe ihrem Mann die Treue gebrochen. Sie war ganz zufrieden, daß er ihn mitnahm, weil sie vermeinte, sie würde ihrem Manne vermittelst dieses Ringes seinen Irrthum am besten beweisen können. Als der gute Freund zum Ehemann zurückgekehrt war, fragte ihn dieser, wie es gewesen sei, worauf jener antwortete, er sei ganz zufrieden, und wenn es nicht Tag geworden wäre, wäre er noch länger geblieben. Darauf gingen Beide zu Bett und schliefen den Schlaf des Gerechten.

Als sie am andern Morgen sich anzogen, sah der Ehemann am Finger seines Freundes einen Ring, der ihm große Aehnlichkeit mit dem Trauring seiner Frau zu haben schien. Er fragte deshalb, von wem er den Ring habe, und als er hörte, daß ihn jener dem Kammermädchen vom Finger gezogen habe, wurde er sehr verdutzt, schlug sich mit der Faust vor die Stirn und sagte: »Donnerwetter, sollte ich mir am Ende selber Hörner aufgesetzt haben, und meine Frau weiß nichts davon?« Der gute Freund suchte ihn aber zu trösten, indem er ihm sagte: »Vielleicht hatte nur Eure Frau am Abend den Ring ihrer Zofe zum Aufheben gegeben.«

Der Mann stürzte nach Hause, wo er seine Frau schöner und vergnügter als gewöhnlich vorfand. Sie freute sich eben, ihrem Kammermädchen aus der Verlegenheit geholfen und bezüglich ihres Mannes Alles, was sie wollte, erfahren zu haben, ohne daß es sie mehr als ihre Nachtruhe gekostet hatte. Als ihr Mann sie so voller Freude sah, sagte er bei sich selbst, wenn sie wüßte, was mir diese Nacht widerfahren ist, würde sie mich nicht so gleichmüthig empfangen. Dann unterhielt er sich mit ihr, nahm wie zufällig ihre Hand in die seine und bemerkte, daß sie den Ring nicht mehr trug, der sonst nie von ihrem Finger kam. Sehr erschreckt fragte er sie mit zitternder Stimme: »Was hast Du mit Deinem Ring gemacht?« Sie war sehr froh, daß er selbst auf den

Gegenstand zu sprechen kam und sagte lächelnd: »O du böser Mann, wenn willst Du ihn denn weggenommen haben? Du glaubst wohl, es war meine Zofe, der zu Liebe Du mehr Kräfte verschwendet hast, als je für mich. Denn als Du das erste Mal bei mir lagst, warst Du so verliebt, daß ich mir nicht vorstellen konnte, daß Du es noch mehr sein könntest; aber als Du eine Weile fortgegangen und dann wiedergekommen warst, warst Du ganz außer Rand und Band. Und dann stelltest Du Dich hin, Du Thor, und lobtest meinen Körper, meine Schönheit und meinen Wuchs, die Du so lange schon kennst, ohne darüber je in solches Entzücken gerathen zu sein. Es ist also garnicht etwa die Schönheit des Mädchens, welche Dir das Vergnügen zu einem so großen machte, sondern der Betrug und die Hinterlist verlieh ihm einen besonderen Reiz, daß Du ganz blind wurdest und in Deiner Liebesgluth für die Zofe auch eine aufgeputzte Alte für ein schönes junges Mädchen gehalten hättest. Nun aber wird es Zeit, mein Herr Gemahl, daß Ihr Euch bessert und Euch mit mir zufrieden gebt, die ich Eure Frau und eine ehrbare Frau bin, wenngleich ich einmal die Rolle einer Koketten spielte. Was ich gethan habe, geschah nur, um Euch vom schlechten Wege abzubringen, damit wir fernerhin in Frieden und Eintracht weiter leben. Denn wenn Ihr so fortfahrt wie bisher, will ich mich lieber von Euch trennen als zusehen, wie Ihr Euch Seele und Leib zu Grunde richtet. Wenn Ihr aber Euren Irrthum einsehen und Euch vornehmen wollt, fernerhin ein Gott gefälliges Leben zu führen, so will ich Euch Euren Fehler verzeihen, wie ich Gott bitte, mir zu verzeihen, daß ich ihm nicht in allen Stücken so diene, wie ich müßte.«

Der arme Mann war sehr niedergeschlagen und der Verzweiflung nahe. Er sah, wie schön und sittsam seine Frau war, und nicht genug, daß er sie um einer anderen willen, die ihn garnicht liebte, vernachlässigt hatte, war sie auch ein Opfer seines eigenen Betruges geworden, und ein anderer hatte ihre Liebe mitgenossen, die ihm allein gehörte. Und nur sich allein hatte er die ganze Schande und den Spott zuzuschreiben. Als er sie nun erregt und zornig sah, hütete er sich wohl, ihr zu sagen, welchen Streich er ihr gespielt hatte. Er bat sie um Verzeihung, versprach reuig seinen liederlichen Lebenswandel aufzugeben und gab ihr ihren Ring zurück, den er seinem Freunde vorher abgenommen hatte. Obwohl er diesen inständig gebeten hatte, nichts von der Nacht zu erzählen, ging es ihm mit seinem Abenteuer wie mit allen Geheimnissen, von denen bald die Sperlinge auf den Dächern erzählen, und bald hieß er nur der von seiner Frau wider ihren Willen Betrogene. So schloß Longarine und fuhr dann fort:

»Wenn nun, meine Damen, alle Männer, welche ihre Frauen vernachlässigen, so bestraft würden, so glaube ich, daß Hircan und Saffredant besonders begründete Angst haben müßten.« – »Ei Longarine«, erwiderte Saffredant, »sind wir beide, Hircan und ich, denn die beiden einzigen Verheiratheten in der Gesellschaft?« – »Allerdings giebt es solche noch, aber keine, denen solche Streiche zuzumuthen wären.« – »Wo habt Ihr denn gesehen, daß wir den Zofen unserer Frauen nachgelaufen sind?« – »Wenn die, die das angeht, mit der Wahrheit nicht zurückhalten wollten, würde sich wohl manches Kammermädchen finden, das vor Ablauf ihres Dienstes entlassen worden ist.« – »Wahrlich«, unterbrach sie hier Guebron, »Ihr seid gut; anstatt uns lachen zu machen, wie Ihr verspracht, säet Ihr nur Zank und Zwietracht.« – »Das ist ganz gleich, wenn sie sich nur nicht schlagen, das würde uns nur erst recht zum Lachen bringen.« – »Immerhin würdet Ihr, wenn unsere Frauen Euch glauben wollten, unser schönes Einvernehmen stören«, sagte Hircan. »Ich weiß schon, was ich sage«, erwiderte ihm Longarine; »Eure Frauen sind so verständig und lieben Euch so, daß, wenn Ihr sie auch auf das schmählichste betrügen würdet, sie immer noch sich selbst und der Welt einreden würden, sie seien auf Rosen gebettet.« Alle lachten, selbst die, gegen welche diese Bemerkungen gerichtet waren, und man ließ diesen Gegenstand fallen. Dagoucin aber, der bisher nur ein stummer Zuhörer gewesen war, konnte nicht umhin zu bemerken, daß derjenige Mensch recht unvernünftig sei, der zufrieden sein kann mit dem, was er hat, und doch nach anderen Dingen die Hände ausstreckt; »denn ich habe oft gesehen, daß man im Verlangen nach Besserem nur schlimmer fährt und dann nicht einmal bedauert wird, denn Unbeständigkeit ist immer tadelnswerth.« – »Aber was wollt Ihr thun«, fragte Simontault, »wenn Ihr noch nicht Eure schönere Hälfte gefunden habt? Nennt Ihr Unbestand, sie allenthalben zu suchen, wo sie nur anzutreffen sein könnte?« – »Da der Mensch nicht wissen kann«, antwortete Dagoucin, »wo diese schönere Hälfte, deren Vereinigung mit ihm erst ein Ganzes bildet, sich findet, muß er dort stehen bleiben, wo die Liebe ihn hingeführt hat, und darf dann, was auch immer geschehen mag, nie wankelmüthig werden. Denn wenn die, die Ihr liebt, Euch ganz gleich und von derselben Treue wie Ihr beseelt ist, so liebt Ihr am Ende in ihr nur Euch selbst.« – »Ich meine«, sagte hier Hircan, »wenn unsere Liebe in der Schönheit, Liebenswürdigkeit und Jugend einer Frau ruht und unser Ziel Vergnügen, Ehrgeiz und Reichthum ist, daß dann die Liebe nicht lange dauern kann, denn sobald die Grundlage unserer Liebe fortfällt, verfliegt sie selbst. Ich bleibe aber bei meiner Meinung, daß der Liebende kein anderes Ziel hat, als innig zu lieben und den Tod einem Verlust dieser Liebe vorziehen würde.« – »Hiernach kann ich nicht annehmen«, wandte sich Simontault an ihn, »daß Ihr jemals verliebt gewesen seid; denn hättet Ihr einmal das Feuer der Liebe gleich uns gefühlt, so würdet Ihr uns hier nicht von der Republik Platos erzählen, die zwar auf dem Papier steht, in der Wirklichkeit aber sich als unhaltbar erweist.« – »Und doch habe ich geliebt, liebe noch und werde so lange ich lebe lieben«, sagte Dagoucin, »aber ich fürchte so sehr, daß eine Erklärung meiner Liebe Abbruch thue, daß ich davor zurückschrecke, daß die, deren Liebe ich in gleich hohem Grade mir wünsche, etwas davon erfahre. Ich thue sogar meinen Gedanken Zwang an, damit meine Augen mich nicht verrathen, denn je mehr ich die innere Gluth verberge, um so mehr steigt in mir das Verlangen nach Gewißheit darüber, ob meine Liebe eine vollkommene ist. Dennoch glaube ich nicht, daß Ihr nicht sehr froh wäret, geliebt zu sein«, sagte Guebron. »Ich will das nicht bestreiten«, erwiderte Dagoucin, »aber wenn ich auch so geliebt würde, wie ich selbst liebe, so könnte das nicht meine Liebe vergrößern, ebensowenig wie sie umgekehrt verringert würde, wenn ich so wenig geliebt würde, als ich selbst leidenschaftlich liebe.« Parlamente, der diese Anschauung nicht ganz unbekannt war, wandte sich an ihn mit den Worten: »Nehmt Euch nur in Acht, Dagoucin, ich habe noch andere als Euch gesehen, die lieber gestorben sind, als daß sie gesprochen hätten.« – »Man muß sie nur glücklich preisen«, sagte Dagoucin. »Jawohl«, unterbrach sie hier Saffredant, »sie sind sogar werth, mit unter die Unschuldigen gezählt zu werden, von denen in der Kirche gesungen wird: Nicht mit Worten, sondern mit dem Tode haben sie ihren Glauben bekannt. Ich habe von diesen verzagten Liebhabern genug reden hören, aber ich habe noch keinen daran sterben sehen, und da ich selbst diesem Schicksal entronnen bin, trotz des vielen Kummers, den ich gehabt habe, glaube ich auch nicht, daß es sich so leicht deshalb stirbt.« – »Wollt Ihr denn überhaupt von Liebe sprechen«, sagte Dagoucin, »wenn Ihr und die, die Eure Meinung theilen, ruhig weiter leben können? Ich habe selbst genug sterben sehen, deren ganze Krankheit eine zu innige Liebe war.« – »Wenn Ihr über diesen Gegenstand mehrere Geschichten wißt«, wandte sich Longarine an ihn, »so gebe ich Euch das Wort, und erzählet uns eine davon.« – »Ich will Euch also eine wahrheitsgetreue Geschichte erzählen«, sagte Dagoucin, »die sich vor drei

Jahren ereignet hat und in der es auch nicht an Wundern fehlt, damit ihr meine Anschauung bestätigt findet.«

Neunte Erzählung.

Bedauernswerther Tod eines Edelmanns, der zu spät von seiner Geliebten erhört wird.

Zwischen der Dauphiné und der Provence lebte ein Edelmann, reicher an Tapferkeit, Schönheit und Wohlanständigkeit als an irdischen Gütern, welcher eine junge Dame liebte, deren Name ich mit Rücksicht auf ihre Eltern, die aus einem sehr vornehmen Hause stammten, nicht nennen will. Aber seid versichert, daß diese Geschichte sich wirklich ereignet hat. Da er nun nicht von so vornehmer Abkunft war, wie sie selbst, wagte er nicht, ihr seine Liebe zu erklären. Vielmehr war dieselbe so groß und edel, daß er lieber gestorben wäre, als irgend etwas, was ihr zur Unruhe gereichen könnte, zu begehren. Sie heirathen zu können hatte er keine Hoffnung, eben wegen des Standesunterschiedes. Er hatte also kein anderes Ziel, als sie mit aller Macht seines Herzens zu lieben. Das that er denn auch, bis schließlich auch sie davon etwas merkte, und da sie seine reine, von allen Nebenabsichten freie Freundschaft für sich sah, fühlte sie sich ganz glücklich, von einem so edlen Manne geliebt zu sein, und behandelte ihn von nun an wie einen Freund, so daß er, der besseres nie erwartet hatte, ganz zufrieden war. Aber die Verläumdung, die Feindin allen stillen Glücks, konnte auf die Dauer diesem durchaus reinen Verhältniß gegenüber nicht müßig bleiben. Ganz Unberufene gingen zur Mutter des jungen Mädchens und sagten ihr, es beleidige ihr Anstandsgefühl, daß jener Edelmann so viel in ihrem Hause sei, und man erzähle sich, daß die Schönheit der Tochter, mit der man ihn so oft in Unterhaltung antreffe, der Hauptgrund wäre.

Die Mutter wußte ganz genau, wie es mit der Ehrlichkeit des Edelmannes stand, und sie war seiner so sicher wie irgend eines ihrer eigenen Kinder; nichtsdestoweniger betrübte es sie zu vernehmen, daß die Welt in diesem unschuldigen Verkehr etwas fand, und um der Klatschsucht, die sie fürchtete, weitere Nahrung zu nehmen, bat sie ihn, eine Zeit lang ihr Haus zu meiden. Es war das eine bittere Pille für ihn, der besser wie irgend jemand sonst wußte, daß seine Beziehungen zu dem jungen Mädchen eine solche Entfernung nicht erheischte. Um aber die bösen Zungen zum Schweigen zu bringen, reiste er fort, bis die Gerüchte sich gelegt hatten, und nahm dann den alten Verkehr wieder auf. Die Abwesenheit hatte seine Neigung nicht verringert. Als er aber wieder zu Hause war, hörte er von einer beabsichtigten Heirath der jungen Dame mit einem Edelmanne sprechen, der ihm garnicht so reich dünkte, daß er selbst nicht den Versuch wagen sollte, ihm seine Freundin streitig zu machen. Er faßte sich also ein Herz und bewog seine Freunde, zu seinen Gunsten zu sprechen, in der Meinung, daß dann, wo sie selbst die Wahl zu treffen hätte, sie ihn jenem vorziehen würde.

Die Mutter aber und die Verwandten befürworteten den andern, weil er reicher war. Da der Edelmann wußte, daß seine Freundin damit ebensowenig zufrieden war, wie er selbst, verfiel er in großen Trübsinn, und ohne krank zu sein, nahm er langsam ab und veränderte sich in kurzer Zeit so sehr, daß sein schönes Gesicht wie mit einer Todtenmaske überzogen schien. Er ging dem Tode freudig entgegen, konnte es aber doch nicht über sich bringen, seine Geliebte garnicht mehr zu sehen. Schließlich aber verließen ihn die Kräfte ganz, und er mußte das Bett hüten. Er verbot, sie hiervon zu benachrichtigen, damit sie nicht auch bekümmert würde. So gab er sich ganz der Verzweiflung hin, verlor den Appetit und den Schlaf und war schließlich garnicht mehr wiederzuerkennen, so eingefallen und blaß sah er aus.

Das Gerücht kam aber doch der Mutter seiner Geliebten zu Ohren, die ein mitleidiges Gemüth hatte und für ihre Person so wenig gegen den Edelmann einzuwenden hatte, daß, wenn ihre Verwandten so wie sie und ihre Tochter gedacht hätten, sie ihn dem Reichthum des andern vorgezogen hätte. Aber die Anverwandten des Vaters blieben unerbittlich. Mutter und Tochter besuchten ihn aber und fanden ihn mehr todt als lebendig. Er fühlte sein Ende herannahen, hatte gebeichtet und die Sterbesakramente erhalten und glaubte nun zu sterben, ohne seine Geliebte noch zu sehen. Als er nun zwei Schritt vom Grabe entfernt noch einmal die sah, an der sein ganzes Leben hing, kehrten ihm auf kurze Zeit die Kräfte zurück. Er setzte sich in seinem Bett auf und sagte: »Was führt Euch hierher zu mir, der ich schon mit einem Fuß im Grabe stehe und dessen Tod Ihr mit verschuldet habt?« – »Wir«, riefen jene, »wie wäre es möglich, daß wir Schuld am Tode desjenigen hätten, den wir selbst so sehr lieben? Saget uns, was Euch zu dieser seltsamen Anschuldigung veranlaßt.« Er wandte sich an die Mutter mit den Worten: »Wohl habe ich mich, soweit ich konnte, bemüht, meine Liebe zu Eurer Tochter Niemanden sehen zu lassen; meine Verwandten haben aber, durch meine Hoffnungslosigkeit und mein Unglück veranlaßt, mehr davon gesprochen, als mir lieb ist. Ich selbst bin nicht so bekümmert um meinetwillen, als vielmehr weil ich weiß, daß sie von keinem andern so sehr geliebt und so sorgfältig behütet werden wird, als es von mir der Fall gewesen wäre. Und daß sie ihren besten und getreuesten Freund auf dieser Welt verlieren muß, das schmerzt mich mehr als der Verlust meines Lebens, welches mir nur für sie Werth hatte, und da es ihr nichts nützen kann, ist es für mich nur ein Gewinn zu sterben.«

Als sie diese Worte hörten, bemühten sie sich, ihn zu beruhigen. Die Mutter sagte deshalb zu ihm: »Fasset Muth, mein Freund, ich verspreche Euch feierlichst, wenn Gott Euch wieder gesund werden läßt, soll meine Tochter keinen andern als Euch heirathen. Höret auch sie selbst, sie mag Euch das gleiche Versprechen geben.« Das junge Mädchen that es unter Thränen und mit vielen Versicherungen. Er aber sagte sich, daß, wenn er auch gesund würde, er seine Geliebte doch nicht heimführen würde, und daß alle diese Versprechungen nur dazu dienen sollten, ihn zu trösten. Deshalb sagte er ihnen, wenn ihm das vor drei Monaten gesagt worden wäre, wäre er der glücklichste Edelmann von ganz Frankreich geworden; jetzt sei die Hülfe zu spät gekommen, und er habe kein Vertrauen und keine Hoffnung mehr. Als er aber sah, daß sich beide um die Wette bemühten, ihm Hoffnung zu geben, sagte er zu ihnen: »Da Ihr mir aus Mitleid ein Glück versprecht, das Ihr mir nicht geben könnt, auch wenn Ihr wolltet, so laßt mich Euch um ein viel geringeres bitten, das ich niemals zu verlangen gewagt habe.« Sie versprachen seine Bitte zu erfüllen und drangen in ihn, ohne Scheu sie auszusprechen. »Ich bitte Euch denn«, sagte er, »laßt mich Eure Tochter umarmen und küssen.« Das junge Mädchen sträubte sich anfangs in jungfräulicher Scham; ihre Mutter aber, welche sah, daß in ihm nicht mehr die Gefühle und Kräfte eines Mannes waren, befahl es ihr. Sie näherte sich deshalb dem Bett des armen Kranken, beugte sich weiter zu ihm und sagte: »Mein Geliebter, umarme mich.«

Der arme Kranke streckte seine schon ganz fleischlosen Arme aus, umarmte sie mit aller Kraft, die ihm noch zu Gebote stand, küßte sie mit seinen kalten, blassen Lippen und hielt sie lange fest an sich gepreßt. Dann sagte er zu dem jungen Mädchen: »Meine Liebe zu Euch war so groß und lauter, daß ich mir, abgesehen von einer Heirath, nie ein größeres Glück gewünscht habe, als ich jetzt habe, und da mir jene nie zu Theil werden wird, gebe ich mit Freuden mein Leben Gott zurück, der Liebe und Barmherzigkeit ist und die Reinheit meiner Liebe und die Lauterkeit meiner Wünsche kennt; möge er jetzt, wo ich Dich in meinen Armen halte, meine Seele zu sich nehmen.« Mit diesen Worten umschlang er sie nochmals heftig mit seinen Armen; die Anstrengung und Aufregung war aber eine zu große für ihn, die Freude machte sein Herz schnell und laut schlagen, und so gab er seinen Geist auf. Leblos sank er auf das Lager zurück, und seine Arme lösten sich aus der Umarmung; zur Stunde aber wurde sich das junge Mädchen ihrer Liebe, die sie bisher immer unterdrückt hatte, so sehr bewußt, daß die Mutter und die Diener des Edelmanns Mühe hatten, sie vom Lager zu entfernen, und nur mit Anstrengung die Halbtodte vom Bett ihres Geliebten fortreißen konnten. Es wurde ihm ein feierliches Leichenbegräbniß veranstaltet, aber die größte Zierde desselben waren die Thränen und der Schmerz des jungen Mädchens, der jetzt nach seinem Tode um so heftiger hervorbrach, als sie während seines Lebens sich Zwang angethan hatte, gleich als sollte jetzt das gegen ihn begangene Unrecht gesühnt werden. Sie hat sich dann verheirathet, aber wie ich gehört habe, ist sie nie wieder froh geworden.

»Nun, Ihr Herren«, fuhr Dagoucin fort, »die Ihr mir nicht glauben wolltet, scheint Euch dieses Beispiel nicht genügend, um Euch einsehen zu lassen, daß eine große mißachtete Liebe den Menschen selbst den Tod bringen kann? Ihr alle kennt die beiderseitigen Eltern; Ihr könnt also an der Wahrheit der Geschichte nicht zweifeln; freilich kann sie nur glauben, wer selbst Aehnliches erfahren hat.« Alle Damen hatten Thränen in den Augen; Hircan aber sagte: »Das ist denn doch der größte Thor, der mir je begegnet ist. Ist es denn vernünftig, um der Frauen willen zu sterben, die schließlich doch nur für uns geschaffen sind, und sich zu scheuen, von ihnen das zu verlangen, was sie von Rechtswegen uns geben müssen? Ich spreche nicht etwa für mich oder im Namen aller Verheiratheten; ich habe Frauen genug und mehr als das; ich spreche vielmehr für die, denen es daran fehlt, und die ich in ihrer übergroßen Scheu für dumm halte. Ihr könnt hier recht sehen, wie das Mädchen ihre Thorheit bedauerte, denn wenn sie den Todten umarmte (an sich schon ein widerwärtiges Bild), würde sie den Lebenden nicht zurückgewiesen haben, wenn er nur eben so kühn gewesen wäre, als er mitleiderregend in seinem Tode ist.« – »Immerhin zeigte der Edelmann eine so große Zuneigung und Wohlanständigkeit«, sagte Oisille, »daß er schon deshalb Lob verdient, denn volle Lauterkeit der Absichten bei einem Verliebten ist ein seltenes Ding hier auf der Welt.« – »Ich kann mich nur den Worten Hircans anschließen«, sagte Saffredant, »und Ihr könnt versichert sein, wenn ein Mann eine Frau liebt und im übrigen sich auf die Sache versteht, so wird er schließlich alles oder wenigstens einen Theil dessen, was er verlangt, erreichen; gerade Schwachheit und Furcht läßt den Männern die schönsten Abenteuer entgehen, und sie kommen zu Fall, weil sie an der Tugendhaftigkeit ihrer Geliebten auch nicht einmal mit der Fingerspitze zu rühren wagen. Gemeiniglich ist noch kein befestigter Platz gut belagert worden, der nicht auch eingenommen wurde.« – »Ich komme aus dem Erstaunen über Euch beide nicht heraus«, sagte Parlamente, »für solche Ansichten können sich Eure Geliebten nicht bei Euch bedanken, oder Ihr habt Eure Kunstfertigkeit in so schlechter Gesellschaft erprobt, daß Ihr alle Frauen nach jener beurtheilt.« – »Was mich anbetrifft«, sagte Saffredant, »so kann ich mich nicht großer Erfolge rühmen, und ich bin darüber bekümmert genug; ich kann aber meine Mißerfolge viel weniger der Tugend der Frauen zuschreiben, als vielmehr dem Umstande, daß ich selbst meine Sache nicht mit Geschick und Klugheit geführt habe, und als Beleg will ich Euch nur die Alte aus dem Roman *de la Rose* anführen, welche sagt:

Ihr schönen Ritter, wir sind mit Verlaub
Alle für Euch und Ihr alle für uns.

Wenn also die Liebe erst einmal das Herz einer Dame erobert hat, so glaube ich, daß es nur am Ungeschick des Mannes liegt, wenn sie nicht die seine wird.« – »Und wenn ich Euch nun eine Frau nennen würde«, unterbrach ihn Parlamente, »eine Frau, die herzlich liebt, eifrig umworben und hart bedrängt wird und dennoch ehrbar bleibt und über sich selbst und ihren Geliebten siegt, würdet Ihr das immer noch für unmöglich erklären?« – »Wahrscheinlich auch dann noch.« – »Ihr wäret nur eigensinnig, wenn Ihr diesem Beispiel keinen Glauben schenken wolltet.« Dagoucin wandte sich zu ihr mit den Worten: »Ich habe eben die bis zum Tode tugendhafte Liebe eines Edelmanns gepriesen; wißt Ihr eine ähnliche Geschichte zu Ehren einer Dame, so bitten wir Euch, erzählet sie uns heute noch und laßt es Euch nicht stören, wenn sie auch lang ist; wir haben noch Zeit genug, viel Gutes zu hören.« – »Da es heute die letzte Geschichte ist«, sagte Parlamente, »und meine Erzählung schön und wahrheitsgetreu ist, daß ich sie Euch sehr gern mittheile, will ich Euch nicht mit vielen Vorreden aufhalten. Ich habe sie zwar nicht aus eigener Anschauung, aber der sie mir erzählt hat, war einer meiner besten Freunde, der den Helder derselben selbst genau gekannt hatte; ich habe ihm nur versprechen müssen, wenn ich sie weiter erzählen sollte, die Namen der Personen zu verschweigen. Es ist also Alles der Wahrheit gemäß, bis auf die Namen und das Land.«

Zehnte Erzählung.

Von der Liebe Amadours und Florindens, worin viel Ränke und Verstellungen enthalten sind, und von der lobenswerthen Keuschheit Florindens.

In der Grafschaft Arande in Aragon lebte eine Dame, welche noch ziemlich jung Witwe des Grafen von Arande wurde und einen Sohn und eine Tochter hatte, welche Florinde hieß. Die junge Witwe hielt darauf, ihren Kindern in allen Stücken eine Erziehung zu Theil werden zu lassen, wie sie sich für Edelleute geziemte, und so kam es, daß ihr Haus in dem Rufe stand, eines der wohlanständigsten von ganz Spanien zu sein. Sie hielt sich oft in Toledo auf, wo damals der König von Spanien residirte, und wenn sie nach Saragossa kam, in dessen Nähe ihr Schloß lag, war sie viel bei der Königin und bei Hofe, wo sie so angesehen war wie nur irgend eine andere Edeldame. Als sie einmal wie herkömmlich zum König reiste, der sich in Saragossa auf seinem Schloß von Jaffière aufhielt, kam sie durch ein kleines Dorf, welches dem Vicekönig von Catalonien gehörte, der für gewöhnlich wegen der unterbrochenen Kriege zwischen ihm und dem Könige von Frankreich nicht von der Grenze von Perpignan wegkam; jetzt war aber gerade Friede, und er war mit allen seinen Offizieren gekommen, um dem Könige zu huldigen.

Als der Vicekönig erfuhr, daß die Gräfin von Arande seine Besitzungen passirte, fuhr er ihr entgegen, theils weil sie alte Freunde waren, theils um ihr als einer Verwandten des Königs seine Ehrerbietung zu erweisen. In seiner Begleitung hatte er eine Anzahl junger Edelleute, die durch ihr Kriegshandwerk schon Ruhm und Ehre erlangt hatten, so daß man sich glücklich schätzen mußte, sie kennen zu lernen. Unter ihnen ragte einer namens

Amadour hervor; er war zwar erst 18 oder 19 Jahre alt, aber sein Auftreten war ein so sicheres und sein Verstand so scharf, daß unter Tausenden er allein würdig gewesen wäre, einen Staat zu lenken. Noch muß erwähnt werden, daß seine hohe Bildung durch eine große Schönheit noch gehoben wurde, und so schön er war, so geistvoll war er in der Unterhaltung, so daß man manchmal im Zweifel sein konnte, wem man den Vorzug geben sollte, seiner Anmuth, seiner Schönheit oder seiner Unterhaltungsgabe. Am meisten gereichte ihm aber sein Muth und seine Kühnheit zur Ehre, deren Ruf trotz seiner Jugend schon weit in die Länder gedrungen war, denn er hatte schon an so vielen verschiedenen Orten Proben davon abgelegt, daß seine Tapferkeit nicht nur in Spanien, sondern auch in Frankreich und Italien hoch geschätzt wurde, weil er in allen Kriegen, an denen er Theil genommen hatte, immer in der ersten Reihe der Kämpfenden zu finden gewesen war, und wenn sein Vaterland Frieden hatte, fremde kriegführende Länder aufsuchte und sich bei Freund und Feind gleich beliebt machte.

Dieser Edelmann nun war im Gefolge seines Generals mit in die Gegend gekommen, welche augenblicklich die Gräfin Arande durchreiste. Als er die Schönheit und Anmuth ihrer damals erst zwölf Jahre alten Tochter sah, sagte er sich, daß sie das schönste Mädchen sei, das er bisher noch gesehen habe, und daß, wenn er ihre Neigung erwerben könnte, ihn das glücklicher machen würde, als alle Reichthümer und Genüsse, die ihm eine andere bieten könnte. Nachdem er sie lange angesehen hatte, beschloß er ihr seine Liebe zu widmen, wenngleich ruhige vernünftige Ueberlegung ihm davon abrieth, einmal weil sie aus zu vornehmen Hause war und zweitens wegen ihrer zu großen Jugend, an die man mit dergleichen noch nicht herantreten konnte. Er setzte sein Heil auf die Hoffnung und erwartete, daß Zeit und Geduld schließlich seine Ausdauer belohnen würden. Um nun der Hauptschwierigkeit abzuhelfen, welche in der großen Entfernung des Landes, in dem er wohnte, und der seltenen Möglichkeit Florinden zu sehen, lag, beschloß er sich zu verheirathen.

Die Gräfin kam also nach Saragossa und wurde vom König und dem ganzen Hof aufs beste empfangen. Der Gouverneur von Catalonien besuchte sie sehr oft, und Amadour verfehlte dann nicht ihn zu begleiten, um wenigstens das Vergnügen zu haben, Florinde zu sehen. Um nun in diesen Gesellschaftskreis eingeführt zu werden, wandte er sich an die Tochter eines alten Edelmannes, der zugleich Nachbar seiner Eltern war. Sie hieß Aventurade und war von Jugend auf gemeinschaftlich mit Florinde erzogen worden, so daß sie deren Herzensgeheimnisse wußte. Sowohl wegen ihrer hohen Geburt als auch weil sie eine Rente von dreitausend Dukaten als Mitgift bekam, beschloß Amadour ihr als ein Bewerber um ihre Hand gegenüber zu treten. Sie war gern bereit ihn anzunehmen, aber sie wußte, daß ihr geldstolzer Vater seine Einwilligung zu einer Heirath nicht geben würde, es sei denn, daß die Gräfin Arande sich für ihn verwendete. Sie wandte sich deshalb an Florinde und sagte ihr: »Siehst Du den castillanischen Edelmann dort, der sich so oft mit mir unterhält? Ich glaube, er will nichts anderes als mich heirathen; aber Du kennst meinen Vater, er wird niemals seine Einwilligung geben, wenn nicht Deine Mutter und Du ein gutes Wort für ihn einlegen.« Florinde, welche ihre Freundin herzlich liebte, versprach ihr, sich dieser Angelegenheit wie einer eigenen anzunehmen. Aventurade stellte ihr Amadour vor, und als er ihre Hand küßte, war er nahe daran ohnmächtig zu werden, und obwohl er in ganz Spanien für den geistvollsten Mann galt, konnte er vor Florinde kein Wort herausbringen. Sie war sehr erstaunt darüber, denn obgleich sie noch sehr jung war, hatte sie doch schon davon gehört, daß es in der ganzen Monarchie keinen anmuthigeren und unterhaltenderen Mann gebe als ihn. Und da er sie immer noch nicht anredete, sagte sie zu ihm:

»Euer Ruf, Herr Ritter, ist ein so großer, daß Ihr in unserem Kreise wohl bekannt seid, und alle, die Euch kennen, sind froh über eine Gelegenheit, Euch gefällig zu sein; deshalb wollet auf mich rechnen, wenn ich in irgend einer Beziehung Euch zu Diensten sein kann.«

Amadour sah nur ihre Schönheit und war so hingerissen, daß er sich kaum bedankte. So erstaunt Florinde auch war, daß er ihr nicht einmal antwortete, so schrieb sie es doch nur einer vielleicht ungeschickten Bemerkung ihrerseits, nicht aber seiner Liebe zu und entfernte sich ohne noch weiter mit ihm zu sprechen. Als Amadour solche liebenswürdige Anmuth bei so großer Jugend sah, sagte er zu Aventurade: »Wundert Euch nicht, daß ich vor Florinde die Sprache verloren zu haben schien, ihre Liebenswürdigkeit und ihr verständiges Sprechen trotz ihrer so großen Jugend haben mich dermaßen in Erstaunen versetzt, daß ich kein Wort zu sagen wußte. Aber ich bitte Euch, Ihr wißt ja alle ihre Geheimnisse, gehören ihr nicht die Herzen aller Prinzen und Edelleute dieses Hofes? Denn wer sie kennt und nicht liebt, muß ein Herz von Stein haben oder ein Mensch ohne Augen sein.« Aventurade liebte Amadour schon mehr als irgend einen andern Edelmann des Hofes und wollte ihm deshalb nichts verheimlichen. Sie sagte ihm also, daß Florinde von allen geliebt werde, daß sie aber der Landessitte gemäß noch nicht viel mit jungen Leuten verkehrt hätte, und daß sie von ernsteren Absichten noch nichts bemerkt habe, abgesehen von zwei jungen Prinzen, welche sie zu heirathen wünschten, und zwar der Sohn des Infanten aus dem königlichen Hause und der junge Herzog von Cardonne. »Und welchen bevorzugt sie wohl?« fragte Amadour. »Sie ist viel zu gehorsam«, antwortete Aventurade, »als daß sie einen anderen Willen als den ihrer Mutter haben wird, aber so viel ich es beurtheilen kann, ist sie dem Sohn des Infanten mehr zugethan als dem Herzog von Cardonne. Im übrigen habt Ihr selbst Urtheil genug und könnt, wenn Ihr wollt, Euch heute noch selbst überzeugen, denn der Sohn des Infanten, einer der schönsten jungen Prinzen der Christenheit, lebt ja hier am Hofe. Und wenn er heirathet, meinen wir jungen Mädchen, muß es Florinde sein, die er zur Frau nimmt; es wäre das schönste Paar. Ich muß Euch auch noch sagen, daß, wenn auch beide noch sehr jung sind, sie erst zwölf und er fünfzehn Jahre, es schon drei Jahre sind, daß sie einander lieben, und wenn Ihr wünscht, daß sie Euch gefällig sei, so rathe ich Euch, sucht seine Freundschaft.«

Amadour war sehr froh, daß das junge Mädchen überhaupt der Liebe fähig war, denn so hoffte er schließlich doch sein Ziel zu erreichen und wenn auch nicht ihr Gatte, so doch ihr Freund zu werden; was er nämlich allein fürchtete, war, daß sie etwa überhaupt nicht liebte. Amadour machte sich auch schnell daran, sich mit dem Sohn des Infanten zu befreunden, was ihm bald gelang, denn alle Vergnügungen, die der Prinz liebte, verstand er zu veranstalten; er war tüchtig zu Pferde, kannte alle Waffen und alle anderen Spiele, auf die ein junger Mann nur verfallen kann. Da brach in Languedoc wieder der Krieg aus, und Amadour mußte mit dem Vicekönig dorthin ziehen, worüber er großen Kummer empfand, denn dort hatte er vorläufig keine Gelegenheit, Florinde irgendwo wiedersehen zu können. Er setzte sich deßhalb mit einem seiner Brüder in Verbindung, der Hofmarschall der Königin war, erzählte ihm, wie er im Hause der Gräfin Arande und von Aventurade gut aufgenommen worden sei, und bat ihn, während seiner Abwesenheit nach Kräften seine Heirath zu betreiben und zu diesem Zweck den Einfluß des Königs, der Königin und aller sonstigen Bekannten aufzubieten. Der Bruder, der ihn ebensowohl wegen ihrer nahen Verwandtschaft als auch wegen seiner Tapferkeit liebte, versprach Alles zu thun, was in seinen Kräften stände. Er brachte es auch wirklich zu Wege, daß der alte geldstolze Vater einmal seinen Geiz gegenüber den Vorzügen

Amadours hintenansetzte, von denen ihm die Gräfin Arande und vor Allem die schöne Florinde und auch der junge Graf Arande, der heranwuchs und Edelmuth und Tapferkeit zu schätzen begann, viel erzählten. Als die Heirath zwischen den Eltern beschlossene Sache war, ließ der Hofmarschall seinen Bruder vom Kriegsschauplatz herbeirufen, während die Fehde zwischen den beiden Königen noch andauerte. Gerade zu jener Zeit hatte sich der König von Spanien nach Madrid begeben, um der großen Hitze, die an mehreren andern Orten herrschte, aus dem Wege zu gehen. Auf Anrathen seiner Räthe und auch auf Wunsch der Gräfin Arande, hatte er dem jungen Grafen von Arande seine Verwandte, die Prinzessin Medina Coeli zur Frau versprochen, sowohl weil er selbst diese Vereinigung der beiden Häuser wünschte, als auch weil er der Gräfin Arande sehr zugethan war; die Hochzeit sollte nun im königlichen Schlosse in Madrid stattfinden.

Zu dieser Hochzeit kam Amadour, und er betrieb dann eifrig die seine mit Aventurade, von der er mehr geliebt wurde, als er sie liebte, weil ihm diese Ehe nur als Deckmantel und Mittel dienen sollte, um dort sein zu können, wohin ihn sein Herz unaufhörlich zog. Nachdem er verheirathet war, wurde er stehender Gast im Hause der Gräfin Arande, und die beiden Frauen besprachen Alles in seiner Gegenwart, als wäre er selbst eine Frau. Trotz seiner zweiundzwanzig Jahre trat er so gemessen auf, daß die Gräfin ihm alle ihre Angelegenheiten unterbreitete und ihrem Sohn und ihrer Tochter befahl, auf seine Rathschläge zu hören. Auch in dieser vertrauten Stellung blieb er so zurückhaltend, daß selbst die, die er liebte, nichts von seiner Zuneigung merkte. Aber aus Liebe zu Amadours Frau, der sie herzlich zugethan war, verheimlichte sie auch vor ihm keinen ihrer Gedanken; es kam nun sogar so weit, daß sie ihm ihre Liebe für den Sohn des Infanten mittheilte, und er, der ihr Vertrauen ganz gewinnen wollte, sprach ihr unaufhörlich davon. Er fragte garnichts danach, worüber er mit ihr sprach, wenn er nur überhaupt mit ihr zusammen sein konnte. Nach seiner Hochzeit verweilte er nur einen Monat auf dem Lande, dann mußte er wieder in den Krieg, und zwei Jahre blieb er außer Landes, ohne seine Frau zu sehen, die während dieser Zeit in dem Hause blieb, in dem sie erzogen worden war. Amadour schrieb häufig an seine Frau; aber den größten Theil jedes Briefes nahmen Empfehlungen an Florinde ein, welche dieselben erwiderte; oft schrieb sie einige Zeilen unter Aventuradens Briefe, was ihren Mann nur zu um so häufigerem Schreiben veranlaßte. Trotz alle dem ahnte Florinde nichts und liebte ihn nur wie einen Bruder. Einige Male kam auch Amadour auf kurze Zeit nach Haus gereist, so daß er in den zwei Jahren Florinden alles in allem zwei Monate sah; aber trotz der Entfernung und der langen Abwesenheit wuchs seine Liebe nur.

Als er einmal wieder zu Besuch zu seiner Frau gekommen war, fand er die Gräfin fern vom Hofe, denn der König von Spanien war nach Andalusien gegangen und hatte den jungen Grafen von Arande, der schon die Waffen trug, mit sich genommen. Die Gräfin hatte sich in eines ihrer Landhäuser an der Grenze von Aragon und Navarra zurückgezogen und war sehr erfreut, als sie die Ankunft Amadours vernahm, der beinahe drei Jahre abwesend gewesen war. Florinde hielt ihn wegen ihrer Freundschaft für seine Frau und ihn werth, ohne von seinen Absichten etwas zu errathen; und da ihr Herz unter keiner Leidenschaft litt, sie vielmehr eine gewisse Zufriedenheit in Amadours Nähe empfand, that sie sich auch keinen Zwang ihm gegenüber an; an anderes dachte sie aber nicht. Amadour war in großer Verlegenheit, um den scharfen Augen derjenigen zu entgehen, die sich auf die Blicke der Verliebten verstehen; denn wenn Florinde ganz unbefangen mit ihm sprach, flammte das verhaltene Feuer in seinem Herzen so auf, daß er nicht verhindern konnte, daß helle Röthe sein Gesicht überzog und seine Augen glänzten und leuchteten. Damit also Niemand aus ihrem häufigen Beisammensein irgend welchen Verdacht schöpfen könnte, begann er einer schönen Dame, namens Pauline, die für die schönste Frau ihrer Zeit gehalten wurde und deren Reiz nur wenige Männer nicht erlegen waren, den Hof zu machen. Diese Pauline hatte gehört, wie viele Liebschaften Amadour in Barcelona und Perpignan gehabt hatte und daß er von den schönsten Damen des Landes, insbesondere auch von einer Gräfin Palamos, die alle andern noch weit übertraf, geliebt worden war. Deshalb sagte sie ihm eines Tages, sie bemitleide ihn, daß er nach so vielen schönen Frauen, die er besessen, eine so häßliche geheirathet habe. Amadour deutete diese Worte richtig dahin, daß sie nicht abgeneigt sei, ihn zu trösten; er sagte ihr deshalb tausend Liebenswürdigkeiten und rechnete, durch diese erheuchelte Zuneigung seine wahre zu verdecken. Sie war aber in Liebessachen nicht unerfahren und gab sich mit Worten nicht zufrieden; sie fühlte auch ganz wohl, daß die Liebe zu ihr durchaus nicht sein Herz ausfüllte, und es kam ihr die Vermuthung, daß sie ihm nur als Deckmantel einer anderen Leidenschaft diente. Von nun an verwandte sie ihre Augen nicht von ihm. Er verstellte sich so gut, daß sie zur Gewißheit nicht kam; aber ihr Verdacht blieb, und das machte Amadour besorgt. Hierzu kam, daß Florinde, die von alledem nichts wußte, oft in Paulinens Gegenwart ganz vertraulich mit ihm sprach, wo er dann jedesmal die größte Mühe hatte, daß seine Blicke ihn nicht verriethen. Um nun möglichen unangenehmen Folgen vorzubeugen, sagte er eines Tages zu Florinde, als sie beide in einer Fensternische zusammen standen: »Ich bitte, rathet mir, was ist besser, zu reden oder zu sterben?« Florinde antwortete unbefangen: »Ich rathe allen meinen Freunden, ohne Scheu zu sprechen; Worte können immer wieder gut gemacht werden, das Leben aber, wenn einmal hingegeben, läßt sich nicht wiedererlangen.«

»Wollt Ihr mir also versprechen«, sagte Amadour, »nicht nur nicht betrübt über das, was ich Euch sagen werde, zu sein, sondern auch mich zu Ende reden zu lassen, auch wenn Euch meine Worte erschrecken?« Sie antwortete: »Sprecht aus, was Ihr zu sagen habt, aber wenn Ihr mich erschreckt, welcher andere soll mich dann wieder beruhigen können?«

Er begann nun folgendermaßen: »Ich habe Euch aus zwei Gründen nichts von der großen Liebe, die ich für Euch hege, sagen wollen, einmal, weil meine Absicht dahin ging, durch dauernde Ergebenheit sie Euch selbst wahrnehmen zu lassen, und zweitens, weil ich mir wohl denken konnte, daß Ihr es für eine große Ueberhebung meinerseits halten würdet, daß ich, ein einfacher Edelmann, so hoch greife. Wisset aber nun, daß ich seit Eurer frühesten Jugend Euch so ergeben bin, daß ich unausgesetzt nur nach dem Einen gestrebt habe, mir Eure Zuneigung zu gewinnen. Nur deshalb habe ich das Mädchen geheirathet, das Eure beste Freundin ist, und seitdem ich Eure Liebe für den Sohn des Infanten kenne, habe ich mich bemüht, mit ihm befreundet zu werden; kurz, was Euch nur gefallen möchte, habe ich mir angelegen sein lassen. Alles, was ich die letzten fünf Jahre gethan habe, diente nur dazu, in Eurer Nähe zu leben. Mißverstehet mich nicht, ich gehöre nicht zu den Männern, die hierdurch etwa einen Lohn, der nicht in den engsten Grenzen des Anstands bliebe, gewinnen wollen. Was ich erbitte, ist nur das Eine, mir eine freundliche Herrin zu sein, mich nicht von Euch zu stoßen, mich weiter als Euren Vertrauten zu betrachten und sicher zu sein, daß, wenn Eure Ehre oder irgend etwas, das Euch berührt, den Einsatz des Lebens eines Edelmannes erfordert, ich Euch das meine von ganzem Herzen widme. Wenn Ihr mich aber zurückweiset, so werde ich mein Schwert fortwerfen und einem tugendhaften Leben entsagen, das mir zu nichts nütze gewesen ist. Deshalb flehe ich

Euch an, erhöret meine Bitte, gegen die auch Eure Ehre und Euer Gewissen nichts einzuwenden vermögen.«

Als die junge Dame diese unerwarteten Worte vernommen, erblaßte sie und senkte die Augen. Dann antwortete sie ihm zurückhaltend und gemessen: »Wenn Ihr nichts anderes verlangt, als was Ihr bereits habt, weshalb denn diese lange Rede? Ich fürchte so sehr, daß unter Euren ernsten Worten irgend ein Hintergedanke sich versteckt und Ihr die Unwissenheit meiner Jugend täuschen wollt, daß ich in großer Verlegenheit bin, was ich Euch antworten soll. Denn wollte ich die Freundschaft, die Ihr mir anbietet, zurückweisen, so thäte ich das Gegentheil von dem, was ich bisher gethan habe, denn bis heute habe ich Keinem so vertraut als gerade Euch. Auch mein Gewissen und meine Ehre können nichts gegen Eure Bitte einwenden, und auch meine Liebe zum Sohn des Infanten steht ihr nicht entgegen; denn letztere soll zu einer Ehe führen, die Ihr selbst für Euch ausschließt. Ich wüßte also nichts, was mich hindern könnte, Euch die gewünschte Gewährung Eurer Bitte zu geben; es sei denn eine gewisse Furcht in meinem Herzen, weil ich mich vergeblich frage, wo denn die Veranlassung lag, so zu mir zu sprechen, wie Ihr thatet; denn ich wiederhole, wenn Ihr nichts anderes verlangt, als was Ihr schon habt, weshalb sprachet Ihr überhaupt?«

Amadour beeilte sich zu antworten: »Ihr sprecht zurückhaltend, aber mit dem Vertrauen, welches Ihr in mich setzt, erweist Ihr mir schon so viel Ehre, daß ich unwürdig wäre, wenn ich mich nicht mit einem solchen Gut zufrieden geben wollte. Was mich heute veranlaßte, zu Euch zu reden, ist Pauline, welche wohl fühlt, daß ich sie nicht lieben kann, und die deshalb Verdacht geschöpft hat und allenthalben mir auflauert. Wenn Ihr in ihrer Gegenwart vertraulich mit mir sprecht, befürchte ich so sehr mich zu verrathen und ihr dadurch Gewißheit zu verschaffen, daß ich nun in die schiefe Lage gekommen bin, die ich selbst vermeiden wollte. Stände mir Eure Ehre nicht am höchsten, so würde ich auch noch nicht gesprochen haben, denn ich bin ganz glücklich in der Freundschaft und dem Vertrauen, das Ihr mir schenkt, und bitte um nichts mehr, als daß es so bleiben möge.«

Florinde war über diese Erklärung sehr erfreut; es begann sich in ihrem Herzen ein neues und ihr ganz unbekanntes Gefühl zu regen. Sie sah seine verständigen Gründe ein und sagte ihm, daß ihre Tugend für sie einstehe und ihm seine Bitte gewähre. Wer einmal geliebt hat, kann sich vorstellen, wie erfreut Amadour war. Florinde befolgte aber seinen Rath viel mehr, als er selbst gewollt hatte; sie war scheu geworden und begann nicht nur in Paulinens Gegenwart, sondern auch sonst ihrer Gewohnheit entgegen ihn zu vermeiden. In dieser absichtlichen Fernhaltung fing sie an über Amadours und Paulinens Verkehr nachzudenken, und sie fand diese so schön, daß sie nur annehmen konnte, daß er sie liebte. Um ihrer Traurigkeit Herr zu werden, war sie viel mit Aventurade zusammen, die aber auch ihrerseits eifersüchtig auf Amadour und Pauline war und sich häufig bei Florinde beklagte, und dann von dieser wie von Einer, die unter dem gleichen Kummer leidet, getröstet wurde.

Amadour bemerkte bald Florindens verändertes Benehmen; er sagte sich auch, daß sie sich nicht nur auf seinen Rath hin von ihm entferne, sondern daß noch ein anderer Grund vorliegen müsse. Eines Tages traf er sie, als er vom Nachmittagsgottesdienst aus einem Kloster zurückkam, und fragte sie: »Wie sonderbar stellt Ihr Euch jetzt mir gegenüber?« – »Nur so, wie Ihr es selbst wünscht«, antwortete Florinde. Plötzlich kam ihm eine Vermuthung, und um zu sehen, ob er sich nicht täusche, fuhr er fort: »Ich habe jetzt durch meine häufige Abwesenheit Pauline allen Verdacht, Euch betreffend, genommen.« Sie antwortete: »O, Ihr könnt ja nichts besseres für Euch und für mich thun, und wenn Ihr auch hierin Vergnügen findet, thut Ihr doch andererseits damit ein gutes Werk.« Amadour schien es nach diesen Worten, als meine sie, er verkehre gern mit Pauline, und es brachte ihn so zur Verzweiflung, daß er zornig antwortete: »Das heißt mich quälen; nichts hat mir je größere Mühe und Widerwärtigkeit verursacht, als mir den Zwang anzuthun, gegen jene ungeliebte Person freundlich zu sein. Und da Ihr nun, was ich nur in Eurem Interesse that, mißdeutet, werde ich überhaupt nicht mehr mit ihr sprechen, mag daraus entstehen, was nur will. Ich hoffe auch, daß mich mein General bald wieder in den Krieg ruft; dort werde ich dann so lange bleiben, bis Ihr einsehet, daß, von Euch abgesehen, mich hier nichts zurückhält.«

Mit diesen Worten verließ er sie, ohne ihre Antwort abzuwarten; mißmuthig und traurig blieb sie zurück. Langsam wandelte sich ihr freundschaftliches Gefühl in Liebe, sie sah ihr Unrecht ein und schrieb ihm und bat ihn zurückzukehren. Er that es nach einigen Tagen, nachdem sein Zorn vorüber war.

Als nun dieser ihre aufkeimende Liebe verdunkelnde Verdacht beseitigt war und die beiden Liebenden mehr denn je Gefallen an ihrem Zusammensein empfanden, kam die Nachricht, daß der König von Spanien seine ganze Armee nach Saulce schicke. Amadour, gewohnt von Allen der erste zu sein, konnte nicht umhin auch jetzt mitzuziehen. Sein Kummer war aber größer, als er vermuthet hatte; einmal gab er den ihm lieben Verkehr auf und dann befürchtete er auch, sie bei seiner Rückkehr verändert vorzufinden. Florinde war nun fünfzehn Jahre alt und wurde viel von Prinzen und Edelleuten umworben. Er sagte sich, daß, wenn sie während seiner Abwesenheit sich verheirathen sollte, es nur noch eine Möglichkeit gebe, sie immer wieder zu sehen, nämlich, wenn die Gräfin Arande ihr seine eigene Frau als Ehrendame beigebe. Er führte diese Angelegenheit mit Hülfe seiner Freunde auch so gut, daß die Gräfin und Florinde ihm versprachen, seine Frau mitzunehmen, wohin sich auch letztere verheirathen möchte.

Auch für den Fall, daß sich Florinde nach Portugal verheirathen sollte, wovon viel die Rede war, sollte Aventurade ihr folgen. Mit dieser Versicherung reiste Amadour ab und ließ seine Frau bei der Gräfin. Als sich nun Florinde nach der Abreise ihres Freundes allein sah, widmete sie ihre Zeit nur wohlgefälligen Werken und hoffte dadurch den Ruf einer selbstlosen Frau zu erwerben und eines solchen ergebenen Freundes würdig befunden zu werden.

Als Amadour nach Barcelona kam, wurde er wie früher von den Damen sehr gefeiert. Sie fanden ihn aber alle sehr verändert und waren erstaunt, daß die Ehe einen solchen Einfluß auf ihn ausüben hatte können, denn es schien ihm weh zu thun, wenn er an die frühere Zeit und ihre Vergnügungen dachte. Als er nach Saulce gekommen war, nahm er sofort an dem grausamen und blutigen Krieg zwischen den beiden Königen thätigsten Antheil; wollte ich von diesem Krieg erzählen oder von seinen Thaten, so müßte ich ein ganzes Buch schreiben. Ich will also nur kurz erwähnen, daß er mehr Ruhm als irgend ein anderer seiner Kriegskameraden erlangte. Der Herzog von Nagières, der mit zweitausend seiner Leute nach Perpignan gekommen war, bat Amadour, sein Feldhauptmann zu sein, und er schlug sich mit diesen Leuten so gut, daß in allen Scharmützeln nur immer der eine Ruf »die Nagièrer, die Nagièrer« ertönte.

Nun begab es sich, daß der König von Tunis, der schon lange mit den Spaniern in Hader lag, von dem Kriege der beiden Könige von Frankreich und Spanien an der Grenze von Perpignan und Narbonne hörte und sich überlegte, daß er zu keiner besseren Zeit dem Könige von Spanien Schaden zufügen könne. Er schickte deshalb eine große Menge Schiffe aus, um an der schlecht bewachten spanischen Küste zu plündern. Als man in Barcelona die Schiffe vorbeikommen sah, schickte man Boten an den König nach Saulce, und dieser sandte unverzüglich den Herzog von Nagières nach Palamos. Als die Leute auf den Schiffen erfuhren, daß dieser Ort eine große Besatzung habe, fuhren sie an ihm vorüber; des Nachts aber kehrten sie zurück, und es landeten so viel Truppen, daß der Herzog von Nagières von ihnen überrumpelt und gefangen genommen wurde. Amadour hingegen war auf seinem Posten und als er den Lärm der Kämpfenden hörte, sammelte er so viel Leute um sich, als er in der Eile zusammenraffen konnte, und vertheidigte sich so gut, daß längere Zeit auch die Uebermacht des Feindes ihm nichts anhaben konnte. Als ihm aber hinterbracht worden war, daß der Herzog von Nagières gefangen und die Türken entschlossen seien, Palamos und die Burg, in der er sich hielt, dem Feuer preiszugeben, zog er es vor, sich lieber zu übergeben, als die Ursache des Unterganges seiner Leute zu sein, hoffte im Stillen auch, sich loszukaufen und dann Florinde wiedersehen zu können. Er übergab sich also dem Feldherrn des Königs von Tunis, namens Derlin, der ihn zu seinem Herrn brachte, wo er mit Ehren empfangen, aber auch wohl behütet wurde, denn sie dachten nichts anderes als den Achilles von ganz Spanien in ihren Händen zu haben. So blieb Amadour beinahe zwei Jahre am Hofe des Königs von Tunis. Als die Nachricht von diesem Treffen in Spanien bekannt wurde, verfielen die Verwandten des Herzogs von Nagières in große Trauer; wem aber die Ehre des Landes mehr am Herzen lag, der bedauerte vielmehr den Verlust Amadours. Die Nachricht kam auch ins Schloß der Gräfin Arande, wo gerade damals Aventurade schwer krank lag. Die Gräfin, welche schon lange etwas von der Zuneigung Amadours zu ihrer Tochter ahnte und nur deshalb bisher nicht eingeschritten war, weil sie seine Ehrlichkeit kannte, rief Florinde zu sich in ihr Zimmer und theilte ihr die Trauerkunde mit. Florinde verstand es aber, sich zu beherrschen, sagte, es sei das ein großer Verlust für ihr Haus, und daß ihr vor Allem seine arme Frau leid thue, um so mehr, als sie gerade jetzt krank sei. Als sie ihre Mutter heftig weinen sah, ließ sie, um sich nicht durch ein

Uebermaß erheuchelter Ruhe zu verrathen, auch einige Thränen fallen. Seit diesem Tage berührte die Gräfin oft jenes Thema, konnte aber keinen kleinsten Zug, der ihr einen Anhalt hätte bieten können, an ihrer Tochter wahrnehmen. Sobald Amadour nach Tunis gekommen war, beeilte er sich, Nachricht an seine Freunde zu geben und auch einen sicheren Boten an Florinde zu senden, daß er gesund sei und sie wiederzusehen gedenke. Das war ihre einzige Hoffnung in ihrem Schmerz. Auch konnte sie es möglich machen, ihm zu schreiben, und sie that dies so reichlich, daß es Amadour an brieflichem Trost wenigstens nicht mangelte. Um diese Zeit wurde die Gräfin Arande nach Saragossa gebeten, wo der König angekommen war. Dort fand sich auch der junge Herzog von Cardonne ein, der den König und die Königin so für sich zu interessiren verstand, daß diese die Gräfin baten, in die Heirath zwischen ihm und ihrer Tochter zu willigen. Die Gräfin, die ihm gern gefällig sein wollte, that es auch, da sie zudem auch der Meinung war, ihre im übrigen auch noch so junge Tochter werde keinen anderen Wunsch als den ihren haben.

Nachdem alles abgemacht war, sagte sie ihrer Tochter, daß sie für sie die ihr am passendsten erscheinende Wahl getroffen habe. Florinde sah ein, daß dieser abgemachten Sache gegenüber alles Reden unnütz sei, sagte deshalb zu ihrer Mutter, Gott möge alles zum Besten wenden, und da sie die Gräfin so ganz anders in ihrem Benehmen gegen sich selbst als früher fand, folgte sie und beklagte sich nicht. Aber wie kein Unglück allein kommt, erhielt sie plötzlich die Nachricht, daß der Sohn des Infanten auf den Tod krank sei. Sie ließ ihren Kummer weder vor ihrer Mutter noch vor einem anderen sehen, bezwang sich vielmehr, bis eines Tages der zurückgehaltene Schmerz und die körperliche Aufregung ihr einen Blutsturz zuzogen, so daß ihr Leben in Gefahr kam. Um all diesen Widerwärtigkeiten mit einem Schlage ein Ende zu machen, verheirathete sie sich mit dem, den sie allerdings lieber todt als lebendig gesehen hätte. Nach ihrer Hochzeit reiste Florinde mit ihrem Mann nach Cardonne und nahm Aventurade mit sich, der sie oft über die Strenge ihrer Mutter und über ihren Kummer, den Sohn des Infanten verloren zu haben, ihr Herz ausschüttete. Ueber Amadour sprach sie aber nur, um sie selbst zu trösten. Im übrigen beschloß sie, nur Gott und ihre Ehre vor Augen zu haben und ihr geheimes Leid so gut zu verbergen, daß auch kein einziger gewahr werde, wie sehr ihr Mann ihr mißfiel.

So führte Florinde lange Zeit ein Leben, welches nicht besser als gar keines war. Sie gab davon auch ihrem getreuen Amadour Kunde, welcher, da er ihr edles Herz und ihre Liebe zum Sohn des Infanten kannte, nicht anders annahm, als daß sie bald sterben würde, und sie wie eine Todte betrauerte. Diese Nachrichten steigerten nur seinen Schmerz; er hätte gern ihr ganzes Leben lang ihr Freund bleiben wollen; auch hätte er gewünscht, daß sie einen Gatten nach ihrem Wunsch gefunden hätte, so sehr verstummte sein eigener Schmerz neben dem ihrigen. Als er nun durch einen Freund am Hofe des Königs von Tunis erfuhr, daß dieser entschlossen sei, ihn wie jeden andern gefangenen Feind zu tödten, es sei denn, daß er seinen Glauben abschwöre – in letzterem Falle wünschte er sehr, ihn in seine Dienste zu nehmen – einigte er sich mit seinem Herrn dahin, daß dieser ihn gegen sein Ehrenwort vorläufig entließ und seine vollständige Befreiung an die Zahlung eines Lösegeldes knüpfte, welches er so hoch bemessen hatte, daß er allerdings nicht annahm, ein Mann von Amadours Mitteln würde es zahlen können. So, ohne erst den König zu befragen, entließ ihn sein Herr auf Ehrenwort. Sowie er an den Hof des Königs von Spanien gekommen war, machte er sich sofort daran, bei seinen Freunden sich das Lösegeld zu verschaffen und reiste sogleich nach Barcelona, wohin der junge Herzog von Cardonne, dessen Mutter und Florinde gegangen war. Sobald Aventurade die Nachricht von der Ankunft ihres Mannes erhalten hatte, machte sie hiervon Florinde Mittheilung, die vor Freude außer sich gerieth. Da sie aber befürchtete, daß sie beim Wiedersehen erröthen würde und Leute, die ihn nicht kannten, hieraus ein abfälliges Urtheil ziehen könnten, hielt sie sich an einem Fenster auf, wo sie ihn schon von Weitem kommen sehen konnte, und als sie ihn bemerkte, ging sie ihm auf einer dunklen Treppe entgegen, wo Niemand sehen konnte, ob sie die Farbe wechselte. Dann umarmte sie ihn herzlich, führte ihn in ein Zimmer und von da zu ihrer Schwiegermutter, die ihn noch niemals gesehen hatte. Aber schon nach zwei Tagen war er in ihrem Hause eben so beliebt, wie in dem der Gräfin Arande.

Von den vielen Gesprächen Amadours und Florindens und den Erzählungen des ersteren, wie schlecht es ihm in der Zeit der Trennung gegangen sei, will ich nichts berichten. Florinde vergoß manche Thräne, sowohl weil sie ohne Neigung verheirathet war, als auch über das Leid desjenigen, der sie so sehr liebte und den sie garnicht mehr wieder zu sehen gehofft hatte. Sie nahm sich deshalb vor, ihren Trost in ihrer Neigung und ihrem Vertrauen zu Amadour zu suchen. Immerhin sagte sie ihm nichts davon; er errieth es aber und versäumte keine Gelegenheit, ihr seine große Liebe zu zeigen. Als sie beinahe auf dem Punkte war, ihn nicht mehr nur als ihren treu ergebenen Diener, sondern als besten, liebenswerthen Freund anzunehmen, ereignete sich etwas ganz Unerwartetes. Der König ließ plötzlich in einer wichtigen Sache Amadour zu sich rufen; als Aventurade diese Kunde vernahm, erschrak sie so sehr darüber, daß sie ohnmächtig wurde und so unglücklich stürzte, daß sie nicht wieder ins Leben zurückgerufen werden konnte. Florinde verlor durch diesen Todesfall ihren letzten Trost und bedauerte sie, als hätte sie mit ihr ihren letzten Verwandten und Freund verloren. Noch schlechter aber ging es Amadour; einmal verlor er die beste Frau und andererseits mit ihr auch die Möglichkeit, Florinde immer sehen zu können. Er verfiel selbst in eine schwere Krankheit, daß er nicht anders glaubte, als auch sterben zu müssen.

Die alte Herzogin von Cardonne besuchte ihn häufig und suchte ihm mit Trostgründen über den Tod seiner Frau hinweg zu helfen; aber vergeblich. Der Verlust seiner Frau quälte ihn, und seine Liebe konnte diese Qual nur vergrößern. Als nun seine Frau begraben war und er nicht mehr bleiben konnte, da sein Herr ihn zurück verlangte, überkam ihn so große Verzweiflung, daß er beinahe den Verstand verlor. Florinde suchte ihn zu trösten und war doch selbst am meisten des Trostes bedürftig. Einen ganzen Nachmittag saß sie bei ihm und sprach ihm Muth zu, indem sie ihm versicherte, sie würde schon Mittel und Wege finden, daß sie sich öfter sehen könnten, als er dächte. Er war zwar so schwach, daß er sich kaum auf seinem Lager rühren konnte, sollte aber doch den andern Morgen das Schloß verlassen. Er bat sie deshalb, am Abend, nachdem alle anderen fortgegangen waren, noch einmal zu ihm zu kommen, was sie auch ohne zu bedenken, wie weit verzweifelte Liebe einen Menschen bringen kann, versprach. Ihm schien alle Hoffnung, sie je wieder zu sehen, verloren; er dachte an seine lange, treue Ergebenheit, für die er nie einen anderen Lohn erhalten hatte, als Ihr gehört habt, und in seiner so lange Zeit niedergehaltenen Liebessehnsucht und seiner Verzweiflung entschloß er sich, alles aufs Spiel zu setzen, sie ganz zu verlieren oder sie ganz zu gewinnen und in einer kurzen Stunde das Glück zu genießen, das er verdient zu haben glaubte. Er ließ sein Bett mit dichten Vorhängen umgeben, so daß ihn die Leute, die ihn besuchten, nicht sehen konnten, und er klagte ihnen gegenüber noch mehr als bisher, so daß alle im Hause nicht anders dachten, als daß er den nächsten Tag nicht mehr überleben würde. Nachdem alle Besucher ihn verlassen hatten, ging Florinde auf Bitten ihres Mannes noch zu ihm. Sie kam mit dem Vorhaben, zu seinem Trost ihm ihre Liebe einzugestehen und ihm zu sagen, daß, soweit ihre Ehre es erlaube, sie ihm ergeben sein wolle. Sie setzte sich auf einen Stuhl am Kopfende des Bettes und vereinigte ihre Thränen mit den seinen. Als Amadour sie so voll Trauer und Mitleid sah, dachte er, daß ihm diese Stimmung leichter zu seinem Zwecke verhelfen könne, und erhob sich auf seinem Bett, welches Florinde, die ihn noch für zu schwach dazu hielt, verhindern wollte. Er ließ sich auf die Kniee nieder, und indem er rief: »Muß ich Euch auf ewig verlieren?« ließ er sich in ihre Arme fallen, wie ein Mensch, den seine Kräfte verlassen. Die arme Florinde hielt ihn lange aufrecht und that alles Mögliche, um ihn zu trösten; aber die Medicin, welche sie ihm gab, um seinen Schmerz zu mildern, machte ihn gar zu stark; denn ohne zu sprechen, und indem er that, als stürbe er, suchte er zu erlangen, was Frauenehre verbietet.

Als Florinde seine böse Absicht merkte, wollte sie, angesichts der ehrenhaften Reden, die er stets geführt hatte, kaum daran glauben und fragte ihn, was er wolle. Aber Amadour, der ihre Antwort fürchtete, wohl wissend, daß es eine keusche und ehrbare sein würde, verfolgte ohne zu sprechen mit allen Kräften sein Vorhaben. Florinde glaubte in ihrem Erstaunen eher, daß er den Verstand verloren habe, als daß er sie entehren wollte. Sie rief also laut nach einem Edelmann, welcher, wie sie wußte, im Nebenzimmer war, worauf Amadour, aufs äußerste verzweifelt, sich so heftig auf sein Bett zurückwarf, daß der hinzukommende Edelmann dachte, er sei verschieden. Florinde, welche sich von ihrem Sitz erhoben hatte, schickte ihn schnell nach etwas gutem Essig, worauf der Edelmann hinausging. »Amadour«, sagte Florinde, »welche Tollheit ist Euch in den Kopf gestiegen? Was habt Ihr gedacht und was thun wollen?« Amadour, dem vor Liebe alle Vernunft abhanden gekommen war, antwortete: »Verdienen meine langjährigen Dienste eine solche Grausamkeit zum Lohn?« – »Und wo bleibt die Ehre«, sagte Florinde, »welche Ihr mir so oft gepredigt habt?« – »Ach«, sprach Amadour, »man kann Eure Ehre nicht inniger lieben als ich; denn als Ihr Euch verheirathen solltet, habe ich mein Herz so wohl bezwungen, daß Ihr nichts von meinen Wünschen erfuhrt; jetzt, da Ihr vermählt seid und Eure Ehre gedeckt ist, welches Unrecht thue ich, wenn ich fordere, was mein ist? Denn kraft meiner Liebe habe ich Euch gewonnen. Der, welchem zuerst Euer Herz gehört hat, trachtete so wenig nach Eurem Leib, daß er es verdient hat, beides zu verlieren. Der, welchem Euer Leib gehört, ist Eures Herzens nicht würdig, und also gehört ihm eigentlich auch Euer Leib nicht. Ich aber, edle Frau, habe fünf oder sechs Jahre lang so viel um Euch gelitten, daß Ihr wissen müßt, daß mir allein Euer Herz und Leib gehören, um derentwillen ich mich selbst vergessen habe. Wenn ich vor meiner Abreise den Lohn von Euch erhielte, den meine große Liebe verdient, so würde ich stark genug sein, die Qual dieser langen Abwesenheit zu ertragen. Wenn Ihr ihn mir aber verweigert, werdet Ihr bald hören, daß Eure Strenge mich in einen unglücklichen und grausamen Tod gejagt hat.«

Florinde war eben so erstaunt als betrübt, solche Anträge von dem zu erhalten, den sie dessen nie für fähig erachtet hätte, und Antwortete ihm weinend: »Ach, Amadour, sind das die tugendhaften Absichten, welche Ihr während meiner Jugendzeit hattet? Ist das die Ehre des Gewissens, welche Ihr mir so oft empfohlen habt, nie zu vergessen? Habt Ihr die guten Beispiele vergessen, welche Ihr mir von den tugendhaften Damen erzähltet, die der tollen Liebe widerstanden, und die Verachtung, welche Ihr gegen galante Frauen an den Tag legtet? Ich kann nicht glauben, Amadour, daß Ihr Euch so weit ändern könnt, Gott, Euer Gewissen und meine Ehre zu vergessen. Aber wenn es so ist, so lobe ich die himmlische Vorsehung, welche mich verhindert hat, mich ins Unglück zu stürzen, da mir Euer wahres Herz enthüllt wurde. Ich sage Euch das mit dem größten Schmerz; aber wenn ich hergekommen wäre, um Euch ewige Freundschaft zu schwören, so kenne ich doch mein Herz, das jetzt gebrochen ist; mein Leid, so enttäuscht worden zu sein, ist so groß, daß ich mein Leben über kurz oder lang dafür lassen werde. Und damit lebt wohl auf ewig!« Der Schmerz Amadours bei diesen Worten ist nicht zu beschreiben und nachzufühlen, außer von denen, die Aehnliches erlebt haben. Und da er sah, daß sie nach diesem grausamen Beschluß fortgehen wollte, hielt er sie fest, wohl wissend, daß, wenn er ihr nicht ihre schlechte Meinung über ihn nähme, er sie für immer verlieren würde.

Darauf sprach er mit verstellter Miene zu ihr: »Edle Dame, ich habe in meinem ganzen Leben gesucht, eine Frau über Alles zu lieben, die dessen würdig war; und da ich so wenige gefunden habe, habe ich prüfen wollen, ob Ihr durch Eure Tugend würdig wärt, eben so geachtet als geliebt zu werden. Dies weiß ich nun sicher und ich lobe Gott dafür, der mein Herz dahin lenkte, so viel Vollkommenheit zu lieben; Euch aber bitte ich, verzeiht mir mein thörichtes und kühnes Unternehmen, da Ihr seht, daß das Ende zu Eurer Ehre und meiner Zufriedenheit ausschlägt.« Florinde, welche jetzt die Schlechtigkeit der Männer durch ihn eben so gut kennen gelernt hatte, wie es ihr früher schwer wurde, daran zu glauben sagte ihm: »Wollte Gott, Ihr sagtet die Wahrheit! Aber ich bin seit meiner Verheirathung nicht mehr so unwissend, nicht zu sehen, daß Euch nur Blindheit und Leidenschaft handeln ließen, denn wenn ich schwach gewesen wäre, hättet Ihr Euren Zweck erreicht. Die, welche nur um der Tugend willen in Versuchung führen wollen, werden nimmermehr den Weg einschlagen, welchen Ihr wähltet. Aber genug davon; wenn ich einiges Gute von Euch gehalten habe, so weiß ich jetzt doch die ganze Wahrheit, und diese befreit mich von Euch.«

Damit ging Florinde hinaus und weinte die ganze Nacht hindurch; sie fühlte so großen Schmerz über diese Veränderung, daß ihr Herz Mühe hatte, die Anfälle von Reue, welche die Liebe ihr eingab, zu unterdrücken; denn obgleich ihr Verstand beschloß, ihn durchaus nicht mehr zu lieben, wollte sich ihr Herz, welches uns nicht unterthan ist, dem nicht fügen. Sie liebte ihn also nach wie vor, da sie wußte, daß die Liebe an diesem Vergehen schuld war, und beschloß nur, um auch der Ehre zu genügen, es niemals merken zu lassen.

Am Morgen reiste er ab, und nachdem er seine Angelegenheiten bei der Königin geordnet hatte, zog er in den Krieg. Er war so traurig und so ganz und gar verändert, daß die Damen, Offiziere und alle, welche früher mit ihm umgegangen waren, ihn kaum wiedererkannten, und ging nur noch in schwarz gekleidet, einen Stoff dazu wählend, der bedeutend gröber war, als es nöthig gewesen wäre, um die Trauer um seine Frau zu tragen, mit welcher er die in seinem Herzen verdeckte. So verbrachte Amadour drei oder vier Jahre, ohne an den Hof zurückzukehren.

Die Gräfin von Arande, welche gehört hatte, daß Florinde so verändert sei, daß es mitleiderregend wäre, ließ sie holen, hoffend, daß sie zu ihr kommen würde; aber es geschah das Gegentheil; als Florinde hörte, daß Amadour ihrer Mutter ihre Freundschaft vertraut habe, und daß ihre so weise und tugendhafte Mutter sich darauf verließ, daß Amadour nichts weiter als eben diese Freundschaft gesucht habe, gerieth sie in nicht geringe Verlegenheit. Da er aber so weit fort war, ließ sie sich nichts merken und schrieb ihm sogar, wenn die Gräfin es befahl; aber es waren Briefe, denen man es wohl ansah, daß sie weniger aus gutem Willen als aus Gehorsam geschrieben waren; so verdroß es ihn nur, sie zu lesen, anstatt daß er sich wie früher darüber freute. Nach zwei oder drei Jahren, nachdem er so viel schöne Thaten vollbracht hatte, daß man sie auf alles Papier von Spanien nicht hinschreiben könnte, faßte er einen großen Plan, nicht um Florindens Herz zu gewinnen, welches er für verloren hielt, sondern um seine Feindin, zu der sie sich gemacht hatte, zu besiegen. Er schlug alle Rathschläge der Vernunft und selbst die Furcht vor dem Tode zurück, dem er sich aussetzte. Nachdem er diesen Beschluß gefaßt hatte, wirkte er es aus, daß der Gouverneur ihn abschickte, um mit dem Könige über mehrere Anschläge zu sprechen, die sie auf Leucate bei Narbonne machen wollten. Er wagte es, erst der Gräfin von Arande von seinem Vorhaben mitzutheilen, ehe er es dem Könige sagte, und, um ihren Rath einzuholen, reiste er geradewegs nach der Grafschaft Arande; er wußte, daß Florinde dort war, und schickte heimlich einen seiner Freunde zur Gräfin, um ihr seine Ankunft mitzutheilen, sie zugleich bittend, es geheim zu halten und ihm in der Nacht eine Unterredung zu gewähren, von der Niemand etwas erführe. Die Gräfin, welche sehr erfreut über sein Kommen war, sagte es Florinde und schickte sie zum Ankleiden in das Zimmer ihres Mannes, damit sie fertig sei, wenn sie es ihr melden lassen würde, und sie Niemand mehr stören könne. Florinde, welche noch nicht von ihrer ersten Furcht genesen war, ließ ihre Mutter nichts merken und ging beten, indem sie sich Gott empfahl und ihn bat, ihr Herz vor jeder bösen Zärtlichkeit zu bewahren; sie dachte daran, daß Amadour so oft ihre Schönheit, welche trotz ihrer langen Krankheit nicht vermindert war, gelobt hatte; und da sie diese lieber vernichten wollte, als durch sie ein so gottloses Feuer anzuschüren, nahm sie einen Stein, welchen sie in der Kapelle fand, und schlug sich damit dermaßen ins Gesicht, daß ihr Augen, Nase und Mund davon ganz mißgestaltet wurden. Und damit Niemand den Verdacht schöpfte, daß sie es selbst gethan habe, ließ sie sich, als die Gräfin nach ihr schickte, beim Verlassen der Kapelle mit dem Gesicht auf einen großen Stein fallen, indem sie laut dabei schrie; die Gräfin kam und fand sie in diesem erbarmungswürdigen Zustande; sogleich wurde sie verbunden und bepflastert. Darauf führte sie die Gräfin hinein und bat sie, in ihrem

Kabinet Amadour zu unterhalten, bis sie sich ihrer Gesellschaft entledigt habe. Dies that Florinde, da sie dachte, es würden noch Andere bei ihm sein; aber nachdem sie sich mit ihm allein fand und die Thür hinter ihr geschlossen war, wurde sie eben so betrübt als Amadour zufrieden, denn er gedachte nun durch Liebe oder Gewalt zu gewinnen, wonach er sich so sehr gesehnt hatte. Nachdem er zuvor ein wenig mit ihr gesprochen hatte und sie auf demselben Standpunkte fand, wie da er sie verlassen hatte, sie auch bis zum Tode ihre Meinung nicht wechseln würde, sagte er, außer sich vor Verzweiflung: »Bei Gott, Florinde, die Früchte meiner Bemühungen sollen mir nicht durch Anstandsbedenken verloren gehen! Und da mir die Liebe, Geduld und demüthiges Bitten nichts geholfen haben, werde ich meine Kraft nicht sparen, um endlich den Preis zu erlangen, ohne welchen ich sie ganz verlieren würde.«

Als Florinde sein Antlitz und seine Augen so verändert sah, seine schöne Haut roth wie Feuer, seinen sanften freundlichen Blick so schrecklich und wüthend, daß ein gieriges Feuer in seinem Herzen und Gesicht zu brennen schien, und als er in dieser Wuth ihre beiden schwachen zarten Hände mit einer seiner starken ergriff, als sie ferner sah, daß all ihr Widerstreben vergeblich und ihre Hände und Füße so gefangen waren, daß sie sich weder vertheidigen noch fliehen konnte, wußte sie keinen Ausweg mehr außer den einen, in ihm noch eine Wurzel der früheren Liebe zu suchen, der zu Ehren er seine Grausamkeit aufgeben würde. Sie sprach also zu ihm: »Amadour, wenn Ihr jetzt mein Feind seid, bitte ich Euch um der Liebe willen, welche früher in Eurem Herzen wohnte, hört mich an, ehe Ihr mich martert.« Als sie sah, daß er ihr zuhörte, fuhr sie fort: »Ach, Amadour, was treibt Euch, nach etwas zu trachten, wovon ihr keine Befriedigung haben werdet, und das mir zur größten Qual, die ich erdenken kann, wird? Ihr habt meinen Willen so gut zu der Zeit gekannt, als ich jung und schön war, (und damit hätte ich Eure Leidenschaft entschuldigen können) daß ich nicht begreife, wie Ihr jetzt, wo ich soviel älter und häßlicher bin, das Herz haben könnt, mich quälen zu wollen; wenn noch irgend ein Rest von Liebe in Euch lebt, so muß das Mitleid Eure Wuth überwiegen. Und an dieses Mitleid und Eure Ehre, welche ich so gut kenne, wende ich mich jetzt und bitte um Gnade, damit ich Eurem Rath gemäß in Frieden und Ehren weiter leben kann, wie ich entschlossen bin, es zu thun.«

Amadour unterbrach sie und sagte: »Wenn ich sterben muß, so werde ich wenigstens meine beständige Qual los sein; aber die Entstellung Eures Gesichts, die ihr Euch gewiß absichtlich zugefügt habt, wird mich nicht hindern, meinen Willen durchzusetzen; und wenn ich von Euch nichts weiter erlangen könnte als Euer Skelett, so will ich das wenigstens haben.« Und da Florinde sah, daß Bitten, Gründe und Thränen ihr nichts nützten, und daß er seine bösen Wünsche, welchen sie niemals willfahren und denen sie immer widerstrebt hatte, mit Grausamkeit verfolgte, griff sie zu dem Mittel, welches sie wie den Tod fürchtete, und schrie mit einer zugleich traurigen und jammernden Stimme so laut sie konnte nach ihrer Mutter. Als diese ihre Tochter in dieser Weise rufen hörte, erfaßte sie große Angst und sie lief so schnell sie konnte nach dem Zimmer hin. Amadour, welcher nicht so bereit zum Sterben war, als er gesagt hatte, ließ seine Beute so früh fahren, daß die Dame bei ihrem Eintritt ihn an der Thür und Florinde ziemlich weit von ihm entfernt vorfand. Die Gräfin fragte: »Amadour, was giebt es? Sagt mir die Wahrheit.« Worauf er, der niemals um eine Ausrede verlegen war, mit bleichem und starren Gesicht antwortete: »Ach, edle Frau, in welchem Zustande befindet sich Frau Florinde? Ich war noch nie so erstaunt wie jetzt; denn wie ich Euch sagte, glaubte ich ihre Freundschaft zu besitzen, aber ich sehe wohl, daß dem nicht mehr so ist. Als ich das bemerkte, glaubte ich zu träumen, so daß ich um ihre Hand bat, um sie der Landessitte gemäß zu küssen, was sie mir ebenfalls abgeschlagen hat. Es ist wahr, edle Dame, daß ich ein Unrecht begangen habe, und ich bitte um Verzeihung dafür; ich habe ihre Hand mit Gewalt ergriffen und geküßt, aber keine andere Gunst verlangt; sie aber, die, wie ich glaube, meinen Tod beschlossen hat, rief Euch herzu, wie Ihr gehört habt; warum, weiß ich nicht, es sei denn, daß sie fürchtete, ich trachte nach anderem als es der Fall war. Wie es auch immer sei, ich werde stets derselbe gegen sie und Euch bleiben, der ich war, und bitte Euch, erhaltet mit Eure Gunst, da ich ohne mein Verschulden die ihre verloren habe.«

Die Gräfin, welche ihm theils glaubte, theils nicht, ging zu ihrer Tochter und fragte diese, warum sie so laut nach ihr gerufen habe. Florinde antwortete, daß sie Furcht gehabt habe, und obgleich sie die Gräfin bis aufs Genaueste ausfragte, erhielt sie dennoch keine andere Antwort; denn nachdem sie ihrem Feinde entronnen war, hielt sie ihn für bestraft genug dadurch, daß ihm sein Vorhaben vereitelt war. Nachdem die Gräfin noch lange mit Amadour gesprochen hatte, ließ sie ihn noch in ihrer Gegenwart zu Florinde reden, um zu sehen, welche Miene er dabei machen würde; er hielt ihr keine große Rede, dankte ihr nur, daß sie ihrer Mutter die Wahrheit nicht gestanden habe, und bat sie, da er den Platz in ihrem Herzen verloren habe, diesen wenigstens keinem Anderen einzuräumen. Und sie antwortete: »Was das Erste anbetrifft, so wisset, daß, wenn ich ein anderes Vertheidigungsmittel gehabt hätte als meine Stimme, ich gewiß nicht meine Mutter gerufen hätte.« Damit ging sie hinaus. Die Mutter konnte aus ihren Mienen nichts lesen und war von diesem Tage an der Meinung, daß ihre Tochter Amadour nicht mehr leiden möge und unvernünftiger Weise alles das haßte, was sie selbst liebte; von da ab war sie so entzweit mit ihr, daß sie sieben Jahre lang nicht mehr von ihr sprach oder doch nur im Zorn, blos wegen Amadour. Während dieser Zeit blieb Florinde, die früher so ungern bei ihrem Gatten geblieben war, stets an seiner Seite, um der Strenge ihrer Mutter zu entfliehen. Aber da ihr alles das nichts half, beschloß sie, Amadour zu täuschen, und indem sie für einige Tage ihr abweisendes Wesen ablegte, rieth sie ihm, Freundschaft mit einer Frau zu schließen, zu der sie von ihrer Liebe gesprochen haben wollte.

Diese Dame hielt sich bei der Königin von Spanien auf und hieß Lorette; sehr erfreut, einen solchen Ritter gefunden zu haben, rühmte sie sich dessen so, daß man allenthalben davon sprach. Selbst die Gräfin von Arande hörte es bei Hofe und ließ von da ab nach, Florinde wie bisher zu quälen. Florinde hörte eines Tages, daß der Hauptmann, Lorette's Gatte, so eifersüchtig geworden sei, daß er beschlossen habe, Amadour auf die eine oder die andere Art zu tödten. Florinde, die trotz ihrer Verstellung Amadour noch wohlwollte, benachrichtigte ihn sogleich davon. Aber er, der wieder in seine alten Pfade zurückfiel, antwortete ihr, wenn sie ihn alle Tage drei Stunden unterhalten wolle, würde er nie mehr ein Wort mit Lorette reden; darein wollte sie aber nicht willigen. »Nun«, sprach Amadour, »da Ihr mich nicht leben lassen wollt, warum wollet Ihr mich hindern zu sterben? Denn wenn ich lebe, quält Ihr mich mehr, als ein Martertod es könnte. Aber wie mich auch der Tod fliehen möge, ich werde ihn so lange suchen, bis ich ihn finde, denn dann erst werde ich Ruhe haben.« Während dieses Gespräches kam die Nachricht, daß der König von Granada einen großen Krieg gegen den König von Spanien beginne, so daß der König seinen Sohn, den Kronprinzen, und mit ihm den Connetable von Castilien und den Herzog von Alba, zwei alte und weise Herren, ausschickte. Der Herzog von Cardonne und der Graf von Arande wollten nicht zurückbleiben und baten den König, ihnen ebenfalls eine Stelle in der Armee zu geben; dies that er ihren Häusern angemessen und gab ihnen zur Führung

Amadour, welcher während des Krieges so wunderbare Thaten vollbrachte, daß ihn sowohl Verzweiflung als Kühnheit dazu getrieben zu haben schien. Und, um zum Schluß meiner Erzählung zu kommen, sage ich Euch, daß er seinen Muth mit dem Tode bezahlen mußte; denn als einmal die Mauren sich in einen Kampf eingelassen hatten und dann scheinbar vor dem christlichen Heere flüchteten, setzten die Spanier ihnen nach; aber der alte Connetable und der Herzog von Alba, welche die List des Feindes durchschauten, hielten den Kronprinzen gegen seinen Willen davon ab, den Fluß zu überschreiten. Dieses thaten jedoch gegen das Verbot der Herzog von Cardonne und der Graf von Arande. Als die Mauren nun sahen, daß sie nur von Wenigen verfolgt wurden, drehten sie um, schlugen den Herzog von Cardonne mit einem Säbelhieb nieder und verwundeten den Grafen von Arande so schwer, daß man ihn für todt auf dem Platze ließ.

Amadour gerieth über diese Niederlage in eine solche Wuth, daß er das Gedränge durchbrach, die Körper dieser beiden aufnehmen und in das prinzliche Lager tragen ließ, wo sie von den Prinzen wie Brüder betrauert wurden. Als man aber ihre Wunden untersuchte, fand man den Grafen von Arande noch lebend und man schickte ihn in einer Sänfte nach Haus, wo er lange krank lag. Von der anderen Seite langte in Cardonne die Leiche des jungen Herzogs an. Amadour fand sich, nachdem er die beiden Körper gerettet hatte, völlig umringt von Mauren; er aber wollte sich ebensowenig besiegen lassen, wie er hatte seine Freundin besiegen können, und weder seine Treue gegen Gott noch gegen sie aufgeben; denn er wußte, daß, wenn er vor den König von Granada geführt würde, er entweder eines grausamen Todes sterben oder seinen christlichen Glauben aufgeben müsse. So entschloß er sich denn, weder den Ruhm seines Todes, noch den seiner Freiheit seinen Feinden zu gönnen, und indem er seinen

Degen senkte, empfahl er Leib und Seele Gott und stach ihn sich so durch die Brust, daß er todt niedersank.

So starb der arme Amadour, so bedauert, wie seine Tugenden es verdienten. Die Nachricht davon durchlief ganz Spanien; Florinde, welche in Barcelona, wo ihr Mann hatte beerdigt werden wollen, war, ging, nachdem sie allen Ehren der Bestattung beigewohnt hatte, und ohne ihrer Mutter und Schwiegermutter etwas davon zu sagen, als Nonne in ein Kloster; dort nahm sie den zum Gatten und Freund, der sie von einer so heftigen Liebe, wie die Amadours, und von der Qual des Zusammenlebens mit ihrem Gatten befreit hatte. So wandte sie ihr Herz so gänzlich Gott zu, daß sie nach einem langen Klosterleben so freudig starb, als fände sie in Gott ihren Gatten wieder.

Hiermit endete Parlamente ihre Erzählung und fuhr fort: »Ich weiß wohl, meine Damen, daß diese lange Geschichte Manchem zu ausgedehnt erscheinen könnte; wenn ich aber zur Zufriedenheit desjenigen hätte erzählen wollen, von dem ich sie gehört habe, so wäre sie noch viel länger geworden. Ich bitte Euch, edle Damen, nehmt Euch ein Beispiel an Florindens Tugend, aber seid nicht so grausam wie sie und glaubt nicht so viel Gutes von den Männern, daß die Erfahrung von dem Gegentheil ihnen einen bittern Tod und Euch ein trauriges Leben eintrage.« Nachdem Alle Parlamente lange und aufmerksam zugehört hatten, wandte sie sich noch an Hircan mit den Worten: »Scheint es Euch nicht, daß diese Frau bis zum Aeußersten getrieben war und dennoch tapfer widerstanden hat?« – »Nein«, sagte Hircan »denn eine Frau kann keinen geringeren Widerstand leisten als den, zu schreien; wenn sie an einem Ort gewesen wäre, wo man sie nicht gehört hätte, weiß ich nicht, was sie gethan haben würde; und wenn Amadour verliebter als furchtsam gewesen wäre, hätte er um so geringer Ursache willen sein Vorhaben nicht aufgegeben. Und um dieses Beispiels willen werde ich doch meine Meinung nicht aufgeben, daß noch nie ein Mann, der wahrhaft liebte oder geliebt war, verfehlte, guten Erfolg zu haben, wenn er seinen Zweck verfolgte, wie es sich gehört. Aber doch lobe ich Amadour, daß er einen Theil seiner Pflicht erfüllte.«

»Welcher Pflicht?« fragte Oisille. »Nennt Ihr das eine Pflichterfüllung, wenn ein Ritter mit Gewalt die Dame bezwingen will, der er Ehrfurcht und Gehorsam schuldet?« Saffredant antwortete darauf: »Wenn unsere Herrinnen im Saale und den Gemächern sitzen, gleich unseren Richtern, so knieen wir vor ihnen; und wenn wir sie zart zum Tanze führen und ihnen so fleißig dienen, daß wir all ihren Wünschen zuvorkommen, scheinen wir so ängstlich zu sein, sie zu beleidigen, und so eifrig, ihnen zu dienen, daß die, welche uns sehen, Mitleid mit uns haben und uns oftmals für dumm und thöricht halten; oder wir gelten für überspannt und stumpfsinnig, und man rühmt unsere Damen, welche so kühn blicken und so ehrbar reden, daß sie von denen, die nur die Außenseite sehen, gefürchtet, geliebt und geachtet werden. Wenn wir aber allein sind, wo die Liebe allein unsere Mienen richtet, wissen wir sehr wohl, daß sie Frauen und wir Männer sind, und zu solcher Stunde wandelt sich das Wort *Herrin* in *Freundin* und *Diener* in *Freund*. Hiervon sagt das Sprüchwort:

> Bist stets Du treu und dienst Du recht,
> So wirst zum Herren Du vom Knecht.

Sie haben so viel Ehre, wie die Männer geben oder nehmen können; und wenn sie sehen, was wir ruhig erdulden, sollten unsere Leiden belohnt werden, so lange es die Ehre nicht verletzt.« – »Ihr sprecht nicht vom wahren Glück«, sagte Longarine, »welches die Zufriedenheit der Welt ist; denn wenn alle Welt mich für tugendhaft hielte, und ich allein wüßte, daß es nicht wahr wäre, würde ihr Lob nur meine Scham vermehren und mich verwirren. Und wiederum, wenn sie mich tadelten, und ich fühle mich unschuldig, so würde sich mir der Tadel zur Zufriedenheit wenden, denn Jeder ist nur sein eigener Richter.« – »Was Ihr auch alle sagen mögt«, sprach Guebron, »es scheint mir, daß Amadour ein höchst ehrenwerther und braver Ritter war, und, wenn auch die Namen nur untergeschobene sind, glaube ich ihn doch zu kennen; da ihn aber Parlamente nicht nennen wollte, werde ich es auch nicht thun. Aber glaubt mir, wenn's der ist, an den ich denke, so war sein Herz niemals leer von Muth, Liebe und Kühnheit.« Oisille sagte hierauf: »Mir scheint, dieser Tag ist recht fröhlich vergangen; wenn wir es mit den übrigen ebenso machen, werden wir uns die Zeit mit hübschen Erzählungen kürzen. Schaut den Stand der Sonne an und hört die Glocke des Klosters, die uns schon lange zur Vesper ruft, wovon ich Euch nichts gesagt habe, denn die Begierde, das Ende dieser Geschichte zu hören, war größer, als die, die Messe anzuhören.« Darauf erhoben sich Alle, und als sie in der Abtei ankamen, fanden sie, daß die Mönche sie seit einer guten Stunde erwartet hatten. Nachdem sie die Messe gehört hatten, gingen sie zum Abendbrot und sprachen den ganzen Abend von den Erzählungen, die sie gehört hatten, zugleich eifrig in ihrem Gedächtniß nachforschend, um den folgenden Tag eben so angenehm wie den ersten zu gestalten. Nachdem sie dann noch mannigfaltige Spiele auf den Wiesen gespielt hatten, gingen sie schlafen, auf diese Art höchst fröhlich und zufrieden ihren ersten Tag beschließend.

Zweiter Tag.

Am andern Morgen standen sie voll Verlangen auf, an den Ort zurückzukehren, wo sie sich tags zuvor so gut unterhalten hatten; denn jeder hatte seine Erzählung so bereit, daß er es kaum erwarten konnte, sie hören zu lassen. Nachdem sie die Vorlesung von Frau Oisille und die Messe gehört hatten, wo jeder sich Gott empfahl, damit er ihnen ein ferneres Beisammensein gnädig gewähre, gingen sie essen, indem sie sich gegenseitig verschiedene Geschichten erzählten.

Als sie sich nach dem Essen in ihren Zimmern ausgeruht hatten, begaben sie sich zur bestimmten Stunde auf die Wiese, woselbst der Tag und das Wetter ihrem Unternehmen sehr günstig schienen. Nachdem sie sich alle auf die natürlichen Sitze des frischen Rasens niedergelassen hatten, sprach Parlamente: »Da ich gestern Abend die zehnte Erzählung beendet habe, ist es an mir, die zu erwählen, welche heute die Leitung haben soll. Und da gestern Frau Oisille als die Älteste und Weiseste zuerst gesprochen hat, gebe ich meine Stimme der Jüngsten (ich will nicht sagen der Thörichtesten) und bin sicher, daß, wenn wir ihr alle folgen, wir heute den Nachmittagsgottesdienst nicht so lange hinausschieben werden wie gestern. Also, Nomerfide, es ist heute an Euch, zu erzählen; aber ich bitte Euch, laßt uns den Tag nicht mit Thränen anfangen.« – »Ihr braucht mich nicht darum zu bitten«, antwortete Nomerfide, »denn ich hatte schon beschlossen, Euch eine Geschichte zu erzählen, welche ich im vorigen Jahre von einer Bürgerin aus Tours vernahm; sie war in Amboise geboren und versicherte mir, bei den Predigten des Franziskanermönches, von denen ich Euch berichten will, selbst zugegen gewesen zu sein.«

Elfte Erzählung.

Von zweideutigen Redewendungen eines Franziskanermönches in seinen Predigten.

In der Nähe der Stadt Bleré in der Touraine liegt ein Dorf mit Namen Saint-Martien-le-Beau, wohin ein Franziskanermönch aus dem Kloster von Tours berufen wurde, um während der Advents- und Fastenzeit dort zu predigen. Dieser Franziskaner war mehr ein Schwätzer als ein Gelehrter, und da er manchmal nicht wußte, wie er seine Predigt zu Ende bringen sollte, flocht er Erzählungen ein, die nicht gerade sehr erbaulich für die guten Dorfbewohner waren. Eines Tages, es war der Gründonnerstag, predigte er von dem Osterlamm und wie man das des Nachts essen müsse, und als er sah, daß seiner Predigt viele schöne junge Damen aus Amboise beiwohnten, die gerade erst angekommen waren, um in dem Dorf das Osterfest zu verbringen und einige Tage dort zu bleiben, wollte er sich bei ihnen beliebt machen und fragte die weibliche Zuhörerschaft, ob sie denn wüßten, was das sei, zur Nachtzeit am Fleisch sich wohl sein lassen. »Ich werde es Euch sonst lehren, meine Damen«, setzte er hinzu. Die jungen Männer von Amboise, die mit ihren Frauen, Schwestern und Nichten gekommen und in der Kirche zugegen waren und die den guten Humor dieses Fastenpredigers noch nicht kannten, nahmen Anstoß daran. Als sie ihn aber weiter angehört hatten, verwandelte sich ihr Unmut in Lachen, besonders, als er sagte, daß man beim Essen des Osterlamms die Lenden umgürtet, die Füße in den Schuhen und eine Hand am Stocke haben müßte. Dann als er sie lachen sah und wohl wußte weshalb, verbesserte er sich schnell und sagte: »Richtig, richtig, die Schuhe an den Füßen und einen Stock in der Hand. Das ist doch gehopst wie gesprungen, meint

Ihr nicht?« Alles brach in Lachen aus, das könnt Ihr Euch denken. Selbst die Damen, für die er noch allerhand andere erbauliche Bemerkungen einschaltete, konnten nicht an sich halten. Als nun seine Stunde bald zu Ende war, wollte er nicht, daß sie unzufrieden mit ihm fortgingen, und sagte: »Nun, meine Schönen, jetzt geht Ihr nun zu Euren Bekannten, und da geht das Klatschen los und das Fragen, was ist denn das für ein Bruder, der so unverschämt spricht? Scheint ein recht netter Zechkumpan zu sein! Nun ich will's Euch nur sagen, wundert Euch nicht, daß ich kein Blatt vor den Mund nehme, ich bin nämlich aus Anjou, zu Euren Diensten.«

Mit diesen Worten beendete er seine Predigt und verließ seine Zuhörer, die mehr zum Lachen aufgelegt waren über seine Anzüglichkeiten als zum Weinen über die Leidensgeschichte unseres Herrn Jesus Christus, deren Erinnerungsfest in jenen Tagen gefeiert wurde. Seine anderen Predigten während der Festtage waren von derselben Güte. Wie Ihr wißt, sammeln diese Mönche Almosen, um auch ihren Osterkuchen zu haben; man giebt ihnen dann nicht nur Eier, sondern auch andere Sachen, wie Wäsche, Spinnwolle, Würste, Schinken, Speckseiten und dergl. Und als er nun am Mittwoch nach Ostern seine Fürbitten hielt, an denen es dann solche Leute nicht fehlen lassen, sagte er: »Meine Damen, es drängt mich, Euch für die Freigebigkeit, die Ihr unserm armen Kloster erwiesen habt, zu danken; aber ich muß Euch doch sagen, daß Ihr die Nothdurft unseres Klosters nicht recht erkannt habt, denn der größte Theil von dem, was Ihr gegeben habt, sind Würste, und daran fehlt es uns Gott sei Dank nicht, unser ganzes Kloster ist ja damit vollgepfropft. Was sollen wir nun mit so vielen machen? Wißt Ihr was, meine Damen? Ich meine, es wäre das Beste, Ihr mischtet Eure Schinken unter unsere Würste, das wäre ein gutes Almosen.« Dann setzte er seine Rede und den Skandal fort, machte zotige Bemerkungen und rief schließlich voller Verwunderung aus: »Nun, was denn, meine Herren und Damen von Saint-

Martin, ich bin erstaunt, daß Ihr Euch um nichts und wieder nichts, nur um meinetwillen beleidigt fühlt und allenthalben von mir herumerzählt und sagt: ›Was für eine schlimme Sache, wer hätte denken können, daß der würdige Pater die Tochter seiner Wirthin schwanger machen würde?‹ Nun, das ist was Rechtes, um darüber die Augen aufzureißen! Wahrhaftig, meine Schönen, Ihr müßtet Euch doch etwas mehr wundern, wenn das Mädchen den Mönch schwanger gemacht hätte.«

»Nun, meine Damen«, sagte Nomerfide, »das ist doch eine nette Nahrung, mit der dieser Prediger die Heerde Gottes speiste. Und dann war er noch so unverschämt, von seiner Sünde von der Kanzel herab zu sprechen, von wo nur Reden zur Belehrung der Menschen und zur Ehre Gottes gehalten werden sollen.« – »Wahrhaftig«, sagte Saffredant, »das ist ein Meisterkerl von einem Mönch; beinahe so wie der gute Bruder Anjibault, auf dessen Rechnung alle Witze, die man nur in Gesellschaft erzählen kann, gesetzt werden.« – »Immerhin finde ich das garnicht lächerlich, besonders an solchem Ort«, sagte Frau Oisille. »Aber Ihr vergeßt zu sagen«, wandte Nomerfide ein, »daß zu jener noch garnicht so fernen Zeit die guten Dorfbewohner, sogar die Städter nicht minder, die sich doch viel besser dünken als jene, solche Prediger viel mehr achteten, als andere, die das Evangelium rein und lauter verkündeten.« – »Jedenfalls war er nicht dumm, für die Würste Schinken zu verlangen«, sagte Hircan, »denn es ist mehr daran. Und wenn es auch eine devote Person zweideutig aufgefaßt hätte (wie er wohl ohne Zweifel), so hätten sich er und seine Genossen nicht schlechter dabei gestanden, und die Dirne auch nicht.« – »Aber hier seht Ihr recht, was für ein unverschämter Patron er war«, sagte Frau Oisille; »er verdreht die Worte, wie es ihm ansteht, thut nicht anders, als hätte er mit seinesgleichen zu thun und wünscht damit nur ganz unverhohlen, daß die armen Frauenzimmer ihm Gehör schenken und sich von ihm lehren lassen, wie man Fleisch zur Nachtzeit genießt.« – »Ihr vergeßt nun wieder hinzuzufügen«, warf Simontault ein, »daß auch eine ganze Menge junger, wohlgenährter Kaufmannsfrauen von Amboise darunter waren, deren Lehrmeister er schon ganz gern gewesen wäre, nicht im Braten, sondern … nun, Ihr versteht mich schon.« – »Halt, halt! Simontault«, rief Parlamente, »vergeßt Ihr denn ganz Eure gewohnte Bescheidenheit, oder bedient Ihr Euch derselben nur gerade, wenn es Euch vortheilhaft erscheint?« – »Nein, meine Gnädige«, erwiderte er, »der unehrenhafte Mönch hat mich nur augenblicklich von ihr abweichen lassen. Damit wir aber auf unsere Erzählungen zurückkommen, bitte ich Nomerside, die mit der ihren diese Ablenkung verursacht hat, ihre Stimme weiter zu geben, damit wir etwas zu hören bekommen, was uns diesen unerquicklichen Zwischenfall vergessen läßt.« – »Da Ihr mich zu Eurem Mitschuldigen macht«, sagte Nomerside, »will ich mich an Einen wenden, der unseren Fehler wieder gut machen wird. Dagoucin soll es sein, der eher stürbe, als daß er eine Thorheit erzählen würde.« Dagoucin bedankte sich bei ihr für ihre gute Meinung und begann: »Die Geschichte, die ich Euch erzählen will, soll Euch zeigen, wie die Liebe selbst einen rechtschaffen angelegten Mann verblenden und wie Büberei selbst durch Wohlthaten nicht ausgeglichen werden kann.«

Zwölfte Erzählung.

Ungebührliches und schamloses Betragen eines Herzogs und von der gerechten Strafe seiner Niederträchtigkeit.

Vor einiger Zeit lebte in Florenz ein Herzog, der mit Margarethe, einer natürlichen Tochter des Kaisers Karl V., vermählt war, die noch so jung war, daß der Herzog ein eheliches Zusammenleben mit ihr noch nicht führte und sie in der Erwartung ihrer vollen Entwickelung sehr zart und rücksichtsvoll behandelte. Da er sich aber von ihr noch fern halten mußte, unterhielt er mit einigen anderen Damen der Stadt Verhältnisse, zu denen er nachts, wenn seine Frau schlief, ging. Unter anderen war er in eine sehr schöne und sehr sittsame junge Dame verliebt, die Schwester eines Edelmannes, den der Herzog wie sich selbst liebte und dem er in seinem Hause solches Ansehen gegeben hatte, daß sein Wort wie das des Herzogs selbst gefürchtet und befolgt wurde, vor dem er auch keine Herzensgeheimnisse hatte, so daß man ihn sein zweites Selbst nennen konnte. Der Herzog erkannte aber die große Schwierigkeit, dem jungen Mädchen seine Liebe zu erklären, und nachdem er alle Möglichkeiten überlegt hatte, ging er zu seinem Freunde und sagte ihm: »Wenn es irgend etwas auf der Welt gäbe, was ich für Dich nicht thun würde, so würde ich auch jetzt nicht anstehen, Dir zu sagen, wonach ich augenblicklich verlange, oder gar dich zu bitten, mir zu helfen. Aber meine Freundschaft für Dich ist so groß, daß, wenn ich wüßte, ich könnte Dir Dein Leben retten, indem ich meine Frau, meine Mutter oder meine Tochter opferte, ich es ohne Bedenken thäte. Ich hoffe nun aber auch, daß Deine Liebe der meinen gleicht und daß, wenn ich, Dein Herr, Dir so große Aufopferung entgegenbringe, die Deinige nicht geringer sein wird. Deshalb will ich Dir ein Geheimniß mittheilen, das mich so sehr quält und peinigt, daß nur der Tod oder Deine Hülfe mich aus diesem Zustand erlösen kann.«

Als der Edelmann diese Worte seines Herrn hörte und dabei sein kummervolles, von Thränen überströmtes Gesicht sah, überkam ihn Mitleid mit ihm und er sagte: »Alles, was ich bin, bin ich durch Euch, Alles, was ich besitze, und meine Stellung kommen von Euch; Ihr könnt zu mir wie zu einem Freunde reden und versichert sein, daß, was ich vermag, ich für Euch thun werde.« Nun gestand ihm der Herzog seine Liebe zu seiner Schwester, und daß sie so groß und mächtig sei, daß er nicht länger leben könne, wenn ihm jener nicht behülflich sei, daß sie die seine würde, denn mit Bitten und Geschenken sei bei ihr nichts gethan. Er bat ihn deshalb, wenn ihm sein Leben so theuer wie sein eigenes wäre, ihm zu dem Glück zu verhelfen, welches er ohne ihn nicht erhoffen könnte. »Der Edelmann liebte aber seine Schwester und die Ehre seines Hauses doch mehr, als das Vergnügen des Herzogs, und erhob deshalb Einwendungen und flehte ihn an, ihn, wo es ihm sonst beliebe, zu verwenden, nicht aber in einer Sache, die nur Schimpf und Unehre für seine Familie enthalte und in der ihm gefällig zu sein weder sein Empfinden noch seine Ehre ihm gestatte.« Der Herzog wurde zornig, biß sich auf die Lippen und sagte in voller Wuth: »Nun gut, wenn Du mir diesen Freundschaftsdienst nicht leisten willst, so weiß ich, was ich thun muß.«

Der Edelmann kannte wohl die Rücksichtslosigkeit des Herzogs, der vor nichts zurückschreckte; er befürchtete deshalb Schlimmes und sagte: »Wenn Ihr denn wollt, so will ich mit ihr reden und Euch ihre Antwort bringen.« Der Herzog erwiderte: »Es handelt sich um mein Leben, und ich werde Dich genau so behandeln, wie Du mich.« Der Edelmann wußte wohl, was er mit diesen Worten sagen wollte; zwei Tage ging er nicht zum Herzog und überlegte nur, was er thun sollte. Einestheils dachte er an seine Verpflichtung dem Herzog gegenüber und an die Belohnungen und Ehre, die er von ihm empfangen hatte; andererseits an die Ehre seines Hauses und seiner Schwester, von der er wohl wußte, daß sie niemals auf einen solchen schimpflichen Handel eingehen würde, es sei denn, daß man sie überliste oder Gewalt gegen sie gebrauchte, und beides schien ihm empörend, weil er und die Seinigen mit in diese Schande hineingezogen würden. Deßhalb entschloß er sich, lieber sterben zu wollen, als an seine Schwester ein solches Ansinnen zu stellen; vor Allem aber wollte er sein

Vaterland von einem Tyrannen befreien, der, seine Gewalt mißbrauchend, seinem Hause solchen Schimpf anthun wollte, denn er war sicher, daß, so lange der Herzog am Leben blieb, sein eigenes Leben und das der Seinen in Gefahr wäre. Er sprach deshalb nicht mit seiner Schwester und nahm sich vor, ihr Leben zu retten und den ihm angethanen Schimpf zu rächen. Nach zwei Tagen ging er zum Herzog, sagte ihm, daß er seine Schwester überredet habe, zwar nicht ohne große Mühe, schließlich habe sie aber doch eingewilligt, ihm gefällig zu sein. Nur die eine Bedingung stelle sie, daß die ganze Angelegenheit so geheim gehalten würde, daß Niemand außer ihrem Bruder etwas davon wisse. Der Herzog glaubte alles, umarmte seinen Abgesandten, versprach ihm goldene Berge und bat, recht bald die Vereinbarung zur Ausführung zu bringen. Sie setzten den Tag zusammen fest. Wie vergnügt der Herzog war, könnt Ihr Euch denken. Als die langersehnte Nacht, die ihm den Besitz des schönen und geliebten Mädchens bringen sollte, heranbrach, zog sich der Herzog frühzeitig nur mit dem Edelmann zurück und kleidete sich auf das Kostbarste an.

Nachdem sich Alles zur Ruhe begeben hatte, ging der Herzog mit dem Edelmann in die Wohnung des jungen Mädchens und wurde dort in ein wohlausgestattetes Zimmer geführt. Der Edelmann entkleidete ihn, brachte ihn zu Bett und sagte ihm: »Ich werde Euch jetzt diejenige holen, die nicht ohne Erröthen das Zimmer betreten wird; aber ich hoffe, daß diese Nacht ein gutes Ende haben wird.« Darauf verließ er den Herzog und ging in sein eigenes Zimmer, wo er nur einen seiner Diener antraf. Diesem sagte er: »Hast Du Muth genug, mich an einen Ort zu begleiten, wo ich mich an meinem ärgsten Feinde rächen will?« Der andere, der nichts Näheres ahnte, erwiderte: »Ja, Herr, und sollte es der Herzog selbst sein.« Sofort zog ihn der Edelmann mit sich fort, so daß nur gerade Zeit blieb, noch schnell einen Dolch zu sich zu stecken. Als der Herzog sie kommen hörte, dachte er, der

Edelmann brächte ihm die Geliebte, nach der sein Herz verlangte, und er öffnete den Bettvorhang, um sie in seine Arme zu schließen. Aber anstatt des erwarteten Glücks sieht er plötzlich sein Ende vor sich; ein blankes Schwert blitzt vor seinen Augen, mit dem der Edelmann auf ihn losstürzte und auf ihn einschlug. Ohne Waffen, aber von seinem Muth nicht verlassen, richtete sich der Herzog im Bett auf, faßte den Edelmann um den Leib und sagte: »So also hältst Du Dein Versprechen!« Dann bediente er sich seiner Zähne und Nägel, der einzigen Waffen, die ihm zu seiner Vertheidigung geblieben waren, biß seinen Angreifer in den Daumen und hielt ihn fest mit den Armen umschlossen, so daß sie alle beide hinter dem Bett zu Boden sanken.

Der Edelmann rief seinen Diener zu Hülfe, und als dieser sah, daß der Herzog und sein Herr sich so fest umklammert hielten, daß er nicht wußte, wo er hinstechen sollte, zog er beide an den Füßen mitten ins Zimmer und versuchte dann, dem Herzog den Hals abzuschneiden. Der Herzog vertheidigte sich aber, bis der Blutverlust ihn ganz schwach gemacht hatte. Dann warfen ihn der Edelmann und dessen Diener aufs Bett und tödteten ihn mit Dolchstichen vollends; darauf zogen sie die Vorhänge zu, verließen das Zimmer und verschlossen es. Nachdem der Edelmann sich seines Feindes, mit dessen Tod er die Stadt von seiner Tyrannenherrschaft zu befreien gedacht hatte, entledigt hatte, überlegte er, daß sein Werk nur ein unvollständiges sein würde, wenn er nicht auch fünf bis sechs der nächsten Verwandten des Herzogs umbrächte. Zu diesem Zwecke befahl er seinem Diener, sie einen nach dem andern zu ihm zu bitten. Der Diener war aber nicht von besonderem Muthe beseelt und sagte deshalb: »Ich glaube, Herr, Ihr thätet besser, an Eure eigene Rettung zu denken, als daran, andern das Leben zu nehmen; denn wenn wir hier bleiben und die anderen dem Herzog nachsenden wollen, wird der Tag früher anbrechen, als wir fertig sind; ganz abgesehen davon, daß es fraglich ist, ob sie sich nicht vertheidigen werden.« Der Edelmann, den das böse Gewissen furchtsam gemacht hatte, folgte seinem Diener und nahm ihn mit sich zu einem Bischof, welchem die Thore der Stadt und die Nachtposten unterstellt waren. Diesem sagte er: »Ich habe eben die Nachricht erhalten, daß einer meiner Brüder im Sterben liegt. Ich habe den Herzog um Urlaub gebeten, der ihn mir auch bewilligt hat; ich bitte Euch deßhalb, laßt mir von den Wachen zwei gute Pferde verabfolgen und dem Kommandirenden sagen, mir das Thor zu öffnen.«

Der Bischof stellte ihm, weniger seiner Bitte als dem Befehl folgend, einen Schein aus, auf welchen hin ihm das Thor geöffnet und die verlangten Pferde zur Verfügung gestellt wurden. Anstatt aber zu seinem Bruder zu gehen, reiste der Edelmann nach Venedig und ließ sich dort vor allen Dingen von den Bißwunden heilen, die ihm der Herzog beigebracht hatte; hierauf begab er sich in die Türkei. Am Morgen nach dem Morde wunderten sich die Diener des Herzogs sehr, daß er so lange ausblieb, meinten aber nicht anders, als daß er zu einer seiner Maitressen gegangen sei. Als es aber immer später wurde, begannen sie, ihn allenthalben zu suchen. Die arme Herzogin, die ihm schon sehr zugethan war, wurde sehr bekümmert, als man ihn nicht fand. Als aber der Edelmann auch nicht erschien, ging man in dessen Wohnung, um ihn zu holen. Am Eingang fand man Blutspuren; Niemand konnte sich das erklären und ihnen folgend, kamen die Diener des Herzogs an das Zimmer, wo dieser lag. Da sie es aber verschlossen fanden, erbrachen sie das Schloß und fanden den Boden ganz mit Blut bedeckt, und als sie die Bettvorhänge zur Seite gezogen hatten, erblickten sie im Bett den Leichnam des Ermordeten.

Ihr könnt Euch vorstellen, wie bestürzt und betrübt die Diener waren, Sie trugen den Leichnam nach dem Palast, wo sich bald auch der Bischof einfand, welcher erzählte, wie der Edelmann unter dem Vorgeben, zu seinem Bruder zu reisen, in der Nacht eiligst die Stadt verlassen habe. Es wurde allen klar, daß er der Mörder gewesen war, und es stellte sich heraus, daß seine arme Schwester nie bisher von dem Vorhaben des Herzogs gehört hatte. Wie sehr sie auch diese That erschreckte, so liebte sie jetzt ihren Bruder nur noch mehr, der sie vor dem Anschlage des Herzogs befreit und sein eigenes Leben in die Schanze geschlagen hatte. Sie fuhr fort, ein ehrbares Leben zu führen, und obgleich sie arm war, weil ihre Güter confiscirt wurden, fanden doch sie sowohl wie ihre Schwester hochstehende und reiche Gatten und lebten seitdem wieder in Glück und Ansehen.

»Diese Erzählung, meine Damen«, schloß Dagoucin, »giebt Euch Grund genug, die Begierde zu fürchten, welche Prinzen und Arme gleich quält und peinigt, die Hochstehenden aber leichter als die Niedriggeborenen, und sie so blind macht, daß sie Gott und ihr Gewissen vergessen und schließlich auch ihr Leben aufs Spiel setzen. Und die Fürsten und die in hohen Stellungen sind, mögen vorsichtig sein, den unter ihnen Stehenden zu nahe zu treten; denn keiner ist so gering, daß sich nicht Gott einmal seiner als das Werkzeug zu seiner Rache am Sünder bedienen könnte, ebenso wie keiner erhaben genug ist, daß es ihm nicht widerfahren könnte, einem, der in seinem Schutz steht, Unrecht zu thun!« Die vorstehende Geschichte wurde von der ganzen Gesellschaft mit Aufmerksamkeit angehört, brachte aber Meinungsverschiedenheiten hervor. Die Einen behaupteten, der Edelmann habe nur seine Pflicht gethan, indem er die Ehre seiner Schwester rettete und sein Vaterland von einem solchen Tyrannen befreite; die Andern meinten das Gegentheil und hielten es für eine zu große Ungerechtigkeit, denjenigen zu tödten, von dem man Reichthum und Ehren erhalten habe. Die Damen nannten ihn einen guten Bruder und ehrenhaften Bürger, die Männer umgekehrt einen Verräther und schlechten Diener, und beide Seiten gaben viele Gründe für ihre Ansichten. Bei den Frauen aber überwog wie gewöhnlich die

Leidenschaftlichkeit die ruhige Betrachtung, und sie sagten, daß der Herzog nur den Tod verdiente, und daß derjenige glücklich zu schätzen sei, der die That vollbracht habe. Als Dagoucin den großen Wortstreit, der sich erhoben, sah, sagte er: »Aber, meine Damen, zanken wir uns doch nicht wegen einer längst vergangenen Sache; sehet Ihr Euch lieber vor, daß Eure Schönheit nicht noch grausamere Unglücksfälle verursacht, als ich eben berichtet habe.« Parlamente erwiderte: »Die ›schöne Dame ohne Gnade‹ hat genugsam bewiesen, daß dieser beneidenswerthe Fehler die Leute noch nicht in den Tod stürzt.« – »Möchten doch alle Damen dieser Gesellschaft wissen«, entgegnete Dagoucin, »wie falsch diese Meinung ist. Ich glaube, sie würden den Beinamen ›ohne Gnade‹ ablehnen und um keinen Preis jener Ungläubigen gleichen wollen, die einen treuen Diener sterben ließ und zwar nur in Folge ihrer schroffen Zurückweisung.« – »Ihr möchtet also, daß wir, um das Leben eines in uns Verliebten zu retten, Ehre und Gewissen in Gefahr brächten?« – »Das will ich nicht sagen, denn ein Mann, der wahrhaft liebt, wird vor Allem sich scheuen, der Ehre einer Dame zu nahe zu treten. Aber es scheint mir doch, daß eine freundliche Antwort, wie die Freundschaft sie erfordert, die Ehre und das Gewissen nicht beeinträchtigen kann; freilich, wer das Gegentheil erstrebt, ist kein treuer Diener.« – »So ist es immer mit Euren Worten«, sagte Emarsuitte, »Ihr fangt mit der Ehre an, und mit dem Gegentheil hört Ihr auf. Mögen doch alle, die hier sind, uns die Wahrheit über diesen Punkt sagen, und wenn sie sie mit ihrem Eide bekräftigen, will ich ihnen glauben.« Hircan für seine Person schwur, daß er niemals, seine Frau ausgenommen, eine Frau geliebt habe, von der er nicht gewünscht hätte, daß sie gegen Gottes Gebot handeln möchte. Ebendahin sprach sich Simontault aus und fügte hinzu, daß er oftmals gewünscht habe, alle Frauen möchten verworfen sein, immer natürlich die seine ausgenommen. Hier nahm Guebron das Wort und sagte: »Nun, Ihr verdientet warhaftig, daß Eure Frauen gegen andere gerade so wären, wie Ihr die übrigen für Euch haben wollt. Was mich anlangt, so kann ich schwören, daß ich einmal eine Frau so sehr geliebt habe, daß ich lieber gestorben wäre, als von ihr etwas zu erhalten, was sie in meinen Augen herabgesetzt hätte. Denn grade auf ihre Tugend gründete sich meine Liebe, und welches Glück ich damit auch eingetauscht hätte, ich hätte doch niemals einen Flecken auf derselben sehen mögen.« Lächelnd wandte sich Saffredant an ihn: »Ich dächte, Guebron, daß Euch die Liebe Eurer Frau und Euer gesunder Menschenverstand überhaupt davor bewahrt hätten, jemals verliebt zu sein. Ich sehe aber, daß ich mich geirrt habe. Denn Ihr bewegt Euch gerade in den Ausdrücken, mit denen wir gewohnt sind, die Gewiegtesten zu täuschen und nur von den Klügsten anhören zu lassen. Denn welche möchte uns wohl ihr Ohr verschließen, wenn wir mit der Tugend und Ehre angezogen kommen? Aber auch wenn wir uns zeigen, wie wir sind, giebt es noch manchen Wohlaufgenommenen unter uns Männern, von denen dann aber die Damen nicht gerne reden. Wir nehmen aber äußerlich die schönste Engelsgestalt an und unter dieser Decke werden wir ihnen schon ganz vertraut, bevor sie uns recht erkennen. Auch mag es vorkommen, daß wir ihre Herzen so sehr eingenommen haben, daß, wenn sie sehen, der eingeschlagene Weg führt nicht zur Tugend, wie sie glaubten, sondern zum Laster, sie weder die Möglichkeit noch die Lust haben zurückzutreten.« – »Wahrhaftig«, sagte Guebron, »ich hielt Euch für einen ganz anderen und dachte, daß die Tugend mehr Reiz für Euch hätte als das Vergnügen.« – »Wie, Guebron, giebt es eine größere Tugend, als so zu lieben, wie Gott es befohlen hat? Mir scheint es viel angemessener, in der Frau die Frau zu lieben, als sie zu vergöttern, wie manche andere es thun. Ich wenigstens halte an der Meinung fest, daß es besser ist, sie zu gebrauchen als sie zu mißbrauchen.« Die Damen waren alle auf Guebrons

Seite und geboten Saffredant Schweigen; dieser sagte: »Ich bin es wohl zufrieden, denn ich bin so schlecht behandelt worden, daß ich nicht verlange, nochmals auf diesen Punkt zurückzukommen.« – »Nur Eure Arglist ist der Grund Eurer schlechten Behandlung«, sagte Longarine zu ihm, »denn welche ehrbare Frau möchte Euch nach solchen Bemerkungen als ihren Freund annehmen?« Saffredant erwiderte; »Es giebt doch welche, die mich nicht für arglistig gehalten haben, und darum Euch an Ehrbarkeit nicht nachstehen; aber lassen wir das, damit meine Erregtheit nicht mich und andere mißvergnügt macht. Sehen wir lieber zu, wem Dagoucin das Wort geben wird.« Dieser sagte: »Ich gebe es Parlamente, denn ich glaube, sie muß besser als irgend eine andere Frau wissen, was ehrbar und treue Freundschaft ist.« – »Da das Loos mich getroffen hat«, sagte Parlamente, »will ich Euch eine Geschichte erzählen, welche einer Dame passirt ist, die immer zu meinen besten Freundinnen gezählt hat und welche nie Geheimnisse vor mir hatte.«

Dreizehnte Erzählung.

Handelt von einem Schiffskapitain, der sich unter dem Schein der Frömmigkeit in eine junge Dame verliebt, und was daraus entsteht.

Zur Zeit der Regentin, der Mutter Franz I., lebte am Hofe derselben eine Dame von großer Frömmigkeit, welche mit einem eben so frommen Edelmann verheirathet war. Er war alt und sie jung und schön; nichtsdestoweniger war sie ihm treu und liebte ihn wie den schönsten jungen Mann, und um ihm alle Gelegenheit zu Verdruß und Kummer zu nehmen, lebte sie, als wäre sie so alt wie er, floh Gesellschaft, Putz, Tanz und Spiel, die doch sonst junge Frauen lieben, und suchte Vergnügen und Erholung nur in religiösen Andachten. Die Folge davon war, daß ihres Mannes Liebe so in Sicherheit gewiegt wurde, daß sie ihn und sein Haus ganz, wie sie wollte, regierte. Eines Tages sagte ihr der Edelmann, es sei schon seit seiner frühesten Jugend sein Wunsch gewesen, einmal nach Jerusalem zu reisen, und fragte sie, was sie davon halte. Sie hatte keinen anderen Wunsch, als ihm gefällig zu sein, und antwortete: »Da Gott uns keine Kinder geschenkt hat und wir Reichthümer genug besitzen, so wäre ich ganz einverstanden, wenn wir einen Theil derselben auf dieser heiligen Reise verwendeten; denn hier sowohl wie allenthalben hin will ich mit Euch gehen und Euch niemals verlassen.« Der gute Alte war so entzückt, daß er schon auf dem Calvarienberge zu sein glaubte. Während sie noch das Nähere hin und her überlegten, kam ein Edelmann an den Hof, der schon oft gegen die Türken zu Felde gezogen war, um beim König von Frankreich einen Eroberungszug gegen eine ihrer Städte, von deren Besitz großer Vorteil für die Christenheit zu erwarten sei, durchzusetzen. Der alte Edelmann forschte ihn wegen seiner Reise aus und nachdem er von seinem Unternehmen gehört, fragte er ihn, ob er gewillt sei, nach seinem Zug noch weiter bis nach Jerusalem zu fahren, wohin er und seine Frau gern reisen möchten. Der Capitain war über diesen Vorschlag sehr erfreut, versprach, ihn dorthin zu bringen und den ganzen Plan geheim zu halten. Der gute Alte lief schleunigst zu seiner Frau, die nicht weniger wie er selbst danach verlangte, daß die Reise zu Stande käme, um ihr die gute Nachricht zu bringen. In dieser Angelegenheit sprach sie auch oft mit dem Capitain, der mehr sie ansah, als auf ihre Worte hörte und in kurzer Frist sich so sehr in sie verliebte, daß er, wenn er ihr von seinen Seereisen erzählte, alles durcheinander warf, Marseille mit dem Archipel verwechselte, von einem Schiff sprechen wollte und von einem Pferde sprach u.s.w., gerade wie einer, der ganz den Verstand verloren hat. Sie erschien ihm aber so unnahbar, daß er nicht von seinem Gefühl zu ihr zu sprechen oder es sie merken zu lassen wagte. Die Verstellung aber zehrte an seinem Herzen, oftmals wurde er krank, und die junge Frau war dann eben so besorgt um ihn, als hinge von ihm allein die ganze Reise ab. Sie ließ sich oft nach seiner Gesundheit erkundigen, und wenn er hörte, daß sie nach ihm fragte, wurde er gleich ohne andere Medizin gesund. Einige Leute aber wunderten sich, daß die junge Frau so unbefangen mit dem Capitain umging, der viel mehr im Rufe eines übermüthigen Lebemannes als eines guten Christen stand, und als sie gar sahen, daß er plötzlich eifrig die Kirchen besuchte und Predigten und Messen hörte, zweifelten sie nicht, daß er das nur thue, um ihr Vertrauen zu erwerben, und machten ihm darüber einige Andeutungen. Der Capitain befürchtete nun, daß, wenn ihr etwas hiervon zu Ohren käme, er den Verkehr mit ihr verlieren würde, und sagte deshalb eines Tages zu ihr und zu ihrem Manne, daß er nun vom König den Auftrag zur Expedition so gut wie erhalten habe und nächstens abreisen werde; vorher habe er aber noch einiges mit ihnen zu besprechen, und damit die Angelegenheit nicht von Unbefugten gehört würde, möchte er nicht in Gegenwart anderer davon reden, bäte vielmehr, ihn holen zu lassen, wenn sie bei sich allein wären.

Der Edelmann fand dies sehr vernünftig, legte sich nun alle Abende sehr früh zu Bett und ließ seine Frau ihre Nachttoilette machen; nachdem dann alle anderen sich zurückgezogen hatten, ließen sie den Capitain holen und besprachen die Jerusalemer Reise. Währenddem schlief dann der Edelmann öfters andächtig ein, und wenn der Capitain dann den alten Mann im festen Schlafe in seinem Bette liegen sah, neben welchem er in einem Stuhl in der unmittelbaren Nähe derjenigen saß, die ihm die Schönste auf der Welt erschien, drückte es ihm das Herz ab, und er schwankte zwischen der Furcht und dem Verlangen, sich ihr zu erklären; oft wurde er ganz stumm. Damit sie aber nichts merkte, sprach er dann von der heiligen Stätte Jerusalems, wo die zahlreichen Spuren von Christus Liebe und seiner Leidensgeschichte zu finden sind. Und indem er von dieser Liebe sprach, meinte er die seine und blickte unter Thränen und Seufzen zu ihr auf. Sie merkte aber nichts sie sah nur seine andächtige Miene und hielt ihn für einen sehr frommen Mann, so daß sie ihn eines Tages bat, ihr sein Leben zu erzählen, und wie er zu seiner so großen Gottesfurcht gekommen sei. Er sagte ihr, daß er ein armer Edelmann gewesen sei, der, um zu Reichthum und Ehren zu kommen, eine nahe Anverwandte, die sehr reich aber alt und häßlich war und die er nicht liebte, geheirathet habe. Nachdem er all' ihr Geld durchgebracht habe, sei er aufs Meer auf Abenteuer ausgegangen und habe sich durch Arbeit und Kämpfe eine angesehene Stellung geschaffen. Vor allem aber, seitdem sie mit einander bekannt geworden seien, hätten ihre frommen Reden und ihr gutes Beispiel eine Aenderung in seinem Leben hervorgerufen, so daß er nur noch das eine wünsche, wenn er von seinem Zuge glücklich heimgekehrt wäre, sie und ihren Mann nach Jerusalem zu geleiten, um dort Vergebung aller seiner Sünden zu erflehen, die er zwar alle abgelegt habe, bis auf den einen noch ungesühnten Punkt, das Unrecht an seiner Frau, das er aber bald gut zu machen hoffe. Alle diese Reden gefielen der jungen Frau sehr und vor Allem freute sie sich, ihn zu einem gottgefälligen Lebenswandel zurückgeführt zu haben. So lange sie noch am Hofe weilten, setzten sie alle Abende ihre Gespräche fort, ohne daß er jemals seine Liebe erklärt hätte; einmal brachte er ihr als Geschenk ein Crucifix von Notre-Dame de Pitié und bat sie, wenn sie es anschaute, seiner zu gedenken. Als nun der Tag seiner Abreise herangekommen war und er sich bei dem Edelmann, der gleich wieder einschlief, verabschiedet hatte, ging er, sich bei der jungen Frau zu empfehlen. Sie hatte Thränen in den Augen, denn sie hielt ihn für einen aufrichtigen, ihr treuen Freund; als er das sah, übermannte ihn Sehnsucht und Kummer, er stürzte halbohnmächtig vor ihr auf die Knie sagte mit gebrochener Stimme und die Augen voll bitterer Thränen Lebewohl. So trennten sie sich. Die junge Dame war nicht wenig erstaunt, denn sie hatte solchen Abschiedsschmerz noch nicht gesehen. Trotzdem änderte sie aber ihre Gesinnung gegen ihn nicht, sondern begleitete ihn mit ihren Gebeten und Wünschen.

Einen Monat später, als sie von einem Spaziergang wieder in ihre Wohnung zurückkehrte, fand sie einen Edelmann vor, welcher ihr einen Brief vom Capitain überbrachte. Er bat sie, ihn allein zu lesen, und erzählte ihr, daß jener abgefahren sei, fest entschlossen, für seinen König und die Ausbreitung des christlichen Glaubens gegen die Ungläubigen zu kämpfen; daß er selbst wieder nach Marseille zurückkehren werde, um die Angelegenheiten des Capitains in dessen Abwesenheit wahrzunehmen. Die junge Frau trat in eine Fensternische, öffnete den zwei Blatt starken und auf allen Seiten beschriebenen Brief und las wie folgt:

> Ich hab' so lang in Schweigen mich gehüllt
> Und hab' mein Denken Dir so lang verborgen,
> Daß ich nicht eher Ruhe wiederfinde,
> Als bis ich Worte meinem Leid gegeben,
> So lang ich nah' Dir war, hab' ich die Worte
> Zurückgedrängt in mir mit vielen Schmerzen;
> Doch fern von Dir verlassen mich die Kräfte.
> Und reden muß ich, gält' es gleich mein Leben
> So schleicht sich nun die Wahrheit unverhohlen
> In diese Zeilen ein; sie will Dir sagen,
> Daß – da ich Deinem Angesicht entrückt,
> Dem Angesicht, das anzuschaun mir immer
> Der Gipfel der Glückseligkeit erschien,

Und da Dein Ohr mich nicht mehr hören kann –
Daß ich jetzt endlich zu Dir sprechen muß
Von meinen bittren Leiden; schweig' ich länger,
So sterb' ich sicherlich in meinem Gram.
Fast möcht' ich jetzt noch zögern, Dir's zu sagen,
Denn fürchten muß ich, daß zur Antwort Du
Dem feigen Wort, – das nur von ferne spricht,
Und als Du nah mir warst, sich fürchtete
Und nicht verlauten wollte, – spöttisch giebst:
»Du hättest lieber schweigend sterben sollen,
Als mir zu klagen, was Dein Herz bedrückt.«
Ach, wahrlich möcht' ich lieber zehnmal sterben,
Als mit der Worte ungestümem Klang
Zu sagen Dir, wie heftig ich Dich liebe.
Doch sterben darf ich nicht; denn tief bekümmern
Und schmerzen würd' mein Tod die edle Dame,
Um derentwillen ich allein mein Leben
Noch eine Weile mir erhalten möchte.
Denn hab' ich nicht, o Herrin, Dir versprochen,
Wenn meine Reise glücklich wär' beendet,
Zu Dir zurückzukehren, unverweilt?
Versprach ich nicht, Dich selbst und Deinen Gatten
Dahin zu führen, wo Dein Herz sich sehnt,
In frommer Andacht auf dem Berge Zion
Zu beten und zu danken Gott, dem Herrn?
Und wenn ich sterb', wird Niemand dich geleiten
Zu sehr betrauern würd'st Du meinen Tod,
Wenn unser schöner langgehegter Plan
So plötzlich in ein Nichts zerfließen sollte.
So werd' ich kommen und Dich treulich führen
Ins heil'ge Land und wiederum zurück.
Wie ich gesagt, würd' ich den Tod mir wünschen

Dächt' ich an mich allein, doch ich muß leben
Für Dich, und um zu leben, muß ich beichten,
Was mir so schwer in Herz und Sinnen liegt.
Von meiner Liebe muß ich Dir berichten,
Die ist so groß und gut und so wahrhaftig,
Wie nimmer sie vorher zu finden war.
Was wirst Du sagen? O, der kühnen Worte!
Was wirst Du sagen, Du, mein kühner Brief?
Wirst Du von meiner Liebe ihr erzählen?
Ach, wärst Du dreifach stark, Du würdest dennoch
Noch nicht ein Tausendtheil verrathen können
Von dem, was mir die Seele tief bewegt.
Sag ihr, wenn Du's vermagst, daß ihre Blicke
Aus meinem Herzen alle Kraft gesogen,
Und daß mein Leib kernloser Schale gleicht,
Daß nur in ihr ich denke, athm' und lebe.
Ach, armes Wort, Du bist erbärmlich schwächlich,
Du kannst ihr noch nicht im entfernt'sten schildern,
Wie sehr ihr süßer Blick mein Herz bezwungen;
Noch wen'ger kannst Du ihrer holden Rede
Anmuth'gen Reiz gebührend halb beschreiben,
Du bist so schwach, so machtlos und so matt!
Ich wollt', Du könnt'st ihr sagen, wie zuweilen
Ein Wort von ihr, ein tugendliches, weises,
Mich dumm und stumm und närrisch machen konnte.
Wie oft mein Aug', verloren in den Anblick
Von ihrer zarten Schöne, sich mit Thränen
Ohnmächt'ger Lieb' gefüllt. Wie oft die Worte
Im Mund sich mir verdrehten, daß ich thöricht,
Anstatt von meiner Liebe ihr zu sprechen,
Von Monden schwatzte und von Himmelswundern,
Auch vom Polarstern und vom großen Bären - - -

Mein armes Wort, Du hast nicht Kraft genug,
Ihr von der heißen Qual ein Bild zu geben,
In die die Liebe mich geschleudert hatte;
Auch giebt's im ganzen Weltall keine Feder,
Die ihr von meiner Lieb' genügend spräche.
Doch, wenn Du auch von meinem ganzen Zeilen
Ihr nicht berichten kannst, nimm etwas doch
Und also sprich: Aus Furcht, Dir zu umfallen
Hab' ich trotz meiner Lieb' so lang geschwiegen;
Doch soll sie jetzt vor Gott und Dir verlauten,
Denn Tugend ist der Fels, darauf sie stehet,
Und Tugend macht mir süß mein Liebesleiden.
So soll der Schatz nun offen vor Dir liegen,
Und tief in meine Seele sollst Du schauen.
Wer wollte einen solchen Ritter tadeln,
Daß er gewagt, zu huld'gen einer Dame,
Für die nur *strengste* Tugend Tugend ist?
Wär' nicht viel eher zu verwerfen der,
Der so viel Liebreiz sieht und ihn nicht liebt?
Ich aber sah und liebte ihn zugleich,
In mir blieb Liebe nur allein die Herrscherin.
Das ist die Liebe nicht, die flatternd leicht
Sich nur auf Schönheit stützt, auch nicht die wilde Liebe,
Die hin und her mich treibt und die sich sehne
Dich selbst, Du süße Fraue, zu besitzen.
Viel lieber wollt' auf dieser langen Reise
Ich elend sterben, als Dich minder züchtig
Und streng und fest und tugendlich zu wissen.
Ich will Dich lieben, wie man Engel liebt,
Du sollst so rein und so vollkommen bleiben
Wie nichts auf Erden; also heischt die Minne,
Die ich Dir bringe, keinen Lohn von Dir.

Je höher Deine Tugendflamme strahlet,
Je mehr und tiefer wurzelt meine Liebe.
Ich bin von jener Menge kein Genosse,
Die von der Liebe nichts als Lust verlangen;
So hoch ist meine Lieb' und so vernünftig
Und meine Dame ist der Lieb' so werth.
Daß selbst der liebe Gott im Paradiese
Nichts andres von Dir sagen könnt' als ich.
Und wenn ich Deine Lieb' nicht kann erringen,
So will ich mich begnügen und bescheiden,
Wenn Du mich als den treu'sten Deiner Diener
Betrachten und als solchen achten willst.
Du wirst so lange mich als Diener schätzen,
Bis Du gesehen, daß, um Dich zu lieben,
Ich alles that, was Dir gefallen konnte.
Und wird mir dann von Dir kein andrer Lohn,
So will ich ganz zufrieden sein in meiner Liebe.
Glaub mir, nichts andres bildet mein Verlangen
Als auf dem Hochaltar der reinen Liebe
Für Dich zu opfern, was ich bin und habe.
Und glaube ferner, wenn ich glücklich kehre
Zurück von dieser allzulangen Reise,
Wirst Du in mir nichts andres wiederfinden,
Als Deinen allezeit getreuen Knecht.
Und wenn ich sterbe, stirbt mit mir Dein Ritter,
Wohl mehr ergeben, als je einer war.
So trägt nun auch die rollend wilde Woge
In ihrem Arm den Diener Dir davon;
Wohl kann den Leib das Meer mit sich entführen,
Doch nimmermehr mein Herz, das ist bei Dir geblieben,
Und von Dir reißen kann es keine Macht,
Da es mich ganz für Dich allein verlassen.

Könnt' ich dafür ein kleines winz'ges Stückchen
Von Deinem reinen Herzen mir erobern,
Von Deinem Herzen, das so glänzend klar
Wie eines Engels reines Herze ist,
So würde ich mit tausend hellen Freuden
Siegreich durch's Leben schreiten, Dir allein zum Ruhm.
Nun komme, was da will, ich hab' gesprochen,
Die Würfel sind gefallen; wie die Felsen fest,
Wird unveränderlich mein Denken bleiben.
Damit Du besser meinen Worten glaubest,
Send' ich als Zeichen meiner reinen Ehre
Dir diesen Diamant, den Stein der festen
Und unerschütterlichen Sicherheit.
Laß ihn an Deinem weißen Finger leuchten,
Du wirst mich zu den Glücklichen erheben,
Wenn Du es thust. Laß diesen Stein Dir sagen,
Daß ich als Boten ihn zu Dir gesendet,
Er soll Dir von der süßen Hoffnung sprechen,
Die ich im Herzen nähr': Daß ich dereinst
Durch meiner Thaten ehrliches Verdienst
Zum Rang der Tugendreichen aufwärts steige,
Damit ich endlich noch mein Ziel erreiche
Und glücklich sei in meiner Herrin Gunst.

Als die junge Dame den Brief zu Ende gelesen hatte, war sie über die Anhänglichkeit des Kapitains nur noch mehr verwundert, errieth aber noch immer nichts. Als sie nun den großen schön geschnittenen Diamanten in dem schwarz emaillirten Ringe sah, war sie in großer Verlegenheit, was sie damit beginnen sollte. Die ganze Nacht verbrachte sie mit Nachdenken hierüber und war schließlich ganz froh, nun gar keine Gelegenheit mehr zu haben, ihm zu schreiben und eine Antwort zu senden, da der Bote schon wieder fort war. Sie sagte sich auch, daß bei allen Mühen und Sorgen, die ihm die Expedition genugsam verursachen würde, es nicht nöthig sei, daß er auch noch über ihre zurückhaltende Antwort bekümmert werde. Sie verschob es also bis zu seiner Rückkehr. Unklar blieb ihr nur, was sie mit dem Diamanten machen sollte, denn sie wahr nicht gewohnt, sich mit Edelsteinen zu schmücken, die nicht von ihrem Manne herrührten. Deshalb kam sie auf den Ausweg, diesen Diamanten in einer Gewissenssache des Kapitains eine Rolle spielen zu lassen. Sie schickte also einen ihrer Diener zu der verlassenen Frau des Kapitains, gab vor, eine Nonne aus Tarascon zu sein, und schrieb ihr folgenden Brief: »Madame! Ihr Mann hat sich einige Tage vor seiner Einschiffung hier aufgehalten und hat mir, nachdem er die Beichte gehört und das heilige Abendmahl genommen, mitgetheilt, daß ihm etwas schwer auf dem Gewissen laste, und zwar der Vorwurf, Euch nicht, wie es seine Pflicht war, geliebt zu haben. Dann beschwor er mich, Euch nach seiner Abfahrt diesen Brief und den eingeschlossenen Diamantring zu senden, den Ihr als ein Zeichen Eurer Liebe zu ihm tragen möchtet, um Euch zu versichern, daß, wenn ihn Gott in Gesundheit zurückkehren läßt, er sich Euch und Eurem Wohlergehen widmen wolle, wofür Euch dieser Stein ein Unterpfand sein soll. Ich bitte Euch nun, ihn in Euer Gebet einzuschließen, wie er mein Lebelang in dem meinen eingeschlossen sein wird.«

Diesen Brief schickte sie, mit der Unterschrift einer Nonne versehen, an die Frau des Kapitains. Als die gute Frau den Brief und den Ring zu Gesicht bekam, weinte sie vor Freude, daß ihr Mann, der seit lange nicht mehr zu ihr zurückgekehrt war, ihrer noch gedachte; sie küßte den Ring viele Male und dankte Gott, daß er ihr am Ende ihrer Tage die Zuneigung ihres Mannes, welchen sie für immer verloren geglaubt hatte, wieder zuwandte, und schrieb auch einen Dankesbrief an die Nonne, die diese

Wandlung zu Stande gebracht hatte. Der Bote brachte die Antwort seiner Herrin, die seinen Bericht und den Brief nicht ohne Lächeln entgegen nehmen konnte; sie war froh, den Diamanten los zu sein, und zwar mit der Wirkung, zwischen dem Kapitain und seiner Frau wieder eine Verbindung geschaffen zu haben, worüber ihr zu Muthe war, als hätte sie ein Königreich gewonnen.

Ewige Zeit später kam die Nachricht von der Niederlage und dem Tode des Kapitains; er war von denen, die ihn unterstützen sollten, verrathen worden, und die Rheder, denen die Geheimhaltung der Expedition anbefohlen worden war, hatten sie dem Feinde hinterbracht, so daß der Kapitain und alle übrigen, die gelandet waren, 80 an der Zahl, umkamen. Unter den letzteren befand sich ein Edelmann namens Johann und ein Türke, dessen Pathin bei seiner Bekehrung zum Christenthum die Frau des Kapitains gewesen war, sie war es auch, die beide dem Kapitain auf die Reise mitgegeben hatte. Der Edelmann fiel; der Türke hingegen, trotzdem ihn fünfzehn Pfeilschüsse verwundet hatten, rettete sich, indem er bis zu den französischen Schiffen schwamm. Von ihm allein auch hörte man alles Nähere über diese Niederlage. Ein Edelmann nämlich, den der Kapitain für seinen ergebensten Kriegskameraden hielt und den er dem König von Frankreich und vielen anderen Großen empfohlen hatte, verrieth ihn und segelte, sobald er die übrigen gelandet sah, mit allen Schiffen von der Küste fort. Als nun der Kapitain sein ganzes Vorhaben entdeckt und 4000 Türken auf sich zukommen sah, wollte er sich auf seine Schiffe zurückziehen. Der Edelmann aber, dem er gerade sein volles Vertrauen geschenkt hatte, sagte sich, daß nach seinem Tode er den Oberbefehl über die ganze Armee erhalten und auch den ganzen Vortheil der Expedition allein einstecken würde; er sagte also zu den Edelleuten, man dürfe die Schiffe des Königs und so viele Truppen nicht wegen hundert Menschen aufs Spiel setzen. Die übrigen, denen es auch an rechtem Muth gebrach, fügten sich. Als der Kapitain nun sah, daß, je mehr er um Hülfe rief, um so mehr sie sich nur vom Ufer entfernten, wandte er sich gegen die Türken, und obwohl er und seine Getreuen bis an die Kniee im Sande wateten, vertheidigten sie sich mit solcher Tapferkeit und Todesverachtung, daß es war, als wollten sie allein die ganze Uebermacht des Feindes vernichten, den sein verräterischer Freund mehr fürchtete, als er nach Kriegsruhm verlangte. Am Ende aber erhielt er von den feindlichen Schützen, die nicht heranzukommen wagten, aus der Entfernung so viele Pfeilschüsse, daß sein Blutverlust ein großer wurde. Als die Türken nun die kleine Truppe ganz geschwächt sahen, stürmten sie mit ihren krummen Säbeln auf sie ein, wogegen sich jene, so weit ihre Kräfte noch reichten, auf das Hartnäckigste wehrten. Der Kapitain rief den Edelmann Johann, den seine Frau ihm mitgegeben hatte, und auch den Türken zu sich heran, steckte sein Schwert mit der Spitze in die Erde, fiel davor auf die Kniee, küßte und umarmte den Griff, der das Zeichen des Kreuzes bildete, und sagte: »O Herr, nimm die Seele desjenigen in Gnade zu Dir, der sein Leben daran gesetzt hat, Deinen geheiligten Namen auszubreiten.«

Der Edelmann Johann sah, daß ihn bei diesen Worten die Kräfte verließen, und stellte sich, das Schwert in der Faust, vor ihn hin, um ihn zu schützen; ein Türke schlich sich aber von hinten an ihn heran und versetzte ihm einen Schwertstreich über die Schenkel. Mit den Worten: »Nun wohlan, mein Hauptmann gehen wir vor den Thron dessen, für den wir sterben«, sank er neben dem Kapitain, dessen getreuer Gefährte er im gewesen war, todt zu Boden. Der Türke, welcher sah, daß verwundet, weder dem einen noch dem andern dienlich zog sich nach dem Ufer zurück, rief nach den Schiffen um Hülfe und obwohl er von 80 der einzige Ueberlebende war, holte ihn der verräterische Edelmann nicht vom Lande. Da er aber sehr gut zu schwimmen verstand, warf er sich ins Meer, wurde von einem kleinen Schiff aufgenommen und nach einiger Zeit von seinen Wunden geheilt. Nur durch diesen armen Fremdling erfuhr man die Wahrheit sowohl bezüglich der tapferen Gegenwehr des Kapitains wie des Verraths seines Kampfgenossen. Als von letzterem der König und seine Hofleute hörten, erschien ihnen sein verbrecherisches Thun so schimpflich, daß sie den schwersten Tod als zu gering für ihn erachteten. Als er aber selbst an den Hof kam, machte er so falsche Berichte und brachte so kostbare Geschenke mit, daß er nicht nur jeder Bestrafung entging, sondern sogar die Stelle desjenigen erhielt, dem er nicht einmal als letzter zu dienen würdig war.

Dieselbe Wirkung, welche diese Trauerkunde auf die Regentin, den König und alle Bekannten des Kapitains gemacht hatte, übte sie auch auf diejenige, welche er so sehr geliebt hatte. Denn als sie seinen beklagenswerthen und eines Christen würdigen Tod vernahm, vergaß sie die Härte, mit der sie ihm entgegentreten wollte, und hatte nur Thränen und Klagen. Ebenso auch ihr Mann, der sich der Hoffnung auf seine Reise beraubt sah. Ich will noch berichten, daß ein Ehrenfräulein der jungen Frau, welche den Edelmann Johann liebte, genau am Todestage desselben und des Kapitains zu ihrer Herrin gekommen war und ihr erzählt hatte, sie habe ihren Geliebten im Traum gesehen, er sei ganz weiß gekleidet gewesen und habe ihr Lebewohl gesagt und daß er mit seinem Kapitain ins Paradies gehe.

Als sie nun erfuhr, daß ihr Traum sich verwirklicht hatte, verfiel sie in einen so großen Trübsinn, daß ihre Herrin viel Mühe hatte, sie zu trösten. Einige Zeit später begab sich der Hof nach der Normandie, wo der Kapitain herstammte, dessen Frau auch nicht verfehlte, an den Hof zu kommen, um der Regentin ihre Ehrerbietung zu beweisen. Sie wandte sich wegen der Vorstellung an die junge Frau, welche ihr Mann so sehr geliebt hatte. Während sie nun in einer Kapelle auf die Ankunft der Regentin und die Stunde der Vorstellung warteten, begann die alte Dame in Lobeserhebungen über ihren Gemahl auszubrechen und sagte unter anderem: »Und mein Unglück wird dadurch noch viel größer, daß gerade, als er mich mehr denn je zuvor liebte, Gott ihn mir genommen hat.« Bei diesen Worten zeigte sie den Ring, den sie als Unterpfand reinster Liebe und Treue an ihrem Finger trage, und obwohl sie heftig dabei weinte, konnte sich die junge Frau trotz ihres Mitleids des Lachens nicht erwehren, daß ihr kleiner Betrug so viel Gutes angerichtet hatte; sie war außer Stande, die Vorstellung bei der Regentin zu übernehmen, wies sie vielmehr an eine andere Dame und ging selbst in eine Kapelle nebenan, um wieder ruhig zu werden.

»Mir scheint es nun, meine Damen«, endete Parlamente, »daß alle, denen man solche Geschenke macht, es sich angelegen lassen sein sollten, sie so zu verwenden, daß eben so Gutes damit angerichtet wird, wie es diese junge Frau that. Dann würden die Damen finden, daß das Wohlthun die reinste Freude der Wohlthuenden ist. Auch darf man jene nicht etwa des Betruges zeihen, sondern man muß nur ihre Klugheit loben, daß sie etwas Unwerthem solchen Werth zu verleihen verstand.« – »Wie«, sagte Nomerfide, »wollt Ihr etwa sagen, daß ein Diamant von 200 Thalern nichts Werthvolles sei? Ich versichere Euch, wäre er in meine Hände gefallen, weder seine Frau noch sonst eines der Seinen hätte je etwas davon gesehen. Was einem einmal geschenkt ist, ist gutes Eigenthum. Der Edelmann war todt, Niemand wußte etwas davon; sie hätte es sich wohl ersparen können, der armen Alten so viele Thränen zu verursachen.« – »Ihr habt vollkommen Recht«, sagte Hircan, »es giebt Frauen, die sich nur besser zeigen wollen, als andere, und aus diesem Grunde thun sie etwas, was ihrer Natur an sich zuwider ist, denn sind die Frauen nicht alle geizig? Immerhin mag es vorkommen, daß Ruhmsucht ihren Geiz noch überragt, und sie dann manches thun, was nicht aus dem Herzen kommt. So meine ich auch, daß die, welche den Diamanten weggab, auch garnicht würdig war, ihn zu tragen.« – »Halt, halt«, rief Frau Oisille, »ich glaube nämlich jetzt zu errathen, wer es ist; deshalb verurtheilt sie nicht so ohne Weiteres.« – »Madame«, erwiderte Hircan, »ich kenne sie nicht; aber wenn der Edelmann so ehrbar und tapfer war, wie uns hier gesagt worden ist, so konnte sie sich nur geehrt fühlen, einen solchen ergebenen Freund zu haben und einen Ring von ihm zu tragen; vielleicht aber hielt ein viel Unwürdigerer ihren Finger so fest, daß sich darauf überhaupt ein Ring nicht mehr stecken ließ.« – »Immerhin«, warf Emarsuitte ein, »konnte sie ihn wohl behalten, da Niemand etwas davon wußte.« – »Sollen denn alle diese Sachen den Verliebten erlaubt sein, vorausgesetzt nur, daß Niemand etwas davon wisse?« fragte Guebron. »Ich habe wenigstens«, bemerkte Saffredant, »noch kein Verbrechen und keinen Fehler bestraft werden sehen, ausgenommen die Dummheit, wenn ein Räuber oder Mörder oder Ehebrecher gerade so klug wie schlecht ist, so faßt ihn das Gericht nicht und die Menschen verachten ihn nicht. Oft aber verblendet sie das Verbrechen, sie werden unruhig und unbedacht, und es kommt alles ans Tageslicht; davon abgesehen werden nur immer die Dummen bestraft und nicht die Bösewichter.« – »Nun, Ihr mögt sagen, was Ihr wollt«, sagte Oisille, »überlassen wir es Gott, das Herz dieser Dame zu ergründen; ich finde ihr Thun sehr ehrbar und sehr anständig. Damit wir aber nicht weiter darüber streiten, bitte ich Euch, Parlamente, das Wort weiterzugeben.« – »Ich gebe es Simontault«, sagte diese; »nachdem wir aber zwei traurige Geschichten gehört haben, mag er uns eine erzählen, die uns wieder aufheitert.« – »Ich danke Euch«, sagte Simontault, »aber ihr müßt mich nicht einen lustigen Erzähler nennen, diese Bezeichnung gefällt mir nicht. Und um es Euch zu vergelten, werde ich Euch zeigen, daß es Frauen giebt, welche gegen einzelne Männer und zu Zeiten sehr tugendhaft erscheinen, bis sie sich schließlich in ihrer wahren Gestalt zeigen.«

Vierzehnte Erzählung.

Schlauheit eines Verliebten, welcher, als sein bester Freund verkleidet, von einer Dame in Mailand den Liebeslohn für die lange treue Ergebenheit desselben genießt.

In Mailand lebte, während daselbst der Großmeister von Chaumont Gouverneur war, ein Edelmann, namens von Bonnivet, der später wegen seiner Verdienste französischer Admiral wurde. Da er beim Großmeister und aller Welt wegen seiner Vorzüge sehr beliebt war, war er auch auf allen Festen zu finden, wo die schönen Damen zusammentrafen, bei denen er mehr angesehen war, als sonst ein Franzose, sowohl wegen seiner Schönheit, Anmuth und Redegewandtheit, als auch, weil er in dem Rufe stand, einer der geschicktesten und kühnsten Ritter seiner Zeit zu sein. Eines Tages ging er in Maske auf den Karneval, wo er mit einer der schönsten Damen der Stadt tanzte, und als die Musik eine Pause machte, machte er ihr Liebesanträge, was keiner besser verstand als er. Sie wollte sich aber auf nichts einlassen, und statt aller Antwort schnitt sie ihm das Wort ab und sagte nur kurz, sie liebe ihren Mann und werde nie einen anderen lieben, und daß es vergeblich sei, von ihr etwas zu erwarten. Er ließ sich aber durch diese Antwort nicht abschrecken und verfolgte sie bis zu Mittfasten. Aber sie verblieb dabei, weder ihn noch einen andern zu lieben. Er glaubte es ihr aber nicht, denn ihr Mann war ohne Anmuth und sie eine große Schönheit. Er beschloß also, da sie sich verstellte, gleiches zu thun; er gab es auf, ihr nachzulaufen, erkundigte sich aber im Geheimen sehr genau nach ihrem Leben und hatte auch bald ausfindig gemacht, daß sie einen sehr achtungswerthen Edelmann liebte. Bonnivet befreundete sich mit diesem und kam bald in einen vertraulichen Umgang mit ihm, und zwar, ohne daß dieser merkte, worauf er hinaus wollte; vielmehr schätzte er ihn bald so, daß, von seiner Geliebten abgesehen. Niemand ihm mehr am Herzen lag. Um ihm sein Herzensgeheimniß zu entlocken, stellte sich Bonnivet, als erzähle er ihm sein eigenes, und schwatzte ihm von einer Dame vor, die er liebe und auf deren Gegenliebe er garnicht gehofft hatte u.s.w. und bat, diese Mittheilung geheim zu halten und ihm auch seinerseits sein Herz zu öffnen. Der gute Edelmann wollte ihm zeigen, daß sein Vertrauen nicht geringer sei und erzählte ihm lang und breit von seinem Verhältniß mit der Dame, an der Bonnivet sich rächen wollte. Von da an kamen sie jeden Tag zu einer festgesetzten Zeit an einem bestimmten Ort zusammen und erzählten sich gegenseitig, was ihnen der Tag Gutes bei ihren Damen gebracht hatte, der eine immer erfindend und lügend; der andere die Wahrheit sagend. So beichtete der Edelmann, daß er seit drei vollen Jahren jene Dame liebe, ohne etwas anderes von ihr zu erhalten, als schöne Worte und Betheuerungen ihrer Gegenliebe. Bonnivet gab ihm gute Rathschläge, um eine endliche Erhörung herbeizuführen, und es glückte jenem in der That schon nach wenigen Tagen, von ihr ein Versprechen zu erhalten; es handelte sich nun nur noch darum, wie es ausführen, aber auch in dieser Beziehung half Bonnivet aus. Eines Tages vor dem Abendessen sagte denn auch der Edelmann zu ihm: »Ich bin Dir mehr verpflichtet, als irgend jemandem sonst auf der Welt, denn durch Deine geschickte Taktik darf ich hoffen, heute Nacht endlich zu erlangen, wonach ich so lange gestrebt habe.« – »Ich bitte Dich«, sagte Bonnivet, »theile mir das Nähere der Verabredung mit, vielleicht ist Hinterlist dabei im Spiele, und ich könnte Dir irgendwie behülflich sein.« Er theilte ihm also mit, daß sie in diesen Tagen gerade die Möglichkeit habe, die große Eingangsthür aufstehen zu lassen. Es könne das unter dem Vorgeben geschehen, daß für einen ihrer Brüder, der krank sei, sehr oft auch nachts in die Stadt nach Arzenei und sonstigen nöthigen

Sachen geschickt werden müsse. So könne er in den Hof gelangen; dort solle er aber nicht die Freitreppe hinaufsteigen, sondern eine kleine Stiege rechter Hand benützen und in die erste Gallerie eintreten, auf welche die Thüren aller Zimmer ihres Schwiegervaters und Schwagers mündeten. Von diesen solle er die dritte zunächst der Treppe nehmen, und wenn er sie verschlossen fände, solle er umkehren, dann sei nämlich ihr Mann zurückgekehrt, der zwar erst in zwei Tagen erwartet werde. Fände er sie unverschlossen, dann solle er leise eintreten und sie hinter sich verschließen, sie werde dann allein im Zimmer sein. Vor allen Dingen solle er sich aber Filzschuhe anschaffen, damit er keinen Lärm mache, und sich auch hüten, vor zwei Uhr nachts zu kommen, weil ihre Schwäger, die das Spiel leidenschaftlich liebten, sich nie vor ein Uhr zur Ruhe begäben. »Gehe also mit Gott«, sagte Bonnivet, »möge er Dich vor Unheil bewahren; wenn ich Dir irgendwie dienlich sein kann, stehe ich, so weit meine Kräfte reichen, zu Deiner Verfügung.« Der Edelmann bedankte sich, sagte, daß er seiner Sache schon ganz gewiß wäre, und ging fort, um seine letzten Anordnungen zu ertheilen. Bonnivet aber ging nicht zur Ruhe; er sagte sich, daß jetzt die Stunde gekommen sei, sich an der Grausamen zu rächen, und ging frühzeitig in seine Wohnung, wo er sich den Bart verschneiden ließ, bis er nur noch so lang wie der des Edelmannes war; auch die Haare ließ er stutzen, damit der Unterschied nicht auffiele. Er vergaß auch nicht die Filzschuhe und zog im übrigen Kleider von ähnlichem Schnitt wie die des Edelmannes an. Außerdem traf es sich sehr günstig für ihn, daß er mit dem Schwiegervater der Dame bekannt war; er stand deshalb nicht an, frühzeitig hinzugehen, weil er sich sagte, daß er, wenn er gesehen würde, einfach zu dem alten Edelmann gehen würde, mit dem er eine Angelegenheit zu besprechen hatte. Um Mitternacht betrat er also das Haus der Dame, in dem noch Viele aus- und eingingen. Er kam an allen vorüber, ohne erkannt zu werden, und gelangte nach der Gallerie; die ersten beiden Thüren fand er verschlossen, die dritte aber gab seinem Drucke nach. Als er eingetreten und den Schlüssel hinter sich herumgedreht hatte, fand er das Zimmer ganz mit weißem Tuch austapeziert, Fußboden und Decke desgleichen, und ein Bett mit der zartesten Leinwand überzogen und voller weicher Pfühle. In demselben lag die Dame, in Nachthäubchen und Hemd, welche beide mit Perlen und Edelsteinen besetzt waren. Er sah das Alles durch eine Spalte im Vorhang, ohne daß er von ihr bemerkt werden konnte, obgleich das Zimmer von einer Wachskerze ganz hell erleuchtet war. Vor Allem nun löschte er die Kerze aus, um nicht von ihr erkannt zu werden. Dann entkleidete er sich und legte sich zu ihr ins Bett. Sie dachte nicht anders, als daß es der sei, der ihr schon seit so langen Jahren ergeben war, und gab sich ihm ganz hin. Er aber vergaß nicht, daß er als ein anderer hier war, und hütete sich wohl, auch nur ein Wort mit ihr zu reden. Er war nur darauf bedacht, sich an ihr zu rächen und ihr die Ehrbarkeit zu nehmen. Aber ganz gegen seine Erwartung war die Dame diese Art der Vergeltung sehr zufrieden; erst um ein Uhr schien sie ihn für seine bisherigen fruchtlosen Bemühungen genugsam entschädigt zu haben, und dachten sie daran, daß es Zeit sei, sich zu trennen. Dann erst fragte er sie mit ganz leiser Stimme, ob sie mit ihm so zufrieden sei, wie er mit ihr. Sie war immer noch der Meinung, ihren Freund neben sich zu haben, und sagte ihm, daß sie nicht nur zufrieden mit ihm, sondern aufs Angenehmste von der Ausdauer seiner Liebe überrascht sei, so daß er eine ganze Stunde sich nicht einmal Zeit gegönnt habe, auch nur ein Wort mit ihr zu reden. Hier lachte er laut auf und sagte: »Nun wohlan, Madame, wollt Ihr mich weiter zurückweisen, wie Ihr bisher gethan habt?« Jetzt erkannte sie ihn an seinem Sprechen und Lachen; sie war ganz verzweifelt vor Scham, nannte ihn in Einem fort Verräther und Betrüger und wollte sich aus dem Bett stürzen, um einen Dolch zu holen und sich zu tödten, da sie das Unglück gehabt habe, von einem Manne entehrt zu sein, den sie nicht liebte, und der aus Rache von seinem guten Glück in allen Gassen erzählen könnte. Er hielt sie aber in seinen Armen zurück, versicherte sie mit vielen zärtlichen Worten, daß er sie mehr liebe als der andere und daß er verschwiegen sein werde, so daß ihr keine üble Nachrede daraus entstehen sollte. Die arme Bethörte glaubte ihm auch schließlich; er erzählte ihr, welche Mühe er sich gegeben und wie er es angestellt habe, um sie zu gewinnen. Immer von Neuem betheuerte er, daß er sie mehr liebe als jener, der ihr Geheimniß ausgeplaudert habe, und sagte weiter, sie wisse nun auch, daß die Ansichten bezüglich der Franzosen nur Vorurtheil seien, daß sie viel rücksichtsvoller, ausdauernder und discreter als die Italiener wären. Deshalb möge sie für die Zukunft sich von der Meinung ihrer Landsleute lossagen und ihm trauen. Sie bat ihn aber, für die nächste Zeit an keinem Orte und zu keinem Fest, wo sie auch wäre, anders als in Maske zu kommen, denn sie empfinde so große Beschämung, daß sie vor allen Leuten erröthen würde. Er versprach ihr das und bat sie auch, wenn um zwei Uhr sein Freund käme, ihn freundlich zu empfangen, dann aber nach und nach sich von ihm los zu machen. Anfangs widerstrebte sie dem sehr und nur nach vielem Zureden sagte sie, daß sie aus Liebe zu ihm selbst seine Bitte erfüllen wolle.

Vor seinem Abschied beglückte er sie nochmals so sehr, daß sie es nun ganz gern gesehen hätte, wenn er noch länger geblieben wäre. Nachdem er sich erhoben und wieder angekleidet hatte, verließ er das Zimmer und ließ die Thür nur angelehnt, wie er sie gefunden hatte. Und da es beinahe zwei Uhr war und er befürchten mußte, unterwegs den Edelmann zu treffen, ging er auf der Treppe noch einige Stufen hinauf und sah auch bald seinen Freund ankommen und in das Zimmer der Dame eintreten. Er selbst ging nach Haus, um sich von der gehabten Anstrengung auszuruhen, und schlief bis neun Uhr morgens. Als er bei der Morgentoilette war, kam sein Freund und erzählte ihm seine Erlebnisse der letzten Nacht, die ihn aber nicht so zufriedengestellt hatten, als er gehofft hatte. Als er nämlich zu der Dame gekommen war, habe sie in vollem Fieber in ihrem Nachtgewand mitten im Zimmer gestanden; ihre Pulse hätten geschlagen und ihr Gesicht, auf dem dicke Schweißperlen standen, sei ganz erhitzt gewesen. Sie habe ihn gebeten gleich umzukehren, denn nur aus Furcht, daß ihre Unüberlegtheit ruchbar würde, habe sie noch nicht ihre Frauen gerufen, und wegen jener sei sie in einer ganz verzweifelten Stimmung, sie denke vielmehr ans Verderben, als an Liebe, und wolle lieber von Gott als von Cupido hören. Sie bedaure, daß er umsonst gekommen, aber sie könne seinem Verlangen nicht nachkommen. Er war hierüber so erstaunt und betrübt, daß seine Liebesgluth und seine Freude sich in Kälte und Traurigkeit umwandelten, und hatte sich wieder entfernt. Am Morgen habe er sich nach ihrem Befinden erkundigen lassen und in der That gehört, daß sie sehr krank sei. Während er in seinem Schmerz alles erzählte, war er ganz aufgeregt und weinte heftig. Bonnivet, dem das Lachen so nahe war, wie jenem das Weinen, tröstete ihn, so gut er konnte, immer sei bei Dingen, die lange gewährt hätten, gerade der Anfang einer Aenderung das Schwerste, und wenn sein Glück jetzt noch eine Verzögerung erleide, so werde die endliche Erreichung des Zieles nur um so genußreicher sein. Hierüber trennten sie sich. Die Dame mußte einige Tage das Bett hüten; nachdem sie gesund geworden war, gab sie ihrem ersten Liebhaber den Laufpaß, und begründete das mit ihrer Furcht vor dem Tode und Gewissensbissen. Dagegen hielt sie sich an Bonnivet, dessen Liebe so lange währte, wie es gewöhnlich ist, d.h. wie auf einem Felde die Blumen blühen.

Hiermit beendete Simontault seine Erzählung und fuhr dann fort: »Hiernach kann man wohl sagen, meine Damen, daß das hinterlistige Vorgehen des Edelmanns und die Heuchelei der Dame, die sich als ehrbare Frau aufspielte, während sich herausstellte, daß sie das gerade Gegentheil war, auf gleicher Stufe stehen.« – »Sagt von den Frauen, was Ihr wollt«, sagte Emarsuitte, »jedenfalls hat dieser Edelmann unedel gehandelt. Soll es denn erlaubt sein, daß, wenn eine Frau einen Mann liebt, sie einem anderen gehören soll, blos weil der der hinterlistigere ist?« Guebron sagte: »Glaubet mir, wenn solche Waare zum Kauf aussteht, so ist es ganz natürlich, daß sie dem zufällt, der am meisten dafür einsetzt und den höchsten Preis dafür zahlt. Denket nur ja nicht, daß die, welche die Damen mit so großer Ausdauer verfolgen, sich ihnen zu Liebe in all diese Unkosten stürzen; durchaus nicht, es geschieht nur um ihrer selbst willen und ihres Vergnügens halber.« – »Ich glaube Euch gern«, sagte Longarine, »denn um es nur zu gestehen, alle meine Freunde singen immer damit an, von mir zu sprechen; sie wünschten mich glücklich zu machen, hatten nur mein Wohl und meine Ehre im Auge; schließlich aber lief Alles auf sie selbst hinaus, und sie suchten nur ihr Vergnügen und Befriedigung ihrer Eitelkeit. Deshalb ist es das Beste, man schickt sie schon nach den ersten paar Worten nach Hause, denn läßt man sich erst weiter mit ihnen ein, so gereicht eine Abweisung garnicht mehr zur Ehre, denn hat man erst erkannt, daß es sich um die eigene Unehre handelt, so hat eine Zurückweisung keinen besonderen Werth mehr.« – »Sollen wir denn nun, sowie ein Mann den Mund aufthut, ihn abweisen, ohne noch zu wissen, was er will?« fragte Emarsuitte. Parlamente antwortete: »Ich meine, daß im Anfang eine Frau vor Allem sich so stellen muß, als wüßte sie garnicht, worauf der Mann hinaus will, und wenn er es ganz deutlich sagte, muß man es ihm nicht glauben wollen; kommt er aber zu Betheuerungen so halte ich es für das Beste, wenn die Frau ihn einfach diesen schönen Weg allein gehen läßt und ihn nicht nach dem Thal mit dem grünen Rasenteppich und den duftenden Blumen begleitet.« – »Sollen wir nun aber glauben, daß sie uns immer nur um des Unrechts willen lieben?« fragte Nomerfide; »ist es nicht eine Sünde, seinen Nächsten so zu verurtheilen?« – »Das läßt sich schwer entscheiden«, nahm Oisille das Wort, »das Einfachste ist allerdings, man geht dem Feuer aus dem Wege, wenn man auch erst nur Funken davon sieht, denn man verbrennt sich schneller daran, als man es gewahr wird.« – »Nun wahrlich«, warf Hircan ein, »Eure Worte sind zu hart, denn wenn die Frauen, denen die Milde so wohl steht, so grausam sein wollten, so würden auch wir unsere Bitten mit Hinterlist und Gewalt vertauschen.« – »Ich sehe nur den einen Ausweg, daß jeder seinem Naturell folgen muß«, sagte Simontault, »ob er aber liebt oder nicht, das muß er immer ohne Verstellung zeigen.« – »Ganz recht«, bemerkte Saffredant, »wenn nur dieses Gesetz ebenso für unsere Ehre sorgte, wie für unser Vergnügen.« Dagoucin sagte hier: »Diejenigen z.B., die lieber sterben möchten, als die letzten Wünsche ihres Herzens auszusprechen, möchten mit Eurer Bestimmung nicht einverstanden sein.« – »Sterben?« fragte Hircan; »der Ritter muß noch geboren werden, der deshalb sterben würde. Aber streiten wir uns nicht um Unmögliches, sehen wir lieber zu, wem Simontault das Wort geben wird.« Dieser erwiderte: »Ich gebe es Longarine; ich sah eben, daß sie mit sich selbst sprach, wahrscheinlich ist ihr eben eine gute Geschichte eingefallen; außerdem ist sie auch nicht gewohnt, die Wahrheit zu verhehlen; mag sie sich nun gegen die Männer oder gegen die Frauen richten.« – »Da Ihr mich für so wahrheitsliebend haltet«, sagte Longarine, »will ich Euch eine Geschichte erzählen, die zwar nicht gerade zum Lobe der Frauen spricht, aus der Ihr aber ersehen könnt, daß sie gerade so klug und verschlagen wie die Männer sind. Meine Erzählung wird etwas lang sein; ich bitte Euch deshalb im Voraus um Entschuldigung.«

Fünfzehnte Erzählung.

Eine Dame vom königlichen Hofe sieht sich von ihrem Gatten vernachlässigt, der sein Vergnügen außer dem Hause sucht, und vergilt ihm Gleiches mit Gleichem.

Am Hofe Franz I. war ein Edelmann, dessen Name ich wohl kenne, den ich aber nicht nennen will. Er war arm und hatte keine fünfhundert Thaler Rente, aber er stand in großer Gunst beim König, und so kam es, daß er eine so reiche Frau heirathete, daß mancher Großwürdenträger recht zufrieden gewesen wäre. Da sie noch sehr jung war, bat er eine der Hofdamen, sie unter ihren Schutz zu nehmen und bei sich wohnen zu lassen, was jene auch that. Der Edelmann war nun so schön von Gestalt und so anmuthig in seinem Wesen, daß alle Damen am Hofe mehr oder minder in ihn verliebt waren; unter anderen eine, die der König sehr begünstigte, die aber bei weitem nicht so schön und jung war wie die Frau des Edelmannes. Er liebte aber nichtsdestoweniger jene und kümmerte sich wenig um seine Frau, daß er, wenn es hoch kam, alle Jahr eine Nacht bei ihr zubrachte. Er sprach auch niemals mit ihr und gab ihr nie das geringste Zeichen von Zuneigung. Und obwohl er lediglich von ihrem Gelde lebte, gab er ihr selbst davon so wenig, daß sie sich weder ihrem Stande gemäß, noch ihren Wünschen entsprechend kleiden konnte. Die alte Hofdame tadelte ihn deshalb oft und sagte ihm: »Eure Frau ist schön, reich und aus vornehmem Hause, und Euch ist es ganz gleichgiltig, was sie bisher alles entbehrt und erduldet hat. Ich fürchte aber, daß, wenn sie erst zum Bewußtsein kommen und ihr Spiegel oder irgend ein anderer, der nicht gerade Euer Freund zu sein braucht, ihr ihre Schönheit, die so wenig Wirkung auf Euch hat, zeigen wird, sie aus Aerger etwas thun könnte, was ihr

nicht einfiele, wenn Ihr Euch mehr mit ihr beschäftigen wolltet.«
Der Edelmann, dessen Gedanken ganz wo anders weilten, lachte
sie aus und setzte ihrer Vermahnungen ungeachtet sein bisheriges
Leben fort. Zwei bis drei Jahre waren so vergangen und seine
Frau war eine der schönsten Frankreichs geworden, und am Hofe
suchte man vergeblich nach ihresgleichen. Je mehr sie aber fühlte,
daß sie liebenswerth war, um so größer wurde ihr Aerger, daß
ihr Mann sich nicht um sie bekümmerte. Schließlich wurde sie
ganz mißmuthig, und ohne die Trostworte ihrer alten Freundin
wäre sie ganz in Verzweiflung verfallen. Sie gab sich alle erdenkliche Mühe, ihrem Mann zu gefallen, sie hielt es für unmöglich,
daß er ihre große Liebe nicht erwidern sollte, es müßte denn sein,
daß sein Herz von einer anderen eingenommen wäre. Sie legte
sich nun aufs Suchen und fand auch schließlich die Wahrheit
heraus, daß er nämlich alle Nächte so sehr anderweitig in Anspruch genommen war, daß er seine Pflicht und seine Frau vergaß.
Nachdem sie nun keinen Zweifel mehr über seinen Lebenswandel
haben konnte, versank sie ganz in Trübsinn, wollte sich nur in
Schwarz kleiden und nirgends mehr hingehen, wo Fröhlichkeit
herrschte. Ihre Freundin sah das alles wohl und versuchte Allerlei,
um sie aufzuheitern; aber vergeblich. Auch ihrem Mann wurde
alles hinterbracht, er traf aber keine Abhülfe, sondern lachte sie
nur aus.

Ihr wißt nun alle, meine Damen, daß Langeweile alle Freude,
niederdrückt, daß aber Langeweile andererseits das Verlangen
nach Abwechselungen und Vergnügungen hervorruft. Eines Tages
begab es sich nun, daß ein hochstehender Mann, ein Verwandter
der alten Dame, der dieselbe häufig besuchte, von dem seltsamen
Leben der jungen Dame hörte und sie so zu bemitleiden begann,
daß er den Versuch wagte, sie zu trösten. Je länger er mit ihr
sprach, um so schöner und liebreizender erschien sie ihm, und
er verlangte viel mehr danach, ihre Gunst zu erwerben, als mit

ihr von ihrem Manne zu sprechen, oder wenigstens nur, um ihr zu zeigen, wie schlecht angebracht ihre Liebe zu diesem sei. Als sich nun die junge Dame von ihrem Gatten gänzlich vernachlässigt und von einem angesehenen und schönen Prinzen geliebt und voll gewürdigt sah, wurde ihr der Umgang mit letzterem ein lieber und sie beglückender. Es blieb ihr Wunsch, ihre Ehrbarkeit zu bewahren, aber sie fand Gefallen daran, mit ihm zusammen zu sein und sich von ihm geliebt zu wissen, denn hiernach verlangte sie. Diese Freundschaft dauerte eine geraume Zeit, bis eines Tages der König davon hörte, und da er dem jungen Edelmann sehr zugethan war, wollte er nicht dulden, daß irgend einer ihm Schande und Verdruß bereite. Er ließ deshalb den Prinzen wissen, er möge den Umgang mit der Dame aufgeben, widrigenfalls er sich seine Ungnade zuziehen würde. Dem Prinzen lag die Gunst des Königs mehr am Herzen als die aller Damen der Welt; er versprach deshalb von dem Verkehr abzustehen und sich am Abend bei ihr zu verabschieden. Er ging auch hin, sobald er annehmen konnte, daß sie sich in ihre Wohnung zurückgezogen haben würde, wo der junge Edelmann ein Zimmer über dem ihrigen bewohnte. Dieser stand gerade am Fenster und sah den Prinzen bei seiner Frau eintreten; der Prinz bemerkte es auch, trat aber nichtsdestoweniger bei seiner Frau ein. Dort empfahl er sich von der, deren Liebe zu ihm selbst gerade im Aufkeimen war, und theilte ihr als Grund den Befehl des Königs mit. Nach vielen Thränen und Worten des Bedauerns, die bis ein Uhr nach Mitternacht währten, schloß die junge Dame folgendermaßen: »Ich muß Gott dankbar sein, daß Ihr Eure Neigung für mich aufgeben müßt, denn sie kann nur eine geringe und schwache sein, wenn Ihr sie nach dem Befehl eines Menschen ablegen könnt. Was mich anbetrifft, so habe ich weder meine alte Freundin, noch meinen Mann, noch mich selbst weiter befragt, um Euch zu lieben; denn meine Liebe, durch Eure Schönheit und Euren Anstand hervorgerufen, hat sich meiner so sehr bemächtigt, daß Ihr mein Gott und mein König waret. Aber da Euer Herz nicht so von Liebe erfüllt ist, daß nicht auch die Furcht darin noch Platz findet, könnt Ihr nicht mein Geliebter werden, und einen halben Freund will ich nicht. Ich selbst kann mich nur ganz geben und wollte Euch meine ganze Liebe schenken. So aber muß ich Euch Lebewohl sagen, denn Ihr verdient meine Freundschaft nicht.«

Weinend ging der Prinz fort. Auch beim Weggehen bemerkte er ihren Gemahl am Fenster, der ihn hatte kommen und gehen sehen. Deshalb erzählte er ihm am anderen Tage, aus welchem Grunde er bei seiner Frau gewesen sei, und theilte ihm den Befehl des Königs mit, worüber der junge Edelmann so erfreut war, daß er sofort zum König sich bedanken ging. Als er aber sah, daß seine Frau mit jedem Tage schöner wurde, er selbst aber zu altern begann, änderte er sein Benehmen, und es trat beinahe das umgekehrte Verhältniß von früher ein. Er liebte sie jetzt und beschäftigte sich viel mit ihr. Je mehr sie aber nun bemerkte, daß er ihre Gesellschaft aufsuchte, um so mehr floh sie ihn, denn sie wollte ihm den Verdruß, den sie um seinetwillen gehabt hatte, vergelten. Da aber einmal das Verlangen nach Liebe in ihr erwacht war, ging sie ein Verhältniß mit einem sehr schönen und außerordentlich liebenswürdigen Edelmann ein, den alle Damen des Hofes vergötterten. Sie beklagte sich bei ihm über die Art, wie sie behandelt worden war, und brachte es auf diese Weise dahin, daß er sie bemitleidete und schließlich nichts unterließ, um sie zu trösten. Sie wollte sich für den Verlust des Prinzen entschädigen und verliebte sich heftig in ihn, vergaß auch ganz allen Kummer, den sie bisher gehabt hatte, und war nur darauf bedacht, daß sie ihr Verhältniß in aller Heimlichkeit unterhalten konnten. Sie verstand das auch so gut, daß selbst ihre alte Freundin nichts merkte, denn in ihrer Gegenwart hütete sie sich wohl, mit jenem freundlicher als mit irgend einem anderen zu sprechen. Vielmehr ging sie, wenn sie ihm etwas sagen wollte, nach dem Schloß und besuchte dort einige ihrer Bekannten, unter denen eine war, welcher, wie es wenigstens den Anschein hatte, ihr Mann den Hof machte. Einmal nach dem Abendessen, als es schon dunkel geworden war, ging sie ohne Begleitung nach dem Schloß und fand dort bei ihren Freundinnen ihren Geliebten. Sie setzten sich zusammen abseits an einen Tisch und sprachen miteinander, indem sie thaten, als läsen sie in einem Buche. Ihr Mann hatte aber einen Aufpasser nachgeschickt, der ihm sofort mittheilte, wohin seine Frau gegangen war. Eiligst begab auch er sich nach dem Schloß, und als er in das Zimmer der Damen trat, sah er seine Frau in dem Buche lesend; er ging vorüber, als sähe er sie nicht, und begann sich mit den Damen in der andern Ecke des Zimmers zu unterhalten. Die junge Frau hatte aber wohl bemerkt, daß ihr Mann sie im Gespräch mit dem Ritter gesehen hatte; es wurde ihr sehr ängstlich zu Muthe und sie ging an der Wand entlang nach der Thür und verließ eiligst das Zimmer, als verfolge sie ihr Mann mit gezücktem Schwert. Sie ging zu ihrer alten Freundin, die sich schon in ihre Gemächer zurückgezogen hatte, und nachdem diese sich zur Ruhe begeben, ging sie in ihre eigene Wohnung, wo ihr gemeldet wurde, daß ihr Mann sie zu sprechen wünsche. Sie ließ sagen, sie käme nicht, sein Verlangen sei ein so seltsames, daß sie befürchte, er habe Uebles im Sinn. Schließlich ging sie aber doch; ihr Mann sagte ihr kein Wort, bis sie zusammen sich zu Bett begeben hatten. Es war ihr klar, daß er nun alles wußte, und sie fing leise zu schluchzen an. Er fragte, warum sie weine, worauf sie antwortete, sie fürchte sich vor seinem Zorn, weil er sie mit jenem Edelmann lesend angetroffen habe. Er sagte nur, er habe ihr doch niemals verboten, mit einem Manne zu sprechen, er habe auch nichts darin gefunden, daß sie mit diesem sprach, wohl aber, daß sie vor ihm die Flucht ergriff, als habe sie etwas Unrechtes gethan, und allein dadurch sei er auf den Gedanken gekommen, daß sie jenen Edelmann liebe. Deshalb untersagte er ihr von nun an, gleichviel ob in Gesellschaft oder im Geheimen mit irgend einem Manne sich länger zu unterhalten, und schwor, entgegengesetzten Falles sie ohne Gnade und Barmherzigkeit zu tödten. Sie ging mit Freuden auf sein Verlangen ein und beschloß, ein zweites Mal nicht so dumm zu sein.

Aber weil alle Dinge, über die man überhaupt nur Macht hat, gerade wenn sie einem verboten werden, nur um so wünschenswerther erscheinen, vergaß die Dame sehr bald die Drohungen ihres Gatten; ja, noch denselben Abend ließ sie, nachdem sie mit ihren Frauen in ihr Zimmer zurückgekehrt war, den Edelmann für die Nacht zu sich bitten. Ihr Mann aber, den die Eifersucht so quälte, daß er nicht schlafen konnte, hüllte sich in einen weiten Mantel, nahm einen Diener mit sich und ging, da er gehört hatte, daß sein Nebenbuhler nachts seine Frau besuchen käme, nach den Gemächern seiner Frau und klopfte dort. Sie war auf alles eher gefaßt, als ihn jetzt zu finden, stand leise auf, zog sich die Strümpfe an und hing einen neben ihr hängenden Mantel um und schlüpfte, nachdem sie sich überzeugt hatte, daß ihre Frauen eingeschlafen waren, aus dem Zimmer und ging geradewegs nach der Thür, wo sie hatte klopfen hören. Sie fragte: »Wer ist da?« worauf ihr der Name ihres Geliebten genannt wurde; um aber ganz sicher zu sein, öffnete sie ein kleines Schiebefenster in der Thür und sagte: »Wenn Ihr wirklich der seid, für den Ihr Euch ausgebt, so reicht mir Eure Hand hinein, ich werde Euch am Fühlen erkennen.« Als sie nun die Hand ihres Mannes berührt hatte, erkannte sie ihn sofort, schob das Fenster zu und rief laut: »O, mein Herr Gemahl, Eure Hand ist es!« Er antwortete ihr zornvoll: »Jawohl, es ist die Hand, die ihren Schwur erfüllen wird; unterlaßt es nicht, zu mir zu kommen, wenn ich Euch rufen lasse.« Mit diesen Worten ging er wieder in sein Zimmer zurück und sie mehr todt als lebendig in das ihre, wo sie ihre Frauen aufweckte und laut zu ihnen sagte: »Steht auf, Ihr habt nur zu viel geschlafen; Euch wollte ich täuschen, und nun habe ich nur mich selbst getäuscht.« Hiernach fiel sie ohnmächtig mitten im Zimmer nieder. Die armen Frauen erhoben sich bei ihren Rufen, ebenso erstaunt, ihre Herrin halbtodt am Boden liegend zu sehen, wie über die Worte, die sie gesprochen hatte; sie wußten nicht, was sie machen sollten, und liefen alle nach Arznei, um sie wieder zu sich zu bringen. Als sie wieder reden konnte, sagte sie zu ihnen: »Hier seht Ihr in mir die unglücklichste Frau auf der Welt.« Dann erzählte sie ihnen die ganze Begebenheit und bat sie, ihr beizustehen, denn sie hielt ihr Leben für verloren. Und als sie noch daran waren, ihr Muth zuzusprechen, kam ein Diener ihres Mannes, durch welchen er sie sogleich zu sich bitten ließ. Sie klammerte sich an zwei ihrer Frauen, schrie und weinte laut und bat, sie nicht gehen zu lassen, denn sie würde gewiß sterben. Der Diener versicherte aber das Gegentheil und setzte sein Leben zum Pfande, daß ihr nichts Schlimmes geschehen werde. Als sie nun sah, daß aller Widerstand nichts half, warf sie sich in die Arme dieses Dieners und sagte ihm: »Nun, wenn es denn sein muß, so führe mich Unglückliche zum Tode.« Halbohnmächtig trug er sie in das Zimmer ihres Mannes, wo sie diesem mit den Worten zu Füßen fiel: »Ich bitte Euch, habt Erbarmen mit mir; ich schwöre Euch bei meinem Glauben an Gott, daß ich Euch die reine Wahrheit sagen werde.« Er erwiderte wie ein zu Allem entschlossener Mann: »Bei Gott, Ihr werdet sie mir sagen.« Dann jagte er alle Leute hinaus. Und da er wußte, daß seine Frau sehr fromm war, sagte er bei sich, daß sie keinen Meineid schwören würde, wenn sie ihm ihre Angaben auf das Krucifix beschwöre; er ließ deshalb ein sehr schönes, welches er geliehen hatte, herbeiholen und sie, sobald sie allein waren, auf dieses Kreuz schwöre daß sie ihm auf alle seine Fragen die Wahrheit sagen werde. Sie war aber schon über die erste Todesfurcht hinaus, faßte Muth und beschloß, ihm zwar lieber alles zu erzählen als zu sterben, aber auch nichts zu sagen, was ihrem Geliebten Ungelegenheiten bereiten könnte. Nachdem sie also die Fragen ihres Mannes angehört hatte, antwortete sie: »Ich will mich nicht rechtfertigen, mein Gemahl, und auch meine Liebe zu dem Edelmann nicht beschönigen; denn Ihr könntet und dürftet es nach der Erfahrung des heutigen Tages nicht glauben. Aber ich will Euch sagen, wie dieses Verhältniß entstanden ist. Vernehmt also, daß niemals eine Frau ihren Mann so geliebt hat, wie ich Euch, denn von unserer Verheiratung bis heute hat niemals eine andere Liebe als die zu Euch mein Herz beherrscht. Ihr wißt, daß, als ich noch ein Kind war, meine Eltern mich mit einem Edelmann aus vornehmerem Hause als das Eurige verheirathen wollten, aber von der Stunde an, wo ich Euch zuerst sah, habe ich mich geweigert und gegen ihren Willen hielt ich fest an Euch und beachtete nicht Eure Armut und ihre Einwendungen. Ferner wißt Ihr wohl, wie Ihr mich bisher behandelt habt, wie wenig Ihr mir an Liebe und Achtung geschenkt habt, worüber mich solcher Mißmuth und Kummer erfaßt hatte, daß ich ohne die Tröstungen der alten Dame, der Ihr mich übergeben, verzweifelt wäre. Schließlich aber, als ich erwachsen war und ein jeder, nur Ihr ausgenommen, mich für sehr schön hielt, empfand ich Euer Unrecht gegen mich so lebhaft, daß meine Liebe zu Euch in Haß und mein Verlangen, Euch zu gefallen, in Rachsucht umgewandelt wurde. In dieser Verzweiflung fand mich ein Prinz, der, mehr auf den König als auf seine Liebe hörend, mich verließ, als ich gerade in einer wahren Liebe einen Trost für meine bisherigen Leiden zu fühlen begann. Nach ihm traf ich den Edelmann, und dieser brauchte mich nicht zu bitten; denn seine Schönheit, seine Tugend und Wohlanständigkeit verdienen wohl, daß er von jeder Frau gesucht und werthgeschätzt werde. Auf *meine* Bitte also, und nicht auf die seine entstand der intime Verkehr zwischen uns, und er hat mich mit so ehrbarer Liebe geliebt, daß er niemals von mir etwas verlangte, das sich mit meiner Ehre nicht vertragen hätte. Und wenn auch die nur geringe Liebe, die ich nach allem Geschehenen Euch nur noch bewahren konnte, mich nicht davor hätte behüten können, Euch untreu zu werden, so haben mich doch die Liebe zu Gott und zu meiner Ehre bisher bewahrt, irgend etwas zu thun, worüber ich Reue und Beschämung empfinden müßte. Ich will auch nicht leugnen, daß ich, so oft ich konnte, mit ihm in meinem Kleiderzimmer zusammengetroffen bin, indem ich that, als ginge ich meine Gebete hersagen; ich habe mich nämlich in dieser Sache Niemandem, weder einer Frau noch einem Manne anvertraut. Ebensowenig will ich leugnen, daß, wenn ich mit ihm ganz allein war und keinen Lauscher zu befürchten brauchte, ich ihn oft und viel herzlicher als jemals Euch geküßt habe. Aber Gott möge mich von seiner Gnade ausschließen, wenn es jemals zwischen uns zu etwas Weiterem gekommen ist; weder hat er mich darum gedrängt, noch verlangte mein Herz danach, denn ich war schon froh, wenn ich ihn nur sah, so daß ich mir gar kein größeres Glück auf der Welt vorstellen konnte. Und nun, mein Gemahl, der Ihr allein die Ursache dieses ganzen Unglücks seid, wollt Ihr an mir wegen einer Lebensweise Rache nehmen, für welche Ihr mir so lange Zeit hindurch das Beispiel gabt, nur daß das Eure ein gewissenloses und ehrloses war? Denn Ihr wißt wohl, und ich weiß es auch, daß Eure Geliebte sich nicht mit dem allein begnügt, wogegen Gott und das Gewissen nichts einzuwenden hätten. Und wie sehr auch der Menschen Gesetz gerade nur die Frauen, welche andere als ihre Männer lieben, für ehrlos erklärt, so nimmt doch das Gesetz Gottes auch die Männer nicht aus, die andere als ihre Frau lieben. Und wenn wir unser beider Unrecht abwägen wollen, so wäre zu berücksichtigen, daß Ihr ein erfahrener, gereifter Mann seid und alt genug, um das Uebel zu kennen und es zu vermeiden, ich hingegen jung und ohne Erfahrung und ohnmächtig an Widerstandskraft. Ihr habt eine Frau, die Euch mehr als ihr eigenes Leben liebt und achtet, und ich einen Mann, der mich flieht, mich haßt und mich schlimmer als eine Kammerzofe behandelt; Ihr liebt eine Frau, die nicht mehr jung ist und nicht mehr gut aussieht und weniger schön ist, als ich bin, und ich liebe einen Edelmann, jünger als Ihr und schöner und liebenswürdiger. Ihr liebt die Frau eines Eurer angesehensten Freunde und verletzt damit einerseits die Freundschaft und andererseits die Achtung, die Ihr beiden schuldig seid, ich liebe einen Edelmann, den nichts bindet, als die Liebe zu mir. Nun entscheidet, mein Herr Gemahl, ohne Parteilichkeit, wer ist der Strafwürdigere oder Entschuldbarere von uns beiden, Ihr oder ich. Ich glaube, ein jeder vernünftige und erfahrene Mann muß Euch Unrecht geben, in Anbetracht, daß ich jung und unerfahren bin, von Euch vernachlässigt und verachtet und von dem schönsten und edelsten Ritter Frankreichs geliebt, den ich nur aus Verzweiflung darüber, daß Ihr mir niemals Eure Liebe zuwandtet, liebte.«

Nachdem der Edelmann diese vernünftige Auseinandersetzung, die ihm seine Frau mit ruhigem Gesicht und einer selbstbewußten Anmuth, als sei sie sicher, keine Strafe zu verdienen, angehört hatte, war er so erstaunt, daß er ihr für den Augenblick nichts anderes zu antworten wußte, als daß die Ehre von Mann und Frau nicht mit demselben Maßstab zu messen sei. Da sie ihm aber geschworen hatte, daß zwischen ihr und ihrem Geliebten nichts Sündhaftes vorgefallen sei, entschloß er sich, ihr nichts weiter anzuthun, unter der Bedingung natürlich, daß sie den eingeschlagenen Weg nicht weiter gehe und sie das Vergangene vergangen sein ließen. Sie versprach ihm das, und dann legten sie sich versöhnt zusammen zu Bett. Am andern Morgen, als sie aufstand, kam eine alte Dame, die um das Leben ihrer Herrin besorgt war, zu ihr und fragte: »Nun, wie steht's?« Sie antwortete lachend: »Was, meine Liebe? Es giebt keinen besseren Gatten, als den meinigen, er hat mir auf meinen Eid geglaubt.« So vergingen fünf, sechs Tage; der Edelmann paßte auf seine Frau so genau auf, daß er bei Tag und bei Nacht sie beobachten ließ. Aber er vermochte sie nicht so gut zu bewachen, daß es ihr nicht gelungen wäre, mit ihrem Geliebten an einem abgelegenen und geheimen Ort zusammenzukommen. Sie that es aber so heimlich, daß Niemand etwas davon wußte.

Nur einmal schwatzte ein Diener davon, er habe in einem Stall unter den Zimmern seiner Herrin einen Edelmann und eine Dame beisammen gefunden. Das erregte den Verdacht ihres Mannes, und er beschloß, den Edelmann aus der Welt zu schaffen. Er versammelte deshalb seine Verwandten und Freunde, um ihn, wenn sie seiner irgend habhaft werden könnten, zu tödten. Sein nächster Verwandter war aber der beste Freund des gesuchten Edelmannes, und anstatt ihn zu fangen, benachrichtigte er ihn von allen Schritten gegen ihn. Er aber war am Hofe so sehr beliebt und hatte immer so viele Leute um sich, daß er seinen Feind nicht fürchtete. Er wurde auch nicht gefunden. Vielmehr ging er alle Tage in eine Kirche, wo er seine Geliebte antraf, die von dem inzwischen Vorgefallenen nichts wußte; denn ihr Mann hatte nicht weiter mit ihr davon gesprochen.

Der Edelmann erzählte ihr nun den Verdacht und den Plan ihres Mannes gegen ihn und daß er, obgleich er sich unschuldig fühle, entschlossen sei, auf längere Zeit zu verreisen, um die umlaufenden Gerüchte zum Schweigen zu bringen. Als davon auch solche der alten Prinzessin, der mütterlichen Freundin der jungen Frau, zu Ohren kamen, war sie äußerst erstaunt und betheuerte, ihr Mann thue großes Unrecht, eine so wohlanständige Frau zu verdächtigen, an der sie nie etwas anderes als Tugendhaftigkeit und Ehrbarkeit wahrgenommen habe. Wegen der einflußreichen Stellung ihres Mannes aber und auch, um die Gerüchte sich verlaufen zu lassen, rieth die Prinzessin selbst, daß er auf einige Zeit die Stadt verlassen möchte, versicherte aber wiederholt, daß sie selbst nie etwas von all diesen Verdächtigungen glauben werde. Der Edelmann und die junge Frau, die beide zugegen waren, freuten sich, daß ihnen die Prinzessin ihre gute Meinung und ihre Gunst bewahrte; sie sagte noch dem Edelmann, vor seiner Abreise solle er noch mit dem Gemahl der jungen Frau sprechen. Er that das auch, traf ihn in einer Galerie neben dem Zimmer des Königs und indem er sich vor ihm ehrerbietig verneigte, sagte er mit fester Stimme: »Mein Herr, ich habe mein Leben lang nur gewünscht, Euch dienlich zu sein, und nun muß ich erfahren, daß Ihr mir zur Belohnung hierfür abends auflauern laßt, um mich umzubringen. Ich vergesse nicht, daß Euer Rang ein höherer und Eure Stellung eine einflußreichere als die meinige ist; aber ich bin ein Edelmann wie Ihr und für nichts und wieder nichts lasse ich mir mein Leben nicht nehmen. Ich bitte Euch auch, überzeugt zu sein, daß Eure Frau ehrbar und tugendhaft ist, und wenn Einer das Gegentheil sagen sollte, erkläre ich ihn für einen boshaften Lügner. Was mich anlangt, so bin ich mir sicher, nichts gethan zu haben, was Euren Unwillen erregen könnte. Wenn Ihr es wünscht, werde ich Euer ergebener Diener bleiben, wenn nicht, so bin ich immer ein Edelmann vom Hofe des Königs, über dessen Gunst ich mich noch nie zu beklagen Veranlassung hatte.«

Der Edelmann, an den diese Worte gerichtet waren, sagte, er habe allerdings Verdacht auf ihn gehabt, er halte ihn aber für aufrichtig und wünsche lieber seine Freundschaft als seine Feindschaft; dann sagte er ihm unter Händeschütteln Lebewohl und umarmte ihn wie seinen besten Freund. Ihr könnt Euch vorstellen, wie diejenigen die Augen aufrissen, die noch am Abend vorher den Auftrag erhalten hatten, ihn zu tödten, als sie jetzt so viele Zeichen der Achtung und Freundschaft sahen; der eine rieth auf dies, der andere auf jenes. Der Edelmann trat nun seine Reise an. Da er aber weniger mit Geld als mit einem schönen Gesicht versehen war, schenkte ihm seine Geliebte einen Ring im Werth von 3000 Thalern, den er für 1500 versilberte. Einige Zeit nach seiner Abreise kam der Mann der jungen Dame zur Prinzessin und bat sie, seine Frau auf einige Zeit zu einer seiner Schwestern reisen zu lassen. Die alte Dame fand das sehr sonderbar und bat ihn, den Grund zu sagen; er that dies auch, aber nur zum Theil.

Nachdem die junge Frau sich von ihrer Herrin, der Prinzessin, und vom Hofe empfohlen hatte, und zwar, ohne ein Zeichen des Verdrusses oder Kummers über ihre Abreise zu verrathen, begab sie sich nach dem Ort, den ihr Mann bestimmt hatte, und zwar in Begleitung eines Edelmannes, dem es ausdrücklich ans Herz gelegt war, sie sorgsam zu behüten und vor Allem darauf zu achten, daß sie nicht etwa unterwegs mit ihrem vermeintlichen Geliebten zusammenträfe. Sie wußte von diesem Befehl und jagte jeden Tag ihrer Begleitung ohne Grund Schrecken ein und lachte sie dann wegen ihrer Besorgtheit aus. Eines Tages traf sie nicht weit von ihrer Wohnung einen Franziskanermönch zu Pferde; sie war ebenfalls beritten und begleitete ihn von Mittag bis Abend und als sie eine ziemliche Strecke von ihrer Behausung entfernt war, sagte sie zu ihm: »Mein Vater, ich bitte Euch, nehmt für die Tröstungen, die Ihr mir heute Nachmittag habt zu Theil werden lassen, diese beiden Geldstücke an; ich habe sie in Papier gewickelt, denn ich weiß wohl, daß Ihr kein Geld annehmen dürft. Und nun bitte ich Euch, so wie Ihr mich verlassen habt, reitet im Galopp querfeldein.« Als er nun eine Strecke fort war, rief sie laut ihren Leuten zu: »Haltet Ihr Euch wirklich für treue Diener und gute Wächter, daß nun der, auf den Ihr Acht haben solltet, den ganzen Nachmittag mit mir zusammen sein konnte, ohne daß Ihr einschrittet? Ihr verdient wahrlich, daß Euer Herr, der so großes Vertrauen in Euch gesetzt hat, Euch lieber Schläge anstatt Lohn auszahlen ließe.« Als der Edelmann, dem sie ganz besonders in Obhut gegeben worden war, diese Worte hörte, wurde er zornig; ohne ein Wort weiter zu verlieren, rief er zwei seiner Leute herbei, gab seinem Pferde die Sporen und stürmte dem Franziskaner nach; er erreichte ihn auch, obwohl dieser, als er die Leute gerade auf sich zukommen sah, in schnellem Galopp weiter floh. Ihre Pferde waren aber besser als das seinige, und so wurde er schließlich eingeholt. Er wußte nichts von der Veranlassung und flehte um Gnade, und als er, um sich noch unterwürfiger zu zeigen, seine Kapuze abgenommen hatte, und sie seine Tonsur sahen, erkannten sie wohl, daß er nicht der Gesuchte sei, und daß ihre Herrin sich nur über sie lustig gemacht hatte. Sie that das noch mehr, als sie zurückkamen, und sagte: »Das sind die Leute, denen man eine Dame anvertrauen muß; erst unterhält sie sich lange Zeit mit jemandem, und sie wissen garnicht, wer es ist, dann glauben sie ohne Weiteres ihren Angaben und beschimpfen nur einen frommen Diener Gottes.« Nach diesen Verspöttelungen begab sie sich nach dem Ort, den ihr Gemahl für sie bestimmt hatte, wo ihre beiden Schwägerinnen und der Mann der einen ihr wenig Freiheit ließen. Während dieser Zeit erfuhr ihr Mann, daß ihr Ring für 1500 Thaler verpfändet sei, worüber er sehr ungehalten war. Um aber die Ehre seiner Frau zu retten und die ganze Sache zu vertuschen, schrieb er seiner Frau, sie möge den Ring einlösen, er wolle die 1500 Thaler bezahlen. Ihr war der Ring ganz gleichgiltig, nachdem ihr Geliebter wenigstens das Geld hatte; sie schrieb ihm deshalb nur, ihr Mann nöthige sie, den Ring wieder einzulösen, und damit er nicht hieraus schließe, daß ihre Neigung zu ihm nachlasse, schickte sie ihm einen Diamanten, den sie von der Prinzessin, ihrer alten Freundin, erhalten hatte und der ihr theurer war, als irgend ein anderer Ring. Der Edelmann schickte ihr sehr bereitwillig den Schein über den Ring und war mit den 1500 Thalern und dem Diamanten und der Versicherung, daß er noch ihre Liebe besitze, ganz zufrieden. So lange nun ihr Mann noch lebte, konnten sie sich nicht sehen, schrieben sich aber. Als ihr Mann aber gestorben war, that er alle möglichen

Schritte, um eine Ehe mit ihr zu Stande zu bringen, da er der Meinung lebte, sie liebe ihn noch wie früher; es stellte sich aber heraus, daß während der langen Abwesenheit ihm ein glücklicher Nebenbuhler erstanden war. Er nahm sich das so zu Herzen, daß er die gute Gesellschaft floh und die schlechte aufsuchte, wo er auch bald einen nicht sehr schmeichelhaften Ruhm erlangte; so endeten seine Tage.

Hiermit beschloß Longarine ihre Erzählung und fuhr fort: »Ich habe in dieser Geschichte unser Geschlecht nicht verschont, weil ich den Männern zu verstehen geben wollte, daß das Herz der Frau nicht minder empfänglich für Zorn und Rache ist, als für Sanftmuth und Liebe; hier wurde die Dame schließlich auch noch von Verzweiflung getrieben. Aber das alles darf eine anständige Frau nicht sich über den Kopf wachsen lassen, denn welches auch die Veranlassung sein mag, es giebt für sie keine Entschuldigung dafür, Böses zu thun, und je mehr sie auch gerechten Grund haben möge, um so fähiger muß sie sich zeigen, zu widerstehen und Schlimmes in Gutes zu kehren, und nicht Böses mit Bösem vergelten, ganz abgesehen davon, daß das Ueble, welches man andern anzuthun gedenkt, größtentheils auf uns selbst zurückfällt. Glücklich sind deshalb diejenigen zu preisen, bei denen sich die Zierde Gottes in Keuschheit, Milde, Geduld und Langmüthigkeit zeigt.« Hircan sagte: »Es scheint mir überhaupt im ganzen Gebahren dieser Dame mehr Verdruß als Liebe zu liegen, denn hätte sie den Edelmann so sehr geliebt, wie sie vorgab, so hätte sie ihn nicht um eines andern willen verlassen, und deshalb kann man sie getrost eine verdrossene, rachsüchtige und wankelmüthige Frau nennen.« – »Ihr sprecht, wie es Euch gerade in den Sinn kommt«, wandte sich Emarsuitte an ihn, »aber Ihr wißt nicht, was für eine herzbrechende Qual es ist, zu lieben und nicht wiedergeliebt zu werden.« – »Es ist wahr«, erwiderte Hircan, »davon weiß ich nichts, denn wenn man mir nicht freundlich und entgegenkommend gegenübertritt, schicke ich die Liebe und die Dame zu allen Teufeln.« – »Das sieht mir ganz nach Eurer Art aus«, sagte Parlamente, »der Ihr nur das Vergnügen liebt; etwas anderes ist es aber mit einer Frau, die etwas auf sich hält, in Beziehung zu ihrem Mann.« – »Immerhin«, nahm Simontault das Wort, »hat die Heldin der letzten Erzählung einmal mindestens ganz vergessen, daß sie Frau war; kein Mann hätte sich besser rächen können.« – »Man muß nicht wegen einer Unvernünftigen bei allen dasselbe voraussetzen«, sagte Oisille. Saffredant bemerkte: »Ihr seid doch alle eine wie die andere, und wenn Ihr noch so schöne Kleider anzieht; kommt man Euch nur etwas näher, sofort zeigt sich die Frau.« – »Wenn man auf Euch hören wollte«, sagte Nomerfide, »so würde uns der ganze schöne Nachmittag mit Streiten vergehen, ich möchte aber gern noch andere Geschichten hören und bitte deshalb Longarine, das Wort weiter zu geben.« Longarine sah auf Guebron und sagte: »Wenn Ihr etwas von einer tugendreichen Frau zu erzählen wißt, so bitte, sagt es uns.« Guebron erwiderte: »Ich bin bereit und will Euch von einem in Mailand vorgefallenen Ereigniß erzählen.«

Sechzehnte Erzählung.

Eine Dame in Mailand stellt erst den Muth ihres Freundes auf die Probe, bevor sie sich ihm hingiebt, liebt ihn dann aber nur um so mehr.

Zur Zeit des Großmeisters von Chaumont lebte in Mailand eine Dame, welche für die ehrbarste der ganzen Stadt galt. Sie hatte einen italienischen Grafen geheirathet, war dann verwitwet und lebte im Hause ihrer Schwäger. Von einer Wiederverheirathung wollte sie nichts hören, lebte vielmehr so zurückgezogen, daß es im Herzogthum keinen Franzosen oder Italiener gab, der sie nicht hoch achtete. Als eines Tages ihre Schwäger und ihre Schwiegermutter dem Großmeister ein großes Fest gaben, war die Witwe genöthigt, mit zu erscheinen, obwohl sie sonst Gesellschaften nicht besuchte. Die Franzosen, die sie dort sahen, bewunderten ihre Schönheit und ihre Anmuth, vor Allem einer derselben, dessen Namen ich aber verschweigen werde; genug, daß er damals der liebenswertheste Franzose in ganz Italien war, ein vollkommener Edelmann und ausgerüstet mit allen ritterlichen Vorzügen. Obwohl er sah, daß die Dame in ihrem schwarzen Witwenschleier sich fern von der Jugend hielt und mit einigen älteren Damen in einer Ecke saß, so unterhielt er sich, der gewohnt war, weder vor Mann noch vor Frau zurückzuschrecken, dennoch angelegentlich mit ihr und begann ihr den Hof zu machen, nahm ihr die Maske ab und verzichtete auf alle Tänze, nur um ihre Gesellschaft zu genießen. Den ganzen Abend sprach er nur mit ihr und den alten Damen und schien vergnügter als in Gesellschaft der jungen Mädchen, und als er aufbrach, sagte er sich, daß er sich nicht eine einzige Minute gelangweilt habe. Zwar hatte er sich nur über ganz Allgemeines mit ihr unterhalten, wie es eben in größerer Gesellschaft der Fall zu sein pflegt; sie erkannte aber wohl, daß er ihr näher bekannt zu werden wünschte, und beschloß daher, auf ihrer Hut zu sein, so daß er sie auf keinem Feste und in keiner Gesellschaft mehr traf. Er forschte nun nach ihrer Lebensweise und bekam bald heraus, daß sie sehr oft Kirchen und Klöster besuchte; er paßte ihr also auf, und so geschickt sie es auch anstellte, er war immer früher als sie da und blieb in der Kirche, so lange er sie dort sehen konnte, und während der ganzen Zeit betrachtete er sie mit so verliebten Augen, daß ihr seine Zuneigung kein Geheimniß bleiben konnte. Um dem aus dem Wege zu gehen, stellte sie sich eine Zeit lang krank und hörte die Messe bei sich zu Haus. Der Edelmann wurde sehr betrübt darüber, denn das letzte Mittel, sie zu sehen, war ihm auf diese Weise genommen. Als sie nun seine Neigung erloschen glaubte, ging sie wieder in die Kirchen; er erfuhr es aber doch und nahm seine Andachtsübungen wieder auf. Da er befürchtete, sie möchte neue Hindernisse schaffen und ihm die Gelegenheit, sich ihr zu erklären, nehmen, trat er eines Morgens als sie sich in einer kleinen Kapelle, wo sie die Messe hörte, wohlgeborgen wähnte, dicht an den Altar, und da im übrigen wenig Leute in der Nähe waren und der Priester auch gerade die Messe celebrirte, wandte er sich nach ihr um und sagte ihr mit flüsternder, stehender Stimme: »Madame, ich rufe den zum Zeugen an, der mich verdammen soll, wenn nicht Ihr schon mir den Tod gebt; denn wenn Ihr mir auch das Wort abschneidet, so wißt Ihr doch genau, wie es um mich steht, denn meine Blicke, mein gebrochenes Wesen sagen es Euch zur Genüge.« Die Dame stellte sich, als verstände sie ihn nicht, und antwortete: »Mit solchen nichtigen und eitlen Dingen soll man nicht an Gott herantreten. Die Dichter sagen ja auch daß die Götter die lügenhaften Schwüre der Verliebten nur verlachen, deshalb müssen auch Frauen, die etwas auf ihre Ehre halten, nicht leichtgläubig und weichherzig sein.«

Mit diesen Worten erhob sie sich und ging in ihre Wohnung zurück. Wie sehr der Edelmann über ihre Worte aufgebracht war, das werden die, welche einmal etwas Gleiches erfahren haben, zu beurtheilen verstehen. Es fehlte ihm aber nicht an Ausdauer, es war ihm noch lieber, diese nicht viel versprechende Antwort erhalten, als ihr sein heimliches Verlangen frei herausgesagt zu haben. Er hielt an seiner Liebe volle drei Jahre fest und verfolgte sie unaufhörlich mit Briefen und auf welche Weise er sonst konnte. Und diese ganzen drei Jahre wurde er nicht besser aufgenommen, sie floh ihn wie der Windhund den Wolf, der auf ihn Jagd macht, nicht aus Haß etwa, sondern weil sie für ihre Ehre und ihren guten Ruf fürchtete. Er merkte das wohl und setzte seine Bemühungen nur um so eifriger fort. Und nach langem Weigern, großer Qual und Verzweiflung fing die Dame, die seine Liebe wohl sah, an, Mitleid mit ihm zu haben, und gewährte ihm, was er so lange ersehnt und erstrebt hatte. Als sie einig geworden waren, besuchte sie der französische Edelmann in ihrer Wohnung, obwohl er das nur mit Lebensgefahr thun konnte, da alle ihre Verwandten auch in diesem Hause wohnten. Seine Klugheit stand aber seiner Schönheit nicht nach, und er brachte es immer fertig, zur verabredeten Stunde sich in ihr Zimmer zu schleichen, wo sie dann immer allein war und ihn in ihrem Bett erwartete. Einmal aber, als er sich eben entkleidete, hörte er an der Thür leises Geflüster und ein Geräusch, wie wenn Degen gegen eine Mauer stoßen. Die Dame verlor sofort die Fassung und sagte ihm mit gebrochener Stimme: »Jetzt seid Ihr und meine Ehre in Gefahr, ich höre wohl, das sind meine Brüder, die Euch umbringen wollen; versteckt Euch schnell unter dieses Bett, und wenn sie Euch nicht gleich finden, werde ich mich zornig gegen sie stellen, daß sie mir ohne Grund solche nächtliche Störung verursachen.« Der Edelmann, der die Furcht nicht kannte, erwiderte: »Was sind Eure Brüder, daß sie mich erschrecken könnten? Und wenn Eure ganze Sippe da wäre, sie würden schon nach meinen ersten Schwertstreichen davonlaufen. Deshalb legt Euch ruhig zu Bett und laßt mich diese Thür hüten.« Mit diesen Worten wickelte er sich seinen Mantel um seinen linken Arm, nahm sein Schwert in die rechte Faust und ging zur Thür, um den Degen, deren Geräusch man draußen hörte, sich entgegen zu werfen. Als er aber die Thür geöffnet hatte, fand er zwei Kammerzofen davor, die in jeder Hand einen Degen hielten, mit denen sie das Geklirr machten, und welche zu ihm sagten: »Entschuldiget uns, wir sind hier auf Befehl unserer Herrin, aber wir werden Euch nicht weiter im Wege sein.«

Als der Edelmann nun sah, daß es Frauen waren, schickte er sie zu allen Teufeln, schlug ihnen die Thür vor der Nase zu und legte sich zu seiner Geliebten ins Bett, deren Liebesglut dieser Zwischenfall nicht abgekühlt hatte, und da er sie vorläufig nicht nach dem Grunde dieses blinden Lärms fragte, beschäftigten sie sich bald mit etwas Anderem. Erst als der Morgen graute, ersuchte er sie, ihm mitzutheilen, was denn dieses ganze Gebühren bedeute; erst ihr jahrelanges Sträuben und jetzt dieser thörichte Streich! Sie lachte und antwortete: »Meine Absicht war, niemals zu lieben, und während meines Witwenstandes habe ich streng danach gehandelt. Von dem Augenblick aber an, wo ich mit Euch an jenem Feste sprach, änderte ich meine Gesinnung und ich begann Euch bald ebenso zu lieben, wie Ihr mich liebtet. Wahr ist allerdings, daß meine Ehre, die ich immer im Auge hatte, mir nicht erlauben wollte, daß die Liebe mir etwas meinem Rufe Nachtheiliges brächte. Wie die tödtlich getroffene Hündin die schmerzende Wunde zu lindern glaubt, wenn sie von Ort zu Ort flüchtet, so ging ich von einer Kirche zur anderen und wollte den fliehen, dessen Bild ich doch in meinem Herzen trug, und der mir genügende Beweise seiner tiefen Anhänglichkeit gab, daß ich meine Liebe mit meiner Ehrenhaftigkeit in Einklang glaubte. Um aber ganz sicher zu sein, daß ich mein Herz und meine Liebe nur einem wirklich achtungswerthen Manne schenkte, wollte ich diese letzte Probe mit meinen Kammermädchen anstellen, und hättet Ihr für Euer Leben gefürchtet, oder sonst irgend welche Rücksicht genommen und wäret unter mein Bette gekrochen, so war ich entschlossen aufzustehen und in ein anderes Zimmer zu gehen und Euch nicht mehr zu mir zu lassen. Da ich aber nun in Eurer Person neben der Schönheit und Anmuth auch Tapferkeit und Muth gefunden habe, ja, sogar mehr, als man mir gesagt hatte, und da die Furcht Euer Herz nicht hat erzittern machen können und das Feuer Eurer Liebe in dieser kritischen Lage nicht nachließ, will ich jetzt für mein ganzes Leben nur Euch angehören. Denn ich bin überzeugt, daß ich in keine besseren Hände mein Leben und meine Ehre legen könnte, als in desjenigen, dessen Tugend ihresgleichen sucht.« Und als wenn die Bestimmungen der Menschen unveränderlich wären, schworen sie sich, was nicht in ihrer Macht lag, nämlich eine ewige Freundschaft und Treue, für die das Herz des Menschen nicht ausreicht. Das wissen die am besten, die Aehnliches erfahren und die erlebt haben, wie lange solche in der Aufwallung des Gefühls gegebenen Schwüre andauern.

»Und deshalb, meine Damen«, sprach Guebron weiter, »hütet Euch vor uns, wie der Hirsch, wenn er Verstand hätte, sich vor dem Jäger hüten würde; denn wir setzen unser Glück und unseren Ruhm daran, Euch zu fangen und Euch das zu nehmen, was Euch kostbarer als Euer Leben erscheinen sollte.« – »Wie«, wandte sich Hircan an ihn, »seit wann bist Du ein Moralprediger geworden? Ich habe Zeiten gesehen, wo Du sehr weit von solchen Vermahnungen warst.« – »Es ist wahr«, antwortete Guebron, »daß ich heute ganz anders als bisher mein ganzes Leben lang gesprochen habe; aber meine Zähne sind schwach geworden, ich kann nicht mehr nach dem Wild beißen und deshalb wird es mir nicht schwer, jetzt die Hündinnen vor den Jägern zu warnen, und vielleicht kaufe ich damit einen Theil der Uebel, die ich in meiner Jugend begangen habe, zurück.« – »Mir danken Euch, Guebron«, sagte Nomerfide, »für Eure guten Rathschläge zu unserem Heil, aber wir möchten uns doch nicht recht an Euch halten; denn zu Eurer Geliebten habt Ihr nicht so gesprochen. Liebt Ihr uns denn nicht mehr? Oder wollt Ihr nicht mehr haben, daß man uns liebt? Immerhin werden wir uns bemühen, so verständig und tugendreich zu sein, wie die, die Ihr in Eurer Jugend verfolgt habt. Aber so ist es immer mit den Alten, sie wollen immer vernünftiger gewesen sein, als die junge Generation.« – »Nun wohlan, Nomerfide, wenn die Untreue einer Eurer ergebenen Freunde Euch die

Schlechtigkeit der Männer gezeigt haben wird, werdet Ihr mir dann glauben, daß ich Euch die Wahrheit gesagt habe?« Oisille wandte sich an Guebron: »Es scheint mir, daß der Edelmann, dessen Kühnheit Ihr so lobt, nur sehr liebessüchtig gewesen ist, und die Sinnlichkeit ist ja eine so starke Macht, daß sie selbst feige Leute Manches thun läßt, wobei sich auch ein Kühner zweimal bedenken würde.« Saffredant erwiderte ihr: »Jedenfalls hatte er allen Grund bedenklich zu werden, es sei denn, daß er sich von vornherein sagte, daß der Italiener mehr unnütze Worte verschwendet, als tüchtig zuschlägt.« – »Das alles hindert nicht«, sagte Oisille, »daß die Gluth in seinem Herzen die letzte Triebfeder war.« – »Wenn Ihr die Kühnheit dieses Ritters nicht beachtenswerth genug findet«, nahm Hircan das Wort, »so könnt Ihr uns vielleicht von einem andern berichten, welcher noch mehr Lob verdient.« – »Ich kenne allerdings Einen, der den Helden der vorigen Erzählung noch übertrifft.« – »In diesem Falle bitte ich Euch«, sagte Guebron, »das Wort zu ergreifen und uns, wie Ihr versprochen, diesen heldenmüthigen Vorfall mitzutheilen.« – »Wenn ein Mann«, begann Oisille, »sich gegen Mailänder so muthig bewiesen hat, in einem Falle, wo es sich um sein Leben und um die Ehre seiner Dame handelte, und nun wegen seiner Verwegenheit so gepriesen wird, wie muß man dann erst einen Fall beurtheilen, wo ein Mann, der es garnicht nöthig hatte, einfach nur, weil übersprudelnder Muth und Tollkühnheit seine zweite Natur waren, folgenden Streich gethan hat?«

Siebenzehnte Erzählung.

Von der Großmuth König Franz I. gegenüber einem deutschen Grafen, der ihm nach dem Leben trachtet.

In der Stadt Dijon, im Herzogthum Burgund, trat in den Dienst des Königs Franz ein deutscher Graf, namens Wilhelm aus dem Hause der sächsischen Fürsten, welches mit dem von Savoyen so liirt war, wie kein anderes vor Zeiten. Der Graf, welcher so schön und kühn war, daß er nicht seinesgleichen in Deutschland hatte, wurde von dem Könige so gut empfangen, daß er ihn nicht nur in seine Dienste, sondern sogar in seine persönliche Nähe nahm. Da war aber ein alter Ritter und treuer Diener des Königs, der Gouverneur von Burgund, Herr von La Trimouille, welcher immer in Sorge und Angst über das Wohl und Wehe seines Herrn wachte und Spione in der Nähe des Feindes hielt, um zu wissen, was er vorhatte; auf diese Art blieb ihm fast nichts verborgen. Unter anderem wurde ihm von einem Freunde geschrieben, daß der Graf Wilhelm eine Summe Geld und das Versprechen auf noch mehr erhalten habe, wenn er auf irgend eine Weise den Tod des Königs herbeiführen könne.

La Trimouille theilte dies sogleich dem Könige und dessen Mutter Luise von Savoyen mit, welche ganz ihre Verwandtschaft mit den Deutschen vergaß und ihren Sohn anflehte, den Grafen fortzujagen. Der wollte aber nichts davon hören und hielt den braven und edelmüthigen Ritter einer solchen Schandthat nicht für fähig. Nach einiger Zeit kam wieder eine Nachricht, welche die erste bestätigte, worauf der Gouverneur, welcher seinen Herrn über Alles liebte, diesen um die Erlaubniß bat, den Deutschen fortschicken zu dürfen; der König forderte jedoch dringend, daß er sich nichts merken lassen solle, denn er wollte mit anderen Mitteln selbst hinter die Wahrheit kommen.

Eines Tages ging er zur Jagd, bewaffnet mit dem besten seiner Degen, und befahl dem Grafen Wilhelm, ihm dicht an der Seite zu bleiben; aber nachdem sie einige Zeit den Hirsch gejagt hatten und der König sah, daß alle Leute hinter ihm zurückgeblieben waren, ausgenommen der Graf, wendete er sich von den Wegen waldeinwärts. Als er sich nun mit ihm allein im Dickicht sah, zog er seinen Degen und sprach zum Grafen: »Scheint es Euch, daß dieser Degen schön und gut sei?« Der Graf betrachtete ihn und sagte dann, daß er noch niemals einen besseren gesehen habe. »Da habt Ihr Recht«, sprach der König, »ich glaube auch, wenn ein Edelmann beschlossen hätte, mich zu tödten, und wenn er an meine Stärke und meinen Muth, vereint mit der Güte dieses Degens denkt, wird er sich gründlich besinnen, ehe er mich überfällt. Dennoch aber würde ich ihn für sehr verächtlich halten, wenn er sich so allein und ohne Zeugen mit mir befände und dennoch nicht wagte, sein Vorhaben auszuführen.« Mit erstaunter Miene antwortete Graf Wilhelm: »Herr, groß wäre die Schlechtigkeit einer solchen Absicht, aber nicht minder groß die Narrheit, sie unter solchen Umständen durchführen zu wollen.« Der König begann zu lachen; er steckte den Degen in die Scheide, und da er die Jagd in der Nähe vorbeiziehen hörte, spornte er sein Pferd an und gesellte sich zu den anderen. Dort angelangt sprach er zu niemand von dieser Angelegenheit und wußte bei sich, daß, wenn Graf Wilhelm auch einer der stärksten und behendesten Ritter war, sein Muth doch nicht zu einer so schweren Aufgabe ausreiche.

Aber Graf Wilhelm, welcher fürchtete, entlarvt und des bösen Vorhabens verdächtig zu sein, begab sich am nächsten Morgen zu Robertet, dem Finanz-Sekretär des Königs, und sagte ihm, daß er mit den Wohlthaten und dem Gehalt, welches der König ihm gebe, nicht auskommen könne, und daß sie nur die Hälfte seiner

Bedürfnisse deckten; wenn der König ihm nun nicht das Doppelte geben könne, so sei er gezwungen, den Hof zu verlassen. Er bat Robertet, ihm so bald als möglich des Königs Antwort zu überbringen. Dieser war sehr eifrig, den Auftrag sofort auszuführen; denn er wußte auch von den Warnungen des Gouverneurs. Sobald der König erwacht war, trug er ihm das Anliegen des Grafen in Gegenwart des Herrn von La Trimouille und des Admirals Bonnivet, welche beide nichts von dem Streiche des Königs wußten, vor. Der Herrscher sprach darauf zu ihnen: »Ihr wolltet den Grafen Wilhelm verjagen, nun seht Ihr, daß er ganz von selbst geht. Sagt ihm, wenn er nicht zufrieden mit dem Sold ist, den er bei seinem Antritt annahm, und mit welchem mehrere Herren aus guten Häusern zufrieden waren, so möge er wo anders sein Glück versuchen; ich werde ihn nicht halten und wünsche ihm, daß er anderswo eine Stelle findet, wo er nach seinem Verdienst leben kann.«

Robertet überbrachte diese Botschaft eben so eilig dem Grafen, wie er die seine übernommen hatte. Der Graf beschloß also, da er beurlaubt sei, zu gehen; und als zwänge ihn die Furcht dazu, wartete er nicht mehr die nächsten vierundzwanzig Stunden ab, sondern nahm Abschied vom Könige, als dieser zu Tisch gehen wollte, indem er dabei das größte Bedauern heuchelte, ihn verlassen zu müssen. Auch bei der Mutter des Königs verabschiedete er sich, und diese entließ ihn mit ebensoviel Vergnügen, als sie ihn seiner Zeit als Verwandten und Freund empfangen hatte. So reiste er in seine Heimath zurück. Als der König dann das Erstaunen seiner Mutter und der Höflinge über diese plötzliche Abreise sah, erzählte er ihnen von dem Schreck, welchen er dem Grafen eingejagt, und fügte hinzu, daß er selbst, falls er unschuldig an dem war, wessen man ihn beschuldigte, doch genug Furcht bekommen hätte, so daß er von einem Herrn schied, dessen Kräfte er noch nicht ermessen hatte.

»Was mich betrifft, meine Damen«, sagte Oisille, »so kann ich mir nur denken, daß der König sich nur deshalb einem so gefürchteten Ritter allein gegenüberstellte, um einmal ferne von den Orten und der Gesellschaft, wo die Könige keinen Untergebenen finden, der sie zum Kampfe fordern möchte, sich dem gleich zu stellen, den er für seinen Feind hielt, und so zu seiner eigenen Befriedigung den Muth und die Verwegenheit seines Herzens zu erproben.« – »Jedenfalls hatte er Recht«, sagte Parlamente, »denn alle Lobsprüche der Welt können ein tapferes Herz nicht so befriedigen, wie die eigene Erfahrung und das eigene Kennen der Tugenden, welche ihm Gott verliehen hat.« – »Schon längst«, fuhr Guebron fort, »haben uns die Dichter und andere mehr gesagt, daß, wenn man den Tempel des Ruhms erreichen wolle, man erst den der Tugend durchschreiten müsse. Und ich, der ich die beiden besprochenen Personen kenne, ich weiß, daß der König in Wahrheit einer der kühnsten Männer des Königreichs ist.« – »Auf Ehre«, rief Hircan, »zur Zeit, als der Graf Wilhelm nach Frankreich kam, hätte ich seinen Degen mehr gefürchtet, als den der tapfersten Herren Italiens, welche am Hofe waren.« – »Ihr wisset wohl«, sprach Emarsuitte, »daß unsere Lobsprüche ihn immer noch nicht nach Verdienst würdigen können, und daß der Tag eher zu Ende gehen würde, als wir jeder mit dem fertig wären, was wir in der Hinsicht zu sagen hätten. Darum, edle Frauen, gebt Eure Stimme Einem, der noch weiter Gutes von den Männern berichte, wenn er kann.« Oisille wandte sich zu Hircan: »Mich will bedanken, Ihr seid so gewohnt, Schlechtes von den Frauen zu sagen, daß es Euch lieb sein wird, etwas zum Lobe eines Mannes zu erzählen. Ich ertheile Euch also das Wort.« – »Das soll mir leicht werden«, sprach Hircan, »denn vor nicht langer Zeit wurde mir eine Geschichte zum Lobe eines Edelmannes, dessen Liebe und Beständigkeit und Festigkeit aller Ehren werth sind, erzählt, die ich Euch nicht vorenthalten will.«

Achtzehnte Erzählung.

Eine schöne junge Dame hat ein Verhältniß mit einem jungen Ritter, zweifelt aber, ob er sie so aufrichtig liebt, wie er betheuert. Sie läßt ihn deshalb zwei Proben bestehen, bevor sie ihm ihre Ehre preisgiebt.

In einer größeren Stadt Frankreichs lebte ein Edelmann aus gutem Hause, der dort die Hochschule besuchte, da er sich das Wissen erwerben wollte, welches Ehre und Ansehen unter den Menschen giebt. Obwohl er so fleißig war, daß er trotz seiner siebzehn bis achtzehn Jahre ein wandelndes Buch schien und als Beispiel für die andern aufgestellt wurde, fand auch Gott Amor noch Zeit, nach seinen anderen Unterrichtsstunden ihm Lektionen zu ertheilen, und um von ihm gern angehört und gut aufgenommen zu werden, versteckte er sich hinter das Gesicht und die Augen der schönsten Dame des ganzen Landes, welche damals gerade wegen eines Prozesses in die Stadt gekommen war. Bevor aber noch Gott Amor unternahm, den Edelmann durch die Schönheit dieser Dame sich zu unterwerfen, hatte er schon der Dame Herz getroffen, als sie die Vollkommenheiten sah, welche in diesem Ritter vereinigt waren; denn es gab keinen, der ihm an Schönheit, Anmuth, Verständigkeit und Geist gleich kam, welchen Standes er auch sein mochte. Ihr wißt, welchen schnellen Schritt dies Feuer geht, wenn es erst einmal das Herz und den Sinn an einer Ecke erfaßt hat. Ihr könnt Euch also auch vorstellen, daß Amor an zwei mit solchen Vorzügen ausgestatteten Personen nicht herantrat, ohne daß sie bald nur auf seine Stimme hörten, alles Licht ihres Lebens nur aus ihm zogen und ihr Denken, Fühlen und Wollen nur von seiner Gluth erfüllt war. Da der Ritter aber noch jung war und deshalb noch schüchtern, betrieb er seine Angelegenheit nur langsam und sehr rücksichtsvoll. Nun wäre bei ihr, die die Liebe schon ganz beherrschte, ein besonderes Drängen garnicht von Nöthen gewesen, sie hütete sich aber aus weiblicher Scham, ihm ihre Gedanken klar zu zeigen. Am Ende aber war ihr Herz, diese Festung, wo die frauliche Ehrenhaftigkeit thront, so sehr verheert, daß die Arme sich auch äußerlich mit dem aussöhnte, was in ihrem Innern schon längst kein Widerspruch mehr für sie war. Sie wollte aber seine Charakterfestigkeit und Beherrschung erproben, versprach ihm Erhörung seiner Bitten, aber unter einer schweren Bedingung, indem sie ihm versicherte, daß, wenn er dieselbe einhielte, sie ihm ganz gehören werde, anderenfalls aber er nicht das Geringste von ihr haben würde; sie wolle, daß sie einmal zusammen im Bett lägen, jeder im Hemde, und nur mit einander sprächen, ohne daß er etwas weiteres von ihr verlangte, als vielleicht noch einen Kuß. Er konnte sich kein größeres Glück vorstellen, als das, was sie ihm für die Zukunft versprach, und ging auf ihre Bedingung ein. Als der Abend gekommen war, wurde die Bedingung erfüllt; so entgegenkommend sie sich auch bewies und wie große Befriedigung er auch empfunden hätte, seinen Schwur wollte er doch nicht brechen. Und obwohl die ihm zugemuthete Qual ihm nicht geringer als das Fegefeuer erschien, so war seine Liebe doch so stark und seine Hoffnung so groß, um so mehr als er sicher sein konnte, daß seine Selbstbeherrschung nur ein dauerndes Freundschaftsverhältniß zur Folge haben würde, daß er sich in Geduld faßte und aus ihrer geliebten Nähe ging, ohne irgend welchen weiteren Versuch gemacht zu haben.

Die Dame aber schien weit mehr erstaunt als zufrieden zu sein; es kam ihr die Vermuthung, daß seine Liebe doch vielleicht nicht so groß sei, als sie gedacht, oder daß er nicht so viel Schönes in ihr gefunden hatte, als er erwartete; seine ritterliche Geduld und Treue im Halten seines Schwures zog sie garnicht in Erwägung. Sie entschloß sich deshalb, bevor sie ihr Versprechen einlöste, seine Liebe noch eine Probe bestehen zu lassen. Zu diesem Zwecke bat sie ihn, einem ihrer Gesellschaftsfräulein, die jünger als sie selbst war und auch ganz schön, den Hof zu machen, damit die Leute, welche ihn so oft in ihr Haus kommen sahen, vermeinten, es geschehe um dieser und nicht um ihretwillen. Der junge Ritter, immer in der Voraussetzung, von ihr ebenso geliebt zu werden, als er sie liebte, gehorchte ihrem Befehl in allen Stücken und bezwang sich aus Liebe zu ihr, jenem Mädchen den Hof zu machen, auf welches wiederum seine Schönheit und sein Geist einen großen Eindruck machten, so daß sie seine Lügen für Wahrheit hielt und ihn bald so liebte, als würde sie ernstlich von ihm geliebt. Als nun die Herrin sah, daß diese Sache ziemlich weit gegangen war, nichtsdestoweniger aber der junge Mann nicht aufhörte, sie wegen ihres Versprechens zu drängen, gewährte sie ihm eine Zusammenkunft um ein Uhr nachts, indem sie ihm sagte, daß sie seine Liebe und seinen Gehorsam nun genugsam erprobt hätte, um ihm den Lohn seiner Ausdauer zu Theil werden zu lassen. Die Freude des treuen Geliebten könnt Ihr Euch denken; und er verfehlte selbstverständlich nicht, zur bestimmten Stunde an Ort und Stelle zu sein. Die Dame wollte aber noch einen letzten Versuch machen und sagte deshalb zu dem jungen Mädchen: »Ich kenne die Liebe eines jungen Edelmannes zu Euch und ich weiß auch, daß Ihr ihn nicht minder leidenschaftlich liebt. Ich habe solches Mitleid mit Euch, daß ich Euch die Gelegenheit geben will, einmal ganz nach Eurem Gutdünken und ungestört lange mit ihm zusammen zu sein.« Das junge Mädchen war so erfreut, daß sie aus ihrer Neigung kein Hehl mehr machte; sie sagte, sie werde schon kommen, und dem Rath und den Anordnungen ihrer Herrin folgend, entkleidete sie sich und legte sich in ein Bett ganz allein in einem Zimmer, dessen Thür die Dame offen ließ, nachdem sie drinnen noch eine Kerze angesteckt hatte, damit man die Schönheit des jungen Mädchens auch recht gewahr werden konnte.

Dann that sie, als ginge sie fort, versteckte sich aber so gut in der Nähe des Bettes, daß niemand sie sehen konnte.

Der arme Ritter, der sich ganz auf ihr Versprechen verlassen hatte, kam also zur verabredeten Stunde und trat so leise als möglich in das Zimmer. Dann, nachdem er die Thür verschlossen und seine Kleider und seine gefütterten Stiefel abgelegt hatte, legte er sich ins Bett, wo er die Heißersehnte zu finden gedachte. Kaum hatte er aber die Arme ausgestreckt, um die Geliebte zu umarmen, als auch schon das junge Mädchen, die ihn in sich verliebt glaubte, die ihren um seinen Hals geschlungen hatte und Liebesworte mit so freudestrahlendem Gesicht ihm ins Ohr flüsterte, daß selbst ein Einsiedler seine Vaterunser vergessen hätte. Als er aber ihr Gesicht sah und ihre Stimme hörte und erkannte, daß es nicht diejenige war, für welche er schon soviel geduldet hatte, war er wie mit kaltem Wasser begossen und stand ebenso schnell auf, als er sich vorher beeilt hatte, sich zu ihr zu legen. Dann trat er zu ihr heran und gleich sehr auf Herrin und Dienerin zornig sagte er zu ihr: »Eure Thorheit und die Eurer Herrin, welche Euch ganz hinterlistigerweise hierher gebracht hat, können meinen Sinn nicht verändern; bemüht Euch aber, eine anständige Frau zu bleiben, jedenfalls werdet Ihr durch mich diesen Ehrentitel nicht verlieren.« Dann verließ er ganz aufgebracht das Zimmer und kehrte lange nicht mehr in das Haus seiner Angebeteten zurück.

Die Liebe aber ist niemals aller Hoffnung bar, und er beruhigte sich damit, daß ihm, je mehr sich in all diesen Prüfungen seine Liebe groß und beständig erwiesen habe, nur um so längerer und glückbringender Genuß bevorstehe. Auch die Dame, die die ganze Unterhaltung mit angehört hatte, war über seine Ausdauer so erstaunt und von seiner Beständigkeit so angenehm berührt, daß sie sehr danach verlangte, ihn wiederzusehen und ihn wegen aller ihm bereiteten bösen Stunden um Verzeihung zu bitten. Als sie ihn das erste Mal wiedersah, erwies sie sich so freundlich gegen ihn, daß er nicht nur alle seine Mühen vergaß, sondern sie pries, weil sie ihm zu einer beglückenden, intimen Freundschaft verholfen hätte, deren Genuß er von Stund' an, ohne daß jemals eine Verstimmung das Verhältniß trübte, in weitgehendstem Maße hatte.

Mit diesen Worten beendete Hircan seine Erzählung und fuhr dann fort: »Nun nennt mir eine Frau, meine Damen, welche so fest und beständig gewesen und in ihrer Liebe so ehrlich zu Werke gegangen ist, wie dieser Mann. Wer ähnliche Versuchung erfahren, muß die des heiligen Antonius im Vergleich hierzu unbedeutend finden. Denn wer gegenüber fraulicher Schönheit und Liebe, besonders wenn sonst Gelegenheit und Ort günstig sind, zurückhaltend und kalt bleibt, gegen dessen Tugend können allerdings alle Teufel nicht an.« – »Schade«, meinte Oisille, »daß er nicht mit einer gleich tugendhaften Frau zu thun hatte, es wäre die vollkommenste und ehrbarste Liebe gewesen, von der ich je gehört habe.« Guebron fragte: »Welche von den beiden Prüfungen haltet Ihr für die schwerste?« Parlamente erwiderte: »Mir scheint, die letzte, denn Verdruß ist eine ärgere Versuchung als irgend etwas sonst.« Longarine war der Meinung, daß die erste es sei, denn in diesem Falle habe er außer dem heimlichen Verlangen auch noch die Liebe niederhalten müssen, um sein Versprechen zu halten. Simontault nahm das Wort und sagte: »Ihr könnt darüber garnicht mitreden, das können wir nur beurtheilen, und deshalb müßt Ihr unsere Meinung hören. Was mich nun anbetrifft, so halte ich ihn im ersten Fall für verrückt und im zweiten für dumm. Ich glaube nämlich, indem er das Versprechen hielt, verursachte er seiner Dame nur ebensoviel Mühe, als er selbst hatte. Sie ließ ihn nur schwören, um sich als eine ganz besonders ehrbare Frau hinzustellen, im übrigen aber dachte sie garnicht anders, als daß eine starke Liebe sich weder an Befehle und Schwüre noch an sonst etwas in der Welt kehrt. Sie wollte aber ihre Schwäche mit Tugend umkleiden und sich nur mit heroischen Thaten gewinnen lassen. Das zweite Mal war er einfach dumm, nicht die zu nehmen, die ihn liebte, und besser war als jene, die ihr Versprechen nicht hielt, und noch dazu konnte ihm der Verdruß hier eine genügende Entschädigung sein.« Dagoucin tadelte diese Ansicht und sagte, er wäre entgegengesetzter Meinung, indem der Ritter sich im ersten Fall tapfer und beständig und im zweiten als ein aufrichtiger und vollkommener Freund gezeigt habe. Saffredant unterbrach ihn hier mit den Worten: »Was wißt Ihr davon, ob er nicht vielleicht zu denen gehörte, die zurückhaltend scheinen, weil kein Saft und Kraft mehr in ihnen ist? Wenn Hircan seinen Lobpreisungen hätte die Krone aufsetzen wollen, so hätte er uns noch erzählen müssen, wie er sich erwies, als er nun das Gewünschte erlangt hatte, dann hätten wir erst richtig beurtheilen können, ob er aus Selbstbeherrschung oder aus Impotenz so kühl blieb.« – »Nun«, erwiderte Hircan, »Ihr könnt ganz getrost sein; wenn Ihr den Wunsch geäußert hättet, würde ich Euch das ebensowohl wie das Uebrige erzählt haben; ich aber, der ich seine Person und seine körperliche Gesundheit kannte, meine, daß es nur kraftvolle Beherrschung seiner Sinne und nicht etwa kühles oder schläfriges Blut war.« – »Nun, wenn er so war«, sagte Simontault, »so mußte er einfach sein Versprechen nicht halten; denn wenn sie darüber auch zornig geworden wäre, sie wäre schon leicht wieder zu beruhigen gewesen.« – »Aber in jener Viertelstunde wollte sie es doch nicht«, sagte Emarsuitte. »Nun, was denn?« erwiderte Saffredant, »war er nicht etwa kräftig genug, sie zu überwältigen, noch dazu, da sie ihm den Kampfplatz doch eingeräumt hatte?« – »Heilige Jungfrau Maria«, sagte Nomerfide, »Ihr seid kurz angebunden! Ist das die Art, die Geneigtheit einer Frau zu erwerben, an deren Ehrbarkeit man glaubt?« – »Mir scheint«, sagte Saffredant, »daß man einer Frau, von der man überhaupt etwas wünscht, die größte Ehre erweist, wenn man es mit Gewalt nimmt. Die letzte, kleinste Zofe möchte sich lange bitten lassen, andere möchte man mit Geschenken überhäufen, bevor sie zu haben sind; noch andere sind so dumm, daß alle Klugheit nichts bei ihnen verschlägt, und gegen solche muß man nicht erst auf Mittel und Wege sinnen. Hat man aber mit einer Frau zu thun, die zu klug ist, als daß man sie täuschen könnte, und zu ehrbar, als daß sie sich mit süßen Worten und Geschenken fangen ließe, ist es dann vernünftig, noch auf irgend ein anständiges Mittel zu rechnen, um sie willig zu machen? Und wenn Ihr hört, daß ein Mann eine Frau mit Gewalt genommen hat, so seid nur überzeugt, daß besagte Frau ihm alle Hoffnung auf ein anderes Mittel genommen hat, und unterschätzt nicht den Mann, der sein Leben in die Schanze geschlagen hat, um seine Liebe zu befriedigen.« Guebron lachte und sagte: »Ich habe schon manchen Platz belagern und mit Gewalt nehmen sehen, dessen Beschirmer weder durch Geld zu kapern noch mit Drohungen einzuschüchtern war, und wenn eine Festung erst zu parlamentiren beginnt, ist sie schon halb erobert.« – »Es scheint allerdings«, nahm Emarsuitte das Wort, »daß so ziemlich alle Liebe auf der Welt auf solche tadelnswerthe Wünsche hinaus läuft; immerhin giebt es aber auch Leute, die geliebt und in allen Ehren ausgehalten haben, ohne daß ihr Ziel ein verwerfliches war.« – »Wenn Ihr hierüber etwas zu berichten wißt, so gebe ich Euch das Wort zur nächsten Erzählung«, sagte Hircan. »Jawohl, ich weiß eine solche Geschichte«, sagte Emarsuitte, »und will sie Euch gern mittheilen.«

Neunzehnte Erzählung.

Von zwei Liebenden, welche aus Verzweiflung, sich nicht heirathen zu können, ins Kloster gehen, der junge Mann nach Saint-François, das Mädchen nach Sainte-Clair.

Zur Zeit des Markgrafen von Mantua, welcher eine Schwester des Herzogs von Ferrara zur Frau hatte, lebte im Hause der Herzogin ein junges Mädchen, namens Pauline, die von einem Edelmann aus dem Gefolge des Markgrafen so sehr geliebt wurde, daß diese Neigung Alle in Erstaunen setzte, besonders da man allgemein annahm, er werde eine sehr reiche Dame heirathen, da er selbst arm und im übrigen ein sehr hübscher und von seinem Herrn gern gesehener Mann war. Ihm schien aber alle Kostbarkeit der Welt an Pauline zu liegen, und er hoffte sie durch eine Heirath zu gewinnen. Die Markgräfin jedoch, welche wünschte, daß Pauline durch ihre Vermittelung eine reiche Partie machte, suchte sie auf alle mögliche Weise von dieser Heirath abzubringen und verhinderte oft, daß sie sich sprechen konnten, indem sie ihnen auseinandersetzte daß, wenn sie sich verheiratheten, sie das ärmste und beklagenswertheste Ehepaar Italiens sein würden. Dieser Grund verschlug aber bei dem Edelmann nichts, und Pauline ihrerseits dachte nicht anders, obwohl sie sich so wenig wie möglich von ihrer Neigung etwas merken ließ.

Diese Freundschaft unterhielten sie lange Zeit, in der Hoffnung, daß die Zeit eine Besserung in ihrer Lage hervorbringen würde. Indessen brach ein Krieg aus, in dem der Edelmann mit einem Franzosen zusammen gefangen genommen wurde, welcher nicht weniger verliebt in Frankreich als er in Italien war. Als sie nun Leidensgefährten in einander erkannten, begannen sie, sich gegenseitig ihr Leid zu klagen. Der Franzose gestand ihm, daß auch sein Herz gefangen sei, doch wollte er ihm nicht sagen, von wem da sie aber beide in Diensten des Markgrafen von Mantua standen, wußte der französische Edelmann wohl, daß sein Genosse Pauline liebte, und rieth ihm freundschaftlich zu seinem Besten, den Gedanken aufzugeben, sie zu heirathen; doch schwur der Andere, das lege außer seiner Macht, und wenn der Markgraf von Mantua ihm nicht zum Lohn für seine Gefangenschaft und guten Dienste seine Freundin zum Weibe gäbe, so würde er Franziskaner-Mönch werden und Niemand als Gott mehr dienen. Das wollte sein Gefährte kaum glauben, denn er hatte kein Zeichen von Religiosität an ihm bemerkt, außer seinem Glauben und Ergebenheit für Pauline.

Nach Verlauf von neun Monaten wurde der französische Edelmann in Freiheit gesetzt, und es gelang seinen Bemühungen, seinen Genossen ebenfalls zu befreien; auch betrieb er so viel als möglich bei dem Markgrafen und der Markgräfin seine Heirath mit Pauline. Aber er erreichte garnichts, denn man hielt ihm die Armuth der Beiden vor Augen und stellte ihm vor, daß die beiderseitigen Verwandten sich dieser Heirath widersetzten; auch verboten sie dem Liebenden, noch mit Pauline zu reden, damit die ganze Beziehung durch die Abwesenheit und Unmöglichkeit der Ausführung nach und nach aufhöre. Und als er sich gezwungen sah, zu gehorchen, bat er die Markgräfin um Erlaubniß, von Pauline Abschied nehmen zu dürfen, da er sie dann niemals wieder sprechen würde. Dies wurde ihm gestattet, und alsdann sprach er zu Pauline: »Ihr seht, Pauline, daß Himmel und Erde wider uns sind, nicht nur, daß wir uns nicht heirathen, sondern sogar, uns nicht mehr sehen und sprechen sollen, wie unsere Herrschaften es so streng befohlen haben; die mögen sich nun rühmen, daß sie mit einem Wort zwei Herzen verwundet haben, deren Leiber jetzt dahinwelken werden; aber sie haben niemals Liebe und Mitleid gekannt. Ich weiß wohl, daß sie uns beide reich verheirathen wollen; sie wissen nicht, daß der wahre Reichthum in der Zufriedenheit liegt; mir aber haben sie so großes Leid zugefügt, daß ich ihnen fernerhin nicht dienen kann. Ich glaube, wenn ich nie von einer Heirath gesprochen hätte, würden sie weniger hart gewesen sein und uns erlaubt haben, mit einander zu reden; doch will ich eher sterben als meinen Sinn ändern, denn ich habe hoch und wahrhaftig geliebt und innig nach Dem gestrebt, was mir jetzt verboten wird. Da aber, wenn ich Euch sehe, meine Geduld auf eine zu harte Probe gestellt wird, wenn ich Euch aber nicht sehe, mein Herz sich so mit Verzweiflung füllen wird, daß es ein jähes Ende nehmen würde, bin ich seit Langem entschlossen, Mönch zu werden. Nicht, daß ich bezweifelte, daß ein Mann sich in jedem Stande aufrecht erhalten kann; dort aber werde ich mehr Muße haben, die göttliche Güte zu betrachten, welche, wie ich hoffe, Erbarmen mit meinen Jugendsünden haben und mein Herz umwandeln wird, daß es von nun ab so sehr die geistigen Dinge liebt, wie es bisher die weltlichen liebte. Und wenn Gott mich gnädig diese Erkenntniß gewinnen läßt, so will ich immer und immer für Euch beten. Auch bitte ich Euch, bei unserer festen und treuen Liebe, denket an mich in Euren Gebeten und bittet unseren Herrn, daß er mir ebensoviel Beständigkeit giebt, wenn ich Euch nicht sehe, wie er mir bisher Freude gab, indem ich Euch sah. Und nun, da ich mein ganzes Leben hindurch gehofft habe, in der Ehe von Euch zu erlangen, was Ehre und Gewissen dem Gatten erlauben, jetzt aber diese Hoffnung verloren habe, so bitte ich Euch, betrachtet mich als einen Bruder und erlaubt mir, Euch zu küssen.«

Die arme Pauline, welche stets ziemlich streng gegen ihn gewesen war, wußte, wie sehr er litt und wie ehrbar seine Bitte war, und da sie alles einsah was er gesagt hatte, sprach sie kein Wort weiter, sondern schlang ihre Arme um seinen Hals und fing an, so bitterlich und schmerzlich zu weinen, daß sie die Sprache verlor und matt und schwach ohnmächtig in seine Arme fiel, worauf er, überwältigt von Mitleid, Liebe und Trauer, ebenfalls besinnungslos umsank; eine ihrer Gespielinnen, die sie so die eine rechts, den anderen links umsinken sah, rief nach Hülfe, und mit einiger Mühe brachte man sie wieder zu sich.

Als Pauline erwachte, fühlte sie sich beschämt, daß sie ihre Liebe, welche sie immer zu verbergen gesucht, so offenbar gezeigt hatte; immerhin galt ihr Mitleid mit dem armen Edelmann als gerechte Entschuldigung. Da sie aber das Wort eines Lebewohls für immer nicht ertragen konnte, ging sie mit schwerem Herzen und zusammengebissenen Zähnen schnell hinaus; als sie in ihr Zimmer trat, warf sie sich wie entseelt auf ihr Bett und verbrachte die Nacht mit so jammervollen Klagen, daß ihre Diener dachten, sie habe ihre Freunde und Verwandten und überhaupt alles Gute auf Erden verloren.

Am nächsten Morgen befahl der Edelmann sich Gott und, nachdem er unter seine Diener sein geringes Hab und Gut vertheilt hatte, nahm er einiges Geld zu sich, verbot seinen Leuten, ihm zu folgen, und ging ganz allein nach dem Kloster Observance, dort um eine Kutte zu bitten, da er entschlossen war, nichts anderes mehr zu tragen. Der Bruder Pförtner, welcher ihn früher schon gesehen hatte, dachte, das sei Spott oder er träume; denn es gab im ganzen Land keinen Edelmann, der weniger zum Mönch und besser zum Ritter paßte, als er der alle Vorzüge eines Edelmanns in sich vereinigte. Aber nachdem sie ihn angehört hatten und die Thränen sahen, welche wie ein Bach von seinen Wangen flossen und deren Ursache sie nicht kannten, nahmen sie ihn freundlich auf, und da er auf seinem Wunsch bestand, gaben sie ihm die Kutte, welche er demüthig empfing. Als der Markgraf und die Markgräfin das hörten, erschien es ihnen so seltsam, daß sie es kaum glauben wollten.

Pauline, welche ihre Liebe nicht eingestehen wollte, verbarg, so gut es ging, die Trauer, welche sie um ihn fühlte, sodaß Jedermann sagte, daß sie gar bald die große Treue ihres Ritters vergessen habe. So vergingen fünf oder sechs Monate, ohne daß sie sich etwas anmerken ließ. Während dieser Zeit wurde ihr von einem Geistlichen ein Lied gezeigt, welches ihr Ritter, bald nachdem er ins Kloster gegangen war, gedichtet hatte; die Melodie dazu ist italienisch und ziemlich gewöhnlich; ich habe versucht, die Worte, so gut es ging, ins Französische zu übersetzen, und sie lauten folgendermaßen:

> Was wird sie sagen,
> Wie wird sie's tragen,
> Wenn sie mich wiedersieht
> Im Mönchshabit?

> Ich weiß, sie wird Erbarmen
> Verspüren mit mir Armen,
> Und sprachlos wird sie fühlen
> Viel Schmerzen
> Im Herzen.
> Sie wird mir Mitleid schenken,
> Und heimlich wird sie denken:
> Der Welt ganz zu entfliehn
> Will ich ins Kloster ziehn

> Was wird sie sagen etc.

> Und die uns Beiden
> So bittre Leiden
> Für unsre Liebe schufen,
> Sie wird nichts mehr erfreuen.

Sie werden tief bereuen
Und voller Mitleid rufen:
»Ihr Armen allzumal
Zu groß ist Eure Quall!«
Und alle werden klagen.

Was wird sie sagen etc.

Das kommt zu spät,
Die Qual vergeht,
Wir können sie ertragen
Bald kommt der Tod,
Beschließt die Noth,
Das laßt Euch redlich sagen;
Da Eure Strenge bannt
Uns Beid' in dies Gewand,
So woll'n wir's tapfer tragen.

Was wird sie sagen etc.

Wenn sie uns quälen,
Uns zu vermählen,
Mög' die Versuchung von uns weichen
Die Himmelslust
In uns'rer Brust
Kann weltlich Glänzen nie erreichen.
Jesus sind wir ergeben,
Ihm weihn wir unser Leben
Für jetzt und immerdar.

Was wird sie sagen etc.

O Lieb' voll Macht,
Voll goldner Pracht,
Du hast mich hergetrieben.
Gieb, daß an diesem Orte
Ich nichts als Gottes Worte
Kann fürderhin mehr lieben.
Herrgott, erhöre mich,
Ich bitt' Dich brünstiglich,
Mach rein mein fern'res Leben

Was wird sie sagen etc.

Fahr hin, o Welt,
Du hast vergällt
Mein ganzes Denken.
Fahr hin, o Ruhm,
Dein Herrscherthum
Kann mich nur kränken.
Es weich' aus meiner Brust
Jedwede böse Lust,
Das sei mein ganzes Streben

Was wird sie sagen etc.

Komm, Freundin, bald,
Die Welt ist kalt
Und voll von bittren Wehen,
Das Nonnenkleid
Macht Dich bereit
Zum Himmel einzugehen.
Uns wird zur Freud'

All Gram und Leid,
Wenn wir so heilig werden.

Was wird sie sagen etc.

Die wahre Treu
Bleibt ohne Reu,
Das woll'n wir Euch beweisen.
Wir beten Beid'
In Einigkeit.
Mög' Gott uns Gnad' erweisen.
Der Himmel milde giebt
Dem, der so wahr geliebt,
Schon Seligkeit auf Erden,

Was wird sie sagen,
Wie wird sie's tragen
Wenn sie mich wiedersieht
Im Mönchshabit?

Als sie lange Zeit abseits in einer Kapelle dieses Lied gelesen hatte, fing sie an, so schmerzlich zu weinen, daß sie das Blatt ganz mit ihren Thränen übergoß. Hätte sie nicht gefürchtet, mehr von ihrer Liebe zu zeigen, als schicklich war, so wäre sie fast auf der Stelle in ein Kloster gegangen, ohne die Welt wiederzusehen; aber die Vorsicht gebot ihr, sich noch einige Zeit zu verstellen. Obgleich sie nun beschlossen hatte, der Welt zu entsagen, heuchelte sie doch das Gegentheil und spielte so gut diese Komödie, daß sie in Gesellschaft kaum wieder zu erkennen war. So trug sie ihren Entschluß fünf oder sechs Monate im Herzen verborgen und erschien fröhlicher als je. Eines Tages ging sie mit ihrer Herrin in die Messe in der Kirche des Klosters Observance; da ersah sie den

Priester mit dem Diakonus aus dem Refectorium treten, um nach dem Hauptaltar zu gehen, und vor ihnen schritt ihr armer Freund, der, da sein Probejahr noch nicht abgelaufen war, noch Chorknabendienste verrichten mußte und in einem seidenen Gewand mit niedergeschlagenen Augen zwei Stäbe in der Hand trug. Als Pauline ihn in dieser Kleidung, welche seine Schönheit eher vermehrte als verminderte, erblickte, war sie so erstaunt und ergriffen, daß sie, um die Röthe, welche ihr in die Wangen gestiegen war, zu verbergen, anfing zu husten. Ihr armer Getreuer, welcher diesen Ton besser verstand, als den der Klosterglocken, wagte nicht, den Kopf zu wenden; da er aber an ihr vorüberging, konnte er seinen Augen nicht wehren, den altgewohnten Weg zu nehmen. Und indem er Pauline klagend ansah, wurde er wieder so von dem Feuer, welches er längst todt glaubte, ergriffen, daß er in seinen Bemühungen, es zu verbergen, der Länge nach vor ihr zu Boden fiel; aus Furcht, daß der wahre Grund bekannt werden möchte, sagte er, daß das Steinpflaster der Kirche, welches an dieser Stelle geborsten war, daran schuld sei.

Als Pauline sah, daß das Kleid sein Herz nicht gewandelt habe, und da er schon so lange fort war, daß Alle glaubten, sie habe ihn vergessen, entschloß sie sich, jetzt ihren Wunsch auszuführen, ihr Lebensende gleichartig in Gewand und Lebensweise zu gestalten, wie sie auch früher in demselben Hause unter derselben Herrschaft gelebt hatten. Vor vierzehn Monaten schon hatte sie sich alles besorgt, was nöthig war, um in ein Kloster einzutreten, und so bat sie eines Morgens die Markgräfin, in das Kloster St. Claire gehen zu dürfen, um dort die Messe zu hören, was ihr auch die Herrin, welche nicht den Grund dieser Bitte kannte, gestattete. Da sie an dem Kloster der Franziskaner vorüberkam, bat sie den Pförtner, ihren Ritter, welchen sie ihren Verwandten nannte, herauszurufen; in einer Kapelle trafen sie sich, und sie sprach zu ihm: »Wenn es meine Ehre erlaubt hätte, so würde ich zur selben

Zeit wie Ihr ins Kloster gegangen sein; aber nachdem ich durch lange Geduld die Meinungen derer, die eher Böses als Gutes denken, irre geführt habe, bin ich entschlossen, den Stand, das Gewand und das Leben anzunehmen, welches Ihr führt, ohne weiter zu fragen, welcher Art es ist; denn wenn es gut ist, will ich theil daran nehmen, und wenn es schlecht ist, will ich es nicht besser haben als Ihr; denselben Weg, welchen Ihr zum Paradiese nehmt, will auch ich einschlagen, denn ich bin sicher, daß der, welcher wahrhaft würdig ist, die *Liebe* genannt zu werden, uns aus einer verständigen und ehrbaren Freundschaft in seinen Dienst gezogen hat, und uns durch seinen heiligen Geist gänzlich zu sich nehmen wird. Nun bitte ich Euch, vergeßt diesen sterblichen Leib und denket und lebet nur noch allein in unserem Gatten Jesus Christus.«

Der ritterliche Mönch war so erfreut und zufrieden, diesen heiligen Entschluß zu vernehmen, daß er vor Freude weinte und ihren Willen, so viel er konnte, kräftigte, indem er ihr sagte, daß, da er auf der Welt weiter nichts als Worte von ihr erlangen könne, er glücklich sei, an einem Orte zu leben, wo er sie immer wiedersehen könne; sie würden Beide nun immer besser werden und in einem Geiste, einem Herzen und einer Liebe weiterleben, geleitet von der Güte Gottes, um dessen ferneren Schutz, in welchem Niemand verderben kann, er bäte. Dies sagend und vor Liebe und Freude weinend, küßte er ihr die Hände; sie aber neigte den Kopf zu ihm herab, und sie gaben sich den heiligen Kuß christlicher Liebe. Darauf ging Pauline fort und nahm im Kloster St. Claire sogleich den Schleier; bald danach ließ sie der Markgräfin die Nachricht davon zukommen, doch war diese so erstaunt darüber, daß sie es nicht glauben wollte und den nächsten Morgen in das Kloster ging, um sie zu sprechen und von ihrem Vorhaben abzubringen. Aber Pauline antwortete ihr, sie habe zwar die Macht gehabt, ihr den Gatten in dem Mann, welchen sie über alles geliebt hatte, fortzunehmen, doch möge sie sich damit begnügen und sie nicht noch von dem Gatten trennen wollen, der ewig und unsichtbar sei, das läge weder in ihrer noch in irgend eines Menschen Macht. Als die Markgräfin sah, wie fest ihr Wille war, küßte sie Pauline und verließ sie, obwohl sehr ungern.

Seitdem lebten Pauline und ihr Getreuer so heilig und gottergeben, daß man sicher sein kann, der, welcher die Barmherzigkeit selbst ist, sagte ihnen an ihrem Lebensende wie einstmals Magdalena, daß ihnen ihre Sünden vergeben seien, weil sie viel geliebt hätten, und daß er sie in Frieden dahin berufe, wo der Lohn alles Verdienst der Menschen übersteigt und wo ihnen Vergeltung für alles Gute wird, was sie gethan haben.

»Sie werden mir zugeben, meine Damen«, sprach Emarsuitte weiter, »daß sich hier die Liebe des Mannes aufs Höchste bewährt hat; aber sie wurde ihm so wohl vergolten, daß ich wünschte, es ginge allen Männern ebenso.« – »Jawohl«, sprach Hircan, »dann würde es so viel Narren und Närrinnen geben wie nie zuvor.« – »Nennet Ihr es Narrheit«, fragte Oisille, »in der Jugend ehrlich zu lieben, und dann die ganze Liebe Gott zuzuwenden?« Hircan antwortete lachend: »Wenn Melancholie und Verzweiflung lobenswerth sind, so will ich zugeben, daß Pauline und ihr Ritter zu loben sind.« Guebron fügte hinzu: »Gott hat die verschiedensten Wege, uns zu sich zu führen, und sie scheinen anfänglich schlecht zu sein; aber sicherlich ist das Ende stets ein gutes.« – »Und außerdem glaube ich«, sprach Parlamente, »daß niemals ein Mann Gott vollkommen lieben wird, wenn er nicht vorher ein anderes Geschöpf sehr geliebt hat.« – »Was nennt Ihr vollkommene Liebe?« fragte Saffredant, »nennt Ihr diejenigen vollkommen Liebende, welche furchtsam ihre Damen von ferne anbeten, ohne zu wagen, zu ihnen zu sprechen?« – »Ich nenne vollkommene Liebende«, sagte Parlamente, »diejenigen, welche in der Person, welche sie lieben, irgend welche Vollkommenheit suchen, sei es Schönheit,

Grazie oder Güte, jedenfalls eine Tugend, und welche so großherzig und ehrenhaft sind, daß sie eher sterben, als etwas Ehrenrühriges und Gewissenloses von ihnen verlangen möchten; denn unsere Seele, welche nur geschaffen ist, um die höchste Vollkommenheit zu erreichen, sehnt sich, so lange sie in unserem Körper ist, nach diesem Ziel. Da nun unsere Sinne, welche der Seele Nachrichten von der Außenwelt geben, und welche seit Adam unsicher sind und leicht irren, der Seele nur die sichtbaren Dinge zeigen können, welche sich am meisten der Vollkommenheit nähern, nach der sie strebt, so neigt sie sich diesen zu, denn in ihrer sichtbaren Lieblichkeit und Tugend findet sie die höchste Schönheit, Grazie und Tugend. Wenn sie aber dann in ihnen nicht Den, welchen sie liebt, wiederfindet, sucht sie weiter, wie ein Kind, welches, so lange es klein ist, Aepfel, Birnen, Puppen und andere Kleinigkeiten, die es sieht, liebt und die kleinen Steine, welche es sammelt, für Reichthümer hält. Wenn dann der Mensch größer wird, liebt er die lebendigen Puppen und sammelt so Steine der Erfahrung für das menschliche Leben, und wenn er dann in fortschreitender Erfahrung gelernt hat, daß es auf der Erde vollkommenes Glück und sonstige Vollkommenheit nicht giebt, sucht er nach der wahren, nach ihrem Ursprung und ihrer Quelle. Und wenn ihm dann Gott nicht die Augen öffnete und ihn mit seinem Glauben stärkte, würde er aus einem Unwissenden ein Zweifler und Ungläubiger werden, denn nur der Glaube kann das höchste Gut zeigen und den irdischen Menschen, der sonst nichts davon verstehen würde, dafür empfänglich machen.« – »Seht Ihr nicht auch«, nahm Longarine das Wort, »daß die nicht kultivirte Erde manchen Baum und manches Kraut hervorbringt, das aber zu nichts nütze ist, daß die Erde vielmehr erst aufgerissen und gesäet und gepflügt werden muß, wenn man auf eine Ernte hoffen will? Ebenso wird der Mensch, der zuerst nur die äußeren sichtbaren Gegenstände vor Augen hat, nur durch die Aussaat der Lehre und Erziehung zur Liebe zu Gott gebracht, denn von Natur ist sein Herz unfruchtbar und trocken und der Verdammniß preisgegeben.« – »Daher kommt auch die Enttäuschung aller der Menschen«, sagte Saffredant, »die sich nur an den äußeren Glanz halten und den inneren Werth, obwohl er das kostbarere ist, gering achten.« – »Wenn ich Latein verstände«, sagte Simontault, »so würde ich Euch die Worte des heiligen Johannes anführen, welcher sagt: ›Wenn Jemand seinen Bruder nicht liebt, den er sieht, wie sollte er da zur Liebe Gottes kommen, welchen er nicht sieht?‹ Denn von den sichtbaren Dingen wird man zur Werthschätzung der unsichtbaren getrieben.« – »Wo ist ein so Vollkommener, als Ihr sagt? Zeigt ihn uns, und wir wollen ihn preisen«, fragte Emarsuitte »Nun, es giebt Leute«, antwortete Dagoucin, »welche so heftig und so rein lieben, daß sie lieber sterben möchten, als irgend einen Wunsch zu hegen, der gegen die Ehre und das Gewissen ihrer Herrinnen ginge, und auch nicht wünschen, daß sie oder andere von ihrer Liebe etwas erfahren.« – »Dann sind diese von der Art des Chamäleon, welches von der Luft leben soll«, wandte Saffredant ein, »denn es giebt doch wohl keinen Mann, der seine Liebe nicht erklären und nicht wissen möchte, ob er wiedergeliebt würde, und ich denke, auch die treueste und tiefste Neigung vergeht sehr schnell wenn sie nicht erwidert wird. Was mich betrifft, so habe ich in letzterer Beziehung wenigstens Wunderbares gesehen.« – »Dann bitte ich Euch«, sagte Emarsuitte, »nehmt meinen Platz und erzählt uns von Einem, der von seiner Liebe geheilt wurde, weil er erfuhr, daß seine Angebetete nichts für ihn verspürte.« Saffredant erwiderte: »Ich fürchte so sehr, bei den Damen, deren allzeit ergebener Diener ich war und immer sein werde, in Mißgunst zu fallen, daß ich ohne ausdrücklichen Befehl nicht von ihren Fehlern sprechen möchte; aber ich will gehorchen und die ganze Wahrheit sagen.«

Zwanzigste Erzählung.

Der Ritter von Ryant liebt eine Edeldame, die ihm gegenüber sehr ehrbar thut und ihn nicht erhören will. Eines schönen Tages findet er die Tugendreiche in den Armen eines ihrer Stallknechte und ist sofort von ihrer Liebe geheilt.

In der Dauphiné lebte ein Edelmann, der Ritter von Ryant, ein Nachkomme des Königs Franz I., ein schöner und angesehener Mann. Dieser bewarb sich lange Zeit um eine Witwe, welche er so sehr liebte und achtete, daß er aus Furcht, ihre Gunst zu verlieren, nicht in sie zu dringen wagte, ihn für seine Treue und Ausdauer zu belohnen. Er wußte, daß er schön war und werth, geliebt zu werden, und er glaubte fest an ihre häufigen Schwüre, daß sie ihn mehr als irgendwen auf der Welt liebe und daß, wenn sie sich einmal bewegen ließe, einem Manne gefällig zu sein, nur er dieser sein würde, da sie ja auch nie einen vollkommeneren Menschen gesehen habe. Sie brachte ihn auch dahin, sich mit dieser Freundschaft zufrieden zu geben, ohne Weiteres zu begehren, indem sie ihn versicherte, daß, wenn sie einmal erführe, daß sein Verlangen weiter gehe, sie auf keine Gründe hören und für ihn ganz verloren sein würde. Der arme Ritter wurde nicht nur ganz still und demüthig, sondern schätzte sich auch noch glücklich, das Herz einer so ehrbaren Frau gewonnen zu haben. Es würde zu weit führen, die langen Versicherungen ihrer Freundschaft wiederzugeben, und von ihrem Umgang und den langen Reisen, welche er, um sie zu besuchen, unternahm, zu erzählen. Kurz, der arme Märtyrer dieses Liebesfeuers, das, wenn es den Menschen erst einmal erfaßt hat, immer nach neuer Nahrung trachtet, suchte nur immer nach neuen Mitteln, sein Martyrium zu vergrößern. Eines Tages kam ihn die Lust an, mit Eilpost seine angebetete und hochgepriesene Geliebte zu besuchen. Als er angekommen war, fuhr er beim Schloß vor und fragte nach ihr. Man sagte ihm, sie wäre eben vom Nachmittagsgottesdienst gekommen und sei in den Garten gegangen, um ihre Andacht zu beenden. Er stieg aus und ging geradewegs in den Park, in dem sie sein sollte, fand auch ihre Frauen dort, welche ihm sagten daß sie allein in einer großen Allee spazieren gehe. Sofort kam ihm der freudige Gedanke, daß er heute vielleicht vom Glück begünstigt sein würde; so leise er konnte und ohne den geringsten Lärm zu machen, suchte er nach ihr und wünschte vor allen Dingen, sie allein anzutreffen. Als er aber an eine aus niedergebogenen Baumzweigen errichtete Laube kam, einem wie zum Ausruhen geschaffenen Ort, trat er mit raschen Schritten ein, wie einer, den es drängt, seine Geliebte nun endlich zu sehen. Und er fand die Dame auf dem Grase in den Armen eines ihrer Stallknechte liegen, eines eben so häßlichen und schmutzigen Kerls, als er selbst schön und anmuthig war. Die Verachtung und den Aerger, den er empfand, will ich Euch nicht zu schildern versuchen; erstere war aber so groß, daß sie in einer kurzen Sekunde sein so lange sorgfältig unterhaltenes Liebesfeuer auslöschte. Dann sagte er ihr, jetzt ebenso von Unwillen wie vordem von Liebe erfüllt: »Wohl bekomm's, Madame! Jetzt hat mich Eure Gemeinheit mit einem Schlage von meinem Liebeskummer, deren Veranlassung Eure vermeintliche Ehrbarkeit war, geheilt und befreit.« Und ohne weiter ein Wort zu sagen, kehrte er schneller heim als er gekommen war. Die Frau vermochte kein Wort der Antwort zu sagen; sie deckte die Hand über ihre Augen, denn da sie ihre Schande nicht verdecken konnte, wollte sie den nicht sehen, der sie trotz ihrer langen Verstellung vollständig erkannt hatte.

»Im Anschluß an diese Erzählung«, schloß Saffredant seine Geschichte, »bitte ich Euch nun, meine Damen, wenn Ihr nicht gewillt seid, ehrlich zu lieben, einen achtungswerthen Mann nicht an der Nase herumzuführen und ihm zu Eurer Unterhaltung nicht Aerger zu verursachen. Denn den Heuchlern wird mit ihrer Münze heimgezahlt, und Gott begünstigt diejenigen, welche in Ehren lieben.« – »Nun wahrlich«, sagte Oisille, »Ihr habt uns etwas Schönes für das Ende des heutigen Tages aufgespart. Und wenn wir nicht abgemacht hätten, nur die Wahrheit zu sagen, so möchte ich nicht glauben, daß eine Frau ihres Standes einen Edelmann wegen eines häßlichen Pferdejungen im Stich ließ.« – »Gott sei's geklagt, Madame«, erwiderte Hircan, »wenn Ihr den Unterschied eines Edelmannes, der sein Leben lang den Harnisch trug und an allen möglichen Orten sich herumschlug, und eines Dieners, der nicht von der Ofenbank heruntergekommen ist und sich immer gütlich gethan hat, genau wüßtet, Ihr würdet die arme Witwe entschuldigen.« – »Nein, Hircan, wie man es auch dreht und wendet, es kann keine Entschuldigung für sie geben.« – »Ich habe es sagen hören«, nahm Simontault das Wort, »daß es Frauen giebt, die sich Apostel halten, um ihre Tugend und Keuschheit auszuposaunen, die sie aufs Beste und Liebenswürdigste aufnehmen und gut behandeln, indem sie ihnen zu verstehen geben, daß, wenn ihr Gewissen sie nicht abhielte, sie ihnen noch mehr gewähren würden. Wenn dann diese Thoren in Gesellschaft anderer von jenen sprechen, sind sie bereit, die Hand für sie ins Feuer zu halten, und betheuern, daß es anständige Frauen seien, denn sie hätten sie selbst und vergeblich wankend zu machen versucht. Durch dergleichen Leute lassen sich auch solche loben, welche mit ihres Gleichen zurückhaltend und im vornehmen Ton verkehren, im Geheimen sich aber Männer suchen, die nicht muthig genug sind, davon zu plaudern, oder aber denen, wenn sie es thun, nicht geglaubt wird, da sie niederen und verächtlichen Standes und Berufes sind.« – »Das ist eine Ansicht«, erwiderte Longarine, »welche ich schon manchen eifersüchtigen und mißtrauischen Mann habe aussprechen hören. Aber sie ist ganz unhaltbar; mag auch einmal eine solche verirrte Frau vorkommen, so muß man nicht Gleiches bei anderen argwöhnen.« – »Wenn wir diesen Punkt nicht bald fallen lassen«, sagte Parlamente, »so werden unsere edlen Ritter hier nicht aufhören diese Gewebe weiter zu spinnen und immer auf unsere Kosten. Gehen wir deshalb lieber in die Messe, damit wir auch heute nicht so lange wie gestern auf uns warten lassen.« Die Gesellschaft war ganz ihrer Meinung; auf dem Wege sagte Oisille: »Wenn der eine oder andere von uns Gott dankbar ist, daß wir heute bei unseren Erzählungen so aufrichtig gewesen sind, so muß Saffredant ihn um Verzeihung bitten, daß er eine die Damen so beschimpfende Geschichte wieder aufgefrischt hat.« – »Nun, das ist stark«, erwiderte Saffredant, »ich habe die Geschichte erzählt, so wie ich sie gehört habe. Wollte ich aber von den Frauen erzählen, was ich selbst gesehen und erlebt habe, so würdet Ihr öfter das Zeichen des Kreuzes zu machen haben, als bei der Einweihung einer Kirche geschieht. Von der Beichte zur Reue ist es noch, weit.« – »Wenn Ihr solcher Meinung über die Frauen seid«, sagte Parlamente, »so müßten wir Euch unsere Gesellschaft und unseren ehrbaren Umgang entziehen.« Er antwortete aber: »Kein anderer wird sich in Bezug auf mich Euren Rath, mich von gerechten und ehrbaren Dingen auszuschließen, zu Herzen nehmen; sollte es aber einer thun und könnte ich noch Schlimmeres gegen die Frauen sagen oder ihnen anthun, so würde ich den Spieß umkehren und ihn veranlassen, mich an der zu rächen, die mir so Unrecht thut.« Während dieser Worte hatte Parlamente ihren Schleier vor ihr Gesicht gezogen und war mit den anderen in die Kirche getreten. Die Vesperglocken läuteten zwar, es war aber keiner der Klosterbrüder da, um die Messe zu lesen. Dieselben hatten nämlich gehört, daß sich auf der Wiese die Gesellschaft versammelt hatte, um sich lustige Geschichten zu erzählen, und da sie auch einmal etwas Vergnüglicheres als nur ihre Predigten hören wollten, hatten sie sich in einem Graben versteckt und lagen hinter einer dichten Hecke auf dem Bauche auf der Erde, von wo aus sie so aufmerksam auf die Erzählungen gelauscht hatten, daß sie das Läuten der Klosterglocken überhörten. Nun kamen sie so eilig angelaufen, daß ihnen fast der Athem fehlte, die geistlichen Lieder zu singen. Nachdem diese abgesungen waren, wurden sie befragt, weshalb denn die Messe so spät begonnen und die Gesänge so schlecht intonirt worden seien, worauf sie gestanden, daß sie zugehört hatten. Es wurde ihnen deshalb erlaubt, jeden Tag hinter der Hecke zuzuhören und es sich dort bequem zu machen. Das Abendessen verfloß freudig, und sie besprachen noch die Punkte, die sie auf der Wiese nicht zur Entscheidung gebracht hatten. So verging der ganze Abend, bis Oisille sie bat, sich zurückzuziehen, um am andern Morgen frisch aufzustehen. Und nach einer längeren Auseinandersetzung, deren Kernpunkt war, daß eine Stunde vor Mitternacht besser sei, als drei nachher, trennte sich die Gesellschaft und beendete den zweiten Cyclus ihrer Erzählungen.

Dritter Tag.

Als am anderen Morgen die Gesellschaft in den gemeinschaftlichen Saal kam, fand sie daselbst Oisille, die schon seit einer halben Stunde die Predigt überdachte, die sie halten wollte. Und wie das vorhergehende Mal, waren alle auch diesmal mit der Rede wohl zufrieden, und wäre nicht einer der Klosterbrüder gekommen, um sie zur Messe zu holen, so würden sie bei ihrem aufmerksamen Zuhören die Glocke überhört haben. Als sie dann die Messe gehört und sehr mäßig zu Mittag gegessen hatten, damit ein übermäßiger Genuß nicht ihr Gedächtniß herabminderte, zogen sie sich ein jeder auf sein Zimmer zurück, um ihre Tagebücher durchzusehen und die Stunde für die Zusammenkunft auf der Wiese abzuwarten. Als diese nun gekommen war, fanden sie sich alle dort zusammen. Denen, die eine amüsante Geschichte erzählen wollten, war es schon am Gesicht anzusehen, so daß sie sich alle der Hoffnung hingaben, viel lachen zu können. Als sie nun Platz genommen hatten, fragten sie Saffredant, wem er das Wort gebe. Dieser sagte: »Wenn der Fehler, den ich gestern machte, wirklich so groß ist, wie Ihr sagtet und da ich keine Geschichte weiß, um ihn wieder gut zu machen, gebe ich Parlamente das Wort, die es schon verstehen wird, die Damen so zu loben, daß die Wahrheiten, die ich gestern sagte, in Vergessenheit gerathen werden.« Parlamente erwiderte: »Ich will es nicht unternehmen, Euren Fehler wieder gut zu machen, aber ich werde mich hüten, einen gleichen zu begehen. Deshalb habe ich mich entschlossen, immer bei der zur Bedingung gestellten Wahrheit bleibend, Euch zu zeigen, daß es sehr wohl auch Damen giebt, die in ihrer Freundschaft und Neigung kein anderes Ziel als die Ehrbarkeit vor Augen haben. Und da diejenige, von der ich Euch erzählen will, aus vornehmem und bekanntem Hause stammt, werde ich in der Geschichte nichts als den Namen ändern und Euch bitten, überzeugt zu sein, daß die Liebe nicht die Macht hat, einem Herzen die Keuschheit und das Gefühl für Wohlanständigkeit zu nehmen, wie die folgenden Begebenheiten Euch darthun werden.«

Einundzwanzigste Erzählung.

Von der treuen und ehrbaren Liebe eines Mädchens aus vornehmem Hause, namens Rolandine, zu einem Edelmann, deren Heirath ihre Verwandten und die Königin nicht wünschten, von dem heimlichen Verlöbniß der beiden, der Standhaftigkeit des Mädchens, der Treulosigkeit und dem Ende des Ritters und dem schließlichen Glück Rolandinens.

In Frankreich lebte eine Königin, welche mehrere junge Mädchen aus guten und großen Häusern in ihrer Nähe hielt, darunter auch eine nahe Verwandte, namens Rolandine; aber die Königin, welche ihrem Vater feindlich gesinnt war, behandelte sie nicht allzu gut. Obgleich dieses junge Mädchen weder besonders schön noch häßlich war, war sie doch so klug und liebenswürdig, daß mehrere große Herren sie zum Weibe begehrten, doch wurde keiner von ihnen angenommen, denn der Vater war so überaus geizig, daß er über dem Gelde das Wohl der Tochter vergaß. Ihre Herrin aber schenkte ihr wie gesagt so wenig Gunst, daß alle diejenigen, welche der Königin gefallen wollten, nicht um sie warben. So blieb das arme Mädchen durch die Vernachlässigung ihres Vaters und die Mißachtung ihrer Herrin lange unverheirathet. Mit der Zeit wurde sie so traurig, weniger aus Lust zum Heirathen, als weil sie sich schämte, nicht vermählt zu sein, daß sie sich ganz Gott zuwandte, und statt den weltlichen Eitelkeiten des Hofes zu fröhnen, nur noch betete oder irgend eine Handarbeit machte. Als sie sich ihrem wichtigsten Lebensjahre näherte, lernte sie einen Edelmann, Bastard aus einem großen Hause, kennen, welcher ein ausgezeichneter Gesellschafter und vortrefflicher Mensch war; aber Reichthümer besaß er nicht und ebensowenig Schönheit, so daß ihn eine Dame aus Vergnügen an seiner Erscheinung nicht erwählt haben würde. Dieser arme Edelmann war unverheiratet geblieben, und wie oftmals ein Unglücklicher sich zu dem anderen gesellt, kam er auch viel zu dem armen Fräulein Rolandine. Sie waren sich an Vermögen, Gestalt und Verhältnissen ähnlich, und indem sie sich gegenseitig ihr Leid klagten, faßten sie eine große Freundschaft zu einander; und da sie sich als Leidensgenossen erkannten, suchten sie sich allerorts zu sprechen und sich gegenseitig zu trösten, so daß in diesem Verkehr ihre Freundschaft nur wuchs.

Diejenigen, welche Fräulein Rolandine früher so zurückhaltend gesehen hatten, daß sie kaum mit jemand sprach, und sie jetzt in beständiger Unterhaltung mit dem Edelmann sahen, hielten sich sofort darüber auf und sagten ihrer alten Amme, daß sie diese langen Unterredungen nicht dulden sollte. Diese machte Rolandine nun Vorstellungen. Rolandine aber, welcher man immer eher ihre Strenge als ihre Weltlichkeit vorgeworfen hatte, sprach zu ihrer Amme: »Ach, Mütterchen, Ihr habt gesehen, daß ich keinen Gatten, der meines Hauses würdig wäre, bekommen habe, aus Furcht, in dieselben Unannehmlichkeiten wie andere mir Bekannte zu gerathen. Dieser Edelmann aber ist weise und ritterlich, wie Ihr wißt, und spricht mir nur von guten und tugendhaften Dingen; was schade ich Euch oder denen, die sich darüber aufhalten, wenn ich mich über meinen Kummer tröste?« Die gute Alte, welche ihr Pflegekind mehr als sich selbst liebte, sprach darauf: »Ich sehe wohl, Fräulein, daß Ihr die Wahrheit sagt und von Eurem Vater und Eurer Herrin nicht nach Verdienst behandelt werdet; dennoch aber müßt Ihr, da man Eure Ehre angreift, (und wäre es Euer leiblicher Bruder) Euch mehr von ihm zurückziehen.« Rolandine antwortete ihr weinend: »Da Ihr es mir rathet, gute Mutter, werde ich es thun, aber schlimm genug ist es, daß man in dieser Welt keinerlei Tröstung findet.«

Der Edelmann wollte sie wie gewöhnlich unterhalten, aber sie erzählte ihm getreulich, was ihre Amme ihr gesagt hatte, und bat ihn unter Thränen, eine Zeit lang nicht mehr mit ihr zu sprechen, bis sich das Gerede ein wenig gelegt hätte, was er ihr auch versprach. Aber während dieser Zeit, in der sie beide ihren Trost verloren hatten, begannen sie eine Qual zu empfinden, welche wenigstens ihr ganz neu war. Sie hörte nicht auf zu beten, Wallfahrten zu machen und zu fasten; denn diese Liebe, welche ihr so ganz unbekannt war, gab ihr soviel innere Unruhe, daß sie sich nicht eine Stunde davon befreien konnte. Bei dem Edelmann war die Liebe nicht schwächer; aber er hatte schon vorher beschlossen gehabt, sich in sie zu verlieben und sie zu heirathen, und da er neben ihrer Liebe auch die Ehre, welche ihm durch diese Verbindung zu Theil werden würde, erwog, suchte er eine Gelegenheit, sich ihr zu erklären und vor allem ihre Amme für sich zu gewinnen. Dies gelang ihm auch, indem er der guten Alten sein Mitgefühl für ihre Herrin, welche so schlecht behandelt würde, daß man ihr jeden Trost nehmen wolle, aussprach, so daß sie ihm gerührt für die ehrbare Freundschaft dankte, welche er für ihr Fräulein empfand. Nun besprachen sie ein Mittel, wie sich die Beiden sprechen könnten: Rolandine sollte sich krank an Kopfweh stellen, wobei man alles Geräusch vermeiden muß, und wenn die anderen Hofdamen zur Königin in den Saal gingen, würden sie beide allein bleiben, und dann könnte er zu ihr sprechen. Der Edelmann war sehr erfreut darüber und richtete sich ganz nach den Vorschlägen der Amme, so daß er, wenn er wollte, mit seiner Freundin redete. Aber dieses Glück dauerte nicht lange, denn die

Königin, welche ihn nicht leiden konnte, fragte, was Rolandine so viel allein in ihrem Zimmer treibe, worauf Jemand antwortete, daß sie krank sei; jedoch warf ein Anderer, der der Abwesenden gram war, dazwischen, daß ihr wohl bei der Unterhaltung mit dem Edelmann der Kopfschmerz versehen wurde. Die Königin, welche die verzeihlichen Sünden Anderer an ihr unverzeihlich fand, schickte alsobald nach ihr und verbot ihr, jemals wieder mit dem Edelmann zu sprechen, außer im Saal oder in ihrer Gegenwart.

Das Fräulein ließ sich nichts merken, sondern antwortete, wenn sie gedacht hätte, daß er oder ein anderer ihr, der Königin, mißfiele, sie niemals mit ihm gesprochen hätte. Innerlich aber meinte sie, daß sie schon ein anderes Mittel finden würde, von dem die Königin nichts erfahren werde, was ihr ebenfalls gelang. Jeden Mittwoch, Freitag und Sonnabend, wenn sie fastete, blieb sie mit ihrer Amme auf ihrem Zimmer, wo sie mit Muße zu Dem, den sie so sehr zu lieben begann, reden konnte. Immerhin konnten sie die Sache nicht so heimlich betreiben, daß nicht ein Knappe ihn an den Fasttagen dorthin gehen sah und es sofort da berichtete, wo es niemand verborgen blieb, auch nicht der Königin, welche so zornig darüber wurde, daß der Edelmann nicht mehr wagte, in das Damenzimmer zu gehen. Um aber nicht der Gunst verlustig zu gehen, die zu sprechen, welche er so sehr liebte, gab er oft vor, auf Reisen zu gehen, und kehrte dann des Abends in die Schloßkapelle zurück, so gut als Dominikaner oder Franziskaner verkleidet, daß ihn niemand erkannte; dort traf ihn dann Rolandine, von ihrer Amme begleitet, um sich mit ihm zu unterhalten. Da er nun ihre große Liebe erkannte, war er nicht länger verzagt, sondern sprach zu ihr: »Ihr habt gesehen, edles Fräulein, in welche Gefahr ich mich begebe, um Euch zu dienen, und Ihr kennt das Verbot der Königin, mit mir zu reden. Andererseits wißt Ihr auch, daß Euer Vater nicht daran denkt, Euch zu verheirathen. Wenn ich so glücklich wäre, daß Ihr mich zum Gatten wähltet, würde ich Euch mein ganzes Leben lang Gemahl, Ritter und Freund sein. Mein Verlangen, diesen Wunsch erfüllt zu sehen, und meine Furcht, Ihr möchtet einen anderen erwählen, lassen mich Euch anflehen, daß Ihr mich glücklich und zugleich Euch zu der zufriedensten und bestbehandelten Frau macht.« Rolandine, welche von ihm dieselben Worte hörte, welche sie zu ihm sprechen wollte, antwortete ihm mit zufriedener Miene: »Ich freue mich sehr, daß Ihr nun geredet habt, wie ich seit Langem entschlossen war, es zu thun, und woran ich seit den zwei Jahren, die ich Euch kenne, unaufhörlich denke.« Ich habe keinen gefunden, weder reich, groß, noch schön, mit dem sich mein Herz und mein Geist vertragen würden, ausgenommen Euch. Und was meinen Vater anbetrifft, so hat derselbe so wenig auf mein Wohl geachtet und so viele Partien ausgeschlagen, daß ich mich jetzt wohl ohne ihn verheirathen kann, obgleich es ihm frei steht, mich dann zu enterben. Wenn ich auch einmal nichts als mein eigenes Vermögen besitzen werde, so werde ich mich doch mit einem Gatten, wie Ihr, für die reichste Frau der Welt halten.

»Aber damit Ihr erkennet, daß meine Freundschaft für Euch auf Tugend und Ehre gegründet ist, versprecht mir, daß Ihr keinen Anspruch auf eheliche Rechte macht, ehe mein Vater todt ist oder bis ich seine Einwilligung erlangt habe.« Das versprach ihr der Edelmann gern, und darauf gaben sie sich gegenseitig als Heirathspfand einen Ring und küßten sich vor Gott in der Kirche, indem sie ihn zum Zeugen ihrer Verbindung anriefen; aber niemals ist es zwischen ihnen zu einer größeren Vertraulichkeit als der des Küssens gekommen.

Zufällig kam eine Dame an den Hof, welche eine nahe Verwandte des Edelmanns war. Diese Dame wurde mit ihrem Sohn im Schloß untergebracht, und es traf sich, daß das Zimmer des jungen Fürsten in einem Vorbau lag, so daß er von seinem Fenster aus

Rolandine sehen und sprechen konnte; denn ihre Fenster befanden sich genau rechtwinkelig zu einander In diesen Gemächern, welche sich über dem Königssaal befanden, wohnten alle Hofdamen, die Gefährtinnen von Rolandine, welche, nachdem sie mehrere Male den jungen Fürsten am Fenster gesehen hatte, ihren Ritter durch ihre Amme davon benachrichtigen ließ; dieser beschaute sich den Ort genau und begann dann, großen Gefallen an einem Buche von den Rittern der Tafelrunde zu finden, welches sich in den Zimmern des Fürsten befand. Wenn dann alle Anderen zu Tisch gingen, bat er einen Lakaien, ihn das Buch auslesen zu lassen und ihn in dem Zimmer, wo er verweilen wolle, einzuschließen. Der Lakai, welcher wußte, daß es ein Verwandter seines Herrn sei, ließ ihn lesen, so viel er wollte. Von der anderen Seite kam Rolandine an ihr Fenster, welche um eine Ausrede für ihr langes Verweilen in ihrem Zimmer zu haben, vorgab, ein schlimmes Bein zu haben und so früh zu Mittag und Abend speiste, daß sie nicht mit den anderen Damen zur Tafel ging. Sie machte sich einen Vorhang aus rother Seide und befestigte ihn am Fenster, wo sie allein bleiben wollte; wenn dann alle fortgegangen waren, unterhielt sie sich mit ihrem Gatten, was sie in einer Weise thun konnte, daß es niemand merkte, und wenn dann jemand kam, hustete sie, zum Zeichen, daß sich der Edelmann zurückziehen solle. Eines Tages, als die Mutter des jungen Fürsten in dessen Zimmer war, begab sie sich an das Fenster, wo das große Buch lag, und hatte sich kaum sehen lassen, als eine von Rolandinens Genossinnen, welche an deren Fenster stand, die Dame grüßte und mit ihr sprach. Die Dame fragte sie, wie es Rolandine ginge, worauf das Fräulein antwortete, daß sie sie sehen könne, wenn sie Lust habe; sie rief Rolandinen, und diese kam in ihrer Nachthaube ans Fenster, wo sie sich über ihre Krankheit unterhielten, worauf eine jede in ihr Gemach zurücktrat. Die Dame, welche das große Buch von der Tafelrunde betrachtete, sprach dem Diener ihr Erstaunen aus, daß die jungen Leute ihre Zeit mit dem Lesen solcher Thorheiten vergeudeten. Der Diener erwidert darauf, daß er sich noch mehr wundere, wenn Leute, die für alt und verständig gälten, noch lieber dergleichen lesen als die jungen, und als Beispiel erzählte er ihr, daß ihr Vetter, der Edelmann, täglich vier oder fünf Stunden lang in diesem schönen Buche lese. Sogleich kam der Dame der Gedanke, weshalb das geschähe, und sie befahl dem Diener, sich irgendwo zu verstecken, um den Edelmann zu beobachten; das that er und entdeckte, daß das Buch, welches er las, das Fenster sei, wo Rolandine mit ihm sprach, auch hörte er mehrere Liebesworte, welche sie so geheim zu halten gedachten. Am nächsten Morgen erzählte er es seiner Herrin, welche sogleich ihren Vetter rufen ließ und ihm nach vielen Ermahnungen verbot, weiter in das Zimmer zu gehen; abends sprach sie darüber mit Rolandine und drohte ihr, wenn sie in dieser thörichten Freundschaft fortfahre, werde sie alles der Königin erzählen. Rolandine, welche nicht erstaunt darüber war, schwur, daß sie seit dem Verbot ihrer Herrin nicht mehr mit ihm gesprochen habe, was man auch darüber schwatzen möge, und daß die Königin alles wisse, was zwischen ihren Hofdamen und Rittern vorginge, und an dem Fenster habe sie niemals zu dem Edelmann gesprochen. Dieser, welcher Verrath fürchtete, entfernte sich vor der Gefahr und blieb lange vom Hofe fort; jedoch schrieb er inzwischen an Rolandine, und zwar unter so viel Listen, daß trotz aller Fallen, welche die Königin ihnen stellte, keine Woche verging, wo sie nicht zweimal Nachrichten von ihm erhielt.

Einmal schickte der Ritter einen alten Diener, welcher, ohne Angst vor dem Tode, mit welchem, wie er wußte, diejenigen bedroht waren, welche sich in diese Angelegenheit mischten, es übernahm, Rolandine die Briefe zu bringen. Als er in das Schloß eingetreten war, stellte er sich an einer Thür, am Fuße einer großen Treppe, welche die Damen passiren mußten, auf. Aber ein

Knecht, welcher ihn von früher her kannte, sah ihn und ging sogleich mit der Nachricht zum Haushofmeister der Königin, welcher alsobald herunter kam, um ihn zu ergreifen. Der Diener, welcher klug und vorsichtig war, sah, daß man ihn von fern beobachtete, stellte sich an ein Portikus und zerriß dort die Briefe in lauter kleine Stückchen und warf sie hinter die Thür. Sogleich wurde er ergriffen und genau durchsucht, und als man nichts fand, fragte man ihn auf seinen Eid, ob er keine Briefe bei sich getragen hätte, indem man ihm alle möglichen Strafen und Verfolgungen androhte, um ihn die Wahrheit gestehen zu lassen; aber trotz aller Drohungen und Versprechungen brachte man nichts aus ihm heraus. Es wurde der Königin berichtet, und jemand schlug vor, hinter der Thür nachzusehen, wo man ihn ergriffen hatte; das geschah, und man fand daselbst die gesuchten Stücke der Briefe. Man schickte nun nach dem Beichtvater des Königs, welcher, nachdem er die Stücke auf einem Tisch zusammengesetzt hatte, den ganzen Brief, in welchem die so lange verheimlichte Wahrheit ihrer Verheirathung enthüllt war, vorlas; in dem Briefe hatte der Edelmann Rolandine immer nur *seine Frau* genannt.

Als die Königin nun durch den Brief diese Heirath erfahren hatte, schickte sie nach Rolandine und nannte sie zornigen Angesichts mehrere Male »Unglückliche« anstatt »Cousine«, indem sie ihr die Schande vorhielt, welche sie dem Hause ihres Vaters, sowie ihren Verwandten und ihr selbst angethan habe, indem sie sich ohne Erlaubniß ihrer Herrin verheirathet habe. Rolandine, welche seit Langem wußte, wie wenig hold ihr die Königin war, vergalt Gleiches mit Gleichem, und da sie in ihrem Herzen keine Liebe für sie fühlte gab sie auch der Furcht nicht Raum. Da sie meinte, daß diese Maßregelung in Gegenwart mehrerer Personen nicht aus Liebe zu ihr entsprungen war, sondern um sie zu beschämen, und daß ihre Herrin nicht so sprach aus Mißvergnügen über ihr Vergehen, sondern aus Freude, sie zu züchtigen, antwortete sie mit einem Gesicht, das so ruhig und froh war, wie das der Königin erregt und zornig: »Wenn Ihr Euer Herz selbst nicht kennet, edle Frau, so will ich Euch klar machen, welche Ungnade Ihr über meinen Vater und mich ergießt. Ihr habt mich ganz wie eine Person behandelt, die von Eurer Huld vergessen ist, so daß alle guten Partien, welche ich machen konnte, mir vor den Augen entgangen sind, und das mir wegen der Nachlässigkeit meines Vaters und Eurer Mißachtung; ich war darüber so in Verzweiflung gerathen, daß ich, wenn meine Gesundheit es erlaubt hätte, Nonne geworden wäre, um der beständigen Qual, welche Eure Strenge mir bereitete, zu entgehen. In dieser Verzweiflung traf ich den, der aus eben so reichem Hause wäre, wie ich, wenn dies der Liebe zweier Menschen gegenüber überhaupt in Frage käme; denn Ihr wißt, daß an Rang sein Vater höher steht, als der meine. Er hat mich lange geliebt und sich mit mir unterhalten; aber Ihr, edle Frau, Ihr habt es sogleich gerügt, daß ich zu einem Edelmann sprach, der eben so unglücklich war wie ich, und in dessen Freundschaft ich nichts anders zu suchen gedachte, als eine Tröstung für meinen Geist. Und als man mir diesen Trost nahm, war ich so verzweifelt, daß ich beschloß, gerade so eifrig nach Ruhe zu suchen, wie Ihr getrachtet habt, sie mir zu nehmen; und von Stund' an schlossen wir das Ehebündniß, welches wir durch Wort und Ring bestätigt haben. Es scheint mir also, daß Ihr mir schweres Unrecht thut, indem Ihr mich so scheltet, denn bei meiner so großen Liebe hätte ich wohl Gelegenheit gefunden, wenn ich gewollt hätte, Böses zu thun; aber zwischen ihm und mir sind nie größere Vertraulichkeiten als Küsse vorgefallen, da ich zu Gott hoffte, vor der Vollziehung der Ehe noch meinen Vater für diese Heirath zu gewinnen. Darum bitte ich Euch, geruht zu verzeihen, was, wie Ihr selbst wohl wisset, sehr verzeihlich ist, und laßt mich in Frieden mit ihm leben.« Die Königin, welche ihre standhafte Rede hörte und ihr ruhiges Gesicht sah, konnte ihr mit Gründen nicht entgegnen und indem sie vor Zorn weinte, fuhr sie fort, ihr Vorwürfe zu machen und sie zu beleidigen, indem sie sagte: »Unglückliche, die Ihr seid! Anstatt Euch vor mir zu demüthigen und Reue über ein so großes Vergehen zu zeigen, sprecht Ihr kühnlich zu mir und habt nicht eine Thräne im Auge; dadurch zeigt Ihr recht deutlich den Trotz und die Härte Eures Herzens. Aber wenn Euer Vater und der König auf mich hören, so werdet Ihr an einen Ort gebracht werden, wo Ihr eine andere Sprache lernen werdet.«

»Edle Frau«, versetzte Rolandine, »da Ihr mich beschuldigt, zu dreist zu sprechen, so will ich schweigen, es sei denn, Ihr wünschtet, mich weiter zu hören.« Und da man ihr befahl, fortzufahren, sagte sie: »Es ist nicht meine Schuld, o Königin, zu Euch, die Ihr meine Herrin und die größte Fürstin der Christenheit seid, so kühnlich und ohne die schuldige Ehrfurcht zu sprechen. Doch warum soll ich weinen, hohe Frau, da mir meine Ehre und mein Gewissen keine Vorwürfe in dieser Sache machen, und da ich auch von Reue so weit entfernt bin, daß, wenn ich noch einmal anfangen könnte, ich es um kein Haar anders machen würde? Ihr mögt mir nun, welche Strafe Ihr wollt, zu Theil werden lassen, so wird meine Freude, sie grundlos zu erdulden, noch größer sein als die Eure, sie mir zu ertheilen.«

Die Königin war so zornig, daß sie sich kaum noch halten konnte, und befahl, daß sie ihr aus den Augen in ein abgelegenes Zimmer geführt würde, wo sie mit niemand sprechen könne; doch ließ man ihr die Amme, durch welche sie den Edelmann wissen ließ, was ihr begegnet war, und was er ihr zu thun riethe. Dieser, welcher glaubte, daß die Dienste, welche er dem König geleistet hatte, ihm vielleicht etwas helfen würden, eilte sogleich an den Hof und fand den König auf dem Felde; er erzählte ihm die ganze Sache und bat ihn, daß er ihm, dem armen Edelmann, die Gnade anthun wolle, die Königin zu besänftigen, so daß sie die Heirath vollziehen könnten. Der König antwortete ihm nur das Eine: »Versichert Ihr mir, daß Ihr mit ihr vermählt seid?« – »Ja, Sire«, sprach der Edelmann, »vor der Hand nur durch Worte und Geschenke, so es Euch aber gefällig ist, wollen wir das Ende noch vollziehen.« Der König neigte den Kopf und wandte sich, ohne ihm etwas zu erwidern, nach dem Schloß; und als er dort angelangt war, rief er den Hauptmann seiner Wache und befahl ihm, den Ritter gefangen zu nehmen. Ein Freund jedoch, welcher die Miene des Königs wohl kannte, benachrichtigte ihn zur rechten Zeit, daß er sich in ein ihm gehöriges, nahe gelegenes Haus zurückziehen solle; wenn der König nach ihm suchen ließe, wie er es fürchtete, würde er es ihm sofort wissen lassen, damit er aus dem Königreich entfliehen könne; wenn dann die Sache beigelegt wäre, würde er ihn zurückkommen lassen. Der Edelmann folgte ihm und beeilte sich so sehr, daß der Hauptmann ihn nicht fand. Der König und die Königin überlegten nun zusammen, was sie mit dem armen Fräulein, das die Ehre hatte, ihre Verwandte zu sein, machen sollten, und dem Rath der Königin zufolge wurde beschlossen, sie zu ihrem Vater dem man die geschehenen Dinge mittheilte, zurückzuschicken.

Als der Vater die betrübenden Nachrichten hörte, wollte er Rolandine nicht sehen, sondern schickte sie in ein Waldschloß, welches er früher bei einer Gelegenheit erbaut hatte, welche werth ist, nach dieser Geschichte erzählt zu werden. Dort hielt er sie lange gefangen, indem er ihr mittheilte, wenn sie ihren Gatten verlassen wolle, würde er sie in Freiheit setzen und wieder als seine Tochter betrachten. Dennoch aber blieb sie fest und zog die Gefangenschaft, mit dem Bewußtsein ihrer Treue, aller Freiheit der Welt ohne ihren Gatten vor; es schienen ihr sogar alle Schmerzen ein angenehmer Zeitvertreib, da sie diese für den erlitt, welchen sie liebte. Was soll ich aber von den Männern sagen? Jener Edelmann, welcher so viele Verbindlichkeiten gegen sie hatte, flüchtete nach Deutschland, wo er viele Freunde hatte, und zeigte bald durch seinen Leichtsinn, daß wahre und vollkommene Liebe ihn nicht so sehr zu Rolandine getrieben hatten als Geldgier und Ehrgeiz; so verliebte er sich dermaßen in eine deutsche Dame, daß er vergaß, in Briefen zu derjenigen zu sprechen, welche um seinetwillen so viel Trübsal erlitt; denn wie hart immer das Schicksal mit ihnen verfahren war, so behielten sie doch immer die Mittel, einander zu schreiben. Die thörichte und pflichtvergessene Liebe, in die er verfallen war, wurde von Rolandine erst nur geahnt; doch nahm ihr schon das alle Ruhe.

Dann, als sie von ihm so überladene und doch gegen seine gewohnte Sprache erkaltete Briefe erhielt, daß sie den früheren garnicht mehr glichen, schöpfte sie Verdacht, daß eine neue Freundschaft sie von ihrem Gatten trenne und ihn so fremd gegen sie mache; dies betrübte sie mehr, als alle Schmerzen und Leiden es gekonnt hatten. Und da sie in ihrer reinen Liebe ihn nicht auf einen bloßen Verdacht hin richten wollte, schickte sie heimlich einen Diener, auf den sie sich verlassen konnte, zu ihm, nicht um ihm zu schreiben oder mit ihm zu sprechen, sondern um ihm aufzupassen und die Wahrheit zu ersehen. Als der Diener zurückkam, berichtete er ihr, daß ihr Ritter in eine deutsche Dame sehr verliebt sei, und daß man davon spreche, er wolle sie heirathen, denn sie sei sehr reich. Diese Nachricht traf das Herz der armen Rolandine so schwer, daß sie den Schlag nicht tragen konnte und in eine ernste Krankheit verfiel. Einige wollten die Gelegenheit benützen und bestellten ihr von Seiten ihres Vaters, daß sie jetzt, da sie doch die Schlechtigkeit des Edelmannes sähe, ihn wohl aufgeben könne, und quälten sie, so viel sie konnten. Aber obgleich sie bis aufs Aeußerste gepeinigt wurde, konnte man sie doch nicht dazu bringen, ihre Meinung zu ändern, und in dieser letzten Versuchung bewies sich ihre Liebe und Treue aufs Herrlichste; denn in dem Maße, wie sich seine Liebe verringerte, wuchs die ihre und blieb trotz seiner Untreue die wahre und vollkommene Liebe; denn alle Zärtlichkeit, welche ihn verließ, zog in ihr Herz ein, und als sie erkannte, daß die ganze Liebe, welche früher in zwei Herzen vertheilt war, in ihr lebte, beschloß sie, dieselbe bis zu ihrem oder seinem Tode zu bewahren.

Endlich erbarmte sich der gute Gott, welcher die Barmherzigkeit und Liebe selbst ist, ihrer Schmerzen und Geduld, denn nach wenigen Tagen fand der Edelmann bei der Verfolgung einer anderen Frau seinen Tod. Als sie von denen, die seinem Begräbniß beigewohnt hatten, diese Nachricht erhielt, ließ sie ihren Vater bitten, ihn sprechen zu dürfen.

Der Vater ging sogleich zu seiner Tochter, welche er seit ihrer Gefangenschaft nicht gesprochen hatte, und nachdem er lange ihren guten Gründen zugehört hatte, schloß er sie, anstatt, wie er oftmals gedroht hatte, sie zu tödten, in seine Arme und sprach weinend zu ihr: »Meine Tochter, du bist gerechter als ich, denn ich trage die Hauptschuld an allen diesen Vorgängen; aber da es Gott also gefügt hat, will ich das Vergangene vergessen.« Und damit führte er sie in sein Haus und behandelte sie als seine geliebte Tochter. Sie wurde zuletzt noch von einem Ritter aus ihrem Hause und mit demselben Wappen umworben; der Edelmann war weise und tugendreich und achtete Rolandine, welche er oft besuchte, ebensosehr, wie er sie wegen des Geschehenen in demselben Grade lobte als die Andern sie tadelten, da er wußte, daß sie stets tugendhaft geblieben war. Diese Heirath erschien dem Vater Rolandinens und ihr selbst angenehm, und so wurde alsobald die Ehe geschlossen. Ihr Bruder, der alleinige Erbe des Hauses, wollte ihr allerdings jedes Erbtheil absprechen, weil sie ihrem Vater ungehorsam gewesen war, und hielt sie nach dem Tode desselben so knapp, daß ihr Gatte, welcher ein jüngerer Sohn war, und sie selbst kaum genug zu leben hatten. Doch half ihnen auch hier Gott, denn eines Tages starb der Bruder plötzlich und hinterließ ihr sein und ihr ganzes Vermögen. So wurde sie die Erbin eines reichen und mächtigen Hauses, wo sie ehrenvoll und fromm in der Liebe ihres Gatten lebte; nachdem sie dann zwei Söhne, welche Gott ihnen schenkte, aufgezogen hatte, starb sie, indem sie froh ihre Seele dem empfahl, in dem sie schon lange vorher gänzlich aufgegangen war.

»Und nun, meine Damen«, schloß Parlamente ihre Erzählung, »nun sollen einmal die Männer, welche uns stets als so unbeständig schildern, herkommen und mir einen Gatten zeigen, der so gut war und so viel Glauben und Standhaftigkeit besaß wie diese Frau. Sicherlich würde ihnen das so schwer werden, daß ich es ihnen lieber erlassen will, als mich dieser Last zu unterziehen, (Ihr mögt es thun, meine Damen;) und ich bitte Euch, wollt Ihr unseren Ruhm fortsetzen, so liebt entweder garnicht oder so vollkommen wie dieses Fräulein, und laßt Euch nicht einreden, daß sie ihre Ehre beleidigte, da sie durch solche Festigkeit nur unsere eigene Ehre erhöhte.« – »In der That, Parlamente«, sprach Oisille, »Ihr habt uns eine Geschichte erzählt, welche ebensosehr ihre Festigkeit wie die Untreue ihres Gatten, der sie um einer Anderen willen verlassen wollte, beleuchtet.« – »Ich glaube«, sprach Longarine, »daß diese Qual ganz unerträglich war; denn wenn auch keine Bürde so schwer ist, daß sie nicht die vereinigte Liebe zweier Personen leicht tragen könnte, so ist doch die Last für Einen allein zu groß, wenn der andere seine Pflicht vergißt und alles von sich abwälzt.« – »So solltet Ihr also Mitleid mit uns haben«, sprach Guebron, »da wir die ganze Liebe tragen, ohne daß Ihr uns auch nur mit einem Finger helft.«

»Ach, Guebron«, sprach Parlamente, »die Bürden für Frau und Mann sind oftmals verschieden; denn die Liebe der Frau, welche sich auf Gott und ihre Ehre stützt, ist so gerecht und vernünftig, daß der, welcher sich von solcher Freundschaft lossagt, für feige und schlecht gegen Gott und brave Menschen gehalten werden muß. Aber die Liebe der meisten Männer ist auf das Vergnügen gegründet, welchem sich die unerfahrenen Frauen, um ihm zu entgehen, nicht genug widersetzen; wenn ihnen nun später Gott die Bosheit des Herzens derjenigen zeigt, welche sie für gut gehalten haben, können sie sich ruhig von ihnen trennen, ohne ihrer Ehre und ihrem Ruf zu schaden; denn die kürzesten Thorheiten sind immer die besten.«

»Das sind Gründe«, sagte Hircan, »die sich auf den Gedanken stützen, daß ehrbare Frauen getrost die Liebe der Männer aufgeben können, aber die Männer nicht die der Frauen, als ob ihre Herzen verschieden wären. Wenn das aber auch die Kleider und Gesichter sind, so meine ich doch, ihr Wille ist derselbe, nur daß die verborgene Bosheit die schlimmere ist.« Parlamente erwiderte ihm mit etwas zornvoller Stimme: »Ich verstehe wohl, Ihr haltet die für weniger schlecht, deren Bosheit offenkundig ist.« – »Lassen wir nun diesen Streitpunkt«, sagte Simontault, »denn wenn Ihr das Facit des Männer- und Frauenherzens zieht, so taugt auch das Beste davon nichts. Laßt uns lieber hören, wem Parlamente das Wort zu einer weiteren Erzählung geben wird.« – »Ich gebe es Guebron«, sagte diese. »Ich habe schon einmal von Franziskanern gesprochen«, begann Guebron, »nun will ich auch den Orden des heiligen Benedikt nicht vergessen und berichten, was zweien davon zu meiner Zeit passirt ist; womit ich aber, auch wenn ich jetzt die Geschichte eines verschlagenen Geistlichen erzähle, Niemanden hindern will, eine gute Meinung über die Achtungswerthen zu haben. Da aber der Psalmist sagt, daß alle Menschen Lügner seien, und an anderer Stelle zu lesen steht, es giebt überhaupt keinen, einen ausgenommen, der Gutes thut, so kann man nicht damit Unrecht thun, wenn man einen Menschen so giebt, wie er ist. Denn findet man etwas Gutes, so muß man es dem zuschreiben, welcher der Ursprung alles Guten ist, nicht aber der irdischen Kreatur, bezüglich welcher die meisten Menschen sich in einer Selbsttäuschung befinden, wenn sie ihr Ruhm und Lob spenden oder meinen, daß das Gute aus ihr fließe. Damit Ihr nun nicht für unmöglich haltet, welche große sinnliche Begierde sich unter großer Frömmigkeit verstecken kann, so vernehmt, was zur Zeit des Königs Franz I. sich ereignet hat.«

Zweiundzwanzigste Erzählung.

Ein sehr frommer Prior wird in seinem Alter genußsüchtig und versucht unter dem Deckmantel der Frömmigkeit in heuchlerischer Weise eine Nonne zu verführen, wodurch sein gottloser Lebenswandel ans Tageslicht kommt.

In Paris lebte ein Prior in der Kirche Saint-Martin-des-Champs, dessen Namen ich aus Freundschaft für ihn verschweigen will. Sein Leben war bis zu seinem fünfzigsten Lebensjahre ein so strenges, daß der Ruf seiner Heiligkeit über ganz Frankreich sich ausbreitete und alle großen Herren und Damen ihn ehrerbietigst aufnahmen, wenn er sie besuchte. Auch wurde in der Kirche keine Verbesserung vorgenommen, an welcher er nicht mitwirkte, und man nannte ihn allgemein nur den Vater der wahren Religion. Er wurde zum Generalvisitator der Nonnenklöster der Abtei von Fontevrault ernannt und war von den Nonnen so gefürchtet, daß, wenn er in eines ihrer Klöster kam, alle vor ihm zitterten und, um ihn etwas milde zu stimmen, ihn nicht anders behandelten, als sie es mit dem Könige gethan haben würden. Anfangs weigerte er sich dessen; am Ende aber, als er alt wurde, fand er die von ihm früher zurückgewiesene Behandlung sehr gut, und da er sich selbst für das Heil der ganzen Kirche hielt, wünschte er etwas mehr, als es bisher in seiner Gewohnheit lag, für seine Gesundheit zu thun. Und obwohl seine Regel ihm verbot, Fleisch zu essen, dispensirte er sich selbst davon (was er bislang noch nie gethan hatte), indem er sagte, daß auf ihm die ganze Last der Kirche ruhe. Er ließ sich nun nichts mehr abgehen und wurde bald aus einem dünnen ein sehr wohlgenährter Mönch. Mit dieser Veränderung seiner Lebensweise ging auch eine Veränderung seiner Anschauungen Hand in Hand, so daß er auf die Gesichter zu sehen begann, wovor er sich bisher gewissenhaft gehütet hatte. So wie er nun erst die Schönheiten sich ansah, welche der Schleier nur zu heben pflegt, begann er bald nach ihnen zu verlangen, und um diesem Verlangen zu fröhnen, verlegte er sich auf die Schlauheit und wurde anstatt eines Seelenhirten ein räuberischer Wolf, so daß er schließlich, wo er nur in den Klöstern eine etwas einfältige Nonne fand, sie verführte. Nachdem er aber diesen gottlosen Lebenswandel eine lange Zeit fortgesetzt hatte, erbarmte sich die göttliche Gnade der verirrten Lämmer und machte dieser frevelhaften Herrschaft ein Ende, wie Ihr gleich sehen werdet. Eines Tages nämlich besuchte er das Kloster Gif in der Nähe von Paris, und als er dort die Beichte der Nonnen hörte, fand er eine darunter, namens Marie Herouët, deren Stimme so lieblich und sanft erklang, daß er von ihrem Gesicht und ihrem Herzen Gleiches voraussetzte. Schon sie anzuhören, fachte in ihm eine Leidenschaft an welche alle, die er für andere Nonnen bis zu diesem Tage empfunden hatte, bei Weitem übertraf. Während er mit ihr sprach, beugte er sich nieder, um sie besser betrachten zu können, und sah einen so rothen und lieblichen Mund, daß er sich nicht enthalten konnte, ihr den Schleier hoch zu heben, um zu sehen, ob auch ihre Augen mit ihrem übrigen Gesicht in Einklang ständen. Er fand seine Hoffnung nur übertroffen, worüber sein Herz so von Liebe entbrannte, daß er den Appetit und die Ruhe verlor, wie sehr er sich auch verstellte. Auch als er in seine Abtei zurückgekehrt war, konnte er seine Ruhe nicht wiederfinden, sondern verbrachte Tag und Nacht damit, auf Mittel und Wege zu sinnen, wie er sein Verlangen befriedigen und von ihr dasselbe erlangen könnte, was er von einigen anderen erlangt hatte. Er wußte wohl, daß es seine Schwierigkeit haben würde, da sie ihm in ihren Reden sehr vernünftig und sehr zurückhaltend erschienen war. Andererseits sah er, daß er selbst alt und häßlich war; deshalb beschloß er, nicht etwa von Liebe zu reden, sondern sie mit Furcht zu gewinnen. Er begab sich deshalb bald wieder nach dem Kloster Gif, wo er sich strenger zeigte, als er je gewesen, und gegen alle Nonnen aufgebracht war, indem er die eine tadelte, weil ihr Schleier nicht tief genug reiche, die andere, weil sie den Kopf zu hoch trug, eine dritte, weil sie sich nicht gut verneigte. In allen diesen kleinen Sachen zeigte er sich so streng, daß man ihn wie Gott beim jüngsten Gericht fürchtete. Obwohl er an Podagra litt, mühte er sich so ab, alle Ecken des Klosters zu visitiren, daß er, als die Vesperglocke ertönte, auf die er nur gewartet hatte, im Schlafsaal war. Die Aebtissin sagte ihm: »Ehrwürdiger Vater, es ist Zeit, die Messe zu hören.« Er antwortete: »Gehet nur, ich bin zu müde, ich werde hier bleiben, auch nicht, um mich auszuruhen, sondern um mit der Schwester Maria zu reden, über die mir recht Schlechtes berichtet ist; sie soll schwatzhaft sein, wie eine weltlich gesinnte Frau.« Die Aebtissin, welche die Tante ihrer Mutter war, bat ihn, sie recht abzukanzeln, und ließ sie allein mit ihm und einem jungen Mönch, der mit dem Prior gekommen war. Als er sich nun mit Maria allein sah, nahm er ihr den Schleier vom Gesicht und befahl ihr, ihn anzusehen. Sie antwortete, daß die Regel ihr verbiete, Männer anzusehen, worauf er sagte: »Gut gesagt, meine Tochter; aber wenn wir unter uns Geistlichen sind, fällt die Unterscheidung fort.« Sie fürchtete nun, ihm ungehorsam zu sein, und sah ihm ins Gesicht. Sie fand ihn so häßlich, daß es ihr mehr eine Buße als eine Sünde erschien, ihn anzusehen. Nachdem ihr der Alte viel von seiner Freundschaft für sie vorgeredet hatte, wollte er die Hand auf ihren Busen legen; er wurde aber von ihr, wie es sich ziemte, zurückgestoßen, worauf er zornig sagte: »Darf denn eine Nonne überhaupt wissen, daß sie einen Busen hat?« Sie antwortete: »Ich weiß das wohl, und jedenfalls werdet weder Ihr noch ein anderer mich berühren; ich bin nicht so jung und einfältig, um nicht zu wissen, was Sünde und was keine Sünde ist.« Als er nun sah, daß sie mit schönen Redensarten nicht zu gewinnen sei, versuchte er es auf andere Weise und sagte ihr: »Ich muß Euch sagen, meine Tochter, in welcher schlimmen Lage ich bin, ich habe eine Krankheit, welche alle Aerzte für unheilbar halten, es sei denn, daß ich mich mit einer Frau, die ich recht liebe, vergnüge. Für mein Leben möchte ich keine Todsünde begehen; aber wenn man mir das auch entgegen halten wollte, so weiß ich doch, daß Unzucht noch kein Mord ist. Wenn Euch also mein Leben lieb ist, so seid nicht grausam und rettet mich.« Sie fragte ihn, welche Art von Vergnügungen er vornehmen wolle. Er sagte ihr, sie könne sich auf sein Gewissen verlassen, er werde schon nichts thun, was ihnen beiden als Vergehen ausgelegt werden könnte. Dann wollte er mit der gewünschten Unterhaltung beginnen, umarmte sie und versuchte, sie aufs Bett zu werfen. Sie durchschaute aber seine Absicht und vertheidigte sich mit Worten und mit ihren Armen, so daß er nur ihre Kleider berühren konnte. Als er nun alle seine Aufforderungen und Anstrengungen erfolglos sah, wurde er ganz wild und nicht nur sein Gewissen, sondern auch die einfache Vernunft verließ ihn, und er fuhr mit der Hand unter ihren Rock, und was er erreichen konnte, zerkratzte er voller Wuth mit seinen Nägeln, daß das arme Mädchen unter lautem Schreien ohnmächtig zur Erde fiel. Bei ihrem Schrei trat die Aebtissin in den Schlafsaal; als sie nämlich in der Messe war, fiel ihr ein, daß sie die junge Nonne, ihre Großnichte, allein mit dem ehrwürdigen Vater gelassen habe, worüber sie sich Gewissensbisse machte, so daß sie die Messe sein ließ und lieber an der Thür des Schlafsaales horchte. Als der Prior der Aebtissin ansichtig wurde, zeigte er auf die ohnmächtige Nonne und sagte: »Ihr habt ein großes Unrecht begangen, ehrwürdige Mutter, mir von der schwachen Gesundheit Eurer Nichte nichts zu sagen; denn da ich nichts davon wußte, habe ich sie vor mir stehen lassen, während ich sie abkanzelte, und darüber wurde sie, wie Ihr seht, ohnmächtig.« Dann riefen sie sie mit Essig und anderen Medicamenten wieder ins Leben zurück und fanden, daß sie sich im Fallen am Kopf verletzt hatte. Als sie wieder zu sich gekommen war, sagte ihr der Prior aus Furcht, sie möchte ihrer Tante den Grund ihres Sturzes erzählen: »Bei Strafe ewiger Verdammniß befehle ich Euch, niemals ein Sterbenswörtchen von dem, was hier geschehen ist, zu verlautbaren. Wisset, daß nur übergroße Liebe mich zu der That gebracht hat, und da ich sehe, daß Ihr mir nicht geneigt seid, werde ich Euch nicht mehr belästigen; wenn Ihr mich aber lieben wollt, will ich Euch zur Aebtissin einer der reichsten Abteien Frankreichs machen.« Sie antwortete, daß sie lieber im Gefängniß umkommen wolle, als jemals einen anderen Freund als den haben, der für sie am Kreuz gestorben sei; mit diesem wolle sie lieber alles Schlimme erdulden, was die Welt ihr geben könnte, als Reichthum und Ehren ohne ihn besitzen. Deshalb solle er nicht wieder mit einem solchen Anliegen an sie herantreten, sonst würde sie es ihrer Tante mittheilen, während sie so schweigen wolle.

Dann entfernte sich dieser brave Seelenhirt, und um sich recht fromm zu geberden und auch die, die er liebte, noch einmal zu sehen, wandte er sich an die Aebtissin und sagte zu dieser: »Ich bitte Euch, laßt Eure Nonnen ein *Salve Regina* zu Ehren dieser Jungfrau, auf welche ich meine Hoffnung setze, singen.« So geschah es, und während des Gesanges weinte der alte Fuchs in Einem fort, nicht aus Andacht, sondern aus Bedauern, mit seiner besonderen Anbetung nicht zu Ende gekommen zu sein. Alle Nonnen, die nichts anders dachten, als daß es aus Liebe zur Jungfrau Maria geschehe, hielten ihn für einen heiligen Mann. Schwester Maria aber, die es besser wußte, bat im Geheimen Gott, den Verächter der Keuschheit zu bestrafen. Dann ging der Heuchler nach Saint-Martin zurück. Das Feuer in seinem Herzen hörte aber nicht auf, Tag und Nacht zu brennen und nach Mitteln und Wegen zur Erreichung seines Zieles zu suchen. Da er aber vor Allem die Aebtissin fürchtete, die eine tugendhafte Frau war, so ging er fürs Erste daran, sie von dem Kloster fortzubringen. Er begab sich deshalb zur Herzogin von Vendôme, welche damals in La Fère residirte und ein Kloster des heiligen Benediktus namens Mont d'Olivet gegründet hatte. Da er auch über dieses Kloster die Oberaufsicht hatte, gab er ihr zu verstehen, daß die derzeitige Aebtissin des genannten Klosters diesem umfangreichen Gemeinwesen nicht recht gewachsen sei, worauf die gute Frau ihn bat, ihm eine andere würdigere zu nennen. Hierauf hatte er nur gewartet und nannte ihr die Aebtissin von Gif als die geeignetste Dame von ganz Frankreich.

Die Herzogin von Vendôme ließ sie kommen und gab ihr die Leitung von Mont d'Olivet. Da ferner der Prior von Saint-Martin die Wahlstimmen ganz in seiner Hand hatte, ließ er für Gif eine ihm ergebene Dame wählen und begab sich nach der Wahl dorthin, um noch einmal durch Bitten oder Zureden zu versuchen, ob er nicht die Schwester Maria Herouët für sich gewinnen könne. Als er aber sah, daß er keinen Erfolg hatte, begab er sich nach Saint-Martin zurück.

Dort kam er, um zu seinem Ziele zu gelangen und sich gleichzeitig an der, die so grausam gegen ihn gewesen war, zu rächen, auch aus Furcht, daß seine Angelegenheit entdeckt werden möchte auf folgenden frevelhaften Gedanken. Er ließ zur Nachtzeit die Reliquien von Gif rauben, beschuldigte dann den Beichtvater, einen alten und ehrwürdigen Geistlichen des Diebstahls und ließ ihn ins Gefängniß von Saint-Martin werfen. Während seiner Gefangenschaft verschaffte er sich zwei Zeugen, welche alles, was ihnen der Prior vorlegte, ohne den Inhalt zu kennen, unterschrieben. Es war ein Protokoll darüber, daß sie im Klostergarten den Beichtvater und die Schwester Maria in geschlechtlichem Umgang betroffen hätten, eine That, über welche er ein Geständniß des alten Beichtvaters wünschte. Dieser aber kannte alle Verbrechen des Priors und bat, vom Kapitel abgeurtheilt zu werden, dort vor den Geistlichen wolle er die Wahrheit sagen. Der Prior welcher sehr wohl wußte, daß die Rechtfertigung des Beichtvaters seine eigene Verurtheilung sein würde, wollte diesem Wunsche nicht willfahren; als er ihn aber fest bei seinem Verlangen bestehen sah, behandelte er ihn im Gefängniß so schlecht, daß er nach Angabe der Einen dort umkam, nach Angabe Anderer dahin gebracht wurde, sein Ordenskleid abzulegen und ins Ausland zu gehen. Wie dem auch sein mag, jedenfalls wurde er nicht mehr gesehen. Nachdem er nun diesen Vortheil über Schwester Maria erlangt hatte, ging er nach dem Kloster, wo die Aebtissin, die ihm blind gehorchte, ihm in nichts widersprach. Dann machte er von seinem Rechte als Großvisitator Gebrauch und ließ alle Nonnen eine nach der andern in sein Zimmer kommen, um sie in Form einer Beichte zu verhören. Als die Reihe an Schwester Maria kam, der nun nicht mehr ihre gute Tante zur Seite stand, sagte er zu ihr: »Ihr wißt, welches Verbrechen Euch zur Last gelegt wird, und sehet nun, daß Eure Verstellung, als wäret Ihr eine reine Jungfrau, Euch nichts genützt hat; man weiß jetzt sehr wohl, daß Ihr es nicht seid.« Sie sagte mit siegesgewisser Miene: »Laßt mir den kommen, der mich anklagt, und Ihr werdet sehen, ob er mir gegenüber bei seiner Aussage verbleibt.« Er antwortete: »Wir haben Beweise genug, der Beichtvater selbst hat es eingestanden.« Schwester Maria sagte hierauf: »Ich halte ihn für einen zu ehrbaren Mann, als daß er eine solche Niederträchtigkeit und solche Lüge gesagt haben könnte; aber sollte er es auch gethan haben, so laßt ihn herkommen, und die Unrichtigkeit seiner Angabe wird sich herausstellen.« Der Prior sah wohl, daß er sie nicht in Furcht jagen konnte, und sagte: »Ich bin Euer geistlicher Vater und möchte gern in dieser Sache Eure Ehre retten; ich übergebe die Angelegenheit Eurem Gewissen und werde mich auf dasselbe verlassen. Ich verlange jedoch von Euch unter der Androhung ewiger Verdammniß mir über den einen Punkt die Wahrheit zu sagen, ob Ihr noch Jungfrau wart, als Ihr hier in das Kloster kamt.« Sie antwortete: »Mein Vater, mein damaliges Alter von fünf Jahren steht dafür ein.« – »Nun wohl, meine Tochter, habt Ihr nicht etwa seit dieser Zeit dieses werthvolle Kleinod verloren?« Sie schwor, daß ihr niemals jemand, von ihm selbst abgesehen, zu nahe getreten sei, worauf er ihr sagte, er könne es nicht glauben und er habe den Beweis des Gegentheils. »Welchen Beweis wollt Ihr antreten?« fragte sie. »Ich will es wie mit den andern machen«, antwortete er, »denn ebenso wie ich Seelenhirt bin, habe ich auch den Körper zu visitiren. Eure Aebtissinnen und Vorsteherinnen sind ebenfalls durch meine Hände gegangen, Ihr braucht auch nicht zu befürchten, daß ich etwa nach Eurer Keuschheit trachte. Legt Euch also auf das Bett und hebt Eure Kleider in die Höhe.« Schwester Maria erwiderte: »Ihr habt mir schon so viel von Eurer leidenschaftlichen Liebe vorgeredet, daß ich eher annehme, Ihr wollt mir meine Jungfernschaft nehmen als sie visitiren. Deshalb haltet Euch nur überzeugt, das ich Euch nicht den Willen thun werde.« Darauf sagte er ihr, daß er sie wegen Ungehorsam excommuniciren, und wenn sie nicht einwilligte, vor versammeltem Kapitel für ehrlos erklären werde, indem er ihren verbotenen Umgang mit dem Beichtvater mittheilen werde. Sie antwortete aber furchtlos: »Der, der die Herzen seiner Diener sieht, wird mir so viel Ehren vor seinem Thron geben, als Ihr mir Schande vor den Menschen bereitet. Da also Eure Schlechtigkeit einmal so weit gegangen ist, will ich lieber, daß Ihr auch bis zum äußersten grausam seid, als daß Euer sündhaftes Verlangen Euch gewährt wird, denn ich weiß wohl, daß Gott ein gerechter Richter ist.« Sofort versammelte er das ganze Kapitel und ließ die Schwester Maria auf den Knien vor sich erscheinen und sagte ihr mit unwilligem Tone: »Schwester Maria, es mißfällt mir sehr, daß meine guten Ermahnungen bei Euch nichts verschlagen haben und Euer Thun ein so ungeziemliches ist, daß ich mich genöthigt sehe, Euch eine wider meine Gewohnheit harte Buße zu dictiren. Wegen einiger ihm zur Last gelegter Vergehen inquirirt, hat Euer Beichtvater eingestanden, daß er mit Euch in einem verbrecherischen Umgang gestanden hat; auch haben Zeugen dies bestätigt. Wie ich Euch also früher geehrt und zur Vorsteherin der Novizen gemacht habe, so degradire ich Euch heut nicht nur zur letzten, sondern befehle auch noch, daß Ihr, vor allen Schwestern auf der Erde liegend, Euer Wasser und Brod genießen sollt, bis Eure Reue genügend erscheint, um eine mildere Strafe eintreten zu lassen.« Schwester Maria war von einer ihrer Genossinnen, welche das Verfahren kannte, darauf aufmerksam gemacht worden, daß, wenn sie etwas dem Prior Mißfallendes antwortete, er sie *in pace* d.h. zu lebenslänglichem Gefängniß verurtheilen würde, und sie nahm deshalb den Urtheilsspruch ohne Murren an, indem sie denjenigen, der ihr Kraft zum Widerstand gegen die Sünde gegeben hatte, bat, sie mit Geduld dieses harte Geschick tragen zu lassen. Ferner gebot noch der achtungswerthe Prior, daß sie drei Jahre lang nicht mit ihrer Mutter noch mit ihren Verwandten sprechen, auch ihnen keine anderen Briefe schicken dürfe, als die durchgelesen worden seien. Darauf ging der edle Kirchenfürst nach Haus und kam lange nicht nach dem Kloster. Lange Zeit litt das junge Mädchen unter der Schwere des Geschickes. Als aber ihre Mutter, die sie mehr als alle ihre anderen Kinder liebte, gar keine Nachricht mehr von ihr erhielt, wunderte sie sich sehr und sagte zu ihrem Sohn, einem verständigen und angesehenen Edelmann, daß sie gestorben sein müsse, und daß die Nonnen nur deshalb nichts davon schrieben, um die jährliche Pension weiter zu beziehen. Sie bat ihn deshalb, auf irgend eine Weise Erkundigungen einzuziehen. Er ging sofort nach dem Kloster, wo man ihm die gewohnten Entschuldigungen machte, daß nämlich seine Schwester seit drei Jahren das Bett nicht verlassen habe. Er gab sich damit aber nicht zufrieden und verschwor sich, wenn man sie ihn nicht sehen lasse, über die Klostermauer zu klettern und den Eingang zu erzwingen. Nun fürchteten sie sich und brachten ihm seine Schwester an das Gitter; die Aebtissin hielt sich aber ganz in der Nähe, so daß sie ihrem Bruder nichts sagen konnte, was diese nicht gehört hätte. Sie hatte aber alles, was geschehen war und wie ich es eben erzählt habe, schriftlich aufgesetzt, mit noch vielen anderen Versuchen, die der Prior gemacht hatte, um sie zu verführen, und die ich fortlassen will, weil es zu weit führen würde. Nur eines möchte ich noch erwähnen; als ihre Tante noch Aebtissin war, dachte er, sie wiese ihn vielleicht wegen seiner Häßlichkeit zurück, und ließ ihr durch einen jungen und schönen Mönch Anträge machen, um sich, wenn sie diesem aus Liebe nachgegeben hatte, sie dann aus Furcht sich geneigt zu machen. Aber das junge Mädchen war aus dem Garten, wo ihr der Mönch mit so ungeziemlichen Gesten seine Anträge machte, daß ich mich schämen würde, sie wieder zu erzählen, zur Aebtissin geeilt, welche gerade mit dem Prior sprach, und hatte ausgerufen »Meine Mutter, das sind Teufel und nicht Geistliche, die uns besuchen kommen.« Scherzend unterbrach sie der Prior, aus Furcht, entlarvt zu werden, mit den Worten: »Wirklich, Aebtissin, Schwester Maria hat ganz Recht.« Dann nahm er sie bei der Hand und sagte zu ihr vor der Aebtissin: »Ich hatte gehört, daß Schwester Maria sehr redegewandt und so geistreich wie eine Weltdame sei, ich habe mir deshalb gegen meine Natur den Zwang angethan, zu ihr zu sprechen, wie die Männer der Welt zu den Frauen sprechen, soweit ich das aus

Büchern weiß; denn was meine eigene Erfahrung anlangt, so bin ich so unbewandert darin, wie ein neugeborenes Kind. Und da ich dachte, es liege nur an meinem Alter und meiner Häßlichkeit, daß sie mir so tugendsam antwortete, befahl ich meinem jungen Begleiter, ihr ebenfalls Anträge zu machen. Wie Ihr gesehen habt, hat sie aber in allen Ehren widerstanden.« Ich halte sie deshalb für ein vernünftiges und tugendsames Mädchen, »daß ich sie zur Ersten nach Euch und zur Vorsteherin der Novizen ernenne, damit ihre Liebe zur Tugend noch wachse und sich mehre.«

Dieses und noch manches andere that der Prior während der drei Jahre, die er in die Nonne verliebt war. Diese reichte also, wie ich schon gesagt habe, durch das Gitter ihrem Bruder die Aufzeichnung ihrer Leidensgeschichte hinaus. Der Bruder brachte sie seiner Mutter, welche sofort ganz verzweifelt nach Paris zur Königin von Navarra, der einzigen Schwester des Königs, reiste, der sie das Schriftstück übergab, indem sie ihr sagte: »Edle Frau, traut einem solchen Heuchler nicht ein zweites Mal. Ich dachte, meine Tochter an eine Stätte gebracht zu haben, von wo der Weg zum Paradies führt; statt dessen ist sie in die Hände von Teufeln gefallen, die viel schlimmer sind, als die der heiligen Schrift; denn diese können uns nicht versuchen, wenn wir ihnen nicht entgegenkommen, jene aber wollen uns mit Gewalt in ihren Besitz bringen, selbst wenn von Entgegenkommen keine Rede ist.« Die Königin von Navarra war in großer Verlegenheit, denn sie hatte sich ganz auf den Prior von Saint-Martin verlassen und hatte ihm die Aebtissinnen von Montvilliers und von Caen, welche ihre Schwägerinnen waren verstellt. Andererseits flößte ihr dieses ungeheuerliche Verbrechen einen solchen Abscheu ein und gab ihr ein so großes Verlangen, die Unschuld dieses jungen Mädchens zu rächen, daß sie die Angelegenheit dem Kanzler des Königs, der damals päpstlicher Legat in Frankreich war, übergab und den Prior vor sich berief. Der fand keine andere Entschuldigung, als daß er nun 70 Jahre alt sei, und suchte die Königin zu besänftigen, indem er sie bat, an Stelle aller Gnaden, die sie vielleicht gewillt gewesen wäre, ihm noch zu erweisen, und zur Belohnung für seine Dienste, diesen Proceß niederzuschlagen, er wolle auch Schwester Maria Herouët für eine Perle an Ehrenhaftigkeit und Jungfräulichkeit erklären. Die Königin war über diese Sprache so erstaunt, daß sie nichts zu antworten wußte; sie ließ ihn also stehen. Der Arme zog sich ganz verwirrt in sein Kloster zurück, wo er von niemand mehr gesehen werden wollte, und starb ein Jahr darauf. Schwester Maria Herouët wurde nach Verdienst wegen ihrer gottgefälligen Tugenden geehrt, von der Abtei Gif, wo ihr solches Uebel widerfahren war, fortgenommen und durch die Gnade des Königs zur Aebtissin von Giën bei Montargis gemacht, welches sie reformirte. Sie lebte weiter erfüllt mit Gottes Geiste, den sie ihr Leben lang lobte, daß er ihr Ehre und Ruhe gegeben hatte.

»Das ist eine Geschichte, meine Damen, welche zeigt, wie richtig das Evangelium und Paulus in seinem Briefe an die Corinther sagt, daß Gott mit den Schwachen die Starken und mit den in den Augen der Menschen Niedrigen den Hochmuth derjenigen schlägt, welche sich einbilden, etwas zu sein, und nichts sind. Ferner beherzigt, meine Damen, daß ohne die Gnade Gottes man in keinem Menschen Gutes annehmen sollte, und daß es keine so starken Gefühle giebt, deren man nicht mit seiner Hülfe Herr werden könnte, wie die Beichte desjenigen, den man für gerecht hielt, und die Erhebung derjenigen, welche er als Uebelthäterin und Sünderin hinstellen wollte, zeigen. Hierin zeigt sich wieder die Wahrheit des Ausspruchs unseres Herrn Jesus Christus. Wer sich überhebt, wird gedemüthigt werden, und wer sich demüthigt, wird erhoben werden.« – »Es ist ein großes Unglück«, sagte Oisille, »daß dieser Prior so viele ehrbare Leute täuschen konnte, denn ich sehe, man setzte größeres Vertrauen in ihn, als in Gott.« –

»Ich nicht«, wandte Nomerfide ein, »ich gebe mich mit solchen Leuten überhaupt nicht ab.« – »Es giebt auch gute«, begütigte Oisille, »und man muß nicht alle nach den schlechten beurtheilen; aber die besten sind schon die, die weniger weltliche Zerstreuungen und die Frauen aufsuchen.« – »Das wäre ganz das Verkehrte«, sagte Nomerfide, »denn je weniger man sie sieht, um so weniger kennt man und um so mehr überschätzt man sie, wogegen der Verkehr sie uns in ihrer wahren Gestalt zeigt.« – »Nun, lassen wir es dabei bewenden«, erwiderte Nomerfide, »und sehen wir zu, wem Guebron das Wort giebt.« – »Ich gebe es Frau Oisille«, antwortete dieser, »damit sie uns etwas zu Ehren der Geistlichen erzähle.« Diese nahm das Wort und sprach: »Wir haben uns geschworen, die Wahrheit zu sagen, und ich werde nicht davon abweichen. Auch ist mir bei Eurer Erzählung eine andere traurige Geschichte eingefallen, die es mich drängt, Euch mitzutheilen. Einmal, weil ich in der Nähe der Gegend wohnte, wo sie sich zu meiner Zeit ereignete, und dann, meine Damen, damit die Heuchelei derer, die sich für frömmer ausgeben, als andere Sterbliche, Euch nicht blind macht, so daß Euer Glaube vom rechten Weg abweicht und sein Heil in irgend einer anderen Kreatur als allein in dem zu finden glaubt, der in unserer Erhaltung und Beschützung keinen neben sich und einzig die Macht hat, uns das ewige Leben zu geben und uns in diesem zeitlichen zu trösten und von unseren Leiden zu befreien. Und da ich weiß, wie oft Satan sich in einen Engel des Lichts verwandelt, damit unser Auge, von dem Schein der Heiligkeit und Frömmigkeit getäuscht, von seinem wirklichen Vorhaben abgelenkt werde, halte ich es für ganz passend, eine Begebenheit solchen Inhalts zu erzählen.«

Dreiundzwanzigste Erzählung.

Ein Franziskanermönch hintergeht einen Edelmann, schände dessen Frau, die sich und ihrem Kinde aus Verzweiflung das Leben nimmt, während ihr Mann, von ihrem Bruder des Mordes bezichtigt, an Folgen eines Zweikampfes mit diesem stirbt.

In Perigord lebte ein Edelmann, welcher dem heiligen Franziskus so zugethan war, daß er der Meinung war, alle, die seine Kutte trügen, müßten diesem Heiligen gleich sein. Ihnen zu Ehren hatte er in seinem Hause ein Zimmer und Cabinet als Absteigequartier für sie einrichten lassen und führte alle seine Angelegenheiten bis auf die kleinsten Dinge seiner Wirtschaft nach ihrem Rath und glaubte dabei ganz sicher zu gehen. Eines Tages nun war die Frau des Edelmannes, eine ebenso schöne, wie tugendhafte Dame, mit einem gesunden Knaben niedergekommen, worüber die Liebe ihres Mannes zu ihr nur noch wuchs. Um das freudige Ereigniß zu feiern, lud er einen seiner Schwäger zu sich, und als die Stunde des Festmahls herankam, stellte sich auch ein Franziskaner ein, dessen Namen ich aus Achtung vor der Kirche verschweigen will. Der Edelmann war sehr erfreut, seinen Seelsorger, vor dem er kein Geheimniß hatte, bei sich zu sehen. Nachdem seine Frau, sein Schwager und er sich eine Weile unterhalten hatten, setzten sie sich zu Tisch; während des Essens schaute der Edelmann seine Frau oft an, die in ihrer Schönheit und Anmuth begehrenswerth war, und fragte plötzlich ganz laut den Geistlichen: »Ist es wahr, daß es eine große Sünde ist, mit seiner Frau, so lange sie noch im Wochenbette ist, zu verkehren?« Der Mönch, der ein verschlagener und heuchlerischer Mann war, antwortete: »Gewiß ist es eine der größten Sünden in der Ehe, wäre es auch nur um des

Beispiels der gebenedeiten Jungfrau Maria willen, die nicht vor der gesetzlichen Reinigung in den Tempel gehen wollte, obwohl sie einer solchen nicht bedurfte. So könnt Ihr Euch schon eine Weile ein kleines Vergnügen versagen, da auch die gute Jungfrau Maria, um dem Gesetz zu gehorchen, es sich versagte, in den Tempel zu gehen, obwohl es sie drängte, dort zu beten. Außerdem sagen auch die Aerzte, daß große Gefahr für die Nachkommenschaft damit verbunden wäre.« Als der Edelmann diese Worte hörte, ward er sehr ärgerlich, denn er hatte gehofft, daß sein Seelsorger ihm Dispens geben würde; er sprach aber nicht weiter davon. Der Mönch, der schon etwas mehr als genug getrunken hatte, hatte bei seiner Erwiderung aufmerksam die junge Frau betrachtet und bei sich gedacht, daß, wenn er ihr Mann wäre, er wahrlich niemanden erst gefragt hätte. Und wie ein Feuer langsam sich entzündet, schließlich aber doch ein ganzes Haus in Flammen setzt, so begann den armen Mönch plötzlich solche Begierde zu verzehren, daß er beschloß, sein Verlangen, welches er drei Jahre lang versteckt in seinem Herzen gehalten hatte, zu befriedigen. Als nun die Tafel aufgehoben war, nahm er den Edelmann an der Hand, führte ihn an das Bett seiner Frau und sagte ihm in ihrer Gegenwart: »Da ich die große Liebe, die zwischen Euch besteht, kenne und weiß, wie sie Euch im Verein mit Eurer Jugend die Entsagung schwer macht, habe ich Mitleid mit Euch. Deshalb will ich Euch ein Geheimniß unseres Dogma mittheilen; unsere Vorschriften, die gegen den Mißbrauch mancher roher Ehemänner sehr streng sind, wollen doch auch andererseits nicht, daß Leute von so reinem Gewissen, wie Ihr, des Verkehrs so lange beraubt werden. Deshalb habe ich Euch vor den Leuten die Vorschrift in aller Strenge des Gesetzes gesagt, Euch persönlich aber, der Ihr ein vernünftiger Mann sein, will ich die mildere Auffassung nicht vorenthalten; Frauen und Frauen und Männer und Männer sind eben oft zweierlei. Erst müßt Ihr Euch aber bei Eurer Frau, die vor drei Wochen geboren hat, vergewissern, ob die Nachwehen und alle sonstigen Folgen der Geburt vorüber sind.« Der Mann antwortete darauf, sie sei ganz rein. »Dann gebe ich Euch die Erlaubniß«, fuhr der Mönch fort, »heute Nacht zu ihr zu gehen; aber zwei Dinge müßt Ihr mir versprechen.« Der Edelmann that dies. »Das Erste ist, daß Ihr niemand etwas sagt, sondern heimlich kommt; das Zweite, daß Ihr nicht vor zwei Uhr nachts kommt, damit die Verdauung Eurer Frau durch Euch nicht gestört wird.« Der Edelmann verschwor es hoch und theuer, sodaß der Mönch, der wohl wußte, daß er ein Dummkopf aber kein Lügner war, seiner ganz sicher sein konnte. Nachdem er sie noch gesegnet hatte, zog sich der Mönch in sein Zimmer zurück, ergriff aber erst noch die Hand des Edelmannes und sagte ihm. »Nun aber geht mit mir und laßt jetzt Eure Frau schlafen.« Der Edelmann küßte sie und sagte ihr: »Liebe, laß mir die Thür offen.« Der Mönch hörte das noch; dann ging ein jeder in sein Zimmer. Als der Geistliche aber in das seine gekommen war, dachte er nicht mehr an Ruhe oder Schlaf; sobald er vielmehr kein Geräusch mehr im Hause hörte, ungefähr zu der Zeit, wo er erst zur Frühmette zu gehen gewohnt war, schlich er auf den Zehen in das Zimmer, in welchem der Edelmann erwartet wurde. Die Thür fand er offen, löschte gleich das Licht aus und legte sich, ohne zu sprechen, zu ihr ins Bett. Sie dachte, es wäre ihr Mann, und sagte: »Nun, mein lieber Mann, Du hast Dein Versprechen von heute Abend, nicht vor zwei Uhr zu kommen, recht schlecht gehalten.« Der Franziskaner, dem es jetzt viel mehr darauf ankam, thätig als beschaulich zu sein, der auch befürchtete, erkannt zu werden, dachte jetzt nur daran, das Verlangen, das ihm so lange die Seele vergiftet hatte, zu befriedigen, und antwortete keine Silbe, was die Dame allerdings in gelindes Staunen versetzte. Als er dann die Stunde herankommen merkte, zu der der Mann kommen sollte, stand er auf und ging schleunigst in sein Zimmer zurück. Und wie ihm vorher das Feuer der Begierde allen Schlaf genommen hatte, so raubte ihm jetzt die Furcht, die jeder schlechten That auf dem Fuße folgt, alle Ruhe. Er ging deshalb zum Pförtner des Hauses und sagte ihm: »Mein Freund, der Herr hat mir eben aufgetragen, sofort in mein Kloster zu gehen und dort einige Fürbitten, an denen ihm viel gelegen ist, abzuhalten; bringt mir deshalb mein Pferd und öffnet mir das Thor; es braucht niemand etwas zu wissen, die Sache ist eilig und geheim zu halten.« Der Pförtner wußte, daß man dem Herrn nur einen Gefallen that, wenn man dem Franziskaner folgte, öffnete das Thor und ließ ihn hinaus. Um diese Zeit wachte der Edelmann auf, sah, daß bald die Stunde schlug, zu der der Mönch ihm erlaubt hatte, zu seiner Frau zu gehen, stand deshalb auf und ging im Schlafrock dorthin, wohin er nach Gottes Willen, auch ohne erst einen Menschen befragen zu müssen, gehen konnte. Als seine Frau ihn neben sich sprechen hörte, wunderte sie sich sehr, da sie den Zusammenhang nicht wußte, und sagte zu ihm: »Hältst Du so Dein Versprechen, auf meine und Deine Gesundheit Acht zu haben, daß Du nicht nur vor der Zeit gekommen bist, sondern sogar wiederkommst? Bedenke doch, ich bitte Dich!« Der Edelmann war sehr erstaunt über diesen Empfang, konnte seinen Aerger nicht verbergen und sagte: »Was schwätzest Du da? Ich weiß doch wahrhaftig, daß ich seit drei Wochen nicht bei Dir gewesen bin, und Du wirfst mir vor, ich käme zu oft. Wenn das so fortgeht, werde ich schließlich annehmen müssen, daß meine Gesellschaft Dich langweilt, und Du wirst mich gegen meine Gewohnheit und meinen Willen nöthigen, wo anders mein Vergnügen zu suchen, das ich nach göttlichem Gebot bei Dir finden soll.« Seine Frau glaubte, er wolle sich nur über sie lustig machen, und antwortete: »Versuche nur nicht, mich zu täuschen, Du täuschest Dich nur selbst. Als Du vorhin bei mir warst, hast Du zwar nicht mit mir gesprochen, ich habe aber doch gemerkt, daß Du es warst.« Da merkte der Edelmann, daß sie Beide hintergangen seien, und schwor, daß er nicht bei ihr gewesen sei. Seine Frau wurde so traurig, daß sie ihn unter Thränen bat, herauszukommen, wer es gewesen sein könnte, denn im Hause war nur noch ihr Bruder und der Franziskaner. Sofort eilte der Edelmann, der den letzteren im Verdacht hatte, in dessen Zimmer, das er leer fand. Um aber über seine Flucht volle Gewißheit zu haben, ließ er den Pförtner holen und fragte ihn, ob er nicht wüßte, was mit dem Franziskaner geworden sei; der sagte ihm, was sich zugetragen. Als nun der Edelmann über seine Schlechtigkeit keinen Zweifel mehr haben konnte, ging er sogleich wieder in das Zimmer seiner Frau und sagte zu ihr: »Meine Liebe, unser verehrter Seelsorger ist bei Euch gewesen und hat so schöne Dinge angerichtet.« Seine Frau, die ihr Leben lang ihre Ehre geliebt hatte, verfiel in solche Verzweiflung, daß sie alles Erbarmen und ihre weibliche Scheu vergaß und ihren Mann auf den Knien anflehte, diesen Frevel zu rächen. Der Edelmann warf sich also ohne Verzug aufs Pferd und verfolgte den Mönch. Die Frau blieb allein in ihrem Bett liegen, ohne weiteren Trost als ihr kleines neugeborenes Kind; sie überdachte den schrecklichen Fall, der ihr begegnet war, und ohne in ihrer Unwissenheit einen Entschuldigungsgrund zu erblicken, hielt sie sich für die unglücklichste und schuldvollste Frau der Welt. Die Verzweiflung über diesen ungeheuerlichen Frevel, über die Liebe ihres betrogenen Gatten und die in Frage gestellte Ehre ihrer Nachkommenschaft drückten sie so, daß sie ihren Tod wünschte und ihr Leben verfluchte. Von Traurigkeit übermannt, floh sie nicht nur die Hoffnung, die jeder gute Christ in Gott haben muß, sondern ihre Sinne verwirrten sich, und sie wußte nicht mehr, wo sie war; halb wahnsinnig, wie eine verrückte und wüthige Frau, ergriff sie eine starke Schnur vom Bettpfosten und erwürgte sich selbst. Und was noch schlimmer war, in der Agonie dieses gräulichen Todes schlugen ihre Glieder gegen das Bett, und sie traf mit dem Fuß das Gesicht ihres kleinen Kindes, dessen

Unschuld nicht verhindern konnte, daß es seiner beklagenswerthen Mutter in den Tod folgte; als es starb schrie es aber so laut auf, daß eine Frau, die in der Nähe schlief, erwachte und eilig Licht machte. Als diese nun ihre Herrin erwürgt am Bettpfosten hängen und das Kind erstickt unter ihren Füßen liegen sah, lief sie ganz entsetzt in das Zimmer des Bruders ihrer Herrin und holte ihn zur Stätte dieses schrecklichen Schauspiels. Der Bruder schrie und war so betroffen, wie es nur einer sein kann, der seine Schwester von ganzem Herzen liebt; er fragte die Kammerfrau, wer dieses Verbrechen begangen habe, worauf diese erwiderte, daß sie nichts davon wisse, ein anderer als ihr Mann sei nicht ins Zimmer gekommen, und dieser sei dann wieder fort gegangen.

Der Bruder ging in das Zimmer des Edelmannes und da er ihn nicht fand, glaubte er nicht anders, als daß jener das Verbrechen begangen habe, nahm sein Pferd, erkundigte sich bei Niemandem erst, sondern eilte ihm nach und erwartete ihn in einem Hohlweg, durch den jener von seiner Verfolgung und in Trauer, den Mönch nicht eingeholt zu haben, zurückkehrte. Sobald der Bruder ihn sah, rief er ihm zu: »Du feiger Hund, vertheidige Dich! Ich hoffe zu Gott, daß mein Degen sich heute an Dir rächen wird.« Der Edelmann wollte eine Aufklärung herbeiführen, als er aber den Degen seines Schwagers dicht vor seiner Nase herumfahren sah, dachte er mehr an seine Vertheidigung, als sich nach dem Grund ihres Zweikampfes zu erkundigen. Dann hieben sie so kräftig auf einander ein, daß der Blutverlust und die Ermattung sie zwang, sich niederzusetzen, der Eine auf die eine, der Andere auf die andere Seite des Weges. Während sie Athem schöpften, fragte der Edelmann: »Welche Veranlassung, mein Bruder, hat unsere große Freundschaft in so große Abneigung gewandelt?« Sein Schwager antwortete ihm: »Was hat Euch veranlaßt, meine Schwester, die denkbar ehrbarste Frau, umzubringen und in solcher Weise gar, daß Ihr unter dem Vorwande, bei ihr zu schlafen, sie an den

Bettpfosten aufgeknüpft habt?« Als der Edelmann diese Worte hörte, war er dem Tode nahe und fragte: »Wie ist es möglich, daß Ihr Eure Schwester in diesem Zustande gefunden habt?« Der Andere versicherte, die Wahrheit gesagt zu haben, worauf der Edelmann fortfuhr: »Ich bitte Euch, mein Bruder, laßt Euch erzählen, weshalb ich von Haus fortgeritten bin.« Dann erzählte er ihm den Verrath des Franziskaners; der Bruder war sehr überrascht, vor Allem aber sehr traurig, daß er seinen Schwager ohne Grund angegriffen hatte. Er bat ihn deshalb um Entschuldigung und sagte: »Ich habe Euch Unrecht gethan, ich bitte, verzeihet mir.« Der Edelmann erwiderte: »Sollte ich Euch je Unrecht gethan haben, so habe ich es wenigstens gebüßt, denn ich bin so schwer verwundet, daß ich nicht davon kommen werde.« Der Bruder half ihm so gut es ging wieder aufs Pferd und brachte ihn nach seiner Behausung, wo der Edelmann am andern Morgen verschied, nachdem er seinen Verwandten und Freunden gesagt, daß er selbst die Ursache seines Todes sei. Um aber Gerechtigkeit walten zu lassen, rieth man dem Bruder, die Gnade des Königs Franz I. anzuflehen. Nachdem er Mann, Frau und Kind in allen Ehren hatte begraben lassen, ging er am Charfreitag an den Hof, um seine Begnadigung nachzusuchen; er wandte sich dort an François Olivier, der sie ihm auch erwirkte; es ist das derselbe Olivier, der damals Kanzler von Alençon war und später wegen seiner Verdienste vom König zum Kanzler von Frankreich ernannt wurde.

Hiermit endete Frau Oisille ihre Erzählung und sprach dann folgendermaßen weiter: »Nachdem Ihr diese wahrhaftige Geschichte gehört habt, werdet Ihr Euch gewiß zweimal bedenken, ehe Ihr solche Leute zu Euch ins Haus nehmt; wisset auch, daß es kein gefährlicheres Gift giebt, als das, was lange versteckt gehalten ist.« Hircan sagte: »Der Mann war ein recht dummer Esel, einen solchen Verführer in Gegenwart seiner schönen Frau zu bewirthen.« – »Ich besinne mich noch recht gut auf die Zeit«, warf Guebron ein, »wo ein jedes Haus seine besonderen Zimmer für die Mönche hatte. Jetzt hat man sie aber erkannt, und sie werden nunmehr gefürchtet als Wegelagerer.« Parlamente sagte: »Mir scheint, daß eine zu Bett liegende Frau höchstens, wenn sie die Sterbesacramente nehmen will, einen Geistlichen oder Priester in ihr Zimmer lassen darf; wenn ich wenigstens einen rufen lassen werde, könnt ihr getrost annehmen, daß es mit mir zu Ende geht.« – »Wenn Alle so streng wie Ihr wären«, sagte Emarsuitte, »so wären die armen Kuttenträger ja noch schlechter als Excommunicirte gestellt, daß sie keine Frauen zu Gesicht bekommen sollten.« – »Seid unbesorgt, daran wird es ihnen schon nicht fehlen«, meinte Saffredant. »Wie«, sagte Simontault, »gerade die, die das Band unserer Ehen schließen, wollen es mit ihrer Schlechtigkeit zerreißen und uns unserm Schwur ungetreu werden lassen?« – »Das ist eben das Bedauerliche«, sagte Oisille, »daß die, in deren Händen die heiligen Sacramente ruhen, damit Ball spielen. Man müßte sie alle lebendig begraben.« – »Ihr thätet doch besser«, wandte Saffredant ein, »sie zu ehren, als sie zu verurtheilen, und ihnen Gutes nachzusagen, als sie zu beleidigen. Aber lassen wir das; laßt uns lieber erfahren, wer das Wort erhält.« – »Ich gebe es Dagoucin, der sitzt nämlich so nachdenklich da, daß er wahrscheinlich an eine gute Geschichte denkt.« Dagoucin begann: »Da ich das, woran ich eben dachte, weder sagen kann noch zu sagen wage, werde ich von Jemandem sprechen, dem Grausamkeit erst Schaden, dann aber Nutzen brachte. Wie Amor sich für stark und mächtig genug hält, ohne Maske herumzugehen, und es für langweilig und unerträglich hält, sich verborgen zu halten, so gehen auch diejenigen, die ihm hierin folgen, in ihrer Freimüthigkeit oft zu weit und sehen dann, daß sie einen schlimmen Tausch gemacht haben, wie es dem castilianischen Edelmann erging, von dem ich erzählen will.«

Vierundzwanzigste Erzählung.

Ein junger Edelmann liebte eine Königin, die ihm eine Probezeit von sieben Jahren auferlegt, nach deren Verlauf der Edelmann sie zurückweist.

An dem Hofe eines Königs und einer Königin von Kastilien, deren Namen ich nicht nennen will, gab es einen Edelmann, der so schön von Gestalt und so liebenswürdig war, daß man in ganz Spanien nicht seinesgleichen fand. Jeder bewunderte seine Tugenden, aber noch mehr erstaunte man über seine Sonderbarkeiten, denn niemals erfuhr man, daß er eine Dame liebte oder ihr Ritterdienste leistete, und obgleich es am Hofe Viele gab, die solche Reize besaßen, um selbst Eis zum Brennen zu bringen, war doch keine unter ihnen, welche diesen Edelmann, namens Elisor, gefangen nehmen konnte. Die Königin, welche eine sehr tugendhafte Frau, aber doch von derjenigen Flamme nicht ausgeschlossen war, welche um so mehr brennt, je weniger man sie gewohnt ist, wunderte sich sehr über diesen Ritter, welcher keiner ihrer Damen diente, und fragte ihn eines Tages, ob es möglich sei, daß er so wenig Liebe fühle, wie es den Anschein hätte? Er antwortete, daß, wenn sie sein Herz so gut kennen würde, wie sein Gesicht, sie diese Frage nicht stellen würde. Da sie nun durchaus wissen wollte, was er meinte, drängte sie ihn so sehr, daß er ihr endlich gestand, er liebe eine Dame, welche er für die tugendreichste der ganzen Christenheit halte. Darauf versuchte sie durch alle erdenklichen Bitten und Befehle zu erfahren, wer es sei, doch ohne daß es ihr gelang, so daß sie sich stellte, als sei sie sehr erzürnt über ihn, und schwor, sie würde nie wieder ein Wort mit ihm sprechen, wenn er seine Dame nicht nenne; er war also gezwungen, ihr zu antworten, daß er eben so gern sterben, als das thun wollte. Da er aber sah, daß er ganz in ihre Ungnade verfallen würde, wenn er weiter eine Wahrheit verhehlte, die so ehrenwerth war, daß sie von Niemand übel genommen werden konnte, sagte er ihr mit großem Zagen: »Edle Frau, ich habe weder den Muth noch die Kraft, sie Euch zu nennen; aber wenn Ihr das nächste Mal zur Jagd geht, werde ich sie Euch zeigen, und ich bin überzeugt, Ihr werdet sie für die schönste und vollkommenste Frau auf der Welt halten.« Die Folge war, daß die Königin viel früher zur Jagd ritt, als sie es unter anderen Umständen gethan hätte. Elisor wurde davon benachrichtigt und bereitete sich vor, ihr, wie gewöhnlich, dabei seine Dienste zu widmen. Er ließ sich einen großen Stahlspiegel in Form eines Küraß machen, und nachdem er ihn vor die Brust geschnallt hatte, deckte er ihn sorgfältig mit einem schwarzen, kunstreich mit Gold bestickten Mantel zu. Er ritt ein kohlschwarzes Pferd, das wohl behängt und gezäumt war und dessen Geschirr ganz mit maurischer Arbeit vergoldet und emaillirt war. Er selbst trug einen schwarzseidenen Hut, auf welchem sich ein reiches Bild befand, einen Amor darstellend, dem die Augen verbunden waren, das Ganze reich mit Edelsteinen besetzt. Degen und Dolch waren nicht minder trefflich und schön und trugen gleich gute Devisen.

Kurz und gut, er sah sehr schön aus, besonders zu Pferd; er wußte es so gut zu handhaben, daß alle, welche ihn sahen, die Jagd außer Acht ließen, um die Kunststücke und Sprünge zu bewundern, die er sein Roß vollführen ließ. Nachdem er unter den eben beschriebenen Wendungen und Sprüngen die Königin bis zu dem Ort geleitet hatte, wo die Netze aufgestellt waren, stieg er ab und kam zu der Königin, um ihr vom Pferde zu helfen. Während sie ihm die Arme entgegenstreckte, öffnete er seinen Mantel vor der Brust, und indem er ihr behülflich war abzusteigen, zeigte er ihr seinen Spiegel-Küraß und bat sie, dorthin zu blicken. Ohne eine Antwort abzuwarten, ließ er sie dann sacht zur Erde gleiten. Nach beendeter Jagd kehrte die Königin nach dem Schloß zurück, ohne mit Elisor zu sprechen; aber nach dem Abendbrot rief sie ihn zu sich und sagte ihm, er sei der größte Lügner, den sie je gesehen habe, denn er hätte versprochen, ihr auf der Jagd die Dame seines Herzens zu zeigen, und das habe er nicht gethan, und sie sei nun entschlossen, sich garnicht mehr um ihn zu kümmern. Elisor, welcher fürchtete, daß die Königin ihn nicht verstanden habe, antwortete, daß er sein Wort wohl gehalten habe, denn er habe ihr die Frau, welche er über alles liebe, gezeigt. Sie die immer noch die Unwissende spielte, sagte, so viel sie wüßte, habe er ihr keine einzige ihrer Damen gezeigt. »Das ist wahr«, sprach Elisor, »aber was habe ich Euch gezeigt, als Ihr vom Pferde stiegt?« – »Nichts«, sagte die Königin, »ausgenommen einen Spiegel vor Eurer Brust.« – »Und was habt Ihr in diesem Spiegel gesehen?« – »Nur mich allein«, antwortete die Königin. Darauf sprach Elisor: »Nun also, edle Frau, ich habe Eurem Befehl gehorcht und mein Versprechen erfüllt, denn niemals wird ein anderes Bild in meinem Herzen wohnen, als das der Frau, welche Ihr in meinem Spiegel gesehen habt, und diese will ich lieben, verehren, anbeten, nicht wie eine Frau, sondern wie Gott auf Erden, und in ihre Hände lege ich Tod und Leben. Nun bitte ich Euch, laßt meine große und vollkommene Liebe, welche mein Leben war, so lange ich sie verborgen trug, nicht zu meinem Tode werden, da sie jetzt offenbar ist; wenn ich nicht werth bin, von Euch als Euer Ritter betrachtet und angenommen zu werden, so duldet wenigstens, daß ich zufrieden mit dem bin, was ich bisher besaß. Mein Herz hat seine Liebe auf so würdigem und guten Boden gegründet, daß ich daraus das wohlthuende Bewußtsein ziehe, eine so große und wahre Liebe zu nähren, daß ich zufrieden damit sein kann, zu lieben, selbst wenn ich nicht wiedergeliebt werde. Und wenn es Euch nicht gefällt, mich nach der Erkenntniß dieser großen Liebe in Eure größere Huld zu nehmen, so nehmt mir wenigstens nicht das Leben, welches für mich darin besteht, Euch weiter zu sehen wie bisher; denn ich habe nicht mehr Gunst von Euch, als durchaus nöthig ist, um zu leben; wenn Ihr mir die nun noch entzöget, würdet Ihr den besten und den ergebensten der Diener verlieren, welchen Ihr je hattet oder haben werdet.« Die Königin, welche sich entweder verstellen, oder seine Liebe zu ihr länger prüfen, oder einen Andern, den sie liebte, nicht seinetwegen verlieren, oder endlich ihn vielleicht so lange zurückstellen wollte, bis der, den sie liebte, einen Fehler beging, durch den er seiner Stelle verlustig wurde, sagte mit einem Gesicht, das weder zornig noch zufrieden war: »Elisor, ich werde Euch, da ich die Macht der Liebe nicht kenne, nicht fragen, woher Euch der Muth zu einem so großen, hohen und schwierigen Unternehmen kommt, wie das, mich zu lieben; denn ich weiß, daß der Mensch sein Herz so wenig in der Gewalt hat, daß er ihm nicht befehlen kann, zu lieben oder zu hassen, wie er will; aber da Ihr mir so offen Eure Meinung gesagt habt, will ich auch wissen, seit wann Euch diese Liebe ergriffen hat.« Als Elisor ihr schönes Antlitz betrachtete und hörte, wie sie sich nach seiner Krankheit erkundigte, hoffte er, sie würde ihm ein Mittel dagegen geben; andererseits wieder schien ihm während ihrer Fragen ihre Miene so weise und ernst, daß er wie vor einem Richter, dessen Urtheil gegen sich er fürchtete, ängstlich wurde; so schwur er ihr, daß diese Liebe schon von seiner frühen Jugend an Wurzel in ihm geschlagen hätte, daß er aber nicht darunter gelitten habe, bis vor sieben Jahren; und auch seit dieser Zeit hatte ihm diese Krankheit keine Schmerzen, sondern so viel Freuden bereitet, daß seine Genesung dem Tode gleich sein würde. »Da es so ist«, sprach die Königin, »daß Ihr schon solch lange Probe Eurer Festigkeit abgelegt habt, so muß ich Euch eben vollständig glauben, wie Ihr mir die Wahrheit gesagt habt. Wenn es also so um Euch steht, wie Ihr sagt, so will ich Euch eine Prüfung auferlegen, nach welcher ich sicher nicht mehr zweifeln kann; nach bestandener Prüfung werde ich Euch für alles das halten, was Ihr schwört, zu sein; und wenn ich Euch dann Eurem Wort gemäß erkannt habe, werdet Ihr auch das an mir finden, was Ihr wünscht.« Elisor bat sie, ihm welche Prüfung sie wolle, aufzuerlegen, denn es gäbe keine Aufgabe, die für ihn zu schwierig wäre, auf der Stelle ausgeführt zu werden, um ihr seine Liebe zu beweisen; sie möchte ihm doch nur gleich sagen, was sie befehle. Sie sprach darauf wie folgt: »Wenn Ihr mich so liebt, wie Ihr sagt, Elisor, so bin ich sicher, daß Euch nichts zu schwer sein wird, um meine Gunst zu erringen. Darum befehle ich Euch bei aller Sehnsucht, die Ihr danach habt, und aller Furcht, sie zu verlieren, daß Ihr, ohne mich noch einmal zu sehen, morgen vom Hofe abreist und an einen Ort geht, wo weder Ihr von mir noch ich von Euch für die nächsten sieben Jahre irgend eine Nachricht erhalten kann. Da Ihr mich schon sieben Jahre liebt, seid Ihr Eurer Liebe sicher; wenn ich selbst aber noch weitere sieben Jahre diese Erfahrung bestätigt sehe, so werde ich zur Stunde wissen und glauben, was ich Eurem Wort nach allein nicht wissen und glauben kann.«

Als Elisor diesen grausamen Befehl hörte, fürchtete er einerseits, sie wolle ihn nur aus ihrer Gegenwart entfernen, andererseits hoffte er, diese Probe würde besser für ihn sprechen, als seine Worte; so nahm er den Befehl an und sprach: »Wenn ich sieben Jahre ohne Hoffnung mit diesem verborgenen Feuer leben konnte, so werde ich jetzt, da Ihr alles wißt, noch weitere sieben Jahre in größerer Hoffnung und Geduld hinbringen können. Aber, hohe Frau, wenn ich Eurem Befehl, durch den ich alles Guten, was ich in der Welt besaß, beraubt bin, gehorche, welche Hoffnung gebt Ihr mir, mich nach sieben Jahren als treuen und gerechten Diener anzuerkennen?« Die Königin zog einen Ring vom Finger und sprach: »Hier gebe ich Euch einen Ring, wir wollen ihn in zwei Hälften theilen; Ihr mögt die eine, ich werde die andere behalten, damit, falls die lange Zeit mir das Gedächtniß an Eurem Aussehen verwischt, ich Euch an der anderen Hälfte dieses Ringes, welche der meinen gleicht, wiedererkennen kann.« Elisor nahm den Ring, brach ihn entzwei und gab der Königin die eine Hälfte, während er die andere behielt; und nachdem er Abschied von ihr genommen hatte, ging er, lebloser als ein Todter, in seine Wohnung, um seine Reise vorzubereiten; er schickte sein ganzes Gefolge nach Hause und ging mit einem Diener an einen so einsamen Ort, daß keiner seiner Verwandten und Freunde während der sieben Jahre Nachricht von ihm erhalten konnte. Man weiß nichts von dem Leben, welches er während dieser Zeit führte, und von der Qual, welche er erlitt, doch werden die, welche lieben, sie ermessen können.

Genau nach sieben Jahren, als die Königin zur Messe ging, kam ein Eremit mit einem großen Bart auf sie zu; er küßte ihr die Hand und gab ihr eine Bittschrift, welche sie sich nicht die Mühe nahm gleich anzusehen, obgleich sie gewöhnlich mit eigener Hand alle Bittschriften, welche man ihr gab, selbst dem Aermsten abnahm. Als man in der Mitte der Messe war, öffnete sie das Papier und fand darin den halben Ring, welchen sie Elisor gegeben hatte; darüber war sie hoch erstaunt und erfreut; ehe sie las, was darin stand, befahl sie plötzlich ihrem Großalmosenier, daß er ihr den großen Eremiten herbeibringe, der ihr die Bittschrift gegeben habe. Der Großalmosenier suchte ihn nach allen Seiten hin, aber er konnte ihn nirgends auftreiben, und man sagte ihm, er sei zu Pferd gestiegen; doch wußte man nicht, welchen Weg er genommen hatte. Während sie auf die Antwort des Almoseniers wartete, las die Königin die Bittschrift, welche sich als eine wohlabgefaßte Epistel erwies. Wenn ich Ihnen, meine Damen, nicht so gern dieselbe mittheilen wollte, würde ich nie gewagt haben, sie zu übersetzen; immerhin bitte ich Sie, zu bedenken, daß die costilianische Art und Sprache unvergleichlich viel besser die Leidenschaft der Liebe wiedergiebt als die französische. Der Inhalt war folgender:

> Die Zeit hat mich gelehrt mit Macht und Stärke,
> Was Liebe ist und was sie will und kann;
> Doch hat die Zeit, die ich seitdem erduldet,
> In langen sieben Jahren mich gelehrt,
> Was nie vorher mich Liebe lehren konnte.
> Die Zeit vorher, die konnte mir nur zeigen,
> *Daß* ich Euch liebte, und ich glaubte nur
> An dieser Liebe Art wie an ein Wunder.
> Die Zeit nachher hat mir in scharfem Lichte
> Gezeigt, *wie* ich Euch liebte und warum.
> Ich liebte Eure Schönheit, edle Frau,
> Und wußte nicht, daß unter ihr verborgen
> So harte Grausamkeit sich finden konnte.
> Nun hat der sieben Jahre müde Zahl
> Mir klar gemacht, daß diese Schönheit nichts
> Genüber Eurer Grausamkeit bedeute. –
> Als Eure Härte mir den Anblick raubte
> Von Eurer Schönheit, sah ich besser ein,
> Daß Ihr zu grausam seid, um schön zu sein.
> Ich habe Euch gehorcht und bin gegangen,
> Und als die Frucht von dieser langen Zeit
> Trag' ich nun ein zufried'nes Herz im Busen
> Und wünsche nicht zu Euch zurückzukehren,
> Es sei denn heut auf einen Augenblick,
> Um Euch ein letztes Lebewohl zu sagen.
> Es lehrte mich die Zeit, wie ich Euch sagte
> Die Liebe zu erkennen ungeschminkt,
> In ihrer Hohlheit und woher sie kam
> Vor Liebe blind, ersehnte ich das Ende

Der sieben Jahre; nun das Ende kam,
Bin sehend ich geworden und ich fühl's,
Ich liebe Euch nicht mehr, es ist vorbei.
In meiner Einsamkeit lernt' ich *die* Liebe kennen,
Die wahre Liebe ist; sie kommt von oben,
Und wer sie je gewinnt, verliert zur Stunde
Die andre Lieb', die ihm kein Glück gebracht.
Die Zeit hat mich der heil'gen Lieb' ergeben,
Und ihr nur will ich Leib und Seele widmen,
Um ihr fortan zu dienen anstatt Euch.

Als ich Euch diente, galt ich Euch ein Nichts
Und mit dem Nichts zufrieden dient' ich Euch.
Ihr gabt den Tod zum Lohn für treue Dienste,
Nun wird mir Leben noch als Himmelslohn.
Die Liebe Gottes, welche ich erworben,
Hat so die andre Lieb' in mir zerbrochen,
Daß sie gleich Rauch verflüchtigt ist im Wind.
Euch gab ich diesen Rauch zurück, ich brauche
Ihn nicht und Euch nicht fürderhin im Leben.
Die heil'ge Lieb', von der ich Euch berichtet,
Zieht mich zu sich mit göttlich milder Macht.
Ich geh' zu ihr und will fortan ihr dienen,
Vergessen Euch und was mich an Euch band.
So nehm' ich Abschied denn von meinen Leiden
Von Euch und Eurer harten Grausamkeit,
Abschied von Haß, Verachtung und von allem,
Was Euch erfüllte, Abschied von dem Feuer,
Das Euch verzehrt, Ihr wunderschöne Frau.
Ich kann nicht anders meinem Lebewohl
Für alle Uebel, alles Unglück, alle Leiden
Und für die Hölle eitler Frauenliebe,

Ich kann nicht besser diesem Lebewohl
Hier Ausdruck geben, als mit einem Worte:
Lebt wohl, o Königin! So lang ihr lebet,
Hofft nimmermehr, mich wieder zu erblicken,
Wir beide bleiben für einander todt.

Dieser Brief wurde mit großem Erstaunen und unter vielen Thränen gelesen; die Königin fühlte ein unbeschreibliches Bedauern, und der Verlust eines Ritters, welcher von einer so großen Liebe erfüllt war, schien ihr so unersetzlich, daß weder ihre Schätze noch ihr Königreich sie davon abhielten, sich für die ärmste und elendeste Frau der Welt zu halten, weil sie etwas verloren hatte, was alle ihre Güter ihr nicht wieder einbringen konnten. Nachdem sie die Messe gehört hatte, zog sie sich in ihre Gemächer zurück und verfiel in so große Trauer, wie ihre Grausamkeit verdiente. Es gab keinen Berg, Felsen und Wald, den sie nicht nach dem Eremiten absuchen ließ; aber der, welcher ihn ihr entrissen hatte, gab ihn ihr nicht wieder und geleitete ihn eher ins Paradies, als sie es erfuhr.

»Dieses Beispiel«, fuhr Dagoucin fort, »zeigt Euch, daß kein Ritter Geständnisse machen soll, die ihm nichts nützen, wohl aber schaden können; und noch weniger, meine Damen, solltet Ihr wegen Eures Unglaubens so schwere Proben verlangen, daß Ihr mit der Erfüllung den Ritter verliert.« – »In der That, Dagoucin«, sprach Guebron, »ich habe immer gehört, daß diese betreffende Dame sehr tugendreich sein soll, aber jetzt halte ich sie für die Thörichtste und Grausamste der Welt.« – »Dennoch scheint es mir«, sagte Parlamente, »daß sie ihm kein Unrecht that, indem sie die sieben Probejahre von ihm forderte, bis sie an seine Liebe glaubte, denn die Männer pflegen in solchen Fällen so viel zu lügen, daß, ehe man ihnen traut (wenn man ihnen überhaupt trauen soll), man keine zu lange Probe machen kann.« – »Die

Damen«, warf Hircan ein, »sind sehr viel weiser als es nöthig wäre, denn in einer Probe von sieben Tagen würden sie schon dieselbe Sicherheit über ihren Ritter haben wie andere in sieben Jahren.« – »Und dennoch«, sprach Longarine, »befinden sich in dieser Gesellschaft welche, die über sieben Jahre lang unter allerlei Prüfungen geliebt worden sind, und die dennoch nicht ihre Freundschaft zum Lohn vergeben haben.« – »Bei Gott«, rief Simontault, »das ist wahr! aber diese müssen auch noch zur guten alten Zeit gerechnet werden, denn heutzutage findet man keine mehr.« – »Uebrigens«, sagte Oisille, »geschah dem Ritter nur Gutes durch die Dame, denn durch sie wandte er sein Herz ganz Gott zu.« – »Es war sein Glück«, meinte Saffredant, »daß er Gott auf dem Wege traf, denn es wäre kein Wunder gewesen, wenn er sich in seinem Kummer allen Teufeln ergeben hätte.« Emarsuitte antwortete darauf: »Und wenn Ihr von Eurer Dame schlecht behandelt worden seid, habt Ihr Euch dann auch dem Teufel ergeben?« – »Tausend und aber tausend Mal habe ich mich ihm ergeben«, lachte Saffredant; »da aber der Teufel sah, daß alle Qualen seiner Hölle noch nicht die erreichen konnten, welche sie mich erdulden ließ, wollte er nie etwas von mir wissen, denn bekanntlich giebt es keinen schlimmeren Teufel als eine Dame, welche man liebt, und die nicht wieder lieben will.« – »Wenn ich an Eurer Stelle wäre«, sagte Parlamente zu Saffredant, »so würde ich bei solchen Ansichten nie einer Dame dienen.« – »Ich habe immer so sehr geliebt«, sprach Saffredant, »und meine Thorheit war immer so groß, daß ich selbst da, wo ich nicht befehlen konnte, noch glücklich war, dienen zu können, denn die Bosheit der Frauen kann meine Liebe nicht ertödten. Aber ich bitte Euch, sagt mir offenherzig, ob Ihr diese Dame wegen ihrer großen Strenge lobt?« – »Ja«, sagte Oisille, »denn ich glaube, sie wollte weder lieben noch geliebt werden.« – »Wenn sie so dachte«, sprach Simontault, »warum gab sie ihm Hoffnung für die Zeit nach den sieben Jahren?« – »Ich bin Eurer Meinung«, sagte Longarine, »denn die, welche nicht lieben wollen, geben keine Gelegenheit, weiter geliebt zu werden.« – »Vielleicht liebte sie einen anderen«, meinte Nomerside, »der nicht so viel werth war, wie dieser Edelmann, so daß sie um des Geringeren willen den Besseren gehen ließ.« – »Nun, beim Himmel«, rief Saffredant, »ich glaube, sie wollte ihn sich vorräthig halten, um ihn bereit zu haben, wenn sie dessen, den sie gerade liebte, überdrüssig geworden wäre.« – »Ich sehe wohl«, sprach Oisille, »daß, je länger wir darüber streiten, desto Schlimmeres über uns von denen zu Tage treten wird, die sich nicht schlecht behandeln lassen wollen. Darum bitte ich Euch, Dagoucin, gebt Eure Stimme weiter.« – »Ich gebe sie«, sprach Dagoucin, »Longarine, da ich sicher bin, daß sie uns etwas Neues erzählen wird, ohne dabei Herren und Damen die Wahrheit zu ersparen.« – »Da Ihr mich für so wahrheitsliebend haltet«, antwortete Longarine, »werde ich so kühn sein, eine Geschichte von einem großen Fürsten zu erzählen, der alle seine Zeitgenossen an Tugend übertraf. Merkt Euch auch, daß man nur im alleräußersten Nothfall von Lüge und Verstellung Gebrauch machen soll, denn das sind sehr häßliche und schändliche Laster, besonders an großen Herren und Prinzen, zu deren Mund und Miene die Wahrheit besser steht als zu anderen. Aber kein Prinz der Welt ist so groß, und wenn er alle wünschenswerthen Ehren und Reichthümer besäße, daß er nicht der Herrschaft und Tyrannei der Liebe unterthan wäre. Je edler und großherziger der Fürst ist, um so mehr sucht ihn die Liebe mit ihrer starken Hand zu bezwingen, denn diese große Göttin macht sich nichts aus alltäglichen Dingen und will nur alle Tage Wunder vollbringen, wie z.B. Starke schwächen, Schwache stärken, die Unwissenden weise, die Weisen thöricht machen, Leidenschaften begünstigen, die Vernunft zerstören u.s.w. Kurz, die liebende Göttin belustigt sich mit derlei Veränderungen; und da die Prinzen davon nicht ausgeschlossen sind, müssen sie sich auch allen Anforderungen im Dienste der Liebe fügen. Also ist es ihnen auch erlaubt, sich der Lüge, Heuchelei und Verstellung zu bedienen, welche Mittel dazu sind, um den Feind zu besiegen, wie Meister Jean de Meung gelehrt hat. Da also in diesem Fall ein Prinz thun darf, was sonst jedenfalls verächtlich wäre, will ich Euch die Erfindungen eines jungen Prinzen erzählen, durch welche er sogar die täuschte, welche sonst selbst alle Welt betrügen.«

Fünfundzwanzigste Erzählung.

Von der Schlauheit eines Prinzen, um zur Frau eines Pariser Advokaten zu gelangen.

In Paris lebte ein Advokat, der viele andere seines Standes übertraf, und da er wegen seiner Geschicklichkeit sehr gesucht war, war er der reichste seiner Collegen geworden. Von seiner ersten Frau hatte er keine Kinder gehabt; er hoffte deshalb welche von einer zweiten und obwohl er schon alt war und von schwacher Körperconstitution, so war doch sein Herz und seine Hoffnung noch nicht gestorben. Er heirathete also ein Mädchen aus der Stadt, im Alter von 18–19 Jahren, sehr schön und blühenden Teints, vor Allem aber von ausgezeichneter Figur und vollen Formen. Er liebte sie und behandelte sie sehr gut, erhielt aber von ihr ebensowenig Kinder, wie von der ersten Frau. Auf die Dauer wurde ihr das langweilig. Und da die Jugend Langweile nicht liebt, suchte sie außer seinem Hause Zerstreuung, ging zu Tanz und zu Festlichkeiten, allerdings in allen Ehren, so daß ihr Mann nichts dagegen haben konnte; sie war immer in Gesellschaft von Damen, zu welchen er volles Vertrauen hatte. Eines Tages war sie zu einer Hochzeit geladen und traf dort mit einem hochstehenden Prinzen zusammen, der, als er mir diese Geschichte erzählte, ihn je zu nennen verbot. Nichtsdestoweniger kann ich Euch sagen, daß er der schönste und anmuthigste Mann war, den es bis dahin im Königreich gegeben hatte und den keiner auch in Zukunft übertreffen wird.

Als dieser Prinz die junge Dame sah, deren Augen und Gebahren ihn aufzufordern schienen, sie zu lieben, sprach er mit ihr in liebenswürdiger und unzweideutiger Weise, daß sie gern darauf einging, ihm auch offen sagte, daß sie schon seit lange in ihrem Herzen eine Liebe trage, die sie bereit sei, ihm zu schenken; so daß er sie garnicht zu bitten und sich Mühe zu geben brauche, sie zu einer Sache zu überreden, die ihre Liebe schon gleich bei seinem Anblick ihm zugebilligt habe. Als nun so der edle Prinz durch ihre Naivetät alles das erhielt, was sonst nur Zeit und Ausdauer erwerben lassen, dankte er Gott für diese offensichtliche Begünstigung und betrieb seine Angelegenheit von Stunde an so gut, daß sie zusammen die Möglichkeit verabredeten, sich fern von anderen sehen zu können. Zeit und Ort einmal verabredet, verfehlte der junge Prinz natürlich nicht, sich pünktlich einzufinden; um aber die junge Dame nicht zu compromittiren, ging er in Verkleidung. Aber wegen der abenteuerlustigen jungen Herren, welche nachts die Stadt durchschwärmten und mit denen er nicht zusammen kommen wollte, nahm er einige junge Edelleute, auf die er sich verlassen konnte, mit sich, ließ sie aber am Eingang der Straße, in der die Dame wohnte, zurück, indem er ihnen sagte: »Wenn Ihr binnen einer viertel Stunde keinen Lärm schlagen hört, so geht nach Hause und holt mich gegen drei bis vier Uhr wieder hier ab.« Sie thaten so und da sie keinen Lärm hörten, entfernten sie sich. Der junge Prinz ging geradewegs zum Advokaten und fand die Thür offen, wie ihm gesagt worden war; als er aber die Treppe hinanstieg, traf er auf den Ehemann, der ein

Licht in der Hand trug und ihn erkannte, bevor er ihn selbst noch recht gesehen hatte.

Die Liebe macht aber in der Noth klug und kühn; so ging der junge Mann gerade auf ihn zu und sagte ihm: »Herr Advokat, Ihr kennt das Vertrauen, welches ich und alle Glieder meines Hauses stets in Euch gesetzt haben, und Ihr wißt, daß ich Euch zu meinen besten und treuesten Freunden rechne. Ich habe Euch einmal ganz privatim besuchen wollen, sowohl um Euch meine Angelegenheiten ans Herz zu legen, als auch, um Euch zu bitten, mir etwas zu trinken zu geben, denn ich bedarf dessen sehr, und daß Ihr niemanden etwas sagen möchtet, denn von hier gehe ich an einen Ort, wo ich nicht erkannt sein will.« Der gute Alte war über die Ehre dieses ganz geheimen Besuches sehr erfreut, führte den jungen Prinzen ins Zimmer und befahl seiner Frau, Früchte und Eingemachtes zu bringen; sie arrangirte das alles sehr hübsch. Obgleich ihre Kleidung, ein Mantel und eine Haube, ihre Schönheit nur noch hob, that der Prinz als beachtete er sie garnicht, sprach vielmehr immer mit ihrem Gatten über seine Angelegenheiten, mit dem dieser ganz vertraut war. Als nun die Dame dem Prinzen die Confitüren darreichte und der Mann ins Büffet getreten war, um Wein zu holen, sagte sie ihm, er solle nicht verfehlen, wenn er das Zimmer verlasse, in eine Kleiderkammer rechts davon einzutreten, von wo sie ihn holen werde. Nachdem er getrunken, bedankte er sich bei dem Advokaten, der ihn durchaus begleiten wollte; er versicherte ihm aber, daß er nach dem Orte, wohin er wolle, keine Begleitung brauche. Dann wandte er sich an die junge Frau und sagte: »Ich will Euch auch nicht unnützer Weise Euren Mann entführen, der zu meinen ältesten und ergebensten Freunden zählt. Ihr müßt Euch in seinem Besitz glücklich schätzen und habt alle Ursache, Gott zu danken und ihm zu dienen und zu gehorchen. Thätet Ihr anders, so wäret Ihr eine Unglückliche.«

Nach diesen Worten ging er fort und drückte die Thür hinter sich ins Schloß, damit man ihm auf der Treppe nicht nachkäme. Er ging in das Kleiderkabinet, wohin auch die Dame kam, nachdem ihr Mann fest eingeschlafen war. Dann führte sie ihn in ein aufs beste ausgestattetes Zimmer; trotz der vielen schönen Bilder darin, waren er und sie doch die schönsten; mochten sie nun bekleidet oder unbekleidet sein. Ohne Zweifel hielt sie ihm dort auch alle ihre Versprechen. Als die Stunde, die er seinen Edelleuten bestimmt hatte, schlug, zog er sich zurück und fand sie am verabredeten Orte. So dauerte das Leben eine lange Zeit; bald wählte der Prinz einen kürzeren Weg, um zu der Dame zu kommen. Er ging durch ein Kloster durch und hatte es mit dem Prior so gut arrangirt, daß immer um Mitternacht der Pförtner ihm das Thor öffnete und ebenso, wenn er zurückkam. Von da war das Hans nur noch wenige Schritte entfernt, deshalb nahm er keine Begleitung mehr mit. Obwohl er dieses Leben lange Zeit führte, war er doch ein so gottesfürchtiger Herr, daß er, wenn er sich auch beim Hingehen nicht aufhielt, doch nie verabsäumte, auf dem Rückwege lange in der Kirche seine Andacht zu verrichten. Das brachte ihm bei den Mönchen, die, wenn sie zur Frühmette kamen oder gingen, ihn auf den Knieen beten sahen, den Ruf eines sehr frommen Mannes ein. Der Prinz hatte eine Schwester, die dieses Kloster oft besuchte; sie hatte ihn über alles lieb und bat daher alle ihre gottesfürchtigen Bekannten, ihn in ihre Gebete einzuschließen. Eines Tages, als sie ihn ganz besonders dem Prior jenes Klosters ans Herz legte, sagte dieser: »Wen empfehlet Ihr mir da, Prinzessin? Ihr sprecht mir von einem Menschen, dessen Gebet ich lieber anempfohlen sein möchte, denn wenn dieser nicht fromm und gerecht ist (wie es ja heißt, glücklich ist der, der Böses thun könnte und es nicht thut), kann ich auch nicht hoffen, als solcher erfunden zu werden.« Die Prinzessin wollte wissen, was denn für eine besondere Kenntniß der Prior von der Frömmigkeit ihres Bruders hatte und drang so in ihn, daß er es ihr schließlich unter dem Siegel der Verschwiegenheit mittheilte und ihr sagte: »Ist es nicht etwas Wunderbares, daß ein junger und schöner Prinz die Vergnügungen und seine Nachtruhe verläßt, um recht oft die Frühmette bei uns zu hören, und nicht, um als Prinz damit Ehre einzulegen, sondern allein ganz wie unsereiner sich in einer kleinen Kapelle aufhaltend? Diese Frömmigkeit bringt selbst meine Brüder und mich in Verlegenheit, und neben ihm sind wir gar nicht werth, Gottes Diener zu heißen.« Die Schwester wußte nicht, was sie nach diesen Worten glauben sollte; es war ihr wohl bekannt, daß ihr Bruder, obwohl er auch weltlichen Vergnügungen nachging, sehr fromm und gottesfürchtig war; daß er aber zu solcher Stunde in die Kirche ging, das hätte sie nie geglaubt. Sie ging deshalb zu ihm und erzählte ihm von der guten Meinung, die die Mönche von ihm hätten. Er konnte sich des Lächelns hierüber nicht erwehren, und da sie ihn so gut wie sich selbst kannte, ward ihr klar, daß unter dieser Frömmigkeit etwas verborgen sei. Sie ruhte auch nicht, bis er es ihr erzählt hatte, genau so, wie sie es mir dann mittheilte und ich es jetzt wiedergegeben habe.

»Hieraus sollt Ihr nur entnehmen«, fuhr Longarine fort, »daß kein Advokat und kein Mönch so schlau ist, den nicht im Nothfalle Amor übertrumpft. Deshalb sollten wir einfältigen Leute auf unsrer Hut vor ihm sein.« Guebron sagte: »Ich will diesen Punkt nicht weiter untersuchen, aber der Prinz scheint mir in seinem Thun jedenfalls sehr lobenswerth. Denn man sieht sehr wenige große Herren, die nach der Ehre der Frauen und ihrem Ruf im Publikum fragen, wenn sie nur ihr Vergnügen haben; oft sind sie nur der Grund, daß man noch Schlimmeres von ihnen sagt, als wirklich vorliegt.« – »Ich möchte«, bestätigte Oisille, »daß alle jungen Edelleute sich daran ein Beispiel nähmen, denn oft ist der Skandal größer als das Vergehen.« – »Nun bedenkt aber«, warf

Nomerfide ein, »wie von Herzen seine Gebete im Kloster gekommen sein mögen.« – »Darüber läßt sich nicht so einfach urtheilen«, sagte Parlamente; »vielleicht überfiel ihn auf der Rückkehr wirklich die Reue und zwar so sehr, daß er damit sein Vergehen sühnte.« Hircan meinte: »Es ist sehr schwer, über eine so angenehme Sache Reue zu empfinden. Was mich wenigstens anbetrifft, so habe ich allerdings oft genug dergleichen Dinge zu beichten gehabt, aber nie bereut.« – »Dann wäre es schon besser, garnicht zu beichten, wenn man keine Reue empfindet«, sagte Frau Oisille. »Gewiß, edle Frau«, sagte Hircan, »die Sünde mißfällt mir sehr, und ich bin betrübt, Gott zu beleidigen, aber das Vergnügen gefällt mir auch.« – »Ihr und Euresgleichen«, warf Parlamente ein, »möchtet überhaupt lieber, daß es keinen Gott gebe und kein anderes Gesetz, als Eure Vergnügungssucht Euch vorschreibt.« – »Ich gebe zu«, antwortete Hircan, »daß ich wünschte, Gott fände ebensoviel Gefallen an unseren Vergnügungen wie ich; ich würde ihm dann oft Gelegenheit sich zu erfreuen geben.« Guebron sagte: »Immerhin werdet Ihr keinen neuen Gott schaffen; wir müssen also dem gehorchen, den wir einmal haben. Aber überlassen wir den Theologen diese Streitigkeiten, damit Longarine das Wort weiter geben kann.« – »Ich gebe es Saffredant«, sagte diese, »aber ich bitte ihn, uns etwas Gutes zu erzählen und ebensowenig darauf auszugehen, von den Damen Schlechtes zu sagen, als dort, wo er etwas Gutes berichten könnte, nicht bei der Wahrheit zu bleiben.« Saffredant sagte: »Ich bin bereit; ich weiß eine Geschichte von einer klugen und einer thörichten Frau. Ihr mögt hieraus entnehmen, was Euch gefällt, und werdet sehen, daß, wie Amor schlechte Menschen Schlechtigkeiten begehen läßt, er in einem ehrbaren Herzen würdige und lobenswerthe Entschließungen reifen läßt. Amor an sich ist nämlich gut, nur die Schlechtigkeit der Personen läßt ihn seine Beinamen eines leichtgläubigen, grausamen und anstandslosen Gottes erhalten. Aus der Geschichte, die ich Euch erzählen will, könnt Ihr aber entnehmen, daß die Liebe das Herz nicht ändert, sondern es in seiner wahren Natur zeigt, als ein thörichtes bei Thörichten, und als ein vernünftiges bei Vernünftigen.«

Sechsundzwanzigste Erzählung.

Ein junger Prinz hat ein Verhältnis mit einer leichtfertigen jungen Frau in Pampeluna und wird von einer anständigen Frau geliebt, die ihn pflegt, wie er krank ist, und seinen Anträgen widersteht, aus Kummer aber, daß ihre Ehre ihr verbiete, ihn so zu lieben, wie ihr Herz sie drängt, stirbt.

Zur Zeit Ludwig XII. lebte ein junger Edelmann, namens von Avannes, ein Sohn des Herzogs von Albret und Bruder des Königs Johann von Navarra, bei welchem der Herr von Avannes gewöhnlich wohnte. Dieser junge Edelmann war schon im Alter von fünfzehn Jahren so schön und anmuthsvoll, daß er nur dazu geschaffen zu sein schien, angesehen und geliebt zu werden. Alle, die mit ihm zusammentrafen, thaten dies auch, vor Allem aber eine junge Frau in Pampeluna in Navarra, die mit einem sehr reichen Mann verheirathet war, mit dem sie in allen Ehren lebte. Obwohl sie nur 23 Jahre alt war, während sich ihr Mann den Fünfzigern näherte, trat sie doch so bescheiden auf, daß sie eher eine Witwe, als eine verheirathete Frau zu sein schien. Niemals ging sie zu Hochzeiten oder sonstigen Festlichkeiten ohne ihren Mann, dessen Ehrenhaftigkeit und Güte sie der Schönheit aller anderen Männer vorzog. Diese immer sich gleich bleibende Wohlanständigkeit hatte ihn in solche Sicherheit gewiegt, daß er ihr alle Angelegenheiten seines Hauses anvertraute. Eines Tages war er mit seiner Frau zur Hochzeit einer Verwandten eingeladen.

Dort fand sich auch zu Ehren der Gastgeber der junge Herr von Avannes ein, der, als der beste Tänzer seiner Zeit, selbstverständlich auch den Tanz sehr liebte. Nach dem Diner begann der Tanz, und der reiche Mann forderte den jungen Edelmann zum Mittanzen auf. Dieser fragte, wen er engagiren solle, worauf jener erwiderte: »Wenn es eine schönere und sittsamere als meine Frau hier giebt, so würde ich sie Euch vorstellen, so aber bitte ich Euch, daß Ihr ihr Partner seid.« Der junge Prinz that das, war aber noch so jung, daß ihm das Tanzen und Springen mehr Vergnügen machte, als seine Dame anzusehen, wogegen diese mehr seine Schönheit und Anmuth betrachtete, als auf den Tanz achtete, obwohl sie klug genug war, sich nichts anmerken zu lassen.

Als die Stunde des Soupers gekommen war, empfahl sich Herr von Avannes bei der Gesellschaft und kehrte nach dem Schloß zurück, wohin ihn der reiche Mann auf seinem Maulthier begleitete. Unterwegs sagte er zu ihm: »Ihr habt heute meinen Verwandten und mir so viel Ehre erwiesen, daß es eine Undankbarkeit wäre, wenn ich mich nicht mit all' meinem Können Euch zur Verfügung stellte. Ich weiß, mein Prinz, daß hohe Herren, wie Ihr, noch dazu, wenn sie strenge und geizige Väter haben, öfter als wir in Geldverlegenheit sind, die wir bei unseren geringeren Ausgaben und unsrer sparsamen Lebensweise nur darauf bedacht sind, Geld zurückzulegen. Nun steht es mit mir so, daß der liebe Gott mir eine Frau, wie ich sie mir wünschte, gegeben, mir aber mein Glück nicht voll gemacht hat, da ich des Kindersegens beraubt bin. Ich weiß nun, mein Prinz, daß ich Euch nicht adoptiren kann, aber wenn Ihr mich als Euren ergebenen Freund annehmen und mir Eure kleinen Angelegenheiten vertrauen wollt, so will ich, soweit dazu 100000 Thaler meines Vermögens dienlich sein können, nicht verabsäumen, Euch, wenn nöthig, auszuhelfen.« Herr von Avannes war über dieses Anerbieten sehr erfreut; er hatte nämlich einen Vater, wie jener angedeutet hatte, und nachdem er sich bedankt hatte, nannte er ihn seinen zweiten Vater. Von Stund' an faßte der reiche Mann eine solche Liebe zu dem Prinzen, daß er früh und spät sich erkundigte, ob er ihm mit irgend etwas zu Diensten sein konnte; er machte auch gegen seine Frau keinen Hehl aus dieser Neigung, die ihn deshalb nur um so mehr liebte. Von dieser Zeit an ging dem Prinzen nichts mehr ab; er ging oft zu dem Reichen und aß und trank mit ihm, und wenn er ihn nicht antraf, gab ihm seine Frau, was er wünschte, und hielt ihm noch obendrein verständige Reden und mahnte ihn zur Tugend, so daß er sie mehr als irgend eine andere Frau fürchtete und liebte. Da sie Gott und ihre Ehre vor Augen hatte, begnügte sie sich, ihn zu sehen und mit ihm zu sprechen, und zwar immer nur in allen Ehren und geschwisterlicher Liebe, so daß sie nie etwas sagte, wodurch er hätte erröthen können, daß ihre Liebe nicht nur eine geschwisterliche und christliche war. Während dieser Freundschaft hatte der junge Prinz durch die heimliche Hülfe immer sehr kostbare Kleider und die Taschen voll Geld, und als er nun 17 Jahre alt geworden war, begann er etwas mehr als bisher sich um die Damen zu kümmern. Nun wäre es ihm freilich am liebsten gewesen, vor allen diese verständige Dame zu lieben, er fürchtete aber, wenn er ihr Anträge machte, ihre Freundschaft zu verlieren. Er schwieg deshalb und amüsirte sich anderweit. Zuerst war es eine niedliche Frau aus der Umgegend von Pampeluna, die auch in der Stadt ein Haus besaß und einen jungen Mann geheirathet hatte, der vor Allem Hunde, Pferde und Vögel liebte. Ihr zu Liebe veranstaltete der Prinz allen möglichen Zeitvertreib, Turniere, Wettrennen, Kampfspiele, Maskenbälle und andere Festlichkeiten, zu denen die junge Dame sich einfand. Da ihr Mann aber nicht auf sie aufpaßte, ihre Eltern jedoch ihre Schönheit und Leichtfertigkeit kannten und ihre Ehre eifersüchtig behüteten, ließen sie sie nicht von ihrer Seite, so daß der junge Prinz nichts von ihr erhalten konnte, als hin und wieder ein kurzes Wort auf einem Ball, obwohl er schon nach dem ersten Zusammensein ganz wohl bemerkte, es fehlte nur Zeit und Gelegenheit, daß er auch noch anderes erhielte.

Deshalb ging er einmal zu seinem besseren Vater, dem Reichen, und sagte ihm, er möchte gern eine Wallfahrt nach Notre-Dame-de-Montferrat machen, wolle aber allein gehen, und bat ihn deshalb, sein ganzes Gefolge bei sich zu behalten. Er versprach dies; seine Frau aber, in deren Herz der scharfsichtige Gott Amor wohnte, errieth sofort den wahren Grund dieser Reise und konnte nicht umhin, zum jungen Prinzen zu sagen: »Die liebe Frau, die ihr anbeten wollt, ist hier in diesen Stadtmauern; deshalb bitte ich Euch, seid vor Allem auf Euer Wohl bedacht.« Er, der sie liebte und fürchtete, wurde ganz roth und beichtete ihr die Wahrheit. Dann ging er; er kaufte zwei schöne spanische Pferde, verkleidete sich als Stallknecht, so daß ihn Niemand erkennen konnte. Der Mann der vergnügungssüchtigen Frau, der vor allen Dingen Pferde liebte, sah diejenigen, welche der Herr von Avannes führte, und kaufte sie sofort. Als er dann sah, wie geschickt der Stallknecht mit ihnen umging, fragte er ihn, ob er in seine Dienste treten wolle. Der Prinz war es bereit, er sei nur ein armer Mann, der nichts anderes verstehe, als mit Pferden umzugehen, das würde er aber so gut machen, daß er schon mit ihm zufrieden sein würde. Der Edelmann war sehr froh, übergab ihm alle seine Pferde und empfahl, als er nach Haus gekommen war, Pferde und Stallknecht seiner Frau, während er auf dem Schlosse sei. Die Dame, die sich ihrem Manne gefällig erweisen wollte und auch gerade nichts anderes vor hatte, ging zu den Pferden und sah auch den neuen Bediensteten, der ihr recht schön gewachsen schien; sie erkannte ihn aber nicht. Als er das sah, begrüßte er sie auf spanische Art, d.h. er ergriff ihre Hand und küßte sie und drückte sie dabei so kräftig, daß sie ihn daran erkannte; beim

Tanzen hatte er es nämlich oft so gemacht. Sofort ging sie darauf aus, ihn allein sehen zu können. Noch denselben Abend bot sich eine Gelegenheit. Sie war zu einem Fest eingeladen, wohin ihr Mann mit ihr gehen wollte, sie stellte sich aber krank, und da ihr Mann seinem Freunde nicht absagen wollte, sagte er zu ihr: »Meine Liebe, da Du nicht mitkommen willst, so bitte ich Dich, achte auf meine Hunde und Pferde, daß ihnen nichts abgehe.« Der jungen Frau war dieser Auftrag recht angenehm, sie ließ sich aber nichts anmerken und antwortete, da er ihr wichtigere Angelegenheiten nicht anvertrauen wolle, wolle sie ihm wenigstens zeigen, daß es ihr angenehm sei, ihm auch in kleinen Dingen gefällig zu sein. Kaum war ihr Mann zur Thür hinaus, als sie auch schon nach dem Stall ging, wo ihr ewiges zu fehlen schien, und um Ordnung zu schaffen, schickte sie alle Diener mit Aufträgen fort, bis nur der vermeintliche Stallknecht allein noch da war. Aus Furcht aber, daß Jemand dazu kommen könnte, sagte sie ihm: »Geht in meinen Garten und erwartet mich in dem Pavillon am Ende der Allee.« Er eilte fort, ohne sich erst viel zu bedenken. Nachdem sie im Stall alles besorgt hatte, ging sie zu den Hunden und bekümmerte sich ebenso eingehend um ihr Wohlergehen, so daß sie aus einer Herrin eine Dienerin geworden zu sein schien. Dann ging sie auf ihr Zimmer, stellte sich recht müde und legte sich gleich zu Bett, um zu schlafen. Alle ihre Frauen verließen das Zimmer bis auf eine, zu der sie volles Vertrauen hatte; dieser sagte sie: »Gehe in den Garten und hole den, der am Ende der Allee wartet.«

Die Kammerfrau ging, fand den Stallknecht wartend und führte ihn zu ihrer Herrin. Dann ging sie selbst aus dem Zimmer, um auf die Rückkehr des Ehemann aufzupassen. Als der Prinz sich mit her Dame allein sah, entledigte er sich seiner Stallknechtskleidung, nahm die falsche Nase und den falschen Bart ab, und ohne sie erst lange zu fragen, legte er sich nicht als furchtsamer

Bedienter sondern als unerschrockener Edelmann, der er war, zu ihr ins Bett Sie nahm ihn so auf, wie je ein schöner Ritter von einer liebesüchtigen Dame aufgenommen wurde, und er blieb bei ihr, bis der Mann zurückkam. Da nahm er seine Maske wieder vor und verließ die Stätte des Vergnügens, die er durch Klugheit und Hinterlist usurpirt hatte. Als der Edelmann auf den Hof kam, vernahm er, wie eifrig seine Frau seinem Wunsche nachgekommen war, und bedankte sich bei ihr. Sie antwortete: »Mein Lieber, ich thue nur meine Pflicht. Es ist wahr, wenn man auf diese Jungen nicht aufpassen würde, hättet ihr nur räudige Hunde und magere Pferde; aber da ich mich jetzt von ihrer Faulheit überzeugt habe und auch weiß, wie Ihr es gehandhabt wissen wollt, sollt Ihr von nun an besser bedient werden.« Der Edelmann, welcher den besten Stallknecht in Diensten zu haben glaubte, fragte seine Frau, was sie von diesem hielte. Sie sagte: »Ich versichere Euch, er versteht sein Handwerk besser als irgend ein anderer Diener, den Ihr gewonnen haben könntet; aber man muß ihn etwas anhalten, denn er ist ein etwas schläfriger Bursche.«

So lebten Mann und Frau lange in bester Freundschaft; er verlor allen Verdacht und alle Eifersucht, denn während sie früher Feste, Tanz und Gesellschaften geliebt hatte, war sie jetzt sehr häuslich geworden und trug oft über ihrem Hemde nur noch einen Schlafrock, während sie früher mehr als vier Stunden täglich vor dem Spiegel gesessen hatte. Ihr Mann und alle Anderen lobten sie, und es kam ihnen nicht der Gedanke, daß in der Regel ein geringerer Fehler nur von einem größeren vertrieben wird.

So lebte diese junge Frau unter Heuchelei und dem Wesen einer ehrbaren Frau in solcher ungebundenster Wollust, daß Vernunft, Gewissen und alles Maß aus ihr entschwanden. Der noch junge und zarte Prinz konnte das auf die Dauer nicht aushalten, er wurde blaß und mager, so daß man ihn auch ohne Maske nicht mehr wieder erkannte. Seine Liebe zu der Dame machte ihn aber so blind, daß er auf seine Kräfte loswirthschaftete, wie sich selbst Herkules gehütet hätte. Am Ende aber war er ganz schwach und auf Anrathen der Dame, die ihn lieber gesund als krank hatte, erbat er sich von seinem Herrn Urlaub, um zu seinen Eltern zu gehen. Der Urlaub wurde ihm mit Bedauern bewilligt, und er mußte versprechen, sobald er wieder hergestellt sei, wieder seinen Dienst aufzunehmen. So ging der Prinz zu Fuß fort, denn er brauchte nur über die Straße zu gehen, um in das Haus seines zweiten Vaters zu kommen. Er fand dort nur dessen Frau, deren ehrbare Liebe zu ihm sein Abstecher nicht vermindert hatte. Als sie ihn aber so mager und blaß sah, konnte sie nicht umhin, ihm zu sagen: »O Herr, wie es mit Eurem Gewissen steht, kann ich nicht wissen, aber Eure Gesundheit hat von diesem Aufenthalt nichts profitirt, und ich kann mir denken, daß Eure Nachtreisen Euch mehr ermüdet haben als die Wegstrecken des Tages. Wäret Ihr nach Jerusalem zu Fuß gepilgert, so würdet Ihr vielleicht etwas mehr außer Athem angekommen sein, aber nicht so abgemagert und schwach. Nun nehmt Euch eine Lehre daran und betet nicht mehr Bilder an, die, anstatt Todte aufzuerwecken, den Lebenden das Mark aussaugen. Ich könnte Euch noch mehr sagen, aber habt Ihr gesündigt, so seid Ihr genug an Eurem Körper bestraft, und es ist nicht nöthig, daß ich neues Leid hinzufüge.«

Als der Herr von Avannes diese Worte gehört hatte, war er ebenso betrübt wie beschämt und sagte: »Ich habe schon gehört, daß die Reue der Sünde auf dem Fuße folgt, jetzt spüre ich das an mir. Ich bitte Euch, entschuldigt mich nur wegen meiner Jugend, die nur bestraft wird, wenn ihr in Wirklichkeit das Schlimme widerfährt, an das sie nicht glauben will.« Die Dame ließ das Thema fallen, brachte ihn zu Bett und ließ sich nur angelegen sein, ihm mit kräftigen Speisen wieder aufzuhelfen. Mann und Frau leisteten ihm so gute Gesellschaft, daß Einer immer an seinem Bette weilte. Welche Streiche er nun auch gegen den

Willen und Rath der vernünftigen Frau gemacht hatte, ihre Liebe zu ihm verminderte sich nicht; sie hoffte immer, daß, wenn er erst eine Zeit lang ausschweifend gelebt hätte, er sich zurückziehen und ehrbar zu lieben beginnen würde und auf diese Weise ihr angehören. Während der 14 Tage nun, welche er in ihrem Hause zubrachte, sprach sie ihm so eifrig über tugendhafte Liebe, daß er Abscheu vor seiner Thorheit empfand, und je mehr er die junge Frau ansah, die an Schönheit jene Frivole weit übertraf, um so mehr ward ihm ihre Anmuth und Tugend klar, und eines Tages, als es schon dunkel war, konnte er sich nicht enthalten, alle Furcht aus seinem Herzen zu bannen und ihr zu sagen: »Ich sehe kein besseres Mittel, so tugendhaft zu sein, wie Ihr mir predigt und es wünscht, als daß ich mein Herz ganz nur der Liebe zur Tugend weihe. Ich flehe Euch an, mir hierin alle Hülfe und Unterstützung zu gewähren, deren Ihr fähig seid.« Die junge Frau war sehr erfreut über diese Sinnesänderung und sagte ihm: »Und ich verspreche Euch, wenn Ihr so die Tugend lieben wollt, wie es sich für einen Herrn, wie Ihr seid, nur schickt, so will ich Euch mit allen Kräften behülflich sein, zu diesem Ziel zu gelangen.« – »Nun denn«, antwortete der Prinz, »erinnert Euch Eures Versprechens und bedenket, daß Gott, den der Christ nur durch seinen Glauben kennt, sich herabgelassen hat, menschliche Gestalt, wie sie auch die Sünder haben, anzunehmen, um ebenso, wie er unseren Sinnen die Liebe zu seiner menschlichen Erscheinung einflößte, unseren Geist mit der Liebe zu seiner Göttlichkeit zu erfüllen, sich also der sichtbaren Mittel bedient hat, um uns an die unsichtbaren glauben zu lassen. So ist auch die Tugend, der ich mein Leben widmen will, ein unsichtbares Ding', es sei denn, daß ihre Wirkung sich äußerlich erkennbar mache. Sie muß deshalb eine körperliche Gestalt annehmen, um von den Menschen gesehen zu werden. Das hat sie gethan, indem sie sich in Eure Gestalt, die beste, die sie finden konnte, kleidete. So sehe ich auch in Euch nicht nur eine tugendhafte Frau, sondern die Tugend selbst, und da ich sie in dem schönsten Körper, der je war, in dem Eurigen sehe, will ich ihr mein lebenlang dienen und sie ehren und für sie alle eitle und lasterhafte Liebe aufgeben.« Die junge Dame war ebenso erstaunt wie zufrieden über diese Worte, verbarg aber ihre Zufriedenheit und sagte: »Mein Prinz, ich kann es nicht unternehmen, auf Eure theologischen Ausführungen zu antworten; da ich aber mehr das Uebel fürchte als an das Gute glaube, so bitte ich Euch, nicht mehr zu mir in einer Weise zu sprechen, die Euch diejenigen Frauen, welche solche Redensarten gern anhören, nur geringschätzen läßt. Ich weiß sehr wohl, daß ich Frau bin und nicht nur wie eine andere, sondern eine so unvollkommene, daß die Tugend viel besser thäte, mich nach ihrem Bilde zu modeln, als meine Gestalt anzunehmen, es sei denn, daß sie hier auf der Welt unerkannt bleiben wollte. Denn unter meiner Gestalt könnte sie niemand recht ausfinden. Aber auch in meiner Unvollkommenheit habe ich eine große Zuneigung zu Euch, wie sie eine gottesfürchtige und auf ihre Ehre achtende Frau haben kann. Diese Zuneigung werdet Ihr aber erst in ihrem ganzen Umfange erfahren, wenn Euer Herz für die Geduld empfänglich ist, welche die tugendhafte Liebe erheischt. Für jetzt aber weiß ich, wie ich mich Euch gegenüber zu verhalten habe. Seid aber überzeugt, daß niemand für Euer Wohlergehen, sowohl was Eure Person wie Eure Ehre anbetrifft, so besorgt sein kann, als ich.« Der junge Prinz bat sie mit schüchterner Stimme und mit Thränen in den Augen, sie möge ihn zur Bekräftigung ihrer Worte küssen. Sie verweigerte es aber, indem sie ihm sagte, daß sie um seinetwillen nicht die Sitte des Landes verletzen wolle. Während sie noch hierüber sprachen, kam der Mann hinzu; an ihn wandte sich nun der Herr von Avannes mit den Worten; »Mein Vater, ich bin Euch und Eurer Frau so nahe getreten, daß ich Euch bitte, mich ganz als Euren Sohn zu betrachten.« Der gute Alte ging mit Freuden darauf ein und küßte ihn zum Beweise seiner Freundschaft. Darauf sagte der Prinz: »Wenn ich nicht befürchten müßte, die Sitte zu verletzen, möchte ich auch Eure Frau, meine Mutter, küssen.« Der Mann bat nun seine Frau, ihn ebenfalls zu küssen. Sie that es, ohne daß man ihr ansehen konnte, ob sie es gern oder ungern that. Mit diesem lang begehrten und verweigerten Kuß verdoppelte sich nur das Liebesfeuer, das ihre Worte im Herzen des jungen Edelmanns entzündet hatten. Kurze Zeit darauf begab sich der Prinz zu seinem Bruder, dem König, aufs Schloß und erzählte dort viel von seiner Wallfahrt nach Montferrat. Dort vernahm er auch, daß sein Bruder nach Olly und Taffares reisen wolle. Da er voraus sah, daß die Abwesenheit eine lange sein würde verfiel er in große Traurigkeit und faßte gar den Plan, vor der Abreise noch einmal zu wagen, ob die junge Frau ihm nicht mehr gewogen sein möchte, als sie sich den Anschein gab. Er miethete deshalb ein Haus in der Stadt und zwar in der Straße, in der sie wohnte. Es war ein altes schlechtgebautes Holzhaus, an das er eines Nachts Feuer anlegte. Die Kunde durchlief die ganze Stadt und drang auch zu dem reichen Mann. Der fragte zum Fenster heraus, wo das Feuer wäre, und als er hörte, es brenne beim Herrn von Avannes, eilte er sofort mit seinen Leuten dorthin und fand den Prinzen im Hemde auf der Straße stehend. Mitleidig nahm er ihn in seine Arme, gab ihm seinen Mantel um und führte ihn schleunigst in sein Haus. Dort übergab er ihn seiner Frau, welche schon zu Bett war, und sagte ihr: »Meine Liebe, ich gebe Dir unseren Gefangenen zur Bewachung, behandle ihn gut, als wär' ich es selbst.« Kaum war er fort, als der junge Prinz, der ganz gern als Ehemann behandelt sein wollte, schnell ins Bett sprang, in der Hoffnung, daß die günstige Gelegenheit die junge Frau von ihrer Zurückhaltung abbringen würde. Es war aber ganz umgekehrt; wie er nämlich auf der einen Seite in das Bett hineinstieg, entstieg sie demselben auf der anderen, nahm ihren Schlafrock um, trat dann an das Kopfende des Bettes und sagte ihm: »Habt Ihr geglaubt, mein Prinz, daß die Gelegenheit ein keusches Herz untergraben könnte? Wie das Gold im Schmelzofen erprobt wird, so ein ehrbares Herz in der Versuchung, wo es dann sich nur um so kräftiger und tugendhafter zeigt als anderswo, und je mehr es von einem Anstandslosen bedrängt wird, nur erkaltet. Seid nur versichert, daß, wenn ich andere Absichten hätte, als ich gesagt habe, ich schon Mittel und Wege gefunden hätte, die ich aber nicht berücksichtige, da ich von ihnen keinen Gebrauch machen will. Ich bitte Euch nun, wenn Ihr überhaupt wollt, daß ich Euch auch fernerhin zugethan sein soll, daß Ihr jede Absicht und auch jeden Gedanken, was Ihr auch anstellen möchtet, aufgebt, mich je anders zu finden, als ich Euch gesagt habe.« Während sie noch sprach, kamen ihre Frauen herzu, die sie beauftragte, Früchte und Eingemachtes zu bringen. Er hatte aber für den Augenblick weder Hunger noch Durst, so verzweifelt war er über seinen mißglückten Versuch, befürchtete auch, daß das offene Zeigen seines geheimen Verlangens ihn des vertraulichen Umgangs mit ihr berauben möchte.

Unterdeß hatte der Mann das Feuer löschen lassen und war zurückgekommen; er bat den jungen Prinzen, diese Nacht in seinem Hause zu bleiben, bis dieser einwilligte. Er verbrachte aber die Nacht mehr mit Weinen als mit Schlafen. Früh am Morgen, als die beiden Eheleute noch zu Bett lagen, empfahl er sich von ihnen und als er die junge Frau küßte; merkte er wohl, daß sie ihn mehr bemitleidete, als daß sie gegen ihn aufgebracht war, was das Feuer seiner Liebe nur noch mehr anschürte. Nach Tisch machte er sich mit dem König nach Taffares auf; bevor er aber abreiste, ging er nochmals zu seinem Vater und dessen Frau und sagte ihnen noch einmal adieu, wobei die Dame, wie ihr Mann ihr ja auch befohlen, keine Schwierigkeiten mehr machte, ihn wie einen Sohn zu behandeln. Ihr könnt aber auch glauben, daß, je mehr die Tugend ihrem Auge und ihrem Benehmen Einhalt gebot, um so mehr dieses Leiden ein unerträgliches für die Arme wurde. Schließlich, da sie den ewigen Streit in ihrem Herzen zwischen ihrer Ehre und ihrer Liebe nicht länger aushalten konnte, (gerade weil sie entschlossen war, es nun, nachdem sie den Trost, ihn zu sehen und zu sprechen, verloren hatte, erst recht Niemanden sehen zu lassen), verwandelten sich ihre Traurigkeit und ihre Melancholie in unausgesetztes Fieber, die Extremitäten ihres Körpers starben ab, wahrend in ihrem Innern ein verzehrendes Feuer brannte. Die Aerzte, von denen die Gesundheit der Menschen ja überhaupt nicht allein abhängig ist, konnten sich über den Sitz der Krankheit nicht recht klar werden, weil sie ganz trübsinnig wurde. Sie riethen deshalb ihrem Mann, sie darauf aufmerksam zu machen, daß möglicherweise ihr Ende bevorstehe, sie solle an ihr Gewissen denken und daran, daß sie in Gottes Hand sei, als ob das mit den Gesunden nicht auch der Fall ist. Der Mann, der seine Frau wirklich liebte, war sehr traurig und schrieb, um sich einen Trost zu verschaffen, an den jungen Prinzen, mit der Bitte, sie besuchen zu kommen, da er hoffe, daß sein Anblick der Krankheit Einhalt thun werde. Sowie der Herr von Avannes den Brief erhalten hatte, reiste er mit Eilpost zu seinem zweiten Vater; bei seiner Ankunft fand er die Diener und Frauen des Hauses in großer Trauer um ihre Herrin; er blieb ganz betroffen an der Thür stehen, bis er den alten Mann sah, der ihm in die Arme sank und laut weinte, daß er kein Wort sagen konnte. Dann führte er den Prinzen in das Zimmer der Kranken. Diese sah ihn mit schwermüthigen Blicken an, reichte ihm die Hand und zog ihn, so weit ihre Kraft reichte, zu sich nieder, dann umarmte und küßte sie ihn und sagte: »O Prinz, jetzt ist die Stunde gekommen, wo alle Verstellung schwindet und ich Euch die Wahrheit, die ich Euch so lange verhehlt habe, sagen muß. Wenn Ihr mich geliebt habt, so wisset, daß ich Euch nicht weniger zugethan gewesen bin. Aber mein

Kummer war um so viel größer als der Eurige, als ich mich zwang, meine Liebe gegen das Verlangen meines Herzens zu verbergen. Verstehet mich recht, Prinz, Gott und meine Ehre verboten mir, mich Euch zu erklären; auch hätte ich damit Euer Verlangen nur vermehrt, anstatt es zu vermindern. Aber daß ich Euch so oft zurückweisend entgegentreten mußte, das ist die Ursache meines Todes. Ich bin es ganz zufrieden, da Gott mir die Gnade erwiesen und mir Kraft gegeben hat, daß die Heftigkeit meiner Liebe keinen Schatten auf mein Gewissen und meinen Ruf werfen konnte, obwohl von geringerem Feuer, als dem meines Herzens, schon größere und stärkere Häuser untergegangen sind. Ich sterbe zufrieden, da ich Euch vor meinem Tode wenigstens meine Liebe erklären konnte, die der Euren gleicht, abgesehen davon, daß die Ehre der Männer und Frauen nicht dieselbe ist. Ich bitte Euch, wendet Euch von nun an nicht blos an tugendhafte Frauen, denn in ihren Herzen lebt die größte Leidenschaftlichkeit, aber auch eine von der Vernunft geleitete Liebe, und Eure Anmuth, Schönheit und Ehrbarkeit verdiente, daß Ihr für Eure Bemühungen Belohnung empfanget. Erinnert Euch nur an meine eigene Festigkeit, nennt vor Allem nicht Grausamkeit, was nur Ehrenhaftigkeit, Gewissenhaftigkeit und Tugend war, die uns theuer sein müssen, wie unser Leben selbst. Nun lebt wohl, ich empfehle Euch meinen Mann an, saget ihm die ganze Wahrheit, damit er erkenne, wie sehr ich Gott und ihn geliebt habe. Hütet Euch auch, wieder zu mir zu kommen; ich will jetzt nur noch an die Verheißung denken, die Gott auch für mich vor Erschaffung der Welt gemacht hat.« Nach diesen Worten küßte sie ihn und umarmte ihn mit der letzten Kraft ihrer Arme. Der Prinz fühlte sein Herz so von Mitleid erfüllt, wie das ihre Schmerz erfüllte; er konnte kein Wort hervorbringen, wankte nach einem Divan, der im Zimmer stand, und verlor die Besinnung. Die Dame rief nun ihren Gatten, sagte ihm viele Trostworte und legte ihm den Herrn von Avannes ans Herz, indem sie ihm sagte, daß nach ihm selbst der Prinz ihr der theuerste Mensch auf der Erde gewesen sei. Dann küßte sie ihn und sagte ihm Lebewohl. Darauf ließ sie die Sterbesakramente kommen, empfing sie mit Freuden, wie eine, die des Paradieses gewiß ist. Als sie dann merkte, daß ihre Kräfte abnahmen und das Leben sie verließ, begann sie langsam das Sterbegebet zu sagen: »Herr, in Deine Hände befehle ich meine Seele.«

Bei diesem Schrei erhob sich der Prinz, betrachtete sie mit traurigem Blick und sah, wie ihre Seele zu dem zurückkehrte, von dem sie gekommen war. Und als er sah, daß sie gestorben war, stürzte er nach dem Bett und umarmte und küßte die Todte, der er sich im Leben nur mit Furcht genähert hatte, so heftig und schmerzvoll, daß man ihn nur mit Mühe von der Leiche losreißen konnte. Der alte Herr war sehr erstaunt, denn er hatte nicht gedacht, daß seine Anhänglichkeit eine so große wäre. Er sagte ihm: »Nun ist es genug mein Prinz«, worauf sie alle beide das Zimmer verließen. Nachdem sie lange Zeit nur still geweint hatten, der eine um seine Frau, der andere um seine Geliebte, erzählte der Prinz die ganze Geschichte ihrer Freundschaft, und wie sie ihm bis zu ihrem Tode nie anders als streng und ernst entgegengetreten sei. Hierdurch verdoppelte sich nur der Kummer und Schmerz des alten Mannes um seinen Verlust; er widmete sein ganzes weiteres Leben dem Herrn von Avannes, der damals erst 18 Jahre zählte. Dieser ging später an den Hof, hat lange Zeit keine Frau sehen und sprechen wollen und trug zwei Jahr lang schwarze Kleidung.

Mit diesen Worten beendete Saffredant seine Erzählung. Dann fuhr er fort: »Hier habt Ihr, meine Damen, den Unterschied zwischen einer vernünftigen und einer frivolen Frau, könnt auch recht die verschiedenen Wirkungen ihrer Liebe sehen, bei der einen glorreiches und lobenswerthes, bei der andern ein in Schimpf und Schande sich erstreckendes Leben; denn wie der Tod eines

Heiligen ein Gott wohlgefälliges Ding, ist der Tod eines Sünders eine gleichgiltige Sache.« – »Die Geschichte, die Ihr uns erzählt habt, ist wirklich gut«, sagte Oisille, »wer, wie ich, die Personen gekannt hätte, würde sie noch viel schöner finden, denn ich habe niemals einen schöneren und anmuthsvolleren jungen Edelmann gesehen, als diesen Herrn von Avannes.« – »Nun bedenkt aber«, sagte Saffredant, »eine Frau, gut und vernünftig, die sich tugendhafter äußerlich zeigen will, als sie im Grunde ist, die eine Liebe verhehlen will, zu der sie ihre ganze Natur zwang, und zwar eine Liebe zu einem durchaus achtbaren Ritter, und die dahinsiecht, weil sie sich den Genuß nicht geben wollte, nach dem sie im Geheimen und offen verlangte.« Parlamente wandte ein: »Wenn sie dieses Verlangen gehabt hätte, so hatte sie günstige Gelegenheit genug, es zu zeigen; ihre Tugend war einfach so groß, daß niemals ihre Begierde ihre Vernunft überschritt.« – »Ihr mögt sie herausstreichen, wie Ihr wollt«, sagte Hircan, »ich weiß schon ganz gut, daß ein Teufel immer nur von einem schlimmeren vertrieben wird, und daß Eigenliebe viel größere Verheerung unter den Damen anrichtet, als Gottesfurcht und Liebe zum Höchsten. Deshalb sind auch ihre Kleider so lang und so fein aus lauter Verstellung gewirkt, daß man nicht leicht erkennen kann, was darunter steckt. Wäre aber ihre Ehre nicht mehr versteckt, als sie es bei uns ist, so würdet Ihr finden, daß die Natur sie gerade so ausgestattet hat, wie uns selbst. Aus der Furcht vor der Wagniß, ihr geheimes Verlangen zu befriedigen, haben sie ein viel größeres Laster gemacht, das ihnen allerdings ganz ehrbar erscheint, nämlich eine gewisse Ruhmsucht und Grausamkeit, womit sie Unsterblichkeit und den Ruf großer Widerstandskraft gegen die Impulse der Natur, welche nun einmal immer mit Fehlern behaftet ist, erwerben wollen; sie stellen sich nicht nur auf eine Stufe mit grausamen Thieren, sondern mit den Teufeln, deren Hochmuth und Hinterlist sie sich aneignen.« – »Es ist schade, daß Ihr eine anständige Frau habt«, sagte Nomerfide, »da Ihr nicht nur die Tugend der andern verachtet, sondern sie gern alle als lasterhaft hinstellen möchtet.« – »Ich bin sehr froh«, antwortete Hircan, »daß meiner Frau nichts Schlechtes nachgesagt werden kann, was sie auch sehr vermeidet; was aber die Keuschheit des Herzens anbetrifft, so glaube ich, daß auch wir beide nur Nachkommen Adams und Evas sind. Wenn wir uns also recht im Spiegel betrachten, so ist es schon das Beste, uns nicht mit Feigenblättern zu bedecken, sondern unsere Schwachheit einzugestehen.« – »Ich weiß wohl«, erwiderte ihm Parlamente, »daß wir alle der Gnade Gottes bedürfen, weil wir alle zur Sünde geneigt sind. Die Versuchungen, die an uns herantreten, sind aber ganz anderer Art, wie die Eurigen, und wenn wir aus Eigenliebe sündigen, hat kein Dritter Nachtheil davon, und weder unser Körper noch unsere Hände werden besudelt. Euer Vergnügen beruht aber darin, die Frauen zu entehren und die Männer im Kriege zu tödten, beides zwei wieder das Gebot Gottes laufende Sachen.« – »Das ist alles richtig«, sagte Guebron, »aber Gott hat gesagt, wer die Frau eines andern ansieht und begehrt ihrer, der begehrt schon einen Ehebruch in seinem Herzen, und wer seinen Nächsten haßt, begeht schon einen Mord; glaubt Ihr nun, daß von diesen Sünden die Frauen mehr als wir Männer frei sind?« Longarine sagte: »Gott, der die Herzen kennt, mag das Urtheil fällen. Aber es ist schon viel, daß die Männer uns nicht anklagen können, denn die Güte Gottes ist so groß, daß er ohne Ankläger uns nicht verurtheilen wird, und er kennt die menschliche Schwachheit so gut, daß er sich nur freuen wird, sie nicht seinem Richterspruch zu unterwerfen.« – »Nun aber lassen wir diesen Streit«, sagte Saffredant; »er sieht mehr nach einer Predigt aus, denn nach einer Erzählung. Ich gebe Emarsuitte das Wort und bitte sie, nicht zu vergessen, daß wir lachen wollen.« Diese antwortete: »Ich hatte es mir garnicht anders vorgenommen, als ich mit einer Erzählung für den heutigen Tag hierher kam. Man hat mir eine Geschichte von zwei Dienern einer Prinzessin erzählt, die so lustig ist, daß das Lachen mir ganz die Melancholie wegen der traurigen Geschichte vertrieben hat, die ich für morgen aufhebe, denn heute würde schon mein vergnügtes Gesicht im vollen Gegensatz dazu stehen.«

Siebenundzwanzigste Erzählung.

Ein einfältiger Sekretär bewirbt sich um die Liebe der Frau eines seiner Collegen, wird aber von dieser angeführt.

In Amboise lebte in Diensten einer Prinzessin als ihr Kammerdiener ein ehrbarer Mann, der die Leute, die in sein Haus kamen, vor Allem aber seine Collegen gern bewirthete. Vor nicht langer Zeit traf einer der Sekretäre der Prinzessin bei ihm ein und wohnte bei ihm zehn bis zwölf Tage. Dieser Sekretär war so häßlich, daß man ihn eher für einen Kannibalenkönig als für einen guten christlichen Bürger hätte halten können. Obwohl ihn sein Wirth und College als Freund und Bruder aufgenommen hatte und ihn aufs Beste behandelte, versuchte er jenem doch einen Streich zu spielen, der nicht nur aller Ehrbarkeit bar war, sondern auch bewies, daß er überhaupt kein Anstandsgefühl in seinem Herzen hatte; er machte sich nämlich daran, mit unziemlichen und unerlaubten Anträgen der Frau seines Collegen nachzustellen, die alles eher als eine leichtfertige und liebessüchtige Frau war, da sie ganz im Gegentheil für die ehrbarste und anständigste der ganzen Stadt galt. Sie durchschaute die Absichten des Sekretärs, wollte aber lieber sich verstellen, damit sein frevelhaftes Verlangen an den Tag käme, als daß durch eine einfache Weigerung ihrerseits niemand etwas davon gemerkt hätte. Sie that deshalb, als wären ihr seine Anträge ganz recht. Er dachte nun nicht anders, als daß er sie gewonnen hätte, berücksichtigte garnicht, daß sie schon fünfzig Jahre alt war, daß sie den besten Ruf hatte und ihren Mann liebte, und ging ihr nicht von der Seite. Eines Tages nun, als ihr Mann im Hause beschäftigt und sie beide allein in einem Zimmer waren, gab sie ihm zu verstehen, daß sie nur keinen sicheren Ort wisse, wo sie mit ihm allein sein könnte, worauf er ihr sofort sagte, sie solle nur auf den Oberboden gehen. Sie stand auf und bat ihn, voraufzugehen, sie werde folgen.

Er lachte, machte ein süßliches Gesicht, wie ein Affe, dem es gut schmeckt, und ging die Treppe hinauf. Dann in der Erwartung der Erfüllung seines Wunsches und mit einem Feuer in der Brust, das nicht hell brannte wie von Zweigen des Wachholderbeerstrauches, sondern qualmte wie von schlechter Kohle, lauschte er, ob sie ihm nachkäme. Anstatt herauftrippelnder Schritte hörte er jedoch ihre Stimme: »Wartet nur ein wenig, mein Verehrter, ich will erst meinen Mann fragen, ob es ihm recht ist, daß ich zu Euch gehe.« Ihr könnt Euch denken, wie sein Gesicht, von Thränen des Zorns überströmt, ausgesehen haben mag, das schon, wenn er lachte, so häßlich war. Schleunigst kletterte er hinunter, heulte und bat, sie möchte um Gottes willen nichts sagen und nicht die Freundschaft zwischen ihm und seinen Collegen zerstören. Sie antwortete: »Ich bin nur überzeugt, daß Ihr ihn so sehr liebt, daß Ihr mir überhaupt nichts sagen wolltet, als was auch ihm, wenn er es hört, nur angenehm sein kann; deshalb will ich es ihm mittheilen.« Sie that es auch, wie sehr er auch bat und sie abzuhalten versuchte. Er floh und schämte sich ebensosehr, wie ihr Mann zufrieden war, als er von der Täuschung hörte, durch die sie ihn bestraft hatte. Ihm genügte auch die Tugend seiner Frau, und er ließ sich die frevelhafte Absicht seines Genossen gleichgiltig sein, um so mehr, da die ganze Schande, die er seinem Hause hatte anthun wollen, nur über ihn selbst gekommen war.

»Aus dieser Geschichte ist zu entnehmen«, beendete Emarsuitte ihre Erzählung, »daß Leute, die etwas auf sich halten, sich hüten müssen, Menschen bei sich zu sehen, deren Herz und Gewissen nichts von Gott, von der Ehre und einer wahren Liebe weiß.«

»Wenn auch Eure Erzählung kurz war«, sprach Oisille, »so ist es doch die hübscheste, welche ich jemals zum Ruhme einer ehrbaren Frau vernommen habe.« – »Bei Gott!« rief Simontault, »das ist kein besonderer Ruhm für eine ehrbare Frau, einen Mann abzuweisen, der so häßlich war, wie Ihr den Sekretär beschreibt; wenn er schön und brav gewesen wäre, dann hätte sich erst ihre Tugend bewiesen. Und da ich daran zweifle, würde ich Euch, wenn die Reihe an mir wäre, eine Geschichte erzählen, die ebenso hübsch wie diese ist.« – »Daran soll es nicht fehlen«, sprach Emarsuitte, »ich gebe Euch meine Stimme.« Darauf fing er folgendermaßen an: »Die Leute, welche bei Hof oder in einer großen Stadt leben, dünken sich meist so klug, daß alle anderen Männer ihnen gegenüber nichts gelten; dennoch aber giebt es in allen Ländern und allen Ständen Leute, welche listig und boshaft genug sind. So kommt es, daß, wenn die Menschen, welche sich für die Klügeren halten, einen Fehler begehen, der Spott darüber viel größer ist, wie ich es Euch in einer Geschichte beweisen will, die unlängst passirte.«

Achtundzwanzigste Erzählung.

Ein Sekretär glaubt einen seiner Bekannten übers Ohr zu hauen, wird aber von diesem übertrumpft.

Als der König Franz der Erste in Begleitung seiner Schwester, der Königin von Navarra, in Paris war, befand sich in ihrem Gefolge ein Sekretär, der nicht zu den Leuten gehörte, die Geld auf die Erde fallen lassen, ohne es aufzuheben, so daß es keinen Rath und Präsidenten, keinen Kaufmann und reichen Mann gab, den er nicht kannte und besuchte. Damals kam nach Paris auch ein Kaufmann aus Bayonne, namens Bernard du Ha, welcher sich theils Geschäfte halber, theils, weil der Civil-Richter aus seiner Heimath war, an diesen um Rath und Hülfe in seinen Angelegenheiten wandte. Der Sekretär der Königin von Navarra besuchte als guter Diener seiner Herrschaft auch oftmals diesen Civil-Richter. Als er einst an einem Feiertage wieder hinging, traf er weder ihn noch seine Frau, sondern nur besagten Bernard du Ha an, der mit einer Leier oder einem anderen Instrumente die Stubenmädchen lehrte, die Tänze von Gascogne zu tanzen. Als der Sekretär das sah, wollte er ihm einreden, daß er übel thäte, und wenn der Richter und dessen Frau es erführen, sie sehr unzufrieden mit ihm sein würden. Und nachdem er ihm so Angst gemacht hatte, daß du Ha ihn bat, nichts davon zu sagen, fragte er ihn: »Was gebt Ihr mir, wenn ich nichts wiedersage?« Bernard du Ha, der sich furchtsamer stellte als er war und sah, daß der Sekretär ihn betrügen wollte, versprach, ihm eine bessere Schinken-Pastete zu geben, als er je gegessen habe. Der Sekretär, der sehe zufrieden damit war, bat ihn, ihm die Pastete am Sonntag nach dem Essen zu geben, was der andere auch versprach. Beruhigt über dies Versprechen, ging er nun zu einer Dame in Paris, welche er gern heirathen wollte, und sprach zu ihr: »Wenn Ihr es erlaubt, werde ich am Sonntag bei Euch essen; aber sorgt für nichts weiter als für gutes Brod und guten Wein, denn ich habe einen dummen Gascogner so übers Ohr gehauen, daß er das Uebrige selbst schaffen muß, und so werdet Ihr durch meine Schlauheit den besten baskischen Schinken zu essen bekommen, der je in Paris zu haben war.« Die Dame glaubte ihm das und lud noch zwei oder drei ihrer besten Nachbarinnen ein, indem sie ihnen versicherte, sie würden eine neue Fleischspeise zu essen bekommen, die sie noch nie gekostet hätten.

Als der Sonntag herangekommen war, suchte der Sekretär seinen Kaufmann auf und fand ihn auf der Wechsler-Brücke, wo er ihn zierlich begrüßte, indem er ihm zurief: »Hol' Euch der Teufel, was hat es mir für Mühe gemacht, Euch zu finden!« Bernard du Ha antwortete, daß mancherlei Leute sich schon größere Mühe gegeben hätten als er und dann doch nicht mit so guten Bissen belohnt worden wären; dabei zeigte er auf die Pastete, welche er unter seinem Mantel hatte und die groß genug war, ein ganzes Heerlager zu füttern. Darüber freute sich der Sekretär so, daß er seinen sonst so großen und häßlichen Mund so klein zusammenzog, daß man nicht hätte glauben sollen, er könne in den Schinken hineinbeißen, und indem er diesen hastig ergriff, ging er, ohne den Kaufmann mit einzuladen, mit seinem Geschenk zu seiner Dame, welche sehr neugierig war, zu erproben, ob die Gascogner Delikatessen eben so gut wie die Pariser wären. Als nun die Essensstunde gekommen war und sie ihre Suppen aßen, sprach der Sekretär: »Lasset doch diese faden Speisen beiseite, wir wollen lieber dies durstreizende Gericht versuchen.« Indem er so sprach, öffnete er die Pastete und wollte den Schinken anschneiden, fand ihn aber so hart, daß das Messer nicht durchdringen konnte. Nachdem er mehrmals vergeblich versucht hatte, überzeugte er sich, daß man ihn betrogen hatte, und daß es ein Holzschuh war, wie man sie in Gascogne trug, der angeschwärzt und dann, mit Ruß und Eisenstaub vermischt, mit wohlriechendem Gewürz bestreut war. Der Sekretär war äußerst verblüfft, ebensowohl weil er von dem, den er betrügen wollte, selbst betrogen war, als weil er diejenige, der er nur die Wahrheit zu sagen dachte und wollte, getäuscht hatte; außerdem ärgerte er sich, daß er mit einer Suppe für seine Mahlzeit zufrieden sein sollte. Die Damen, welche ebenso betrübt waren wie er, hätten ihn des Betrugs beschuldigt, wenn sie nicht in seiner Miene gesehen hätten, daß er noch ärgerlicher war als sie. Nach dieser leichten Mahlzeit ging der Sekretär zornig fort; er beschloß, da Bernard du Ha sein Versprechen nicht gehalten hatte, das seine auch zu brechen, und ging zu dem Civil-Richter, bereit, ihm das Schlechteste über Bernard du Ha zu sagen; aber er kam zu spät, denn du Ha hatte dem Richter schon das ganze Geheimniß erzählt, und der sprach dem Sekretär das Urtheil, indem er sagte, daß er nun auf eigene Kosten gelernt habe, einen Gascogner zu betrügen, und als Lohn seine eigene Beschämung davon trage.

»Dies«, sprach Simontault weiter, »begegnet vielen, welche sich für überklug halten und sich dann in ihrer List verstricken. Darum ist es immer das Beste, Anderen nur das zu thun, was man sich selbst zugefügt sehen möchte.« – »Ich versichere Euch«, sagte Guebron, »daß ich derlei oft erlebt habe, und daß die, welche man für Dorftölpel hält, sehr geriebene Leute überlisten; denn niemand ist dümmer, als wer sich für sehr weise hält, und niemand klüger, als wer seine Nichtigkeit erkennt.« – »Freilich«, sprach Parlamente, »wer weiß, daß er nichts weiß, weiß am meisten.« – »Aber«, meinte Simontault, »damit die Zeit nicht unsere Unterhaltung zu früh abschneide, gebe ich meine Stimme Nomerfide, denn ich bin sicher, daß sie uns mit ihrer Erzählung nicht zu lange aufhalten wird.« – »Gut«, sagte diese, »ich werde Euch eine solche erzählen, wie Ihr es erwartet. Es ist nicht erstaunlich, meine Damen, wenn die Liebe den Prinzen und denjenigen, die an hohem Orte erzogen worden sind, die Mittel eingiebt, sich aus Gefahren zu retten, denn sie haben Umgang mit so gelehrten Leuten gehabt, daß es höchst wunderlich wäre, wenn sie irgend etwas nicht wüßten. Aber die Erfindungskraft der Liebe zeigt sich noch viel deutlicher, wenn ihre Unterthanen weniger Geist besitzen, und darum will ich Euch von einer List erzählen, die ein Priester gebrauchte, welcher nichts kannte als die Liebe, denn er war im Uebrigen so unwissend, daß er kaum eine Messe lesen konnte.«

Neunundzwanzigste Erzählung.

Ein alter Bauer hat eine junge Frau, die mit dem Dorfgeistlichen ein Verhältniß hat. Einmal rettet sie nur die Geistesgegenwart des letzteren vor Entdeckung.

In der Grafschaft Maine lebte in dem Dorfe Arcelles ein reicher Bauer, welcher, als er schon alt war, eine schöne junge Frau geheirathet hatte, die von ihm keine Kinder hatte, sich aber über diesen Verdruß mit einigen guten Freunden tröstete. Und wenn es ihr an Edelleuten und sonstigen höher stehenden Persönlichkeiten mangelte, nahm sie zur Geistlichkeit ihre Zuflucht und machte denjenigen zum Genossen ihrer Sünde, der sie von derselben absolviren sollte, ihren Dorfgeistlichen nämlich, der als Seelenhirt dieses Schaf seiner Heerde sehr oft besuchen kam. Der alte und schwerfällige Mann hatte keinen Verdacht, da er aber stark und kräftig war, handelte seine Frau so heimlich wie möglich, da sie befürchtete, daß ihr Mann, wenn er etwas merkte, sie tödten würde. Als er eines Tages auf dem Felde war und seine Frau annahm, er würde nicht so bald wieder kommen, schickte sie nach dem Pater, um ihr die Beichte abzunehmen. Und als sie gerade im intimsten Gedankenaustausch waren, kam ihr Mann so plötzlich wieder, daß jener nicht Zeit hatte, aus dem Haus zu kommen; um sich zu verstecken, stieg er auf Anrathen der Frau auf den Boden über dem Zimmer und deckte die Fallthür mit einer Kornschwinge zu. Der Mann trat ins Haus, und da sie befürchtete, er möchte Verdacht schöpfen, setzte sie ihm viele Gerichte vor und gab ihm reichlich zu trinken; er sprach auch der Flasche gut zu, und da er von seiner Feldarbeit ermüdet war, wurde er schläfrig und schlummerte in einem Stuhl vor dem Heerde ein. Der Pater fing sich auf seinem Boden an zu langweilen, und da er kein Geräusch mehr im Zimmer unter sich hörte, ging er nach der Fallthür, machte einen langen Hals und sah, daß der gute Alte schlief; beim Heruntersehen stützte er sich aber zu sehr auf und fiel mitsammt der Kornschwinge durch die Oeffnung hinunter neben den Schlafenden, der von dem Lärm erwachte. Er hatte aber noch nicht ordentlich die Augen aufgemacht, als der andere schon wieder auf seinen Füßen stand und zum Bauer sagte: »Mein lieber Alter, hier ist Eure Kornschwinge, ich danke auch bestens.« Dann machte er sich eilig davon. Der Bauer fragte erstaunt: »Was war denn das?« worauf seine Frau ihm antwortete: »Der Pater hatte sich Eure Schwinge geborgt und hat sie jetzt zurückgebracht.« Der Alte sagte brummig: »Nun, der macht ja rechten Spektakel, wenn er was zurückbringt; ich dachte, das Haus stürzte zusammen.« Durch diese Geistesgegenwart rettete sich der Pater auf Kosten des guten Alten, der nur die geräuschvolle Art, mit der der Geistliche die Schwinge wiederbrachte, zu tadeln fand.

»Dieses Mal, meine Damen«, schloß Nomerfide, »schonte Gott seinen Diener, um ihm eine größere Bestrafung aufzusparen.« – »Glaubt nur nicht«, sagte Guebron, »daß die einfachen Leute nicht verschlagen in Liebesdingen sein können; sie sind es eher mehr wie wir. Seht nur die Straßenräuber an, die Mörder, Zauberkünstler, Falschmünzer und Konsorten, deren Geist niemals ruht; größtentheils sind es arme Leute und Handwerker.« Parlamente sagte: »Ich finde es nicht wunderbar, daß sie größere Verschlagenheit haben, aber wohl wundere ich mich, daß sie bei ihrer Arbeit noch von der Liebe geplagt werden, und ein so liebliches Gefühl in so unkultivirte Herzen eindringt.« – »Ihr wißt doch, Madame«, sagte Saffredant, »was Jean de Meun gesagt hat:

›Liebestrug giebt es in allen Ständen,
　In Edelmanns und Bauers Händen.‹

Die Liebe, von der die letzte Erzählung spricht, ist auch nicht die, die wir unter dem Harnisch tragen. Die armen Leute haben nicht unsere Reichthümer und unsere Ehren, aber manche Genüsse liegen ihnen viel bequemer als uns. Ihre Speisen sind nicht so schmackhaft, aber mit ihrem Schwarzbrot haben sie besseren Appetit und nähren sich besser, als wir mit unserer feinen Küche. Sie haben nicht so schöne und weiche Betten, aber sie schlafen besser und länger. Sie haben keine geschminkten und geputzten Frauen, wie wir sie vergöttern, aber sie können sich mit den ihren öfter vergnügen und brauchen kein Geklatsch zu befürchten, außer von den Thieren und Vögeln, die sie sehen. Kurz, es fehlt ihnen Vieles, was wir haben, sie haben aber auch manches mehr als wir.« Nomerfide sagte: »Nun bitte ich aber, lassen wir den Bauer bei seinem Vergnügen und beenden wir unseren Tag vor der Vesper; Hircan möge die letzte Erzählung geben.« Dieser sagte: »Es wird eine traurige, wenn je eine war. Es ist mir zwar selbst unlieb, Schlimmes von einer Frau zu sagen, da ich weiß, daß die Männer oft ganz ungehöriger Weise von einer ausgehend alle tadeln; aber der seltsame Fall, den ich im Gedächtniß habe, läßt mich meine Scheu überwinden, vielleicht macht die Klarlegung der Unüberlegtheit dieser Frau andere klüger.«

Dreißigste Erzählung.

Von der Schwäche der Menschen, die auch in ihrer Unwissenheit sündigen können, wie folgendes Beispiel beweist, wo eine Mutter von ihrem eigenen Sohn schwanger wird und ein Mädchen gebiert, welches letzterer später heirathet.

Zur Zeit Ludwigs XII., als Georg aus dem Hause Amboise und Neffe des Legaten von Frankreich Legat in Avignon war, lebte in Languedoc eine Dame, deren Namen ich aus Liebe zu ihrer Familie verschweigen will, welche mehr als 4000 Thaler Renten hatte. Sie wurde sehr jung schon Wittwe mit einem Sohn, und sowohl aus Trauer um ihren Gatten als aus Liebe zu ihrem Kinde beschloß sie, sich niemals zu verheirathen, und um auch aller Versuchung zu entgehen, wollte sie nur noch mit frommen Menschen Umgang haben, wohl wissend, daß Gelegenheit Sünde hervorruft. Sie widmete sich deshalb ganz einem gottgefälligen Lebenswandel und floh alle weltliche Gesellschaft so sehr, daß sie sich schon Gewissensbisse machte, wenn sie einer Hochzeit beiwohnte oder in einer Kirche die Orgelmusik anhörte. Als ihr Sohn sieben Jahre alt geworden war, nahm sie einen Mann von heiligem Lebenswandel als Lehrer für ihn an, der den Knaben in allen guten Werken unterrichten sollte. Als er nun aber 14 bis 15 Jahre alt geworden war, lehrte ihn die Natur, die eine im Geheimen arbeitende Lehrmeisterin ist und die ihn zu wohlgenährt und voller Nichtsthun vorfand, andere Dinge, die ihm sein Pädagog nicht beibrachte. Er begann nämlich Sachen, die hübsch waren und ihm gefielen, anzusehen und zu begehren, unter Anderem auch ein junges Mädchen, welches mit im Zimmer ihrer Herrin schlief. Niemand vermuthete so etwas, denn man nahm sich in seiner Gegenwart nicht mehr zusammen, wie in der eines Kindes und hörte außerdem im ganzen Hause nur von Gott reden. Der Knabe begann also im Geheimen das Mädchen zu verfolgen; diese sagte es ihrer Herrin, welche aber ihren Sohn so liebte und schätzte, daß sie nur glauben wollte, jene erzählte es ihr, um ihr ihren Sohn verhaßt zu machen. Das Mädchen drängte aber ihre Herrin so, daß diese sagte: »Ich werde es schon herausbekommen, ob Ihr die Wahrheit sagt, und werde ihn züchtigen, wenn es so ist, wie Ihr sagt. Werft Ihr ihm aber Unwahres vor, so trifft die Strafe Euch.« Dann befahl sie ihr, um die Probe zu machen, ihrem Sohn die Anweisung zu geben, um Mitternacht zu ihr in ein Bett zu kommen, welches in der Nähe der Thür stand und in welchem das Mädchen allein schlief. Das junge Mädchen befolgte den Befehl ihrer Herrin, und als der Abend kam, legte sich die Dame an ihrer Stelle in das Bett, ganz entschlossen, wenn alles wahr wäre, ihren Sohn so zu strafen, daß ihm die Lust, bei Frauen zu schlafen, schon vergehen würde. Während sie noch zornig hierüber nachdachte, kam ihr Sohn an. Ob sie nun nicht geglaubt hatte, daß er wirklich etwas Unehrenhaftes thun würde, oder ob sie deshalb nicht sprach, um volle Gewißheit zu erlangen, weil es ihr garnicht möglich erscheinen wollte, daß bei einem so jungen Menschen die Begierde schon so entwickelt sein könnte, kurz, sie blieb so lange ruhig liegen, und ihre Natur erwies sich auf einmal so schwach, daß ihr Zorn sich in ein unverzeihliches Vergnügen verwandelte und sie ihre Eigenschaft als Mutter ganz vergaß. Und wie das Wasser, wenn es mit Gewalt zurückgehalten wird, nur um so mehr losstürmt, wenn man ihm freien Lauf läßt, so schwand auch plötzlich ihre Zurückhaltung und der Zwang, den sie ihrem Körper bisher auferlegt hatte. Als sie von ihrer Ehrbarkeit auch nur eine Stufe heruntergestiegen war, war sie auch gleich auf der letzten angelangt, denn sie wurde in jener Nacht von dem schwanger, den sie verhindern wollte, andere Mädchen in andere Umstände zu bringen. Die Sünde war auch kaum begangen, als auch schon die Gewissensbisse sie dermaßen zu quälen begannen, daß die Reue ihr ganzes Leben andauerte und gleich am Anfang so bitter war, daß, als sie sich von der Seite ihres Sohnes, der in ihr nur das junge Mädchen erblickt hatte, erhob, sie in ein Nebenzimmer stürzte, wo sie ihren guten Vorsatz und die unglückselige Ausführung überdenkend, die ganze Nacht weinte und schrie.

Schon am anderen Morgen, als es kaum tagte, berief sie den Erzieher ihres Sohnes zu sich und sagte ihm: »Mein Sohn wächst nun heran, es wird Zeit, daß er aus dem Elternhause kommt. Einer meiner Verwandten ist im Gefolge des Großmeisters von Chaumont, jenseits der Alpen; der wird ganz einverstanden sein, ihn in sein Gefolge zu nehmen; deshalb reist mit ihm fort, und damit wir nicht erst den Trennungsschmerz haben, braucht er garnicht erst noch zu mir zu kommen, mir Lebewohl zu sagen.« Darauf händigte sie ihm das nöthige Reisegeld ein und ließ den jungen Mann, dem das ganz recht war, noch am frühen Morgen abreisen; der wünschte garnichts Anderes, als jetzt, nachdem er die Liebe kennen gelernt hatte, auch das Kriegshandwerk kennen zu lernen.

Die Dame lebte lange Zeit in Traurigkeit und Trübsinn, und würde sie nicht Gottes Strafe gefürchtet haben, so hätte sie gewünscht, ihre unglückselige Leibesfrucht zu beseitigen. Sie stellte sich krank, um so den wahren Grund zu verdecken. Als nun die Zeit ihrer Niederkunft heran kam, überlegte sie, daß sie zu keinem Menschen mehr Vertrauen habe, als zu einem Halbbruder, den sie hatte und den sie immer mit Wohlthaten überhäufte. Sie ließ ihn holen, erzählte ihm ihr ganzes Mißgeschick (allerdings nichts, daß ihr Sohn es gewesen war) und bat ihn, ihr zu helfen, ihre Ehre zu retten. Er that dies, indem er ihr einige Tage vor der Niederkunft rieth, einen Orts- und Luftwechsel vorzunehmen und in sein Haus überzusiedeln, wo sie eher als in dem ihrigen gesunden würde. Sie ging dahin mit nur wenigen Dienern und fand dort eine Hebeamme, welche wegen der Frau ihres Bruders gekommen war; diese, ohne sie im übrigen zu kennen, stand ihr in der Nacht der Geburt zur Seite; das neugeborene Kind war ein schönes Mädchen. Der Edelmann übergab es einer Amme und ließ es unter seinem Namen großziehen. Nachdem die Dame noch einen Monat in dem Hause ihres Bruders geblieben war, zog sie wieder in das ihre zurück und lebte noch strenger unter Fasten und Kasteiungen als zuvor. Als nun ihr Sohn groß geworden war, ließ, er, da er sah, daß es augenblicklich keine Kriege in Italien gab, seine Mutter bitten, ob er nicht nach Hause zurückkehren dürfe. Sie befürchtete aber, am Ende in das alte Uebel zurückzufallen, und wollte es nicht erlauben; zuletzt drängte er aber so in sie, daß ihr kein Grund zur Zurückweisung mehr blieb. Sie ließ ihm aber sagen, er dürfe sich nur vor ihr zeigen, wenn er mit einer Frau verheirathet wäre, die er recht liebe; auf Reichthum brauche er nicht zu sehen, aber sie müsse von Adel sein. Während dieser Zeit war nun auch das Mädchen herangewachsen und groß und schön geworden; der Halbbruder der Dame hatte deshalb beschlossen, sie weit fort, wo sie nicht bekannt wäre, in ein gutes Haus zu geben, und brachte sie zur Königin von Navarra. Dieses junge Mädchen, namens Katharina, blieb dort bis zu ihrem dreizehnten Lebensjahre und wurde so schön und sittsam, daß die Königin von Navarra große Freundschaft für sie hegte und sie gern verheirathet hätte; da sie aber arm war, fand sie wohl viele Anbeter, aber keinen Mann. Eines Tages begab es sich nun, daß der Edelmann, ihr unbekannter Vater, aus Italien zurückkehrend, in das Haus der Königin von Navarra kam, und sobald er das junge Mädchen zu Gesicht bekommen hatte, sich in sie verliebte. Da er nun von seiner Mutter die Erlaubniß hatte, zu heirathen, wen er wolle, erkundigte er sich nur, ob sie von adliger Geburt sei, und als er dies bestätigt erhielt, erbat er sich das junge Mädchen von der Königin zur Frau, die sie ihm gern gab; denn sie wußte wohl, daß der Edelmann reich war und schön und ehrbar obendrein. Nachdem die Ehe geschlossen war, schrieb er davon seiner Mutter, indem er ihr sagte, daß sie ihm nun nicht mehr ihr Haus verschließen dürfe, da er ihr eine Schwiegertochter, wie sie sich nur wünschen könne, zuführe. Als die Dame erfuhr, wen er geheirathet hatte, war es ihr klar, daß es ihrer beider Tochter war. Ihr Schmerz und ihre Verzweiflung hierüber waren so groß, daß sie zu sterben vermeinte, denn sie sah, daß sie, je mehr sie Unglück hatte verhüten wollen, um so mehr ihm Vorschub geleistet hatte. Sie wußte nichts anderes zu thun, als zum Legaten von Avignon zu gehen, dem sie ihre Sünde und das ganze gräßliche Mißgeschick beichtete und den sie fragte, was sie thun solle. Um diese Gewissensfrage zu beantworten, ließ der Legat eine Anzahl Gottesgelehrte holen, denen er ohne Nennung der Namen die ganze Angelegenheit unterbreitete. Ihr Rath ging dahin, daß die Dame niemals etwas ihren Kindern sagen sollte, denn sie, die nichts wüßten, hätten nicht gesündigt. Sie selbst solle ihr Leben lang aber Buße thun, ohne daß es jene merkten. Die arme Frau kehrte also in ihr Haus zurück, wohin auch bald ihr Sohn und ihre Schwiegertochter kamen, die sich gegenseitig so sehr liebten, daß man niemals eine innigere Freundschaft zwischen Mann und Frau sah; denn sie war seine Tochter, seine Schwester und seine Frau, und er ihr Vater, Bruder und Gatte. Sie lebten in dieser Liebe weiter, und die arme Frau sah sie niemals sich liebkosen, ohne daß sie nicht voller Gewissensbisse zur Seite ging und weinte.

Hiermit beendete Hircan seine Erzählung und fuhr dann fort: »Hier habt Ihr ein Beispiel, meine Damen, wie es mit denen ergeht, welche mit eigener Kraft und Tugend die Liebe und die Natur mit aller ihnen innewohnenden Macht besiegen wollen.« Das Beste wäre schon, wenn man seine Schwäche erst genau kennt, gegen einen solchen Feind garnicht erst ankämpfen zu wollen, sondern sich den Einen zur alleinigen Zuflucht zu machen und ihm mit dem Psalmisten zu sagen: »Herr, Dir will ich dienen, tritt Du für mich ein.« Oisille sagte: »Es ist nicht möglich, eine seltsamere Geschichte zu hören. Jeder Mann und jede Frau müßte sich gottesfürchtig beugen, wenn sie sehen, wie viele Uebel aus all der guten Absicht entstanden sind.« – »Haltet nur fest«, ergänzte Parlamente, »daß der Mensch mit jedem Schritt, den er in seinem Selbstvertrauen macht, sich nur vom Gottvertrauen entfernt.« – »Weise ist nur der«, sagte Guebron, »der sich selbst für seinen ärgsten Feind hält und seinem Willen und seinen eigenen Eingebungen mißtraut, welchen Anschein von Güte und Frömmigkeit sie auch haben mögen.« Longarine sagte: »Dieser Anschein mag noch so groß sein, eine Frau darf es doch nicht wagen, mit einem Mann, wie nahe verwandt er ihr auch sein möge, in einem Bett zu liegen, denn Feuer in der Nähe von Pulverfässern ist immer gefährlich.« – »Ohne Zweifel«, bestätigte Emarsuitte, »es sind nur eingebildete, thörichte Frauen, welche sich für so unnahbar halten, daß sie meinen, die sündhaften Triebe könnten ihnen nichts anthun, wie sie gern anderen einreden und die Einfältigen davon überzeugen möchten, daß wir durch uns selbst alles können, was ein großer Irrthum ist.« – »Sollte es wirklich Dumme genug geben«, fragte Oisille, »so etwas zu glauben?« – »Sie thun noch mehr«, sagte Longarine, »sie sagen nämlich, man müsse sich an Enthaltsamkeit und Keuschheit langsam gewöhnen, und um ihre Selbstbeherrschung zu erproben, reden sie viel mit den Schönsten, die sie finden können und die sie am meisten lieben, und mit Küssen und Liebkosungen prüfen sie, ob ihr Fleisch schon ganz todt ist. Wenn sie dann sehen, daß sie noch erregt werden, so trennen sie sich, fasten und machen große Kasteiungen. Und wenn sie ihr Fleisch so weit abgestumpft haben, daß das Küssen und Befassen ihnen nicht mehr das Blut wallen macht, gehen sie in ihrer Thorheit bis zu dem Versuch, sich zusammen zu Bett zu legen und sich ohne Begierde zu umarmen.

Aber auf einen, der glücklich davon gekommen ist, sind so viele andere gekommen, die der Versuchung nicht wiederstehen konnten, daß ein Erzbischof von Mailand, wo dies in Uebung war, sie trennen mußte und die Frauen in das Kloster der Männer und die Männer in das der Frauen schickte.« – »Nun«, sagte Guebron, »das ist allerdings das Höchste an Thorheit, sich selbst sündlos machen zu wollen und andererseits die Gelegenheit zur Sünde geradezu aufsuchen.« – »Umgekehrt giebt es auch wieder andere«, sagte Saffredant »die, so viel an ihnen ist, alle Gelegenheit fliehen, dennoch aber von ihrer Begierde immer verfolgt werden. Auch der gute alte Hieronymus mußte zugeben, daß, nachdem er sich weidlich durchgepeitscht und in der Wüste versteckt hatte, er doch nicht das Feuer in seinen Adern entfernen konnte. Deshalb muß man sich Gott anempfehlen, denn wenn er uns nicht mit seiner Macht, Tugend und Güte unterstützt, finden wir nur Gefallen daran, zu wanken.« – »Aber Ihr paßt auch garnicht auf«, unterbrach sie Hircan, »während wir unsere Geschichten erzählten, haben die Mönche hinter dieser Hecke die Vesperglocke überhört. Sobald wir aber anfingen, von Gott zu reden, sind sie fortgegangen, und jetzt läuten sie das zweite Mal.« – »Wir thäten gut, ihnen zu folgen« sagte Oisille, »um Gott zu danken, daß er uns diesen Tag ebenso vergnügt hat vergehen lassen, wie den vorhergehenden.« Mit diesen Worten standen sie alle auf und gingen in die Kirche, wo sie andächtig die Messe hörten. Dann setzten sie sich zu Tisch, besprachen vergangene Fälle und überdachten solche aus ihrer Zeit, um zu sehen, was erzählenswerth sei. Nachdem sie auch den Abend noch fröhlich verbracht hatten, gingen sie zur Ruhe in der Hoffnung am andern Tag ihre angenehme Unterhaltung fortzusetzen. So endete der dritte Tag.

Vierter Tag.

Frau Oisille war ihrer Gewohnheit gemäß viel früher aufgestanden als alle anderen, und während sie über ein Buch der heiligen Schrift nachdachte, erwartete sie die Gesellschaft, welche nach und nach zusammenkam. Die Langschläfer entschuldigten sich mit dem Worte Gottes: »Ich habe eine Frau, und da dauert es natürlich immer länger.« Aus diesem Grunde kamen Hircan und Parlamente erst, als die Predigt schon begonnen hatte; Oisille verstand es aber sehr gut, diejenigen Stellen aus der heiligen Schrift herauszusuchen, wo Leute getadelt werden, die im Anhören von Gottes Wort nachlässig sind. Sie las nicht nur den Text, sondern knüpfte noch so viel gute und fromme Ermahnungen daran, daß man sich unmöglich beim Zuhören langweilen konnte. Als die Lektion beendet war, sagte Parlamente zu ihr: »Als ich hierher kam, war ich traurig über mein Zuspätkommen, da aber mein Fehler Euch Gelegenheit gegeben hat, mir so gerechtfertigte Vorwürfe zu machen, hat meine Faulheit nur doppelten Nutzen gebracht; denn erstens einmal hatte mein Körper längere Ruhe, und dann war es für meinen Geist eine Erholung, Euch so gut sprechen zu hören.« Oisille erwiderte: »Zur Sühne gehen wir nun die Messe hören und Gott bitten, uns den Willen und die Mittel zu geben, seine Befehle zu befolgen; im Uebrigen geschehe sein Wille.« Nach diesen Worten fanden sie sich in der Kirche ein, wo sie andächtig die Messe hörten und sich dann zu Tisch setzten, wo Hircan nicht unterließ, sich über die Faulheit seiner Frau noch lustig zu machen. Nach dem Essen gingen sie sich ausruhen und dachten an ihre Erzählungen; als dann die Stunde gekommen war, fanden sie sich an dem gewohnten Orte ein, wo Oisille Hircan fragte, wem er das Wort gebe, um an diesem Tage zu beginnen. Dieser erwiderte: »Wenn meine Frau nicht gestern die Erste gewesen wäre, würde ich ihr das Wort geben; denn obwohl ich immer genau gewußt habe, daß sie mich mehr als irgend einen Mann sonst geliebt hat, so hat sie mir doch heute Morgen gezeigt, daß sie mich sogar mehr liebt als Gott und sein Wort, indem sie Eure Predigt versäumte, um mir Gesellschaft zu leisten; ich hätte ihr also diese Ehre erwiesen. Da ich also nun das Wort nicht der verständigsten Frau dieser Gesellschaft geben kann, will ich es dem verständigsten unter uns Männern geben, und das ist Guebron; ich bitte ihn aber, nicht etwa die Mönche zu verschonen.« Guebron antwortete: »Das brauchst du mich nicht zu bitten, ich hatte es mir schon allein vorgenommen. Ich hatte nämlich vor nicht langer Zeit Herrn von Saint-Vincent eine Geschichte erzählen hören; er war damals Gesandter des Kaisers, und die Geschichte ist werth, daß sie nicht vergessen wird.«

Einunddreißigste Erzählung.

Von der Grausamkeit eines Franziskanermönches, um eine Frau in seine Gewalt zu bekommen, und von seiner Bestrafung.

In den Ländern, über welche der Kaiser Maximilian von Oesterreich herrschte, lag ein sehr angesehenes Franziskanerkloster, in dessen Nähe ein Edelmann seine Wohnung hatte, der dieser Brüderschaft so zugethan war, daß er ihnen von seinem Reichthum reichlich abgab, um an ihren kirchlichen Wohlthaten, Fasten und Kasteiungen Theil zu haben. Unter anderen war in jenem Kloster ein großer und schön gewachsener Mönch, den der Edelmann zum Beichtvater genommen hatte und auf dessen Wort im Hause desselben ebenso wie auf sein eigenes gehört wurde. Dieser Mönch verliebte sich in die sehr schöne und anständige Frau des Edelmanns dermaßen, daß er den Appetit und alle vernünftige Ueberlegung verlor. Eines Tages wollte er seinen Plan ausführen, ging in das Haus des Edelmanns, den er nicht antraf, und fragte seine Frau, wohin er gegangen sei. Sie antwortete, er wäre nach einem seiner Güter gereist und würde nicht vor zwei, drei Tagen zurück sein; wenn er ihm aber Wichtiges mitzutheilen habe, wolle sie einen expressen Boten zu ihm senden. Er sagte, das sei nicht nöthig, und begann im Hause hin und her zu gehen, wie einer, der etwas Besonderes vorhat und überlegt. Als er das Zimmer verlassen hatte, sagte die Dame zu einer ihrer Frauen, von denen sie zwei hatte: »Geht zum Pater und fragt ihn, was er hat; er sieht mir garnicht recht zufrieden aus.« Die Kammerfrau ging in den Hof, um ihn zu fragen, ob er etwas wünschte. Er sagte ja, zog sie in eine Ecke des Hofes, nahm einen Dolch, den er in seinem Rockärmel trug, und stieß ihn ihr in die Brust. Kaum war er fertig, als in den Hof ein Diener des Edelmanns einritt, der die Pacht eines Gutshofes brachte. Sowie er vom Pferde gestiegen war, umarmte ihn der Mönch und stach ihm seinen Dolch zwischen die Schulterblätter; dann verschloß er das Hofthor. Als die Dame sah, daß ihre Kammerfrau nicht zurückkam, wunderte sie sich, was sie so lange mit dem Franziskaner zu sprechen habe, und sagte zu ihrer zweiten Frau: »Geh doch nachsehen, weshalb Deine Genossin nicht zurückkommt.« Das Mädchen ging; kaum war sie aber die Treppe hinuntergestiegen und vom Mönch gesehen worden, als dieser sie ebenfalls in eine Ecke schleppte und mit ihr dasselbe that, wie mit der ersten. Als er sich nun allein im Hause sah, ging er zu der Dame und sagte ihr, daß er sie schon seit langer Zeit liebe, und daß nun die Stunde geschlagen habe, wo sie ihm zu Willen sein müsse. Sie hatte niemals etwas dergleichen vermuthet und sagte ihm: »Ich glaube, mein Vater daß, wenn ich eine solche ungeheuerliche Absicht hätte, Ihr mich als der Erste steinigen würdet.« Er antwortete: »Kommt mit in den

Hof und sehet, was ich gemacht habe.« Als sie nun ihre beiden Frauen und den Diener ermordet sah, blieb sie erstarrt stehen und konnte keine Silbe hervorbringen. Der durchtriebene Mönch wollte sie aber nicht nur für eine kurze Stunde genießen und wollte deshalb auch keine Gewalt anwenden; er sagte ihr also: »Fürchtet Euch nicht, Ihr seid in den Händen des Mannes, der Euch am meisten liebt.« Bei diesen Worten öffnete er seine weite Kutte und zog darunter eine kleinere hervor, reichte sie der Dame und drohte ihr, wenn sie sie nicht anzöge, würde er sie tödten wie die anderen. Die Dame, die mehr todt als lebendig war, hielt es für das Beste, sich gehorsam zu stellen, einmal, um ihr Leben zu retten, und dann, um Zeit zu gewinnen, in der Hoffnung, ihr Mann könnte früher zurückkommen. Wie ihr der Mönch befohlen, begann sie ihre Frisur zu lösen, aber so langsam wie möglich; als ihre Haare nun frei herniederwallten, sah der Mönch nicht auf die Schönheit, die sie hatten, sondern schnitt sie eiligst ab, zog sie dann bis aufs Hemd aus und ließ sie die kleine Kutte anlegen, die er mit sich gebracht hatte, nahm die seine wieder um und machte sich schleunigst aus dem Staube, indem er seinen langbegehrten kleinen Franziskanerbruder mit sich führte. Aber Gott, der mit dem Unschuldigen in der Noth Mitleid hat, sah auch die Thränen dieser armen Frau. Ihr Mann nämlich, der seine Angelegenheiten früher als er gedacht beendet hatte, kehrte auf demselben Wege, den seine Frau kam, nach Hause zurück. Als der Franziskaner ihn von ferne sah, sagte er zu der Frau: »Dort sehe ich Euren Mann kommen. Wenn er Euch sieht, wird er Euch selbstverständlich aus meinen Händen befreien wollen, deshalb geht vor mir und wendet nicht den Kopf nach seiner Seite, denn beim geringsten Zeichen werde ich früher den Dolch Euch in die Brust gestoßen als er Euch aus meinen Händen befreit haben.« Während dieser Worte war der Edelmann herangekommen und fragte ihn, wo er herkäme. Er antwortete: »Aus Eurem Hause, wo ich Eure Frau ganz gesund und Eure Rückkehr erwartend verlassen habe.« Der Edelmann ritt vorbei, ohne seine Frau zu bemerken. Sein Diener aber, der gewohnt war, mit dem Begleiter des Franziskaners, einem gewissen Bruder Jean, sich zu unterhalten, rief seiner Herrin, in der Meinung, es sei Bruder Jean, einige Worte zu. Die arme Frau wagte jedoch nicht, den Kopf nach der Seite zu wenden, und antwortete keinen Ton; der Diener aber wollte das Gesicht sehen, ritt quer über den Weg, und die Dame machte ihm, ohne zu sprechen, mit ihren Augen, die voller Thränen waren, ein Zeichen. Der Diener ritt schleunigst seinem Herrn nach und sagte ihm: »Herr, als ich über den Weg ritt, habe ich den Begleiter des Mönchs gesehen, und es war nicht Bruder Jean, sondern er glich ganz Eurer Frau, die mir mit thränendem Auge einen flehenden Blick zuwarf.« Der Edelmann sagte ihm, er träume, und hörte nicht auf ihn. Der Diener blieb aber bei seiner Meinung und bat um Erlaubniß, jenem nacheilen zu dürfen, er selbst möge auf der Straße warten, bis er sich überzeugt hätte, ob er recht gesehen habe. Der Edelmann war damit einverstanden und hielt an, um zu sehen, was sein Diener ihm berichten würde. Als der Franziskaner den Diener hinter sich herkommen sah und ihn nach Bruder Jean fragen hörte, zweifelte er nicht mehr, daß die Frau erkannt worden sei, kam auf jenen mit einem großen, eisenbeschlagenen Stock zu und versetzte damit dem Diener einen so schweren Hieb über die Lende, daß er vom Pferd zu Boden stürzte. Sofort warf er sich über ihn und schnitt ihm den Hals durch. Der Edelmann sah von weitem seinen Diener fallen, und da er dachte, daß er durch irgend welchen Zufall gestürzt sei, eilte er zu ihm, um ihn aufzurichten. Kaum sah ihn aber der Mönch, als er auch auf ihn mit dem Stock einschlug und gerade wie seinen Diener zu Boden warf und sich aus ihn stürzte. Der Edelmann aber, der sehr kräftig war, preßte den Mönch so an sich, daß er ihm nichts anhaben konnte, und schleuderte ihm den

Dolch aus der Hand; seine Frau nahm ihn sofort auf und gab ihn ihrem Mann, und während sie mit aller Kraft den Mönch an seiner Kapuze festhielt, versetzte ihm der Mann mehrere Dolchstiche, so daß er schließlich um Gnade bat und sein verbrecherisches Vorhaben in seinem ganzen Umfange beichtete. Der Edelmann wollte ihn nicht tödten, er bat vielmehr seine Frau, aus seinem Hause Leute herzuschicken und eine Karre, um ihn fortzubringen. Sie that es, zog die Kutte aus und lief im Hemde mit bloßem Kopf bis nach Haus. Sofort rannten alle ihre Leute zusammen, eilten zu ihrem Herrn, um ihm behülflich zu sein, den eingefangenen Wolf fortzubringen, und fanden ihn auf der Straße, von wo der Franziskaner gebunden in das Haus des Edelmanns geschleppt wurde. Der ließ ihn darauf vor das kaiserliche Gericht nach Flandern führen, wo er seine Schuld voll eingestand. Sein Geständniß und eine an Ort und Stelle abgehaltene Specialuntersuchung ergab auch, daß in jenes Kloster eine ganze Menge von Edelfrauen und Mädchen geschleppt worden waren, ganz auf dieselbe Art und Weise, wie dieser Mönch jene Frau hatte dorthin bringen wollen, was ihm auch ohne die Gnade unseres Herrn Jesus Christus gelungen wäre, der immer denen hilft, die ihre Hoffnung auf ihn setzen. Das Kloster wurde von den Diebesgehülfen und den Frauen, die darin waren, gesäubert, dann wurden die Mönche darin eingeschlossen und zum ewigen Gedächtniß ihrer Unthat verbrannt, woraus sich ergiebt, daß es nichts grausameres giebt als Liebe, wenn sie auf Laster gegründet ist, wie es nichts menschlicheres und lobenswertheres giebt, als wenn sie in einem tugendhaften Herzen wohnt.

»Es thut mir leid, meine Damen«, fuhr Guebron fort, »daß, wenn wir bei der Wahrheit bleiben, wir nicht so viele Geschichten zum Vortheil der Franziskaner als zu ihrem Nachtheil erzählen können; denn da ich ihnen sehr zugethan bin, würde es mich nur erfreuen, etwas zu wissen, womit ich sie loben könnte. Aber wir haben einmal bestimmt, nur die Wahrheit zu sagen, so daß ich sie, da in dieser Sache der Bericht so vieler glaubwürdiger. Männer vorliegt, nicht beschönigen konnte. Aber ich versichere Euch, wenn die Geistlichen heute etwas thäten, was werth wäre nicht vergessen zu werden und ihnen zum Lobe gereichte, so würde ich es mir angelegen sein lassen, sie noch besser hinzustellen, als ich mich bemüht habe, hier nur die Wahrheit zu sagen.« – »Wahrhaftig«, sagte Oisille, »das ist eine Liebe, die nur den Namen Grausamkeit verdient.« – »Ich wundere mich«, sagte Simontault, »daß er so geduldig blieb, trotzdem er sie im Hemde sah, und sie, da er doch der Herr der Situation war, nicht mit Gewalt nahm.« Saffredant erwiderte: »Er war nicht naschhaft, wohl aber ein Feinschmecker, und da er sich alle Tage an ihr berauschen wollte, wollte er nicht den ganzen Genuß das eine Mal auskosten.« – »Das war es wohl nicht«, wandte Parlamente ein, »aber jeder wüthige Mensch ist furchtsam, und die Furcht, überrascht und seiner Beute beraubt zu werden, ließ es ihm gerathener erscheinen, sein Lämmlein fortzuschleppen, wie der Wolf es mit dem Schaf macht, um es in aller Gemächlichkeit zu verzehren«. »Immerhin kann ich nicht glauben«, sagte Dagoucin, »daß er sie wirklich liebte, und daß in einem so niedrigen Herzen überhaupt Liebe wohnen konnte.« – »Wir dem auch sein mag«, sagte Oisille, »er hat wenigstens seine Strafe erhalten, und ich bitte zu Gott, daß alle gleiche Verbrechen gleiche Bestrafung erhalten möchten. Aber wem gebt Ihr das Wort?« – »Euch selbst«, sagte Guebron, »denn Ihr werdet es nicht daran fehlen lassen, eine gute Geschichte zu erzählen.« Oisille sagte: »Da die Reihe an mich gekommen ist, will ich Euch eine gute Geschichte erzählen, die sich zu meiner Zeit ereignet hat, und die der, welcher sie mir erzählt hat, selbst mit erlebte. Ihr wißt ja Alle, daß das Ende alles unseres Unglücks der Tod ist; da er aber unserem Unglück ein Ende setzt, kann man ihn auch Glück und sichere Ruhe nennen. Deshalb ist es unter Umständen ein Unglück für den Menschen, den Tod zu wünschen und ihn nicht erhalten zu können. Deshalb ist auch manchmal der Tod nicht die größte Strafe, die man einem Uebelthäter anthun kann, eine größere ist es, ihn einer unausgesetzten Marter preiszugeben, groß genug, jenen zu wünschen, aber doch auch wieder zu gering, um ihn herbeizuführen, wie es ein Mann mit seiner Frau machte, wie Ihr gleich hören sollt.«

Zweiunddreißigste Erzählung.

Wie ein Mann seine ehebrecherische Frau härter als mir dem Tode bestraft.

Der König Karl VIII. schickte einmal nach Deutschland einen Edelmann, namens Bernage von Civrai, aus der Nähe von Amboise, welcher, um in möglichster Geschwindigkeit seine Reise zu vollenden, Tag und Nacht ununterbrochen fuhr, so daß er eines Abends zu schon vorgerückter Stunde auf das Schloß eines Edelmanns kam, bei dem er um Nachtquartier bat, welches ihm, allerdings nur nach langem Hin- und Herreden, eingeräumt wurde. Als aber der Edelmann hörte, daß der Fremde in Diensten eines so mächtigen Königs stehe, ging er ihm entgegen und bat ihn wegen der abweisenden Haltung seiner Dienerschaft um Entschuldigung; wegen einiger ihm übelwollender Verwandten seiner Frau sei er nämlich genöthigt, sein Haus vor allem Besuch verschlossen zu halten. Abends erzählte der fremde Edelmann den Zweck seiner Mission, worauf der Edelmann sich erbot, dem König, so weit es in seinen Kräften stehe, ebenfalls behülflich zu sein, und seinen Gast in sein Schloß führte, wo er ihn gut unterbrachte und standesgemäß bewirthete. Als nun die Stunde des Abendessens herankam, führte ihn der Edelmann in ein sehr schön ausgestattetes

Zimmer. Als die Speisen aufgetragen waren, sah er hinter einem Vorhang eine Frau von ganz besonderer Schönheit heraustreten, deren Kopfhaar jedoch bis auf die Wurzel abgeschnitten und die im übrigen nach deutscher Sitte ganz in Schwarz gekleidet war. Nachdem sich der Edelmann und Bernage die Hände gewaschen hatten, brachte man die Schüssel zu jener Dame, die sich ebenfalls die Hände bespülte und dann am unteren Ende der Tafel Platz nahm, ohne zu jemandem zu sprechen, und ohne daß ein anderer mit ihr sprach. Der Ritter von Bernage sah sie oft an, und sie schien ihm eine der schönsten Frauen zu sein, die er je gesehen hatte, nur daß sie sehr blaß und sehr traurig aussah. Nachdem sie etwas gegessen hatte, begehrte sie zu trinken; ein Diener brachte ihr Wasser in einem Todtenkopf, dessen Oeffnungen mit Silber verlöthet waren, und aus dem sie zwei- bis dreimal trank. Nachdem sie zu Ende gespeist und sich die Hände gewaschen hatte, verbeugte sie sich vor dem Hausherrn und ging wieder hinter den Vorhang zurück, ohne ein Wort zu sprechen. Bernage war sehr verwundert über dieses seltsame Gebahren und wurde ganz nachdenklich und traurig. Sein Wirth sah es und sagte: »Ich sehe wohl, daß Ihr über das, was Ihr hier an diesem Tische gesehen habt, sehr erstaunt seid; da ich Euch aber für sehr ehrbar halte, will ich Euch den Zusammenhang mittheilen, damit Ihr nicht denkt, ich sei ohne Veranlassung so grausam. Die Dame, die Ihr gesehen habt, ist meine Frau, die ich mehr geliebt habe, als je ein Mann die seine lieben konnte. So ließ ich, um sie zu heirathen, alle Rücksichten außer Berechnung und führte sie gegen den Willen ihrer Eltern hierher. Auch sie zeigte mir so große Zuneigung, daß ich tausendmal mein Leben hingegeben hätte, um das ihre zu einem glücklichen zu machen. So lebten wir lange in Ruhe und Zufriedenheit, und ich hielt mich für den glücklichsten Edelmann der Christenheit. Während einer Reise aber, die ich nothwendig aus Ehrengründen machen mußte, vergaß sie ganz ihre Ehre, ihr Gewissen und ihre Liebe zu mir und ging ein Verhältniß mit einem jungen Mann ein, den ich hier großgezogen hatte. Schon bei meiner Rückkehr hätte ich es bemerken können; aber meine Liebe zu ihr war so groß, daß ich an ihr nicht zweifeln wollte, bis die Erfahrung mir die Augen öffnete und ich das sah, was ich mehr als den Tod fürchtete. Meine Liebe wandelte sich nun in Verzweiflung und Zorn; ich lauerte ihr also auf und eines Tages that ich, als ginge ich aus, versteckte mich aber in ihrem Zimmer, in welchem sie heute noch wohnt, und sah, wie sie bald nach meinem vermeintlichen Weggehen sich dorthin zurückzog und den jungen Ritter zu sich kommen ließ; dieser kam mit der Ungezwungenheit herein, wie nur ich sie mir ihr gegenüber erlauben darf. Als ich aber sah, daß er sich zu ihr in ihr Bett legen wollte, trat ich aus meinem Versteck hervor, packte ihn in ihren Armen und tödtete ihn. Doch das Verbrechen meiner Frau schien mir zu groß, als daß ihr Tod Strafe genug für sie gewesen wäre, ich legte ihr deshalb eine Buße auf, die mir schwerer als den Tod zu erleiden schien. Ich schloß sie in das Zimmer ein, in das sie sich immer, um ihrem Vergnügen nachzugehen, mit dem, den sie mehr als mich selbst liebte, zurückgezogen hatte. In einem Schrank dieses Zimmers hing ich das Skelett ihres Geliebten auf, wie man etwas besonders Kostbares in einem Kabinet aufbewahrt. Damit sie auch immer an ihr Vergehen erinnert wird, lasse ich ihr bei Tische in meiner Gegenwart die Getränke, anstatt in einem Glase, im Schädel dieses Treulosen darreichen; damit sie den, den sie durch ihren Fehler sich zum Todfeind gemacht hat, nämlich mich, lebend und ihren Vielgeliebten, dessen Freundschaft sie der meinen vorzog, todt immer vor Augen habe. So sieht sie bei ihren Mahlzeiten die beiden Sachen, die ihr am unangenehmsten sein müssen, ihren Feind am Leben und ihren Freund todt, und alles durch ihre Schuld. Im übrigen wird sie wie ich selbst behandelt, nur geht sie mit geschorenem Kopf, denn der Haarschmuck geziemt sich nicht für eine Ehebrecherin, wie der Schleier nicht für eine Unzüchtige. Deshalb habe ich ihr die Haare abschneiden lassen, um damit anzuzeigen, daß sie ihre Ehre, Scham und Keuschheit verloren hat. Wenn Ihr Euch die Mühe nehmen wollt, will ich Euch zu ihr führen.« Bernage war damit einverstanden. Sie gingen hinunter und fanden sie in einem sehr schönen Zimmer vor dem Kamin sitzend. Der Edelmann zog einen Vorhang fort, der vor einem Schrank hing, und dahinter sah man ein Menschenskelett. Bernage wollte gern mit der Dame sprechen, aber aus Rücksicht für den Edelmann unterließ er es. Dieser aber bemerkte es und sagte ihm: »Wenn Ihr zu ihr reden wollt, werdet Ihr sehen, wie gut und gewandt sie spricht.« Bernage sagte ihr nun: »Madame, wenn Eure Geduld Eurer Marter gleicht, so schätze ich Euch für die glücklichste Frau der Welt.« Sie antwortete mit thränendem Auge und einer demuthsvollen Anmuth: »Ich weiß, meine Sünde ist so groß, daß alle Qualen, die mein Herr und Gebieter (den ich nicht werth bin, meinen Gatten zu nennen) mir auferlegen kann, nichts im Vergleich zu dem Bedauern darüber sind, daß ich ihn verletzt habe.« Während sie das sagte, begann sie heftig zu schluchzen. Der Edelmann zog Bernage am Arm mit sich fort. Am anderen Morgen reiste dieser frühzeitig fort, um den Auftrag seines Königs auszuführen. Als er sich aber von dem Edelmann verabschiedete, sagte er zu diesem: »Die Liebe, die ich für Euch hege, und die ehrenvolle und freundschaftliche Aufnahme, die ich in Eurem Hause gefunden habe, mögen es entschuldigen, wenn ich Euch sage, daß Ihr, in Anbetracht der aufrichtigen Reue Eurer Frau, Mitleid mit ihr haben solltet und auch berücksichtigen, daß Ihr noch jung seid und keine Kinder habt. Es wäre schade, wenn ein so angesehener Name mit Euch ausstürbe, und daß vielleicht Leute, die Euch nicht wohlgesinnt sind, Eure Erben würden.« Der Edelmann, der entschlossen war, kein Wort mehr mit seiner Frau zu sprechen, dachte lange über den Rath seines Gastes nach und sah schließlich ein, daß dieser Recht habe, versprach ihm auch, wenn sie in dieser demüthigen Reue verharre, mit ihr Mitleid zu haben. Bernage reiste dann wegen seines Auftrages ab, als er aber wieder an den Hof seines Herrn, des Königs, gekommen war, erzählte er ihm diese ganze Geschichte, die den Fürsten lebhaft interessirte, und da jener auch viel von der Schönheit der Dame gesprochen hatte, schickte er seinen Maler, Johann von Paris, aus, um von dieser Dame ein Portrait nach dem Leben zu nehmen. Dieser that es mit Bewilligung des Edelmanns. Nach langer Zeit der Reue, sowohl dem Verlangen, Nachkommen zu haben, wie auch aus Mitleid mit seiner Frau, die in großer Demuth die schwere Buße getragen hatte, söhnte sich derselbe auch mit seiner Frau aus und erhielt von ihr eine ganze Reihe schöner Kinder.

»Wenn nun, meine Damen«, fuhr Oisille fort, »alle die, denen Gleiches begegnet ist, ebenfalls aus solchen Trinkbehältern trinken sollten, so fürchte ich, viele goldene Becher würden in Totenköpfe umzuwandeln sein. Gott behüte uns davor; denn wenn seine Güte uns nicht hält, ist keiner unter uns, der nicht noch Schlimmeres thun könnte. Aber wenn man Vertrauen zu ihm hat, wird er diejenigen schützen, welche frei bekennen, daß sie sich nicht selbst schützen können. Diejenigen hingegen, welche sich auf ihre Kraft und Tugend verlassen, sind in großer Gefahr, in der Versuchung doch ihre Unzulänglichkeit eingestehen zu müssen. Ich versichere Euch, ich habe manche Leute mit großem Selbstvertrauen und Stolz bei Gelegenheiten straucheln sehen, wo andere, die man für viel weniger tugendhaft hielt, gerade durch ihre Demuth gerettet wurden. So sagt auch das alte Sprüchwort, was Gott beschützt, ist wohl geschützt.« Parlamente sagte: »Ich finde diese Bestrafung ganz richtig, denn wie die Beleidigung schlimmer als der Tod ist, so auch die Bestrafung.« – »Ich mache einen anderen Schluß«, sagte Emarsuitte, »ich will z.B. lieber mein Leben lang die Skelette aller meiner ergebenen Freunde in meinem Zimmer haben, als für sie sterben, denn es giebt kein Verbrechen, das sich nicht sühnen ließe, nach dem Tode aber kann man nichts mehr sühnen.« – »Wie«, wandte Longarine in, »kann man solche Schandthat sühnen? Ihr wißt doch, wie es eine Frau auch anstellen möge, nach einem Fehltritt kann sie ihre Ehre nicht wiederherstellen.« – »Ich bitte Euch«, sagte Emarsuitte, »genießt jetzt die heilige Magdalena nicht ebensoviel Ehre unter den Menschen, wie ihre jungfräuliche Schwester?« – »Es ist richtig«, gab Longarine zu, »daß sie bei uns wegen ihrer großen Liebe zu Jesus Christus in hohem Ansehen steht; immerhin behält sie aber den Namen einer Sünderin.« – »Mir ist es gleich«, sagte Emarsuitte, »welchen Namen die Menschen mir geben; aber wenn Gott mir und meinem Mann unsere Sünden verzeiht, so wüßte ich nicht, weshalb ich mir den Tod wünschen sollte.« Dagoucin sagte: »Wenn jene Frau ihren Mann wirklich liebte, wie es ihre Pflicht war, so wundere ich mich, daß sie nicht vor Kummer starb, als sie zuerst das Skelett desjenigen sah, der durch ihre Schuld umkam.« – »Wie, Dagoucin«, rief Simontault, »muß man Euch noch sagen, daß die Frauen weder Liebe noch Bedauern haben?« Jener antwortete: »Freilich weiß ich nichts davon, denn ich habe nie ihre Liebe zu prüfen gewagt, aus Furcht, weniger, als ich begehre, zu finden.« – »Ihr lebt also von Glauben und Hoffnung«, sagte Nomerfide, »wie der Regenpfeifer vom Winde? Ihr seid leicht zu erhalten.« – »Ich begnüge mich mit der Liebe, die ich in mir fühle, und mit der Hoffnung, die ich auf das Herz der Damen setze; aber wenn ich es verstände, mir Liebe zu erwerben, wie ich sie erhoffe, würde ich eine so grenzenlose Befriedigung fühlen, daß ich daran sterben würde.« – »Hütet Euch vor dieser Krankheit, wie vor der Pest, sie ist nicht anders, versichere ich Euch«, sagte Guebron; »nun möchte ich aber gern wissen, wem Frau Oisille das Wort geben wird.« – »Ich gebe es Simontault, der, wie ich wohl weiß, niemanden schonen wird.« Dieser erwiderte: »Dann könntet Ihr auch gleich sagen, daß ich schmähsüchtig bin. Immerhin will ich Euch sagen, daß auch Schmähsüchtige die Wahrheit sagen können. Ihr wäret doch auch nicht einfältig genug, meine Damen, an alle hier erzählten Geschichten zu glauben, welchen Anschein von Wahrhaftigkeit sie auch haben möchten, wenn dieselben nicht so unter Beweis gestellt würden, daß man Zweifel daran nicht mehr haben kann. Ebenso wird aber auch unter dem Deckmantel eines Wunders großer Mißbrauch getrieben; deshalb will ich Euch eine Geschichte erzählen, welche ebensowohl zum Lobe des gottesfürchtigen Prinzen, der darin vorkommt, wie zur Unehre eines Geistlichen gereicht.«

Dreiunddreißigste Erzählung.

Von einem blutschänderischen Priester, welcher seine Schwester schwängert und sie dann als ein Wundermädchen ausgiebt, und von seiner Bestrafung.

Als der Graf Karl von Angoulême, der Vater des Königs Franz I., ein gottesfürchtiger Prinz, in Cognac war, erzählte ihm jemand, daß in dem benachbarten Dorfe Cherves eine Jungfrau sei, die so zurückgezogen und streng sittlich lebe, daß man sie nur bewundern müsse. Nichtsdestoweniger sei sie schwanger, verheimliche das auch garnicht, versichere aber allen Leuten, sie habe sich nie mit einem Mann eingelassen und wisse nicht, wie ihr das habe passiren können, es sei denn, daß der heilige Geist zu ihr gekommen sei. Das Volk glaubte es und sah in ihr eine zweite Jungfrau Maria. Jeder wußte ja auch, daß sie schon von frühester Kindheit an sehr vernünftig gewesen war und niemals irgendwelchen weltlichen Hang gezeigt hatte. Sie hielt nicht nur die gebotenen kirchlichen Fasten inne, sondern fastete noch mehrmals die Woche aus eigenem Antrieb und bei jedem, auch dem kleinsten Gottesdienst, war sie in der Kirche zu finden. Alle Welt war deshalb von ihrem heiligen Leben erbaut, und man kam, sie wie ein Wunderding zu besuchen, und war glücklich, ihr Kleid berühren zu können. Der Dorfpfarrer war ihr Bruder, ein Mann in gesetzten Jahren und von strengem Lebenswandel, der von seiner Gemeinde hochgeschätzt und für einen heiligen Mann gehalten wurde. Der verfuhr sehr streng mit dem Mädchen und schloß es in ein Haus ein. Das Volk war aber unzufrieden damit und schlug so viel Lärm deshalb, daß (wie ich schon gesagt habe) das Gerücht auch dem Grafen zu Ohren kam, welcher das Volk von dem Mißbrauch, der mit seinem Glauben getrieben wurde, befreien wollte. Er schickte deshalb seinen Kanzler und Großalmosenier, zwei sehr angesehene Männer, aus, um die Wahrheit herauszubekommen. Sie begaben sich an Ort und Stelle und zogen unter der Hand Erkundigungen ein; sie wandten sich auch an den Pfarrer, dem die ganze Sache so unangenehm war, daß er sie bat, der Vernehmung, welche er am andern Tage anzustellen gedachte, beizuwohnen. Der Pfarrer celebrirte am andern Morgen die Messe, der seine Schwester schon in sehr vorgeschrittenem Stadium der Schwangerschaft auf den Knieen zuhörte. Am Ende der Messe nahm er den Leib Christi und sagte in Gegenwart der ganzen Versammlung zu seiner Schwester: »Du Unglückliche, hier halte ich Dir den vor Augen, der für Dich gelitten hat und gestorben ist, und frage Dich vor seinem Angesicht, bist Du Jungfrau, wie Du mir immer betheuert hast?« Ohne zu schwanken und ohne Furcht antwortete sie: »Ja«. »Wie ist es dann möglich, daß Du schwanger und doch noch Jungfrau bist?« Sie antwortete: »Ich kann nichts anderes annehmen, als daß der heilige Geist zu mir gekommen ist; aber ich kann auch nicht in Abrede stellen, daß Gott mir die Gnade erwiesen hat, mich jungfräulich zu erhalten, denn ich hatte niemals Neigung, mich zu verheirathen.« Darauf sagte ihr Bruder: »Ich reiche Dir hier den kostbaren Leib Jesu Christi, den Du zu Deiner ewigen Verdammniß nehmen sollst, wenn es sich anders verhält, als Du sagst, und die Abgesandten des Herrn Grafen hier sind Zeugen Deines Thuns.« Das Mädchen, das ungefähr dreizehn Jahre alt war, leistete folgenden Eid: »Ich nehme den Leib meines Herrn Jesu Christi vor Euch, meine Herren, und vor Dir, mein Bruder, zu meiner Verdammniß, wenn jemals ein Mann mich anders berührt hat als Du.« Mit diesen Worten empfing sie den Leib unseres Herrn Jesu Christi. Der Kanzler und Großalmosenier des Grafen gingen ganz verwirrt nach Hause, denn sie konnten nicht glauben, daß bei einem solchen Eid Lüge unterlaufen könnte, berichteten dann dem Grafen und wollten ihn ihre eigene Ansicht glauben machen. Er aber war sehr weise, dachte lange nach, ließ sich die Worte des Schwurs wiederholen, und nachdem er sie wohl überdacht hatte, sagte er zu ihnen: »Sie hat Euch gesagt, niemals habe sie ein Mann anders berührt, als ihr Bruder, und ich glaube nun, daß ihr Bruder sie geschwängert hat und sein Verbrechen unter dieser ganzen Verstellung verdecken will; wir, die wir an den auf die Erde gekommenen Herrn Jesus Christus glauben, dürfen nicht einen neuen erwarten. Geht deshalb und setzt den Pfarrer gefangen; ich bin überzeugt, er wird schon die Wahrheit beichten.« Sein Befehl wurde trotz vieler Einwendungen, den Geistlichen nicht so bloßzustellen, ausgeführt. Sobald der Pfarrer ins Gefängniß gebracht war, gestand er seine Missethat ein, und daß er seiner Schwester eingegeben habe, damit sie ungestört ihren verbrecherischen Verkehr weiter fortsetzen könnten, die Angelegenheit so zu drehen, daß nicht nur eine Beschönigung, sondern ein Betrug daraus wurde, unter welchem sie vor aller Welt weitergeachtet wurden. Als man ihm dann vorhielt, wie verwerflich er gehandelt habe, sie auf den Leib Christi einen Meineid schwören zu lassen, sagte er, er sei nicht so vermessen gewesen, er habe ein ungeweihtes Brod genommen. Man berichtete nun den Grafen von Angoulême, der die Sache zur weiteren Verfolgung den Gerichten übergab. Man wartete bis zur Niederkunft der Schwester, und nachdem sie einen kräftigen Knaben zur Welt gebracht hatte, wurden sie und ihr Bruder verbrannt. Alle Leute, die nun sahen, daß unter der Scheinheiligkeit ein so schreckliches Verbrechen begangen, und unter einem äußerlich so heiligen und frommen Leben ein so verabscheuungswürdiges Laster getrieben worden war, waren im höchster Grade betroffen.

Hierauf sagte Simontault weiter: »Ihr sehet hier also, meine Damen, daß der Glauben des Grafen sich nicht durch Zeichen und Wunder bethören ließ, da er wohl wußte, daß wir nur einen Heiland haben, welcher mit den Worten ›Es ist vollbracht‹ dargethan hat, daß er für einen weiteren Erretter keinen Raum mehr ließ.« Oisille sagte: »Wahrlich, die Kühnheit ist eben so groß, wie die Heuchelei, ein so ungeheuerliches Verbrechen unter der Lehre Gottes und hinter das Wesen eines guten Christen zu verstecken.« – »Ich habe mir sagen lassen«, bemerkte Hircan, »daß die, welche bei Ausführung eines Auftrages des Königs sich der Grausamkeit und Tyrannei schuldig machen, doppelt schwer bestraft werden, weil sie ihre Ungerechtigkeit hinter das Recht des Königs verstecken. Nicht viel anders ergeht es den Heuchlern; eine Weile sind sie von ihrer Lebensstellung und ihrem frommen Rufe beschirmt, wenn ihnen dann aber Gott die Maske vom Gesicht herunterzieht, kommt ihre wahre Gestalt zum Vorschein, und ihre Schlechtigkeit und Gemeinheit steht dann in um so häßlicherem Lichte, als der Deckmantel ein achtunggebietender war.« – »Nichts ist auch lieblicher«, sagte Nomerfide, »als freimüthig zu reden, wie das Herz es denkt.« – »Um damit zu foppen«, sagte Longarine; »ich glaube, Ihr sprecht auch, wie es gerade die Lage erheischt.« Nomerfide antwortete: »Ich sehe, daß die Thörichten, wenn man sie nicht tödtet, länger leben, als die Weisen, und ich finde dafür nur den einen Grund, daß sie ihren Leidenschaften freien Lauf lassen; sind sie zornig, so schlagen sie darauf los, sind sie vergnügt, so lachen sie. Die hingegen, die weise sein wollen, verstecken alle ihre Unvollkommenheit, bis ihr Herz davon ganz vergiftet ist.« – »Ich meine, Ihr habt Recht«, sagte Guebron, »und ich glaube auch, daß Heuchelei gegen die Menschen und gegen die Natur die Ursache alles Uebels ist.« Parlamente sagte hier: »Es wäre ein schönes Ding, wenn unser Herz so von dem Glauben an Denjenigen, der nur Tugend und Freude ist, erfüllt wäre, daß wir ihn jedem frei zeigen könnten.« – »Das wird erst der Fall sein«, bemerkte Hircan, »wenn wir kein Fleisch mehr auf unseren Knochen haben werden.« – »Immerhin«, warf Oisille ein, »kann der Geist Gottes, der stärker und mächtiger als der Tod ist, unser Herz ganz einnehmen, ohne daß unser Körper sich ändert.« – »Madame«, wandte sich Saffredant an sie, »Ihr sprecht von einer Gabe Gottes ...« – »Welche sich nur bei den Menschen findet«, unterbrach ihn Oisille, »welche gläubig sind; da dieser Punkt aber den weltlich Gesinnten schwer begreiflich zu machen ist, laßt uns lieber erfahren, wem Simontault das Wort geben wird.« – »Ich gebe es Nomerfide«, sagte dieser, »denn da sie von freudiger Gemüthsart ist, wird sie uns nichts Trauriges erzählen.« Nomerfide sagte: »Nun gut, wenn Ihr Lust habt zu lachen, will ich Euch die Gelegenheit dazu geben, und um Euch zu zeigen, wie sehr Furcht und Unkenntniß schaden und eine falsch verstandene Bemerkung viel Unheil anrichten kann, will ich Euch von zwei armen Franziskanermönchen von Niort erzählen, welche, da sie die Worte eines Schlächters nicht richtig verstanden, vor Angst beinahe gestorben wären.«

Vierunddreißigste Erzählung.

Zwei Mönche lauschen an einer Wand, fangen zwei Worte auf, die sie mißverstehen, und kommen vor Angst fast um.

Zwischen Niort und Fors liegt ein Dorf, namens Grip, welches dem Herrn von Fors gehört. Eines Tages kamen zwei Franziskaner von Niort her spät in diesem Dorfe Grip an und nahmen Wohnung in dem Hause eines Schlächters; da sich zwischen ihrem Zimmer und dem des Wirthes nur eine Wand von schlechtgefügten Brettern befand, bekamen sie Lust, zuzuhören, was wohl der Mann im Bett zu seiner Frau sprechen würde, und drückten ihre Ohren dicht an die Wand, wo das Bett des Mannes stand; dieser, welcher nicht an seine Gäste dachte, unterhielt sich vertraulich mit seiner Frau über Wirthschaftsangelegenheiten und sagte: »Morgen früh, meine Liebe, müssen wir zeitig aufstehen und unsere Franziskaner besichtigen; einer davon ist hübsch fett, den wollen wir schlachten, gleich einsalzen und einen guten Profit davon ziehen.« Er sprach von seinen zwei Schweinen, welche er Franziskaner nannte, aber die beiden Mönche, welche diesen Beschluß hörten, dachten nicht anders, als daß sie selbst gemeint seien, und erwarteten in großer Furcht und mit Bangen die Morgendämmerung. Der Eine von ihnen war sehr dick, der Andere mager; der Dicke wollte seinem Gefährten die letzte Beichte ablegen und sagte, ein Fleischer, der alle Gottesliebe und Furcht verloren habe, würde ihn gerade so ruhig schlachten, wie einen Ochsen oder ein anderes Thier; da sie in ihrem Zimmer eingeschlossen seien und keinen anderen Ausgang hätten, als den durch das Zimmer des Wirths, so könnten sie schon ihres Todes gewiß sein und ihre Seelen Gott empfehlen. Aber der Jüngere, welcher nicht so von Furcht erfüllt war wie sein Genosse, sagte ihm, da ihnen die Thür verschlossen sei, müßten sie versuchen, durch das Fenster zu entkommen; Schlimmeres als den Tod könnten sie sich dort auch nicht holen. Dem stimmte der Fette bei. Der Junge öffnete das Fenster, sah, daß es nicht allzu hoch war, sprang leicht herunter und entfloh so schnell und so weit er konnte, ohne auf seinen Gefährten zu warten, der dasselbe Kunststück versuchte; aber sein Gewicht verhinderte ihn aufzukommen, denn anstatt zu springen, fiel er so ungeschickt hin, daß er sich ein Bein verletzte. Da er sich von dem Bruder verlassen sah und ihm nicht folgen konnte, suchte er nach einem Versteck und ersah nur ein Schweinegelaß, nach dem er sich, so gut er konnte, hinschleppte; indem er die Thür öffnete, rannten zwei große Schweine heraus, an deren Stelle sich der Mönch hinlegte; dann schloß er die kleine Thür hinter sich, hoffend, daß, wenn er Leute vorbeigehen hören würde, er rufen und Hülfe finden könnte.

Sobald der Morgen gekommen war, schliff der Schlächter seine großen Messer und rief seine Frau, um mit ihr seine beiden fetten Schweine zu schlachten. Als er bei dem Stall ankam, wo der Mönch versteckt war, öffnete er die Thür und fing an, laut zu rufen: »Kommt heraus, meine Franziskaner, heute wollen wir schöne Blutwurst von Euch machen.« Der Franziskaner, der sich auf seinem Bein nicht halten konnte, sprang auf allen Vieren aus dem Stall und schrie so laut er konnte um Gnade. Wenn der arme Mönch Angst hatte, so ging es dem Schlächter und seiner Frau nicht anders, denn sie dachten, der heilige Franziskus sei aufgebracht darüber, daß sie ein Thier einen »Franziskaner« genannt hätten. So knieten sie vor dem armen Klosterbruder nieder und baten den heiligen Franziskus und seinen Orden um Verzeihung, so daß auf der einen Seite der Franziskaner, und auf der anderen der Fleischer um Gnade riefen, ohne daß sie sich eine Viertelstunde lang verstehen konnten. Endlich erkannte der gute Pater, daß der Schlächter ihm kein Leid anthun wolle, und erzählte ihm, warum er sich in diesen Schweinestall versteckt habe, worauf ihre Furcht sogleich in Lachen verwandelt wurde, in das jedoch der arme Mönch, dem sein Bein weh that, nicht einstimmen konnte; doch führte ihn darauf der Fleischer in sein Haus, wo er sogleich verbunden wurde. Sein Gefährte, der ihn in der Noth verlassen hatte, rannte die ganze Nacht weiter, so daß er am Morgen im Hause des Herrn von Fors ankam; dort beklagte er sich über den Schlächter, von dem er glaubte, er habe seinen Genossen getötet, da er ihm nicht nachgefolgt war. Der Herr von Fors schickte sogleich in das Dorf Grip, um die Wahrheit darüber zu erfahren; nachdem man ihm diese berichtet hatte, fand er keinen Grund, darüber zu weinen, und erzählte es sogleich der Dame seines Herzens, der Herzogin von Angoulême Mutter Franz I.

»Sie sehen, meine Damen«, fuhr Nomerfide fort, »daß es nicht gut thut, Geheimnisse ungebeten zu erlauschen und die Worte Anderer mißzuverstehen.« – »Habe ich es nicht gesagt«, rief Simontault, »daß Nomerfide uns nicht weinen, sondern lachen machen würde? Wir haben es reichlich besorgt!« – »Und was besagt das?« sprach Oisille; »daß wir geneigter sind, über eine Thorheit zu lachen, als von weisen Thaten zu hören.« – »Gewiß«, sagte Hircan, »das ist uns angenehmer, weil es unserer Natur ähnlicher ist, die wir selbst nicht weise sind; Jedermann freut sich über Seinesgleichen, der Thor über Thorheit und der Kluge über Weisheit; aber ich glaube, es giebt weder einen Narren noch einen Weisen, der nicht über diese Geschichte lachen würde.« – »Es giebt Leute«, sagte Guebron, »deren Herz so mit Liebe zur Wissenschaft erfüllt ist, daß man ihnen erzählen könnte, was man wollte, sie würden nicht lachen, denn sie haben eine solche Freude im Herzen und sind so gemäßigt in ihrem Vergnügen, daß sie nichts erregen kann.« – »Wo findet man diese?« fragte Hircan. »Ich rede von den Philosophen vergangener Zeiten«, antwortete Guebron, »die weder Freude noch Traurigkeit empfanden; wenigstens ließen sie es sich nicht merken, so hoch hielten sie das Verdienst, sich selbst und ihre Leidenschaften zu besiegen.« – »Und das finde ich sehr gut«, sprach Saffredant, »man soll seine lasterhaften Leidenschaften bekämpfen; aber bei einer natürlichen Leidenschaft, die nichts Böses an sich hat, halte ich einen solchen Sieg für überflüssig.« – »Dennoch aber«, sagte Guebron, »hielten auch das die Anderen für eine große Tugend.« – »Es ist auch nicht gesagt«, meinte Saffredant, »daß von jenen alle weise waren; es war unter ihnen mehr Schein von Verstand und Tugend zu finden, als diese selbst; jedenfalls seht Ihr, Guebron, daß sie alle böse Dinge tadelten.« Diogenes trat das Bett Platos mit Füßen, weil es seines Erachtens zu weichlich war, und weil er seine Verachtung für den eitlen Ruhm und die Lüsternheit Platos zeigen wollte, indem er sprach: »Ich trete Platos Stolz mit Füßen.« – »Aber Ihr erzählt nicht alles«, sagte Guebron. »denn Plato antwortete sogleich, daß er das in der That thäte, aber mit noch größerem Eigendünkel; denn sicher zeigte Diogenes eine solche Verachtung von Luxus nur aus Anmaßung und Prahlerei.« – »Um die Wahrheit zu sagen«, sprach Parlamente, »ist es unmöglich, daß wir uns selbst nur aus uns selbst heraus besiegen, ohne ein gut Theil Stolz anzuwenden, welcher gerade das Laster ist, welches wir am meisten fürchten sollen, denn er kann nur bestehen auf Kosten der Anderen und Verachtung seiner Nebenmenschen«. »Habe ich Euch doch heut früh vorgelesen«, sagte Oisille, »daß die, welche glaubten, weiser zu sein, als die anderen Menschen, und welche durch eine Erleuchtung von oben erkannten, daß ein Gott der Schöpfer aller Dinge sei, indem sie meinten, diese Erkenntniß aus eigener Kraft gewonnen zu haben, sich diesen Ruhm selbst zulegten, anstatt ihm dem zu geben, von dem er kam, dann aber zur Strafe nicht nur unwissender und unvernünftiger als die anderen Menschen, sondern sogar als die Thiere gemacht wurden; sie waren im Geiste verwirrt, sie nahmen sich, was Gott allein gehört, und zeigten ihre Geistesverwirrung in der Unordnung ihrer Leiber, indem sie die natürlichen Gesetze ihres Geschlechts vergaßen und umdrehten, wie uns der Apostel Paulus in seiner Epistel an die Römer berichtet.« – »Es giebt keinen unter uns«, sagte Parlamente, »der nicht nach dieser Epistel eingesteht, daß alle äußeren Sünden nur die Früchte der inneren Sündhaftigkeit sind, welche um so schwieriger auszurotten ist, je mehr sie von wunderbaren Tugenden verdeckt ist.« – »Demnach«, sagte Hircan, »sind wir Männer unserem Heil näher als Ihr; denn wir verbergen diese Früchte nicht und kennen ihre Wurzel; aber Ihr dürft nicht wagen, sie zu zeigen, Ihr thut scheinbar so viele schöne Werke und kennt dabei kaum die Wurzel des Stolzes, welche unter so schöner Decke wächst.« – »Ich gestehe Euch«, sagte Longarine, »daß, wenn uns der Glaube an Gottes Wort nicht den Sitz der Sünde zeigt, welche wir im Herzen tragen, Gott uns sehr gnädig ist, wenn er uns über ein sichtbares Hinderniß straucheln läßt, wodurch unsere verborgenen Gedanken sich offenbaren können; glücklich sind deshalb diejenigen, welche im Glauben so gedemüthigt sind, daß sie nicht nöthig haben, ihre sündhafte Natur in Aeußerlichkeiten zu bethätigen.« – »Aber seht«, rief Simontault, »wo wir hingerathen sind! Ausgehend von einer großen Narrheit, sind wir bei der Philosophie und Theologie angelangt. Lassen wir diese Streitfragen denen, welche besser damit Bescheid wissen als wir; hören wir lieber, wem Nomerfide das Wort geben will.« – »Ich gebe es Hircan«, sagte diese; »aber ich empfehle ihm die Ehre der Damen an.« – »Ihr hättet mir das zu keiner besseren Zeit sagen können«, sprach Hircan, »denn die Geschichte, welche ich bereit habe, ist ganz dazu angethan, Euch zu gefallen. Ich werde Euch in derselben darthun, daß die Natur der Frauen und Männer an sich zu jedem Laster neigt, wenn sie nicht durch die Güte desjenigen beschirmt wird, dem die Ehre eines jeden Sieges zuzusprechen ist. Und um Euch die Kühnheit zu dämpfen, welche

Ihr zeigt, wenn man Eure Ehre angreift, will ich Euch ein Beispiel erzählen, welches die lautere Wahrheit ist.«

Fünfunddreißigste Erzählung.

Kluges Verfahren eines Mannes, um seine Frau von ihrer Neigung, die sie für einen Franziskaner gefaßt hatte, abzubringen.

In Pampeluna lebte eine Dame, die sehr schön, tugendhaft und keusch war und auch für die Frömmste im Lande galt. Sie liebte ihren Mann so sehr und gehorchte ihm so eifrig, daß er ihr in allen Stücken vertraute. Diese Dame fehlte bei keinem Gottesdienst und bei keiner Predigt und suchte ihren Gemahl und ihre Kinder zu bewegen, ihr nachzuahmen. Sie war jetzt 30 Jahre, in einem Alter also, in dem die Frauen das Attribut schön mit fromm und verständig zu vertauschen pflegen. Einmal ging diese Dame am ersten Fastensonntag in die Kirche, wo ein Franziskaner die Predigt hielt, den alle Welt wegen der Strenge und Gerechtigkeit seines Lebens, das ihn ganz mager und blaß gemacht hatte, für einen heiligen Mann hielt, der aber nichtsdestoweniger einer der schönsten Männer war. Die Dame lauschte andächtig der Predigt und hielt die Augen auf den ehrwürdigen Pater geheftet und merkte auf alle seine Worte. Die Milde seiner Worte drang bis in ihr Herz, und die Schönheit und Anmuth seines Gesichts grub sich so sehr in ihre Augen ein, daß sie ganz in Entzücken gerieth. Nach der Predigt paßte sie genau auf, wo er die Messe hielt, und wohnte derselben bei. Sie nahm die geweihte Asche aus seinen Händen, die so schön und weiß wie ihre eigenen waren, und sie sah mehr auf sie als auf die Asche, überzeugt, daß eine so durchgeistigte Liebe, wie sehr sie auch ihr Herz erfreute, ihr Gewissen nicht belasten könnte. Von nun an ging sie alle Tage in die Predigt und nahm ihren Mann immer mit sich; beide waren so voll Lobes für den Pater, daß über Tisch und sonst nichts anderes zwischen ihnen gesprochen wurde. Diese anfangs rein geistige Liebe erfaßte aber schließlich ihre ganze Person, und das in ihrem Herzen glimmende Feuer durchströmte bald den ganzen Körper dieser armen Dame. Je länger es gedauert hatte, bis eine solche Gluth überhaupt sich ihres Herzens bemächtigte, um so schneller griff das Feuer nun um sich, und noch bevor sie sich ihre Leidenschaft eingestand, spürte sie schon das Glück einer solchen Leidenschaft an sich, und wie jeder von Gott Amor Ueberrumpelte widerstand sie keinem seiner Wünsche mehr. Das Beste dabei war aber, daß der Verursacher ihrer Leiden nichts von dem angerichteten Uebel ahnte. Sie ließ deshalb alle Furcht, einem so weisen Manne ihre Thorheit und einem so tugendhaften ihre frevelhafte Neigung zu zeigen, beiseite und schrieb ihm anfangs, allerdings nur zaghaft, von ihrer Liebe und übergab ihren Brief einem kleinen Pagen, mit der genauen Weisung, wohin er ihn zu tragen habe, und dem Befehl, sich garnicht von ihrem Manne auf dem Wege zu dem Franziskaner erwischen zu lassen. Der Page schlug den kürzesten Weg ein und kam zufällig durch eine Straße, in der der Ehemann der Dame in einem Laden saß. Der Edelmann sah ihn vorüberkommen und paßte auf, wohin er ginge. Als der Page ihn so bemerkte, wurde er verlegen und versteckte sich in ein Haus. Seinem Herrn fiel das auf, er folgte ihm deshalb, faßte ihn am Arm und fragte, wo er hingehe; als er nun seine unzusammenhängenden Entschuldigungen hörte und die Bestürzung, die sich auf seinem Gesicht malte, sah, drohte er ihm mit Schlägen, wenn er nicht die Wahrheit sprechen werde. Der Page sagte nun: »O Herr, wenn ich es Euch sage, wird Eure Frau mich umbringen.« Der Edelmann argwöhnte nun, daß seine Frau etwas hinter seinem Rücken thue, und versicherte dem Pagen, daß er ihm nichts Schlimmes anthue, ihn vielmehr belohnen würde, wenn er aber lüge, werde er ihn für sein Leben einsperren. Der kleine Page zog die versprochene Belohnung der angedrohten Bestrafung vor, erzählte ihm alles und zeigte ihm den Brief, den seine Herrin an den Pater geschrieben hatte. Der Edelmann war sehr betroffen und betrübt, da er bisher seine Frau immer nur für sehr redlich erfunden und niemals einen Fehler an ihr entdeckt hatte. Er war aber verständig genug und verbarg seinen Zorn, und um der Absicht seiner Frau auf den Grund zu kommen, setzte er eine Antwort auf, als wenn der Pater ihr für ihr Entgegenkommen dankte und erklärte darin, daß er nicht anders wie sie dächte. Nachdem der Page geschworen, den ganzen Zwischenfall geheim zu halten, brachte er seiner Herrin den gefälschten Brief, worüber sie solche Freude empfand, daß ihr Mann sehr wohl die Veränderung in ihrem Gesichte bemerkte; anstatt nämlich von den Fasten magerer zu werden, war sie schöner und frischer als zur Zeit des Carnevals. Schon war Mittfasten herangekommen, und auch während der Osterzeit und der heiligen Woche ließ sie nicht ab, in ihrer Gewohnheit, dem Pater in Briefen ihre Neigung kund zu geben, fortzufahren. Wenn er die Augen zu ihr hin wandte und von der Liebe Gottes sprach, schien es ihr, als spräche er von ihrer Liebe, und soweit ihre Augen zeigen konnten, was sie im Stillen meinte, zeigte sie es freimüthig. Ihr Mann fuhr fort, ihr Antworten zu schicken. Nach Ostern schrieb er ihr an des Paters Stelle, sie möchte ihm die Möglichkeit geben, sie heimlich zu sehen. Sie wartete schon lange hierauf und rieth ihrem Mann, einige seiner Landgüter zu besuchen; er versprach ihr das, versteckte sich aber im Hause eines seiner Freunde. Die Dame schrieb nun dem Pater, er könne nun kommen, ihr Mann sei verreist. Der Edelmann wollte seine Frau bis zum Letzten auf die Probe stellen und ging zum Pater und bat ihn, ihm seine Kutte zu leihen. Der Pater, der ein sehr würdiger Mann war, sagte ihm, seine Regel verbiete ihm das, und er würde seine Kutte nicht zu irgend welchem Maskenscherz hergeben. Der Edelmann versicherte ihm, es handle sicht nicht um ein Vergnügen oder einen Scherz, vielmehr um sein Lebensglück und seine Rettung. Der Mönch kannte ihn als ehrenhaften Menschen und borgte ihm sein Habit; jener deckte sich mit der Kapuze das Gesicht zu, so daß man seine Augen nicht sehen konnte, nahm einen falschen Bart und eine falsche Nase, ähnlich der des Paters, und legte Korksohlen in seine Stiefel, um die Statur des Mönchs zu erreichen. So vermummt ging er am verabredeten Abend in das Zimmer seiner Frau, welche ihn mit Andacht erwartete. Die Thörichte wartete garnicht, daß er erst zu ihr kam, sondern stürzte wie sinnlos gleich auf ihn zu und umarmte ihn. Er, mit gebeugtem Haupt, um nicht erkannt zu werden, machte das Zeichen des Kreuzes und wich von ihr zurück, indem er immer ausrief: »Wehe, welche Versuchung, welche Versuchung!« Sie antwortete: »Ihr habt nur zu rechten, ehrwürdiger Vater; es giebt keine stärkere, als die von der Liebe ausgeht, die Ihr mir heilen wollt, wie Ihr versprochen; ich bitte Euch, erbarmt Euch nun meiner, wo wir Zeit und Gelegenheit haben.« Während dieser Worte versuchte sie ihn zu umarmen, er aber floh vor ihr durch das Zimmer unter vielen Bekreuzigungen, indem er nur: »Versuchung, Versuchung!« rief. Als er aber merkte, daß sie ihm zu nahe kam, nahm er einen großen Stock unter seinem Mantel hervor und schlug auf sie so sehr ein, daß er ihr die Versuchung austrieb. Dann ging er, ohne von ihr erkannt zu werden, schleunigst fort, brachte dem Pater die Kutte zurück und versicherte ihm, daß sie ihm Glück gebracht habe. Am anderen Morgen that er, als käme er von auswärts wieder nach Hause zurück, fand dort seine Frau zu Bett und fragte sie nach der Ursache ihrer Krankheit, als wenn er nichts davon wüßte. Sie sagte, sie leide an einem Katarrh und könne Arme und Beine nicht bewegen. Der Mann hatte große Lust zu lachen, stellte sich aber sehr betrübt und sagte ihr, um ihr einen Gefallen zu erweisen, habe er für das Abendessen den Pater zu sich gebeten. Sie sagte ihm aber eiligst: »Das thue ja nicht, mein Lieber, lade nicht solche Leute ein, die nur Unglück in die Häuser bringen.« – »Wie, meine Liebe?« fragte ihr Mann, »Du hast mir diesen doch so sehr gelobt, und ich meine, wenn es überhaupt einen heiligen Mann giebt, dann ist er es.« Seine Frau antwortete: »Sie sind gut in der Kirche und bei ihren Predigten, in den Häusern aber sind sie die reinen Antichristen. Laßt mir ihn deshalb nicht vor die Augen kommen, denn, krank wie ich schon bin, könnte es mich tödten.« Ihr Mann antwortete: »Da Ihr ihn nicht sehen wollt, will ich ihn nicht zu Euch führen; aber ich werde ihn bei mir bewirthen.« – »Haltet das, wie Ihr wollt«, erwiderte jene, »daß ich ihn nur nicht sehe, ich hasse diese Leute wie den Teufel.« Nachdem der Edelmann den Pater bewirthet hatte, sagte er ihm: »Ich glaube, mein Vater, daß Ihr so von Gott geliebt seid, daß er Euch keine Bitte verweigern wird. Ich bitte Euch deshalb inständig, habt mit meiner Frau Mitleid, die seit acht Tagen von einem bösen Geist besessen ist und alle Welt kratzen und beißen will. Selbst das Krucifix und geweihtes Wasser hilft nichts. Ich glaube aber, wenn Ihr die Hand auf sie legt, wird der böse Geist entweichen, ich bitte deshalb, thut dies.« Der Pater antwortete: »Mein Sohn, Alles ist dem Gläubigen möglich. Seid Ihr nicht fest überzeugt, daß die Güte Gottes keines Menschen Bitte, die im Glauben an ihn gerichtet ist, zurückweist?« – »Ich glaube fest daran«, sagte der Edelmann. »Seid auch versichert, daß Gottes Macht so groß wie seine Güte ist. Gehen wir also, in unserem Glauben stark, um diesem schnaubenden Löwen zu widerstehen und ihm die Beute zu entreißen, welche durch das Blut Jesu Christi Gott gebührt.« So führte der Edelmann den Pater zu seiner Frau, welche auf einem Ruhebett lag. Sie war sehr erstaunt, den zu erblicken, von dem sie sich geschlagen wähnte, und wurde heftig und zornig; da aber ihr Mann zugegen war, senkte sie die Augen und verhielt sich ruhig. Der Mann sagte zu dem Pater: »So lange ich neben ihr bin, plagt sie der Teufel nicht; sowie ich aber fort bin, besprengt sie mit Weihwasser und Ihr werdet sehen, wie der böse Geist sein Wesen in ihr treibt.« Dann ließ er ihn mit seiner Frau allein, blieb aber in der Thür stehen, um ihr Verhalten zu beobachten. Als sie nur noch den Pater im Zimmer sah, begann sie wie eine Verrückte zu schreien und nannte ihn einen schlechten Kerl, Lumpen, Mörder, Betrüger. Der Franziskaner glaubte nicht anders, als daß sie wirklich vom Teufel besessen sei, und wollte ihren Kopf zwischen seine Hände nehmen, um über ihm seine Gebetformeln zu sprechen; sie kratzte und biß ihn aber dermaßen, daß er aus größerer Entfernung zu ihr sprechen mußte, und während er sie reichlich mit Weihwasser besprengte, beschwor er den bösen Geist. Als der Mann sah, daß er seine Rolle gut gespielt hatte, ging er wieder ins Zimmer zurück und bedankte sich bei ihm für seine Bemühung. Bei seinem Eintritt ließ die Frau von ihren Verwünschungen und Schimpfreden ab und küßte ganz still das Krucifix aus Furcht vor ihrem Mann. Der Pater, der vorher ihre ganze Wuth mit angesehen hatte, war ganz überzeugt, daß auf seine Bitten Gott den Teufel aus ihr vertrieben hatte, und ging fort, von Dank gegen Gott wegen dieses Wunders erfüllt. Als der Mann nun seine Frau wegen ihrer thörichten Untreue genugsam bestraft glaubte, wollte er ihr nichts von seinem eigenen Thun weiter sagen. Er war zufrieden, ihre Neigung durch seine Klugheit besiegt und sie in einen solchen Zustand versetzt zu haben, daß ihr, was sie vorher geliebt hatte, jetzt tödtlich verhaßt war und sie ihre Thorheit verabscheute. Von dieser Zeit an ließ sie auch die Personen der Kirche ganz aus dem Spiele und widmete sich noch mehr als vor dem Zwischenfall nur ihrem Mann und ihrer Wirtschaft.

Als Hircan so geendet, fuhr er fort: »Hieraus, meine Damen, könnt Ihr die Verständigkeit des Mannes und die Schwachheit einer im übrigen so achtungswerthen Frau ersehen, und wenn Ihr recht in diesen Spiegel geschaut haben werdet, so glaube ich, werdet Ihr anstatt Euch auf Eure eignen Kräfte zu verlassen, Euch zu dem wenden, in dessen Händen Eure Ehre liegt.« Parlamente sagte: »Ich freue mich, daß Ihr nun auch unter die Prediger gegangen seid, besser wäre es noch, wenn Ihr so fortführet und allen Damen, mit denen Ihr sprecht, solche Reden hieltet.« Hircan antwortete. »So oft Ihr mich nur anhören wollt, will ich so zu Euch reden.« – »Das heißt«, warf Simontault ein, »wenn Ihr nicht dabei seid, wird er anders reden.« Parlamente erwiderte: »Mag er es halten, wie er will; zu meiner eigenen Beruhigung will ich aber glauben, daß er immer so spricht. Mindestens kann die von ihm erzählte Geschichte denen von Nutzen sein, welche der Meinung sind, eine seelische Liebe sei ungefährlich; ich finde im Gegentheil, sie ist gefährlicher als irgend eine andere.« Oisille sagte: »Immerhin ist es keine verächtliche Sache, einen ehrwürdigen, tugendhaften und gottesfürchtigen Mann zu lieben, und man kann davon nur gewinnen.«

»Ich bitte Euch, glaubet mir«, sagte Parlamente, »daß nichts dümmer und nichts leichter zu täuschen ist, als eine Frau, die niemals geliebt hat. Denn die Liebe hat schneller ein Herz erfaßt, als man es gewahr wird, und diese Leidenschaft bereitet solchen Genuß, daß, wenn sie sich gar mit dem Mantel der Tugend umhüllen kann, es viel Mühe macht, einzusehen, daß auch Ungehöriges daraus entstehen kann.« Oisille fragte: »Was für Ungehöriges könnte daraus entstehen, einen achtbaren Mann zu lieben?« Parlamente erwiderte: »Es giebt viele Männer, die einen guten Ruf mit Bezug auf die Damen haben; aber vielleicht giebt es nur einen einzigen Menschen zu unserer Zeit, der in Wirklichkeit ein Gott so wohlgefälliges Leben führte, daß man ihm seine Ehre und sein

Gewissen anvertrauen könnte. Die, welche anders denken und jenen glauben, sind schließlich doch die Getäuschten, und während Gott der Ausgangspunkt ihrer Neigung war, machen sie zuletzt mit dem Teufel gemeinsame Sache. Ich habe genug gesehen, die ein Verhältniß unter dem Deckmantel von Gottes Worten begannen, und als sie sich später zurückziehen wollten, konnten sie es nicht mehr, denn jener Vorwand hatte sich fest in ihre Seele eingenistet und sie blind gemacht. Eine lasterhafte Liebe trägt ihre Verurtheilung in sich selbst und kann in einem verständigen Herzen nicht Raum finden; den Gegensatz hierzu, und das nennt sich Tugend, bilden die so fein gesponnenen Fäden, daß man eher gefangen ist, als man sie überhaupt merkt.« – »Hiernach müßte nie eine Frau einen Mann lieben wollen«, sagte Emarsuitte, »aber Euer Glaubensbekenntniß ist so hart, daß es nicht lange dauern wird.« – »Ich weiß das wohl« gab Parlamente zur Antwort, »aber ich werde nicht aufhören zu wünschen, daß eine jede sich mit ihrem Manne zufrieden gäbe, wie ich es mit dem meinigen thue.« Emarsuitte fühlte sich durch dies Wort getroffen, wechselte die Farbe und sagte: »Entweder müßte jeder Mann ein Herz wie Ihr haben, oder Ihr müßt Euch besser als die übrigen Frauen dünken.« – »Beginnen wir keinen Streit«, sagte Parlamente, »Hircan möge uns vielmehr sagen, wem er das Wort giebt.« – »Ich gebe es Emarsuitte«, sagte dieser, »um sie mit meiner Frau auszusöhnen.« – »Da die Reihe an mich gekommen ist«, erwiderte diese, »will ich weder Mann noch Frau schonen, damit alle gleich behandelt werden. Und da Ihr gesehen habt, daß es Euch schwer fällt, einzugestehen, daß sich auch unter den Männern Güte und Tugend findet, so will ich über diesen Punkt eine Geschichte erzählen.«

Sechsunddreißigste Erzählung.

Ein Präsident von Grenoble wird von der schlechten Führung seiner Frau unterrichtet und schafft Ordnung, indem er nichts unter die Leute kommen läßt, sich aber doch an der Treulosen rächt.

In Grenoble war ein Präsident, dessen Namen ich nicht nennen will, der aber nicht Franzose war. Er hatte eine schöne Dame zur Frau, und sie lebten beide in Frieden. Als aber seine Frau bemerkte, daß er recht alt wurde, verliebte sie sich in einen schönen und zuvorkommenden Sekretair ihres Mannes. Wenn des Morgens ihr Mann aufs Gericht ging, so begab sich der junge Mann in das Zimmer der Frau und nahm dort dessen Platz ein. Ein alter Diener des Präsidenten, der schon 30 Jahre in seinen Diensten stand, bemerkte das, und da er seinem Herrn sehr ergeben war, stand er nicht an, es ihm zu hinterbringen. Der Präsident, der ein sehr verständiger Mann war, wollte es nicht so ohne weiteres glauben, sagte vielmehr, er wollte nur das gute Einvernehmen zwischen ihm und seiner Frau zerstören; sei es so, wie er sage, so könne er es ihm ja beweisen; könne er das nicht, so werde er nur annehmen, daß er diese Lüge erfunden habe, um die Freundschaft zwischen ihnen zu zerstören. Der Diener betheuerte, er werde ihn schon die ganze Sache mit eigenen Augen erblicken lassen. Eines Morgens, als kaum der Präsident aufs Gericht gegangen und der junge Mann in das Zimmer seiner Herrin eingetreten war, schickte der Diener einen seiner Collegen dem Herrn nach mit der Aufforderung, zurückzukommen, und hielt sich selbst immer an der Zimmerthür, um aufzupassen, daß der Sekretair nicht entschlüpfe. Sobald der Präsident bemerkte, daß sein Diener ihm ein Zeichen machte, stellte er sich unwohl, verließ die Sitzung und eilte nach Haus, wo er seinen alten Diener an der Thür seines Zimmers fand, der ihm versicherte, der junge Mann sei drinnen und wäre eben erst hineingegangen. Der Herr sagte ihm: »Gehe nicht von dieser Thür fort, Du weißt, sie ist der einzige Eingang zum Zimmer, und zu dem dahinter liegenden Cabinet habe ich nur allein den Schlüssel.« Der Präsident trat nun in das Zimmer und fand seine Frau und den jungen Mann zusammen im Bett. Letzterer warf sich ihm zu Füßen und bat um Gnade; seine Frau begann laut zu schluchzen. Der Präsident sagte nun: »Was Ihr gethan habt, möget Ihr selbst beurtheilen; ich will aber nicht, daß mein Haus entehrt und meine Töchter bloßgestellt werden, deshalb verbiete ich Euch zu schreien; und nun paßt auf, was ich thun werde. Ihr aber, Nikolaus (so hieß der Sekretair), versteckt Euch zuvor in meinem Cabinet und gebt keinen Laut von Euch.« Darauf öffnete er die Thür und rief seinen alten Diener, zu dem er sagte: »Hast Du mir nicht zugeschworen, daß Du mir meinen Sekretär mit meiner Frau zusammen zeigen würdest? Auf Deine Versicherung hin bin ich hierher gekommen, um meine Frau zu tödten. Ich habe nichts gefunden, obwohl ich das ganze Zimmer abgesucht habe; sieh selbst nach.« Nach diesen Worten ließ er den Diener unter den Betten und in allen Ecken nachsehen. Als dieser nun nichts fand, war er erstaunt und sagte seinem Herrn: »Der Teufel muß ihn fortgeschleppt haben, denn ich habe ihn hier hereinkommen sehen, und herausgegangen ist er nicht wieder; ich sehe aber wohl, daß er nicht hier ist.« Der Edelmann sagte nun: »Es gereicht Dir zum Unglück, Zwietracht zwischen meiner Frau und mir säen zu wollen. Ich entlasse Dich aus meinen Diensten, den Lohn für Deine Dienste wirst Du empfangen und noch darüber. Aber mache Dich schnell fort und hüte Dich, Dich innerhalb 24 Stunden noch hier in der Stadt blicken zu lassen.« Der Präsident gab ihm den Lohn für fünf bis sechs weitere Jahre, und da er wußte, daß er treu war, wollte er ihm auch später noch Gutes anthun. Nachdem der Alte unter Thränen fortgegangen war, ließ der Präsident den jungen Mann aus dem Cabinet heraus, und nachdem er ihm und seiner Frau gesagt hatte, was er von ihrem schändlichen Betruge halte, verbot er ihnen, sich niemandem gegenüber etwas anmerken zu lassen, und befahl seiner Frau, sich kostbarer als gewöhnlich zu kleiden und sich bei allen Gesellschaften und Festen einzufinden. Dem Sekretär sagte er noch, daß er ebenfalls mehr als bisher den Vergnügungen nachgehen solle; sobald er ihm aber sagen würde: Packe Dich! solle er sich hüten, länger als drei Stunden noch in der Stadt zu bleiben. Hierauf ging er wieder nach dem Gerichtsgebäude, als wäre nichts geschehen. Vierzehn Tage lang bewirthete er ganz gegen seine Gewohnheit seine Freunde und Nachbarn aufs Glänzendste und nach dem Essen hatte er immer Musik kommen und zum Tanze aufspielen lassen. Als er eines Tages sah, daß seine Frau nicht mittanzte, befahl er dem jungen Mann, sie zum Tanz zu führen, der diesem Befehl sehr bereitwillig und voller Freude nachkam, da er meinte, der Präsident habe seine Ehrverletzung vergessen. Als der Tanz zu Ende war, that der Edelmann, als habe er ihm irgend eine Anordnung zu geben, und sagte ihm ins Ohr: »Geh fort und kehre niemals wieder.« Der Sekretär war sehr betrübt, seine Dame verlassen zu müssen, aber doch auch sehr froh, mit dem Leben davon gekommen zu sein. Nachdem nun der Präsident allen Verwandten und Freunden und sonstigen Bekannten eine vermeintliche große Liebe zu seiner Frau an den Tag gelegt hatte, ging er eines Tages im schönen Monat Mai in seinen Garten und pflückte dort ein Kräutlein, nach dessen Genuß seine Frau nicht 24 Stunden mehr lebte. Er betrauerte sie so laut, daß niemandem der Verdacht kam, daß er den Tod verursacht hatte. Auf diese Weise rächte er sich an seinem Feinde und rettete die Ehre seines Hauses.

Hiermit schloß Emarsuitte ihre Erzählung und fuhr dann fort: »Ich will hiermit gewiß nicht die Gewissenhaftigkeit des Präsidenten loben, sondern nur die Leichtfertigkeit einer Frau und die große Geduld und Klugheit eines Mannes darthun. Auch bitte ich Euch, meine Damen, zürnt nicht auf die Wahrheit, die oft ebenso gegen Euch, wie gegen die Männer spricht, denn die Frauen haben an den Lastern ebenso ihren Antheil, wie an den Tugenden.« Parlamente sagte: »Wenn alle diejenigen, die ihre Diener geliebt haben, gezwungen würden, solches Giftkraut zu essen, so kenne ich manche, die ihren Garten nicht so lieben würden, wie sie thun, die vielmehr alle Kräuter herausreißen würden, um dem aus dem Wege zu gehen, welches die Ehre der Nachkommenschaft mit dem Tode der thörichten Mutter rächte.« Hircan errieth, weshalb sie das sagte, und erwiderte zornig: »Eine achtbare Frau sollte niemals eine andere nach dem beurtheilen, was sie selbst nicht thun würde.« Parlamente antwortete: »Etwas zu wissen, ist keine Verurtheilung und keine Dummheit; jedenfalls erhielt jene arme Frau eine Strafe, die manche andere verdienen. Ich glaube auch, daß der Mann in seiner Rache mit wunderbarer Klugheit und Weisheit verfuhr.« – »Aber auch mit großer Tücke«, sagte Longarine, »und einer wohlüberdachten grausamen Rache, welche wohl zeigte, daß er weder Gott noch sein Gewissen vor Augen hatte.« – »Und was hätte er nach Eurer Meinung machen sollen«, warf Hircan ein, »um sich für die ärgste Beleidigung, welche eine Frau einem Mann anthun kann, zu rächen?« – »Ich hätte gewünscht«, antwortete jene, »daß er sie im Zorn umgebracht hätte, denn die Rechtsgelehrten sagen, daß dieses Vergehen entschuldbar sei, weil der Mensch eine im Affect begangene That nicht in seiner Macht hat, weshalb er auch begnadigt worden wäre.« – »Ja, ganz richtig«, sagte Guebron, »aber seine Töchter und sein Geschlecht hätten immer diese Schande gehabt.« – »Er hätte sie überhaupt nicht tödten sollen«, sagte Longarine, »denn wäre sein erster Zorn verflogen gewesen, so würde sie mit ihm ganz anständig weiter gelebt haben, und niemals hätte die Welt etwas erfahren.« Saffredant fragte: »Glaubt Ihr, er würde sich leicht besänftigt haben, weil er seinen Zorn so zu verbergen verstand? Ich meine, den Tag, an dem er seiner Frau den Salat machte, war er noch gerade so erzürnt wie am ersten, denn der erste Zorn der Menschen dauert immer an, bis sie ihre Erregung durch eine That gestillt haben. Auch freut es mich, zu hören, daß die Gelehrten solche Vergehen für entschuldbar halten, denn ich bin ganz ihrer Meinung.« – »Man muß sehr auf seine Worte Acht haben«, sagte Parlamente, »wenn man zu so gefährlichen Menschen, wie Ihr einer seid, sprecht. Was ich habe sagen wollen, bezieht sich nur auf Fälle, wo die augenblickliche Leidenschaft so überaus stark ist, daß sie die Sinne vollständig einnimmt und für vernünftige Ueberlegung keinen Raum läßt.« – »Ich halte mich auch nur an Eure Worte«, erwiderte Saffredant, »und will also nur sagen, daß ein sehr verliebter Mann eher auf Verzeihung rechnen kann, als ein anderer, welcher sündigt, ohne es zu sein; denn wenn die Liebe ihn vollkommen gefesselt hält, so hört er nicht leicht auf die Vernunft. Und wenn wir die Wahrheit sagen wollen, so haben wir Alle schon einmal diese rasende Wuth verspürt, welche garnichts danach fragt, ob ihr einmal verziehen werden wird. Besonders auch, da eine wahre Liebe nur eine Vorstufe ist, um zur vollkommenen Liebe zu Gott zu gelangen, zu der keiner leicht emporsteigt der nicht die Leiter der Sorge, der Angst und des Mißgeschicks dieser sichtbaren Welt emporgeklommen ist, und der seinen Nächsten nicht liebt und ihm nicht eben so viel Gutes wie sich selbst wünscht, denn darin zeigt sich die Vollkommenheit. Wie auch der Apostel Johannes sagt: Wie wollt Ihr Gott lieben, den Ihr nicht sehen könnt, wenn Ihr nur das liebt, was Eure Augen sehen?« Oisille sagte: »Es giebt keinen besseren Abschnitt der Heiligen Schrift, aus dem ihr citiren könntet. Aber hütet Euch, es wie das Amselnetz zu machen, welches alles gute Fleisch in Gift verwandelt. Auch mache ich Euch darauf aufmerksam, daß es gefährlich ist, die Heilige Schrift ohne zwingenden Grund heranzuziehen.« – »Was nennt Ihr die Wahrheit ohne zwingenden Grund zu sagen?« fragte Saffredant. »Wollt Ihr damit sagen, daß, wenn man zu Euch Ungläubigen spricht und Gott zu Hülfe ruft, man seinen Namen mit Unrecht anruft? Liegt eine Sünde hierin, so trifft Euch allein die Schuld, denn Eure Ungläubigkeit zwingt uns, alle Betheuerungen, auf die wir nur verfallen können, hervorzusuchen, und auch dann wird es uns noch schwer, Eure Herzen von Eis zu rühren.« Longarine sagte: »Das beweist nur, daß Ihr Alle lügt; denn wenn die Wahrheit in Euren Worten läge, so würde sie, die Mächtige, uns schon zum Glauben bringen. Aber es ist viel eher Gefahr, daß Eva's Töchter der Schlange glauben.« – »Ich verstehe wohl, was Ihr meint«, sagte Saffredant; »die Frauen sind den Männern unerreichbar; deshalb will ich still sein, um zu erfahren, wem Emarsuitte das Wort geben wird.« – »Ich gebe es Dagoucin«, sagte diese, »denn ich nehme an, er wird nicht gegen die Damen reden.« Dagoucin antwortete: »Möge es Gott gefallen, daß sie mir so wohl geneigt wären, wie ich ihnen bin. Damit Ihr seht, daß ich immer nur darauf ausgegangen bin, die Tugendhaften zu ehren, indem ich ihre guten Werke aufsuche, will ich Euch davon etwas erzählen. Ich will nicht in Abrede stellen, meine Damen, daß die Geduld des Edelmannes von Pampeluna und des Präsidenten von Grenoble eine große war, aber die Rache war nicht geringer. Und wenn man einen tugendhaften Mann lobt, muß man nicht eine einzelne Tugend so besonders hervorheben und mit ihr eine große Untugend verdecken wollen. So ist nur der wahrhaft lobenswerth, der aus Liebe zur Tugend allein eine tugendhafte That beging, wie ich Euch an der Geduld und Tugend einer jungen Dame zu zeigen gedenke, welche in ihrer guten That nur die Ehre Gottes und die Rettung ihres Mannes suchte.«

Siebenunddreißigste Erzählung.

Von der Klugheit einer Frau, um ihren Mann von einer tollen Liebe, die sich in sein Herz geschlichen hatte, abzubringen.

Auf einer großen Besitzung in Frankreich lebte eine Dame, deren Namen ich verschweigen will, die so verständig und tugendhaft war, daß sie von allen ihren Nachbarn geliebt und geachtet wurde. Ihr Mann, wie nur erklärlich vertraute ihr in allen seinen Angelegenheiten, welchen sie so gut vorstand, daß ihre Besitzung hierdurch eine der reichsten und wohleingerichtetsten von ganz Anjou und der Touraine wurde. Nachdem sie so lange Zeit mit ihrem Mann, von dem sie mehrere Kinder hatte, zusammengelebt hatte, begann das Glück, (welches so oft in sein Gegentheil umschlägt) sich zu vermindern, weil ihr Mann, dem eine ehrbare Ruhe unerträglich schien, sie verließ, um anderweit Zerstreuung zu suchen, und die Gewohnheit annahm, sobald seine Frau eingeschlafen war, sich von ihrer Seite zu erheben und erst am Morgen zu ihr zurückzukehren. Die Dame fand dies sehr schimpflich und wurde sehr eifersüchtig, wollte sich aber davon nichts anmerken lassen. Sie bekümmerte sich nicht mehr um ihren Haushalt, ihre Person und ihre Familie, ganz wie eine, die den Lohn ihrer Arbeit verloren hat, der in der Liebe ihres Mannes lag, für deren Unwandelbarkeit sie auch alle Mühen gern auf sich genommen hätte. Nachdem sie diese aber verloren hatte, woran sie nicht mehr zweifeln konnte, wurde sie so nachlässig in ihrer Wirthschaft, daß bald der Nachtheil dieser Nachlässigkeit sich bemerkbar machte. Denn einerseits verschwendete ihr Mann, ohne zu zählen, und sie achtete nicht mehr auf die Ausgaben in der Wirthschaft. Schließlich waren die Einkünfte der Besitzung so in Unordnung gerathen, das man anfing, die hochstämmigen Bäume zu fällen und die Liegenschaften mit Hypotheken zu belasten. Einer ihrer Verwandten nun, welchem die Ursache dieser Unordnung bekannt war, zeigte ihr, welchen Fehler sie beging, und daß, wenn ihr auch nicht mehr aus Liebe zu ihrem Gatten ihr Haus am Herzen läge, sie wenigstens auf ihre Kinder bedacht sein müsse. Aus Mitleid mit diesen nahm sie sich auch zusammen und versuchte auf alle möglichen Arten die Liebe ihres Mannes wiederzugewinnen. Am andern Tage paßte sie auf, als er sich erhob, und stand ebenfalls auf, zog sich ihren Nachtmantel an, machte ihr Bett, verrichtete ihre Gebete und wartete auf die Rückkehr ihres Mannes. Als dieser wieder in das Zimmer trat, ging sie ihm entgegen, küßte, ihn und brachte ihm ein Waschbecken mit Wasser, um sich die Hände zu waschen. Er war über diese ungewohnte Art sehr erstaunt, sagte, daß er nur vom Closet komme und garnicht nöthig habe, sich die Hände zu waschen. Sie antwortete darauf, wenn es auch nichts besonderes sei, wäre es doch anständig, sich die Hände zu waschen, wenn man von einem unsauberen Ort herkomme; hierdurch wollte sie ihn seinen schlechten Lebenswandel erkennen lassen und ihm denselben hassenswerth machen. Er besserte sich aber deshalb nicht, und die Dame fuhr ein ganzes Jahr in der von ihr gewählten Art und Weise fort. Als sie aber sah, daß sie damit nichts ausrichtete, bekam sie eines Tages, als sie auf ihren Mann wartete und dieser länger als gewöhnlich ausblieb, Lust, ihn aufzusuchen, und nachdem sie von Zimmer zu Zimmer gegangen war, fand sie ihn in einem Kleiderzimmer eingeschlafen und bei ihm eine der häßlichsten und schmutzigsten Kammerzofen des Hauses; sie nahm sich vor, ihn dafür zu bestrafe daß er ihr sogar eine so häßliche Person vorzog. Sie nahm deshalb Stroh und zündete es mitten im Zimmer an; als sie aber sah, daß der Rauch ihren Mann eher erstickt als aufgeweckt haben würde, zog sie ihn am Arm vom Bett, indem sie laut: Feuer! Feuer! rief. Der Mann war bestürzt und beschämt, von seiner so ehrbaren Frau bei einer solchen schmutzigen Person gefunden worden zu sein, und hatte auch alle Ursache dazu. Die Frau sagte ihm nun: »Ein Jahr lang habe ich mit Milde und Geduld versucht, Euch von Eurem schlechten Lebenswandel abzubringen, indem ich Euch zu verstehen gab, daß Ihr mit Eurem Händewaschen auch Eure Unkeuschheit ablegen möchtet. Nachdem ich aber gesehen habe, daß alles, was ich that, nichts bei Euch verschlug, habe ich versucht, mich des Elements zu bedienen, welches allen Dingen ein Ende setzt. Und ich versichere Euch, wenn Euch das nicht bessert, so weiß ich nicht, ob ich Euch ein zweites Mal so der Gefahr werde entreißen können, wie das erste Mal. Ich bitte Euch, seid überzeugt, daß es keine größere Verzweiflung, als die aus Liebe giebt, und daß, wenn ich nicht Gott vor Augen gehabt hätte, ich nicht so große Geduld mit Euch gehabt haben würde.« Der Mann war froh, diesmal so gut weggekommen zu sein, und versprach, niemals ihr wieder Veranlassung zu Kummer zu geben. Seine Frau glaubte ihm und jagte mit seinem Einverständniß alles aus dem Hause, was ihr mißfiel. Von da an lebten sie in so großer Eintracht, daß selbst die begangenen Fehler wegen des Guten, das aus ihnen entstanden war, ihnen nur Befriedigung gewährten.

»Ich bitte Euch nun, meine Damen«, fuhr Dagoucin fort, »wenn Gott Euch solche Gatten giebt, nicht zu verzweifeln, bis Ihr lange Zeit alle Mittel versucht habt, sie auf den richtigen Weg zurückzuführen; der Tag ist lang genug, daß man an Einem seine Meinung ändern kann, und eine Frau muß sich glücklicher schätzen, ihren Mann durch geduldiges Warten für sich gewonnen, als vom Zufall und seinen Eltern gleich einen vollkommenen erhalten zu haben.« Oisille sagte: »Dies Beispiel sollten sich alle verheiratheten Frauen merken.« – »Das steht in jedes Belieben«, sagte Parlamente, »ich für meine Person konnte solche Geduld nicht haben. Geduld mag allenthalben eine schöne Tugend sein, ich meine aber, in der

Ehe führt sie nur zur Feindschaft. Denn wenn man von seinem Nächsten ein Unrecht erleidet, so entfernt man sich wohl oder übel von ihm, so weit man kann; aus dieser Trennung entwickelt sich dann eine verächtliche Beurtheilung des Fehlers des Ungetreuen, und in dieser Verachtung verringert sich nach und nach die Liebe; wo man eine Sache liebt, will man sie auch als werthvoll schätzen.« Emarsuitte sagte: »Es ist aber Gefahr vorhanden, daß eine ungeduldige Frau nur einen böswilligen Mann vorfinde, der ihr nur Schmerz bereitet.« – »Was könnte ein Mann anderes thun, als was der in dieser Geschichte that?« fragte Parlamente. »Was?« antwortete jene, »seine Frau tüchtig schlagen, ihr das Mägdebett und der Geliebten das Ehebett anweisen.« Parlamente erwiderte: »Ich glaube, eine anständige Frau würde viel weniger betrübt sein, im Zorn geschlagen, als von einem Mann, der nichts von ihr wissen will, verächtlich behandelt zu werden. Wenn der Kummer wegen des Verlustes der Liebe des Mannes erst über sie gekommen ist, so könnte letzterer nichts mehr thun, was ihr besonders nahe gehen würde. So sagt auch die Erzählung, daß sie sich die Mühe, ihn von seinen Ausschweifungen abzubringen, nur mit Rücksicht auf ihre Kinder nahm, und das leuchtet mir sehr ein.« – »Haltet Ihr es denn für einen Beweis besonderer Geduld«, warf Nomerfide ein, »unter dem Bett, in welchem ihr Mann schlief, ein Feuer anzumachen?« – »Jawohl«, sagte Longarine, »denn als sie den Rauch sah, weckte sie ihn auf, und das war der ganze Fehler, den sie beging; denn von solchen Ehemännern ist die Asche noch das Beste.« – »Ihr seid grausam, Longarine«, wandte sich Oisille an diese, »seid Ihr denn nicht mit Eurem Mann auch zusammengeblieben?« – »Gott sei Dank«, antwortete jene, »hat er mir keine Veranlassung, wie in der Erzählung vorkommt, gegeben; ich kann ihn nur mein Lebelang betrauern, anstatt mich über ihn zu beklagen.« – »Und wenn er Euch einmal Aehnliches angethan hätte, was würdet Ihr gethan haben?« fragte Nomerfide. »Ich liebte ihn so sehr«, sagte Longarine, »daß ich ihn wahrscheinlich getödtet hätte und mich hinterdrein, denn nach einer solchen Rache zu sterben, würde mir angenehmer gewesen sein, als in allem äußerlichen Anstand mit einem Ungetreuen weiter zu leben.« Hircan sagte: »Ich sehe, Ihr wollt Eure Männer nur ganz für Euch haben. Sind sie ganz nach Euren Wunsch, so liebt Ihr sie recht sehr; begehen sie aber den geringsten Fehler, so verschluckt der Sonnabend den ganzen Wochenlohn. So wollt Ihr die Herrinnen sein; ich will mich dem auch fügen, aber nur, wenn alle Ehemänner es auch thun.« Parlamente sagte: »Es ist ganz richtig, daß der Mann uns als unser Herr leiten soll; aber er soll uns nicht verlassen und uns schlecht behandeln.« Oisille sagte: »Gott hat hier eine so gute Vertheilung geschaffen, sowohl was den Mann, als was die Frau anlangt, daß ich die Ehe, wenn man keinen Mißbrauch damit treibt, für eine der schönsten und sichersten Einrichtungen der Welt halte. Ich bin gewiß, daß alle hier Anwesenden, wie sie sich auch dazu zu stellen scheinen, ebenso oder noch besser davon denken. Und wenn der Mann sich für verständiger als die Frau ausgiebt, so wird er nur um so härter bestraft werden müssen, wenn der Fehler von seiner Seite kommt. Jetzt haben wir hierüber aber genugsam gesprochen; laßt uns nun hören, wem Dagoucin das Wort geben wird.« – »Ich gebe es Longarine.« – »Ich bin sehr einverstanden damit«, sagte diese, »denn ich weiß eine Geschichte, welche gut zu der Euren paßt. Da wir jetzt die tugendhafte Geduld der Frauen loben, will ich Euch eine Frau vorführen, die noch viel lobenswerther ist, als die der letzten Erzählung. Man muß sie um so höher schätzen, da sie eine Städterin war, die gewöhnlich nicht so reich an Tugenden wie die anderen sind.«

Achtunddreißigste Erzählung.

Von der beachtenswerthen Milde und Güte einer Bürgersfrau von Tours gegen ihren auf Abwege gerathenen Mann.

In Tours lebte eine schöne und ehrbare Bürgersfrau, welche wegen ihrer Tugenden von ihrem Mann nicht nur geliebt, sondern auch geschätzt und gefürchtet wurde. Da es die Unbeständigkeit der menschlichen Natur aber mit sich bringt, daß es den Menschen auch langweilig wird, wenn sie es zu gut haben, verliebte er sich in die Frau eines seiner Hofbesitzer und reiste oft von Tours fort, um seinen Meierhof zu besuchen, wo er dann zwei bis drei Tage blieb. Wenn er dann nach Haus kam, war er so abgemattet, daß seine Frau alle Mühe hatte, ihm wieder aufzuhelfen. Kaum war er aber wieder gesund, so ging er wieder aufs Land, und das zu erwartende Vergnügen ließ ihn die ausgestandenen Schmerzen vergessen. Seiner Frau lag vor allen Dingen sein Leben und seine Gesundheit am Herzen, und da sie ihn immer in schlechtem Zustande zurückkommen sah, ging, sie nach der Meierei, wo sie die von ihrem Manne geliebte junge Frau antraf. Sie sagte ihr, ohne Zorn, ja, sogar mit ganz liebenswürdigem Gesicht, daß sie wohl wisse, daß ihr Mann oft zu ihr komme, daß sie ihn aber schlecht verpflegen müsse, da er immer ganz kränklich nach Haus zurückkomme. Die Frau läugnete aus Scheu vor ihrer Herrin und der Wahrheit zu Liebe nicht und erhielt Verzeihung. Die Dame wollte nun das Bett und das Zimmer sehen, in dem ihr Mann die Nacht zubrachte und fand letzteres so kalt, unsauber und schlecht möblirt, daß das Mitleid sie erfaßte. Sie ließ deshalb schleunigst ein gutes Bett mit Laken, Kissen und Zudecke, so wie ihr Mann es liebte, herausschaffen; dann ließ sie das Zimmer austapezieren und schickte Geschirr zum Essen und Trinken hinaus, auch Wein, Zuckerwerk und Eingemachtes und bat die Frau, ihr ihren Mann nicht so mitgenommen nach Haus zu schicken. Der Mann kam seiner Gewohnheit gemäß sehr bald wieder zu Besuch zu seiner Meierin, war sehr erstaunt, die armselige Wohnung so hergerichtet zu finden, noch mehr aber, als sie ihm in silbernem Becher zu trinken reichte, und er fragte, wo alle diese Schätze herkämen. Die Arme sagte unter Thränen, seine Frau habe es gethan, ihre schlechte Behandlung habe ihr leid gethan, und deshalb habe sie das Zimmer so hergerichtet und ihr seine Gesundheit ans Herz gelegt. Als er nun die große Güte seiner Frau inne wurde und sah, daß für das Schlimme, das er ihr angethan hatte, sie ihm nur Gutes erwies, hielt er seine Sünde für ebenso unehrenhaft, als seine Frau gütig mit ihm verfahren war. Er gab deshalb der Meierin eine Summe Geldes, ermahnte sie, fernerhin als anständige Frau zu leben, und kehrte dann zu seiner eigenen zurück. Er beichtete ihr seine Untreue und sagte ihr, daß er ohne diese große Milde und Güte jedenfalls von dem schlechten Lebenswandel, den er zu führen begonnen, nicht abgelassen hätte Seitdem lebten sie in Frieden und dachten nicht mehr an das Vergangene.

»Glaubt mir nun, meine Damen«, fuhr Longarine fort, »daß es nur wenige Männer giebt, welche Liebe und Geduld der Frau nicht einnimmt, sie müßten denn härter wie Stein sein, welchen mit der Zeit selbst das weiche Wasser durchhöhlt.« Parlamente sagte: »Diese Frau hatte kein Herz und kein frisches Blut in den Adern und verstand nicht zu hassen.« – »Was wollt Ihr?« sagte Longarine, »sie befolgte nur Gottes Gebot, denen, die uns Böses anthun, Gutes zu erwidern.« Hircan sagte: »Vielleicht war sie in irgend einen Franziskaner verliebt, der ihr zur Sühne aufgegeben hatte, ihren Mann auf dem Lande recht gut aufnehmen zu lassen, um in der Zwischenzeit die Möglichkeit zu haben, ihn selbst ungestört in der Stadt zu empfangen.« Oisille sagte: »Ihr zeigt mit dieser Bemerkung nur die Schlechtigkeit Eures Herzens, welches in guten Werken nur Schlimmes sieht. Ich glaube vielmehr, die Liebe zu Gott hatte so tiefe Wurzeln in ihr geschlagen, daß ihr das Seelenheil ihres Mannes vor Allem am Herzen lag.« Simontault sagte: »Mir scheint nur, daß er größere Veranlassung hatte, zu seiner Frau zurückzukehren, als er draußen in der Meierei fror, als später, wo es ihm dort gut ging.« Saffredant sagte: »Ich sehe hieraus, daß Ihr nicht der Meinung eines reichen Pariser Bürgers seid, der sofort krank geworden wäre, wäre er, wenn er bei seiner Frau die Nacht zubrachte, nicht von dem gewohnten Luxus umgeben gewesen, der aber niemals krank wurde, wenn er auch mitten im Winter ohne Mütze und ohne Schuhe in den Keller zur Kammerzofe ging. Und dabei war seine Frau sehr schön und die Zofe häßlich.« – »Habt Ihr nicht schon sagen hören«, wandte sich Guebron an ihn, »daß Gott immer den Thörichten, den Verliebten und den Trinkern hilft? Vielleicht war dieser alles dieses zusammen.« – »Wollt ihr damit schlußfolgern«, fragte Parlamente, »daß Gott den Keuschen, Verständigen und Nüchternen schadet?« Guebron antwortete: »Diejenigen, welche sich allein helfen können, brauchen keine Hilfe; denn der, der gesagt hat, er komme für die Kranken, nicht für die Gesunden, ist, von Barmherzigkeit getrieben, gekommen, um uns in unserer Schwachheit beizustehen und die Verdammung einer strengen Gerechtigkeit von uns abzuwenden. So ist thöricht vor Gott, wer sich hier für weise hält. Um aber diese Diskussion zu beschließen, wem wird Longarine das Wort geben?« – »Ich gebe es Saffredant«, sprach diese. Dieser sagte: »Ich will Euch an einem Beispiel zeigen, daß Gott den Verliebten nicht günstig ist. Und wenn auch, meine Damen, eben noch gesagt worden ist, daß das Laster ebenso bei den Männern wie bei den Frauen zu finden sei, so ist doch richtig, daß im Ausfindigmachen von Kniffen die Frauen schlauer und gewandter als die Männer sind, wie die folgende Geschichte zeigt.«

Neununddreißigste Erzählung.

Von einer guten Art, einen Geist zu vertreiben.

Ein Herr von Grignaux, welcher Hofmarschall der Königin von Frankreich, der Herzogin Anna von Bretagne, war, fand, als er einstmals in sein Haus zurückkehrte, von dem er mehr als zwei Jahre fortgewesen war, daß seine Frau nach einem anderen in der Nähe liegenden Gute übergesiedelt war, und als er nach der Ursache fragte, sagte man ihm, daß in dem Hause ein Geist umginge, der alle dermaßen erschreckte, daß keiner dort bleiben könnte. Der Herr von Grignaux, der an solche Aufschneiderei nicht glaubte, sagte zu seiner Frau, wäre es auch der Teufel, er fürchte ihn nicht, und nahm sie wieder in sein Haus zurück. Nachts ließ er nun eine große Anzahl Kerzen anstecken, um den Geist besser zu sehen, und nachdem er lange gewacht hatte, ohne etwas zu hören, schlief er ein. Sofort wurde er aber durch einen heftigen Schlag, welcher seine Backe traf, geweckt und hörte eine Stimme rufen: »Revigne! Revigne!« (Das war der Name seiner Großmutter gewesen.) Er tief nun nach einer Frau, die in seiner Nähe schlief, um Licht zu machen, da alle Kerzen ausgelöscht waren; diese wagte aber nicht aufzustehen. Dann fühlte der Ritter daß man ihm die Bettdecke wegzog, und hörte ein großes Geräusch von Tischen und Bänken und Fußschemeln, die im Zimmer umfielen; das dauerte bis zum frühen Morgen, so daß der Edelmann mehr über den Verlust seiner Nachtruhe ärgerlich als von Furcht wegen des Geistes, an dessen Vorhandensein er nicht glaubte, erfüllt war. In der folgenden Nacht beschloß er, den Geist zu fangen, und nachdem er sich niedergelegt hatte, deckte er sich die Hand mit gespreizten Fingern übers Gesicht und fing an, laut zu schnarchen. Wie er nun so aufpaßte, fühlte er etwas sich nahe kommen. Er schnarchte deshalb nur noch mehr, und der Geist ging in die Falle, indem er ihm eine schallende Ohrfeige verabreichte. In diesem Augenblick packte ihn der Herr von Grignaux, immer noch die Hand vor den Augen haltend, und rief der Frau zu: »Ich habe den Geist!« Diese stand sofort auf, zündete ein Licht an, und sie fanden, daß der Geist die Kammerzofe war, welche mit in dem Zimmer schlief. Sie fiel auf die Kniee, bat um Verzeihung und versprach, die Wahrheit zu sagen, wobei herauskam, daß sie schon lange einen Diener des Ritters liebte und diesen ganzen Mummenschanz deshalb erfunden habe, damit Herr und Herrin das Haus verließen und sie beide, denen es dann zur Bewachung übergeben worden wäre, darin hätten nach Belieben schalten und walten können, wie sie es auch schon in Fällen der Abwesenheit der Herrschaft gethan hatten. Der Ritter von Grignaux, der ein ziemlich strenger und heftiger Herr war, befahl, ihnen die Peitsche zu geben, damit sie sich für immer an den Geist erinnerten. Es geschah, worauf er sie fortjagen ließ und auf diese Weise das Haus von dem Umgehen der Geister, welche zwei Jahre hindurch dort ihr Wesen getrieben hatten, gesäubert wurde.

»Wunderbar, meine Damen«, fuhr Saffredant fort, »bleibt, was der mächtige Gott Amor den Menschen alles eingiebt, hier z.B. einer Frau alle Furcht nimmt und sie den Männern Schrecken und Unruhe einjagen läßt, lediglich um zu ihrem Ziele zu kommen. Wie tadelnswerth nun auch die Absicht der Kammerfrau war, so lobenswerth ist der gesunde Menschenverstand ihres Herrn, der sehr wohl wußte, daß, wenn der Geist die irdische Hülle verlassen hat, er nicht zurückkehrt.« – »Nun wahrlich«, sagte Guebron. »in diesem Falle begünstigte Amor nicht sonderlich den Diener und die Zofe, und man muß sagen, daß der gesunde Menschenverstand des Ritters ihnen nicht förderlich war.« – »Immerhin«, warf Emarsuitte ein, »lebte doch das Mädchen eine lange Zeit durch ihre Schlauheit ganz nach ihrem Gutdünken.«

– »Das ist ein schlechtes Gutdünken«, sagte Oisille, »wenn es auf Sünde begründet ist und mit Schande und Strafe endet.« – »Das ist richtig, Madame«, sagte Emarsuitte, »aber viele Leute haben Schmerz und Mühen davon, so zu leben, wie es sich gehört, und bringen es nicht dazu, in ihrem ganzen Leben einmal Vergnügen und Freude zu haben wie diese.« – »Demnach bleibe ich bei meiner Meinung«, sagte Oisille, »daß es keine vollkommene Freude giebt, wenn das Gewissen nicht in Ruhe ist.« – »Wie?« fragte Simontault, »der Italiener will behaupten, daß, je größer die Sünde ist, sie um so mehr Vergnügen gewähre!« – »Wer diese Bemerkung gemacht hat«, sagte Oisille, »ist selbst ein halber Teufel; lassen wir ihn also und sehen wir, wem Saffredant das Wort geben wird.« – »Wem?« fragte dieser, »es ist nur noch Parlamente übrig; aber wenn noch hundert andere da wären, würde ich auch gerade ihr das Wort geben, denn sie versteht es am besten, uns zu belehren.« Parlamente sagte: »Da ich also den Tag beschließen soll und Euch gestern versprochen habe, Euch den Grund mitzutheilen, weshalb Rolandinens Vater das Schloß bauen ließ, wo er sie so lange gefangen hielt, will ich Euch diese Geschichte erzählen.«

Vierzigste Erzählung.

Ein Edelmann bringt in Unwissenheit des Verwandschaftsverhältnisses seinen Schwager um.

Dieser Herr, der Vater Rolandinens, hatte mehrere Schwestern, von denen einige reich verheirathet, andere im Kloster waren, und eine, welche unverheirathet in seinem Hause lebte, war unvergleichlich viel schöner als die übrigen; diese liebte ihr Bruder so sehr, daß er sie Frau und Kindern vorzog. Sie wurde viel von großen Freiern umworben; aber aus Scheu vor der Trennung und aus Liebe zu seinem Gelde wollte er nie etwas davon hören. Daher verbrachte sie einen großen Theil ihrer Jugend ledig und lebte sehr ehrbar in dem Hause ihres Bruders; in dessen Hause befand sich auch ein schöner junger Edelmann, von Kindheit an daselbst erzogen, der mit jedem Jahr an Schönheit und Tugend zunahm, so daß er seinen Wohlthäter ganz unbemerklich regierte; wenn er etwas von seiner Schwester wollte, ließ er es ihr immer durch den jungen Ritter sagen und gab ihm so viel Freiheit und Vertraulichkeit, indem er ihn früh und spät zu ihr schickte, daß durch den langen Umgang sich eine große Freundschaft zwischen ihnen entspann. Da aber der Ritter fürchtete, seinen Herrn zu beleidigen, und das Fräulein, ihre Ehre zu schädigen, drückten sie ihre Freundschaft nicht anders als in Worten aus, bis eines Tages ihr Bruder ihr sagte, er wünschte, er könnte es mit Geld erkaufen, daß der junge Ritter ihr gleich an Rang wäre, denn er hätte niemand lieber zum Schwager gehabt als ihn. Das wiederholte er ihr so oft, daß sie sich mit dem jungen Edelmann darüber besprach, und sie glaubten, wenn sie sich verheiratheten, würde man ihnen leicht verzeihen. Und Amor, der immer glaubt, was ihm paßt, gab ihnen zu verstehn, daß es nur zu ihrem Besten ausschlagen könne; darauf beschlossen sie also ihre Heirath und führten sie auch aus, ohne daß jemand etwas davon wußte, ausgenommen ein Priester und einige Frauen. Nachdem sie einige Jahre in dem Glück gelebt hatten, welches Gatte und Gattin mit einander haben können, als eines der schönsten Paare der Christenheit und in vollkommenster und größter Freundschaft, wollte Fortuna, welche diesen beiden Menschen ihr Glück neidete, es nicht länger leiden, sondern schickte ihnen einen Feind, der diesem Fräulein auflauerte und ihr großes Glück herausbekam, ohne allerdings von der Heirath etwas zu wissen. Er ging zu dem Bruder und hinterbrachte ihm, daß der Edelmann, dem er so sehr vertraue, sehr oft in das

Zimmer seiner Schwester gehe und zwar zu einer für Männer ungebührlichen Stunde. Anfangs glaubte er es nicht, da er vollkommenes Vertrauen zu seiner Schwester und dem Edelmann hatte. Der andere aber setzte wie einer, dem viel an der Ehre des Hauses liegt, seine Nachforschungen fort und stellte einen Aufpasser in ihre Nähe, bis die Armen, die nichts Schlimmes ahnten, wirklich einmal überrascht wurden. Eines Abends nämlich wurde ihrem Bruder gemeldet, daß der junge Edelmann bei seiner Schwester sei; eiligst ging er hin und fand die beiden Liebenden zusammen in einem Bette liegend. Vor Zorn konnte er kein Wort sprechen, zog sein Schwert und rannte auf den Edelmann los, um ihn zu tödten. Der war aber sehr gewandt und flüchtete sich im Hemde, und da er durch die Thür nicht entkommen konnte, sprang er zum Fenster hinaus in den Garten. Die arme Frau warf sich vor ihrem Bruder auf die Kniee und sagte ihm: »Erhalte das Leben meines Gemahls, denn ich habe ihn geheirathet, und wenn hierin eine Mißachtung Deiner Person liegt, so strafe nur mich allein, denn was geschehen ist, ist auf meinen Wunsch geschehen.« Außer sich vor Zorn antwortete ihr Bruder nur: »Und wenn er hundertmal Dein Mann wäre, so werde ich ihn doch strafen, wie einen treulosen Diener, der mich hintergangen hat.« Mit diesen Worten trat er ans Fenster und rief laut hinaus, man solle jenen tödten. Seine Leute kamen diesem Befehl vor seinen und seiner Schwester Augen nach. Als diese das traurige Schauspiel sah, das sie mit allen Bitten nicht hatte verhindern können, sagte sie zu ihrem Bruder, wie eine, die alle Ruhe verloren hat: »Mein Bruder, ich habe weder Vater noch Mutter und bin in dem Alter, daß ich mich nach meinem Willen verheirathen kann. Ich habe den erwählt, von dem Ihr selbst oft genug gesagt habt, es sei nur Euer Wunsch, daß ich einen solchen heirathe; nun ich Eurem Rath folgend, das gethan habe, was ich nach dem Gesetz auch ohne Euch thun konnte, habt Ihr den Mann, den Ihr am meisten liebtet, umgebracht. Da dies so ist, und meine Bitten ihn nicht vom Tode retten konnten, flehe ich Euch im Namen Eurer Liebe zu mir an, mich jetzt zur Genossin seines Todes zu machen, wie ich es von seinem Leben und seinem Glück war. Hiermit werdet Ihr Eurem grausamen und ungerechten Zorn Genüge thun und gleichzeitig Leib und Seele derjenigen, die ohne ihn weder leben kann, noch will, die ersehnte Ruhe geben.« Der Bruder, obgleich er bis zur Sinnlosigkeit aufgebracht war, hätte doch so viel Mitleid mit seiner Schwester, daß er, ohne auf ihre Bitten zu achten, sie allein ließ. Als er sich nachher seine That überlegte und hörte, daß er wirklich der Gatte seiner Schwester gewesen war, bereute er aufs Tiefste sein Verbrechen. Aus Furcht, daß seine Schwester Gerechtigkeit und Rache verlangen würde, ließ er inmitten des Waldes ein Schloß bauen, führte sie dorthin und verbot, daß irgend jemand mit ihr sprechen solle.

Nach einiger Zeit quälte ihn aber das Gewissen und er versuchte sie für eine neue Heirath zu gewinnen; doch antwortete sie, er habe ihr ein so böses Mahl bereitet, daß sie keine weiteren Speisen von ihm annehmen wolle, und daß sie weiter allein leben möchte, damit er nicht einen zweiten Mord an ihrem Gatten begehen könne. Sie könnte nicht glauben, daß er einem andern das vergeben würde, um dessenwillen er dem Mann, den sie über alles geliebt, so übel mitgespielt habe; wenn sie auch schwach und unfähig sei, sich zu rächen, so hoffte sie doch auf Den, der der wahre Richter sei und der kein Unrecht ungestraft ließe. In seiner Liebe allein wolle sie in ihrer Einsamkeit ihr Leben beschließen; also that sie auch. Bis an ihr Lebensende rührte sie sich nicht mehr aus dem Schloß heraus und lebte so streng und geduldig, daß sie nach dem Tode wie eine Heilige verehrt wurde. Nach ihrem Tode verfiel das Haus ihres Bruders so sehr, daß er von sechs Söhnen, die alle elend starben, nur einen einzigen übrig behielt; zuletzt fiel das ganze Erbe (wie Ihr in der anderen Erzählung vernommen habt) an seine Tochter Rolandine, welche in derselben Gefangenschaft lebte, welche ihrer Tante bereitet worden war.

Hiermit beendete Parlamente ihre Erzählung und fuhr fort: »Ich bitte Gott, meine Damen, daß Euch dies Beispiel so nützlich sei, daß keine von Euch Lust verspürt, sich zu ihrem Vergnügen zu verheirathen, ohne die Einwilligung Derer, denen man gehorchen soll; denn die Heirath ist ein so lange dauernder Stand, daß man ihn nicht leichtsinnig und ohne den Rath unserer besten Freunde und Verwandten erwählen soll. Und schließlich kann man es so gut machen, wie man will, man trägt doch mindestens ebensoviel Schmerzen wie Vergnügen davon.« – »Nun wahrhaftig«, sprach Oisille, »wenn es keinen Gott und kein Gesetz gäbe, um die Thörinnen Weisheit zu lehren, so wäre dieses Beispiel genügend, um ihnen so viel Ehrfurcht vor ihren Verwandten beizubringen, daß sie sich nicht ohne ihre Einwilligung verheirathen.« – »Dennoch aber, Madame«, sprach Nomerfide, »ist die, welche einen einzigen Tag im Jahre glücklich war, niemals mehr ganz unglücklich zu nennen. Diese hier konnte ihren Geliebten lange sehen und sprechen und dann noch die Freuden der Ehe genießen, ohne damit ihr Gewissen zu beschweren. Dieses Vergnügen scheint mir doch noch größer zu sein als der Kummer, welcher darauf folgte.« – »So wollt Ihr also sagen«, sprach Saffredant, »daß die Frauen die Freuden der Liebe größer schätzen, als den Gram, ihren Gatten vor ihren Augen getödtet zu sehen?« – »Das meinte ich nicht«, sagte Nomerfide, »denn dann spräche ich meinen Erfahrungen von den Frauen entgegen; aber ich glaube, daß eine so ungewöhnliche Freude wie die, den über alles geliebten Mann zu heirathen, größer ist als der Kummer, ihn durch den Tod zu verlieren, was doch der gewöhnliche Lauf der Dinge ist.« – »Ja«, sagte Guebron, »ein natürlicher Tod wäre das; aber dieser hier war zu grausam; ich wundere mich, daß er wagte, eine solche Grausamkeit auszuüben, da er doch nicht ihr Vater oder Gatte, sondern nur ihr

Bruder war, und da sie in dem Alter war, wo das Gesetz den Mädchen erlaubt, sich nach ihrem Gefallen zu verheirathen.« – »Ich finde das nicht so sonderbar«, meinte Hircan, »denn er tödtete nicht seine Schwester, welche er so sehr liebte und über die er keine Macht hatte, sondern er strafte diesen Edelmann, welchen er wie einen Sohn gehalten und wie einen Bruder geliebt hatte, und welcher, nachdem er in seinen Diensten Reichthum und Ehren erlangt hatte, sich noch die Schwester erheirathete, wozu er kein Recht hatte.« – »Übrigens«, sagte Nomerfide, »ist es etwas sehr Ungewöhnliches, daß eine Frau aus so großem Haufe einen dienenden Ritter heirathet. Wenn sein Tod seltsam war, so war auch die vorhergehende Freude neu und um so größer, als sie zum Gegner die Meinung aller braven Männer, und zum Freunde nur die Zufriedenheit eines lieberfüllten Herzens nebst der Seelenruhe hatte, denn Gott ist über solches nie zornig. Was seinen Tod anbetrifft, den Ihr grausam nennt, so meine ich, daß, wenn es noth thut, der kürzeste der beste ist, denn einmal muß es doch gestorben sein. Ich schätze die glücklich, welche sich nicht lange in den Vorstädten des Todes aufhalten, sondern aus der Seligkeit, die wir hier auf Erden finden, eilig in die wahre einziehen, welche ewig ist.« – »Was nennt Ihr Vorstädte des Todes?« fragte Simontault. »Diejenigen, welche viel Trübsal erleiden mußten, die, welche lange krank waren und durch außerordentliche körperliche und geistige Schmerzen dahin gelangt sind, den Tod zu verachten und ihn herbeizuwünschen, von diesen sage ich, daß sie die Vorstädte des Todes passiren müssen; die werden Euch auch die Gasthöfe darin nennen können, in denen sie mehr gejammert als geruht haben. Diese Dame mußte ihren Gatten durch den Tod verlieren, und durch den Zorn ihres Bruders wurde es ihr erspart, ihn lange krank und leidend zu sehen, und da sie alle Gedanken, welche sie früher ihm gewidmet hatte, jetzt dem Erlöser gab, konnte sie sich sehr glücklich schätzen.« – »Und legt Ihr gar keinen Werth«, fragte Longarine, »auf die Schande und die Gefangenschaft, die sie ertragen mußte?« – »Ich finde«, antwortete Nomerfide, »daß die Person, welche eine vollkommene Liebe mit Gottes Geboten vereint, keine Schande und Unehre kennt, außer, wenn sie die Vollkommenheit ihrer Liebe verringert oder aufgibt; denn der Ruhm, wahr zu lieben, kennt keine Schande. Was die Gefangenschaft ihres Körpers anbetrifft, so glaube ich, daß sie dieselbe in der Freiheit ihres Herzens, welches an Gott und ihrem Gatten hing, nicht fühlte, sondern ihre Einsamkeit als Freiheit empfand; denn wenn man nicht sehen kann, was man liebt, so giebt es keine größere Freude, als beständig daran zu denken, und ein Gefängniß ist niemals eng, so lange man nach Belieben darin denken kann.« – »Nichts wahrer, als was Nomerfide sagt!« rief Simontault, »aber der, welcher an dieser Trennung durch seine Wuth schuld war, mußte sich für sehr unglücklich halten, denn er beleidigte damit Gott, Ehre und Liebe.« – »Wahrlich«, sprach Guebron, »ich bin erstaunt über die vielen Arten von Frauenliebe, und ich glaube, daß die, welche mehr lieben, auch tugendhafter sind, und daß die, welche weniger lieben, sich nur tugendhaft stellen, ohne es zu sein.« – »Es ist wahr«, sprach Parlamente, »daß ein gegen Gott und Menschen rechtschaffenes Herz stärker liebt, als ein lasterhaftes, und nicht zu fürchten braucht, daß man bis in seine tiefsten Gründe schaut.« – »Ich habe immer gehört«, sagte Simontault, »daß man die Männer nicht tadeln soll, wenn sie den Frauen nachstellen; denn Gott hat in das Herz des Mannes Liebe und Kühnheit gelegt, um zu fordern, und in das der Frau Furcht und Keuschheit, um abzuweisen.« – »Wenn der Mann dafür, daß er die ihm gegebenen Kräfte gebraucht, gestraft wird, so thut man ihm Unrecht«, sagte Longarine, »aber warum hat der Edelmann auch den Ritter so oft seiner Schwester gelobt! Ich finde, daß es entweder eine Narrheit oder eine Grausamkeit ist, wenn der, welcher einen Springbrunnen besitzt, die Güte seines

Wassers Einem lobt, der vor Durst umkommt, indem er es vor sich sieht, und ihn dann tödtet, wenn er davon trinken will.« – »Jawohl«, sagte Parlamente, »Feuer entzündet Feuer; er konnte seine süßen Reden mit seinen Degenstichen nicht wieder auslöschen.«

»Ich bin erstaunt«, sagte Saffredant, »warum man es schlecht findet, wenn ein so einfacher Edelmann, der keine anderen Mittel als seine Dienste und nicht einmal List dazu benutzte, eine Dame aus so großem Hause heirathet; Ihr wißt ja, daß die Gelehrten meinen, daß der geringste Mann der Welt immer noch mehr werth ist, als die vornehmste und tugendreichste Frau.« – »Daher«, sprach Dagoucin, »erwägt man, um den öffentlichen Frieden zu erhalten, immer nur den Grad der Vornehmheit der Häuser, das Alter der Personen und die Gesetze, ohne der Liebe und Tugenden des Mannes zu achten, damit die Monarchie nicht untergraben wird. Und aus diesen Ursachen rührt es her, daß so viele Heirathen, unter solchen Erwägungen und nach dem Gefallen der Leute und der Verwandten geschlossen, so häufig die größten Verschiedenheiten in Herz, Gemüth und Anlagen zeigen, so daß sie statt der Wege, die zum Heil führen, die Vorstädte der Hölle betteten.« – »Dennoch aber«, sagte Guebron, »giebt es genug, die sich aus Liebe geheirathet haben; ihre Herzen, Gemüther und Anlagen waren gleichartig, nicht so aber die Häuser und Verwandtschaften, und diese haben ihre Heirath ebenfalls bereut, denn solche großen unbedachten Freundschaften wenden sich oftmals in Eifersucht und Wuth um.« – »Mir scheint«, sagte Parlamente, »weder das Eine noch das Andere lobenswerth, denn die Menschen sollen sich dem Willen Gottes unterwerfen und keinen Werth auf Ruhm, Geiz oder Wollust legen, sondern in tugendhafter Liebe und mit Einwilligung der Familie, im Stand der Ehe leben, wie er Gott und die Natur uns vorschreiben. Wenn es auch kein Leben ohne Trübsal giebt, so habe ich doch solche Leute ohne Reue leben sehen; übrigens ist keiner aus dieser Gesellschaft so unglücklich, daß sich nicht die Verheiratheten unter uns zu jenen Paaren rechnen könnten.« Darauf schwuren Hircan. Guebron, Simontault und Saffredant alle, daß sie sich nur unter diesen Verhältnissen verheirathet und es niemals bereut hätten; ob das nun wahr oder nicht, diejenigen, welche es betraf, freuten sich so sehr darüber, daß sie nichts Angenehmeres mehr hören konnten, und erhoben sich, um Gott zu loben und zu danken, da es zugleich die Messezeit im Kloster war. Nach dem Gottesdienst gingen sie zum Abendessen und unterhielten sich dabei über ihre Ehen und die Schicksale, welche sie während ihrer Liebeszeit erlebt hatten, was den ganzen Abend über andauerte. Da aber Einer immer den Anderen unterbrach, konnte man diese Erzählungen nicht sammeln, obgleich sie ebenso unterhaltend waren wie die, welche sie sich auf der Wiese erzählten. Sie belustigten sich so gut dabei, daß die Schlafenszeit eher herankam, als sie dachten. Frau Oisille, welche merkte, wie spät es war, ging zuerst und gab damit das Zeichen zum Aufbruch; jeder ging sehr zufrieden fort, selbst die Verheiratheten, welche nicht schliefen, sondern einen Theil der Nacht dazu benützten, von ihren vergangenen Brautzeiten zu reden und sich ihrer gegenwärtigen Liebe zu erfreuen. So verging die Nacht sanft bis zum Morgen.

Fünfter Tag.

Als der Morgen gekommen war, bereitete sich Frau Oisille auf das geistige Frühstück vor und machte es so geschmackvoll, daß es Körper und Geist stärkte und die ganze Gesellschaft sehr aufmerksam war, so daß alle niemals eine Rede gehört zu haben glaubten, die ihnen so dienlich gewesen wäre. Als sie den letzten Glockenschlag hörten, gingen sie, mit Andacht die frommen Bemerkungen, die sie gehört hatten, zu überdenken. Als die Messe dann zu Ende und sie eine Weile spazieren gegangen waren, setzten sie sich zu Tisch und versprachen sich, den gegenwärtigen Tag eben so angenehm wie die vorhergehenden zu gestalten. Saffredant sagte, er wünschte, die Brücke bliebe noch einen Monat ungemacht wegen des Vergnügens, welches ihr Zusammensein gewähre. Der Abt aber ging sehr eifrig an die Wiederherstellung derselben; es war nämlich nicht gerade trostreich für ihn, so viele hochstehende Leute bei sich zu haben, weil wegen ihrer Gegenwart die sonst oft kommenden Pilger und Pilgerinnen nicht so eingehend und lange an den heiligen Orten verweilten. Als sie sich nun nach Tisch einige Zeit ausgeruht hatten, gingen sie zu ihrem gewohnten Zeitvertreib über und fragten, nachdem sie alle Platz genommen hatten, Parlamente, wem sie das Wort gäbe. »Mir scheint«, sagte diese, »daß Saffredant recht gut diesen Tag beginnen könnte, denn er sieht nicht danach aus, als ob er uns würde Thränen vergießen lassen.« Saffredant erwiderte: »Ihr würdet nur sehr grausam sein, meine Damen, wenn Ihr nicht Mitleid mit dem Franziskaner, dessen Geschichte ich Euch erzählen werde, haben wolltet. Nach den Geschichten, die einige von uns bisher von diesen erzählt haben, könntet Ihr glauben, daß die darin besprochenen Fälle nur arme einfältige Frauen betrafen, an die sie sich, des Erfolges sicher, ohne Furcht heranmachten, deshalb gerade will ich Euch zeigen, daß ihre Verblendung ihnen alle Furcht und kluge Ueberlegung raubt, wie die in Flandern passirte Geschichte, die ich Euch erzählen will, beweist.«

Einundvierzigste Erzählung.

Absonderliche Sühne, welche ein Franziskanermönch einem jungen Mädchen auferlegt, deren Beichtvater er ist.

In dem Jahre, in dem Margarethe von Oesterreich im Auftrage des Kaisers, ihres Neffen, wegen der Friedensverhandlungen zwischen diesem und dem Könige von Frankreich, in dessen Namen sich dort Louise von Savoyen einfand, nach Cambrai kam, war im Gefolge der deutschen Prinzessin die Gräfin von Aiguemont, welche den Ruf, die schönste Flamänderin zu sein, mit sich brachte. Auf der Rückkehr von dieser Conferenz kehrte die Gräfin von Aiguemont in ihr Schloß zurück, und als die Adventszeit gekommen war, schickte sie in ein Franziskanerkloster und erbat sich einen kundigen und ehrbaren Pater, um auf ihrem Schloß zu predigen und ihr und ihrem ganzen Haushalt die Beichte abzunehmen. Der Prior suchte den würdigsten für diese Verrichtungen aus, da dem Kloster von den Aiguemonts und den Piennes, von denen die Gräfin abstammte, viel Gutes zu Theil geworden war. Und da dieser Orden vor allen anderen die Achtung und Geneigtheit vornehmer Häuser zu erlangen strebt, so schickten sie den ansehnlichsten Prediger des ganzen Klosters, der auch während der ganzen Adventszeit seinen Dienst aufs Beste verrichtete und sich die volle Zufriedenheit der Gräfin erwarb. Zu Weihnachten wollte die Gräfin das heilige Abendmahl nehmen und schickte deshalb nach dem Beichtvater; nachdem sie die Beichte, damit sie um so geheimer sei, in einer wohlverschlossenen

Kapelle abgelegt hatte, ließ sie den Platz ihrer Ehrendame, welche, nachdem sie ebenfalls gebeichtet hatte, ihr Mädchen zum Beichtvater schickte. Nachdem diese nun alles, was sie zu sagen hatte, gesagt und der Beichtvater auf diese Weise von ihr ein kleines Geheimniß erfahren hatte, kam ihm die Luft an, ihr eine ungewohnte Sühne aufzuerlegen, und er sagte deshalb zu ihr: »Eure Sünde ist so groß, daß ich Euch zur Buße aufgebe, meinen Strick auf Eurem nackten Körper zu tragen.« Das Mädchen wollte ihm nicht ungehorsam sein und antwortete: »Gebt ihn mir, ehrwürdiger Vater, und ich werde nicht verfehlen, ihn zu tragen.« – »Nein, meine Tochter«, sagte der Geistliche, »Eure Hände würden nicht dienlich sein, ich muß vielmehr mit meinen eigenen Händen, aus denen Ihr den Erlaß Eurer Sünden erhaltet, Euch mit ihm umgürten, dann erst werdet Ihr von allen Sünden befreit sein.« Das Mädchen begann zu schluchzen und sagte, sie gehe hierauf nicht ein. Der Prediger sagte: »Seid Ihr denn eine Ketzerin, daß Ihr die Buße, wie Gott und unsere heilige Mutter, die Kirche, sie Euch auferlegt, zurückweist?« Das Mädchen antwortete: »Ich komme zur Beichte, wie die Kirche es gebietet, und ich will wohl die Absolution und die Buße empfangen; ich will aber nicht, daß Eure Hände mit dieser Buße etwas zu thun haben, sonst weise ich sie zurück.« Jener antwortete: »Dann kann ich Euch auch keine Absolution geben.« Das junge Mädchen erhob sich, sehr betroffen in ihrem Innern, denn sie war so jung, daß sie sich fürchtete, durch ihre Weigerung ungehorsam gegen den Pater gewesen zu sein. Als nun nach der Messe die Gräfin das Abendmahl genommen hatte und ihre Ehrendame im Begriff stand, es ebenfalls zu nehmen, fragte diese ihre Tochter, ob sie bereit sei. Das Mädchen sagte unter Schluchzen, daß ihr die Beichte nicht abgenommen worden sei. Die Mutter fragte: »Was habt Ihr denn mit dem Beichtvater vorgehabt?« Das Mädchen antwortete: »Nichts weiter; aber da ich die Buße, die er mir auferlegt hat, zurückgewiesen habe, hat er mir auch die Absolution verweigert.« Die Mutter fragte nun weiter und erfuhr von der absonderlichen Art Buße, welche der Mönch ihrer Tochter hatte auferlegen wollen. Sie ließ dann ihre Tochter bei einem anderen beichten, und sie nahmen dann zusammen das Abendmahl. Sobald die Gräfin aus der Kirche zurückgekommen war, führte die Ehrendame bei ihr Klage über den Mönch, worüber jene in Anbetracht der guten Meinung, welche sie von ihm gehabt hatte, sehr betrübt und erstaunt war. Trotz ihres Zornes konnte sie sich gegenüber dieser neuen Art der Buße nicht enthalten zu lachen. Diese scherzhafte Auffassung hinderte sie aber nicht, ihn festnehmen und in der Küche durchprügeln zu lassen, wo er auch unter den Ruthenstreichen die Wahrheit eingestand. Dann schickte sie ihn mit gebundenen Händen und Füßen zum Prior mit dem Ersuchen heim, ihr ein ander Mal eine geeignetere Persönlichkeit zum Verkünden von Gottes Wort zu senden.

»Nun sehet, meine Damen«, fuhr Saffredant fort, »wenn sie selbst in einem so vornehmen Hause sich nicht scheuen, sich in ihrer Unverschämtheit zu zeigen, wie mögen sie erst in den Bauernhütten verfahren, wo sie gewöhnlich ihr Verlangen hintragen, und wo die Gelegenheiten zur Erfüllung ihrer Wünsche so leichte sind, daß man es als ein Wunder bezeichnen muß, daß sie immer ohne Skandal davonkommen. Das läßt mich Euch bitten, meine Damen, Eure verächtliche Meinung in Mitleid umzuwandeln und überzeugt zu sein, daß der Teufel, der Mönche verblenden kann, auch die Damen nicht schont, wenn er sie in seine Klauen bekommt.« – »Nun wahrlich«, sagte Oisille, »das ist ein netter Mönch! Geistlicher, Priester und Prediger sein und solche Gemeinheit am Weihnachtsabend begehen und in der Kirche unter dem Deckmantel der Beichte, alles Umstände, welche die Sünde nur noch verschlimmern.« Hircan sagte: »Glaubt Ihr denn, daß die Franziskaner nicht Menschen wie wir sind und entschuldbar, vor

Allem jener, der sich zur Nachtzeit mit einem schönen Mädchen allein sah?« – »Nun«, wandte Parlamente ein, »wenn er an die Geburt Jesu Christi, welche an jenem Tage gefeiert wurde, gedacht hätte, so würde er nicht auf solche verwerfliche Absichten gekommen sein.« – »Ihr vergeßt zu sagen«, bemerkte Saffredant, »daß vor der Geburt erst noch anderes kommt. Immerhin war es ein Mensch von schlechten Absichten, da er wegen einer so geringfügigen Sache eine so schwere Sünde beging.« Oisille sagte: »Jedenfalls scheint die Gräfin eine recht zutreffende Bestrafung vollzogen zu haben, an der seine Brüder sich ein Beispiel nehmen konnten.« – »Es ließe sich noch darüber streiten«, wandte Nomerfide ein, »ob es gut war, so seinen Nebenmenschen bloßzustellen, und ob es nicht besser gewesen wäre, ihm seine Sünde im Geheimen vorzuhalten, anstatt sie so allen Leuten bekannt zu geben.« – »Ich hätte das auch für das Richtigere gehalten«, sagte Guebron, »denn die Vorschrift heißt, unseren Nächsten unter vier Augen Vorhaltungen zu machen, bevor man es anderen sagt, selbst der Kirche nicht. Hat ein Mensch erst einmal die Scham verloren, so wird er sich nur mit Mühe bessern, denn die Scham entfernt ebensosehr von der Sünde, wie das Gewissen.« Parlamente sagte: »Ich meine, daß man gegen Jedermann die Vorschriften des Evangeliums bethätigen muß, nur gegen die nicht, die es selbst predigen und dagegen handeln; denn man muß nicht davon zurückschrecken, die bloßzustellen, welche selbst andere bloßstellen. Auch scheint es mir nur verdienstlich, dazu beizutragen, daß man sie in ihrer wahren Gestalt erkenne, damit wir gegen ihre Verstellungskünste bei unseren Töchtern, die nicht immer selbst bedacht genug sind, Vorkehrungen treffen können. Wem wird aber Hircan das Wort geben?« – »Da Ihr danach fragt, will ich es Euch selbst geben, da ja auch kein verständiger Mann es Euch verweigern würde.« Parlamente sagte: »Da Ihr mich erwählt, will ich Euch eine Geschichte erzählen, für deren Wahrheit ich selbst die Bürgschaft übernehme. Ich habe immer sagen hören, daß, wenn die Tugend in einem schwachen und hinfälligen Geschöpf und zwar von einem mächtigen und überlegenen Gegner angegriffen wird, sie sich nur um so lobenswerther darstellt und am besten in ihrem wahren Lichte zeigt. Denn wenn ein Starker sich gegen einen Starken wehrt, ist dies nichts Absonderliches; wenn aber ein Schwacher den Sieg davonträgt, so erntet er ganz besonderen Ruhm. Um diesen Gegensatz einmal recht vor Augen zu führen, will ich von einem jungen Mädchen sprechen, welches so viel Ehrbares gethan hat, wie Ihr jetzt hören sollt; auch würde ich nur ein Unrecht an der Wahrheit begehen, die ich in diesem Falle unter einer so armseligen Kleidung fand, daß Niemand sie sonderlich beachtete.«

Zweiundvierzigste Erzählung.

Von der Zurückhaltung eines jungen Mädchens gegenüber den hartnäckigen Nachstellungen eines in sie verliebten Prinzen, und von dem glücklichen Erfolg des Mädchens.

In einer der größeren Städte der Touraine lebte ein junger Prinz aus großem, angesehenen Hause, welcher dort von seiner frühesten Jugend auf erzogen worden war. Von seinen Vollkommenheiten, seiner Anmuth und Schönheit und seinen großen Tugenden will ich nichts weiter sagen, als daß er zu seiner Zeit seinesgleichen nicht fand. Als er fünfzehn Jahre alt geworden war, fand er größeres Vergnügen daran, auf Jagden zu gehen, als sich die schönen Damen anzusehen. Als er nun eines Tages in der Kirche war, erblickte er ein junges Mädchen, welches ehemals in ihrer Kindheit auf dem Schlosse, wo er wohnte, erzogen worden war. Nach dem Tode ihrer Mutter hatte sich ihr Vater zurückgezogen, und sie war mit ihrem Bruder nach Poiton gegangen. Dieses Mädchen, namens Françoise, hatte eine Halbschwester, welche ihr Vater sehr liebte und an den Vorsteher der Hofkellerei des junger Prinzen verheirathet hatte, auf den sie größere Stücke hielt, als auf irgend einen sonst aus diesem Hause. Der Vater starb und hinterließ als Erbtheil der Françoise, was er an Liegenschaften in der Nähe dieser Stadt hatte; sie zog sich deshalb nach seinem Tode auf ihr Gut zurück, und da sie heirathsfähig und sechzehn Jahre alt war, wollte sie nicht allein in ihrem Hause bleiben und gab sich bei ihrer Schwester, der Schaffnerin, in Pension. Als der junge Prinz sah, daß die junge Brünette von einer Schönheit und Anmuth war, wie sie in ihrem Stande sich für gewöhnlich nicht fand (sie schien nämlich eher ein Edelfräulein oder eine Prinzessin zu sein als ein Bürgermädchen), betrachtete er sie lange. Er, der noch niemals geliebt hatte, fühlte in seinem Herzen eine ungewohnte Freude, und als er in seine Wohnung zurückgekommen war, erkundigte er sich nach der, die er in der Kirche gesehen hatte, und erfuhr, daß sie früher in ihrer Kindheit oft nach dem Schloß gekommen war, um mit seiner Schwester zu spielen. Er rief sie dieser ins Gedächtniß zurück, worauf seine Schwester sie holen ließ, sie freundlich empfing und sie bat, öfters zu ihr zu kommen. Sie that es auch, wenn dort eine Hochzeit gefeiert oder Gesellschaft gegeben wurde; der junge Prinz betrachtete sie gern und nahm sich vor, sie recht zu lieben, und da er wußte, daß sie von niederer Abkunft war, glaubte er leicht zum Ziele zu kommen. Da er aber keine Möglichkeit fand, mit ihr allein zu sprechen, schickte er einen Edelmann aus seinem Gefolgt zu ihr, um für ihn zu sprechen. Sie aber, die verständig und gottesfürchtig war, antwortete ihm, daß sie nicht glauben könne, daß sein Herr, ein so schöner und edler Prinz, Vergnügen daran finde, ein so niedriggeborenes Mädchen, wie sie sei, zu betrachten, da ja auf dem Schlosse, wo er wohne, so viele schöne Frauen seien, daß er nicht nöthig habe, in der Stadt nach anderen zu suchen, und daß sie deshalb nur annehmen könne, er sage das von sich selbst aus, ohne einen Befehl seines Herrn. Als der junge Prinz diese Antwort gehört hatte, ließ die Liebe, welche, wo sie Widerstand findet, nur um so fester sich anklammert, ihn mit größerem Feuer als bisher sein Vorhaben verfolgen. Er schrieb ihr deshalb einen Brief und bat sie, alles, was der Edelmann ihr gesagt habe, für Wahrheit zu nehmen. Da sie sehr gut schreiben und lesen konnte, las sie seinen Brief durch, wollte aber, so sehr der Edelmann sie auch bat, keine Antwort darauf geben, indem sie sagte, daß es einer Person von so niederem Stande nicht zukomme, an einen so hochstehenden Prinzen zu schreiben. Sie bäte ihn aber, sie nicht für so thöricht zu halten, daß sie etwa sich einbilde, er stelle sie so hoch, daß er wirklich eine Neigung für sie hege, und daß er, wenn er vermeine, er könne wegen ihrer niederen Abkunft sie leicht gewinnen, sich täusche, denn sie halte sich für eben so anständig, wie die angesehenste Prinzessin der Christenheit, und sie kenne keinen größeren Schatz als Ehre und Gewissen. Sie bäte ihn auch, sie nicht zu verhindern, diesen Schah ihr Leben lang zu behalten, denn, müßte sie auch sterben, so würde sie doch ihre Meinung nicht ändern. Dem jungen Prinzen gefiel diese Antwort nicht sonderlich; er liebte sie deshalb nicht minder und er verfehlte nicht, wenn sie zur Messe kam, seinen Stuhl in ihre Nähe zu rücken, und während des Gottesdienstes betrachtete er sie immer. Als sie das merkte, wechselte sie ihren Platz und ging in eine andere Kapelle, nicht, um ihn nicht zu sehen, (denn sie wäre unvernünftig gewesen, wenn sie nicht ein Vergnügen daran empfunden hätte, ihn zu betrachten,) sondern weil sie befürchtete, von ihn gesehen zu werden. Da sie sich nun nicht für würdig hielt, von ihm auf ehrenhafte Weise geliebt und geheirathet zu werden, wollte sie ihm andererseits auch nicht zu seinem Vergnügen angehören. Als sie weiter bemerkte, daß, wohin sie sich auch in der Kirche begeben mochte, der Prinz immer in ihrer Nähe sich die Beichte abnehmen ließ, wollte sie nicht mehr in diese Kirche kommen, suchte vielmehr alle Tage die entlegenste auf. Und wenn auf dem Schlosse Feste gefeiert wurden, wollte sie sich, so sehr sie auch von der Schwester des Prinzen dazu gedrängt wurde, nicht mehr dort einfinden, sondern entschuldigte sich mit Unwohlsein. Als nun der Prinz sah, daß er nicht mit ihr sprechen konnte, nahm er seinen Kellermeister zu Hülfe und versprach ihm, wenn er ihn in dieser Angelegenheit unterstütze, Reichthum und Belohnungen.

Dieser ging bereitwillig auf den Vorschlag ein, sowohl um seinem Herrn zu gefallen, als auch wegen der Belohnungen, die er erhoffte, und berichtete dem Prinzen genau, was sie Tag für Tag sagte und that, daß sie aber, soweit sie könne, der Gelegenheit, ihn zu sehen, aus dem Wege gehe. Das große Verlangen, sie einmal allein zu sehen, ließ ihn nun auf folgende List kommen. Eines Tages begab er sich mit seinen Pferden, mit denen er schon recht gut umzugehen verstand, auf einen großen Platz der Stadt vor das Haus des Schaffners, wo auch Françoise wohnte, und nachdem er hin und her galoppirt war und seine Pferde Sprünge hatte machen lassen, was sie Alles mit ansah, ließ er sich an einer Stelle, wo Koth und Schlamm war, vom Pferde zu Boden werfen, und obgleich er weich gefallen war und sich nicht beschädigt hatte, klagte er doch sehr und fragte, ob nicht in der Nähe ein Haus sei, in welchem er seine Kleider wechseln könne. Jeder beeilte sich, ihm sein Haus anzubieten, einer sagte ihm aber, das seines Schaffners sei das nächste und auch angesehenste, er wählte also dieses vor allen andern. Er fand ein wohlausgestattetes Zimmer, zog sich dort bis aufs Hemde aus, denn alle seine Kleider waren mit Koth bedeckt, und legte sich in ein Bett. Als er nun sah, daß Alle, der Edelmann ausgenommen, fortgeeilt waren, um ihm frische Kleider zu bringen, ließ er seinen Wirth und dessen Frau rufen und fragte nach Françoise. Sie hatten Mühe, sie zu finden; denn sobald sie gesehen hatte, daß der junge Prinz das

Haus betrat, hatte sie sich in dem verborgensten Winkel versteckt. Ihre Schwester fand sie jedoch und bat sie, doch keine Furcht zu haben, mit einem so ehrbaren und tugendhaften Prinzen zu sprechen. Sie antwortete: »Wie, meine Schwester, Ihr, die ich wie eine Mutter achte, rathet mir, mit einem Prinzen zu sprechen, dessen geheimes Verlangen, wie Ihr wißt, mir nicht unbekannt ist?« Die Schwester machte ihr aber so viele Vorstellungen und versprach ihr, sie nicht allein zu lassen, daß sie schließlich mitging, aber sie sah so blaß und niedergeschlagen aus, daß sie eher Mitleid als Begierde erregte. Als der junge Prinz sie neben seinem Bett sah, nahm er ihre kalte und zitternde Hand in die seine und sagte: »Haltet Ihr mich für einen so schlechten und grausamen Menschen, daß ich die Frauen esse, wenn ich sie nur ansehe? Weshalb fürchtet Ihr Euch so sehr vor demjenigen, der nur auf Eure Ehre und Euren Vortheil bedacht ist? Ihr wißt, wo es mir nur möglich war, habe ich versucht, Euch zu sehen und mit Euch zu sprechen; es ist mir aber nicht gelungen, und um mir noch besonderen Verdruß zu machen, habt Ihr den Ort geflohen, wo ich gewohnt war, Euch bei der Messe zu sehen, so daß ich, der ich schon nicht mit Euch sprechen konnte, auch das Vergnügen, Euch zu sehen, verlor. Alles das hat Euch aber nichts genutzt. Ich habe nicht geruht, bis ich auf die Art und Weise, die Ihr ja selbst mit angesehen habt, hierher gekommen bin, und ich habe mich der Gefahr ausgebt, mir das Genick zu brechen, indem ich mich absichtlich vom Pferde fallen ließ, nur um die Befriedigung zu haben, mit Euch ungestört sprechen zu können. Deshalb bitte ich Euch, Françoise, da ich diese Gelegenheit mit so viel Mühe erstritten habe, laßt mich nicht umsonst gekommen sein und mich mit meiner großen Liebe die Eure gewinnen.« Nachdem er lange auf eine Antwort gewartet hatte und die Thränen in ihren Augen und ihren gesenkten Blick sah, zog er sie so nah als möglich zu sich heran und wollte sie umarmen und küssen. Sie sagte ihm aber: »Nein, mein

Prinz, nein; was Ihr verlangt, kann nicht geschehen. Denn wenn ich auch neben Euch nur ein unbedeutendes Mädchen bin, halte ich doch meine Ehre so hoch, daß ich lieber sterben möchte, als sie verringert sehen, welche Freude ich auch damit eintauschen möchte. Der Gedanke, daß die Menschen, die Euch hierherkommen sahen, andere Vermuthungen aufstellen möchten, flößt mir schon Furcht und Zittern ein, und da Ihr mir die Ehre erweist, frei mit mir zu reden, werdet Ihr mir auch verzeihen, daß ich Euch eine Antwort, wie meine Ehre sie gebietet, gebe. Ich bin nicht so einfältig und so blind, mein Prinz, daß ich nicht die Schönheit und Anmuth sehen sollte, die Gott Euch verliehen hat, und daß ich nicht die für die glücklichste Frau schätzen sollte, der Ihr mit Leib und Seele angehören werdet. Aber was hilft mir das, da ich oder eine Frau meines Standes es nicht sein wird, und da für mich schon der Gedanke daran reine Thorheit wäre? Welchen andern Grund soll ich dafür suchen, daß Ihr Euch an mich wendet, als daß die Damen Eures Hofes (die Ihr lieben müßt, wenn anders Ihr Schönheit und Anmuth überhaupt liebt) so tugendhaft sind, daß Ihr nicht wagt und auch nicht hofft, von ihnen etwas zu erlangen, was Ihr bei der Niedrigkeit meines Standes bei mir zu erreichen hofft? Auch bin ich gewiß, wenn Ihr bei Personen meines Standes Erfüllung Eures Wunsches fändet, so wäre das für Euch nur ein Stoff, Eure Geliebte zwei Stunden länger zu unterhalten, indem Ihr von Euren Liebesabenteuern auf Unkosten der Schwächeren erzählt. Ihr mögt aber einsehen, mein Prinz, daß ich nicht von dieser Art bin. Ich bin in einem Hause auferzogen worden, wo ich gelernt habe, was wahrhaft lieben heißt; mein Vater und meine Mutter gehörten zu Euren ergebensten Dienern. Da mich Gott nun nicht zu einer Prinzessin gemacht hat, die Ihr heirathen könntet, noch ich von so hoher Geburt bin, um die Dame Eures Herzens und Eure Freundin zu sein, so bitte ich Euch, mich nicht zu einem jener unglücklichen, mißachteten

Geschöpfe zu machen; ich meinerseits kann nur wünschen, daß Ihr einer der glücklichsten und geachtetsten Prinzen der Christenheit werden möget. Wenn Ihr zu Eurem Zeitvertreib Mädchen meines Standes sucht, so werdet Ihr in dieser Stadt um vieles schönere als mich finden, welche sich nicht so lange bitten lassen werden. Haltet Euch also an diejenigen, denen Ihr nur ein Vergnügen bereitet, wenn Ihr ihnen ihre Ehre abkauft, und bedrängt nicht mehr diejenige, welche Euch mehr als sich selbst liebt. Denn wenn es sich heute darum handelte, daß mein oder Euer Leben Gott geopfert würde, so würde ich mich glücklich schätzen, das meine hinzugeben, um das Eure zu retten. Es ist nicht Mangel an Liebe, daß ich Eure Person fliehe, sondern nur, weil ich mein und Euer Gewissen mehr liebe; denn meine Ehre steht mir höher als mein Leben. Wenn es Euch beliebt, mein Prinz, bewahrt mir Eure Gunst, und ich will mein Leben lang zu Gott für Euer Heil und Euer Wohlergehen beten. Es ist wohl wahr, daß die Ehre, die Ihr mir erweist, mich über die Leute meines Standes emporheben wird; denn welchen mir gleichstehenden Mann möchte ich noch betrachten, nachdem ich Euch gesehen habe? So wird mein Herz immer fern bleiben und nur die Verpflichtung in ihm wohnen, für Euch zu Gott zu beten, und das will ich immer thun; einen *anderen* Dienst kann ich aber auch Euch niemals leisten.« Als der junge Prinz diese tugendhafte Antwort hörte, konnte er, obwohl sie nicht nach seinem Wunsche ausfiel, sie deshalb doch nicht geringer achten. Er that sein Möglichstes, um sie zu überzeugen, daß er niemals eine andere Frau als sie lieben könnte; sie war aber vernünftig genug, auf eine so unbedingte Versicherung nichts zu geben. Während dieses Hin- und Herredens empfand er so viel innere Befriedigung und fühlte sich dabei so wohl, daß er, obgleich ihm gemeldet wurde, seine Kleider seien vom Schloß gekommen, sagen ließ, er schlafe, und blieb, bis die Stunde des Abendessens gekommen war, bei dem er, seiner Mutter wegen, welche eine der ehrbarsten Frauen der Welt war, nicht fehlen wollte. So verließ also der junge Prinz das Haus seines Kellermeisters, mehr als je von Achtung für die Sittsamkeit des Mädchens erfüllt. Er sprach nun oft mit dem Edelmann, der sein Stubengenosse war, darüber, und da dieser meinte, daß vielleicht Geld mehr vermochte als Liebe, rieth er ihm, ihr eine ansehnliche Summe anzubieten, um sie ihm geneigt zu machen. Der junge Prinz, dessen Mutter noch sein Vermögen verwaltete, hatte nur eine geringe Geldsumme für seine kleinen Ausgaben; diese nahm er und borgte noch dazu, so viel er konnte. So kam die Summe von fünfhundert Thalern zusammen, welche er dem jungen Mädchen durch den Edelmann mit der Bitte zusandte, eine günstigere Meinung für ihn zu fassen; als sie aber das Geschenk sah, sagte sie zu dem Edelmann: »Ich bitte, sagt Eurem Herrn, daß ich ein so gutes und ehrenhaftes Herz habe, daß, wenn ich seinem Willen folgen sollte, mich schon seine Schönheit und Liebenswürdigkeit besiegt hätten; da sie aber keine Macht über meine Ehre hatten, kann auch alles Geld der Welt keine solche erlangen; jagt ihm das, denn ich ziehe eine ehrbare Armuth allen wünschenswerthen Gütern vor.« Da der Edelmann diese Härte sah, dachte er mit Grausamkeit mehr auszurichten und bedrohte sie mit der Macht und dem Ansehen seines Herrn. Aber sie antwortete ihm lachend: »Macht denen Furcht mit ihm, die ihn nicht kennen; ich aber weiß, daß er so weise und tugendhaft ist, daß solche Drohungen nicht von ihm kommen können, und seid sicher, er wird Euch tadeln, wenn Ihr sie ihm mittheilt. Sollte es aber dennoch so sein, wie Ihr sagt, so giebt es keine Folter und keinen Tod, die meine Meinung ändern werden. Denn wie ich Euch sage, da die Liebe meinen Sinn nicht wenden konnte, wird kein Uebel und kein Gut der Welt mich von der Meinung abbringen, die ich gefaßt habe.« Der Edelmann, welcher seinem Herrn versprochen hatte, sie ihm zu gewinnen, brachte ihm diese Antwort mit außerordentlichem Aerger und redete ihm zu, sie mit allen möglichen Mitteln weiter zu verfolgen, da es eine Schande sei, wenn es ihm nicht gelänge, dieses Mädchen zu gewinnen. Der junge Prinz aber, welcher keine anderen Mittel anwenden wollte, als ehrbare, und der fürchtete, daß, wenn die Sache bekannt würde und seine Mutter davon erführe, sie jedenfalls sehr zornig darüber werden würde, wagte nichts weiter zu unternehmen, bis ihm sein Edelmann ein so leichtes Mittel angab, daß er meinte, sie nun ganz sicher zu haben, und, um es auszuführen, darüber mit dem Kellermeister sprach. Da dieser entschlossen war, seinem Herrn in jeder Weise zu dienen, bat er eines Tages seine Frau und seine Schwägerin, seine Weinlesen auf einem Landgute zu besichtigen, das nahe am Walde lag, was sie ihm auch versprachen. Als der Tag herangekommen war, ließ er es den jungen Prinzen wissen, der sich entschloß, ganz allein mit seinem Edelmann ebenfalls dorthin zu gehen, und heimlich sein Maulthier bereit halten ließ, um zur richtigen Zeit aufzubrechen. Aber Gott wollte, daß gerade an diesem Tage seine Mutter ein Cabinet neu ausstaffirte und zur Hülfe alle ihre Kinder um sich hatte; dort vergnügte sich der junge Prinz, bis die bestimmte Stunde vorbei war. Sein Schaffner, der nichts davon wußte, hatte inzwischen feine Schwägerin hinter sich aufs Pferd genommen und führte sie nach dem Landhause; seine Frau stellte sich krank und sagte ihm, als sie schon zu Pferd waren, sie könne nicht mitkommen. Als er nun sah, daß der Prinz zur festgesetzten Stunde nicht kam, sagte er zu seiner Schwägerin: »Ich glaube, wir können in die Stadt zurückkehren.« – »Warum nicht?« antwortete Françoise. »Ich erwartete den Prinzen«, sagte der Kellermeister, »der mir versprochen hatte, herzukommen.« Als sie diese Bosheit hörte, sprach sie: »Erwarte ihn nicht mehr, mein Bruder, denn ich weiß, daß er heut nicht kommen wird.« Der Schwager glaubte ihr und führte sie zurück. Als sie zu Hause waren, brach ihr Zorn aus; sie nannte ihren Schwager einen

Knecht des Teufels und behauptete, er thäte mehr als ihm befohlen sei, denn sie sei überzeugt, das sei seine und des Edelmanns, nicht aber des Prinzen Erfindung; er wolle lieber Geld von ihm gewinnen, indem er seine Thorheiten unterstütze, als das Amt eines treuen Dieners erfüllen; da sie ihn aber jetzt erkannt habe, würde sie nicht länger in seinem Hause bleiben. Darauf schickte sie nach ihrem Bruder, der sie in seine Heimath geleiten sollte, und zog sogleich von ihrer Schwester fort. Da dem Kellermeister sein Streich mißlungen war, ging er ins Schloß, um zu hören, woran es lag, daß der Prinz nicht gekommen war: kaum war er angelangt, da sah er ihn auf seinem Maulthier, ganz allein, mit seinem vertrauten Edelmann; er fragte ihn: »Ist sie noch dort?« Darauf erzählte er, wie es ihm gegangen war. Der junge Prinz war sehr traurig, seinem Versprechen nicht nachgekommen zu sein, da er damit das letzte und äußerste Mittel, dessen er sich bedienen wollte, versäumt hatte. Da er nun sah, daß es keinen Ausweg mehr gab, suchte er sie in einer Gesellschaft auf, aus der sie nicht entfliehen konnte, und machte ihr dort heftige Vorwürfe wegen ihrer Strenge gegen ihn, und weil sie ihre Schwester und ihren Schwager verlassen wolle. Sie antwortete, daß es ihr bei diesen allzu gefährlich sei und daß er einen ausgezeichneten Schaffner besäße, der ihm nicht nur mit Leib und Gütern, sondern auch mit Seele und Gewissen diene. Als der Prinz sah, daß er sein Spiel verloren hatte, entschloß er sich, sie nicht länger zu verfolgen, und erhielt ihr sein ganzes Leben hindurch seine volle Achtung. Einer seiner Diener, der die Ehrbarkeit des Mädchens erkannt hatte, wollte sie heirathen, sie wollte aber nichts davon hören, ohne die Erlaubniß des jungen Prinzen, den sie sehr lieb gewonnen hatte, dazu zu haben. Sie ließ ihn das wissen, und mit seiner Erlaubniß wurde die Ehe geschlossen, in der sie in Ehren bis an ihr Ende lebte, und während welcher ihr der Prinz viele Wohlthaten erwies.

»Was bleibt uns hier zu sagen, meine Damen?« fuhr Parlamente fort; »ist unsere Gesinnung so niedrig, daß wir uns von unseren Dienern übertreffen lassen sollen? Ich bitte Euch, laßt uns diesem Beispiel folgen und uns selbst besiegen, denn das ist der lobenswertheste Sieg, den wir erringen können.« – »Ich sehe darin nur ein Uebel«, sagte Oisille, »daß nämlich diese tugendhaften Thaten nicht zu den Zeiten der großen Geschichtsschreiber geschehen sind; denn sie, die ihre Lucrezia so sehr gelobt haben, hätten das wohl bleiben lassen, um statt dessen die Tugenden dieses Mädchens zu beschreiben, welche ich so groß finde, daß ich sie nicht glauben würde, wenn wir nicht feierliche geschworen hätten, nur die Wahrheit zu erzählen.« – »Ich finde ihre Tugend nicht so groß, wie Ihr meint«, sagte Hircan, »denn Ihr habt oft genug gesehen, daß Kranke widerwillig gute und heilsame Speisen zurückgewiesen haben, um schlechte und schädliche zu essen; so liebte vielleicht dieses Mädchen auch einen Anderen, um dessentwillen sie allen Adel verschmähte.« Aber Parlamente antwortete darauf, daß das Leben und das Ende dieses Mädchens gezeigt hätten, daß sie niemals an einen anderen Mann gedacht hätte, als an den, den sie wohl mehr als ihr Leben, aber nicht mehr als ihre Ehre liebte. »Entschlagt Euch dieser Meinung«, sagte Saffredant, »und versteht recht, woher dieser Ausdruck der ›Ehre‹ der Frauen gekommen ist, denn am Ende verstehen die, welche so viel davon reden, garnicht den Sinn dieses Wortes. Wisset denn, daß im Anfang, als die Bosheit der Männer noch nicht so groß war, die Liebe so stark und unbefangen war, daß es keine Verstellung gab und der, welcher am vollkommensten liebte, am meisten gelobt wurde. Als aber dann Bosheit, Geiz und Sünde das Herz der Menschen ergriffen, vertrieben sie Gott und die Liebe daraus und ersetzten sie durch Gegenliebe, Heuchelei und Verstellung. Da die Damen, in deren Herzen die Tugend der wahren Liebe nicht vorhanden war, nun sahen, wie verhaßt der Name der Heuchelei unter den Menschen war, erfanden sie dafür das Wort Ehre, so daß die, welche keine ehrliche Liebe fühlen konnten, sagten, die Ehre verböte sie ihnen; sie haben daraus ein so grausames Gesetz gemacht, daß selbst solche, welche wirklich lieben, es verbergen und aus der Tugend ein Laster machen. Die Frauen aber, welche klaren Verstand und gesundes Urtheil besitzen, verfallen nicht in solche Irrthümer, denn sie kennen den Unterschied zwischen Finsterniß und Licht und wissen, daß ihre wahre Liebe dahinsiecht, um die Schamhaftigkeit des Herzens zu zeigen, welche doch eher durch die Liebe selbst leben sollte und sich nicht mit dem Laster der Verstellung brüsten.« – »Dennoch«, sagte Dagoucin, »meint man, daß die geheimste Liebe die lobenswertheste sei.« – »Ja«, sagte Simontault, »heimlich für die Augen derer, die schlecht darüber sprechen könnten, aber klar und offenbar wenigstens für die beiden Menschen, die es betrifft.« – »Ich verstehe die Sache folgendermaßen«, sagte Dagoucin; »sie würde es lieber sehen, ihre Liebe einem Dritten bekannt zu wissen als dem Geliebten selbst; denn ich glaube, die Frau liebt um so stärker, wenn sie sich nicht erklärt.« – »Wie dem auch sei«, sprach Longarine, »man muß die Tugenden achten, und die größte von ihnen ist, sein Herz zu besiegen; und wenn ich die Gelegenheiten und Mittel betrachte, welche diesem Mädchen geboten waren, so meine ich, sie kann sich mit Recht die Starke nennen.« – »Da Ihr«, sprach Saffredant, »die Größe der Tugend nach der Selbstbeherrschung abwägt, war dieser Herr noch mehr zu loben als sie, wenn man seine große Liebe und die mächtigen Mittel und Gelegenheiten betrachtet, die ihm zu Gebote standen; trotz alledem wollte er seine Grundsätze wahrer Freundschaft, welche Prinzen und Arme einander gleich macht, nicht verletzen und benutzte nur menschlich erlaubte Mittel.« – »Es giebt genug«, sagte Hircan, »die anders gehandelt hätten.« – »Desto achtbarer ist er«, meinte Longarine, »da er die allgemeine Bosheit der Männer bezwungen hat; denn wer Uebles thun kann und es doch nicht thut, der ist wahrlich tugendhaft und glücklich.« – »Das erinnert mich an eine Dame«, sagte Guebron, »die mehr fürchtete, die Augen des Menschen als Gott, ihre Ehre und ihre Liebe zu beleidigen.« – »So bitte ich Euch«, sprach Parlamente, »uns von ihr zu erzählen, und zu diesem Behufe gebe ich Euch das Wort.« – »Es giebt Menschen«, sagte Guebron, »die keinen Gott haben, oder wenn sie an ihn glauben, ihn soweit entfernt vermeinen, daß er ihre bösen Thaten nicht hören und sehen kann, oder wenn er sie sieht, denken, er sei nachlässig und strafe sie nicht, als wenn er sich nicht um die Dinge auf Erden kümmere. Solcher Meinung war auch eine Dame, deren Namen ich ihrem Geschlecht zu Ehren ändern und Camilla nennen will; sie sagte oft, daß die Person, welche sich nur mit Gott beschäftige, glücklich sei, wenn es ihr auch gelänge, ihre Ehre vor den Menschen zu bewahren. Ihr werdet sehen, meine Damen, daß ihre Vorsicht und Heuchelei sie nicht vor dem Entdecken ihres Geheimnisses bewahrt haben, wie Ihr in dieser Geschichte vernehmen werdet, welche die ganze Wahrheit, mit Ausnahme der veränderte Namen und Orte, berichten wird.«

Dreiundvierzigste Erzählung.

Die Verstellung einer Hofdame, welche ihre Liebe verbergen zu können denkt, scheitert an dem Uebermaß derselben.

In einem schönen Schlosse wohnte eine sehr angesehene und hochstehende Prinzessin, welche in ihrer Gesellschaft eine äußerst vermessene Dame namens Camilla hatte, unter deren Einfluß sie in so hohem Grade stand, daß sie nichts, ohne sie um Rath zu fragen, unternahm und sie für die weiseste und tugendhafteste

Frau ihrer Zeit hielt. Diese Camilla verfolgte alle Liebe so sehr, daß sie, wenn sie einen Edelmann in eins der Hoffräulein verliebt sah, dieselbe so heftig ausschalt und einen so strengen Bericht darüber bei ihrer Herrin machte, daß auch diese sie oft tadelte; jedenfalls erwarb sie sich hierdurch mehr den Haß, als die Liebe der Hofgesellschaft. Sie selbst sprach nie anders zu einem Mann, als ganz laut und herrisch, so daß das Gerücht ging, sie sei eine geschworene Feindin aller Männer, obwohl das mit der Wirklichkeit nicht übereinstimmte, denn in Diensten ihrer Herrin stand ein Edelmann, in den sie aufs Aeußerste verliebt war. Die Liebe aber, da sie für ihren Ehrgeiz und ihren Ruf fürchtete, ließ sie jene Zuneigung verbergen. Nachdem sie aber diese Leidenschaft ein Jahr lang getragen hatte, und dieselbe durch die Möglichkeit, den Geliebten zu sehen und mit ihm zu sprechen, keine Linderung erfuhr, wie es sonst wohl der Fall ist, entbrannte sie so heftig, daß sie das letzte Mittel ergriff und schließlich sich entschloß, lieber ihrem Verlangen nachzugeben und Gott allein in ihr Herz schauen zu lassen, als daß es die Leute ihr anmerkten, die davon plaudern konnten. Nachdem sie diesen Entschluß gefaßt hatte, sah sie, als sie eines Tages im Zimmer ihrer Herrin war und auf eine Terrasse hinausschaute, ihren Geliebten dort auf und abgehen, und nachdem sie ihn so lange angeblickt hatte, als der sinkende Tag ihr ihn noch zu sehen erlaubte, rief sie ihren kleinen Pagen zu sich, zeigte ihm den Edelmann und sagte ihm: »Siehst Du wohl den mit dem dunkelrothen Seidenwamms und dem mit Luchsfell verbrämten Mantel? Eile zu ihm und sage ihm, einer seiner Freunde wolle ihn sprechen und warte auf ihn unten im Gartenpavillon.« Sowie der Page fort war, ging sie durch das Kleiderzimmer ihrer Herrin in den Pavillon, nachdem sie die Haube über die Stirn gezogen und die Maske vor das Gesicht genommen hatte. Als der Edelmann an dem bestimmten Ort angelangt war, schloß sie sofort die beiden Thüren, welche den Zugang bildeten, und ohne ihre Maske abzunehmen, umarmte sie ihn heftig und sagte so leise als möglich: »Schon lange, mein Freund, hat meine Liebe zu Euch mich wünschen lassen, Ort und Gelegenheit, Euch zu sehen, zu finden; aber die Rücksicht auf meine Ehre ist eine Zeit lang so mächtig in mir gewesen, daß sie mich gegen meinen Willen gezwungen hat, mich zu verstellen. Aber nun hat die Gewalt meiner Liebe meine Furcht überwunden, und da ich Eure Ehrenhaftigkeit kenne, will ich, wenn Ihr mir versprecht, mich zu lieben, und Niemandem etwas davon sagen und auch nicht nachforschen wollt, wer ich bin, Euch meinerseits eine treue und ergebene Freundin sein und niemals einen anderen als Euch lieben. Aber ich möchte eher sterben, als daß Ihr erfahrt, wer ich bin.« Der Edelmann versprach, ihr ihren Wunsch zu erfüllen, und das machte es ihr leicht, nun auch seine Wünsche zu erfüllen, d.h. sie verweigerte ihm nicht, was er verlangte. Es war im Winter, ungefähr fünf oder sechs Uhr abends, so daß er nichts von ihr sehen konnte; als er ihr Kleid berührte, fühlte er, daß es Sammet war, den zu jener Zeit nur Damen vom Stande zur täglichen Kleidung trugen, und als er auch die Unterkleider befühlte, fand er, soweit bloßes Betasten ein Urtheil geben kann, daß alles gut gemacht und von feinem Gewebe war. Er that nun sein Möglichstes, ihre Liebe zu stillen, und sie ließ es auch nicht an sich fehlen; der Edelmann merkte auch, daß sie Frau war. Sie wollte nun schleunigst, wie sie gekommen war, zurückkehren; der Edelmann sagte ihr aber: »Ich schätze die Gnade, die ihr mir ohne mein Verdienst erwiesen habt, sehr hoch, aber noch höher werde ich sie veranschlagen, wenn Ihr mir eine Bitte gewährt. Ich bin so glücklich in Eurer mir zu Theil gewordenen Gunst, daß ich Euch anflehe, mir zu sagen, ob ich hoffen darf, dies Glück auch ferner zu genießen, und wie das geschehen könnte, denn da ich Euch nicht kenne, wüßte ich nicht, wie ich es anstellen sollte.« – »Kümmert Euch nicht darum«, sagte die Dame, »jeden Abend vor dem Abendessen meiner Herrin werde ich nicht verfehlen. Euch rufen zu lassen; seid nur immer zu derselben Stunde wie heute auf der Terrasse. Ich werde Euch allein kommen lassen, und erinnert Euch, was Ihr mir versprochen habt. Ich will also sagen, daß ich Euch immer hier in diesem Pavillon erwarten werde; hört Ihr aber, daß es zum Essen geht, so könnt Ihr für diesen Tag Euch wieder zurückziehen oder in das Zimmer meiner Herrin kommen. Vor allem aber bitte ich Euch, versucht niemals erfahren zu wollen, wer ich bin, denn dann wäre es mit unserer Freundschaft zu Ende.« Die Dame und der Edelmann gingen darauf in ihre Wohnungen zurück. Lange setzten sie dieses Leben fort, ohne daß er herausbekam, wer sie war, so daß die Frage, wer es sein könnte, schließlich seine Phantasie lebhaft beschäftigte. Er konnte sich nämlich nicht anders denken, als daß eine Frau, die geliebt sein wollte, auch gesehen sein wollte, und er begann zu zweifeln, ob es nicht am Ende ein böser Geist sei, da er einen dummen Prediger einmal hatte sagen hören, daß, wer den Teufel von Angesicht zu Angesicht gesehen hätte, ihn niemals lieben könnte. In diesem Zweifel beschloß er, herauszubekommen, wer diejenige sei, die ihm so viel Freundlichkeit erwies. Das nächste Mal, als sie ihn rufen ließ, nahm er ein Stück Kreide mit sich, und indem er sie umarmte, machte er ihr, ohne daß sie es merkte, einen Strich auf die Schulter. Sobald sie fortgegangen war, eilte der Edelmann in das Zimmer seiner Herrin und hielt sich an der Thür, um den eintretenden Damen hinten auf die Schulter blicken zu können. Unter anderen sah er auch Camilla eintreten, mit kühnem Blick, so daß er wie alle anderen sie kaum anzusehen wagte, ganz sicher, daß sie es nicht sein könnte. Sowie sie an ihm aber vorbei war, sah er das weiße Kreuz, worüber er so erstaunte, daß er kaum seinen Augen traute. Als er aber genau ihren Wuchs betrachtete, der dem ihm bekannten ähnelte, und ebenso die Gesichtszüge denen glichen, die sich ihm durch das Gefühl eingeprägt hatten, zweifelte er nicht mehr, daß sie es sei. Er war sehr erfreut, daß eine Frau, welche im Rufe stand, nie einen Freund gehabt, vielmehr viele angesehene Edelleute zurückgewiesen zu haben, ihm allein sich zugewendet hatte. Die Liebe aber, die nie ruht, könnte nicht dulden, daß er lange in dieser Ruhe fortlebte; sie machte ihn vielmehr so verwegen und hoffnungsvoll, daß er beschloß, ihr seine Liebe zu erklären, indem er meinte, daß, wenn sie ihr bekannt wäre, die ihre nur zunehmen würde. Eines Tages, als die Prinzessin im Garten spazieren ging, ging Camilla in einer Allee auf und ab. Der Edelmann trat, da er sie allein sah, auf sie zu, um sie zu unterhalten, und indem er that, als kenne er sie garnicht weiter, sagte er zu ihr: »Schon lange trage ich eine Neigung in meinem Herzen, welche ich aus Furcht, Euer Mißfallen zu erregen, Euch zu gestehen nicht wagte; ich bin aber so krank darüber geworden, daß ich diese Last nicht mehr ertragen kann, ohne zu sterben, denn kein Mann kann Euch so lieben, wie ich es thue.« Camilla ließ ihn seine Rede nicht beenden und sagte ihm in höchstem Zorn: »Habt Ihr jemals vernommen, daß ich einen Freund und Diener gehabt habe? Gewiß nicht. Ich bin erstaunt, wo Ihr die Kühnheit hernehmt, zu einer ehrbaren Frau, wie ich bin, in dieser Weise zu sprechen. Ihr habt doch lange genug in meiner Umgebung gelebt, um zu wissen, daß ich keinen anderen als meinen Mann liebe; deshalb hütet Euch, mir solche Worte zu wiederholen.« Als der Edelmann diese große Verstellung sah, konnte er nicht umhin, zu lachen und sagte ihr: »Ihr seid nicht immer so streng wie jetzt. Ist es nicht mehr werth, eine vollkommene als nur eine halbe Freundschaft zu besitzen?« Camilla antwortete: »Ich habe für Euch weder eine vollkommene noch unvollkommene Freundschaft, sondern nur die, welche ich für die anderen Diener der Prinzessin hege. Wenn Ihr aber mit Euren Reden fortfahrt, könnte ich Euch leicht so zu hassen beginnen, daß es Euch gereuen würde.« Der Edelmann stand aber nicht ab und sagte: »Und wo ist die Freundlichkeit, die Ihr mir entgegen bringt, wenn ich Euer Angesicht nicht sehen kann? Weshalb beraubt Ihr mich derselben jetzt, wo das Tageslicht mir Eure Schönheit von so vollkommener Anmuth begleitet zeigt?« Camilla bekreuzigte sich und sagte: »Ihr habt den Verstand verloren oder Ihr seid der ärgste Lügner auf der Welt, denn ich weiß doch, daß ich Euch niemals mehr oder weniger freundlich als heute empfangen habe; ich bitte Euch, sagt mir, was Ihr meint.« Der arme Edelmann dachte sie nur ganz zu gewinnen, sprach ihr von dem Ort an dem er sie träfe, und von dem Kreuz, an dem er sie erkannt hätte. Sie wurde darüber so zornig, daß sie ihm sagte, er sei der verworfenste Mensch der Welt und habe gegen sie ein so niedriges Lügengewebe ausgesonnen, daß er es bereuen solle. Er wußte, welches Ansehen sie bei ihrer Herrin genoß, und wollte sie beruhigen. Es gelang ihm aber nicht. Als er sie verließ, ging sie voller Wuth zu ihrer Herrin, die alle andere Begleitung fortschickte, um mit Camilla, welche sie sehr liebte, allein zu sprechen, und da sie sie so in Zorn fand, fragte sie, was sie habe. Camilla wollte es ihr nicht verschweigen und erzählte ihr die Anträge, die der Edelmann ihr gemacht habe, und zwar verdrehte sie dieselben so zu Ungunsten des armen Edelmannes, daß noch am selben Abend die Prinzessin ihm sagen ließ, er habe sich sofort und ohne vorher noch mit irgendwem zu sprechen, auf sein Schloß zurückzuziehen und dort zu bleiben, bis sie ihn wieder holen lasse. Er beeilte sich aus Furcht vor einer härteren Strafe, dem Befehl schleunigst nachzukommen. So lange Camilla bei der Prinzessin blieb, lehrte der Edelmann nicht an den Hof zurück, hörte auch später nichts mehr von derjenigen, die ihm von vornherein gesagt hatte, daß er sie verlieren würde, wenn er Nachforschungen nach ihrer Person anstellen würde.

Hiermit beendete Guebron seine Erzählung und fuhr dann fort: »Hieraus könnt Ihr also sehen, meine Damen, wie die, die ihren

Ruf vor der Welt ihrem Gewissen vorgezogen hatte, schließlich beides verlor, denn heute weiß jeder, was sie vor ihrem Mann und ihrem Geliebten verbergen wollte, und indem sie dem Spott der Einen aus dem Wege gehen wollte, hat sie nur den Spott Aller auf sich gezogen. Sie kann sich auch nicht mit der Einfalt einer naiven Liebe entschuldigen, mit der Jeder Mitleid haben muß. Vielmehr muß man ihr vorwerfen, ihr heimliches Thun mit dem Mantel äußerlicher Ehrbarkeit und eines guten Rufes umkleidet und sich vor Gott und den Menschen anders gestaltet zu haben, als sie wirklich war. Der aber, der den Menschen, indem er ihre Verstellung aufdeckt, keine Belohnung austheilt, wird sie doppelt bestrafen.« – »Das ist eine unentschuldbare, schlechte Frau«, sagte Oisille, »denn wer möchte für sie eintreten, wenn Gott, die Ehre und selbst die Liebe sie verurtheilen?« – »Wer?« fragte Hircan, »nun die Thorheit und das Vergnügen, denn das sind zwei mächtige Beistände der Damen.« Parlamente sagte: »Wenn wir Euch gegenüber einen dieser beiden Anwälte hätten, so wäre unser Prozeß bald verloren. Die aber, welche sich von der Vergnügungssucht besiegen lassen, verdienen nicht mehr Frauen genannt zu werden, sondern sind wie die Männer, deren Wuth und Begierde nur ihre Ehre steigert. Denn ein Mann, welcher sich an seinem Feind rächt und ihn wegen einer Beleidigung tödtet, wird nur für einen um so besseren Kameraden gehalten, und ebenso steht es mit ihm, wenn er noch ein Dutzend Frauen neben seiner eigenen hat. Aber die Ehre der Frauen gründet sich auf anderes; auf Milde, Geduld und Keuschheit.« – »Ihr sprecht nur von den Vernünftigen«, warf Hircan ein. Nomerfide sagte: »Wenn es keine Thörichten gäbe, so würden diejenigen, welche, um die weibliche Einfalt zu hintergehen, wünschen, daß man ihren Worten und ihrem Thun blindlings Glauben schenke, von ihrer Hoffnung recht weit entfernt sein.« Guebron sagte: »Ich bitte Euch, laßt mich Euch das Wort geben, um uns etwas in dieser Hinsicht zu erzählen.«

Nomerfide antwortete: »Ich bin bereit, Euch eine Geschichte zu erzählen, die ebensosehr zum Lobe eines Liebenden gereicht, wie die Eure zum Tadel der thörichten Frauen.«

Vierundvierzigste Erzählung.

Von zwei Liebenden, welche durch kluges Anstellen in Ruhe ihre Liebe genießen, und von dem glücklichen Ausgang ihres Verhältnisses.

In Paris lebten zwei Leute aus dem Mittelstande, der eine Beamter, der andere Seidenwaarenfabrikant, die seit frühester Zeit einander sehr wohlgeneigt waren und freundschaftlich zusammen verkehrten. So kam auch der Sohn des Beamten, namens Jaques, ein sehr präsentabler junger Mann, häufig in die Wohnung des Kaufmanns; das geschah aber mehr wegen seiner schönen Tochter, welche Françoise hieß. Jaques verstand es auch, sich mit Françoise so gut zu stellen, daß er bald wußte, sie liebte ihn nicht weniger, als er sie. Inzwischen wurde das Heerlager der Provence gegen den Einfall Karls von Oesterreich aufgeboten, und Jaques sah sich, da sein Amt das mit sich brachte, genöthigt, mit ins Feld zu ziehen. Schon zu Anfang dieses Kriegszuges segnete sein Vater das Zeitliche; diese Nachricht berührte ihn doppelt schmerzlich, sowohl wegen des Verlustes seines Vaters, als auch, weil er nun nach seiner Rückkehr seine Vielgeliebte nicht so oft würde sehen können, wie er gehofft hatte. Mit der Zeit aber wurde sein Vater vergessen, während die andere Sorge nur wuchs; denn da der Tod eine unvermeidliche Sache ist und in natürlicher Folge eher die Eltern als die Kinder trifft, so schwindet auch die Traurigkeit nach und nach. Die Liebe aber bringt uns Leben anstatt Tod, indem sie uns die Nachkommenschaft giebt, in der wir fortleben. Das ist auch eine der Hauptursachen, welche unsere sinnliche Begierde wach erhält. Nachdem also Jaques nach Paris zurückgekehrt war, dachte er an nichts anderes, als den häufigen Verkehr bei dem Kaufmann wie früher wieder auszunehmen, um unter dem Vorgeben reinster Freundschaft, seine theuerste Waare zu gewinnen. Andererseits war während seiner Abwesenheit Françoise sehr von anderen Seiten umworben worden, wegen ihrer Schönheit sowohl wie wegen ihres Geistes und auch, weil sie schon lange heirathsfähig war. Ihr Vater kümmerte sich um eine Verheirathung freilich sehr wenig, sei es aus Geiz oder in dem Verlangen, sie als seine einzige Erbin recht gut zu verheirathen. Das trug nicht gerade zur guten Beleumundung des jungen Mädchens bei, denn die Leute heutzutage pflegen viel früher zu klatschen, als sie Grund dazu haben, besonders wenn es sich um den guten Ruf eines schönen Mädchens oder einer Frau handelt. Ihr Vater war diesem Gerede gegenüber weder taub noch blind und wollte nicht denen gleichen, welche, anstatt einen lasterhaften Lebenswandel zu rügen, ihre Frauen und Kinder selbst auf diesen Weg leiten. Er hielt sie sehr streng, so daß selbst diejenigen, welche sich ihr mit Heirathsabsichten näherten, sie nur sehr selten sprechen konnten und selbst dann auch nur in Gegenwart ihrer Mutter. Sehr erklärlicher Weise fiel es Jaques, schwer, das zu ertragen, da er sich nicht anders vorstellen konnte, als daß hinter dieser Strenge irgend ein geheimer Grund stecke, und er schwankte zwischen Liebe und Eifersucht hin und her. Er beschloß also dieser geheimen Ursache auf jede Gefahr hin auf die Spur zu kommen. Um aber erst in Erfahrung zu bringen, ob ihre Zuneigung zu ihm noch dieselbe wie früher sei, richtete er es so ein, daß er eines Morgens, als er in ihrer Nähe die Messe hörte, an ihrer Haltung bemerken konnte, daß sie nicht weniger erfreut war, ihn wiederzusehen, als es mit ihm in Bezug auf sie der Fall war. Da er im übrigen wußte, daß ihre Mutter nicht so streng wie ihr Vater war, nahm er, wie von ungefähr, auf ihrem Wege von ihrer Wohnung nach der Kirche oft die Gelegenheit, sie mit einem vertraulichen und höflichen Gruß anzusprechen, ohne sich aber zu weit zu wagen, alles ganz absichtlich, und um sich ihr zu nähern. Als das Jahr nach dem Tode seines Vaters zu Ende ging, beschloß er die Trauerkleider abzulegen und in Ehrerbietung gegen seine Ahnen ein eleganter Cavalier zu werden. Er sprach darüber mit seiner Mutter, welche diesen Plan sehr gut fand, da sie ihn gern gut verheirathet sehen wollte; sie hatte nur diesen einzigen Sohn und eine Tochter, welche bereits mit einem angesehenen und reichen Manne verheirathet war. Da sie im übrigen Hofdame war, machte ihr Herz für ihren Sohn weitgehende Zukunftspläne nach dem Beispiel anderer junger Leute seines Alters, welche entweder Carrière gemacht oder wenigstens sich der Familien, denen sie entsprossen, würdig gezeigt hatten. Es blieb also nur die Frage, wo er seine Equipirung herbesorgen sollte. Die Mutter sagte ihm nun: »Ich meine, lieber Jaques, daß Du zu unserem Bekannten, Herrn Peter gehst (es war dieser der Vater Françoisens) er ist einer unserer Freunde und wird uns nicht betrügen.« Damit kratzte sie ihn gerade dort, wo es ihn juckte. Er blieb aber ganz ruhig und antwortete: »Wir werden es dort nehmen, wo wir es am besten und billigsten finden. Wegen der Freundschaft meines verstorbenen Vaters für ihn ist es mir aber ganz recht, wenn wir zu jenem zuerst gehen.« Sie verabredeten darauf eines Morgens, an dem Mutter und Sohn zu Herrn Peter gingen, der sie auf liebenswürdigste empfing. Da die Kaufleute solche Sachen bekannten maßen reichlich auf Lager haben, ließen sie sich eine große Menge Seidenzeuge vorlegen und wählten, was sie brauchten; sie wurden aber nicht handelseinig. Jaques that dies absichtlich, da er die Mutter seiner angebeteten nicht zu Gesicht bekam; schließlich gingen sie fort, ohne abzuschließen, um noch anderweit Waaren anzusehen. Jaques fand aber nichts so Schönes als im Hause seiner Freundin; sie gingen also nach ewiger Zeit wieder dorthin. Diesmal war die Dame zugegen und empfing sie freundlich. Während des Handelns im Laden, hielt sie sich aber noch steifer und zurückhaltender als ihr Mann, bis Jaques ausrief: »Aber wahrlich, Madame, Ihr seid über alle Maßen streng. Nun wir unseren Vater verloren haben, kennt Ihr uns nicht mehr.« Dann that er, als weinte er, und wischte sich die Augen in der Erinnerung an seinen Vater; er that es aber nur aus Berechnung. Seine Mutter, die arme Witwe, ging aber im guten Glauben darauf ein und sagte auch ihrerseits: »Seit seinem Tode haben wir nur so miteinander verkehrt, als hätten wir uns nie vorher gesehen; das sind die Rücksichten, die man auf die armen Witwen nimmt!« Darauf sagten sie sich Zärtlichkeiten und versprachen einander, sich nun öfter zu besuchen. Während sie noch darüber sprachen, kamen andere Käufer, welche der Kaufherr in sein Hinterzimmer führte. Der junge Mann nahm diese Gelegenheit wahr und sagte zu der alten Dame: »Madame, ich habe oft genug gesehen, daß Sie an den Festtagen die Kirchen und vor Allem die Klöster in unserem Stadtviertel besuchten; wollen Sie nicht geruhen, wenn Sie bei uns vorüber kommen, einen Imbiß bei uns einzunehmen, Sie würden uns nur Freude und Ehre erweisen.« Die Kaufmannsfrau ahnte nichts Uebles und sagte, sie habe schon seit mehr als vierzehn Tagen sich vorgenommen, dorthin zu gehen, und wenn den nächsten Sonntag schön Wetter sei, wolle sie es thun und dann werde sie nicht verabsäumen, die Wohnung ihrer Freundin aufzusuchen und sie zu besuchen. Als dies abgemacht war, wurde auch der Kauf des Seidenzeuges abgeschlossen, denn aus Geldrücksichten durfte man sich eine so gute Gelegenheit nicht entgehen lassen. Nachdem nun die Mine gelegt und die Waare fortgenommen war, sah Jaques ein, daß er allein nicht das Unternehmen zu Ende führen konnte, und er erklärte sich deshalb gezwungenermaßen einem seiner Freunde. Diese beriethen sich eifrigst zusammen, so daß es nur noch auf die

Ausführung ankam. Als nun der Sonntag gekommen war, verfehlte die Kaufmannsfrau und ihre Tochter nicht, auf ihrem Rückwege bei der Witwe vorzusprechen; sie fanden sie mit ihrer Nachbarin in einem Gartenpavillon, und die Tochter der Witwe ging in den Alleen mit Jaques und Olivier spazieren. Sobald er seine Angebetete sah, nahm er sich zusammen, um nicht die Farbe zu wechseln. Mit ruhiger Miene ging er also Mutter und Tochter entgegen, und wie gewöhnlich die Alten sich zu den Alten halten, setzten sich die drei Damen auf eine Bank und wandten dem Garten den Rücken zu, in welchen die beiden Liebenden eintraten und bis dorthin gingen, wo die beiden anderen waren. Dann herzten sie sich ein wenig und spazierten dann wieder auf und ab, wobei der junge Mann Françoise seine Lage als eine so bedauernswerthe hinstellte, daß sie, was ihr Freund verlangte, weder gewähren noch verweigern wollte, woraus er ersah, daß sie leicht erregbar war. Ich muß aber auch bemerken, daß, während sie sich besprachen, sie oft an dem Platz vorübergingen, wo die alten Damen saßen, um diesen allen Verdacht zu nehmen; sie sprachen dann von ganz alltäglichen Dingen oder liefen wie vergnügte Kinder im Garten umher. So ging es eine halbe Stunde fort, die guten Frauen gewöhnten sich an das Kommen und Gehen, und nun gab Jaques seinem Freund Olivier ein Zeichen. Der spielte seine Rolle bei der anderen jungen Frau so gut, daß diese nicht bemerkte, wie die Liebenden auf eine kleine mit Kirschbäumen bestandene und dicht von Rosenhecken und hohen Johannisbeersträuchern umschlossene Wiese gingen und thaten, als wollten sie Beeren pflücken. Sie pflückten aber anders, und anstatt die Zweige zu ihr herniederzubiegen, bog sich Jaques zu ihr nieder, und es war früher geschehen, als sie sich noch von ihrem Erstaunen erholt hatte. Und Jaques war so schnell und geschickt im Pflücken der reifen Frucht, daß selbst Olivier es nicht glauben wollte, hätte er nicht gesehen, daß das junge Mädchen beschämten Angesichts beiseite blickte. Das gab ihm die Gewißheit, denn vorher war sie erhobenen Kopfes einhergegangen, ohne zu fürchten, daß man bläuliche[1] Aederchen im Weißen ihrer Augen sehen könnte. Jaques bemerkte ihre Befangenheit und machte ihr deshalb Vorstellungen, die sie schließlich beruhigten. Während sie aber noch zwei bis dreimal im Garten hin- und hergingen, seufzte und weinte sie so viel und sagte oft: »O weh, habt Ihr mich deshalb so geliebt? Wenn ich das hätte denken können, o mein Gott! Was soll ich thun? Nun bin ich für mein Leben verloren. Ihr könnt mich künftig nicht mehr achten, und ich bin überzeugt, Ihr werdet Euch nun garnicht mehr um mich kümmern, wenigstens wenn Ihr zu denjenigen gehört, welche nur für ihr Vergnügen lieben. Weshalb bin ich nicht lieber gestorben als in solche Sünde zu verfallen!« So sprach sie unter vielen Thränen. Jaques beruhigte sie aber mit vielen Betheuerungen und Schwüren so sehr, daß sie, noch bevor sie drei weitere Male im Garten umhergegangen waren, und nachdem er seinem Freunde wieder ein Zeichen gegeben hatte, nochmals von einer anderen Seite auf die Wiese gingen, wo, wie ihr auch zu Muthe sein mochte, sie am zweiten Male ein noch größeres Vergnügen als am ersten empfand. Es behagte ihr nun so sehr, daß sie mit ihm überlegte, wie sie sich, bis sie die Einwilligung des Vaters hätten, öfter und ungestörter sehen könnten. Eine junge Frau aus der Nachbarschaft des Kaufherrn, die mit dem jungen Manne nicht verwandt aber eine große Freundin Françoisens war, war ihnen dabei behülflich. So setzten sie (soweit ich wenigstens gehört habe) ohne Skandal ihr Verhältniß fort, bis sie sich heiratheten; es war eine reiche Heirath, denn sie war die einzige Tochter des Kaufherrn. Ich muß auch noch

---

1   Man nahm früher an, daß bei einer Jungfrau die Aederchen im Weißen des Auges roth seien, während sie bei einer Frau bläulich wären.

erwähnen, daß Jaques bis zum Tode seines Vaters sehr sparsam hatte leben müssen, denn dieser war so genau, daß er immer dachte, was er in der einen Hand hielt, könne ihm die andere vergeuden.

Hiermit beendete Nomerfide ihre Erzählung und fuhr dann fort: »Hier habt Ihr, meine Damen, eine wohlbegonnene, gut fortgesetzte und noch besser zu Ende gebrachte Freundschaft. Für gewöhnlich verachtet Ihr Männer ein Mädchen oder eine Frau, welche Euch Freigebung dessen gewährt hat, was Ihr am meisten in ihr sucht. Dieser junge Mann aber war voller ehrlicher und aufrichtiger Liebe. Er hatte von seiner Feundin alles erhalten, was ein Mann von dem Mädchen, das er zu heirathen gedenkt, erhalten will; er wußte, daß sie aus guter Familie und verständig war, ebenso auch, daß nur er selbst den Fehler begangen hatte. Er wollte also weder eine Art Ehebruch treiben, noch auch die Ursache einer anderen unglücklichen Heirath sein, und hierin finde ich, hat er nur sehr lobenswerth gehandelt.« Oisille sagte: »Immerhin muß man sie alle beide tadeln, wie auch den dritten, der dabei half und diese Gewaltthat begünstigte.« – »Nennt Ihr Gewaltthat«, fragte Saffredant, »wenn beide Theile einig sind? Giebt es bessere Ehen, als die, welche aus solchen Liebesverhältnissen entstehen? Deshalb sagt auch das Sprüchwort: Die Ehen werden im Himmel geschlossen. Das bezieht sich aber nicht auf die Zwangsehen, die aus Geldrücksichten geschlossen sind und erst dann für abgeschlossen erachtet werden, wenn Vater und Mutter ihre Einwilligung gegeben haben.« – »Ihr mögt sagen, was Ihr wollt«, sagte Oisille, »wir müssen doch den Gehorsam gegen die Eltern anerkennen, und wenn diese nicht mehr am Leben sind, auf die anderen Verwandten Rücksicht nehmen. Denn wenn es jedermann erlaubt wäre, sich nach seinem Belieben zu verheirathen, wie viele unglückliche Ehen gäbe es dann nicht! Kann man etwa voraussetzen, daß ein junger Mann und ein junges Mädchen von 12–15 Jahren wissen, was zu ihrem Wohle gereicht? Wenn man allen Ehen auf den Grund ginge, würde man ebensoviel aus Liebe geschlossene finden, die schlecht ausgehen, wie unter denen, die gezwungener Maßen eingegangen werden. Das liegt daran, daß die jungen Leute, welche noch nicht beurtheilen können, wo ihr wahres Glück ruht, sich ohne weitere Ueberlegung an die ersten halten, die ihnen gerade in den Weg kommen. Dann entdecken sie nach und nach ihre Fehler und verfallen dadurch nur in größere. Diejenigen im Gegentheil, die aus Zwang eine Ehe eingehen, lassen sich von der Entscheidung derjenigen leiten, die mehr gesehen und ein besseres Urtheil haben, als sie, die es selbst angeht; so daß diese, wenn sie das Glück, das sie nicht kannten, erst finden, darin zufrieden sind und es mit Eifer und Liebe pflegen und hüten.« – »Ihr erwähnt aber nicht, Madame«, wandte Hircan ein, »daß das Mädchen alt genug und heirathsfähig war und die Unbilligkeit ihres Vaters kannte, der ihre Kraft und Jugendfrische dahinströmen ließ, aus Furcht vor dem Schwinden seiner Thaler. Wißt ihr nicht auch, daß die Natur unberechenbar ist? Sie liebte, sie sah sich geliebt, hatte ihr Glück vor sich und konnte an das Sprüchwort denken, daß manche Weigerung nachher nur Kümmerniß macht. Alle diese Sachen zusammen, wie auch das schnelle Handeln ihres drängenden Freundes, ließen ihr garnicht die Muße, sich zu widersetzen; auch habt Ihr gehört, daß man sofort nachher an ihrem Gesicht wahrnehmen konnte, daß eine erhebliche Veränderung mit ihr vorgegangen war. Vielleicht war das nur der Verdruß darüber, daß ihr so wenig Muße blieb, recht herauszubekommen, ob die Sache schön oder nicht schön sei. Jedenfalls ließ sie sich nicht sehr am Ohr herbeiziehen, um den zweiten Versuch zu wagen.« Longarine sagte: »Meinerseits finde ich keine andere Entschuldigung, als daß ich den jungen Mann wegen seiner an den Tag gelegten Treue loben muß, indem er als wahrhaft anständiger Mensch sie nicht verlassen und bereitwillig so genommen hat, wie er sie selbst gemacht hatte. Das scheint mir in Anbetracht der Verderbtheit der heutigen Jugend aller Achtung werth. Hiermit will ich jedoch seinen ersten Fehler nicht entschuldigen, es bleibt immer eine Gewaltthat bezüglich des Mädchens und ein Vertrauensbruch mit Rücksicht auf die Mutter.« – »Durchaus nicht«, sagte Dagoucin, »es liegt weder eine Gewaltthat, noch ein Vertrauensbruch vor; alles ist mit voller Einwilligung geschehen, sowohl der beiden Mütter, die es nicht verhinderten, obwohl sie hintergangen wurden, wie auch des jungen Mädchens, welches sich dabei ganz wohl befand; sie hat sich auch niemals darüber beklagt.« Parlamente sagte: »Das rührte alles von der großen Güte und Einfalt der Kaufmannsfrau her, welche ganz gutgläubig, und ohne etwas zu ahnen, ihre Tochter zur Schlachtbank führte.« – »Zur Ehe vielmehr«, verbesserte Simontault, »und zwar so, daß diese Einfalt nicht weniger zum Vortheil des jungen Mädchens ausschlug, als es einmal einer zum Nachtheil gereichte, die sich zu leicht von ihrem Manne täuschen ließ.« – »Wenn Ihr hierüber eine Geschichte wißt«, sagte Nomerfide, »so gebe ich Euch das Wort, um sie uns zu erzählen.« Dieser sagte: »Ich bin bereit; aber versprecht mir nur, nicht zu weinen. Diejenigen, welche sagen, daß Eure Verschlagenheit, meine Damen, die der Männer übertreffe, würden doch wohl vergeblich nach einem Beispiel suchen, wie ich Euch jetzt eines erzählen will, und in welchem ich Euch nicht nur die Durchtriebenheit eines Mannes, sondern auch die sehr große Einfalt und Gutmüthigkeit einer Frau darthun will.«

Fünfundvierzigste Erzählung.

Ein Ehemann giebt vor, seinem Kammermädchen mit einer Ruthe[2] Schläge geben zu wollen, und täuscht dabei seine nichtsahnende Frau aufs gröblichste.

In Tours lebte ein sehr gescheuter und kluger Mann, welcher Tapetenmacher des verstorbenen Herzogs von Orleans, des Sohnes Franz I., war. Obwohl er in Folge einer Krankheit taub geworden war, hatte sein Verstand dadurch nichts an Schärfe eingebüßt; denn es gab keinen geschickteren in seinem Fach und auch in anderen Dingen; Ihr werdet gleich sehen, wie er seine Klugheit anwandte. Er hatte eine ehrbare und vermögende Frau geheirathet, mit der er in Frieden und Eintracht lebte. Er fürchtete sehr, ihr irgendwo zu mißfallen, und sie suchte auch um, ihm in allen Dingen zu gehorchen. Bei aller seiner Freundschaft für sie war er aber so freigebig und barmherzig, daß er oft seinen Nachbarinnen das gab, was nur seiner Frau zustand, immer aber so heimlich wie möglich. Sie hatten in ihrem Hause eine Kammerzofe von sehr schönem Wuchse, in welche der Tapetenmacher sich verliebt hatte. Aus Furcht aber, daß seine Frau etwas davon merken könnte, stellte er sich oft böse und zankte und tadelte sie, indem er sagte, sie sei die faulste Dirne, die er je gehabt habe, und er wundere sich darüber, daß seine Frau sie nie schlage. Einmal sprachen sie von dem Fest zum Andenken an die Ermordung der unschuldigen Kindlein, wobei er zu seiner Frau sagte: »Es wäre sehr gut, Eurer faulen Dirne einmal die Ruthe zu geben; Ihr

---

2 Am Festtage zum Gedenken an die Ermordung der unschuldigen Kindlein durften junge Leute, welche Frauen noch im Bett liegend überraschten, diese mit einer Ruthe schlage

müßtet das aber nicht mit Eurer Hand thun, denn Ihr seid nur schwach und habt ein zu mitleidiges Herz. Ich müßte es thun, dann würden wir wohl besser von ihr bedient werden, als bisher.« Die arme Frau ahnte nichts Schlimmes und bat ihn, es zu thun, indem sie zugab, daß sie weder den Muth noch die Kraft habe, sie zu schlagen. Der Mann übernahm den Auftrag bereitwilligst, that, als wenn er ein sehr strenger Büttel wäre, und kaufte die feinsten Weidenruthen, die er auftreiben konnte, und um einen ganz besonderen Eifer, sie zu strafen, an den Tag zu legen, ließ er sie noch in Salzwasser quellen, so daß die arme Frau viel zu viel Mitleid mit ihrer Zofe hatte, als daß ihr ein Zweifel an ihrem Manne hätte kommen können. Als nun der bewußte Tag herangekommen war, ging der Mann nach der Kammer, wo das Mädchen ganz allein schlief, und gab ihr dort die Ruthe in anderer Weise, als er seiner Frau gesagt hatte. Die Zofe weinte sehr, aber das half ihr nichts. Damit seine Frau sie aber nicht überraschte, schlug er mit den Ruthen auf die Seitenbretter des Bettes, bis sie sprangen und zerbrachen, und in diesem Zustande brachte er sie seiner Frau zurück, indem er sagte: »Nun, meine Liebe, ich denke, sie wird sich an die Ruthen erinnern.« Nachdem der Tapetenmacher das Haus verlassen hatte, warf sich die Zofe ihrer Herrin zu Füßen und sagte ihr, ihr Mann habe ihr ein größeres Unrecht angethan, als je einem Mädchen angethan worden sei. Ihre Herrin dachte nicht anders, als daß es sich auf die Ruthenstreiche bezöge, ließ sie deshalb garnicht zu Ende reden, sondern sagte ihr: »Mein Mann hat nur wohl gethan, ich bitte ihn schon länger als einen Monat darum. Wenn es Euch weh gethan hat, so freut es mich nur, haltet Euch deshalb nur an mich; er hat Euch noch lange nicht so viel angethan, als er gekonnt hätte.« Als die Zofe sah, daß ihre Herrin den Fall nur billigte, hielt sie es nicht mehr für eine so große Sünde als bisher, da diejenige, die man allgemein für eine sehr anständige Frau hielt, selbst die Veranlassung gewesen war; sie sprach deshalb nicht weiter darüber. Als ferner der Mann seinerseits sah, daß seine Frau nicht weniger zufrieden in ihrer Selbsttäuschung weiter lebte, als er in seiner Täuschung, beschloß er, ihr diese Zufriedenheit recht oft zu verschaffen, und machte die Zofe so zahm, das sie nicht mehr weinte, wenn sie die Ruthe bekam. Dieses Leben setzte er lange Zelt, ohne daß seine Frau etwas merkte, fort, bis die großen Schneefälle kamen. Ebenso nun, wie der Tapetenmacher seiner Kammerzofe die Ruthe auf dem Grase des Gartens gegeben hatte, wollte er es auch auf dem Schnee thun. Eines Morgens nun, noch bevor jemand im Hause aufgewacht war, führte er sie hinaus, und während beide sich mit Schneeballen vergnügten, vergaßen sie auch nicht das andere. Eine der Nachbarinnen aber, die ans Fenster getreten war, um nach dem Wetter zu sehen, und die gerade auf den Garten hintersehen konnte, sah diesen Verrath und wurde darüber so erzürnt, daß sie sich vornahm, es ihrer guten Freundin zu sagen, damit sie sich nicht länger von einem so schlechten Mann betrügen, noch von einer so ungetreuen Dienerin bedienen lasse.

Nachdem der Tapetenmacher sich genugsam vergnügt hatte, blickte er um sich, ob niemand ihn gesehen habe, und bemerkte die Nachbarin am Fenster, worüber er sehr bestürzt wurde. Da er es aber sehr gut verstand, Tapeten zu färben, verließ er sich darauf, auch diesen Fall schön zu färben und seine Nachbarin ebenso wie seine Frau zu täuschen. Sobald er sich wieder hingelegt hatte, ließ er seine Frau aufstehen, führte sie ebenfalls in den Garten nach der Stelle, wohin er mit der Zofe vorher gegangen war, spielte mit ihr Schneeballenwerfen und machte es auch im übrigen mit ihr genau so, wie mit jener, worauf sie alle beide sich wieder zur Ruhe begaben. Als die Frau zur Messe ging, fand sich dort auch ihre Nachbarin und gute Freundin ein, stellte sich sehr besorgt und eifrig und bat sie, ohne ihr mehr zu sagen, sie möchte ihr Kammermädchen fortjagen, die eine schlechte und gefährliche Person sei. Sie wollte es nicht thun, ohne zu erfahren, weshalb ihre Nachbarin diese schlechte Meinung von ihr habe; jene erzählte ihr also, daß sie sie mit ihrem Manne des Morgens zusammen im Garten gesehen habe. Die gute Frau lachte laut und sagte: »Aber, meine Liebe, das war ja ich.« – »Wie«, fragte jene, »fünf Uhr morgens im Nachtgewand?« Die andere antwortete: »Ich sage Euch ja, ich war es.« Die andere konnte es garnicht glauben und fuhr fort: »Sie warfen sich einander mit Schneeballen, auch an die Brust und noch wo anders hin.« Jene versicherte noch einmal, daß sie es gewesen sei. »Aber«, begann die Nachbarin weiter, »ich habe sie auf dem Schnee Dinge machen sehen, die nicht schön und anständig sind.« Die Frau sagte weiter: »Ich habe Euch nun gesagt und sage noch einmal, ich war es und keine andere, welche alles, was ihr sagt, gethan hat; mein Mann und ich ergötzen uns nun einmal so. Ich bitte Euch, nehmet kein Aergerniß daran; Ihr wißt doch, daß wir unsern Männern zu Gefallen sein müssen.« So ging die Nachbarin nach Hause und wünschte jetzt viel mehr, selbst einen solchen Mann zu haben, als ihr vorher eingefallen wäre, gerade nach dem ihrer Nachbarin zu verlangen. Als der Tapetenmacher nach Hause zurückgekehrt war, erzählte ihm seine Frau die Mittheilung ihrer Nachbarin in aller ihrer Länge. Er antwortete: »Sehet also, meine Liebe, wie lange wir schon getrennt wären, wenn Ihr nicht eine so vernünftige und verständige Frau wäret. Aber ich hoffe, daß Gott uns zu seinem Ruhm und seiner Zufriedenheit unsere gute Freundschaft bewahren wird.« – »Amen, mein Lieber«, erwiderte die Frau, »und ich hoffe, daß Ihr niemals einen Fehler an mir wahrnehmen werdet.«

»Wenn einer diese wahrhaftige Geschichte gehört hat, meine Damen«, fuhr Simontault fort, »so wäre er nur sehr ungläubig, wenn er annehmen wollte, daß Ihr gleiche Durchtriebenheit wie die Männer besäßet, obwohl man, um Niemandem zu nahe zu treten und nach Verdienst Mann und Frau zu loben, sagen muß, daß beide sich nichts nachgeben.« Parlamente sagte: »Jener Mann war ein ganz besonders schlechter Mensch, denn einerseits betrog er die Kammerzofe und andererseits täuschte er seine Frau.« – »Ihr habt also nur nicht ordentlich aufgepaßt«, sagte Hircan, »denn es ist in der Erzählung gesagt, daß er alle beide an einem Morgen zufrieden stellte, und das halte ich für einen großen Beweis von Tugend, zwei Gegnerinnen in jeder Beziehung zufrieden zu stellen.« – »Hierin ist er doppelt verwerflich«, erwiderte Parlamente, »die Einfalt der einen durch Lüge zu bethören und die Schlechtigkeit der anderen durch ein Laster zu befriedigen. Aber ich weiß wohl, wenn solche Sünden Euch als Richter unterbreitet werden, erhalten sie nimmer Verzeihung.« Hircan antwortete: »Immerhin kann ich Euch versichern, daß ich mich auf eine so schwierige Stellung nicht einlassen werde, ich werde meinen Tag immer schon gut verbracht haben, wenn ich Euch von demselben zu Eurer Zufriedenheit Rechenschaft ablegen kann.« – »Wenn gegenseitige Liebe das Herz nicht befriedigen kann«, sagte Parlamente, »so kann es etwas anderes nur um so weniger.« – »Wahrlich«, sagte Simontault, »einen größeren Schmerz giebt es auf der Welt nicht, als zu lieben und nicht wiedergeliebt zu werden.« – »Das glaube ich wohl«, sagte Oisille, »und bei dieser Gelegenheit fällt mir eine Geschichte ein, die ich eigentlich nicht für gut genug gehalten hatte, um erzählt zu werden; da sie aber gerade hierfür ein Beispiel giebt, will ich sie zum Besten geben.«

Sechsundvierzigste Erzählung.

Von einem Franziskanermönch, welcher den Ehemännern ein großes Verbrechen daraus macht, ihre Frauen zu schlagen.

In Angoulême, wo sich oft der Graf Karl, Vater des Königs Franz I., aufhielt, lebte ein Franziskanermönch, namens de Valles, ein gelehrter Mann und großer Redner, welcher in der Adventszeit in der Stadt vor dem Grafen Karl predigte, wodurch sein Ruf nur noch stieg. Während dieser frommen Zeit ereignete es sich nun, daß ein junger Thunichtgut, der eine sehr schone junge Frau geheirathet hatte, deshalb nicht weniger liederlich weiter lebte, sogar mehr noch, als es sonst glücklich Verheirathete thun. Die junge Frau erfuhr das und konnte nicht still dabei bleiben, sondern warf es ihm vor, erhielt aber dafür hin und wieder einen ganz anderen Lohn, als sie beabsichtigt hatte. Nichtsdestoweniger ließ sie mit ihren Klagen nicht ab und ging manchmal bis zu Beschimpfungen. Der junge Mann wurde darüber so zornig, daß er sie bis aufs Blut schlug, worüber sie dann laut schrie. Ebenso riefen die Nachbarinnen, die die Veranlassung wußten und nicht still sein konnten, laut in der Straße: »Pfui, pfui, solche Männer! Zum Teufel mit ihnen!« Zufällig kam der Franziskaner de Valles durch die Straße und hörte den Lärm und den Grund desselben; sofort entschloß er sich, am anderen Morgen etwas hierüber in seiner Predigt einzuflechten, was er auch that. Er sprach absichtlich von der Ehe und der Treue, die wir in ihr bewahren müssen, lobte sie sehr und tadelte scharf diejenigen, die sie brechen, indem er die eheliche Liebe mit der väterlichen verglich. Unter anderem sagte er auch, daß es ein größeres Vergehen und eine strafwürdigere That sei, wenn ein Mann seine Frau schlage, als wenn er Vater oder

Mutter schlüge. »Denn«, fuhr er fort, »wenn Ihr Vater oder Mutter schlagt, wird man Euch zur Buße nach Rom senden, wenn Ihr aber Eure Frau schlagt, werden sie und alle Eure Nachbarinnen Euch zu allen Teufeln, d.h. in die Hölle schicken. Nun betrachtet, welch' ein großer Unterschied zwischen den beiden Bußen besteht; aus Rom kehrt man gewöhnlich zurück, aus der Hölle aber nicht, denn von dort ist keine Rückkehr.« Von dieser Predigt an hatten sich, wie ihm berichtet wurde, die Frauen seine Worte zu Nutze gemacht, und ihre Männer konnten nicht mehr mit ihnen fertig werden. Nun wollte er auch hierfür Ordnung schaffen, da er hierin wieder eine Ungehörigkeit der Frau erblickte. Zu diesem Zwecke verglich er sie in einer seiner Predigten mit den Teufeln, indem er sagte, daß sie beide die ärgsten Feinde des Menschen seien, die sie immer in Versuchung führen und von denen sie sich nicht losmachen können. Insbesondere sagte er von der Frau weiter: »Wenn man den Teufeln das Krucifix zeigt, so fliehen sie; mit den Frauen ist es gerade umgekehrt. Sie verlieren dann alle Scheu, rennen hin und her und verursachen ihren Männern tausend Qualen. Wißt Ihr aber, Ihr guten Leute, was Ihr thun müßt, wenn Ihr seht, daß Eure Frauen Euch ununterbrochen quälen? Zieht den Stiel heraus und jagt sie mit dem Stiel fort. Wenn Ihr das drei bis viermal mit etwas Energie gethan haben werdet, werdet Ihr Euch besser stehen und werdet sehen, daß ganz, wie man den Teufel mit der Kraft des Kreuzes fortjagt, Ihr auch Eure Frauen mit der Kraft des Stieles des Kreuzes, vorausgesetzt, daß Ihr es vorher herausgezogen habt, vertreiben und zum Schweigen bringen werdet.«

»Hier habt Ihr einen Theil der Predigt dieses ehrwürdigen de Valles«, fuhr Frau Oisille fort; »von seinem Leben will ich Euch, und ich habe Grund dazu, nichts weiter erzählen, nur einen Zug seines Charakters (ich habe ihn nämlich gekannt) will ich noch erwähnen, daß er nämlich viel mehr auf Seiten der Frauen als der

Männer stand.« – »In seiner letzten Predigt zeigte er das nicht sonderlich«, sagte Parlamente, »indem er die Männer anwies, wie sie ihre Frauen mißhandeln sollten.« Hircan sagte: »Ihr versteht nur nicht die List, die dahinter steckt; Ihr seid freilich auch nicht im Kriegswesen bewandert und kennt die dabei zur Anwendung kommenden Mittel nicht, unter denen folgendes einen ersten Platz einnimmt: Empörung und Aufruhr im Lager seines Feindes anzustiften, um es dann nur um so leichter zu nehmen. So wußte dieser Mönch sehr genau, daß Zorn und Haß zwischen Mann und Frau öfters die Ursache sind, daß Frauen von ihrer Ehrbarkeit ablassen, und wenn ihre Ehrbarkeit sich erst einmal von dem Schutze der Tugend losgesagt hat, so ist sie schneller den Händen der Wölfe preisgegeben, als sie selbst die Verirrung überhaupt merken.« – »Wie dem auch sei«, beharrte Parlamente, »ich kann den nicht lieben, der Zwietracht zwischen Mann und Frau säet, daß es gar zu Schlägen kommt. Denn dann kann von Liebe keine Rede mehr sein. Dennoch (soweit ich gehört habe) spielen sie so die Schmeichelkatzen, wenn sie einen Vortheil über irgend eine erlangen wollen, und sind in ihren Reden so anziehend und liebenswürdig, daß ich es allerdings für gefährlicher halte, sie unter vier Augen anzuhören, als öffentlich Schläge von seinem Mann zu erhalten, der im übrigen ein guter Gatte sein kann.« – »Das ist wahr«, bestätigte Dagoucin, »ihr Gebahren hat sich aller Orten so kund gethan, daß man sie nicht ohne Grund fürchten muß, obwohl nach meinem Dafürhalten ein Mensch ohne Mißtrauen ganz besonders zu loben ist.« Oisille sagte: »Immerhin muß man mißtrauisch und auf seiner Hut einem Uebel gegenüber sein, welches man vermeiden kann, denn es ist besser ein Uebel zu argwöhnen, welches garnicht existirt, als in thörichtem Vertrauen in ein wirkliches zu fallen. Ich meinestheils habe manche Frau täuschen sehen, die nur schwer den Worten der Männer glaubte, umgekehrt aber viele, welche zu bereitwillig ihren Lügen Glauben schenkten. Deshalb sage ich, wer für Männer, Frauen, Städte oder Staaten zu sorgen hat, kann nie genug gegen mögliche Uebel auf seiner Hut sein. Denn wenn man auch noch so sehr aufpaßt, Schlechtigkeit und Verrath herrscht überall, und der Hirt, der nicht wachsam ist, wird immer durch die Schlauheit des Wolfes betrogen werden.« – »Nichtsdestoweniger kann eine mißtrauische Person keinen wahren Freund haben«, sagte Dagoucin, »und viele trennt schon ein bloßer Verdacht.« – »Wenn Ihr hierfür ein Beispiel an der Hand habt«, sagte Oisille, »so gebe ich Euch das Wort.« Dagoucin antwortete: »Ich weiß eine wahrhaftige Geschichte, die Ihr gewiß gern hören werdet. Nichts, meine Damen, zerstört leichter eine treue Freundschaft, als wenn die Sicherheit derselben einem Argwohn weicht. Denn wie das Vertrauen die größte Ehre ist, die man einem Freunde erweisen kann, so ist der Zweifel die größte Unehre für ihn. Denn dann hält man ihn für etwas ganz anderes als man wünscht, daß er wäre, und das bringt einen Mißton in manche Freundschaft und macht Freunde zu Feinden, wie Ihr aus meiner Erzählung ersehen könnt.«

Siebenundvierzigste Erzählung.

Ein Edelmann in Perche beargwöhnt mit Unrecht einen seiner Freunde und reizt ihn nur dadurch, nun auch wirklich zu thun, was jener ohne Grund annimmt, nämlich ihn zu hintergehen.

In der Nähe von Perche wohnten zwei Edelleute, welche von Kindheit an in so großer und vollkommener Freundschaft gelebt hatten, daß sie ein Herz und eine Seele waren und Haus, Bett, Tisch und Börse gemeinsam hatten. Lange lebten sie in dieser vollkommenen Freundschaft weiter, ohne daß jemals in einem

Wort oder einem Thun die Verschiedenheit ihrer Personen zu Tage trat; nicht einmal wie zwei Brüder lebten sie, sondern als wären sie überhaupt nur ein Mensch. Einer von den beiden verheirathete sich; das änderte aber nichts an ihrer Freundschaft, noch auch daran, daß er wie bisher immer mit seinem Freunde zusammenlebte. Wenn sie in einer nicht allzu geräumigen Wohnung zusammenlebten, ließ er ihn sogar mit sich und seiner Frau im selben Bette schlafen; allerdings lag er selbst in der Mitte. Ihre Besitzungen und ihr Geld hatten sie vereinigt, so daß auch eine eventuelle Heirath ihrer Freundschaft keinen Eintrag thun konnte. Nach Verlauf einiger Zeit konnte aber das Glück dieser Leute, welches ja immer veränderlich ist, in ihrer Häuslichkeit, welche eben zu viel Glück umschloß, nicht andauern. Der Verheirathete nämlich vergaß plötzlich das Vertrauen, das er zu seinem Freund hatte, und faßte ohne Grund einen argen Verdacht, ihn und seine Frau betreffend. Er konnte es vor ihr nicht verborgen halten und machte ihr einige beleidigende Bemerkungen darüber. Sie war aufs Aeußerste darüber erstaunt, denn er selbst hatte ihr anbefohlen, von einer Sache abgesehen, gegen seinen Freund ebenso liebenswürdig wie gegen ihn selbst zu sein. Nichtsdestoweniger verbot er ihr jetzt, anders als in Gesellschaft mit ihm zu sprechen. Sie machte dem Genossen ihres Mannes einige Andeutungen, der ihr nicht glaubte, da er wohl wußte, nichts gethan noch selbst gedacht zu haben, worüber jener aufgebracht sein könnte. Da er gewohnt war, nichts vor ihm zu verbergen, sagte er ihm, was er gehört hätte, und bat, ihm die Wahrheit zu sagen, denn er wollte weder in dieser Angelegenheit noch in irgend einer anderen einen unbegründeten Verdacht, der ihre so lange Zeit gehegte Freundschaft aufheben könnte, unaufgeklärt lassen.

Der Edelmann versicherte ihm, daß er niemals an so etwas gedacht habe, und daß die, welche dies Gerücht verbreitet hätten, ganz gemeine Lügner seien. Sein Genosse antwortete ihm darauf:

»Ich weiß wohl, daß die Eifersucht eine eben so unerträgliche Leidenschaft wie die Liebe ist, und wenn Ihr diese Meinung hättet, wäre ich auch selbst die Ursache davon, ich könnte Euch doch nicht Unrecht geben, denn Ihr würdet Euch dennoch nicht davor behüten können. Aber über etwas anderes, das Ihr vollständig in Eurer Macht hattet, kann ich mich beklagen, nämlich, das Ihr mir Eure geheime Sorge verbergen wolltet, Ihr, der Ihr mir alles, was Ihr dachtet und was Euch je bewegte, mitgetheilt habt, wie es auch umgekehrt mit mir der Fall war. Wenn ich Eure Frau liebte, so hättet Ihr das nicht einer schlechten Gesinnung meinerseits zuschreiben dürfen, denn die Liebe ist eine Leidenschaft, welche man nicht so in seiner Hand hält, um sie nach seinem Belieben zu drehen und zu wenden. Hätte ich sie aber Euch verborgen, Eurer Frau hingegen sie unter Bruch unserer Freundschaftstreue zu verstehen gegeben, so wäre ich der verächtlichste Freund, der je gelebt. Meinerseits versichere ich Euch nun, daß, so ehrbar und schön Eure Frau auch sein mag, sie doch diejenige ist, zu der (wäre sie auch nicht Eure Frau) ich am wenigsten eine Neigung fassen könnte. Aber wenn Ihr also auch keine Veranlassung habt, ersuche ich Euch doch, daß, wenn Ihr in dieser Beziehung auch nur den leisesten und entferntesten Verdacht habt, Ihr es mir sagt, damit ich unseren freundschaftlichen Verkehr, der so lange gewährt hat, so einrichte, daß er an einer Frau nicht vollständig zu Grunde gehe. Denn wenn ich sie auch mehr als irgend etwas auf der Welt lieben sollte, würde ich es doch niemals ihr sagen, da ich Eure Liebe jeder anderen vorziehe.« Sein Genosse verschwor sich hoch und theuer, daß er niemals daran gedacht habe, und bat ihn, wie bisher, in seinem Hause zu verkehren. Der andere erwiderte: »Da Ihr es wollt, thue ich es gern; aber seid überzeugt, daß ich Euch sofort verlasse, wenn Ihr nochmals irgendwelche Meinung über mich nur verhehlt oder eine schimpfliche mich betreffend faßt.« Nach Verlauf einiger Zeit, während welcher sie wie früher gewohnt und gelebt hatten, faßte der verheirathete Edelmann von Neuem Verdacht und gebot seiner Frau, dem anderen nicht mehr mit demselben freundlichen Gesicht, wie bisher, gegenüber zu treten. Sie sagte es wieder dem Freunde ihres Mannes und bat ihn, auch seinerseits davon abzustehen, viel mit ihr zu sprechen, da ihr befohlen sei, Gleiches ihrerseits mit ihm zu thun. Aus diesen Worten und aus dem veränderten Benehmen seines Genossen ihm gegenüber ersah der Edelmann, daß letzterer nicht Wort gehalten hatte. Er sagte ihm deshalb voller Zorn: »Wenn Ihr eifersüchtig seid, mein Freund, so kann ich nichts dagegen thun. Aber, daß Ihr es mir auch nach Eurem Schwur wiederum verborgen habt, damit kann ich mich nicht zufrieden geben. Ich habe immer geglaubt, daß zwischen Eurem und meinem Herzen kein Mißton existirt. Zu meinem großen Bedauern sehe ich aber jetzt, daß, ohne daß ich eine Schuld daran trage, es doch so ist, da Ihr nicht nur ganz thörichter Weise um Eurer Frau und meinetwillen eifersüchtig seid, sondern es auch für Euch behaltet, bis Euer Verdacht sich mit der Zeit in Haß verwandeln und, wie unsere Freundschaft durch keine andere übertroffen wurde, so auch unser Haß ein tödtlicher werden würde. Ich habe alles gethan, um das zu vermeiden. Aber da Ihr mich für so schlecht haltet und ganz für das Gegentheil von dem, was ich Euch gegenüber immer gewesen bin, so verspreche und schwöre ich Euch hiermit, daß ich nun der werden will, für den Ihr mich haltet, und daß ich nicht ruhen werde, bis ich von Eurer Frau alles das erhalten haben werde, wonach, wie Ihr meint, ich strebe. Von heute an hütet Euch vor mir, denn da der Argwohn mir Eure Freundschaft genommen hat, wird Aerger und Mißmuth Euch die meine rauben.« Obwohl ihn nun sein Genosse vom Gegentheil überzeugen wollte, glaubte ihm dieser nicht mehr; er zog seinen Theil der Hausgeräthe und seines sonstigen Besitzes, den sie bislang immer gemeinschaftlich gehabt hatten, zurück, und so sehr sie bisher nur ein Herz und eine Seele gewesen waren, so fremd traten sie jetzt einander gegenüber. Der nicht verheirathete Edelmann ruhte auch nicht eher, als bis er die gegen seinen Freund ausgestoßene Drohung verwirklicht hatte.

»So, meine Damen«, fuhr Dagoucin fort, »möge es allen ergehen, welche mit Unrecht ihre Frauen im Verdacht haben. Oftmals sind sie selbst nur die Ursache, das herbeizuführen, was sie argwöhnen, denn eine anständige Frau ist eher von der Verzweiflung als von allen Freuden der Welt besiegt. Und wenn einer sagt, daß die Eifersucht die Liebe selbst sei, so bestreite ich das; wenn sie auch aus dieser entspringt, wie die Asche vom Feuer kommt, so erstickt sie sie auch gleicherweise.« – »Ich kann mir denken«, sagte Hircan, »daß es kein größeres Mißvergnügen für Mann oder Frau geben kann, als entgegen der Wahrheit irgendwie beargwohnt zu werden; was mich anbetrifft, so hat nichts mich so viele Freunde gekostet, als dieser Verdacht.« – »Nichtsdestoweniger«, wandte Oisille ein, »ist es keine Entschuldigung für eine Frau, sich an dem Argwohn ihres Mannes in einer Weise zu rächen, daß ihm Schande daraus erwächst. Das ist dasselbe, als wenn einer, weil er seinen Feind nicht tödten kann, sich selbst mit dem Schwert durchbohren, oder weil er ihn nicht kratzen kann, sich die Finger zerbeißen wollte. Viel klüger hätte sie gehandelt, wenn sie niemals mit ihm wieder gesprochen hätte, um ihrem Mann das Unrecht seines Verdachtes vor Augen zu führen, denn die Zeit würde sie alle beide besänftigt haben.« – »Sie handelte, wie eine Frau von Herz«, sagte Emarsuitte, »und wenn viele Frauen Gleiches thäten, würden die Männer nicht so beleidigend in ihren Annahmen sein.« – »Wie dem auch sein mag«, sagte Longarine, »Geduld macht eine Frau immer zur Siegerin, und Keuschheit ist ein lobenswerthes Ding, daran müssen wir uns halten.« – »Eine Frau kann aber auch ohne eine Sünde ihrerseits unkeusch sein«, antwortete Emarsuitte. »Wie versteht Ihr das?« fragte Oisille.

»Wenn sie einen anderen für ihren Mann hält.« – »Welche Frau ist aber so dumm«, wandte Parlamente ein, »die nicht ihren Mann von einem anderen unterscheiden könnte, wie er sich auch verkleiden möge?« – »Es hat solche gegeben, und es kommt noch heute vor, daß Frauen getäuscht wurden, die von einem Verbrechen nichts wußten und an ihm ganz unschuldig waren.« – »Wenn Ihr hiervon etwas wißt«, sagte Dagoucin, »so gebe ich Euch das Wort, denn ich halte es für etwas sehr Merkwürdiges, daß Unschuld und Sünde zusammen wohnen können.« Emarsuitte antwortete: »Hört also auf die folgende Geschichte, wenn Ihr nicht durch die vorausgegangenen genugsam bedeutet seid, daß es gefährlich ist, diejenigen in unsere Häuser aufzunehmen, welche uns weltlich nennen und sich für heiliger und würdiger, als wir sind, halten. Ich möchte Euch hier gern noch ein Beispiel geben, um Euch zu zeigen, daß sie Menschen wie andere auch sind, und eben so hinterlistig; Ihr könnt das an der folgenden Geschichte sehen.«

Achtundvierzigste Erzählung.

Zwei Franziskanermönche nehmen in einer Hochzeitsnacht einer nach dem andern den Platz des Ehemanns ein, wofür sie dann hart bestraft werden.

In einem Dorfe in Perigord wurde in einem Gasthaus die Hochzeit eines Mädchens aus dem Ort gefeiert, bei welcher Gelegenheit Verwandte und Freunde um die Wette es sich gütlich thaten. Am Hochzeitstage trafen dort zwei Franziskanermönche ein, denen man das Abendessen auf ihrem Zimmer servirte, da es sich nicht mit ihrem Stand vereinigte, Hochzeiten beizuwohnen. Der Aeltern von beiden nun, ein herrschsüchtiger und böswillige Mann, überlegte, wie er, da er an dem Gelage nicht Theil haben solle, an dem Ehebett Theil haben und ihnen einen Streich spielen könnte. Als es Abend geworden war und der Tanz begonnen hatte, betrachtete der Mönch durch ein Fenster lange die Braut, die er sehr schön fand und die ihm sehr gefiel. Er erkundigte sich genau bei dem Kammermädchen, in welchem Zimmer sie die Nacht zubringen würde, und fand, daß es ein dem seinigen sehr naheliegendes sei. Er war darüber sehr froh und paßte, um seine Absicht auszuführen, genau auf, bis er sah, daß die Braut fortgeführt wurde und die alten Frauen, wie es Gebrauch ist, sie heraufführten. Da es noch sehr früh war, wollte der Bräutigam den Tanzsaal noch nicht verlassen, tanzte vielmehr so eifrig weiter, daß er seine Frau ganz vergessen zu haben schien. Anders war unser Franziskaner. Sobald er hörte, daß die junge Frau zu Bett gebracht war, entledigte er sich seiner grauen Kutte und nahm den Platz des Mannes ein. Aus Furcht aber, dort gefunden zu werden, blieb er nicht allzu lange, sondern ging ans Ende eines Ganges, wo sein Genosse war und für ihn aufpaßte; dieser machte ein Zeichen, daß der Bräutigam noch tanze, und da er seine verwerfliche Begierde noch nicht befriedigt hatte, begab auch er sich nun zu der jungen Frau, bis sein Genosse ihm bedeutete, daß es Zeit sei, sich davon zu machen. Der Mann kam nun zu seiner Frau, die von den Mönchen sehr mitgenommen worden war, so daß sie nur nach Ruhe verlangte; sie sagte deshalb: »Willst Du denn garnicht schlafen und mich endlich in Ruhe lassen?« Der arme Ehemann, der eben erst ankam, war sehr erstaunt, da er doch garnicht den Tanzsaal verlassen hatte. »Nun, das nenne ich gut tanzen«, sagte die arme Frau, »das ist nun das dritte Mal, daß Du zu mir zurückkehrst; mir scheint, Du thätest besser, Dich nun schlafen zu legen.« Als der Mann dies hörte, gerieth er in nicht geringes Erstaunen und ließ also, um erst zu hören, was vorgefallen war, sich alles genau erzählen. Als sie ihm den Sachverhalt berichtet hatte, kam ihm gleich der Verdacht, daß die Franziskaner es gewesen seien, die nebenan gewohnt hatten; er erhob sich sofort und ging in das anstoßende Zimmer. Als er sie nicht mehr traf, rief er so laut nach Hülfe, daß alle seine Freunde herbeiliefen, welche, nachdem er ihnen alles mitgetheilt, mit Lichtern, Laternen und allen Hunden des Dorfes ihm behülflich waren, die Mönche zu suchen. Als man sie in den Häusern nicht fand, durchforschten sie die Umgegend, und man fand sie in den Weinbergen, wo nach Gebühr Vergeltung an ihnen geübt wurde. Denn nachdem sie sie weidlich geschlagen hatten, schnitten sie ihnen Arme und Beine ab und ließen sie in dem Weinberg unter dem Schutz der Venus und des Bacchus, deren Lehren sie besser befolgten, als die des heiligen Franziskus.

»Wundert Euch nicht, meine Damen«, sprach Emarsuitte weiter, »wenn solche Leute, die sich von unserer Art zu leben fern halten, Dinge begehen, deren sich selbst ein Abenteurer schämen würde. Seid auch nicht erstaunt, daß, wenn Gott seine Hand von ihnen nimmt, sie noch Schlimmeres thun; die Kutte macht nicht immer den Mönch, im Gegentheil, der falsche Stolz, den sie daraus ziehen, verdirbt sie oft.« – »Mein Gott«, sagte Frau Oisille, »sollen wir denn garnicht aus den Mönchsgeschichten herauskommen?« Emarsuitte antwortete: »Wenn die Damen, Fürsten und Edelleute nicht geschont werden, so scheint mir, dürfen auch diese es nicht übel nehmen, wenn man von ihnen spricht. Denn sie sind größtentheils so nutzlose Menschen, daß man von ihnen nie sprechen würde, wenn sie nicht einmal etwas nennenswerth Schlechtes begingen. Man sagt ja auch im gewöhnlichen Leben, besser Schlechtes thun, als garnichts thun. Auch wird unser Bouquet um so schöner sein, mit je verschiedenartigeren Sachen es angefüllt ist.« Hircan sagte: »Wenn Ihr mir versprechen wollt, mir nicht zu zürnen, so will ich Euch eine Geschichte von zwei in Liebessachen so geriebenen Personen erzählen, daß Ihr den armen Franziskaner entschuldigen werdet, das Gute genommen zu haben, wo er es fand; hier werdet Ihr von einer Frau hören, die genug zu essen hatte, ihre Leckerbissen aber auf ganz besondere Weise suchte.« Oisille sagte: »Da Ihr versprochen habt, die Wahrheit zu sagen, sind wir auch bereit, sie anzuhören; sprecht deshalb frei heraus. Denn das Schlechte, das wir von Männern und Frauen berichten, gereicht nicht nur gerade denen zur Schande, von welchen die Erzählung handelt, sondern, indem sie uns das Elend, dem wir alle unterworfen sind, vor Augen führt, nimmt sie uns nur die Achtung und das Vertrauen an die menschlichen Geschöpfe überhaupt, damit unsere Hoffnung sich auf den einen Vollkommenen allein richte und wende, ohne den jeder Mensch unvollkommen ist.« Hircan sagte hierauf: »Ich will also nun ohne Scheu die Geschichte erzählen.«

Neunundvierzigste Erzählung.

Von der Schlauheit einer Gräfin, insgeheim ihr Vergnügen von den Männern zu ziehen, und wie sie entdeckt wird.

Am Hofe eines Königs Karl von Frankreich – ich will nicht sagen, der wievielte er war, aus Rücksicht für die Dame, von der ich sprechen will, deren Namen ich auch aus ebendemselben Grunde verschweigen werde – lebte eine Gräfin aus sehr vornehmem Hause, jedoch Ausländerin. Da nun alle neuen Dinge gefallen, wurde diese Dame nach ihrer Ankunft sowohl wegen der Neuheit ihrer Kleidung, als auch wegen des Reichthums, den sie zur Schau trug, von jedermann angesehen. Obgleich sie nicht gerade zu den schönsten gehörte, war sie doch von großer Anmuth und selbstbewußtem Auftreten, zugleich auch geistvoll und ernst. Alle scheuten sich also, sich ihr zu nähern, mit Ausnahme des Königs, der sie sehr liebte und um einmal mit ihr allein zu sein, ihrem Mann, dem Grafen, einen Auftrag gab, der ihn für längere Zeit abwesend hielt; währenddem unterhielt der König ein intimes Verhältniß mit dessen Frau. Mehrere Edelleute des Königs nun, welche von der guten Aufnahme, welche dieser bei ihr gefunden hatte, wußten, nahmen sich die Freiheit, ihr gleichfalls Anträge zu machen, vor allem ein gewisser Astillon, ein sehr liebenswürdiger und verwegener Mann. Anfangs trat sie ihm sehr ernst gegenüber und drohte ihm, es dem König zu sagen, um ihm Furcht einzujagen. Da er aber gewohnt war, auch die Drohungen eines kühnen Kriegers nicht zu fürchten, gab er nicht viel auf die ihrigen und verfolgte sie weiter, bis sie ihm bewilligte, sie allein zu sprechen, indem sie ihm genau angab, auf welche Weise er in ihr Zimmer gelangen sollte. Er merkte sich das wohl; damit aber der König keinen Verdacht schöpfte, bat er ihn um Urlaub für eine kleine Reise und verließ den Hof. Aber schon am ersten Tage ließ er seine ganze Reisebegleitung zurück und kam nachts wieder, um sich bei der Gräfin die Einlösung ihres Versprechens zu holen; er erhielt es auch erfüllt. Er war darüber so zufrieden, daß er sich den Zwang anthat, sechs bis sieben Tage in einem Ankleidezimmer eingeschlossen zuzubringen, ohne sich von der Stelle zu rühren. Er lebte dort nur von Kraftbrühen und vorzüglichen Fleischspeisen. Während der Zeit seines Verstecktseins kam einer seiner Genossen, namens Duracier, und machte der Gräfin Liebesanträge. Sie machte es mit dem zweiten, wie mit dem ersten; am Anfang sagte sie ihm abweisende und höhnende Worte, die aber immer sanfter wurden. An dem Tage, an welchem sie ihrem ersten Gefangenen Urlaub gab, setzte sie den anderen an dessen Stelle. Während dieser dort war, kam ein dritter, auch einer ihrer Genossen, namens Valnebon, mit demselben Anliegen, wie die ersten beiden. Nach diesem kamen noch zwei, drei andere, welche alle die süße Gefangenschaft kosteten. Dieses Leben dauerte eine lange

Zeit so fort, und sie richtete es so schlau ein, daß keiner vom anderen etwas wußte. Und obwohl sie sich ganz genau auf die Liebe verstanden, die ein jeder von ihnen ihr entgegen brachte, dachte doch ein jeder auch, daß er der einzige sei, dessen Flehen sie erhört habe, und jeder machte sich im Stillen über den anderen lustig, daß ihm ein so großes Glück entgangen sei. Als eines Tages die vorgenannten Edelleute ein Gastmahl feierten, fingen sie an, von den Glücksschwankungen und Gefangenschaften zu reden, die sie in Kriegszeiten durchgemacht hatten. Valnebon aber, dem es schon lange zu schwer geworden war, das Glück, das er gehabt hatte, für sich zu behalten, sagte plötzlich zu seinen Genossen: »Ich kenne die Gefängnisse, in denen Ihr gewesen seid; was mich aber anbetrifft, will ich einem gewissen Gefängniß zu Liebe dieses und auch alle anderen mein Leben lang loben, denn ich glaube, es giebt kein größeres Glück auf Erden, als in gewisser Art und Weise Gefangener zu sein.« Astillon, der erste Gefangene, glaubte das Gefängniß, von dem jener sprach, zu errathen und antwortete: »Valnebon, welcher Gefangenwärter oder welche Gefangenwärterin hat Euch so gut behandelt, daß Ihr Euer Gefängniß so liebtet?« Dieser sagte: »Welches auch der Gefangenwärter gewesen sein möge, die Gefangenschaft war eine so angenehme, daß ich wünsche, sie wäre von längerer Dauer gewesen; ich befand mich niemals wohler und war niemals zufriedener.« Duracier, welcher sehr wohl erkannte, daß man von dem Gefängniß sprach, an dem er, wie die anderen Theil genommen hatte, sagte zu Valnebon: »Womit wurdet Ihr in diesem Gefängniß, das Ihr so lobt, ernährt?« – »Der König erhält keine besseren und nahrhafteren Speisen«, antwortete jener. »Ich muß aber noch wissen«, fuhr Duracier fort, »ob der, der Euch gefangen hielt, Euch Euer Brot schwer verdienen ließ?« Valnebon merkte, daß er verrathen war, und fluchte laut: »Donnerwetter, da habe ich ja Genossen gehabt, wo ich allein zu sein glaubte!« Astillon sah nun, daß sie von nichts anderem sprachen, als was auch ihm zu Theil geworden war, und sagte lachend; »Wir gehören alle einem Herrn an und sind Genossen und Freunde von Jugend auf; wenn wir also auch einmal Genossen im Mißgeschick sind, so brauchen wir nur darüber zu lachen. Damit ich aber weiß, ob ich auch auf richtiger Fährte bin, laßt mich Fragen an Euch richten und versprecht mir alle, die Wahrheit zu sagen. Ist uns allen, wie ich vermuthe, Gleiches widerfahren, so wäre das eine so spaßige Geschichte, wie sie sich wohl ein zweites Mal nicht wieder ereignet.« Sie schworen alle, die Wahrheit zu sagen, und schließlich war auch garnichts mehr abzuleugnen. Er sagte nun: »Ich werde Euch also erzählen, wie es mir ging, und Ihr werdet mir mit ja oder nein antworten, wenn es mit Euch ebenso oder anders war.« Alle stimmten bei, und nun begann er: »Erst ließ ich mir vom König Urlaub zu einer Reise geben.« Sie antworteten: »Wir auch.« – »Als ich zwei Meilen vom Hofe entfernt war, ließ ich mein Gefolge zurück und gab mich gefangen.« – »Wir machten es ebenso.« – »Ich blieb dann sieben bis acht Tage in einem Ankleidezimmer versteckt, wo man mir nur Kraftbrühen und das beste Fleisch, das ich je gegessen habe, vorsetzte. Am Ende dieser acht Tage entließen mich die, die mich festgehalten hatten, viel schwächer, als ich hingekommen war.« Die anderen versicherten, daß es mit ihnen ebenso gewesen sei. Astillon sagte nun: »Meine Gefangenschaft endigte an dem und dem Tage.« – »Die meine«, sagte Duracier, »begann genau an dem Tage, an dem die Eure zu Ende ging, und dauerte bis dann und dann.« Valnebon verlor wieder die Geduld, fluchte von Neuem und sagte: »Kreuzschockschwerenoth, ich sehe, ich bin der dritte und glaubte der erste und einzige gewesen zu sein; ich trat an dem Tage ein und an dem Tage aus.« Die anderen Drei, welche noch mit am Tisch saßen, schworen, sie seien auch der Reihe nach daran gekommen. »Da dem so ist«, nahm Astillon wieder das Wort, »will ich den Stand unserer Gefangenwärterin bezeichnen; sie ist verheirathet, und ihr Mann ist weit fort.« – »Es ist schon dieselbe«, sagten die anderen. »Um uns den letzten Zweifel zu nehmen, will ich, der ich der erste Vorgemerkte war, ihren Namen zuerst nennen: Es ist die Gräfin so und so, die so zurückhaltend und höhnisch immer war, daß, als ich sie gewonnen hatte, ich Cäsar besiegt zu haben wähnte. Sie möge zu allen Teufeln gehen, diese Kokette, die uns so hat arbeiten und uns glücklich schätzen lassen, sie erworben zu haben. Eine Durchtriebenere gab es nie, denn während sie noch den Einen im Käfig hatte, zähmte sie sich schon den Anderen, um niemals ohne Zeitvertreib zu sein. Ich möchte lieber todt sein, als daß wir sie ohne Strafe ließen.« Sie fragten Duracier, was er meine, welche Strafe sie erhalten solle, sie seien alle bereit, sie ihr zu geben. »Mir scheint, daß wir es dem König, unserm Herrn, sagen müssen, der sie ja wie eine Göttin behandelt.« Astillon sagte: »Das wollen wir nicht thun, wir haben Mittel genug, uns an ihr zu rächen, ohne unsern Herrn zu Hülfe zu nehmen. Wir wollen uns alle einfinden, wenn sie morgen zur Messe geht, und ein jeder von uns möge eine eiserne Kette um den Hals tragen; wenn sie eintritt, begrüßen wir sie, wie schicklich.« Dieser Rath gefiel der ganzen Gesellschaft, und ein jeder versorgte sich mit einer eisernen Kette. Am anderen Morgen trafen sie, alle schwarz gekleidet, mit eisernen Ketten als Halsband um den Hals geschlungen, die Gräfin, als sie zur Messe ging; kaum bemerkte sie sie in diesem Aufzuge, als sie zu lachen begann und sagte: »Wo wollen diese traurig dreinschauenden Menschen hin?« Astillon antwortete: »Madame, wir, Eure Sklaven und Gefangenen, sind gekommen, um Euch dienstbar zu sein.« Die Gräfin that, als verstände sie kein Wort davon und antwortete: »Ihr seid nicht meine Gefangenen, und ich verstehe nicht, welchen Grund Ihr habt, mir mehr dienstbar zu sein, wie alle anderen auch.« Valnebon trat nun vor und sagte: »Wir haben so lange Euer Brot gegessen, daß wir nur undankbar wären, wenn wir

Euch nicht zu Diensten sein wollten.« Sie verzog keine Miene, stellte sich immer noch als merke sie nichts, so daß sie sie mit dieser Verstellung in nicht geringes Erstaunen setzte. Sie führten aber ihren Plan so eifrig weiter, daß sie schließlich doch erkannte, daß alles entdeckt sei. Sie fand aber sofort ein Mittel, sie wieder irre zu führen. Sie hatte ihre Ehre und ihr Gewissen verloren, wollte aber nicht die Schande auf sich nehmen, die sie ihr anthun wollten. Vielmehr, da sie ihr Vergnügen ihrer Ehre vorzog, änderte sie ihr Benehmen ihnen gegenüber nicht, sondern behandelte sie so freundlich wie früher. Sie waren darüber so erstaunt, daß schließlich sie selbst die Schande heimtrugen, die sie ihr bestimmt hatten.

Hircan fuhr fort: »Wenn Ihr nach dieser Geschichte nicht findet, meine Damen, daß die Frauen eben so durchtrieben wie die Männer sind, so werde ich mir noch andere Geschichten zusammensuchen. Mir scheint aber, daß diese genügt, um Euch zu zeigen, daß eine Frau, welche ihre Ehre verloren hat, hundertmal verwegener und unschicklicher ist, als ein Mann.« Es gab keine Frau in der ganzen Gesellschaft, die nicht, während sie diese Geschichte hörte, so viele Zeichen des Kreuzes machte, als sähen sie den leibhaftigen Teufel vor sich. Oisille sagte ihnen aber: »Demüthigen wir uns, meine Damen, wenn wir einen solchen Fall hören, denn eine Person, welche von Gott abfällt, wird dem ähnlich, mit dem sie sich verbindet, und wie diejenigen, welche Gott anhänglich sind, seinen Geist in sich tragen, so ist es auch mit denen, welche sich dem Teufel hingegeben haben; nichts ist so thierisch und roh als eine Person, welche der Geist Gottes verlassen hat.« – »Was diese arme Dame auch gethan haben möge«, sagte Emarsuitte, »ich kann doch auch diejenigen nicht loben, welche sich ihrer Gefangenschaft rühmten.« Longarine sagte: »Ich meine, ein Mann hat nicht weniger Mühe, sein Glück bei Frauen geheim zu halten, als es zu erlangen. Denn es giebt keinen Jäger, der nicht gern seine Beute ausposaunt, noch einen Liebhaber, der sich seines Sieges nicht rühmen möchte.« – »Das ist eine Ansicht«, sagte Simontault, »die ich vor allen Inquisitoren als eine ketzerische bezeichnen möchte. Denn es giebt viel mehr verschwiegene Männer als Frauen, und ich weiß genau, das es manche darunter giebt, die lieber überhaupt nicht erhört sein möchten, als daß irgend ein lebendes Wesen etwas erführe. So hat auch die Kirche, unsere gemeinsame Mutter, Priester und nicht Frauen zur Entgegennahme der Beichte bestimmt, weil letztere nichts verheimlichen können.« – »Das ist nicht der Grund«, sagte Oisille, »sondern weil die Frauen zu große Feinde des Lasters sind, würden sie nicht so leicht wie die Männer Absolution erteilen und in ihren Bußen zu hart sein.« Dagoucin sagte: »Wenn sie es so sind, wie in ihren Antworten, so würden sie mehr arme Sünder zur Verzweiflung bringen, als zum Heil führen; deshalb hat in jeder Beziehung die Kirche weise Vorsicht geübt. Damit will ich aber die Edelleute, welche sich ihres Gefängnisses rühmten, nicht entschuldigen; denn niemals kann es einem Mann zur Ehre gereichen, Schlechtes von einer Frau zu sagen.« – »Da allen dasselbe widerfahren war«, sagte Hircan, »finde ich es nur natürlich, daß sie sich gegenseitig trösteten.« Guebron sagte: »Sie durften es aber aus Rücksicht für ihre Ehre nicht sagen, denn die Bücher der Tafelrunde lehren uns, daß es keine Ehre für einen Ritter ist, einen, der kraftlos und schwach ist, niederzumachen. Ich wundere mich nur, daß diese arme Frau nicht vor Scham verging, angesichts ihrer Gefangenen.« Oisille sagte: »Die, welche einmal ihre Ehre verloren haben, können sie nur schwer wiedererlangen, es sei denn, daß eine große und tiefe Liebe alles vergessen läßt; das habe ich oft genug gesehen. Ich glaube nur«, sagte Hircan, »daß Ihr sie auch davon habt wieder zurückkommen sehen, denn eine große und wahre Liebe findet sich selten bei einer Frau.« – »Ich theile Eure Meinung nicht«, sagte Longarine, »denn ich weiß, daß es Frauen gegeben hat, welche bis in den Tod liebten.« – »Eine solche Geschichte möchte ich gern hören«, sagte Hircan, »ich gebe Euch deshalb das Wort, um einmal bei einer Frau eine Liebe kennen zu lernen, die ich bei ihnen nicht vorhanden glaubte.« Longarine sagte: »Wenn Ihr es nun hört, so glaubt nur auch, daß es keine stärkere Leidenschaft als die Liebe giebt. Und wie sie ganz unmöglich scheinende Dinge zu dem Zweck unternehmen läßt, um in dieser Welt zu etwas Glück und Zufriedenheit zu kommen, so reibt sie auch mehr als irgend eine andere Leidenschaft denjenigen oder diejenige auf, die die Hoffnung auf Erfüllung ihrer Wünsche verliert, wie Ihr aus der folgenden Geschichte ersehen werdet.«

Fünfzigste Erzählung.

Ein Verliebter, der todtkrank ist, wird in der letzten Minute von der Dame seines Herzens erhört und stirbt worauf die Dame sich ebenfalls das Leben nimmt.

In Cremona lebte noch vor einem Jahr ein Edelmann, mit Vornamen Johann Peter, welcher seit langer Zeit eine Dame, die nicht weit von seinem Hause wohnte, liebte. Aber wie er es auch anstellen wollte, er konnte von ihr nicht die Antwort erhalten, nach der er verlangte, obgleich sie ihm auch mit ganzem Herzen zugethan war. Der arme Edelmann wurde darüber so unglücklich und verdrossen, daß er sich in seiner Wohnung verschloß, fest entschlossen, nicht mehr immer nur vergeblich nach einem Gut zu jagen, dessen Verfolgung sein Leben aufzehrte. Um seine Gedanken abzulenken, besuchte er sie einige Tage nicht. Er wurde aber so traurig darüber, daß man ihn nicht wiedererkennen konnte. Seine Eltern ließen Aerzte rufen, und da sein Gesicht ganz gelb wurde, hielten sie es für eine Leberkrankheit und verordneten ihm einen Aderlaß. Da die Dame, die immer so streng gegen ihn gewesen war, sehr wohl wußte, daß seine Krankheit nur von ihrer Weigerung herrühre, schickte sie eines Tages eine alte Dienerin, zu der sie volles Vertrauen hatte, zu ihm und ließ ihm sagen, daß, da sie nun eingesehen habe, daß seine Liebe eine wahre und keine erheuchelte sei, sie entschlossen wäre, ihm alles, was sie ihm bisher so hartnäckig verweigert habe, zu gewähren. Sie habe ein Mittel ausfindig gemacht, sich von ihrer Wohnung nach einem Ort zu begeben, wohin er insgeheim kommen solle. Der Edelmann, dem des Morgens am Arm zur Ader gelassen worden war, fühlte sich durch diesen Bescheid schneller wieder hergestellt, als Aderlässe oder sonst eine Medicin fertig gebracht hätten, und ließ zurückmelden, er werde nicht ermangeln, zur bestimmten Stunde am angegebenen Ort sich einzufinden; sie habe ein offenbares Wunder gethan, denn mit einem einzigen Wort habe sie einen Menschen von einer Krankheit geheilt, für die alle Aerzte keine Heilmittel hätten finden können. Als der langersehnte Abend herangekommen war, machte sich der Edelmann nach dem verabredeten Orte auf, so voller Zufriedenheit, daß dieselbe nothwendig bald ihr Ende erreichen mußte, da sie sich nicht noch steigern konnte. Es dauerte auch nicht lange, nachdem er angekommen war, daß die Frau, die er mehr als seine Seele liebte, ebenfalls anlangte. Er hielt sich nicht mit vielen Reden auf, denn sein inneres Feuer ließ ihn in Eile das Ziel seiner Träume, dem nun wirklich nahe zu sein, ihm schwer fiel, zu glauben, verfolgen und mehr von Liebe und Lust durchglüht, als ihm gut war, beschleunigte er, während er auf der inneren Seite die Heilung seines Leidens erhoffte, nur seinen Tod, denn da er in Gegenwart seiner Geliebten an sich selbst nicht dachte, bemerkte er nicht, daß die Binde seines Armes sich löste, die frische Wunde sich zu öffnen begann und das Blut ihr reichlich entströmte, so daß der Edelmann ganz darin gebadet war. Er glaubte aber, daß die Müdigkeit, die ihn befiel, nur eine Folge der Anstrengung war, und wollte nach Hause zurückkehren. Die Liebe aber, die sie vereint hatte, bewirkte, daß, als er seine Freundin verlassen wollte, seine Seele ihn verließ; in Folge des übergroßen Blutverlustes fiel er todt zu Füßen seiner Geliebten nieder. Diese blieb sprachlos vor Schrecken, indem sie den Verlust dieses treuesten Mannes überdachte, an dessen Tode sie allein die Schuld trug. Andererseits dachte sie neben ihrem Bedauern auch an die Schande, der sie ausgesetzt war, wenn man den Leichnam in ihrem Hause fände. Um die Sache also zu verdecken, trug sie und ein Kammermädchen, dem sie voll vertraute, die Leiche auf die Straße, wo sie sich aber nicht von dem Todten trennen konnte. Sie ergriff sein Schwert, und um seinen Tod zu theilen und ihr Herz, welches all' dieses Mißgeschick verursacht hatte, zu strafen, stieß sie sich das Schwert in die Brust und fiel todt zu Seiten ihres Freundes nieder. Als die Eltern dieses Mädchens am anderen Morgen aus ihrem Hause traten, bot sich ihren Augen dieses gräßliche Schauspiel dar, und nachdem sie diesen Unglücksfall, wie er es verdiente, beklagt hatten, begruben sie beide zusammen in einer Gruft.

»Hieraus ersieht man, meine Damen«, sagte Dagoucin, »wie eine übergroße Liebe nur ein großes Unglück zur Folge haben kann.« Simontault sagte: »Mir gefällt das, wenn eine Liebe so gleich der anderen ist, daß, wenn der Eine stirbt, auch der Andere nicht mehr am Leben bleiben will. Wenn Gott mir die Gnade erwiesen hätte, eine solche Frau zu finden, so glaube ich, daß kein Mann jemals tiefer geliebt hätte als ich.« – »Immerhin meine ich«, sagte Parlamente, »daß die Liebe Euch nicht so verblendet haben würde, daß Ihr Euren Arm nicht besser verbunden hättet als jener; denn die Zeit ist vorüber, wo die Männer ihr Leben für die Damen in die Schanze schlugen.« – »Aber nicht vorüber ist«, erwiderte Simontault, »daß die Damen das Leben ihrer Getreuen neben ihrem Vergnügen gering achten.« – »Ich glaube nicht«, sagte Emarsuitte, »daß es eine Frau auf der Welt giebt, der der Tod eines Mannes, und sei es auch ihr Feind, Vergnügen bereite. Wenn aber die Männer sich selbst das Leben nehmen wollen, können die Damen sie nicht davor bewahren.« Hier sagte Saffredant: »Eine Frau aber, welche einem armen Verhungerten ein Stück Brot verweigert, wird doch für seine Mörderin gehalten.« Oisille antwortete: »Wenn Eure Bitten so vernünftig wären, wie die eines Armen, der um das Nothwendigste fleht, so würden die Damen, wenn sie Euch zurückweisen, mit Recht für grausam gehalten werden; Gott sei Dank aber tödtet diese Krankheit nur diejenigen, welche den Tod schon in sich trugen.« – »Ich finde nicht«, sagte Saffredant, »daß es eine größere Drangsal giebt, als die, welche alle übrigen vergessen läßt; denn wenn die Liebe stark ist, giebt es für den Liebenden kein Brot und kein Fleisch, sondern nur den Anblick und die Gesellschaft der Geliebten.« – »Und ließe die Euch fasten«, antwortete Oisille, »ohne Euch wirkliche Nahrung zu geben, so würdet Ihr schon bald Euer Benehmen ändern.« Jener sagte: »Es mag richtig sein, daß der Leib schwach werden könnte, nicht aber das Herz und die Gesinnung.« Parlamente sagte: »Dann hat Gott Euch nur eine Gnade erwiesen, Euch zu Frauen zu führen, die Euch so wenig befriedigten, daß Ihr Euch mit Speise und Trank stärken mußtet; das scheint Ihr auch so vorzüglich zu verstehen, daß Ihr Gott für jene Grausamkeit dankbar sein müßt.« Er antwortete: »Ich bin so reichlich mit Drangsal versehen worden, daß ich bald die Uebel als etwas Gutes ansehen werde, über die Andere sich beklagen.« Longarine sagte: »Das liegt vielleicht nur daran, daß Euer Klagen Euch von der Gesellschaft entfernen würde, wo Eure Genügsamkeit Euch sonst gern gesehen macht; denn nichts ist so unangenehm, als ein aufdringlicher Liebhaber.« – »Sagt lieber, als eine grausame Frau«, sprach Simontault. »Wenn wir seine Gründe bis zu Ende anhören wollten«, sagte Oisille, »so denke ich, da die Frage ihn persönlich berührt, wir würden an Stelle der Vesper die Komplete finden. Deshalb wollen wir Gott danken gehen, daß dieser Tag ohne großen Streit vergangen ist.« Sie erhob sich zuerst, und alle anderen folgten. Simontault und Longarine ließen jedoch von ihrem Streit nicht ab, in aller Freundschaft aber, und zwar gewann Simontault, indem er zeigte, daß eine starke Leidenschaft die größte Drangsal verursacht. Hiermit gingen sie in die Kirche, wo die Mönche sie erwarteten. Nach der Messe setzten sie sich zu Tisch, und ihre Unterhaltung dauerte die ganze Zeit fort; auch am Abend noch, bis Oisille ihnen sagte, daß sie lieber zur Ruhe gehen möchten, denn da die fünf Tage so reich an schönen Geschichten gewesen seien, befürchte sie sehr, daß der sechste ihnen nicht gleichen möchte. Denn auch wenn sie sich nun aufs Erfinden legen wollten, würden sie nicht bessere Erzählungen vorbringen können, als sie bisher nur der Wahrheit entsprechende in ihrer Gesellschaft erzählt hatten. Guebron aber sagte, daß, so lange die Welt stände, alle Tage beachtenswerthe Dinge passirten; »denn«, fuhr er fort, »die Schlechtigkeit der schlechten Menschen bleibt immer dieselbe, ebenso wie die Güte der Guten; und so lange Schlechtigkeit und Güte auf der Erde existiren werden, werden sie stets neue Begebenheiten zu Tage fördern, obgleich geschrieben steht, daß sich nichts Neues unter der Sonne ereignet. Wir aber, die Gott besonders in seine Gnade genommen hat, kennen dennoch nicht die ersten Ursachen und finden deshalb alle Dinge neu und um so bewundernswerther, je weniger wir sie thun möchten oder können. Fürchtet deshalb nicht, daß die folgenden Tage den vergangenen sich nicht würdig anreihen werden, und seid nur Eurerseits darauf bedacht, Eure Pflicht gut zu thun.« Oisille sagte, sie überlasse das Gott, in dessen Namen sie ihnen eine gute Nachtruhe wünschte. So zog sich die ganze Gesellschaft zurück und beendete den fünften Tag.

Sechster Tag.

Am anderen Morgen ging Frau Oisille zeitiger als gewöhnlich in den Saal, um sich für ihre Vorlesung vorzubereiten; als die ganze Gesellschaft das erfuhr, beeilten sie sich in dem Wunsche, ihre guten Belehrungen anzuhören, so sehr mit dem Anziehen, daß sie Oisille nicht lange warten ließen. Da sie die Herzen ihrer Zuhörer kannte, las sie ihnen die Epistel des Evangelisten Johannes vor, der voll von Liebe ist. Den anderen gefiel diese Kost so gut, daß, obgleich sie eine halbe Stunde länger als alle anderen Tage blieben, es ihnen schien, als sei es noch nicht eine Viertelstunde gewesen. Von da aus gingen sie die Messe hören, wo jeder sich dem heiligen Geist empfahl, damit er auch bei ihrer vergnügten Versammlung gegenwärtig sei. Nachdem sie dann gegessen und geruht hatten, gingen sie, ihren gewohnten Zeitvertreib fortzusetzen. Frau Oisille fragte, wer an diesem Tage beginnen würde, und Longarine antwortete darauf: »Edle Frau, ich ertheile Euch das Wort, denn Ihr habt uns heut eine so schöne Vorlesung gehalten, daß Ihr uns sicherlich noch eine Geschichte erzählen könnt, die der Ruhm, welchen Ihr heut Euch verdient habt, vollendet.« – »Es thut mir leid«, sagte Oisille, »daß ich Euch heute Nachmittag nicht eine ebenso zuträgliche Geschichte erzählen kann wie heute früh; jedenfalls wird meine Geschichte nicht aus der Lehre der heiligen Schrift heraustreten, wo geschrieben steht: ›Vertrauet nicht den Fürsten noch den Menschenkindern, denn in ihnen ist nicht Euer Heil.‹ Und damit Ihr aus Mangel an Beispielen nicht diese Wahrheit in Vergessenheit gerathen laßt, werde ich Euch eine ganz wahrheitsgetreue Geschichte erzählen, die sich vor so kurzer Zeit begab, daß kaum noch die Augen derer, welche dieses traurige Schauspiel sahen, getrocknet sind.«

Einundfünfzigste Erzählung.

Hinterlist und Grausamkeit eines Italieners.

Ein italienischer Herzog, dessen Namen ich verschweigen will, hatte einen Sohn von achtzehn bis zwanzig Jahren, der sehr verliebt in ein Mädchen aus gutem und achtungswerthem Hause war; da er nun nicht die Freiheit hatte, zu ihr sprechen zu können, wie er wollte, bediente er sich der Landessitte gemäß eines Edelmanns aus seinem Gefolge, welcher seinerseits in eine sehr schöne und ehrbare junge Dame verliebt war, die seiner Mutter diente. Durch diese ließ er seiner Geliebten die große Freundschaft erklären, welche er für sie fühlte; das arme Fräulein dachte nichts Uebles dabei, sondern ergriff mit Vergnügen die Gelegenheit, ihm gefällig zu sein, da sie ihn für so gut und ehrenhaft hielt, daß er keinerlei Absichten hegen könne, deren Botschaft sie nicht in allen Ehren übernehmen könne. Der Herzog aber, welcher mehr auf den Vortheil seines Hauses als auf eine ehrsame Freundschaft hielt, hatte so große Furcht, daß dieses Verhältniß seinen Sohn bis zur Heirath verleiten könnte, daß er ihn von allen Seiten beobachten ließ. Es wurde ihm darauf hinterbracht, daß das arme Edelfräulein es übernommen hatte, einige Briefe seines Sohnes an dessen Geliebte zu befördern; darüber wurde er so zornig, daß er beschloß, der Sache ein Ende zu machen. Er konnte jedoch seinen Zorn nicht so ganz verbergen, daß nicht das Fräulein etwas davon merkte; da sie die Bosheit dieses Fürsten kannte, die sie für eben so groß, wie sein Gewissen klein hielt, verfiel sie in so arge Furcht, daß sie zur Herzogin ging, um sie um Erlaubniß zu bitten, sich so lange an einen Ort entfernt von Hofe begeben zu können, bis des Herzogs Zorn vorbei wäre. Ihre Herrin antwortete ihr, sie wolle versuchen, den Sinn ihres Mannes zu erforschen, ehe sie ihr Urlaub gäbe. Sie erfuhr jedoch sehr bald die bösen Anschläge, welche der Herzog hatte, und da sie seine Gemüthsart kannte, gab sie dem Edelfräulein nicht nur Urlaub, sondern rieth ihr sogar, so lange in ein Kloster zu gehen, bis der Sturm vorbei wäre. Dies that sie auch so heimlich wie möglich; doch wurde es trotzdem dem Herzog hinterbracht, der mit verstellter freundlicher Miene seine Gemahlin fragte, wo denn das Ehrenfräulein sei; da diese vermuthete, daß er doch schon die Wahrheit wüßte, bekannte sie ihm alles; er that, als ob er betrübt darüber sei, sagte ihr, daß sie nicht nöthig gehabt hätte, solche Maßregeln zu ergreifen, und daß er seinerseits ihr garnichts anthun wollte; sie solle sie nur zurückkommen lassen, denn das Gerede über solche Sachen thäte nicht gut. Die Herzogin antwortete, daß, wenn das arme Mädchen unglücklich genug wäre, sich seine Ungnade zugezogen zu haben, es besser wäre, wenn sie nicht gegenwärtig sei; aber er wollte von all den Gründen nichts hören und forderte von ihr, daß sie sie zurückkommen lasse. Die Herzogin ließ dem armen Fräulein den Willen des Herzogs vermelden, diese aber wollte sich nicht beruhigen lassen und flehte sie an, sie nicht zu diesem Schicksal zu zwingen, denn sie kannte den Herzog und wußte wohl, daß er nicht so leicht verzeihe, wie es schiene. Indeß versicherte ihr die Herzogin auf Ehre und Leben, daß ihr kein Leid geschehen werde. Das Fräulein, welches wohl wußte, daß ihre Herrin sie liebte und sie keinesfalls täuschen würde, vertraute diesem Versprechen und kehrte zur Herzogin zurück, da sie vermeinte, daß der Herzog niemals ein Versprechen brechen würde, bei dem die Ehre seiner Frau zur Bürgschaft gegeben sei. Sobald der Herzog ihre Rückkehr erfuhr, ging er in das Gemach seiner Gemahlin und indem er das Fräulein erblickte, sagte er zu seiner Frau: »Da ist ja die Zurückgekommene«, und dann wandte er sich an seine Edelleute und befahl ihnen, sie ins Gefängniß abzuführen. Die arme Herzogin, welche ihr Wort verbürgt hatte, um sie aus ihrer Zufluchtsstätte hervorzuholen, gerieth darüber in solche Verzweiflung, daß sie sich vor ihm auf die Kniee warf und ihn anflehte, daß er um seiner und seines Hauses Ehre willen eine solche That nicht begehen möge, da sie das Fräulein, um ihm zu gehorchen, von dem Ort abberufen hätte, wo sie in Sicherheit war. Dennoch aber, welche Bitten sie auch aussprach und welche Gründe sie auch anführen mochte, konnte sie sein hartes Herz nicht erweichen und seinen gefaßten Entschluß, sich an ihr zu rächen, nicht wankend machen. Ohne seiner Frau ein einziges Wort zu antworten, zog er sich eiligst zurück und, Gott und die Ehre seines Hauses vergessend, ließ er ohne Gerichtsverfahren das junge Mädchen grausam aufknüpfen. Ich kann es nicht unternehmen, den Kummer der Herzogin zu schildern; es war der einer Dame von Herz und edler Gesinnung, welche diejenige sterben sieht, welche sie zu retten gewünscht hatte. Noch weniger aber läßt sich die Trauer des armen Edelmanns schildern, der ihr ein treuer Freund war und nichts unversucht ließ, was in seiner Macht stand, um das Leben seiner Geliebten zu retten, ja sogar das seinige für das ihre bot. Aber kein Flehen noch Mitleid rührte das Herz des Herzogs, der kein anderes Glück kannte, als sich an denen zu rächen, die er haßte. So wurde das unschuldige Mädchen von dem grausamen Herzog gegen das Gebot der Ehre und zum tiefsten Leidwesen aller derer, die sie kannten, umgebracht.

»Sehet nun, meine Damen«, fuhr Oisille fort, »welches die Folgen der Schlechtigkeit sind, wenn sie mit einer Machtstellung verbunden ist.« Longarine sagte: »Ich habe immer sagen hören, daß die Mehrzahl der Italiener (ich sage die Mehrzahl, denn es giebt auch dort ehrbare Leute, wie in allen Nationen) drei Lastern vor allem unterlegen sei; aber ich hätte nicht gedacht, daß Rache und Grausamkeit so weit gehen könnten, daß sie wegen eines so kleinen Versehens jemandem einen so grausamen Tod bereiten können.«

Saffredant sagte lachend: »Ihr habt uns ganz gut das eine der drei Laster angegeben, Longarine; jetzt müßt Ihr uns noch die beiden anderen sagen.« Sie antwortete: »Wenn Ihr sie nicht kennt, will ich sie Euch sagen, aber ich bin sicher, daß sie Euch sehr wohl bekannt sind.« – »Wollt Ihr damit sagen, daß ich sehr lasterhaft bin?« – »Durchaus nicht, vielmehr halte ich gerade Euch mehr wie einen anderen dafür geschaffen, das Laster, wenn Ihr erst seine Häßlichkeit eingesehen habt, zu vermeiden.« Simontault nahm das Wort: »Wundert Euch nicht so sehr über diese Grausamkeit; Leute, die durch Italien gereist sind, erzählen so Unglaubliches, daß daneben diese Geschichte nur ein kleines unschuldiges Stückchen ist.« Guebron sagte: »So ist es. Als Rivole von den Franzosen genommen wurde, war da ein italienischer Kapitän, den man für einen sehr liebenswürdigen Kameraden hielt. Der sah einen Mann todt daliegen, der garnicht sein Feind war, nur eben Ghibelline, während er Welfe war; er riß ihm das Herz aus der Brust, briet es eiligst auf glühenden Kohlen und aß es. Dann von einigen befragt, wie es ihm gemundet habe, antwortete er, daß er niemals ein so saftiges und wohlschmeckendes Stück gegessen habe. Nicht zufrieden mit dieser Großthat, tödtete er noch die Frau jenes Mannes, die hochschwanger war, schnitt den Foetus aus ihrem Leibe, füllte den Körper beider mit Hafer und ließ seine Pferde daraus fressen. Glaubt Ihr nicht, daß dieser auch ein Mädchen, das er in Verdacht gehabt hätte, etwas gegen ihn zu thun, einfach umgebracht haben würde?« Emarsuitte sagte: »Jener Herzog muß mehr gefürchtet haben, sein Sohn könnte eine Arme heirathen, als es sein Wunsch war, ihm ein Mädchen, das ihm gefiele, zur Frau zu geben.« Simontault antwortete: »Ihr dürft nicht zweifeln, daß es für Leute hohen Standes nur etwas Selbstverständliches ist, sich weniger von der Liebe als von denjenigen Rücksichten leiten zu lassen, die sie über die Liebe stellen.« Longarine sagte: »Das sind eben gerade die Fehler, die ich darthun wollte. So z.B. heißt Geld lieben, ohne dasselbe anzuwenden, Götzendienst treiben.« Parlamente sagte, der Apostel Paulus habe nicht ihre und alle derer Laster vergessen, welche die anderen Menschen an Klugheit und menschlichem Verstande übertreffen wollen, worin sie sich dann so mächtig fühlen, daß sie nicht Gott die ihm schuldige Ehre geben; »deshalb macht der Allmächtige, der eifersüchtig auf die ihm gebührende Ehre wacht, diejenigen, welche vernünftiger als andere Menschen sein wollen, zu rasenden Thieren, indem er an einem ganz widernatürlichen Thun derselben zeigt, daß sie einen verworfenen Sinn haben.« Longarine fiel ihr ins Wort und sagte: »Das ist das dritte Laster, dem die Mehrzahl von ihnen unterlegen ist.« – »Nun wahrlich«, sagte Nomerside, »diese Auseinandersetzung gefällt mir. Denn wenn die Geister, die sehr klug und schneidend sind, solche Strafe erhalten, daß sie dümmer als Thiere werden, so muß man schließen, daß demüthige, niedrige und unverfängliche, wie der meine, voller Engelsweisheit sind.« – »Ich versichere Euch«, sagte Oisille, »meine Meinung ist von der Euren nicht weit entfernt; Niemand ist unwissender, als wer sich für sehr weise hält.« Guebron sagte hierauf: »Ich habe noch nie einen Spötter, der nicht Spott eingeheimst hätte, einen Betrüger, der nicht betrogen und einen sich Ueberhebenden, der nicht gedemüthigt worden wäre, gesehen.« Simontault sagte: »Ihr erinnert mich an einen Betrug, den ich, wenn er nicht so niederer Art gewesen wäre, gern erzählt hätte.« – »Da wir hier sind, um die Wahrheit zu sagen«, sagte Oisille, »kommt es auf die Güte nicht an; ich gebe Euch also das Wort.« Simontault antwortete: »Nun wohl ich will Euch die Geschichte erzählen.«

Zweiundfünfzigste Erzählung.

Von einem schmutzigen Frühstück, welches ein Apothekergehilfe einem Advokaten und einem Edelmann bereitet.

In Alençon lebte zur Zeit des letzten Herzogs Karl ein Advokat, namens Anton Bacheré, ein lustiger Zechbruder, der sehr gut zu frühstücken liebte. Eines Tages saß er vor der Thür seines Hauses und sah einen Edelmann namens de la Tirelière vorbeikommen, der wegen der strengen Kälte zu Fuß von seinem Gut nach der Stadt in Geschäften gekommen war und auch seinen großen Fuchspelz nicht vergessen hatte. Als er den Advokaten sah, dem er sehr ähnlich war, sagte er zu ihm, er habe seine Geschäfte beendet und es erübrige nur noch, ein gutes Frühstück ausfindig zu machen. Der Advokat antwortete, ein gutes Frühstück könne man schon finden, sie wollten aber auch einen suchen, der sie freihielte. Er nahm ihn unter den Arm und sagte: »Gehen wir nur, wir werden schon einen Dummen finden, der die Zeche für uns bezahlt.« Zufällig ging hinter ihnen ein Apothekergehilfe, ein sehr schlauer und erfindungsreicher Mensch, mit dem der Advokat immer im Hader lag. Der Gehilfe dachte, daß er sich jetzt einmal ohne viel Mühe rächen könnte. Er holte ein Stück ganz alten, schimmligen und hartgefrorenen Käse[3] und packte ihn in Papier, so daß er wie ein Zuckerhut aussah. Dann sah er, wohin die beiden gingen, überholte sie eiligst, trat in ein Haus und ließ wie aus Versehen aus seinem Aermel das vermeintliche Stück

---

3 Im Original steht das Wort *étron,* welches aus Gründen der Wohlanständigkeit durch das obenstehende ersetzt worden ist.

Zuckerhut fallen. Der Advokat hob es vergnügt auf und sagte zum Herrn de la Tirelière: »Dieser schlaue Mensch wird heut unsere Zeche bezahlen; machen wir uns aber schnell aus dem Staube, damit er uns nicht auf frischer That ertappt.« Darauf gingen sie in ein Gasthaus und sagten der Schaffnerin: »Macht ein helles Feuer an und bringt Brot und Wein, auch ein gutes Stück Fleisch, wir können zahlen.« Die Schaffnerin bediente sie nach Wunsch. In der Hitze des Essens und Trinkens aber weichte der Käse in der Brusttasche des Advokaten auf, und es begann im Zimmer sehr zu stinken. Er wandte sich deshalb zornig an die Schaffnerin und sagte, sie hätte die unsauberste Wirthschaft, wie denn das röche. Dem Herrn de la Tirelière stieg der Parfum auch in die Nase und er schimpfte ebenfalls. Die Schaffnerin war aber über den Vorwurf der Unsauberkeit sehr aufgebracht und rief aus: »Beim heiligen Petrus, mein Haus ist so reinlich, daß, wenn es hier schlecht riecht, Ihr den Geruch mitgebracht haben müßt.« Die beiden standen vom Tisch auf, spuckten aus und gingen ans Feuer, um sich zu wärmen. Dabei zog der Advokat sein Taschentuch und gleichzeitig auch das Packet aus der Tasche, und das brachte Licht in die ganze Sache. Ihr könnt Euch denken, wie die Schaffnerin, die sie so beleidigt hatten, sich nun lustig machte, und wie der Advokat sich schämte, in Täuschungen, womit er doch sein ganzes Leben verbracht hatte, sich von einem Apothekergehilfen übertrumpft zu sehen. Die Schaffnerin hatte aber kein Mitleid und ließ sie die ganze Zeche bezahlen, alles, was sie sich bestellt hatten, indem sie sie damit höhnte, daß sie doch recht betrunken sein müßten, denn sie hätten durch Mund und Nase getrunken. Die Armen zogen mit ihrer Schande und ihrer Ausgabe ab. Kaum waren sie auf der Straße als sie den Apothekergehilfen trafen, der alle Leute fragte, ob sie nicht einen Zuckerhut, in Papier eingewickelt, gesehen hätten. Sie versuchten, an ihm vorbeizukommen, er rief aber dennoch dem Advokaten zu: »Wenn Ihr meinen

Zuckerhut habt, bitte, gebt ihn mit wieder; Diebereien sind einem armen Teufel, wie ich bin, gegenüber recht unangebracht.« Auf sein Rufen liefen alle Leute der Stadt zusammen, um ihren Streit mit anzuhören; die Sache wurde auch vor allen Leuten festgestellt, und zwar war der Apothekergehilfe eben so froh, bestohlen worden zu sein, wie die beiden anderen niedergeschlagen, eine so niedrige Dieberei ausgeführt zu haben. Sie beruhigten sich aber in der Hoffnung, ihm es ein anderes Mal mit Zinsen heimzuzahlen.

»Wir sehen sehr oft«, sprach Simontault weiter, »daß so etwas Leuten passirt, welche sich an Schlauheit und Durchtriebenheit vergnügen wollen. Hätte der Edelmann nicht auf Kosten Anderer essen wollen, würde er nicht so Unangenehmes zu riechen bekommen haben. Es ist wahr, meine Erzählung ist nicht besonders reinlich, aber Ihr habt mir geboten, die Wahrheit zu sagen, und das habe ich gethan, um zu zeigen, daß, wenn ein Betrüger betrogen wird, kein Mensch darüber betrübt ist.« – »Man sagt bereitwillig«, sagte Hircan, »daß Worte nie häßlich berühren können, die aber, über deren Lippen sie kommen, sind nicht so einfach fertig damit, sie spüren sie wohl.« – »Es ist richtig«, sagte Oisille, »daß gewisse Worte nicht unangenehm berühren; andere aber wieder, die gemeinen und häßlichen, haben einen so widerlichen Geruch, daß die Seele durch sie nicht minder beleidigt wird, als es das Geruchsorgan jener durch den vermeintlichen Zuckerhut wurde.« Hircan sagte: »Ich bitte Euch, nennt mir doch die Worte, die so gemein sind, daß sie Herz und Seele einer anständigen Frau beleidigen müssen.« – »Nun, das wäre das Richtige«, antwortete Oisille, »Euch die Worte zu sagen, die ich jeder Frau abgerathen habe, auszusprechen.« Saffredant sagte: »Nun weiß ich sehr wohl, welche Ausdrücke das sind, die die Frauen gemeiniglich nicht gebrauchen, und weshalb sie sich dann für sehr anständig halten. Aber ich bitte alle, die hier sind, mir zu sagen, weshalb sie, obgleich sie sie auszusprechen sich scheuen, doch so bereitwillig lachen, wenn sie vor ihnen ausgesprochen werden. Ich kann nicht recht verstehen, wie eine Sache, welche so mißfällt, zum Lachen neigen kann.« Parlamente antwortete: »Wir lachen nicht, weil wir diese Worte hören. Aber es ist wahr, jeder ist zum Lachen geneigt, wenn man einen wanken sieht, oder wenn einer etwas ganz Zusammenhangsloses sagt, wie es oft vorkommt, daß man sich beim Reden verschnappt und ein Wort an Stelle eines anderen setzt, was auch den besten Rednern und den klügsten Leuten passiren kann. Aber wenn ihr Männer unter Euch aus innerem Vergnügen von häßlichen Zoten erzählt, wohl wissend, wie häßlich das ist, so kenne ich allerdings keine Frau, die solche Leute nicht so sehr verabscheut, daß sie sie nicht nur nicht anhören will, sondern ihre Gesellschaft flieht.« Guebron sagte: »Richtig ist allerdings, daß ich Frauen das Zeichen des Kreuzes habe machen sehen, wenn sie solche Worte hörten, die sie nachher gar zu gern sich noch einmal hätten sagen lassen.« – »Wie oft«, warf Simontault ein, »haben sie nicht ihre Maske vorgenommen, um ungenirt zu lachen, während sie sich äußerlich zornig stellten?« – »Das war immer noch besser«, sagte Parlamente, »als ganz frei zu verstehen zu geben, daß sie Gefallen an dem Wort fanden.« Dagoucin fragte: »Ihr lobt also die Hypokrisie der Frauen eben so wie die Tugend?« – »Die Tugend ist immer das bessere«, sagte Longarine, »wo sie aber fehlt, muß man sich mit der Hypokrisie helfen, wie wir uns hoher Absätze bedienen, um größer auszusehen. Es ist immer schon etwas, wenn wir unsere Unvollkommenheiten verdecken können.« Hircan sagte: »Manchmal wäre es bedeutend besser, ruhig eine Unvollkommenheit zu zeigen, als sie mit dem Mantel der Tugend zu verdecken.« Emarsuitte sagte: »Es ist wahr, ein geliehenes kostbares Kleid entehrt ebenso denjenigen, der gezwungen wird, es abzulegen, wie es ihn ehrte, so lange er es trug. So giebt es auch Frauen auf der Erde, die, um einen kleinen Fehler zu verdecken, nur um so größere begangen haben.« Hircan sagte: »Ich ahne, welche bestimmte Frau Ihr meint; zum mindesten aber nennt sie nicht beim Namen.« – »Ich gebe Euch das Wort«, sagte Guebron, »und wenn Ihr mit der Geschichte zu Ende seid, so sagt uns die Namen, wir versprechen Euch, sie geheim zu halten.« Emarsuitte sagte: »Ich verspreche es Euch, denn es giebt nichts, was man nicht mit Anstand erzählen könnte.«

Dreiundfünfzigste Erzählung.

Von der persönlichen Geschicklichkeit eines Prinzen, um ein ihm unangenehmes Liebesverhältniß seiner Geliebten mit einem Edelmann zu beseitigen.

Als der König Franz I. sich einmal in einem schön gelegenen Schlosse, wohin er sowohl um zu jagen als auch um eine Zeit lang sich auszuruhen, mit kleinem Gefolge gegangen war, aufhielt, hatte er in seiner Gesellschaft einen achtbaren, tugendhaften und schönen Prinzen, den keiner am Hofe übertraf. Derselbe hatte eine Frau von nicht eben großer Schönheit geheirathet, die er aber liebte und so gut behandelte, wie nur ein Mann seine Frau behandeln konnte. Er vertraute ihr auch so sehr, daß er es ihr nicht verheimlichte, wenn er einmal eine andere liebte, da er wußte, daß sein Wille auch der ihrige war. Der Prinz faßte ein lebhaftes Interesse für eine junge Witwe, welche den Ruf hatte, die schönste Frau zu sein, die man sehen konnte. Obwohl dieser Prinz sie sehr liebte, liebte seine Frau sie nicht minder, lud sie oft zu sich und fand sie so verständig und ehrbar, daß sie, anstatt über die Liebe ihres Mannes zu jener betrübt zu sein, sich nur freute, daß er zu einer so ehrbaren und tugendhaften Dame Neigung gefaßt hatte. Lange Zeit dauerte dieses Freundschaftsverhältniß fort, so zwar, daß um alle Angelegenheiten dieser Dame der

Prinz sich wie um seine eigenen bekümmerte, und die Prinzessin, seine Frau, that dies nicht minder. Wegen ihrer Schönheit bemühten sich aber viele hochstehende Herren und Edelleute um ihre Gunst, die einen nur um ihre Liebe, die anderen um ihre Hand, denn, abgesehen von ihrer Schönheit, war sie auch sehr reich. Unter anderen war da ein junger Edelmann, der ihr sehr nachstellte, morgens und abends bei ihrer Toilette anwesend war und auch so weit er konnte den ganzen Tag. Das gefiel dem Prinzen nicht sonderlich, da er meinte, daß ein Mann von so niederem Stande und von so geringer Anmuth nicht verdiene, so liebenswürdig aufgenommen zu werden. Er machte also oft der Dame Vorstellungen darüber. Sie aber, die eine Herzogstochter war, entschuldigte sich und sagte, sie spreche mit allen gleichmäßig freundlich, wodurch ihr Verhältniß nur noch besser verborgen bleibe, da die Leute sähen, daß sie zu dem einen so liebenswürdig wie zu dem anderen sei. Nach Verlauf einiger Zeit aber hatte dieser Edelmann, der sie heirathen wollte, sie so eifrig umworben, daß sie ihm, mehr um seinen Zudringlichkeiten zu entgehen als aus Liebe, versprochen hatte, ihn zu heirathen; sie bat ihn aber, nicht eher eine öffentliche Heirath zu verlangen, bis sie ihre Tochter verheirathet habe. Von nun an ging der Edelmann, ohne sich ein Gewissen daraus zu machen, zu jeder beliebigen Stunde in ihr Zimmer, und nur eine Kammerfrau und ein Diener waren in die Angelegenheit eingeweiht. Als der Prinz nun sah, daß der Edelmann immer mehr im Hause seiner Geliebten heimisch wurde, fand er das so ungehörig, daß er sich eines Tages nicht enthalten konnte, zu der Dame zu sagen: »Ich habe Eure Ehre immer wie die meiner leiblichen Schwester geliebt, und Ihr wißt, was für Vorstellungen ich Euch immer gemacht habe, und wie ich zufrieden gewesen bin, eine so verständige und tugendhafte Dame, wie Ihr seid, zu lieben. Wenn ich aber annehmen müßte, daß ein anderer aus reiner Zudringlichkeit von Euch das erlangen könnte, was ich mir selbst nicht gegen Euren Willen von Euch erwünsche, so wäre das für mich eine unerträgliche und für Euch nicht minder unehrenhafte Sache. Ich sage Euch das, weil Ihr jung und schön seid und bisher in gutem Rufe gestanden habt, während jetzt allerhand Gerüchte, Euch betreffend, herumlaufen. Denn obgleich er nicht aus eben so hohem Hause und Euch auch nicht an Gütern und Ansehen noch auch an Verstand und Anmuth gleich ist, wäre es doch viel besser, daß Ihr ihn geheirathet hättet, als daß Ihr jetzt allen Leuten Veranlassung zum Gerede gebt. Deshalb bitte ich Euch, sagt mir, ob Ihr entschlossen seid, ihn zu lieben. Ich will ihn nicht zum Genossen haben und überlasse ihn Euch ganz, indem ich meine Neigung für Euch aufgebe.« Die Dame begann zu weinen, da sie befürchtete, seine Freundschaft zu verlieren, und schwur ihm, daß sie lieber sterben wolle, als den Edelmann, von dem er spreche, heirathen; er sei aber so zudringlich, daß sie ihm nicht verwehren könne, daß er zu einer Zeit, wo auch andere kämen, ihr Zimmer beträte. »Von dieser Zeit spreche ich nicht, denn da kann ich so gut wie er zu Euch kommen, und ein jeder kann sehen, was Ihr thut. Aber man hat mir auch erzählt, daß er zu Euch kommt, wenn Ihr zu Bett gegangen seid, und das finde ich so sonderbar und ungehörig, daß, wenn Ihr dieses Leben fortsetzt und ihn nicht für Euren Gatten ausgebt, Ihr eine ganz ehrlose Frau seid.« Sie schwor ihm hoch und theuer, daß er weder ihr Gatte noch ihr Freund sei, und daß sie ihn nur für einen sehr zudringlichen Edelmann halte. Nun sagte der Prinz: »Wenn dem so ist, daß er Euch belästigt, so will ich Euch von ihm befreien.« – »Wie«, fragte sie, »wollt Ihr ihn tödten?« – »Nein, nein«, antwortete jener, »aber ich werde ihm zu wissen geben, daß dies weder der Ort noch das Haus ist – welches dem königlichen nicht nachsteht – wo man Damen in üblen Ruf bringt. Und ich schwöre Euch bei meiner Freundschaft für Euch, daß, wenn er, nachdem ich mit ihm gesprochen habe, sich nicht zur Strafe zurückzieht, ich ihn so strafen werde, daß die anderen sich ein Beispiel daran nehmen können.« Mit diesen Worten entfernte er sich, und als er aus dem Zimmer trat, stieß er gerade auf den fraglichen Edelmann, der eben eintreten wollte. Er sagte ihm alles was er sich vorgenommen hatte, und versicherte ihm, daß er das erste Mal, wo er ihn außer der Zeit, wo Edelleute Damen besuchen dürfen, hier antreffen werde, ihm eine solche Furcht einjagen werde, daß er sich zeitlebens daran erinnern solle, und daß die Dame von zu hohem Stande sei, um sie nur als eine Kurzweil anzusehen. Darauf versicherte ihm der Edelmann, daß er niemals bei der Dame zu anderer Zeit wie die anderen auch gewesen sei und daß, wenn er ihn zu ungehöriger Stunde dort fände, es ihm freistehe, ihm das Schlimmste, was er ausfindig machen könnte, anzuthun. Als nun einige Tage später der Edelmann dachte, daß der Prinz seine Drohungen vergessen habe, besuchte er wieder eines Abends die Dame seines Herzens und blieb ziemlich lange bei ihr. Der Prinz erzählte seiner Frau, seine Angebetete habe sich sehr stark erkältet, weshalb die gute Frau ihn bat, sie auch zugleich in ihrem Namen zu besuchen und sie zu entschuldigen, daß sie nicht selbst kommen könne; sie hätte einige nöthige häusliche Geschäfte. Nun wartete der Prinz, bis der König sich zur Ruhe begeben hatte, und machte sich dann auf, um seiner Angebeteten guten Abend zu sagen. Als er aber die Treppe hinaufstieg, traf er einen Diener seiner Herrin, der hinunterging; er fragte ihn, was seine Herrin mache, worauf er versicherte, sie habe sich hingelegt und schlafe. Der Prinz stieg wieder hinunter, argwöhnte aber, daß der Diener gelogen habe. Er blickte sich also um und sah, wie der Diener in aller Eile wieder zurückging. Nun ging er im Hof vor der Thür auf und ab, um zu sehen, ob der Diener wieder herunterkommen würde. Eine Viertelstunde später sah er ihn die Treppe herabkommen und sich nach allen Seiten umschauen, ob jemand im Hofe wäre. Sofort ahnte der Prinz, daß der Edelmann im Zimmer der Dame sei und aus Furcht vor ihm nicht herunterzukommen wage. Er ging nun noch lange auf und ab, und da er bemerkte, daß das Zimmer seiner Dame ein nicht sehr hohes sei und ein nach dem Garten gehendes Fenster habe, dachte er an das Sprüchwort: »Wer nicht durch die Thür entweichen kann, steigt zum Fenster hinaus.« Er rief also seinen Diener und sagte ihm: »Gehe in den Garten hier hinten, und sobald Du einen Edelmann zum Fenster hinausspringen siehst und er unten angekommen ist, ziehe Deinen Degen, schlage damit gegen die Mauer und rufe: ›Tödtet ihn, tödtet ihn‹; aber hüte Dich, ihm etwas zu thun.« Der Diener begab sich an den ihm angewiesenen Platz, und der Prinz ging bis ungefähr drei Uhr morgens auf und ab. Als der Edelmann hörte, daß der Prinz immer noch im Hofe sei, entschloß er sich, zum Fenster hinauszuspringen, und nachdem er erst seinen Mantel hinuntergeworfen hatte, sprang er mit Hülfe seiner Freundin nach. Sobald der Diener ihn jedoch sah, klirrte er laut mit seinem Degen und rief darauf: »Tödtet ihn!« Der arme Edelmann dachte nicht anders, als es wäre der Prinz selbst, Furcht ergriff ihn, und indem er seinen Mantel zurückließ, floh er in möglichster Eile und fand am Thor die Schaarwächter, die sehr verwundert waren, ihn so laufen zu sehen. Er sagte ihnen aber nichts, sondern bat sie nur, ihm das Thor aufzumachen, oder ihn bis zum anderen Morgen in ihrer Wachtstube aufzunehmen; sie thaten letzteres, denn sie hatten keine Schlüssel. Der Prinz ging nun nach seiner Wohnung zurück, und da er seine Frau schlafend fand, weckte er sie auf und sagte zu ihr: »Schläfst Du, meine Liebe? Wie spät ist es denn?« – »Seitdem ich mich abends zu Bett gelegt habe, habe ich die Uhr nicht mehr schlagen hören.« Er sagte: »Es ist drei Uhr vorbei.« – »Wo seid Ihr so lange gewesen? Ich fürchte, daß Eure Gesundheit darunter leidet.« Der Prinz antwortete: »Ich werde niemals vom Wachen krank werden, wenn ich damit diejenigen vom Schlafe abhalte, welche mich zu täuschen glauben.« Während er das sagte, lachte er so laut, daß sie ihn bat, ihr zu erzählen, was vorgefallen sei. Er erzählte es ihr in aller Länge, zeigte ihr die Beute, die sein Diener mitgebracht hatte, und nachdem sie lange auf Unkosten der armen Leute gelacht hatten, schliefen sie eben so ruhig ein, als die anderen in Furcht und Unruhe schwebten, daß ihre Angelegenheit aufgedeckt werden könnte. Da der Edelmann aber wußte, daß er den Prinzen nicht hintergehen konnte, kam er des andern Morgens zu ihm, bat sich seinen Mantel aus und flehte, die Sache geheim zu halten. Der Prinz that, als wüßte er garnichts und blieb so ernst und ruhig, daß der Edelmann nicht wußte, was er glauben solle. Später aber erhielt er einen Bescheid, den er nicht erwartet hatte; der Prinz ließ ihm nämlich melden, daß, wenn er jemals zurückkehrte, er es dem König sagen und ihn vom Hofe verbannen lassen werde.

Hiermit beendete Emarsuitte ihre Erzählung und fuhr dann fort: »Nun urtheilt selbst, meine Damen, ob es nicht viel besser gewesen wäre, wenn diese Dame freimüthig alles dem erzählt hätte, der ihr mit seiner Liebe und Achtung so große Ehre erwies, als sich zu verstellen, bis alles auf eine Weise an den Tag kam, die nur schimpflich für sie war?« Guebron sagte: »Sie wußte aber sehr wohl, daß, wenn sie ihm alles erzählte, sie seine Gunst, die sie um keinen Preis verlieren wollte, gänzlich verlieren würde.« – »Mir scheint«, sagte Longarine, »wenn sie einmal einen Gatten aus freier Wahl genommen hatte, so konnte ihr der Verlust der Freundschaft aller übrigen gleichgiltig sein.« Parlamente sagte: »Ich glaube wohl, daß, wenn sie ihre Heirath bekannt gegeben hätte, sie sich auch mit ihrem Manne begnügt haben würde; da sie dieselbe aber bis zur Verheirathung ihrer Tochter geheim halten wollte, wollte sie einen so ehrbaren Vorwand nicht aufgeben.« – »Das ist es nicht«, wandte Saffredant ein, »es liegt nur daran, daß der Ehrgeiz der Frauen so groß ist, daß sie sich niemals mit einem Mann allein begnügen. Ich habe gehört, daß selbst die verständigsten gern drei haben einen für die Ehre, einen für den Nutzen und einen für das Vergnügen; jeder der drei glaubt immer am meisten geliebt zu sein, aber die beiden ersten dienen nur dem letzten.« Oisille sagte: »Ihr sprecht von solchen, die weder Ehre noch Liebe haben.« Saffredant sagte: »Unter den von mir Geschilderten giebt es solche, die Ihr gewiß für die ehrbarsten Frauen des Landes haltet.« – »Glaubt mir nur«, sagte Hircan, »eine kluge Frau versteht immer zu leben, wo hundert andere Hungers sterben.« Longarine sagte: »Ist ihre Schlauheit aber erst bekannt, so ist es ihr Tod.« – »Im Gegentheil, das Leben«, sagte Simontault, »denn sie rechnen es sich zu nicht geringem Ruhm, für klüger als ihre Genossinnen gehalten zu werden, und die Bezeichnung ›kluge Frauen‹ bringt viel mehr als ihre Schönheit ihre Anbeter in ihre Netze, obwohl sie ihren Namen nur auf ihre Kosten erlangt haben; denn unter Liebenden bereitet es mit das größte Vergnügen, ihr Verhältniß klug geführt zu haben.« Emarsuitte sagte: »Ihr sprecht also nur von einer verwerflichen Liebe, denn eine wahre braucht keinen Deckmantel.« Dagoucin sagte: »Ich bitte Euch, gebt diese Meinung auf, denn je kostbarer ein Getränk ist, um so weniger müssen andere etwas davon wissen, wegen des schlechten Geredes derer, die sich nur an die äußeren Zeichen halten, und die ganz gleich ungläubig einer guten und einer schlechten Freundschaft gegenüber stehen. Man muß die Liebe deshalb eben so gut verborgen halten, wenn sie eine tugendhafte, als wenn sie das Gegentheil ist, um nicht dem absprechenden Urtheil derjenigen anheimzufallen, die nicht glauben wollen, daß ein Mann eine Dame wirklich in allen Ehren lieben könne, und die nur annehmen, daß, weil sie selbst der Genußsucht unterthan sind, es mit allen anderen ebenso sein müsse.« – »Wenn wir aber alle ehrlich sind, so würde unser Blick und unsere Rede wenigstens denen nicht unklar sein, welche lieber sterben möchten, als Schlechtes voraussetzen.« – »Ich versichere Euch, Dagoucin«, sagte Hircan, »daß Ihr eine so hohe Philosophie habt, daß kein Mensch sie versteht und Euch glaubt; Ihr wollt uns nämlich glauben machen, daß die Menschen Engel, Steine oder Teufel seien.« – »Ich weiß wohl«, erwiderte Dagoucin, »daß die Menschen Menschen und den Leidenschaften unterworfen sind. Immerhin giebt es aber welche, die lieber sterben möchten, als daß um ihres Vergnügens willen ihre Herzensdame etwas gegen ihr Gewissen thäte.« Guebron sagte: »Es stirbt sich nicht so leicht; ich werde nicht daran glauben, und wenn es mir auch von dem ernsthaftesten und strengsten Mönch gesagt werden sollte.« Hircan sagte: »Aber ich glaube, daß es keine giebt, die nicht das Gegentheil wünschten; und wenn die Trauben so hoch sind, daß sie nicht erreichbar sind, thun sie, als liebten sie sie nicht.« Nomerfide sagte: »Jedenfalls glaube ich, daß die Frau des Prinzen sehr erfreut war, daß ihr Mann die Frauen kennen lernte.« Emarsuitte sagte: »Ich versichere Euch, es war nicht so, sie war nur betrübt, da sie ihn wahrhaft liebte.« – »Dann ist mir die gerade so lieb«, sagte Saffredant, »welche nur lachte, als ihr Mann ihre Zofe küßte.« Emarsuitte sagte: »Das müßt Ihr uns erzählen, ich gebe Euch das Wort.« Saffredant sagte: »Die Geschichte ist nur kurz, ich will sie Euch aber doch erzählen; es ist mir lieber, wenn ich Euch damit zum Lachen bringe, als wenn ich lange spreche.«

Vierundfünfzigste Erzählung.

Von einer gutgearteten Frau, welche bemerkt, daß ihr Mann ihre Kammerzofe küßt, darüber aber nur lacht, und nach dem Grunde befragt, nur antwortet, sie lache wegen eines Schattenbildes.

Zwischen den Pyrenäen und den Alpen lebte ein Edelmann, namens Thogas, der Frau, Kinder, eine schöne Besitzung und so viel Reichthümer und Vergnügungen hatte, daß er wahrlich glücklich sein konnte, bis auf den einen Umstand, daß er an immerwährenden Schmerzen, welche an den Haarwurzeln ihren Sitz hatten, litt. Die Aerzte hatten ihm deshalb gerathen, mit seiner Frau keinen Umgang mehr zu haben. Sie war damit sofort einverstanden, denn das Leben und die Gesundheit ihres Mannes ging ihr über Alles. Sie ließ ihr Bett dem ihres Mannes gegenüber an die entgegengesetzte Wand stellen, in gerader Linie, so daß, wenn sie den Kopf heraussteckten, sie sich gegenseitig sehen konnten. Diese Dame hatte zwei Kammerzofen, und oftmals, wenn ihr Mann und sie zu Bett gegangen waren, nahm ein Jedes noch ein unterhaltendes Buch, um darin im Bett zu lesen, und dann hielten die Kammerzofen die Kerzen, und zwar die junge beim Herrn, die ältere bei der Dame. Als nun der Edelmann sah, daß die Zofe neben ihm viel jünger und schöner als seine Frau war, machte es ihm so großes Vergnügen, sie zu betrachten, daß er oft seine Lektüre unterbrach, um mit ihr zu plaudern. Seine Frau hörte das sehr wohl, fand es aber ganz angemessen, daß ihre Diener und Dienerinnen ihrem Mann die Zeit verbringen halfen; sie nahm an, daß das seine Neigung zu ihr nicht erschüttere. Eines Abends aber, als sie länger als gewöhnlich gelesen hatte, sah die Dame nach dem Bett ihres Mannes herüber, wo das junge Mädchen stand und das Licht hielt. Sie konnte sie nur von rückwärts sehen, ebensowenig erblickte sie etwas von ihrem Mann; nur auf der Wand nach dem Ofen hin, welche in einem Bogen vom Bett ihres Mannes aus lief, sah sie auf der weißen Fläche, auf welche das volle Licht der Lampe fiel, die Schattenbilder der Gesichter ihres Mannes und der Zofe, ob sie sich einander näherten oder von einander entfernten, oder lachten. Sie konnte das alles so genau sehen, als hätte sie die Gesichter selbst vor sich. Der Edelmann achtete hierauf garnicht, war vielmehr ganz sicher, daß ihn seine Frau nicht sehen konnte, und küßte das Kammermädchen. Einmal sah sich seine Frau das mit an, ohne etwas zu sagen; als sie aber sah, daß die Schattenbilder sehr oft zu dieser Vereinigung der Lippen zurückkehrten, fürchtete sie, daß dahinter noch mehr stecken möchte. Sie fing deshalb plötzlich ganz laut zu lachen an, so daß die Schatten sich davor erschreckten und zurückfuhren. Der Edelmann fragte, weshalb sie so sehr gelacht habe, sie möchte ihn an ihrer Freude theilnehmen lassen. Sie antwortete: »Mein Lieber, ich bin so dumm, über ein Schattenbild zu lachen.« Soviel er auch bat, sie sagte ihm nichts weiter; für sie hatte er nur ein Schattenbild geküßt.

»Diese Geschichte ist mir eingefallen«, fuhr Saffredant fort, »als Ihr von der Dame erzähltet, welche die Geliebte ihres Mannes liebte.« – »Nun wahrhaftig«, sagte Emarsuitte, »wenn mir das meine Zofe angethan hätte, ich würde ihr die Kerze auf ihrer Nase zerschlagen haben.« – »Ihr seid sehr heftig«, sagte Hircan, »das hätte aber eine schöne Wirkung gehabt, wenn Euer Mann und Eure Zofe sich gegen Euch zusammengethan und Euch durchgeprügelt hätten; wegen eines Kusses muß man nicht erst so viel Lärm schlagen. Besser wäre es noch gewesen, wenn seine Frau keine Worte gesagt und ihn sich ruhig die kleine Erholung hätte nehmen lassen, die ihn vielleicht von seiner Krankheit geheilt hätte.« Parlamente warf ein: »Sie befürchtete ja eben, daß die

Fortsetzung dieses Zeitvertreibes ihn nur noch kränker gemacht hätte.« – »Sie gehörte nicht zu denen«, sagte Oisille, »von denen unser Heiland gesagt hat: ›Mir haben Euch betrübt, und Ihr habt nicht geweint, und wir haben Euch vorgesungen, und Ihr habt nicht getanzt‹. Denn als ihr Mann krank war, weinte sie, und als er vergnügt war, lachte sie. So müßten alle guten Frauen die Hälfte des Guten und Schlechten, der Freude und der Traurigkeit ihrer Männer tragen, und sie lieben und ihnen gehorsam sein, wie die Kirche Jesus Christus befiehlt.« Parlamente sagte: »Unsere Männer müßten zu uns also so stehen, wie Jesus Christus zur heiligen Kirche?« Saffredant antwortete: »Das thun wir auch und, wenn möglich, würden wir ihn übertreffen; denn Jesus Christus ist nur einmal für die Kirche gestorben, und wir sterben alle Tage für unsere Frauen.« – »Sterben!« rief Longarine aus; »mir scheint, daß Ihr alle hier jetzt wie blanke Thaler ausseht gegen Kupfergeld, das Ihr vor der Heirath wart.« – »Ich weiß wohl, weshalb«, sagte Saffredant, »weil jetzt unser Werth auch oft anerkannt wird; aber unsere Schultern fühlen es wohl, lange schwere Last getragen zu haben. Ihr hättet nur einen Monat lang genöthigt sein sollen, den Panzer zu tragen und auf bloßer Erde zu schlafen, Ihr würdet schon Sehnsucht nach dem Bett und nach der Last Eurer guten Frau haben, über die Ihr Euch jetzt beklagt. Man sagt aber mit Recht, daß alle Dinge sich ertragen lassen, nur nicht das Wohlergehen, und die Ruhe kann man erst recht würdigen, wenn man sie verloren hat.« Oisille sagte: »Diese gute Frau, welche lachte, wenn ihr Mann fröhlich war, mußte doch wohl sich etwas Gewalt anthun, um ruhig zu bleiben.« – »Ich glaube«, sagte Longarine, »sie liebte mehr ihre Ruhe, als ihren Mann, da sie sich nichts, was er auch thun mochte, zu Herzen nahm.« Parlamente erwiderte: »Sie nahm sich sehr wohl zu Herzen, was für sein Gewissen und seine Gesundheit nachtheilig sein konnte; sie wollte aber auch nicht aus einer Mücke einen Elephanten machen.« – »Wenn Ihr von Gewissen sprecht«, sagte Simontault, »so bringt Ihr mich nur zum Lachen; das ist eine Sache, um die sich, wie ich möchte, eine Frau nicht kümmern sollte, außer im Nothfall.« Nomerfide sagte: »Dann wäre es ja nur am Platze, wenn Ihr eine Frau hättet, wie diejenige, welche nach dem Tode ihres Mannes klar zeigte, daß sie das Geld mehr als ihr Gewissen liebte.« – »Ich bitte Euch«, sagte Saffredant, »erzählt uns die Geschichte, und zu diesem Zwecke gebe ich Euch das Wort.« Nomerfide antwortete: »Ich hatte mir eigentlich nicht vorgenommen, eine so kurze Geschichte zu erzählen; da sie aber gerade ein Beispiel für meine Bemerkung ist, will ich sie jetzt mittheilen.«

Fünfundfünfzigste Erzählung.

Von der Schlauheit einer Spanierin, um die Bettelmönche um ein Vermächtniß ihres Mannes zu bringen.

In der Stadt Saragossa lebte ein Kaufmann, welcher, da er seinen nahen Tod voraussah und die Güter hergeben mußte, welche er vielleicht mit schlechten Mitteln erworben hatte, daran dachte, seine Sünden zu büßen, indem er alles den Bettelorden vermachte, ohne zu bedenken, daß dann seine Frau und seine Kinder nach seinem Ableben Hungers sterben würden. Als er nun sein Haus bestellt hatte, sagte er, daß man ein gutes spanisches Pferd, worin fast sein ganzes Vermögen bestand, zu dem höchsten möglichen Preise verkaufen und dieses Geld nach seiner Bestimmung vertheilen solle. Als das Begräbniß vorbei und die ersten Thränen vergossen waren, ging die Frau, welche auch nicht dümmer als Spanier sonst sind, war, zu dem Diener, welcher wie sie den letzten Willen ihres Mannes kannte, und sprach zu ihm: »Es scheint mir, daß ich an der Person meines Gatten, den ich so sehr liebte, genug verloren habe, um nicht auch noch des Restes meiner Güter verlustig zu gehen. Dennoch aber möchte ich nicht seinem Wort ungehorsam sein, sondern im Gegentheil noch mehr seinen Wünschen entsprechen; der arme Mann wollte Gott ein Opfer bringen, indem er nach seinem Tode eine solche Summe fortgab, während er, wie Ihr wißt, in seinem Leben nicht einen Thaler zu den größten Nothwendigkeiten hergeben wollte. Ich habe demnach beschlossen, daß wir das, was er durch seinen Tod beschlossen hat, noch besser ausführen wollen, als er es gethan hätte, wenn er vierzehn Tage länger gelebt hätte; ich werde für die Nothdurft meiner Kinder sorgen, es darf aber Niemand in der Welt etwas davon erfahren.« Als sie dann dem Diener das Versprechen, es geheim zu halten, abgenommen hatte, sprach sie weiter: »Ihr werdet das Pferd verkaufen; wenn Euch die Leute fragen, wie viel es kostet, so antwortet: Einen Dukaten. Ich habe aber eine sehr schöne Katze, die ich mit verkaufen will, und für diese fordert neunundneunzig Dukaten, so daß das Pferd und die Katze zusammen die hundert Dukaten einbringen, die mein Mann für das Pferd allein haben wollte.« Der Diener erfüllte pünktlich den Befehl seiner Herrin; denn als er das Pferd über den Platz führte, die Katze im Arm, fragte ihn ein Edelmann, der das Pferd von früher kannte und zu besitzen gewünscht hatte, wieviel er rund dafür verlangte. Er antwortete: »Einen Dukaten.« – »Ich bitte Dich, mache Dich nicht lustig über mich.« – »Ich versichere Euch, Herr, daß es Euch nicht mehr als einen Dukaten kosten wird. Freilich ist es wahr, daß man zugleich die Katze mitkaufen muß, und diese kostet rund neunundneunzig Dukaten.« Sogleich bezahlte der Edelmann, welcher das für einen guten Handel hielt, einen Dukaten für das Pferd, und den Rest, wie er es verlangt hatte, worauf er seine Waare heimführte. Der Diener seinerseits trug sein Geld fort, worüber seine Herrin sich sehr freute und nicht verfehlte, den Dukaten, für den das Pferd verkauft worden war, an die armen Bettelmönche zu vertheilen, wie es ihr Gemahl bestimmt hatte, und das Uebrige zum Verbrauch für sich und ihre Kinder zurückbehielt.

»Meint Ihr nicht«, sagte Nomerfide, »daß diese Frau viel klüger war als ihr Mann, und daß sie ebensoviel Werth auf ihr Gewissen, als auf den Vortheil ihrer Wirthschaft legte?« – »Ich glaube«, sagte Parlamente, »daß sie ihren Mann sehr geliebt hat; da sie aber sah, daß er vor seinem Tode sein Haus schlecht bestellt hatte, wollte sie, die sein Gemüth kannte, seinen Willen zum Besten seiner Kinder auslegen, was ich für sehr weise halte.« – »Wie?« meinte Guebron, »haltet Ihr es denn nicht für einen großen Fehler, die Testamente der todten Freunde nicht genau auszuführen?« – »Gewiß«, sagte Parlamente, »vorausgesetzt, daß der Testator bei Verstand war.« – »Nennt Ihr es eine Verirrung«, fragte Guebron, »sein Gut der Kirche und den Bettelmönchen zu vermachen?« – »Ich nenne es keine Verirrung«, sagte Parlamente, »wenn der Mensch den Armen giebt, was Gott in seine Macht gelegt hat; aber alles zu geben, was man beim Tode besitzt, und die Familie nachher dem Hunger auszusetzen, das kann ich nicht billigen; ich glaube, daß es Gott eben so angenehm ist, wenn man für die armen auf der Welt zurückgelassenen Waisen sorgt, welche, wenn sie nichts zu leben haben und von Armuth bedrückt sind, oft, anstatt ihre Väter zu segnen, sie verfluchen, wenn sie vom Hunger gequält werden; denn der, welcher die Herzen kennt, kann nicht getäuscht werden und urtheilt nicht nach den Werken, sondern nach dem Glauben und der Liebe, welche man ihm erwiesen hat.« – »Woher kommt es denn also«, fragte Guebron, »daß heute in allen Ständen der Geiz so eingewurzelt ist, daß die Mehrzahl der Menschen mit Almosen wartet, bis sie sich dem Tode nahe fühlen und Gott Rechenschaft ablegen sollen? Ich glaube, sie hängen so sehr an ihren Reichthümern, daß, wenn sie sie mit sich nehmen könnten, sie es sicher thäten; das ist aber die

Stunde, wo ihnen das Gericht des Herrn mit größerer Schärfe vor Augen tritt, als in ihrer Todesstunde; denn alles, was sie zeitlebens gethan haben, Gutes und Schlechtes, steigt in diesem Augenblick vor ihnen auf. Das ist die Stunde, wo die Blätter unseres Gewissens aufgeschlagen sind, und wo Jeder darauf das Gute und Schlechte, was er gethan hat, lesen kann; denn die bösen Geister unterlassen nichts, was sie dem Sünder vor die Augen führen könnten, einerseits, um ihn zu dem Wahn zu bringen, gut gelebt zu haben, andererseits, um sie an der Barmherzigkeit Gottes zweifeln zu lassen, und das alles, um sie vom rechten Wege abzubringen.« Nomerfide sagte: »Es scheint mir, Hircan, daß Ihr eine diesbezügliche Geschichte wißt, ich bitte, erzählt sie uns, wenn der Inhalt dieser Gesellschaft würdig ist.« – »Ich will wohl«, antwortete dieser, »obwohl es mir leid thut, etwas zu Ungunsten jener zu sagen, dürfen auch diese, da wir weder Könige, noch Herzöge, noch Grafen, noch Barone geschont haben, sich nicht für beleidigt halten, wenn wir sie auf gleiche Stufe mit so vielen angesehenen Leuten stellen. Auch sprechen wir ja nur von den Lasterhaften, denn wir wissen wohl, daß es achtbare Leute in allen Ständen giebt, und daß die guten für die schlechten nicht verantwortlich gemacht werden dürfen. Damit genug, beginnen wir nun unsere Geschichte.«

Sechsundfünfzigste Erzählung.

Ein Franziskanermönch verheirathet betrügerischer Weise einen anderen Mönch mit einer schönen jungen Dame, und beide werden dann wegen dieses Verbrechens bestraft.

Eine französische Edelfrau reiste einmal durch Padua, wo ihr erzählt wurde, daß in dem bischöflichen Gefängniß ein Franziskaner gefangen sitze. Da jeder nur mit Spott davon sprach, fragte sie nach der Ursache und erfuhr, daß dieser Mönch, ein schon älterer Mann, der Beichtvater einer sehr ehrbaren und frommen Wittwe gewesen war, welche nur eine einzige Tochter hatte, die sie so sehr liebte, daß sie sich alle mögliche Mühe gab, um Reichthümer für sie zusammenzuscharren und eine gute Parthie für sie zu suchen. Als nun ihre Tochter heranwuchs, ging ihre ganze Sorge dahin, einen Mann zu finden, mit dem sie beide in Frieden und Eintracht leben könnten, d.h. also einen gewissenhaften, ehrbaren Mann, welche Tugenden sie selbst besaß. Da sie nun einmal einen dummen Prediger hatte sagen hören, es sei besser, einmal Schlechtes zu thun, wenn nur die Schriftgelehrten es riethen, als Gutes gegen und ohne die Eingebung des heiligen Geistes zu thun, wandte sie sich an ihren Beichtvater, einen schon bejahrten Mann, der Doktor der Theologie war und nach der Ansicht der ganzen Welt einen reinen Lebenswandel führte, indem sie sich überzeugt hielt, daß sie nicht verfehlen könne, durch seinen Rath und seine Fürbitten Ruhe für sich und ihre Tochter zu finden. Nachdem sie ihn nun viel gebeten hatte, für ihre Tochter einen Mann zu wählen, wie eine Gott und ihre Ehre liebende Frau sich ihn wünschen müsse, antwortete er, daß man zuerst die Gnade des heiligen Geistes durch Gebete und Fasten herbeirufen müsse; dann, wenn, wie er flehe, Gott seinen Verstand leite, hoffe er zu finden, was sie suche. Dann ging der Mönch fort, um über die Sache weiter reiflich nachzudenken. Da er nun gehört hatte, daß die Dame 500 Dukaten zusammengelegt hatte, die der Mann ihrer Tochter gleich erhalten sollte, und daß sie den Unterhalt der beiden übernähme und ihnen Wohnung, Möbel und Aussteuer geben würde, überlegte er, daß er einen jungen, schöngewachsenen Kollegen von angenehmem Gesicht hatte, dem er das schöne Mädchen, das Haus und die Möbel und den zugesicherten Lebensunterhalt geben könne, während die 500 Dukaten ihm zufielen, damit sein Kollege nicht unter der Last erliege. Die beiden wurden denn auch handelseinig. Er ging nun zu der Dame und sagte zu ihr: »Ich glaube, Gott hat mir, wie er es mit Tobias that, seinen Erzengel Raphael geschickt, um einen vollkommenen Gatten für Eure Tochter zu finden, denn ich versichere Euch, ich habe den ehrbarsten Edelmann Italiens an der Hand, der Eure Tochter manchmal gesehen hat und so verliebt in sie ist, daß heute, als ich in der Predigt war, Gott ihn mir schickte und er mir erklärte, wie gern er diese Heirath möchte. Da ich nun seine Familie und seine Eltern kenne und weiß, daß er von anständigem Lebenswandel ist, habe ich ihm versprochen, mit Euch davon zu reden. Ein einziger Nachtheil ist mit seiner Person verbunden, den ich allein kenne. Er wollte einmal einem seiner Freunde beispringen, den ein anderer tödten wollte, und zog den Degen, um sie zu trennen. Der Zufall wollte es aber, das sein Freund den andern tödtete. Er mußte nun aus der Stadt fliehen, da er bei dem Mord gegenwärtig gewesen war, und auf Anrathen seiner Verwandten hat er sich hierher zurückgezogen und wird hier bleiben, bis seine Angehörigen seine Angelegenheit ins Reine gebracht haben werden, was, wie er hofft, in Kürze geschehen wird. Deshalb müßte auch die Ehe ganz im Geheimen geschlossen werden, und Ihr müßtet zufrieden sein, daß er tagsüber in die Vorlesungen geht und erst abends zum Essen zu Euch kommt und die Nacht über hier bleibt.« Sofort antwortete die einfältige Alte: »Ich finde in dem, was Ihr mir sagt, einen großen Vortheil, denn so werde ich wenigstens das, was ich am meisten auf der Welt liebe, bei mir behalten.« Der Mönch bereitete alles vor und brachte seinen Genossen an; dieser hatte ein sehr schönes Wams aus dunkelrother Seide an, was den Damen sehr gefiel. Sobald er gekommen war, verlobten sie sich, und als es Mitternacht schlug, ließen sie eine Messe sagen und hielten Hochzeit. Dann begaben sie sich zu Bett; er blieb bis Tagesanbruch, wo er dann seiner Frau sagte, daß er, um nicht erkannt zu werden, jetzt nach der Universität gehen müsse. Nachdem er sein Wams von Seide und seinen langen Mantel umgenommen und seine schwarze Perücke aufgesetzt hatte, empfahl er sich bei seiner Frau, die noch zu Bett lag, und versicherte sie, daß er jeden Abend zur Essenszeit zu ihr kommen werde, daß sie ihn aber zum Mittagessen nicht erwarten solle. Mit diesen Worten verließ er seine Frau, die sich für die glücklichste der Welt schätzte, einen so trefflichen Mann gefunden zu haben. So ging der junge verheirathete Mönch zu seinem älteren Bruder und brachte ihm die 500 Dukaten, die im Heirathsvertrag festgesetzt worden waren. Zum Abendessen kehrte er wieder zu derjenigen zurück, die ihn für ihren Mann hielt, und unterhielt sich mit ihr und seiner Schwiegermutter so gut, daß sie ihn nicht mit dem mächtigsten Prinzen der Erde vertauscht hätten. Dieses Leben ging eine ganze Weile so fort. Da aber Gott in seiner Güte mit denjenigen Mitleid hat, die, an seine Gnade und Güte glaubend, getäuscht worden sind, begab es sich eines Morgens, daß die Dame und ihre Tochter in ihrer Frömmigkeit auf den Gedanken kamen, die Messe in der Kirche des heiligen Franziskus zu hören und ihren Beichtvater zu besuchen der anscheinend so gut für sie gesorgt und sie mit einem Schwiegersohn und Gatten versehen hatte. Zufällig fanden sie ihren Beichtvater nicht und auch keinen andern Bekannten; sie gaben sich also zufrieden, die Messe zu hören, die gerade begann, wartend, daß er vielleicht noch käme. Die junge Frau folgte dem Gottesdienst andächtig und aufmerksam; als der Priester sich umwandte, um den Segen zu ertheilen, gerieth sie aber in nicht geringes Erstaunen, denn er schien ihr Mann oder ein ihm sehr ähnlicher Mensch zu sein. Sie sagte aber vorläufig noch nichts, sondern wartete, bis er sich noch einmal umwandte; dann sah sie ihn sich genau an und zweifelte nicht, daß er es war. Sie zog ihre Mutter, die ganz vertieft war, am Rockärmel und sagte: »O weh, meine Mutter, was sehe ich da?« Diese fragte: »Was denn?« – »Mein Mann liest da die Messe, oder ein Mensch, der ihm zum Verwechseln ähnlich ist.« Die Mutter, die jenen nicht ordentlich angesehen hatte, sagte: »Ich bitte Dich, meine Tochter, sei doch nicht so thöricht; es ist ja ganz unmöglich, daß so fromme Leute einen solchen Betrug begehen könnten. Du würdest Dich nur an Gott versündigen, einen solchen Gedanken zu haben.« Dennoch ließ die Mutter nicht ab, nun auch genau hinzusehen, und als er an das: *Ite, missa est* kam, mußte auch sie sich sagen, daß niemals zwei Brüder sich ähnlicher sehen könnten. Sie war aber so einfältig, daß sie willig gesagt hätte: »Mein Gott, bewahre mich davor, zu glauben, was meine Augen da sehen.« Da die Sache aber ihrer Tochter so nahe anging, wollte sie sie nicht unerforscht lassen und beschloß, der Wahrheit auf den Grund zu kommen. Als nun die Abendzeit herankam, wo der Mann, der sie nicht bemerkt hatte, sich gewöhnlich einstellte, sagte die Mutter zu ihrer Tochter: »Wenn Du bereit bist, werden wir heut Nacht die Wahrheit wegen Deines Mannes herausbekommen. Sobald er im Bett ist, werde ich herzutreten, und ohne daß er es sich versieht, wirst Du ihm von hinten die Perücke fortreißen; dann wollen wir sehen, ob er auch tonsurirt ist, wie der in der Messe.« So geschah es auch; kaum hatte sich der trügerische Gatte ins Bett gelegt, kam die alte Dame, und indem sie ihn wie im Scherz an seinen beiden Händen festhielt, nahm ihm die Tochter seine Perücke ab, und auf seinem Kopfe zeigte sich die Tonsur. Mutter und Tochter waren aufs Äußerste erstaunt und riefen sofort ihre Diener herbei, um ihn zu binden und bis zum anderen Morgen festzunehmen; alle seine Entschuldigungen und sein begütigendes Reden halfen nichts. Als es Tag geworden war, ließ die Dame ihren Beichtvater holen, als hätte sie ihm ein großes Geheimniß anzuvertrauen; er kam eilig herbei, und sie ließ ihn wie den jungen Mönch festnehmen, indem sie ihm den verübten Betrug vorwarf. Dann ließ sie Gerichtspersonen holen, denen sie alle beide überlieferte. Gab es in der Stadt überhaupt ehrliche Richter, so muß man annehmen, daß sie die Sache nicht ungestraft ließen.

Hiermit beendete Hircan seine Erzählung und fuhr dann fort: »Ich wollte Euch also zeigen, meine Damen, daß alle die, die Armuth geloben, nicht von der Versuchung des Geizes, der nur die Veranlassung weiterer Schlechtigkeiten ist, frei sind.« – »Und so viel Geld!« sagte Saffredant, »denn mit den 500 Dukaten, die die Alte aufgesammelt hatte, ließ sich eine Zeit lang recht vergnügt leben. Und das arme Mädchen, welches so lange auf einen Gemahl gewartet hatte! Dafür hätte sie zwei haben und die ganze Kirchenordnung auswendig wissen können.« – »Ihr habt immer die allerverkehrtesten Ansichten«, sagte Oisille; »Ihr denkt immer, alle Damen sind von Eurer Art.« – »Ihr ausgenommen«, sagte Saffredant, »ich möchte aber viel darum geben, wäre jenes so und wären sie so leicht zu befriedigen, wie wir.« – »Das ist ein schlechtes Wort«, sagte Oisille, »denn es ist keiner hier, der nicht wüßte, daß es nicht so ist, wie Ihr sagt. Sei dem, wie ihm wolle, die Erzählung, die wir eben gehört haben, zeigt genügend die Einfalt der Frauen und die Schlechtigkeit derer, die wir für besser halten, als Ihr anderen Männer es thut. Denn weder die Dame noch ihre Tochter wollten sich auf ihr eigenes Urtheil verlassen, unterbreiteten vielmehr ihren Wunsch den Rathschlägen jener.« Longarine sagte: »Es giebt so schwer zu befriedigende Frauen, daß sie meinen, sie müßten Engel bekommen.« – »Und gerade deshalb finden sie oft Teufel«, sagte Simontault, »vor allem die, welche sich nicht der Gnade Gottes anvertrauen, sondern glauben, mit ihrer Klugheit oder der eines anderen auf dieser Welt ein Glück finden zu können, das nur Gott giebt und nur von ihm kommen kann.« – »Wie«, sagte Oisille, »ich dachte garnicht, daß Ihr ein so vernünftiger Mann wäret, Simontault.« Er antwortete: »Ich habe nur den ganzen Nachtheil, Euch nicht näher bekannt zu sein, denn ich sehe, daß Ihr, weil Ihr mich nicht besser kennt, mich falsch beurtheilt. Immerhin kann ich auch einmal einem Franziskaner ins Handwerk pfuschen, wie einmal ein Franziskaner mir ins Handwerk gepfuscht hat.« Parlamente sagte: »Ihr nennt es also ein Handwerk, Frauen zu täuschen? Ihr verurtheilt Euch mit Euren eigenen Worten.« – »Und wenn ich zehntausend betrogen hätte, so hätte ich damit noch nicht all den Kummer vergolten, den mir eine Frau verursacht hat.« – »Ich weiß, wie oft Ihr Euch über die Damen beklagt, und dennoch sehen wir Euch so vergnügt und munter, daß man nicht glauben möchte. Ihr hättet alle die Uebel erduldet, von denen Ihr erzählt. Aber in der ›Schönen Dame ohne Gnade‹ heißt es, es steht gut, sich recht hingebend zu stellen, um daraus Nutzen zu ziehen.« – »Ihr nennt da einen beachtenswerthen Autor, der nur das eine Unangenehme hat, daß er die zu Unangenehmen macht, die ihm und seiner Lehre gefolgt sind.« – »Ich halte seine Lehre so nützlich für die jungen Damen, daß ich eine bessere nicht anführen könnte.« – »Wenn dem so wäre, daß die Damen ohne Gnade wären, so könnten wir ruhig unsere Pferde bis zum nächsten Krieg sich ausruhen und unsere Harnische verrosten lassen, und nur an unseren Haushalt denken. Ich bitte Euch, sagt mir, ist es denn ein Vorzug für eine Dame, ohne Mitleid und Barmherzigkeit und ohne Liebe und Gnade zu sein?« – »Ohne Barmherzigkeit und Liebe soll sie nicht sein; aber das Wort ›Gnade‹ ist so zwiespaltig, daß die Damen unter Umständen es nicht anwenden können, ohne ihre Ehre zu beeinträchtigen. Denn genau genommen, heißt Gnade, was man von einem verlangt, gewähren. Und nun weiß man nur zu gut, was die Männer verlangen.« – »Bitte, es giebt auch so Vernünftige, die nur ein gutes Wort wollen.« – »Das erinnert mich an einen Lord, der sich mit einem Handschuh zufrieden gab.« – »Wir müssen wissen, wer dieser treuergebene Freund war«, sagte Hircan, »deshalb gebe ich

Euch das Wort.« – »Ich will Euch diese Geschichte gern erzählen«, sagte Parlamente, »denn sie ist voller Ehrbarkeit und Anstand.«

Siebenundfünfzigste Erzählung.

Lächerliche Geschichte von einem englischen Lord, welcher einen Damenhandschuh als Zierde auf seinem Kleide trug.

Der König Ludwig XI. schickte einst den Herrn von Montmorenci als Gesandten nach England; derselbe wurde dort so gut aufgenommen, der König und alle die anderen Fürsten liebten und achteten ihn so sehr, daß sie ihm selbst ihre eigenen Angelegenheiten mittheilten und um seinen Rath baten. Eines Tages, bei Gelegenheit eines Banketts, welches der König ihm gab, saß neben ihm ein Lord aus großem Hause, welcher auf seinem Wams einen kleinen Handschuh befestigt hatte, der wie ein Damenhandschuh aussah, mit goldenen Hefteln verziert und auf den Fingernähten mit Diamanten, Rubinen, Smaragden und Perlen besät war, so daß dieser Handschuh einen großen Geldwerth hatte. Der Herr von Montmorenci sah ihn so oft an, daß der Lord bemerkte, er habe Lust, ihn zu fragen, warum der Handschuh so geschmückt sei; da er meinte, daß die Geschichte ihm nur zum Lobe gereichen würde, fing er an zu erzählen: »Ich sehe wohl, daß Ihr Euch wundert, warum ich einen geringen Handschuh so köstlich herausgeputzt habe; ich will Euch aber gern den Grund davon erzählen, denn ich halte Euch so hoch und denke, Ihr wißt so genau, welche Leidenschaft die Liebe ist, daß Ihr mich gerechterweise loben werdet, wenn ich recht gehandelt habe, und wenn nicht, meine Thorheit verzeihen werdet, da Ihr wißt, daß die Liebe selbst über die ehrbarsten Herzen Macht hat. Ihr müßt wissen, ich habe eine Dame mein ganzes Leben lang geliebt und werde sie bis zu meinem Tode lieben; da nun mein Herz kühner war, sich an solche Stelle zu wenden, als mein Mund, davon zu sprechen, wagte ich sieben Jahre lang nicht, sie es merken zu lassen, weil ich fürchtete, daß ich, wenn sie es inne würde, die Mittel verlieren könnte, sie häufig zu besuchen, und davor scheute ich mich mehr als vor dem Tode. Eines Tages aber, als ich sie auf einer Wiese lange betrachtet hatte, befiel mich ein so heftiges Herzklopfen, daß ich Haltung und Farbe verlor, was sie sehr wohl bemerkte; als sie mich fragte, was mir wäre, sagte ich ihr, daß ich ein unerträgliches Herzweh hätte, und sie, welche glaubte, es sei eine andere Krankheit als die Liebe, zeigte sich mitleidig deswegen, so daß ich sie bat, ihre Hand auf mein Herz zu legen, um zu fühlen, wie es schlug, was sie auch mehr aus Barmherzigkeit als aus anderer Freundlichkeit that; während sie nun ihre behandschuhte Hand auf meinem Herzen hielt, fing dieses so heftig zu schlagen und zu stürmen an, daß sie fühlte, ich hätte die Wahrheit gesprochen; zugleich preßte ich ihre Hand gegen meine Brust und sagte zu ihr: ›Ach, edle Frau, empfanget denn das Herz, welches mir die Brust zersprengen möchte, um sich in die Hand derjenigen zu legen, von welcher ich Gnade, Leben und Barmherzigkeit erhoffe; mein Herz zwingt mich, Euch jetzt die Liebe zu erklären, welche ich so lange verborgen getragen habe, denn wir sind Untergebene dieser mächtigen Göttin.‹ Als sie diese meine Rede hörte, erschien sie ihr sehr seltsam, und sie wollte ihre Hand zurückziehen, doch hielt ich sie so fest, daß der Handschuh an der Stelle ihrer grausamen Hand verblieb. Da ich nun niemals seitdem eine größere Vertraulichkeit von ihr genoß, habe ich diesen Handschuh als das geeignetste Pflaster auf meinem Herzen befestigt und ihn mit den schönsten Ringen, welche ich besaß, geschmückt, obwohl der wahre Reichthum in dem Handschuh selbst liegt, den ich um das Königreich England nicht hergeben möchte, denn ich habe auf der Welt kein höheres Gut, als ihn auf meiner Brust zu fühlen.«

Der Herr von Montmorenci, welcher die Hand einer Dame ihrem Handschuh vorzog, lobte ihn sehr wegen dieser großen Ehrbarkeit, indem er sagte, er sei der wahrste Liebende, den er jemals gesehen habe, da er von so Geringem so viel Aufsehens mache, obgleich er bei seiner großen Liebe wahrscheinlich gestorben wäre, wenn er mehr als den Handschuh erlangt hätte. Der Andere gab das zu und argwöhnte nicht, daß der Herr von Montmorenci sich über ihn lustig machte.

»Wenn alle Männer so ehrbar wie dieser wären«, fuhr Parlamente fort, »so könnten sich die Damen wohl darauf verlassen, wenn es sie nicht mehr als einen Handschuh kostet.« – »Ich habe den Herrn von Montmorenci, von dem Ihr sprecht, so gut gekannt«, sagte Guebron, »daß ich sicher bin, er für seinen Theil hätte nicht in solcher Bangigkeit weitergelebt, und wenn er sich mit so wenig begnügt hätte, so würde er nicht so viel Glück in der Liebe gehabt haben, wie es der Fall war; denn das alte Lied sagt:

›Von einem furchtsamen Verliebten
Läßt Gutes sich nicht sagen.‹«

»Bedenkt doch«, sprach Saffredant, »daß diese arme Dame gar eilig ihre Hand zurückzog, als sie das Herz so heftig schlagen fühlte, denn sie glaubte gewiß, er würde sterben. Man sagt, die Frauen hassen nichts so sehr, als einen Todten anzufassen.« – »Wenn Ihr die Hospitäler so viel besucht hättet, wie die Wirthshäuser«, sagte Emarsuitte, »würdet Ihr nicht so sprechen, denn dort würdet Ihr Frauen sehen, welche Todte begraben, denen sich oftmals selbst die kühnsten Männer nicht nähern mögen.« – »Es ist wahr«, sagte Simontault, »daß es Niemand giebt, der nicht als

Buße das Gegentheil von dem thut, was vorher sein Vergnügen war; zum Beispiel fand man ein Fräulein aus gutem Hause, um für das Vergnügen zu büßen, welches sie darin gefunden hatte, Jemand, den sie liebte, zu küssen, eines Morges um vier Uhr die Leiche eines Edelmanns küssend, welcher den Tag vorher getödtet worden war, und den sie nicht weniger geliebt hatte, als den anderen; jedermann ersah daraus sofort, daß dies nur die Buße für vergangene Freuden war.« – »Da sieht man«, rief Oisille, »wie alle guten Werke der Frauen von den Männern schlecht ausgelegt werden! Ich bin der Meinung, daß man Todte und Lebendige nur so küssen soll, wie es Gott wünscht.« – »Was mich betrifft«, sagte Hircan, »so mache ich mir nichts daraus, die Frauen, mit Ausnahme der meinigen, zu küssen, und unterwerfe mich allen Gesetzen, die man darüber geben möge; aber mir thun die jungen Leute leid, denen Ihr diese kleine Freude nehmen und den Befehl des Apostels St. Paulus zu nichte machen wollt, welcher will, daß man ›in osculo sancto‹ küßt.« – »Wenn der Apostel Paulus ein Mann wie Ihr gewesen wäre«, sagte Nomerfide, »so hätten wir den Beweis verlangt, daß es der heilige Geist Gottes sei, der aus ihm spräche.« – »Schließlich würdet Ihr eher an der Heiligen Schrift zweifeln«, sagte Guebron, »als eine von Euren kleinen Ceremonien aufgeben.« – »Das möge Gott verhüten«, sprach Oisille, »daß wir an der Heiligen Schrift zweifeln, weil wir Euren Lügen nicht glauben wollen; jede von uns weiß sehr wohl, was sie glauben soll, nämlich niemals Gottes Wort anzuzweifeln, sondern dem der Menschen zu mißtrauen, die sich von der Wahrheit abwenden.« – »Ich glaube dennoch«, sagte Simontault, »daß es mehr Männer giebt, die von ihren Frauen betrogen werden, als Frauen, die von ihren Männern hintergangen werden; denn die geringe Liebe, welche sie für uns fühlen, hindert sie, die Wahrheit zu glauben, während die große Liebe, welche wir für sie empfinden, uns an ihre Lügen glauben läßt, so daß wir betrogen werden, ehe wir noch geargwöhnt haben, es sein zu können.« – »Mir scheint«, versetzte Parlamente, »daß Ihr die Klagen irgend eines Dummen gehört habt, der von einer Thörin betrogen wurde, denn Eure Rede ist so wenig glaubhaft, daß sie eines Beispiels zur Erhärtung bedarf; wenn Ihr daher eines wißt, so gebe ich Euch das Wort, um es zu erzählen, denn ich finde nicht daß wir Euren bloßen Worten zu glauben brauchen; wenn Ihr Schlechtes von uns sagt, werden unsere Erzählungen nicht darunter leiden, denn wir wissen, was wir davon zu halten haben.« – »Da ich die Gelegenheit dazu habe«, sagte Simontault, »so will ich Euch die folgende Geschichte erzählen.«

Achtundfünfzigste Erzählung.

Eine Hofdame rächt sich auf gefällige Weise an einem Liebhaber wegen seiner Liebesverhältnisse mit anderen Damen.

Am Hofe Franz I. lebte eine sehr geistvolle Dame, welche durch ihre Anmuth, Ehrbarkeit und Freundlichkeit das Herz mehrerer Ritter gewonnen hatte. Sie vertrieb sich mit ihnen, indem sie dieselben in allen Ehren an sich fesselte, ihre Zeit so gut, daß sie garnicht wußten, woran sie sich halten sollten, denn die Siegesgewissen wurden Verzweifelte, und die Verzweifelnden wurden siegesgewiß. Während sie mit der Mehrzahl nur spielte, konnte sie sich doch nicht der Liebe zu einem erwehren, den sie ihren Vetter nannte, ein Mann, der ein weitergehendes Verhältniß verdeckte. Da aber alles vergänglich ist, verwandelte sich ihre Freundschaft oft in Zorn, dann traten wieder Versöhnungen ein, so daß der ganze Hof schließlich davon wußte. Eines Tages trat die Dame ihm freundlicher entgegen, als sie bisher je gethan hatte, sei es, um zu zeigen, daß sie sonst keine Neigung zu irgend wem verspürte, sei es, um demjenigen, dessen Liebe sie reich vergolten hatte, einen Kummer zu bereiten. Er, den es weder in Kriegs- noch in Liebeshändeln an Muth fehlte, bedrängte sie lebhaft, ihm zu gewähren, wonach er so lange verlangt hatte. Sie that, als könne sie es vor Mitleid nicht mehr aushalten, und gewährte ihm seine Bitte. Sie sagte ihm, er möchte zu diesem Zweck in ihr Zimmer kommen, welches ein Dachzimmer war, wo, wie sie wisse, Niemand sei; sobald er sie weggehen sehe, solle er ihr nachkommen, denn er würde sie gewiß allein finden, da sie ihm sehr zugethan sei. Der Edelmann glaubte ihr und war so zufrieden, daß er mit den anderen Damen zu scherzen begann, während er auf ihr Fortgehen wartete, um hinterdrein zu gehen. Sie aber, die die Weiberklugheit in großem Maße besaß, ging zu zwei Prinzessinnen, mit denen sie sehr vertraut war, und sagte zu ihnen: »Wenn Ihr wollt, will ich Euch den schönsten Zeitvertreib geben, den Ihr je gesehen habt.« Da sie nicht nach Traurigem verlangten, baten sie sie, ihnen das Nähere zu sagen. »Es handelt sich um den Ritter X., den Ihr als einen sehr achtbaren und kühnen Mann kennt. Ihr wißt, wie oft er mir schlimme Streiche gespielt hat und gerade, wenn ich ihn am meisten liebte, andere liebte, worüber ich viel mehr Kummer hatte, als ich je gezeigt habe. Jetzt hat mir Gott das Mittel eingegeben, mich zu rächen. Ich gehe jetzt in mein Zimmer, welches über diesem ist. Wenn Ihr aufpaßt, werdet Ihr ihn hinter mir herkommen sehen, und wenn er die Gallerien passirt haben wird, so stellt Euch Beide, bitte, ans Fenster und helft mir ›Räuber, Räuber‹ rufen; Ihr werdet seinen Zorn sehen, und er wird sich recht gut dabei ausnehmen, und wenn er mir nicht ganz laut Beleidigungen ins Gesicht schleudert, wird er sie jedenfalls bei sich denken.« Sie lachten laut über diesen Plan, denn am ganzen Hofe gab es keinen Edelmann, der mit den Damen so im Krieg lag, wie er, und er war von allen so geliebt und geschätzt, daß keiner gern die Gefahr, sich über ihn lustig zu machen, auf sich genommen hätte. Es schien deshalb den beiden Damen, daß sie einen Antheil an dem Erfolg, welchen eine über diesen Edelmann davonzutragen hoffte, haben würden. Sobald sie also diejenige, welche dieses Unternehmen angezettelt hatte, fortgehen sahen, sahen sie auf die Haltung des Edelmannes. Der ging von einem Fleck zum andern, und als er zur Thür hinaus war, gingen die Damen in die Gallerie, um ihn nicht aus den Augen zu verlieren. Er, nichts ahnend, nahm seinen Mantel fest um die Schultern, um sein Gesicht zu verbergen, und ging die Treppe zum Hof hinab und dann wieder hinauf. Da er aber auf jemand traf, den er nicht zum Zeugen haben wollte, ging er wieder hinunter und stieg von einer andern Seite wieder hinauf. Alles das sahen die Damen, während er nichts von ihnen sah. Als er nun an die Treppe kam, die zum Zimmer seiner Dame führte, traten die beiden Damm ans Fenster und erblickten oben die Dame, die sofort aus vollem Halse »Räuber, Räuber!« zu rufen begann, worauf die beiden Damen so laut einfielen, daß man es im ganzen Schloß vernehmen konnte. Ihr könnt Euch ausmalen, in welchem Zorn der Edelmann in seine Wohnung zurückeilte, nicht so wohl verkleidet, daß die, die um den Plan wußten, ihn nicht erkannt hätten. Sie haben es ihm noch oft vorgeworfen, auch die, welche ihm diesen Streich spielte, indem sie sagte, daß sie sich gut an ihm gerächt hätte. Aber er verstand so gut zu antworten und sich zu vertheidigen, daß er sie glauben machen wollte, er habe ihre Absicht wohl geahnt, und daß er seiner Dame nur deshalb gesagt habe, er wolle zu ihr kommen, um ihr einen Zeitvertreib zu gewähren. Denn aus Liebe zu ihr würde er sich diese Mühe nicht mehr gegeben haben, denn von Liebe sei schon lange nichts mehr zwischen ihnen. Die Damen wollten dies aber nicht glauben, worüber heute noch Zweifel herrscht.

»Wenn es aber so war, daß er der Dame glaubte, (und das ist wahrscheinlich, denn er war klug und kühn und hatte seiner Zeit keinen ihm Gleichen oder wenigstens keinen, der ihn übertraf, wie uns sein heldenmüthiger Tod gezeigt hat), so müßt Ihr nun zugeben, daß die Liebe der tugendhaften Männer solcher Art ist, daß sie gerade, weil sie ihren Damen zu leicht glauben, oft getäuscht werden.« Emarsuitte sagte: »Ich lobe diese Dame ganz ernstlich wegen ihres Streiches, denn wenn ein Mann von einer Dame geliebt wird, und er verläßt sie wegen einer andern, so kann sie sich nicht genug an ihm rächen.« – »Wenn sie ihn nämlich nicht liebt«, sagte Parlamente. »Es giebt nämlich welche, die Männer lieben, ohne sich erst ihrer Treue zu vergewissern, und wenn sie dann hören, daß sie eine andere lieben, nennen sie sie wankelmüthig. Deshalb werden die Vernünftigen nie vom Schein getäuscht. Sie halten sich nur an die und glauben nur denen, welche aufrichtig sind, um nicht den Lügnern ins Netz zu gerathen, denn der Wahrhaftige und der Lügner haben nur dieselben Worte.« Simontault sagte: »Wenn alle Eurer Meinung wären, könnten die Edelleute ihre Liebesanträge in ihre Koffer verschließen; was Ihr und Euresgleichen aber auch sagen mögt, wir werden niemals glauben, daß die Frauen nicht ebenso ungläubig wie schön sind. Diese Meinung wird uns so zufrieden weiter leben lassen, als Ihr uns mit Euren Anschauungen in Kummer versetzen möchtet.« Longarine sagte: »Da ich die Dame, welche dem Edelmann diesen Streich spielte, sehr genau kenne, halte ich keine Schlauheit für unmöglich, die ihr nicht zuzutrauen wäre; denn da sie ihren Mann nicht verschont hat, dürfte sie auch ihren Liebhaber nicht schonen.« Simontault sagte: »Ihr wißt darüber, wie es scheint, noch mehr als ich, ich gebe Euch deshalb das Wort, um uns Eure Meinung zu sagen.« – »Da Ihr es wünscht«, sagte Longarine, »bin ich bereit«.

Neunundfünfzigste Erzählung.

Ein Edelmann glaubt unbemerkt eine der Zofen seiner Frau zu umarmen und wird von ihr überrascht.

Die Dame, von der Ihr erzählt habt, hatte einen reichen Edelmann aus altem und vornehmem Hause geheirathet, und zwar wurde diese Ehe aus gegenseitiger großer Liebe geschlossen. Da sie eine sehr weltlich gesinnte Frau war, verhehlte sie ihrem Mann durchaus nicht, daß sie Anbeter habe, über die sie sich nur lustig mache, und die ihr ein Zeitvertreib seien. Anfangs nahm ihr Mann an diesem Vergnügen Theil, zuletzt aber war es ihm unlieb; denn einerseits fand er es unpassend, daß sie sich lange mit Leuten unterhielt, die weder seine Verwandten noch seine Freunde waren, andrerseits thaten ihm die Ausgaben leid, die ihm ihre Prunksucht verursachte, und die der beständige Aufenthalt bei Hofe mit sich brachte.

Er zog sich deshalb, so oft er konnte, auf sein Schloß zurück, dort besuchten ihn dann aber so viele Leute, daß die Ausgaben in seinem Haushalt nicht geringer wurden. Denn wo sie auch sein mochte, seine Frau fand immer Gelegenheit, ihre Zeit mit Spielen, Tänzen und anderen Belustigungen, die junge Frauen in allen Ehren betreiben können, zu verbringen. Wenn ihr Mann ihr manchmal lächelnd sagte, daß ihre Ausgaben zu große seien, antwortete sie ihm, daß er wenigstens sicher sein solle, daß sie ihn nie zum betrogenen Ehemann, höchstens zu einem Bettler machen würde. Sie liebte den Putz so sehr, daß sie immer den schönsten und reichsten am ganzen Hofe haben mußte; ihr Mann führte sie selten dorthin, sie stellte aber alles Mögliche an, um an den Hof zu kommen, und zu diesem Zweck war sie immer ihrem Mann sehr gefällig, der ihr dann auch nicht Dinge, die größere

Schwierigkeiten für ihn hatten, abschlagen wollte. Als sie nun eines Tages sah, daß alle ihre List ihn nicht bewegen konnte, mit ihr an den Hof zu gehen, bemerkte sie, daß er einem ihrer Ehrenfräulein nachstellte, und beschloß, daraus Nutzen zu ziehen. Eines Abends nahm sie dieses Mädchen beiseite und fragte sie unter Versprechungen und Drohungen so schlau aus, bis das Mädchen ihr gestand, daß, seitdem sie im Hause sei, kein Tag vergehe, an dem ihr Herr ihr nicht Liebesanträge mache, daß sie aber lieber sterben wolle, als etwas gegen Gott oder ihre Ehre zu thun, besonders noch, da sie ihr die Ehre erwiesen habe, sie zu ihrer persönlichen Dienstleistung zu nehmen, weil es dann doppelte Schlechtigkeit sei.

Als die Dame die Untreue ihres Mannes vernahm, erfüllte sie Zorn und Freude zugleich, indem sie sah, daß ihr Mann, der sich so in sie verliebt stellte, insgeheim ihr in nächster Nähe Schande bereitete, da sie sich auch mit Recht für schöner und anmuthiger halten konnte, als die, um derentwillen er sie vernachlässigte. Ihre Hoffnung ging aber dahin, daß sie ihren Mann bei einem so großen Treubruch ertappen wollte, daß er ihr nicht mehr ihre Anbeter und ihren Aufenthalt bei Hofe vorwerfen würde. Um zu diesem Ziele zu gelangen, ersuchte sie das Mädchen, nach und nach ihrem Manne, was er auch verlangen sollte, zu gewähren, jedoch nur unter besonderen Bedingungen. Das Mädchen wollte Schwierigkeiten machen; da ihre Herrin ihr aber für ihr Leben und ihre Ehre bürgte, ging sie darauf ein, alles, was sie wünschte, zu thun. Der Edelmann, welcher seine Anträge fortsetzte, fand Blick und Haltung dieses Mädchens ganz verändert; er bedrängte sie deshalb nur noch viel lebhafter, als er bisher gethan hatte. Sie hatte ihre Rolle aber sehr gut inne, hielt ihm ihre Armuth vor Augen, und daß sie, wenn sie ihm gehorche, den Dienst ihrer Herrin verlieren würde, in dem sie doch einen braven Mann zu finden hoffe. Der Edelmann antwortete hierauf, sie solle sich um all das nicht kümmern, er würde sie besser und reicher verheirathen, als ihre Herrin das könne, und er würde ihr Verhältniß so geheim halten, das niemand davon etwas Böses würde sprechen können. Hierauf wurden sie einig, und während sie überlegten, welcher Ort zur Ausführung ihres Planes der geeignetste sei, sagte sie ihm, daß sie keinen besseren und von jedem Verdacht entfernteren wisse, als ein kleines Haus im Park, wo ein Zimmer mit einem Bett sei. Der Edelmann, dem keine Art zu schlecht gewesen wäre, war es ganz zufrieden, und es schien ihm eine Ewigkeit, bis Zeit und Stunde herankam. Das Mädchen hinterging jedoch ihre Herrin nicht, sondern erzählte ihr in aller Breite die ganze Unterhaltung über ihren Plan, daß es für den anderen Tag nach Tisch bestimmt sei; sie solle nicht verfehlen, wenn es Zeit zum Gehen sei, ihr ein Zeichen zu geben. Dann bat sie sie noch, ordentlich Acht zu geben und ja zur bestimmten Stunde selbst dort zu sein, um sie vor der Gefahr zu bewahren, in welche sie sich ihr gehorchend begebe. Die Herrin versicherte ihr das, bat sie, ohne Furcht zu sein, sie würde sie nicht verlassen und würde sie gegen die Wuth ihres Mannes vertheidigen. Am anderen Tage nach Tisch erwies sich der Edelmann gegen seine Frau nur noch liebenswürdiger als gewöhnlich; ihr war das nicht besonders angenehm, sie verstellte sich aber so, daß er nichts merkte. Nach Tisch fragte sie ihn, wie er die Zeit verbringen wolle. Er sagte, er wisse nichts besseres als Piquet zu spielen. Sie machten den Spieltisch zurecht, sie sagte aber, sie wolle nicht spielen, sie habe Vergnügen genug, ihnen zuzusehen. Als er sich an den Spieltisch setzte, sagte er zu dem Fräulein, sie solle ihr Versprechen nicht vergessen.

Als er nun spielte, durchschritt sie den Saal, indem sie ihrer Herrin ein Zeichen wegen der Wanderschaft, auf die sie sich nun begab, machte, was jene sehr wohl verstand; der Edelmann hingegen merkte nichts. Ungefähr aber nach einer Stunde machte ihm ein Diener ein Zeichen von weitem, worauf er zu seiner Frau sagte, der Kopf schmerze ihn, er sei genöthigt, sich eine Weile auszuruhen und Luft zu schöpfen. Sie kannte seine Krankheit so genau wie er und fragte, ob sie unterdeß für ihn weiter spielen solle; er sagte ja, er werde bald wiederkommen. Sie sagte ihm aber, auf zwei Stunden käme es ihr nicht an, seinen Platz einzunehmen. Der Edelmann ging nun auf sein Zimmer und von da in den Park. Seine Frau, die einen kürzeren Weg kannte, wartete ein wenig, dann plötzlich that sie, als hätte sie Leibschmerzen, und übergab ihr Spiel einem Anderen. Sobald sie aus dem Saal war, zog sie ihre Stöckelschuhe ab und lief, was sie konnte, nach dem Ort, wo sie nicht wollte, daß der Handel ohne sie abgeschlossen würde. Sie kam gerade zur rechten Zeit zu einer Thür ins Zimmer hinein, als ihr Mann eben angekommen war; sie versteckte sich hinter ihm und hörte die ganzen Liebesbetheuerungen mit an, welche ihr Mann dem Fräulein machte. Als sie aber sah, daß er dem Verbotenen zu nahe kam, faßte sie ihn von rückwärts, indem sie sagte: »Ich bin Euch zu nahe, um eine Andere zu nehmen.« Ihr braucht nicht zu fragen, wie äußerst zornig der Edelmann war, sowohl weil ihm die erhoffte Freude entging, als auch, weil er nun sah, daß ihn seine Frau besser erkannt hatte, als ihm lieb war, so daß er sogar befürchtete, ihre Liebe zu verlieren. Da er sich aber dachte, daß der ganze Verrath von dem Mädchen ausgehe, sagte er kein Wort zu seiner Frau, sondern rannte so voller Wuth hinter jener her, daß er sie getödtet haben würde, wenn seine Frau sie ihm nicht aus den Händen gerissen hätte, indem er sagte, sie sei die verworfenste Dirne, die er je gesehen habe, und daß, wenn seine Frau bis zu Ende gewartet hätte, sie wohl gesehen haben würde, daß alles nur Scherz gewesen sei. Denn anstatt ihr das anzuthun, was sie vermuthe, würde er ihr die Ruthe gegeben haben. Sie kannte aber diese Münze und hielt sie nicht für vollwerthig; vielmehr tadelte sie ihn so scharf, daß er fürchtete, sie würde ihn verlassen. Deshalb versprach er ihr alles Mögliche und sagte gegenüber ihren Vorwürfen, daß er Unrecht thue, in ihren Anbetern etwas zu finden; denn eine schöne und ehrbare Frau sei nicht minder tugendhaft, wenn sie geliebt wird, vorausgesetzt nur, daß sie nichts gegen ihre Ehre thue noch sage, ein Mann aber verdiene harte Strafe, der sich bemühe, einer nachzulaufen, die ihn nicht liebe, und dabei an seiner Frau und seinem Gewissen Unrecht thue. Er versprach ihr deshalb, das er sie niemals hindern wolle, an den Hof zu gehen, noch ihr zu verargen, Anbeter zu haben, denn er wisse wohl, sie unterhalte dieselben mehr aus Scherz, als aus Neigung. Dies alles mißfiel der Dame nicht, und sie hielt sich für die Gewinnerin. Sie hielt jedoch ihre Liebe höher als sonst irgend etwas, indem sie sagte, daß ohne diese alle Gesellschaft sie langweile, und daß eine von ihrem Mann geliebte und diesen wieder liebende Frau, wie sie es thue, den besten Schutz mit sich trage und mit jedermann sprechen könne, ohne sich dem Gerede auszusetzen. Der arme Edelmann ließ es sich so angelegen sein, sie seiner Liebe zu vergewissern, das sie schließlich als gute Freunde den Ort verließen. Um aber nicht zu diesem ungehörigen Gebahren zurückkehren zu können, bat er sie, das Mädchen, um deren willen er solchen Verdruß gehabt habe, wegzujagen. Sie that es auch, indem sie sie und zwar auf Kosten ihres Mannes auskömmlich verheirathete. Um sie dann ganz seine Thorheit vergessen zu lassen, führte er sie bald und zwar so reich und glänzend ausgestattet an den Hof, daß sie alle Ursache hatte, zufrieden zu sein.

»Nun werdet Ihr verstehen, meine Damen«, fuhr Longarine fort, »weshalb ich den Streich, den sie einem ihrer Anbeter spielte, nicht seltsam fand, da sie ihrem Mann einen solchen spielte.« Hircan sagte: »Ihr habt uns eine recht schlaue Frau und einen recht dummen Mann vorgeführt; denn war er einmal so weit gekommen, so hätte er nicht auf halbem Wege anhalten dürfen.« – »Und was hätte er thun sollen?« fragte Longarine. »Was er angefangen hatte«, antwortete Hircan; »denn seine Frau war gerade so erzürnt auf ihn, weil sie wußte, was er hatte thun wollen, als wenn er seine Uebelthat ausgeführt hätte; vielleicht hätte seine Frau ihn nur höher geschätzt, wenn sie ihn als kühnen und liebenswürdigen Mann gesehen hätte.« – »Das ist leicht gesagt«, meinte Emarsuitte, »aber wo findet Ihr die Männer, welche zwei Frauen auf einmal bändigen? Denn die Frau würde ihr Recht und das Mädchen ihre Jungfräulichkeit vertheidigt haben.« – »Das ist schon richtig«, antwortete Hircan, »aber ein starker und kräftiger Mann fürchtet sich nicht, zwei Schwache auf einmal anzugreifen, und wird mit ihnen doch fertig.« – »Ich verstehe wohl«, sagte Emarsuitte, »wenn er seinen Degen gezogen hätte, würde er sie alle beide getödtet haben, anders sehe ich nicht, daß er ihnen entronnen wäre. Ich bitte Euch deshalb, uns zu sagen, was Ihr gemacht hättet?« – »Ich würde meine Frau umarmt und sie hinausgetragen haben, dann hätte ich mit der Zofe gemacht, was ich wollte, mit Liebe oder mit Gewalt.« Parlamente sagte: »Es ist schon genug, Hircan, daß Ihr in Gedanken Uebles zu thun versteht.« – »Ich bin sicher, Parlamente«, antwortete Hircan, »mit dem, was ich sage, auch einem Unschuldigen nicht zu nahe zu treten, und ich will auch nicht damit eine Uebelthat beschönigen. Aber ich lobe nicht ein Unternehmen, welches in sich keinen Halt hat, ebensowenig einen Unternehmer, der es mehr aus Furcht vor seiner Frau, als aus Liebe zu ihr, unbeendet ließ. Ich lobe einen Mann, wenn er seine Frau so liebt, wie Gott es befiehlt; liebt er sie aber nicht, so achte ich ihn nicht, wenn er sie fürchtet.« – »Ich gestehe«, sagte Parlamente, »wenn die Liebe Euch nicht zu einem guten Gatten machte, so würde ich gering anschlagen, was Ihr aus Furcht thätet.« – »Ihr würdet Euch hüten, Parlamente«, sagte Hircan; »denn meine Liebe für Euch macht mich gehorsamer, als die Furcht vor dem Tode oder der Hölle.« – »Nun, Ihr mögt darüber sagen, was Ihr wollt«, erwiderte Parlamente, »ich habe alle Ursache, mit dem zufrieden zu sein, was ich in dieser Beziehung von Euch gesehen und erfahren habe; was ich nicht weiß, darüber gebe ich mich keinen Grübeleien hin, und noch weniger habe ich je den Wunsch gehegt, mich danach zu erkundigen.« Nomerfide sagte: »Ich halte die für sehr thöricht, die sich zu sehr bezüglich ihrer Männer erkundigen, ebenso die Männer, die es zu sehr hinsichtlich ihrer Frauen thun; es hat jeder Tag seinen Verdruß, es ist garnicht nöthig, sich auch noch um den anderen Morgen zu bekümmern.« Oisille sagte: »Immerhin ist es ganz nöthig, sich nach den Dingen zu erkundigen, welche die Ehre eines Hauses berühren können, allerdings nur, um dann Ordnung zu schaffen, nicht, um sich eine schlechte Meinung zu bilden; denn es giebt keinen, der nicht einmal straucheln könnte.« Guebron sagte: »Es sind Manchen Unannehmlichkeiten entstanden, nur weil sie sich nicht genau und sorgfältig nach den Fehlern ihrer Frauen erkundigten.« Longarine sagte: »Wenn Ihr hierfür ein Beispiel habt, so bitte ich Euch, verhehlt es uns nicht.« – »Ich weiß allerdings eines«, antwortete Guebron, »und da Ihr es wünscht, will ich es Euch mittheilen.«

Sechzigste Erzählung.

Eine Pariserin verläßt ihren Mann, um einem Sänger zu folgen; dann stellt sie sich todt und läßt sich begraben.

In Paris lebte ein Mann von so einfältigem Wesen, daß er sich Gewissensbisse gemacht hätte, anzunehmen, daß ein Mann mit seiner Frau ein Liebesverhältniß gehabt hätte, auch wenn er es gesehen haben würde. Dieser arme Mann heirathete eine Frau von der denkbar schlechtesten Lebensführung, merkte aber nie etwas und behandelte sie wie die ehrbarste Frau der Welt. Als eines Tages der König Ludwig XII. nach Paris kam, gab sie sich einem der Sänger des Königs hin. Als sie nun sah, daß der König die Stadt wieder verließ und sie ihren Sänger nicht mehr sehen würde, entschloß sie sich, ihren Mann zu verlassen und jenem zu folgen. Der Sänger ging darauf ein und führte sie in sein Haus, welches in der Nähe von Blois stand, wo sie lange zusammen lebten. Als der arme Mann seine Frau nicht fand, suchte er sie allerorten; schließlich wurde ihm gesagt, daß sie mit dem Sänger davongegangen sei. Er wollte dieses verirrte Schaf, über das er nicht sorgsam genug gewacht hatte, wieder zu sich zurückführen und schrieb ihr viele Briefe, in denen er sie bat, zu ihm zurückzukehren, er wolle sie wieder aufnehmen, wenn sie ein anständiges Leben führen wolle. Da sie aber ein so großes Vergnügen an dem Gesang ihres Sängers empfand, daß sie die Stimme ihres Mannes ganz vergessen hatte, kehrte sie sich nicht an alle seine freundlichen Worte und lachte über ihn. In seinem Zorn ließ ihr der Mann nun melden, daß er sie vom geistlichen Gericht zurückverlangen werde, da sie freiwillig nicht zu ihm zurückkehren wolle. Da diese Frau nun fürchtete, daß, wenn das Gericht sich einmischte, es ihr und ihrem Sänger schlecht gehen könnte, dachte sie eine eines Advokaten würdige List aus. Sie stellte sich nämlich krank und ließ einige anständige Frauen der Stadt bitten, sie zu besuchen. Diese kamen bereitwillig, in der Hoffnung, sie durch diese Krankheit von ihrem schlechte Lebenswandel abbringen zu können. Zu diesem Ende ermahnten sie sie Alle, so gut sie konnten. Sie stellte sich nun schwer krank und weinte, indem sie ihre Sünde zu bereuen schien, so daß die ganze Gesellschaft nur Mitleid mit ihr fühlte, weil alle dachten, sie spreche aus tiefster Seele. Da sie sie in solcher Reue und Zerknirschung sahen, begannen sie Alle sie zu trösten, indem sie sagten, daß Gott nicht so schrecklich sei, wie manche unwissende Sünder ihn schilderten, und daß er ihr seine Milde nicht versagen werde; unter solchen Trostreden schickten sie nach jemandem, um ihr die Beichte abzunehmen. Am anderen Morgen kam der Pfarrer des Orts, um ihr das heilige Sakrament zu reichen, das sie mit solcher gläubigen Miene nahm, daß alle anständigen Frauen der Stadt, welche zugegen waren und ihre Demuth sahen, weinten und Gott lobten, der nach seiner Gnade mit dieser armen Seele Mitleid hatte. Dann that sie, als könne sie nichts mehr essen; der Pfarrer brachte ihr nun die letzte Oelung, welche sie ebenfalls sehr gläubig nahm, und dem Anschein nach konnte sie kaum mehr sprechen. So lag sie lange, nach und nach schien sie die Sehkraft und das Hören zu verlieren, weshalb Alle um sie die Sterbegebete herzusagen begannen. Da nun die Nacht herniedersank und die Damen von weit her gekommen waren, zogen sich alle zurück. Als sie das Haus verließen, sagte man ihnen, sie sei verschieden, und indem sie die *de profundis* für sie sagten, kehrten sie in ihre Wohnungen zurück. Der Pfarrer fragte den Sänger, wo sie begraben werden sollte. Der sagte, sie habe angeordnet, auf dem Kirchhof begraben zu werden, und daß es gut sei, sie zur Nachtzeit dorthin zu schaffen. So wurde die arme Unglückliche von einer Kammerfrau eingesargt, die sich wohl hütete, ihr wehe zu thun, und dann wurde sie bei Fackelbeleuchtung nach dem Grabe getragen, welches der Sänger für sie hatte ausschaufeln lassen. Als der Leichenzug bei denen vorüber kam, die bei der letzten Oelung zugegen gewesen waren, kamen sie alle aus ihren Häusern heraus und begleiteten sie nach dem Friedhof. Die Frauen und die Priester entfernten sich bald, nicht aber der Sänger. Sobald er nämlich sah, daß die Gesellschaft fern war, gruben er und seine Kammerfrau das Grab wieder auf, aus dem seine Geliebte lebendiger als je herauskam; er führte sie insgeheim in sein Haus und versteckte sie lange. Ihr Mann, der sie verfolgte, kam bis nach Blois, um dort das Gericht anzurufen, und hörte, daß sie todt und begraben sei; alle Damen von Blois, welche ihm das rühmliche Ende seiner Frau erzählten, bestätigten ihm das. Der Gute war sehr erfreut darüber, weil er nun dachte, daß die Seele seiner Frau im Paradiese und ihre körperliche Hülle los sei. Mit dieser zufriedenstellenden Meinung kehrte er nach Paris zurück und verheirathete sich dort mit einer schönen, jungen und reichen Frau, die ihre Wirtschaft zu führen verstand, und von der er mehrere Kinder hatte; vierzehn bis fünfzehn Jahre lebten sie so zusammen. Schließlich aber gelangte das Gerücht, dem nichts verborgen bleibt, auch bis zu ihm, daß nämlich seine erste Frau nicht todt sei, sondern noch mit ihrem nichtsnutzigen Sänger zusammen lebe. Der arme Mann verhehlte das so lange wie möglich und that, als wenn er nichts gehört hätte, weil er innerlich wünschte, daß es eine Lüge sein möchte. Seine Frau aber, die eine sehr vernünftige Dame war, erfuhr auch davon; sie verfiel in so große Angst, daß sie vor Kummer beinahe gestorben wäre. Wenn es möglich gewesen wäre, hatte sie, wenn nur ihr Gewissen ruhig gewesen wäre, gern ihr Mißgeschick verhehlt. Aber das war unmöglich, denn die Kirche mischte sich sofort ein und trennte vorerst die beiden, bis die ganze Wahrheit ans Licht käme. Der arme Mann wurde nun genöthigt, die gute Frau zu verlassen, um nach der schlechten zu suchen. Er kam nach Blois, kurze Zeit nachdem Franz I. König geworden war, und fand dort auch die Königin Claudia und die Regentin, denen er Klage führte, indem er nach der fragte, die er lieber nicht wiedergefunden hätte, die er aber suchen mußte. Die ganze Gesellschaft bemitleidete ihn darum. Als seine Frau ihm vorgestellt wurde, wollte sie lange behaupten, er sei garnicht ihr Mann, sondern, es sei eine abgekartete Sache, worauf er gern eingegangen wäre, wäre es nur möglich gewesen. Sie war mehr betrübt, als von Scham erfüllt und sagte, daß sie lieber sterben, als zu ihm zurückkehren wolle, worüber er nur sehr zufrieden war. Die Damen aber, vor denen sie so schamlos sprach, verurtheilten sie, mit ihm zurückzukehren, und sprachen mit vielen Ermahnungen und Drohungen so auf den Sänger ein, daß er sich gezwungen sah, seiner Geliebten zu sagen, sie solle mit ihrem Mann gehen, und daß er sie nicht mehr sehen wolle. So von allen Seiten fortgejagt, entfernte sich die arme Unglückliche, wurde aber von ihrem Mann besser behandelt, als sie verdient hatte.

So endete Guebron seine Erzählung und fuhr dann fort: »Deshalb sage ich also, meine Damen, wenn dieser Mann besser auf seine Frau aufgepaßt hätte, so würde er sie nicht verloren haben; denn eine wohlbehütete Sache wird schwer verloren, und nur der Ueberfluß giebt dem Dieb die Gelegenheit.« – »Es ist wunderbar«, sagte Hircan, »daß die Liebe so stark ist, wo sie am unvernünftigsten erscheint.« – »Ich habe mir sagen lassen«, sagte Simontault, »daß man eher hundert Ehen trennt, als die Liebe eines Priesters und seines Dienstmädchens.« – »Das glaube ich wohl«, sagte Emarsuitte, »denn die, welche die Ehen anderer binden, wissen den Knoten so fest zu schürzen, daß nur der Tod ihn durchhauen kann; auch sagen die Schriftgelehrten, daß die geistliche Rede viel mächtiger als irgend eine andere sei. In Folge dessen muß auch die geistliche Liebe alle anderen übertreffen.« Dagoucin sagte: »Das ist etwas, was ich den Damen nicht verzeihen könnte, einen ehrbaren Mann oder Freund für einen Priester zu verlassen, wie schön und angesehen er auch sein möge.« – »Ich bitte Euch«, wandte Hircan ein, »laßt es Euch nicht einfallen, von unserer heiligen Mutter, der Kirche, zu reden. Glaubet mir, daß es den furchtsamen und zurückhaltenden Frauen großes Vergnügen bereitet, mit denen zu sündigen, die sie absolviren können; denn es giebt viele, die sich viel mehr schämen, eine Sache zu beichten, als sie zu thun.« – »Ihr sprecht da nur von denen«, sagte Oisille, »die Gott nicht kennen und die annehmen, daß im Geheimen betriebene Sachen nicht einmal vor der göttlichen Allwissenheit aufgedeckt werden. Ich glaube aber nicht, daß sie deshalb die Beichtväter suchen, um zu beichten, denn der Teufel hat sie so verblendet, daß sie viel mehr darauf achten, sich an den Ort zu begeben, der ihnen der verborgenste und sicherste erscheint, als daß sie sich darum bekümmern, Absolution für ihre Sünden zu erhalten, die sie garnicht bereuen.« – »Wie denn, bereuen?« fragte Saffredant, »sie halten sich sogar für heiliger, als die anderen Frauen, ich bin ganz sicher, daß es sogar solche giebt, die es sich zur besonderen Ehre anrechnen, in solchen Liebesverhältnissen auszuharren.« Oisille sagte zu ihm: »Ihr sprecht davon so, daß es den Anschein hat, als wenn Ihr etwas davon wüßtet. Deshalb bitte ich Euch, daß Ihr den morgenden Tag beginnen möget und uns erzählt, was Ihr davon wißt. Jetzt schlägt schon die Vesperglocke zum letzten Male. Die Mönche sind auch gleich fortgegangen, nachdem sie die zehnte Geschichte gehört hatten, und haben uns weiter debattiren lassen.« Hierauf erhob sich die ganze Gesellschaft und ging dann in die Kirche, wo sie fanden, daß man auf sie gewartet hatte. Nachdem sie die Messe gehört hatten, speisten sie zusammen, indem sie noch von mehreren schönen Geschichten sprachen. Nach dem Essen gingen sie alle nach ihrer Gewohnheit ein wenig auf die Wiese, um sich zu belustigen; dann legten sie sich zur Ruhe, damit am andern Morgen ihr Gedächtniß frisch sei.

Siebenter Tag.

Frau Oisille verfehlte nicht, am andern Morgen ihnen die heilsame Predigt zu halten, die sie aus der Lektüre der Begebenheiten und tugendhaften Thaten der glorreichen Ritter und Apostel Jesu Christi, wie der Apostel Lukas sie geschildert hat, entnahm, indem sie sagte, daß diese Erzählungen genügend sein müßten, jene Zeit zurückzuwünschen und das Mißgeschick der jetzigen zu beklagen. Nachdem sie den Anfang dieses würdigen Buches ausreichend durchgenommen und erklärt hatte, bat sie sie, in die Kirche zu gehen, im Einklang mit der Predigt über die Apostel, und Gott um seine Gnade anzuflehen, welche niemals denjenigen versagt wird, welche gläubig nach ihr verlangen. Ein jeder fand diese Meinung sehr gut, und sie kamen in die Kirche, gerade als man die Messe begann, was ihnen so gelegen zu kommen schien, daß sie in großer Andacht den Gottesdienst mit anhörten. Später bei Tisch sprachen sie noch des weiteren über das glückliche Leben der Apostel und empfanden dabei ein so großes Vergnügen, daß sie ihr eigentliches Vorhaben fast vergaßen. Nomerfide, die jüngste von ihnen, merkte es zuerst und sagte: »Frau Oisille hat uns so in Frömmigkeit eingesponnen, daß wir die gewohnte Stunde, um uns zur Vorbereitung unserer Erzählungen zurückzuziehen, versäumt haben.« Diese Worte veranlaßten alle, sich schleunigst zu erheben, und nachdem sie nur kurze Zeit auf ihren Zimmern gewesen waren, fanden sie sich, wie am Tage vorher, zusammen. Nachdem sie sich alle bequem niedergelassen hatten, sagte Frau Oisille zu Saffredant: »Wenn ich auch sicher bin, daß Ihr nichts zum Vortheil der Frauen sagen werdet, muß ich Euch doch bitten, uns die Geschichte zu erzählen, welche Ihr uns gestern Abend versprochen habt.« Saffredant erwiderte: »Ich will mich dagegen verwahren, Madame, den schlechten Ruf der Spötter mir zu erwerben, indem ich die Wahrheit sage, oder die Gunst tugendhafter Damen zu verlieren, indem ich erzähle, was thörichte thun; denn ich habe die Erfahrung gemacht, daß dies das sicherste Mittel ist, ihrer Achtung beraubt zu werden, und wäre mir das mit ihrer Gunst ebenso ergangen, so würde ich zur Stunde nicht mehr am Leben sein.« Bei diesen Worten wandte er die Augen von derjenigen, welche die Ursache seines Glücks und Unglücks war, ab; während er aber Emarsuitte ansah, brachte er sie ebenso zum Erröthen, als wenn sie es gewesen wäre, auf die diese Bemerkung sich bezog; nichtsdestoweniger wurde sie sehr wohl von derjenigen verstanden, für die sie bestimmt war. Frau Oisille versicherte ihn nun, daß er freimüthig die Wahrheit sagen könnte, auch auf Unkosten derjenigen, gegen welche sie gerichtet sei. Saffredant begann nun folgendermaßen:

Einundsechzigste Erzählung.

Wunderbare Hartnäckigkeit in einer frechen Liebe seitens einer burgundischen Frau zu einem Kanonikus von Autun.

In der Nähe von Autun lebte eine sehr schöne Frau, groß, von zarter Haut und von so schön geschnittenem Gesichte, wie ich nur je gesehen habe. Sie hatte einen achtbaren Mann geheirathet, der jünger als sie selbst schien, womit sie nur alle Ursache hatte zufrieden zu sein. Kurze Zeit nachdem sie verheirathet waren, führte er sie in Geschäften mit sich nach Autun, und während der Mann seinen Prozeß führte, ging seine Frau in die Kirche, um für ihn zu beten, und zwar ging sie so häufig an diesen Ort, daß ein sehr reicher Kanonikus sich in sie verliebte und sie so verfolgte, daß schließlich die arme Frau ihm zu Willen war. Ihr Mann hatte keinen Verdacht und ging auch mehr darauf aus, seinen Besitz zusammenzuhalten, als seine Frau zu bewachen. Als nun die Abreise herannahte, und sie wieder nach ihrer Heimath, die sieben ganze Meilen von der Stadt entfernt war, zurückkehren mußten, geschah dies nicht ohne großes Bedauern. Der Kanonikus versprach ihr aber, sie oft zu besuchen, und that es auch, indem er immer Reisen vorgab, die ihn auf seinem Wege zufällig nach dem Hause dieses Mannes führten, der nicht so einfältig war, daß er es am Ende nicht merkte; er schaffte also Ordnung und richtete es so ein, daß, wenn der Kanonikus kam, er seine Frau nicht fand; er versteckte sie so gut, daß er nicht mit ihr sprechen konnte. An der Eifersucht ihres Mannes erkannte seine Frau, daß jener ihm nicht gefiel. Sie dachte aber, sie würde es schon einrichten können, denn es schien ihr die Hölle, ihren Gott nicht zu sehen. Als eines Tages ihr Mann außer dem Hause war, beschäftigte sie ihre Mädchen und Diener so gut, daß sie allein blieb. Sofort packte sie zusammen, was sie brauchte, und ging ohne andere Begleitung, als ihre tolle Liebe, zu Fuß nach Autun; sie kam nicht so spät, als daß ihr Kanonikus sie nicht erkannt hätte. Länger als ein Jahr hielt er sie versteckt und eingeschlossen, welche Bitten und Ermahnungen der Mann auch an ihn richten mochte. Da er keinen anderen Weg mehr sah, beklagte er sich beim Bischof, der einen so achtbaren Erzpriester, als nur je einer in Frankreich war, hatte, und dieser durchsuchte die Wohnungen der Kleriker so gut, bis man auch die Vermißte fand. Er steckte sie ins Gefängniß und legte dem Kanonikus eine schwere Buße auf. Als ihr Mann nun erfuhr, daß seine Frau durch den Eifer des Erzpriesters und einiger anderer achtbarer Leute wiedergefunden sei, war er ganz zufrieden, sie wieder zu sich zu nehmen, da sie betheuerte, künftighin in Ehren leben zu wollen. Wegen seiner großen Liebe zu ihr glaubte ihr das ihr Mann; er führte sie in sein Haus zurück und behandelte sie so gut wie früher, nur gab er ihr zwei alte Kammerfrauen, die sie nie allein ließen, eine wenigstens war immer mit ihr. Wie gut ihr Mann sie aber auch behandeln mochte, die nichtswürdige Liebe, welche sie für den Kanonikus hatte, ließ ihr alle Ruhe als eine Qual erscheinen. Und obwohl sie eine sehr schöne Frau und er ein wohlgebauter, kräftiger und gesunder Mann war, hatte sie doch keine Kinder von ihm, denn ihr Herz war immer sieben Meilen von ihrem Körper entfernt. Sie verbarg es aber so gut, daß es ihrem Mann schien, als habe sie die Vergangenheit vergessen, wie er es seinerseits gethan hatte. In ihrer Schlechtigkeit dachte sie sich aber anderes aus. Als sie nämlich sah, daß ihr Mann sie noch mehr als früher liebte und sie nicht mehr beargwöhnte, stellte sie sich krank. Diese Verstellung setzte sie so gut fort, daß ihr Mann ganz unglücklich darüber wurde, nichts schonte und alles herbeischaffte, was ihr helfen konnte. Sie spielte aber ihre Rolle so gut, daß er und alle Hausbewohner sie für todtkrank hielten; nach und nach nahmen auch ihre Kräfte ab. Als sie nun sah, daß ihr Mann so betrübt darüber war, als er hätte erfreut sein müssen, bat sie ihn um die Erlaubniß, ihr Testament machen zu dürfen; er gestattete es unter Thränen. Da sie Verfügungsfreiheit hatte und ohne Kinder war, verschrieb sie alles ihrem Mann und bat ihn, ihr alles begangene Unrecht zu verzeihen. Dann schickte sie nach dem Geistlichen, beichtete ihm und erhielt das Abendmahl in so großer Andacht, daß jeder, der dieses rühmliche Ende sah, weinte. Als der Abend kam, bat sie ihren Mann, ihr die letzte Oelung geben zu lassen, da ihre Kräfte so abnähmen, daß sie befürchte, sie werde sie lebend nicht mehr empfangen können. Ihr Mann ließ sie ihr eiligst reichen, und sie nahm sie so demüthigen Sinnes, daß jeder dadurch nur veranlaßt wurde, sie zu loben. Als sie alle diese heiligen Handlungen gemacht hatte, sagte sie zu ihrem Mann, daß sie, nachdem Gott ihr gestattet habe, alles, was die Kirche gebeut, genommen zu haben, in ihrem Gewissen Frieden fühle und sich nun ein wenig ausruhen wolle, wobei sie ihn bat, ein Gleiches zu thun, denn er habe es nach dem vielen Weinen und den Nachtwachen bei ihr nöthig. Als ihr Mann und die Diener eingeschlafen waren, glaubten die beiden Alten, die sie, so lange sie gesund war, treulich gehütet hatten, daß sie sie nun auch nicht mehr verlieren könnten, und legten sich auch nieder. Als sie sie aber schlafen sah und schnarchen hörte, stand sie im Hemde auf und ging aus ihrem Zimmer, um nachzusehen, ob noch jemand im Hause auf wäre. Nachdem sie alles Nöthige genommen hatte, entschlüpfte sie durch eine Gartenthür, die nicht recht schloß, und lief während der Nacht im Hemd und barfuß nach Autun zu dem Heiligen, der sie vor dem Tode bewahrt hatte. Da der Weg aber lang war, konnte sie nicht auf einmal die ganze Strecke zurücklegen und wurde vom Tage überrascht. Sie sah den Weg entlang und bemerkte zwei Reiter, die eiligst daher kamen. Sie zweifelte nicht, daß es ihr Mann wäre, und kroch in einen Sumpf, den Kopf zwischen die Binsen steckend. Im Vorbeireiten hörte sie ihren Mann ganz verzweifelt zu seinem Diener sagen: »O, die Nichtswürdige! Wer hätte denken können, daß sie unter dem Deckmantel der heiligen Sakramente eine so schändliche That aussann.« Der Diener sagte: »Da Judas, als er das Abendmahl nahm, nicht anstand, seinen Herrn zu verrathen, so wundert Euch nicht über den Verrath einer Frau.« Während dieser Worte ritt ihr Mann an ihr vorbei, und seine Frau blieb über ihren Betrug vergnügter in ihrem Sumpf, als sie in seinem Hause in einem guten Bett gewesen wäre. Der arme Mann suchte ganz Autun ab, er sah aber wohl, daß sie nicht in die Stadt gekommen sei. Er kehrte also den Weg, den er gekommen war, wieder zurück und beklagte sich immerfort über sie und seinen Verlust; er bedrohte sie allerdings, wenn er sie fände, mit nichts geringerem als dem Tode. Sie fürchtete sich aber ebensowenig davor, als sie fror, obwohl Zeit und Ort geeignet waren, sie ihre verwerfliche Reise bereuen zu lassen. Wer nicht weiß, wie das höllische Feuer diejenigen, die von ihm erfüllt sind, erwärmt, der muß es für ein Wunder halten, daß die arme Frau, die aus einem warmen Bett kam, es einen ganzen Tag an einem so kalten Ort aushalten konnte. Sie verlor aber weder den Muth noch die Kraft zu gehen. Sobald die Nacht gekommen war, machte sie sich wieder auf. Gerade als man die Thore von Autun schließen wollte, kam die arme Pilgerin an und ging sofort dorthin, wo ihr Heiliger wohnte, der über ihr Kommen so erstaunt war, daß er kaum glauben wollte, daß sie es wirklich war. Nachdem er sie aber genau und von allen Seiten betrachtet hatte, sah er wohl, daß sie Fleisch und Knochen hatte, was ein Geist nicht zu haben pflegt, und beruhigte sich darüber, daß es kein Phantom sei. Sie lebten nun so gut zusammen, daß sie 14 bis 15 Jahre bei ihm blieb. Während sie die erste Zeit sich versteckt gehalten hatte, verlor sie schließlich alle Scheu und, was noch schlimmer ist, rechnete es sich so hoch an, einen solchen Freund zu haben, daß sie sich in der Kirche vor alle ehrbaren Frauen der Stadt setzte. Sie hatte auch Kinder von dem Kanonikus, unter anderen eine Tochter, welche mit einem reichen Kaufmann verheirathet wurde; bei der Hochzeit trat sie so hochmüthig auf, daß alle ehrbaren Frauen darüber murrten, sie hatten aber keine Macht, Ordnung zu schaffen. Da begab es sich, daß die Königin Claudia, die Gemahlin des verstorbenen Königs Franz I., mit der Regentin, der Königinmutter und deren Tochter der Herzogin von Alençon, durch Autun reisten. Eine Kammerfrau, namens Peretta, suchte die Herzogin auf und sagte zu ihr: »Frau Herzogin, ich bitte Euch, hört mich an, und Ihr werdet ein ebenso gutes oder besseres Werk thun, als alle Tage in die Messe zu gehen.« Die Herzogin hörte ihr zu, da sie wußte, daß von jener nur immer gute Rathschläge kämen. Peretta erzählte ihr nun, wie sie sich zu ihrer Hülfe ein kleines Mädchen angenommen habe; diese habe sie nach Stadtneuigkeiten ausgefragt, worauf sie ihr erzählt habe, wie es die ehrbaren Frau der Stadt bekümmere, daß die Frau des Kanonikus den Vorrang vor ihnen beanspruche; worauf sie ihr einen Theil ihres Lebens erzählt habe. Die Herzogin begab sich sofort zur Königin und zur Regentin und erzählte ihnen diese Geschichte. Sie ließen ohne weiteres Verfahren die Unglückliche kommen, die sich garnicht versteckte, (denn sie hatte ihre Schande in den Ruhm verwandelt, zum Hause eines so reichen Mannes zu gehören) und ohne erstaunt zu sein oder sich zu schämen, sich den Damen vorstellte, welche über ihre Unverschämtheit so beschämt waren, daß sie ihr im ersten Augenblick garnichts zu sagen wußten. Nachher machte ihr die Regentin aber solche Vorwürfe, daß eine vernünftige Frau hätte weinen müssen. Sie that es aber nicht, sondern sagte zu ihnen mit großer Kühnheit: »Ich bitte Euch, erlauchte Frauen, wollet unterlassen, an meine Ehre zu rühren, denn ich habe mit dem Kanonikus so in Tugend und allen Ehren gelebt, daß Niemand hier mich deßwegen tadeln kann. Man darf auch nicht denken, daß wir gegen die Gebote Gottes leben, denn seit drei Jahren hat er mich nicht angerührt, und wir leben so keusch und einander liebend, wie zwei sündlose Engel, ohne daß jemals zwischen uns in Worten oder Thaten das Gegentheil vorgefallen wäre. Wer uns trennen will, wird eine große Sünde begehen, denn der alte Mann ist beinahe 80 Jahre alt und würde ohne mich nicht weiter leben können, die ich 45 Jahre alt bin.« Ihr könnt Euch denken, wie das den Damen gefiel, und wie eine jede sie ausschalt. Da sie ihre Hartnäckigkeit sahen, die kein Wort, das man ihr sagte, brechen konnte, trotzdem sie alt genug war und vor angesehenen Personen stand, so ließen sie, um sie zu demüthigen, den Erzpriester von Antun holen, der sie zu einem Jahr Gefängniß bei Wasser und Brot verurtheilte. Die Damen ließen auch ihren Mann kommen, der auf ihre Ermahnungen hin es zufrieden war, sie nach Beendigung ihrer Buße wieder zu sich zu nehmen. Nachdem sie gefangen gesetzt war, bedankte der Kanonikus, der entschlossen war, sie niemals wieder aufzunehmen, sich bei den Damen, daß sie ihm diese teuflische Last von den Schultern genommen hatten. Sie zeigte auch eine so große und aufrichtige Reue, daß ihr Mann das Ende des Jahres garnicht abwartete, um sie zurückzunehmen, sondern schon nach 15 Tagen sich seine Frau vom Erzpriester ausbat. Seitdem lebten sie in Frieden und Freundschaft.

Hiermit beendete Saffredant seine Erzählung und fuhr dann fort: »Hier seht Ihr, meine Damen, wie die Ketten des heiligen Petrus in den Händen seiner Diener zu Ketten des Satans geworden sind, so schwer zu zerbrechen, daß die Beschwörungen, welche die Teufel aus den Leibern vertreiben, diesen nur die Mittel an die Hand geben, sie um so länger in ihrer Seele hausen zu lassen, denn auch mit den besten Sachen richtet man nur Uebles an, wenn man sie mißbraucht.« – »Wahrhaftig«, sagte Oisille, »diese Frau war eine Unglückliche; sie wurde aber auch ordentlich bestraft, als sie vor Richterinnen, wie die von Euch genannten Damen, trat. Denn schon der Blick der Regentin allein war so voller Tugend, daß auch die ehrbarste Frau Angst ergriff, wenn sie in diese Augen sah, und eine jede hielt sich ihrem Blicke gegenüber für eine Unwürdige. Denn wer sie, ohne die Augen niederzuschlagen, ansehen konnte, rechnete es sich zur großen Ehre, da alle wußten, daß andere als ehrbare Frauen diese Dame nicht ohne Scheu anblicken konnten.« Hircan sagte: »Es ist aber doch besser, daß man das heilige Sakrament, das ohne Glauben und christliche Liebe genommen, ewige Verdammniß einbringt, mehr fürchtet, als die Augen einer Frau.« – »Ich versichere Euch«, sagte Parlamente, »daß die, die nicht vom heiligen Geist erfüllt sind, mehr weltliche als geistliche Macht fürchten. So glaube ich auch, daß für diese arme Person das Gefängniß und die Unmöglichkeit, ihren Kanonikus wiederzusehen, eine größere Strafe war, als alle ihr gemachten Vorwürfe.« – »Ihr habt die Hauptsache vergessen«, sagte Simontault, »weßhalb sie auch zu ihrem Mann zurückkehrte, nämlich, daß der Kanonikus 80 Jahre alt und ihr Mann jünger wie sie selbst war. So gewann diese gute Frau bei jedem Handel. Wäre der Kanonikus noch jung gewesen, so würde sie ihn gewiß nicht haben verlassen wollen. Dann würden die Ermahnungen jener Damen auch ebenso erfolglos gewesen sein, wie die Sakramente, die sie einmal genommen hatte.« Nomerfide sagte: »Mir scheint sogar, daß sie ganz richtig handelte, ihre Sünde nicht so ohne Weiteres zuzugeben; denn das muß man Gott allein gegenüber thun, vor den Menschen aber muß man sie ableugnen. Mag auch alles wahr sein, mit Ableugnen und Abschwören wird schließlich auch die Wahrheit zweifelhaft.« Longarine sagte: »Eine Sünde kann aber doch nur mit Mühe so geheim gehalten werden, daß sie nicht ans Licht käme, es sei denn, daß sie Gott bei denen, die aus Liebe zu ihm eine aufrichtige Reue empfinden, verdeckt.« – »Und was würdet Ihr von denen sagen«, fragte Hircan, »die, sowie sie eine Thorheit begangen haben, es irgendwem erzählen?« Longarine antwortete: »Ich finde das seltsam, und es ist ein Zeichen, daß die Sünde ihnen nicht mißfällt. Wie ich gesagt habe, wen nicht die Gnade Gottes schützt, der kann sich vor den Menschen nicht verstecken. Es giebt manche, welche Vergnügen daran empfinden, frei heraus zu reden, und sich einen Ruhm daraus machen, von ihren Lastern öffentlich zu sprechen, und andere wieder, die sich in ihren eigenen Worten fangen und sich selbst anklagen.« – »Das heißt sich ordentlich fangen«, sagte Saffredant, »aber ich bitte Euch, wenn Ihr hierüber etwas wißt, nehmt das Wort von mir und erzählt es uns.« – »So höret denn«, sagte Longarine.

Zweiundsechzigste Erzählung.

Eine Dame erzählt eine Liebesgeschichte von sich selbst, spricht in der dritten Person, verspricht sich aber zuletzt.

Zur Zeit Franz I. lebte eine Dame aus königlichem Geblüt, reich ausgestattet mit Ehren, Tugenden und Schönheit, welche es sehr gut verstand, mit Anmuth zu erzählen, und welche auch lachte, wenn man ihr eine gute Geschichte erzählte. Als diese Dame einmal auf einem ihrer Schlösser war, kamen alle ihre Vasallen und Nachbarn zu ihr zu Besuch, denn sie war so geliebt, wie nur eine Frau geliebt sein kann. Unter anderen kam auch eine Frau zu ihr, welche immer nur darauf wartete, daß, um ihr die Zeit zu vertreiben, allerhand Geschichten erzählt wurden. Sie wollte nun den anderen nicht nachstehen und sagte einmal: »Erlauchte Frau, ich habe auch eine Geschichte zu erzählen, aber Ihr müßt mir versprechen, nicht davon zu reden«. Dann fuhr sie fort: »Die Geschichte, die ich erzählen will, ist wirklich passirt, ich nehme es auf mein Gewissen. Es war einmal eine verheirathete Frau, welche in allen Ehren mit ihrem Mann lebte, obwohl sie jung und er alt war. Ein Edelmann aus der Nachbarschaft verliebte sich in sie, als er sah, daß sie einen so alten Mann geheirathet hatte, und bedrängte sie mehrere Jahre hindurch. Niemals erlangte er aber von ihr einen anderen Bescheid, als wie ihn eine anständige Frau geben muß. Eines Tages überlegte der Edelmann, daß, wenn er sie einmal unvermuthet und in einer glücklichen Stunde träfe, sie nicht so abweisend gegen ihn sein würde. Nachdem er lange gegen die Furcht vor der Gefahr, in welche er sich stürzte, gekämpft hatte, entschloß er sich, nach Ort und Gelegenheit auszuschauen. Er paßte genau auf, und als eines Tages der Mann dieser Dame auf ein anderes seiner Schlösser reiste und wegen der Hitze schon früh am Tage aufgebrochen war, eilte der junge Thor ins Haus der Dame, die er noch schlafend in ihrem Bett fand. Er sah, daß alle ihre Kammerzofen aus dem Zimmer gegangen waren, und ohne überhaupt daran zu denken, die Thür zu schließen, legte er sich gestiefelt und gespornt zu ihr ins Bett. Als sie erwachte, war sie so betrübt, als möglich. So sehr sie ihn aber auch ermahnte, er nahm sie mit Gewalt, indem er sagte, daß, wenn sie von der Sache spräche, er zu aller Welt davon sprechen und sagen würde, daß sie ihn habe holen lassen. Hiervor fürchtete sich die junge Frau so sehr, daß sie nicht zu schreien wagte. Nachher kam eine ihrer Kammerfrauen ins Zimmer. Der Edelmann erhob sich deshalb sehr schnell, und niemand hätte etwas gemerkt, wenn nicht sein Sporn an der Decke hängen geblieben wäre und diese ganz mit hinunter gezogen hätte, so daß die Dame ganz nackt auf ihrem Bette liegen blieb.« Und obwohl sie die Geschichte einer anderen Person erzählte, konnte sie sich doch nicht enthalten, hier zu sagen: »Niemals war eine Frau erstaunter, als ich, sich so nackt zu sehen«. Während bisher die Dame, die der Erzählung zuhörte, ganz ernst geblieben war, konnte sie sich jetzt des Lachens nicht enthalten und sagte: »Wie ich sehe, könnt Ihr recht gut Geschichten erzählen.« Die arme Frau versuchte alles Mögliche, um ihre Ehre zu retten, diese war aber so weit schon von ihr gewichen, daß sie sie nicht wieder einholen konnte.

»Ich versichere Euch nun, meine Damen«, fuhr Longarine fort, »wenn bei dieser Frau jene Angelegenheit rechtes Mißfallen erregt hätte, würde sie schon die Erinnerung daran verloren haben. Aber wie ich Euch sagte, eine Sünde offenbart sich noch eher selbst, als daß sie bekannt wird, wenn sie nicht mit jener Schutzdecke verdeckt wird, welche, wie David sagt, einen Menschen glücklich macht«. Emarsuitte sagte: »Nun, das ist denn doch die dümmste Frau, von der ich je gehört habe; sie läßt andere auf ihre eigenen Kosten lachen.« – »Ich finde es garnicht merkwürdig«, sagte Parlamente, »wenn in solchem Fall das Wort der That folgte; denn es sagt sich noch viel leichter etwas, als es gethan wird.« Guebron fragte: »Welche Sünde hat sie denn begangen? Sie lag schlafend im Bett, und er bedrohte sie mit Tod und Schande. Lukretia, die so gelobt wird, that doch dasselbe«. »Es ist schon richtig«, sagte Parlamente, »es giebt keinen so Gerechten, dem nicht auch einmal ein Unglück zustoßen könnte, aber wenn man in dem Augenblick selbst ein großes Mißfallen verspürt, so haftet das auch im Gedächtniß, und gerade um das auszulöschen, tödtete sich Lukretia; diese Dumme wollte aber darüber Andere lachen lassen«. »Immerhin scheint sie doch eine anständige Frau gewesen zu sein«, sagte Nomerfide, »denn sie hatte sich doch viele Male bitten lassen, ohne ihm nachzugeben, so daß der Edelmann sich genöthigt sah, zu Betrug und Gewalt seine Zuflucht zu nehmen, um sie zu täuschen«. Parlamente fragte: »Haltet Ihr eine Frau für bedacht auf ihre Ehre, wenn sie sich hingiebt, nachdem sie zwei-, dreimal sich geweigert hat? Dann wären manche sehr ehrbare Frauen, die man doch mit Recht für das Gegentheil hält. Denn man hat genug Frauen gesehen, die lange Zeit denjenigen zurückwiesen, an dem sie ihr Herz doch schon verloren hatten; die einen, weil sie für ihre Ehre fürchteten, die anderen, um sich nur noch heißer lieben und achten zu lassen. Deshalb muß man auf eine Frau nichts geben, wenn sie nicht bis zu Ende aushält.« – »Und wenn ein junger Mann einmal ein schönes Mädchen zurückweist, würdet Ihr das nicht für eine große Tugend halten?« fragte Dagoucin. Oisille sagte: »Wenn ein junger und gesunder Mensch solche Zurückweisung übte, so würde ich ihn für sehr lobenswerth, die Sache aber für nicht recht glaublich halten.« – »Dennoch kenne ich welche«, bekräftigte Dagoucin, »die Abenteuer zurückwiesen, welche alle ihre Genossen suchten.« – »Ich bitte euch«, jagte Dagoucin, »nehmt meine Stelle, um uns etwas davon zu erzählen; aber erinnert Euch, daß wir hier gehalten sind, die Wahrheit zu sagen.« –

»Ich verspreche Euch«, sagte Dagoucin, »sie Euch ungeschminkt und ohne jede Beschönigung, die sie verdecken könnte, zu sagen.«

Dreiundsechzigste Erzählung.

Von der beachtenswerthen Keuschheit eines französischen Edelmannes.

In Paris lebten vier Mädchen, je zwei Schwestern, von so großer Schönheit, Tugend und Frische, daß die Anbeter sich nur um sie drängten. Ein Edelmann aber, den der damalige König zum Vorsteher von Paris gemacht hatte, sah, daß sein Herr jung und in dem Alter war, um solche Gesellschaft gern zu sehen, und richtete es mit allen vieren so gut ein, daß eine jede dachte, sie sei für den König bestimmt. Sie willigten in den Wunsch des Vorstehers, der dahin ging, daß sie sich zu einem Fest einfinden sollten, welches er seinem Herrn geben wollte, dem er auch den ganzen Plan mitgetheilt hatte. Der König und noch zwei andere hochstehende Persönlichkeiten, die an dem Handel ihren Antheil haben wollten, fanden den Plan sehr gut. Als sie nach dem vierten Genossen suchten, kam ein schöner, junger und sehr hochstehender Edelmann, der 10 Jahre jünger als die drei andern war, nach Paris, und diesen luden sie zu dem Fest mit ein. Er nahm äußerlich erfreut an, während in Wirklichkeit sein Herz nicht nach solchen Dingen trachtete; denn einerseits hatte er eine schöne Frau, welche ihm schöne Kinder, mit denen er zufrieden war, gebar, und mit der er so in Frieden lebte, daß er um alles in der Welt nicht gewünscht hätte, daß sie einen Verdacht schöpfe; andererseits war er der Freund einer der schönsten Damen des damaligen Frankreich, welche er so liebte und achtete, daß alle ihm neben ihr häßlich erschienen, so daß, als er noch jung und unverheirathet war, keiner bemerken konnte, daß er mit irgend einer andern Frau Umgang hatte. Er war glücklicher, seine Freundin zu sehen und ihr seine ganze Liebe zu widmen, als in allem, was ihm eine andere hätte geben können. Dieser Edelmann ging zu seiner Frau und erzählte ihr, was der König unternommen habe, und daß er für seine Person lieber sterben als sein Versprechen erfüllen wolle. Denn wie er lieber sterben wolle, bevor er ohne Veranlassung hinterlistiger Weise, – es sei denn, daß seine Ehre ihn dazu nöthige, – einen Mord begehe, so möchte er auch, ehe er ohne eine tiefe Liebe, – welche auch tugendhafte Menschen verblendet, – seinem Ehegelübde untreu würde, lieber sterben. Seine Frau liebte und achtete ihn deshalb nur noch mehr, da sie so große Ehrbarkeit mit so großer Jugend vereint sah. Sie fragte ihn deshalb, wie er sich entschuldigen wolle, da Fürsten oft diejenigen unbequem finden, welche nicht loben, was sie lieben. Er antwortete aber: »Ich habe sagen hören, daß der Weise immer eine Krankheit oder eine Reise an der Hand hat, um dieselbe im Nothfall vorzuschieben. Deshalb werde ich mich vier oder fünf Tage vorher krank stellen; Euer Verhalten kann mich dabei unterstützen.« Seine Frau sagte: »Das ist eine gute und lobenswerthe Verstellung, und ich werde nicht verfehlen, Euch mit der traurigsten Miene, die ich annehmen kann, behülflich zu sein. Denn glücklich ist, wer es vermeiden kann, Gott zu beleidigen und seinen Fürsten zu erzürnen.« Wie sie besprochen hatten, so machten sie es. Der König war sehr betrübt, durch die Frau des Edelmannes von der Krankheit desselben zu hören, die im übrigen nicht lange währte. Wegen dringender Angelegenheiten vergaß nämlich der König sein Vergnügen, dachte vielmehr nur an seine Pflicht und reiste von Paris ab. Eines Tages entsann er sich des geplanten Festes, aus dem nichts geworden war, und sagte zu dem jungen Prinzen: »Wir waren sehr thöricht so plötzlich abzureisen, ohne uns die vier jungen Mädchen zu besehen, welche, wie man uns sagte, die schönsten unseres ganzen Königreiches sein sollten.« Der junge Prinz antwortete: »Ich bin sehr froh, daß nichts daraus geworden ist; denn während meiner Krankheit befürchtete ich sehr, daß ich allein nur um dieses Abenteuer kommen würde.« Infolge dieser Worte erfuhr der König nie etwas von der Verstellung dieses Edelmannes, der von da an von seiner Frau nur noch mehr als bisher geliebt wurde.

Parlamente mußte hier laut lachen und sagte: »Sie würde ihn noch mehr geliebt haben, wenn er es lediglich nur aus Liebe für sie gethan hätte; wie dem aber auch sei, er ist jedenfalls sehr lobenswerth.« Hircan sagte: »Es scheint mir nicht besonderes Lob zu verdienen, wenn ein Mann aus Liebe zu seiner Frau die Keuschheit bewahrte; dann hat er so viele Gründe, daß er fast dazu verurtheilen ist. Erstens gebietet es ihm Gott, und sein Gelübde bindet ihn. Dann ist die Natur im Zustande der Sättigung nicht so sehr der Versuchung und dem Verlangen unterworfen, wie in dem der Entbehrung. Liegt aber nur Liebe zu einer Freundin vor, von der man keine andere Befriedigung erhält, als sie zu sehen und zu sprechen, wobei man oft nur kurze Antworten erhält, und ist diese Liebe so tief und fest, daß man sie, was auch geschehen möge, nicht vertauschen will, so ist das nicht nur eine lobenswerthe, sondern eine ganz wunderbare Keuschheit.« – »Das ist kein Wunder«, sagte Frau Oisille, »denn wo das Herz sich ganz giebt, ist dem Körper nichts unmöglich.« Hircan sagte: »Denen nicht, die schon wie die Engel sind.« – »Ich will nicht nur von denjenigen sprechen«, sagte Oisille, »die durch Gottes Gnade schon ganz in ihn aufgegangen sind, sondern von den gewöhnlichen Geistern, wie man sie unter den Menschen allenthalben findet. Wenn Ihr Acht gebt, werdet Ihr finden, daß diejenigen, welche sich und ihre Neigungen der Vervollkommnung der Wissenschaften gewidmet haben, nicht nur das Vergnügen des Fleisches ganz und gar vergessen, sondern sogar die nothwendigsten

Dinge, wie Essen und Trinken. Denn so lange die Seele im Körper herrscht, bleibt das Fleisch fast unempfindlich. Daher kommt es auch, daß diejenigen, welche schöne, ehrbare und tugendhafte Frauen lieben, eine solche innere Zufriedenheit daran haben, sie zu sehen und sprechen zu hören, daß das fleischliche Verlangen ganz ruht. Die, welche eine solche Befriedigung nicht zu verspüren imstande sind, sind die Fleischlichen, die, in ihr Fett eingehüllt, garnicht erkennen können, ob sie eine Seele haben, oder nicht. Ist der Körper aber dem Geiste unterthan, so ist er den Unvollkommenheiten seiner Konstitution gegenüber gewissermaßen unempfindlich, und zwar in dem Maße, daß allein ihr Wille sie selbstbeherrscht macht. So kenne ich einen Edelmann, der, um zu zeigen, daß er seine Dame mehr als irgend eine andere liebte, mit allen seinen Genossen gewettet hatte, eine brennende Kerze oben mit bloßen Fingern zu halten; er sah seine Dame dabei an und hielt die Kerze so fest, daß er sich bis auf den Knochen verbrannte. Und dabei sagte er noch, er spüre keinen Schmerz.« Guebron sagte: »Mir scheint, der Teufel, der ihn besessen hatte, hätte einen heiligen Laurentius aus ihm machen sollen, denn es giebt nur wenige, deren Liebesfeuer so groß ist, daß sie das einer Kerze nicht fürchten. Wenn mich eine Dame für sie etwas so Schmerzvolles hätte thun lassen, so würde ich eine große Belohnung gefordert oder meine Liebe zu ihr unterdrückt haben.« Parlamente sagte: »Ihr möchtet also Eure Stunde haben, wie Eure Dame die ihre hatte, wie einmal ein Edelmann in der Nähe von Valencia in Spanien that, dessen Geschichte mir ein sehr ehrenwerther Gouverneur erzählt hat.« – »Ich bitte Euch«, sagte Dagoucin, »nehmt meinen Platz und erzählt sie uns, denn ich denke mir, sie muß gut sein.« Parlamente sagte: »Nach dieser Erzählung, meine Damen, werdet Ihr Euch zweimal bedenken, etwas zu verweigern, und nicht denken, daß die Zeit immer dieselbe bleibt;

sondern, da Ihr ihre Unbeständigkeit kennt, werdet Ihr auch an die Zukunft denken.«

Vierundsechzigste Erzählung.

Ein Edelmann, dessen Heirathsantrag von seiner Angebeteten verschmäht wird, wird Mönch; zur Buße geht nun auch seine Freundin ins Kloster.

In der Stadt Valencia lebte ein Edelmann, welcher fünf oder sechs Jahre lang eine Dame in so vollkommener Art geliebt hatte, daß die Ehre und das Gewissen von Beiden unverletzt geblieben war; er hatte die Absicht, sie zur Frau zu nehmen, was höchst verständig war, denn er war schön, reich und aus gutem Hause; auch hatte er ihr nicht seine Dienste gewidmet, ohne sie zuvor zu fragen, welches ihre Meinung sei, und diese bestand darin, daß sie in die Heirath willigen würde, wenn ihre Freunde damit einverstanden wären. Diese, welche sich zu dem Zweck versammelt hatten, fanden die Heirath sehr vernünftig, vorausgesetzt, daß das Fräulein damit einverstanden sei. Nun aber machte sie, die entweder gedachte, einen Besseren zu finden, oder die Liebe verbergen wollte, welche sie ihm zuvor entgegengebracht hatte, Schwierigkeiten, so daß sich die versammelte Gesellschaft auflöste, indem sie bedauerten, daß sie die Sache nicht zu einem guten Ende führen konnten, da sie die Partie nach jeder Richtung hin sehr passend fanden. Besonders zornig aber war der arme Edelmann, der sein Leid geduldig ertragen hätte, wenn er hätte denken können, daß nicht sie, sondern die Verwandten schuld daran seien; da er aber die Wahrheit wußte, deren Kenntniß ihm mehr weh that, als der Tod, zog er sich, ohne mit seiner Geliebten oder sonst jemand zu reden, auf sein Schloß zurück. Nachdem er dort seine Angelegenheiten geordnet hatte, ging er an einen einsamen Ort, wo er sich bemühte, diese Liebe zu vergessen und sich ganz und gar zu der unseres Herrn Jesus Christus zu bekehren, zu dem er unvergleichlich viel mehr Grund zur Anhänglichkeit hatte. Während dieser Zeit erhielt er keinerlei Nachricht von seiner Dame noch von ihren Verwandten. So entschloß er sich denn, da er das glücklichste Leben, welches er erhoffen konnte, verfehlt hatte, das strengste und ruhigste zu erwählen und zu führen; mit diesen traurigen Gedanken, welche der Verzweiflung nahe kamen, wurde er Mönch in einem Franziskanerkloster, unweit von den Besitzungen einiger seiner Verwandten. Als diese seine Verzweiflung sahen, versuchten sie nach Kräften seinen Beschluß zu verhindern; aber er hatte ihn so fest in seinem Herzen gefaßt, daß es kein Mittel gab, ihn davon abzubringen.

Da sie aber wußten, wo das Uebel herrührte, wollten sie ein Mittel dagegen finden und gingen zu der, welche die Ursache dieser plötzlichen Frömmigkeit war; diese, sehr erstaunt und betrübt über dieses Begebniß, hatte gedacht, daß ihre zeitweilige Weigerung nur dazu dienen sollte, seine Treue zu erproben, und nicht, ihn für immer zu verlieren, und da sie jetzt diese Gefahr erkannte, schickte sie ihm einen Brief, welcher ungefähr also lautete:

> »Da jede Liebe, wenn sie nicht erwiesen
> Als fest und treu, noch keine Liebe ist,
> Hab' ich durch eine Prüfung finden wollen,
> Was mir zu finden wünschenswerth erschien:
> Ein Gatte war's, von solcher Lieb' erfüllt,
> Daß keine Zeit ihn jemals ändern konnte.
> Um dieses Grundes willen hab' ich selber
> Gebeten die Verwandten, daß sie doch
> Noch ein, zwei Jahre nur verschieben möchten

Das große Spiel, das bis zum Tode dauert. –
Ich hab' als Gatten Euch nicht abgewiesen,
Noch hab' ich jemals solches Wort gesagt,
Denn niemals hab' ich außer Euch geliebt
Und einen andern Mann zum Herrn gewollt.
Welch' Unglück, Freund, hat man mir nun berichtet,
Daß wortlos Du ins Kloster bist gegangen!
Nun kann vor Leid ich länger nicht mehr schweigen.
Ich muß Dir sagen, was kein Mädchen sagt,
Ich muß nun um Dich werben, da Du warbest,
Und muß nun werben den, der mich erwählt.
Du bist, o Freund, das Leben meines Lebens,
Und wenn ich Dich verlier', winkt mir der Tod.
Ach, wende mir Dein Antlitz wieder zu,
Verlaß den Weg, den jetzt Du eingeschlagen,
Laß fahren Trübsal hin und graue Zeit,
Komm, hole Dir aus meinen eignen Händen
Das Glück, nach dem Du oftmals Dich gesehnt,
Und das die Zeit Dir nicht entrissen hat
Für Dich allein hab' ich mich aufbewahret
Und ohne Dich kann ich nicht leben mehr.
Kehr' wieder, glaube Deiner Freundin Worten
Und laß uns durch der heil'gen Ehe Band
Vergang'ne frohe Zeiten neu durchleben.
O, glaube mir, hör' nicht auf alles Trübe,
Was Dir im Sinne liegt; ich habe nimmer
Dich noch mit Wort noch böser That beleidigt,
Nur prüfen wollt' ich Dich und dann Dir geben,
Was Du als höchsten Preis von mir begehrt.
Nun hab' genug der Probe ich gesehen,
Du bliebest fest, geduldig und mir treu,
Und Deine Lieb' hat sich so groß bewiesen,

Daß ich nun Dein zu sein ganz willens bin.
Komm, eil' zu mir und nimm, was längst Dein eigen,
Und gieb als Austausch mir Dich selbst zurück.«

Diese Epistel wurde ihm von einem ihrer Freunde mit allen möglichen Überredungskünsten zugestellt und von dem Franziskaner-Edelmann mit einer so traurigen Miene, begleitet von Seufzern und Thränen, aufgenommen, daß es fast schien, als wollte er den armen Brief ertränken oder verbrennen; er gab dem Boten keine andere Antwort darauf, als, daß ihm das Opfer seiner großen Leidenschaft so sehr heruntergebracht habe, daß er weder Lust zum Leben noch Furcht vor dem Tode mehr habe; darum bäte er die, welche schuld daran sei, da sie ihn nicht erhört hätte, als ihn noch die Leidenschaft seines großen Wunsches beseelte, daß sie ihn nun nicht mehr quälen solle, da er befreit davon sei; sie möge sich mit dem vergangenen Leid begnügen, wogegen er kein besseres Mittel wüßte, als ein so herbes Leben zu erwählen, daß die beständige Buße ihn seine Schmerzen vergessen mache, und das Fasten und Geißeln seinen Körper so schwäche, daß ihm der Gedanke an den Tod ein hoher Trost sei; er bäte sie vor allem, ihm keine Nachrichten von sich zu schicken, denn die Erinnerung an ihren Namen allein sei ihm schon eine unerträgliche Qual.

Der Edelmann kehrte mit dieser traurigen Antwort zurück und überbrachte sie ihr, die sie mit unaussprechlichem Bedauern vernahm. Aber die Liebe, welche den Muth erst an der äußersten Grenze sinken läßt, gab ihr ein, wenn sie ihn sehen könnte, würde ihr Anblick und ihre Rede mehr Macht über ihn haben, als die geschriebenen Worte. Darum ging sie mit ihrem Vater und ihren nächsten Verwandten in das Kloster, wo er sich aufhielt, nachdem sie sich vorher mit ihren schönsten Kleidern geschmückt hatte; sie vertraute darauf, daß, wenn er sie nur ansehen und sprechen hören wolle, das Feuer, welches so lange in ihrem Herzen gelodert hatte, unmöglich ganz erlöschen, sondern wieder neu aufflammen müsse. Als sie also zur Vesperzeit in das Kloster kam, ließ sie ihn in eine Kapelle der Abtei rufen; da er nicht wußte, wer ihn erwartete, ging er zu dem schärfsten Kampfe, den er jemals bestanden hatte. Als sie ihn nun so bleich und mager sah, daß sie ihn kaum erkannte, und dennoch ebenso schön wie vorher, zwang sie die Liebe, die Arme auszustrecken, als wollte sie ihn umarmen. Aber das Erbarmen, ihn in einem solchen Zustande zu sehen, faßte ihr so ans Herz, daß sie ohnmächtig hinfiel. Der arme Mönch der nicht von christlich brüderlicher Liebe entblößt war, hob sie auf und führte sie zu einem Sitz in der Kapelle. Er, der nicht minder hülfsbedürftig war, that, als bemerke er ihre Liebe nicht, indem er sein Herz in der Liebe zu seinem Gott stärkte, um der Versuchung, welche er vor sich sah, zu widerstehen, so daß es seiner Miene nach schien, als wüßte er nicht, wer er vor sich sähe. Als sie von ihrer Schwäche zu sich kam, erhob sie ihre Augen, die so schön und flehend waren, daß sie einen Felsen erweicht hätten, zu ihm und fing an, ihm alles zu sagen, wovon sie glaubte, daß es ihn von dem Ort, wo er war, fortbewegen könnte; schließlich aber fühlte der arme Mönch, daß sein Herz sich von dem Strom ihrer Thränen erweichte, und er sah Amor, diesen sicheren Schützen, um dessentwillen er so lange gelitten hatte, seinen goldenen Pfeil bereiten, um ihm eine neue und tödtliche Wunde beizubringen, und so flüchtete er vor Amor und seiner Freundin, als bliebe ihm nichts anderes übrig als die Flucht.

Als er sich in seiner Zelle eingeschlossen hatte, wollte er sie doch nicht ohne einen Beschluß gehen lassen und schrieb ihr einige spanische Worte, welche mir so sehr gefallen haben, daß ich sie nicht übersetzen will, um ihnen nicht ihre Grazie zu nehmen; diese schickte er ihr durch einen kleinen Novizen, der sie noch in der Kapelle fand, so voller Verzweiflung, daß, wenn es ihr erlaubt gewesen wäre, Franziskanernonne zu werden, sie dort geblieben wäre. Da sie aber die Schrift sah, welche lautete: *Volvete dond veniste, anima mi, que en las tristes vidas es la mia*, sah sie ein, daß ihr nun jede Hoffnung genommen sei, und sie entschloß sich, seinem und ihrer Freunde Rath zu folgen; so ging sie nach Haus zurück und führte dort ein Leben, welches eben so traurig, wie das ihres Freundes im Kloster herbe war.

»Sie sehen, meine Damen, welche Rache der Edelmann an seiner grausamen Freundin nahm, welche, um ihn zu erproben, ihn zur Verzweiflung trieb, so daß, als sie es dann wollte, sie ihn nicht mehr zurückgewinnen konnte.« – »Mir thut es leid«, sagte Nomerfide, »daß er nicht seine Kutte verlassen und sie geheirathet hat, denn ich glaube, das wäre eine vollkommene Ehe geworden.« – »Nun wahrlich«, sagte Simontault, »mir erscheint er sehr weise; denn wer sich eine Ehe wohl überlegt, wird sie nicht weniger trübselig finden als ein herbes Klosterleben; er, der vom Fasten und Entbehren so schwach geworden war, fürchtete jedenfalls, eine solche Last zu übernehmen, die bis an sein Lebensende gedauert hätte.« – »Mir scheint es«, sagte Hircan, »daß sie Unrecht that, einem so schwachen Menschen eine Heirath vorzuschlagen, denn das ist schon für den stärksten Mann zu viel Last; aber wenn sie ihm Freundschaft allein ohne weitere Verpflichtungen angetragen hätte, so hätte er jedes Band zerrissen, jeden Knoten gelöst; da sie aber, um ihn dem Fegefeuer zu entreißen, ihm eine Hölle bot, sage ich, daß er sehr Recht that, es abzulehnen.« – »Auf mein Wort!« rief Emarsuitte, »es giebt Viele, die besser zu thun glauben, als die anderen, und schlimmer thun oder doch das Gegentheil von dem, was sie wollten.« – »Wirklich«, sagte Guebron, »Ihr erinnert mich, obgleich es nicht hierher paßt, an Eine, die das Gegentheil von dem that, was sie thun wollte, woraus ein großer Tumult in der Kirche St. Johannis in Lyon entstand.« – »Ich bitte Euch«, sagte Parlamente, »nehmt meine Stelle und erzählt uns das.« – »Meine Erzählung«, sagte Guebron, »wird weder so lang noch so traurig sein, als die von Parlamente.«

Fünfundsechzigste Erzählung.

Von der Einfalt einer alten Frau, welche in der Kirche Saint-Jean von Lyon eine Kerze opfern will und sie auf der Stirn eines Soldaten, der auf einem Grabmal schläft, anheftet.

In der Kirche St. Johannis in Lyon befand sich eine sehr dunkle Kapelle und in dieser ein steinernes Grabmal, hochgestellten Personen errichtet, welches aufs trefflichste der lebendigen Natur nachgebildet war; rings um das Grab ruhten mehrere Männerfiguren in Waffen. Ein Soldat, der sich eines Tages im Sommer, als es sehr heiß war, in der Kirche erging, bekam Luft, ein wenig zu schlafen; als er diese dunkle, kühle Kapelle sah, ging er hinein, um sich wie die steinernen Männer an dem Grabmal zum Schlaf niederzulegen. Nun geschah es, daß eine gute, sehr fromme Alte gerade ankam, als er am festesten schlief. Nachdem sie ihre Gebete gesagt hatte, nahm sie die Kerze, welche sie in der Hand trug, und wollte sie auf dem Grabmal befestigen, und da ihr am nächsten jener eingeschlafene Mann lag, wollte sie sie ihm auf die Stirn stecken, da sie dachte, er sei aus Stein; aber das Wachs wollte an diesem Stein nicht haften. Die gute Frau, welche dachte, das käme von der Kälte des Bildwerks her, hielt ihm die Flamme an die Stirn, damit die Kerze fest daran hafte; aber das Bildniß, welches nicht fühllos war, fing an zu schreien. Darauf bekam die Frau Furcht, und als habe sie den Verstand verloren, fing auch sie an zu schreien: ›Ein Wunder! ein Wunder!‹ so daß alle, die in der Kirche waren, herbeiliefen, die einen, um die Glocken zu läuten, die anderen, um das Wunder zu schauen. Und die gute Frau führte sie zu dem Bildwerk, das sich gerührt hatte, was mehrere sehr zum Lachen brachte; einige Priester indessen waren nicht zufrieden damit, denn sie hatten beschlossen, dieses Grabmal im Werth steigen zu lassen und Geld daraus zu schlagen.

»Seht Euch also vor, meine Damen«, fuhr Guebron fort, »was für Heiligen Ihr Eure Kerzen gebt.« – »Das ist was Rechtes«, sagte Hircan, »was sie auch immer thun, die Frauen müssen es schlecht machen.« – »Ist es etwas Schlechtes«, fragte Nomerfide, »Kerzen auf die Grabmäler zu tragen?« – »Gewiß«, sagte Hircan, »wenn man dabei die Stirnen der Männer ansteckt; denn man kann nichts Gutes gut nennen, wenn es schlecht gemacht wird; bedenkt doch, daß die arme Frau Gott ein schönes Geschenk mit einer kleinen Kerze zu machen vermeinte!« – »Gott«, erwiderte Oisille, »erwägt nicht den Werth des Geschenks, sondern das Herz, welches es darbringt; vielleicht hatte diese arme Frau mehr Liebe zu Gott als die, welche ihre großen Fackeln darbringen, denn, wie das Evangelium sagt, sie gab aus ihrer Nothdurft.« – »Dennoch glaube ich nicht«, sagte Saffredant, »daß Gott, welcher die höchste Weisheit ist, die Dummheit der Frauen angenehm finde; denn wenn ihm auch die Einfalt gefällt, so sehe ich doch aus der Schrift, daß er die Thörichten verachtet; und wenn er befiehlt, sanft wie die Tauben zu sein, so will er nicht minder, daß man klug sei wie die Schlangen.« – »Was mich anbetrifft«, sagte Oisille, »so halte ich die nicht für thöricht, die kommt und Gott ihr Licht oder ihre Kerze als inbrünstige Buße bringt, und knieend, die Fackel in der Hand, vor ihren höchsten Herrn tritt, um ihn, indem sie ihre Sünde bekennt, in fester Hoffnung um Gnade und Heil anzuflehen.« – »Wollte Gott«, sagte Dagoucin, »daß Jeder so dächte wie Ihr; aber ich glaube, daß die armen Dummen nicht in diesem Geiste handeln.« Oisille antwortete ihm: »Die, welche am wenigsten davon zu reden wissen, haben oft viel mehr Gefühl für die

Liebe und den Willen Gottes, darum soll man nur über sich selbst aburtheilen.« Emarsuitte antwortete ihr lachend: »Es ist nichts Besonderes, einem schlafenden Landsknecht Furcht eingejagt zu haben, denn eben so geringe Frauen wie diese haben schon großen Fürsten Angst gemacht, ohne ihnen die Stirne in Brand zu setzen.« – »Ich bin überzeugt«, sagte Dagoucin, »daß Ihr hiervon eine Geschichte wißt, die Ihr erzählen wollt; darum, wenn es Euch gefällt, gebe ich Euch das Wort.« – »Die Erzählung wird nicht lang sein«, sagte Emarsuitte; »wenn es mir aber gelingt, Euch alles so zu berichten, wie es sich ereignete, so werdet Ihr sicher nicht weinen.«

Sechsundsechzigste Erzählung.

Von einer vergnüglichen Geschichte, die dem König der Königin von Navarra passirte.

In dem Jahre, in dem der Herzog von Vendôme die Prinzessin von Navarra geheirathet hatte, begaben sich beide, nachdem sie in Vendôme ihre Eltern, den König und die Königin von Navarra, festlich bewirthet hatten, mit diesen nach Guyenne. Auf der Reise kamen sie auch in das Haus eines Edelmannes; dort waren viele schöne, junge Damen, und es wurde so viel getanzt, daß die Neuvermählten einmal ganz ermattet sich in ihr Zimmer zurückzogen und angekleidet aufs Bett legten, wo sie bei geschlossenen Thüren und Fenstern, und ohne noch sonst jemanden in ihrem Zimmer zu haben, einschliefen. Mitten in ihrem Schlaf hörten sie jedoch, daß die Thür von außen geöffnet wurde. Der Herzog zog den Bettvorhang beiseite, um nachzusehen, wer es wäre, da er vermuthete, es sei einer seiner Freunde, der ihn überraschen wollte. Er sah nun eine große, alte Kammerfrau hereinkommen, welche direkt auf das Bett zuging, die Neuvermählten aber wegen der Dunkelheit im Zimmer nicht erkennen konnte. Sie sah sie aber nahe bei einander liegen und begann laut zu rufen: »Du Dirne, Du verworfenes Mädchen, das Du bist! Ich habe Dich schon lange in Verdacht, aber da ich noch keinen Beweis in Händen hatte, habe ich der Herrin noch nichts gesagt. Jetzt ist aber Deine Schlechtigkeit ans Licht gekommen, und ich werde mich hüten, den Mund zu halten. Und Du, Du schlechter Mensch, Du hast in dies Haus Schande gebracht und dieses arme Mädchen verführt. Wäre es nicht aus Furcht vor Gott, ich würde Dich mit Schlägen umbringen, wie Du da liegst. Auf! bei allen Teufeln auf! Du scheinst Dich ja garnicht einmal zu schämen!« Der Herzog und die Herzogin steckten, um sie noch länger in dieser Weise weiter reden zu lassen, die Köpfe in die Kissen und lachten so laut, daß sie nicht sprechen konnten. Als die Kammerfrau nun sah, daß sie trotz ihrer Drohungen gar keine Anstalten machten, aufzustehen und das Bett zu verlassen, trat sie näher heran, um sie vom Bett an den Armen oder Beinen fortzuziehen. Da aber erkannte sie sowohl an den Gesichtern, wie an der Kleidung, daß es nicht die waren, die sie meinte. Nachdem sie nun gesehen, wer es war, fiel sie auf die Kniee und flehte, ihr das Unrecht, sie in ihrer Nachtruhe gestört zu haben, zu verzeihen. Der Herzog von Vendôme war aber mit dem, was er schon gehört hatte, nicht zufrieden und bat die gute Alte, ihm zu erzählen, für wen sie sie gehalten habe. Sie weigerte sich aber dessen. Schließlich aber, nachdem er feierlich versprochen hatte, es nicht weiter zu sagen, erklärte sie, es hätte sich um ein Fräulein aus dem Hause gehandelt, in welches sich ein Schreiber verliebt habe, und daß sie diesem schon lange auflauere, weil es ihr mißfalle, daß ihre Herrin einem Manne ihr Vertrauen schenke, welcher ihr nur Unehre bereite. Dann ließ sie den Prinzen und die Prinzessin, wie sie sie gefunden hatte; lange lachten sie noch über dieses Abenteuer.

Obwohl sie nun auch die Geschichte weiter erzählt haben, haben sie doch niemals den Namen der Dame nennen wollen, um die es sich handelte.

»Hier sehet Ihr, meine Damen«, fuhr Emarsuitte fort, »wie die gute Alte, in der Meinung, ein Werk der Gerechtigkeit zu thun, fremden Fürstlichkeiten offenbarte, was selbst die Leute im Hause noch nicht gehört hatten.« – »Ich glaube zu errathen«, sagte Parlamente, »welches Haus es war und wer der Schreiber war; er hat schon mehrfach dem Haushalt hochstehender Damen vorgestanden, und wenn er die Gunst der Herrin nicht erhalten konnte, nahm er mit der einer der Fräulein vorlieb. Immerhin war er ein ganz anständiger und achtbarer Mensch.« – »Weshalb sagt Ihr immerhin?« fragte Hircan; »gerade in Folge solchen Thuns hielt er sich doch für einen achtbaren Menschen.« Parlamente antwortete: »Ich sehe wohl, daß Ihr die Krankheit und auch den Kranken kennt, und daß, wenn er zu vertheidigen wäre, es ihm an Advokaten schon nicht fehlen würde. Immerhin möchte ich mich nicht in die Hände eines Mannes geben, der seine eigenen Angelegenheiten nicht zu führen verstand, ohne daß die Kammermädchen davon erfuhren.« Nomerfide sagte: »Denkt Ihr denn, daß die Männer sich darum bekümmern, wer es weiß, wenn sie nur an ihr Ziel gelangen? Und wenn auch keiner davon spräche, sie selber würden es doch wissen.« Zornig wandte sich Hircan an sie: »Es ist durchaus nicht nöthig, daß die Männer alles sagen, was sie wissen.« Sie erröthete und antwortete: »Vielleicht nur, weil es ein schlechtes Licht auf sie selbst werfen würde.« – »Wenn man uns sprechen hört«, warf Simontault ein, »könnte es geradezu den Anschein haben, als fänden die Männer ein Vergnügen daran, Schlechtes über die Frauen reden zu hören, und ich bin sicher, daß Ihr mich unter diese Männer rechnet. Deshalb habe ich Lust, einmal recht Gutes von den Frauen zu sagen, um nicht immer von allen anderen für einen Spötter gehalten zu werden.« – »Ich gebe Euch das Wort«, sagte ihm Emarsuitte, »und ich bitte Euch, Eurem innersten Wesen einmal Zwang anzuthun, um Eurer Pflicht uns und unserer Ehre gegenüber zu genügen.« Simontault erwiderte: »Es ist nichts Neues, von Euch eine tugendhafte That berichtet zu hören, und ich meine, wenn sich eine darbietet, muß man sie nicht verbergen, sondern sie mit goldenen Lettern niederschreiben, damit es den Frauen zur Nachahmung und den Männern zur Bewunderung diene, wenn sie beim schwachen Geschlecht etwas sehen, was sonst bei Schwachheit nicht zu finden ist. Das giebt mir Gelegenheit, Euch zu berichten, was ich den Capitain Roberval und mehrere seiner Genossen habe erzählen hören.«

Siebenundsechzigste Erzählung.

Von der großen und ausdauernden Liebe einer Frau in fremdem Lande.

Roberval unternahm einstmals, auf Befehl seines Herrn und Königs zum Führer des Schiffes bestimmt, eine Seereise nach Canada, woselbst man, falls das Klima es erlaubte, bleiben und Städte und Schlösser bauen wollte, was er, wie Jedermann weiß, aufs Beste begann. Um das Christenthum im Lande zu verbreiten, nahm er alle Arten Handwerker mit sich, unter welchen einer so verderbt war, daß er seinen Herrn verrieth und in Gefahr brachte, von den Eingeborenen gefangen zu werden. Aber Gott wollte, daß sein Vorhaben entdeckt wurde und dem Capitain Roberval nicht schaden konnte; dieser ließ den boshaften Verräther ergreifen und wollte ihn strafen, wie er es verdiente; das wäre auch geschehen, wenn seine Frau, die ihm über die Gefahren des Meeres gefolgt war, nicht erklärt hätte, ihn auch im Tode nicht verlassen zu wollen. Sie bat mit Thränen den Capitain und seine Gefährten so lange um Gnade, bis ihr theils aus Mitleid, theils um der Dienste, welche sie ihnen geleistet hatte, ihre Bitte gewährt wurde, die darin bestand, daß sie und ihr Mann auf einer kleinen Insel mitten im Meer, wo nur wilde Thiere hausten, ausgesetzt und mit allem Nöthigen versehen wurden. Die armen Leute hatten, als sie ganz allein in der Gesellschaft dieser wilden und grausamen Thiere waren, keine andere Zuflucht als Gott, der immer die feste Hoffnung dieser armen Frau geblieben war; diese, deren ganzer Trost Er war, nahm als Schutz, Nahrung und Tröstung das Neue Testament mit sich, in welchem sie unaufhörlich las. Mit ihrem Mann vereint versuchte sie, eine kleine Wohnung zurechtzumachen; als Löwen und andere Thiere herankamen, um sie zu verschlingen, vertheidigte sich der Mann mit seiner Armbrust und die Frau mit Steinen so gut, daß sie nicht nur von diesen Thieren und den Vögeln nicht gefressen wurden, sondern oftmals selbst welche erlegten und verzehrten. So lebten sie einige Zeit, da sie kein Brot hatten, von diesem Fleisch und Kräutern des Landes; der Mann konnte jedoch auf die Dauer diese Nahrung nicht vertragen, er bekam in Folge des Genusses des dortigen Wassers die Wassersucht und starb bald darauf; er hatte nichts als die Dienste und Trostworte seiner Frau, welche ihm als Arzt und Beichtvater diente, so daß er frohen Muthes aus dieser Wüste in die himmlische Heimath einging. Die arme alleingelassene Frau begrub ihn, so tief sie konnte, unter der Erde; indeß witterten die wilden Thiere den Leichnam und wollten ihn fressen; aber die arme Frau vertheidigte von ihrer Hütte aus die Ueberreste ihres Mannes mit der Armbrust gegen ein solches Schicksal. Indem sie so betreffs ihres Leibes ein bestialisches und betreffs ihres Geistes ein engelhaftes Leben führte, verbrachte sie die Zeit mit Lesen, Betrachtungen, Gebeten und Andachten, so daß ihr Geist froh und zufrieden in ihrem abgemagerten und halbtodten Körper blieb.

Aber der, welcher niemals die Seinen in der Noth verläßt und seine Macht beweist, wenn sie verzweifeln, wollte nicht, daß die Tugend, welche er in diese Frau gelegt hatte, den Menschen unbekannt blieb, sondern daß man sie zu seinem Ruhme erkennen sollte, und so fügte er es, daß nach einiger Zeit eines der Schiffe jenes Heeres bei dieser Insel vorüberkam; die Leute auf demselben sahen eine Frau, welche sie an die Beiden erinnerte, die sie ausgesetzt hatten, und sie beschlossen nachzusehen, was Gott aus Ihnen gemacht hatte. Als die arme Frau das Schiff sich nähern sah, ging sie bis an den Meeresstrand; dort fanden sie sie bei ihrer Ankunft, und nachdem sie Gott gelobt hatte, fühlte sie die Männer in ihr ärmliches Häuschen und zeigte ihnen, wovon sie während dieses elenden Aufenthaltes gelebt hatte; dies wäre ihnen unglaublich erschienen, wenn sie nicht gewußt hätten, daß Gott eben so gut die Macht hat, in einer Wüste seine Diener zu ernähren, als bei dem größten Bankett der Welt.

Als sie den Einwohnern von der Treue und Beständigkeit dieser Frau erzählten, wurde sie mit großen Ehren von allen Damen aufgenommen, und diese führten ihr gern ihre Töchter zu, damit sie von ihr schreiben und lesen lernten. Mit diesem ehrbaren Handwerk fristete sie reichlich ihr Leben und hatte keinen anderen Wunsch, als jeden zur Liebe und zum Vertrauen zu unserem Heiland zu ermahnen, indem sie als Beispiel die große Barmherzigkeit, welche er gegen sie geübt hatte, anführte.

»Nun, meine Damen«, fuhr Simontault fort, »könnt Ihr doch nicht mehr sagen, daß ich nicht die Tugend lobe, welche Gott in Euch gelegt hat, und die sich um so größer zeigt, als der Gegenstand selbst niedrig ist.« – »Wir sind nicht ungehalten«, sagte Oisille, »daß Ihr die Gnade unseres Heilands in uns lobt; denn um die Wahrheit zu sagen, kommt alle Tugend von ihm. Aber wir müssen auch unseren Gegnern gerecht werden und eingestehen, daß Männer eben so gut zu Gottes Werken fähig sind als

Frauen, denn beide thun nichts, als pflanzen, und erst Gott giebt das Wachsthum.« – »Wenn Ihr die Schrift gut gelesen hättet«, sagte Saffredant, »so wüßtet Ihr, daß der Apostel Paulus sagt: ›Apollonius hat gepflanzt und er hat begossen;‹ aber er spricht nicht davon, daß die Frauen mit Hand an Gottes Werk gelegt haben.« – »Ihr möchtet«, sagte Parlamente, »dem Beispiel der bösen Männer folgen, die einen Satz aus der Schrift für sich anführen und von den anderen gegen sie schweigen. Wenn Ihr den Apostel Paulus bis zu Ende leset, so werdet Ihr finden, daß er sich den Damen empfiehlt, welche so viel mit ihm im Evangelium gearbeitet haben.« – »Wie dem auch sei«, meinte Longarine, »diese Frau ist des größten Lobes würdig, ebenso für die Liebe zu ihrem Mann, um dessenwillen sie ihr Leben gewagt hat, als auch für den Glauben an Gott, der, wie wir gesehen haben, sie nicht verlassen hat.« – »Ich glaube«, sagte Emarsuitte, »was das Erstere betrifft, so ist hier keine Frau, die nicht dasselbe für ihren Gatten thun möchte.« – »Ich glaube«, sagte Parlamente, »es giebt Ehemänner, die so dumm und wild sind, daß die, welche mit ihnen gelebt haben, es nachher nicht schlimmer finden, mit wilden Thieren zu leben.« Emarsuitte konnte sich nicht enthalten zu sagen, als habe ihr diese Rede gegolten: »Wenn die Thiere nicht beißen, ist ihre Gesellschaft noch angenehmer als die der Männer, die wüthend und unverträglich sind. Aber ich bleibe bei meiner vorigen Rede und sage, wenn mein Mann in solcher Gefahr wäre, würde auch ich ihn im Tode nicht verlassen.« – »Seht Euch vor«, sprach Nomerfide, »ihn zu sehr zu lieben, damit zu viel Liebe nicht ihn und Euch täusche; es giebt für alles eine Mittelstraße, und wenn man sich nicht recht versteht, verwandelt sich Liebe oft in Haß.« – »Ich glaube«, sagte Simontault, »Ihr habt die Rede nicht gehalten, ohne ein Beispiel bereit zu haben, sie zu bestätigen. Darum, wenn Ihr eines wißt, ertheile ich Euch das Wort.« – »Nun denn«, sagte Nomerfide, »so werde ich es Euch meiner Gewohnheit nach kurz und fröhlich erzählen.«

Achtundsechzigste Erzählung.

Eine Frau giebt ihrem Mann spanische Fliegen zu essen, um ein Liebeszeichen von ihm zu erhalten, und bringt ihn damit beinahe ums Leben.

In Pau in Béarn lebte ein Apotheker, der Meister Etienne hieß; derselbe hatte eine wohlhabende Frau geheirathet, eine gute Haushälterin und schön genug, um ihn zufrieden zu stellen. Wie er aber auch die verschiedensten Arzneien ausprobirte, so that er es auch oft mit den verschiedensten Frauen, um von allen Abarten sprechen zu können. Seine Frau quälte das oft so sehr, daß sie alle Geduld verlor; er bekümmerte sich nämlich garnicht um sie, ausgenommen in der heiligen Woche zur Buße. Als eines Tages der Apotheker in seinem Laden war und seine Frau hinter der Thür lauschte, um zu hören, was er spräche, kam eine alte Frau, eine Kundin des Apothekers, die denselben Kummer hatte, wie dessen Frau, und sagte seufzend zum Apotheker: »O weh, mein Bester, mein Freund, ich bin die unglücklichste aller Frauen; ich liebe meinen Mann wie mich selbst und thue nichts anderes, als ihm dienen und ihm gehorchen. Aber alle meine Mühe ist umsonst, denn er zieht die Schlechteste, Gewöhnlichste und Schmutzigste der ganzen Stadt mir vor. Ich bitte Euch nun, mein Bester, wenn Ihr irgend eine Arznei habt, die ihn ändern könnte, so gebt sie mir. Behandelt er mich erst wieder gut, so verspreche ich Euch, nach meinem besten Können Euch dienlich zu sein.« Um sie zu trösten, sagte ihr der Apotheker, er kenne ein Pulver, welches, wenn sie es ihrem Mann in die Fleischbrühe oder in einer

477

gerösteten Brotschnitte wie ein Pulver von Dun gebe, bewirken könne, daß er sich wieder ganz ihr zuwenden würde. Die arme Frau wollte das Wundermittel probiren und fragte, was es sei, und ob sie etwas davon erhalten könne. Er antwortete, es sei nichts weiter, als Pulver von spanischen Fliegen, von denen er einen großen Vorrath habe, und bevor sie sich trennten, zwang er sie, dieses Pulver zu probiren. Sie nahm, soviel sie brauchte, und erwies sich ihm sehr dankbar. Denn ihr Mann, der groß und stark war und nicht zu viel davon genommen hatte, befand sich nicht schlechter dabei und sie besser. Die Frau des Apothekers, welche diese ganze Unterredung mit angehört hatte, dachte bei sich, daß sie dieses Mittels ebenso wie ihre Bekannte bedürfe. Sie paßte auf, an welche Stelle ihr Mann den Rest des Pulvers hinstellte, und nahm sich vor, bei Gelegenheit davon zu gebrauchen. Drei oder vier Tage später, als ihr Mann sich den Magen erkältet hatte und sie um eine gute Suppe bat that sie es; sie sagte jedoch, daß eine mit Pulver von Dun geröstete Brotschnitte ihm dienlicher sein würde. Er befahl ihr nun, ihm gleich eine zuzubereiten und Zimmt und Zucker aus dem Laden zu nehmen. Sie that es, vergaß aber auch nicht den Rest des ihrer Bekannten gegebenen Pulvers, ohne auf Maß und Gewicht zu achten. Der Mann aß die Brotschnitte und fand sie sehr gut. Bald aber spürte er die Wirkung; er wollte bei seiner Frau Beruhigung finden, es war ihm aber nicht möglich. Das Feuer brannte ihn innerlich so sehr, daß er nicht wußte, auf welche Seite er sich legen sollte, und zu seiner Frau sagte, sie habe ihn vergiftet, sie solle ihm sagen, was sie in seine Brotschnitte gethan habe. Sie beichtete ihm die Wahrheit, nämlich, daß sie jenes Wundermittel ebenso nöthig habe, wie ihre gute Freundin. Der arme Apotheker war zu unwohl, als daß er sie anders als mit Schimpfworten strafen konnte. Er jagte sie aber fort und ließ den Apotheker der Königin von Navarra zu sich bitten, der ihm alle Mittel, die ihn nur heilen konnten, eingab.

Das war bald erreicht, er tadelte ihn aber heftig, daß er so thöricht sei, anderen den Gebrauch von Droguen anzurathen, die er selbst nicht nehmen wollte, und daß seine Frau ganz recht gehandelt habe, da es sie eben verlange, von ihm geliebt zu sein. Der arme Mann mußte sich also in Geduld fassen und erkannte an, daß Gott ihn mit Recht bestraft hatte, daß er auf ihn den Spott, den er anderen hatte bereiten wollen, zurückfallen ließ.

»Hiernach scheint mir«, fuhr Nomerfide fort, »die Liebe dieser Frau weniger zudringlich als groß gewesen zu sein.« Hircan fragte: »Nennt Ihr das seinen Mann lieben, ihm Uebles anzuthun, nur um Vergnügen aus ihm zu ziehen?« Longarine sagte: »Ihre Absicht war doch wohl nur, die Liebe ihres Mannes, die sie verirrt wußte, wieder zu erlangen; für ein solches Gut giebt es nichts, das die Frauen unversucht ließen.« Guebron sagte: »Immerhin darf eine Frau ihrem Mann nichts zu essen und zu trinken geben, aus welchem Grunde es auch sei, wenn sie nicht aus eigener Erfahrung oder durch Befragen kundiger Leute gewiß ist, daß es ihm nichts schaden kann; Unwissenheit muß man allerdings entschuldigen. Diese ist entschuldbar; denn die Leidenschaft, die am meisten verblendet, ist eben die Liebe, und die am meisten verblendete Frau ist diejenige, welche nicht die Kraft hat, eine große Last mit Seelen' ruhe zu tragen.« - »Guebron«, wandte sich Oisille an ihn, »Ihr fallt aus Eurer guten Gewohnheit, um der Meinung Eurer Genossen hier beizutreten. Dennoch giebt es Frauen, welche Liebe und Eifersucht gleich geduldig getragen haben.« - »Jawohl«, bestätigte Hircan, »und sogar auf zufällige Art und Weise; denn die Klügsten sind die, welche sich ebenso damit vergnügen, über die Thaten ihrer Ehemänner zu spotten und zu lachen, wie ihre Männer, sie heimlich zu betrügen. Und wenn Ihr mir das Wort gebt, bevor Frau Oisille die heutigen Erzählungen beschließt, will ich Euch eine darauf passende Geschichte erzählen; die Gesellschaft hier kennt die Frau sowohl, wie den Mann.« – »Beginnt also nur«, sagte Nomerfide. Hircan erzählte nun lachend folgendermaßen:

Neunundsechzigste Erzählung.

Ein Italiener läßt sich von seinem Kammermädchen anführen, welche es so einrichtet, daß seine Frau ihn an Stelle der Dienerin Mehl beutelnd findet.

Auf dem Schlosse Doz in Bizorra lebte ein Stallmeister des Königs, namens Karl, Italiener von Geburt, der ein sehr vermögendes und ehrbares Mädchen geheirathet hatte. Sie war aber recht gealtert, nachdem sie ihm mehrere Kinder geboren hatte. Er war auch nicht jung und lebte mit ihr in Frieden und Freundschaft. Zwar gab er sich manchmal mit ihrem Kammermädchen ab; seine Frau that garnicht, als ob sie das merkte, vielmehr verabschiedete sie jene ganz ruhig, wenn sie merkte, daß sie im Hause zu heimisch wurde. Eines Tages nahm sie eine neue, ein vernünftiges und gutes Mädchen, der sie gleich ihre und ihres Mannes Art sagte, nämlich, daß sie weggejagt würde, wenn sich herausstelle, daß sie Ungehöriges thue. Dieses Kammermädchen wollte in ihrem Dienst die Achtung ihrer Herrin behalten und nahm sich deshalb vor, anständig zu sein, und obgleich ihr Herr ihr des öfteren entgegengesetzte Anträge machte, ging sie nicht darauf ein, erzählte vielmehr alles ihrer Herrin, und beide vergnügten sich über seine Thorheit. Eines Tages beutelte das Mädchen Mehl in einem Hinterzimmer, wobei sie ihre Kappe auf hatte (die aber nach der Mode des Landes so gearbeitet war, daß sie hinten die Schultern und den ganzen Körper verdeckte); ihr Herr fand sie in diesem Anzuge und bedrängte sie sehr. Sie hätte ihm nicht nachgegeben, auch wenn es sich um ihr Leben gehandelt hätte, stellte sich aber willfährig. Vorerst bat sie aber noch, daß er sie nachsehen lasse, ob auch seine Frau mit etwas beschäftigt sei, damit sie sie nicht überraschen könnte. Er willigte darein. Sie bat ihn nun, ihre Kappe aufzusetzen und in ihrer Abwesenheit weiter Mehl zu beuteln, damit seine Frau immer das Geräusch des Beutelns höre. Er that das in der Hoffnung, seinen Wunsch erfüllt zu sehen, gern. Das Kammermädchen, die eine lustige Person war, lief zu ihrer Herrin und sagte ihr: »Kommt doch und seht Euch Euren Mann an, dem ich das Mehlbeuteln beigebracht habe, um ihn loszuwerden.« Die Frau beeilte sich, um die neue Kammerzofe in Augenschein zu nehmen, und als sie ihres Mannes, mit der Kappe auf dem Kopf und dem Mehlbeutel in der Hand, ansichtig wurde, schlug sie in die Hände und mußte so lachen, daß sie ihm kaum sagen konnte: »Du Nichtsnutz, was verlangst Du an Monatslohn für Deine Arbeit?« Als der Mann diese Stimme hörte und sich hintergangen sah, warf er zur Erde, was er in der Hand und auf dem Kopfe hatte, rannte auf das Kammermädchen los, nannte sie viele Male eine niederträchtige Person, und wenn sich seine Frau nicht ins Mittel gelegt hätte, würde er sie ausgelohnt und fortgeschickt haben. Es wurde aber Alles zu Aller Zufriedenheit beigelegt, und sie lebten ohne Streit weiter.

»Was sagt Ihr zu dieser Frau, meine Damen?« fragte Hircan. »Ist sie nicht sehr klug, sich mit dem Zeitvertreib ihres Mannes auch ihre Zeit zu vertreiben?« Saffredant sagte: »Das ist kein Zeitvertreib für den Mann, in seiner Unternehmung keinen Erfolg gehabt zu haben.« – »Ich glaube«, wandte Emarsuitte ein, »daß er wohl mehr Vergnügen hatte, mit seiner Frau zu lachen, als sich in seinen Jahren mit dem Kammermädchen langsam aufzureiben.« – »Mir sollte es jedenfalls sehr leid sein«, sagte Simontault, »wenn man mich in solcher Kapuze fände.« – »Ich habe mir sagen lassen«, sagte Parlamente, »daß es nicht an Eurer Frau lag, wenn sie Euch nicht in einem ähnlichen Gewande fand, wie schlau Ihr auch sonst sein mögt, was ihr immer Unruhe genug verursacht hat.« – »Begnügt Euch mit den Wechselfällen Eures Hauses«, antwortete Simontault, »ohne bei mir herumzusuchen; wenn auch meine Frau keine Ursache hat, sich über mich zu beklagen, sie würde, wenn ich so wäre, wie Ihr sagt, doch nur Dinge beachten, die sie nothwendig sehen muß.« Longarine sagte: »Ehrbare Frauen brauchen nichts anderes als die Liebe ihrer Männer, die allein sie zufriedenstellen kann. Die aber, die ein rein sinnliches Vergnügen suchen, werden es nie dort finden, wo Ehrbarkeit herrscht.« – »Nennt Ihr es eine sinnliche Befriedigung, wenn eine Frau von ihrem Mann das haben wollte, was ihr zukam?« Longarine antwortete: »Ich sage, daß eine keusche Frau, deren Herz mit wahrer Liebe angefüllt ist, zufriedener ist, wenn sie wahrhaftig geliebt wird, als mit allem Vergnügen, welches Sinneslust geben kann.« – »Ich bin Eurer Meinung«, sagte Dagoucin, »aber diese Herren hier wollen es nicht einsehen und nicht zugeben. Ich meine, daß, wenn gegenseitige Liebe eine Frau nicht zufriedenstellen kann, ein Mann sie nie glücklich machen kann. Denn wenn sie nicht in ehrbarer Frauenliebe lebt, muß sie von unstillbarer Fleischeslust erfüllt sein.« Oisille sagte: »Wahrlich, Ihr erinnert mich an eine schöne und gut verheirathete Dame, welche nicht in solcher ehrbaren Liebe lebte und deshalb unvernünftiger als ein gewöhnliches Thier und grausamer als die Löwen wurde.« – »Ich bitte Euch, edle Frau«, sagte Simontault, »uns zum Abschluß dieses Tages diese Geschichte zu erzählen.« – »Ich kann es aus zwei Gründen nicht«, sagte Oisille, »einmal ist sie sehr lang, dann ist sie nicht aus unsrer Zeit und von einem sehr glaubwürdigen Verfasser schon niedergeschrieben. Und wir haben uns doch vorgenommen, hier nichts vorzubringen, was schon niedergeschrieben ist.« – »Das ist wahr«, sagte Parlamente, »aber ich errathe, welche Erzählung Ihr meint, und die ist in so altem Dialekt abgefaßt, daß ich glaube, es giebt außer uns keinen Mann und keine Frau in dieser

Gesellschaft, die davon gehört hätte, deshalb wird sie doch etwas neues sein.« Die ganze Gesellschaft bat sie nun, die Geschichte zu erzählen und die Länge nicht zu fürchten, da man noch eine gute Stunde vor der Vesper auf der Wiese bleiben könnte. Auf ihre Bitten begann also Oisille, wie folgt:

Siebenzigste Erzählung.

Von der Pflichtvergessenheit einer Herzogin, welche die Ursache ihres Todes und desjenigen zweier Liebenden wird.

Im Herzogthum Burgund lebte ein sehr angesehener Herzog, ein schöner Fürst, welcher eine Frau geheirathet hatte, deren Schönheit ihn so befriedigte, daß er ihr wahres Wesen nicht erkannte und nur darauf ausging, ihr zu gefallen; dem Anschein nach vergalt sie ihm das mit gleicher Liebe. Der Herzog hatte in seinem Hause einen jungen Edelmann, der mit allen Vorzügen, die man von einem Mann verlangen kann, ausgestattet war. Er war von allen geliebt, vor allem vom Herzog selbst, der ihn von Kindheit an in seiner Umgebung aufgezogen hatte, und da er ihn so wohlgerathen sah, ihn sehr liebte und in ihn volles Vertrauen bezüglich aller der Angelegenheiten setzte, welche er bei seiner Jugend verstehen konnte. Die Herzogin hingegen hatte nicht das Herz einer tugendhaften Frau und Fürstin und begnügte sich nicht mit der Liebe, welche ihr Mann für sie hegte, und mit der guten Behandlung, welche sie von seiner Seite erfuhr. Sie sah vielmehr oft den jungen Edelmann an, den sie so nach ihrem Geschmack fand, daß sie ihn wider jedes Vernunftgebot zu lieben begann; sie suchte ihm das auch jederzeit zu verstehen zu geben, bald durch flehende, süße Blicke, bald durch Seufzer und leidenschaftliche Mienen; aber der Edelmann, welcher nur in Tugenden geübt war, wollte nicht an das Laster bei einer Dame glauben, die so wenig Ursache dazu hatte. So brachten ihre Liebesblicke und Mienen der armen Thörin nichts anderes ein, als wüthende Verzweiflung; diese trieb sie eines Tages so weit, daß sie vergaß, daß sie als Frau gebeten werden und abweisen mußte, und daß sie eine Prinzessin war, welche verehrt werden und solche Diener verachten mußte, und so faßte sie sich ein Herz, um sich der Last, welche ihr unerträglich wurde, zu entledigen. Als also eines Tages ihr Mann in den Rath ging, zu dem der Edelmann seiner Jugend wegen keinen Zutritt hatte, winkte sie ihn zu sich heran, worauf er sich näherte, irgend eines Befehls von ihr gewärtig. Indem sie sich dann auf seinen Arm stützte, führte sie ihn auf eine Galerie, wo sie folgendermaßen zu ihm sprach: »Ich wundere mich, daß Ihr, so schön, jung und voller ritterlicher Tugenden, so lange in dieser Gesellschaft, wo sich so viele schöne Damen befinden, gelebt habt, ohne Euch jemals verliebt zu haben oder Ritter einer derselben geworden zu sein.« Dann sah sie ihn so zärtlich an, wie sie vermochte, und schwieg, um ihm Zeit zur Antwort zu lassen, worauf er erwiderte: »Edle Frau, wenn ich würdig wäre, daß sich Eure Hoheit bis zu mir erniedrigte, so hättet Ihr noch bessere Gelegenheit zum Erstaunen darüber, daß ein so unwürdiger Mann wie ich seine Dienste darböte, um dafür Abweisung und Spott zu ernten.« Die Herzogin hatte ihn um dieser klugen Antwort willen nur um so lieber und schwor ihm, daß an ihrem Hof keine Dame sei, welche sich nicht überglücklich schätzen würde, einen solchen Ritter zu haben, und daß er es doch einmal versuchen sollte, denn er würde ohne Gefahr mit allen Ehren aus solchem Abenteuer hervorgehen. Der Edelmann hielt noch immer die Augen niedergeschlagen, da er nicht wagte, ihre Mienen anzusehen, die flammend genug waren, um Eis zum Brennen zu bringen. Gerade als er sich entschuldigen wollte, ließ der Herzog die Herzogin zu dem Rath bitten, um dort eine sie betreffende Angelegenheit zu verhandeln, worauf sie mit großem Bedauern hinging; der Edelmann aber ließ nicht merken, ein einziges ihrer Worte verstanden zu haben. Sie hingegen war so erregt und erzürnt, daß sie nicht wußte, wem sie Schuld an ihrem Aerger geben sollte, wenn nicht der dummen Schüchternheit, von welcher sie den Edelmann erfüllt glaubte. Einige Tage darauf, da sie sah, daß er ihre Sprache noch nicht verstanden hatte, entschloß sie sich, weder Furcht noch Scham zu bedenken, sondern ihm ihre Liebe zu erklären, da sie überzeugt war, daß eine Schönheit wie die ihre nur des besten Empfanges sicher sein konnte; sie hätte zwar gern die Ehre genossen, sich bitten zu lassen, aber sie setzte die Ehre gegen das Vergnügen beiseite. Nachdem sie noch verschiedene Male versucht hatte, ihm ähnliche Reden wie die erste zu halten, und keine ihr angenehme Antwort erhalten hatte, zog sie ihn eines Tages am Aermel und sagte ihm, sie hätte wichtige Dinge mit ihm zu bereden. Der Edelmann folgte ihr mit der Ehrfurcht und Demuth, welche er ihr schuldig war, in eine Fensternische, wohin sie sich zurückgezogen hatte; als sie sah, daß sie keiner aus dem Saal bemerken konnte, setzte sie mit einer zwischen Begehren und Furcht schwankenden Stimme ihre erste Rede fort, indem sie ihm Vorwürfe machte, daß er noch keine Dame aus ihrer Gesellschaft erwählt habe, und versicherte ihn, daß, wer es auch sei, sie ihm helfen wolle, gut aufgenommen zu werden. Der Edelmann, welcher ebenso erstaunt als erzürnt über ihre Worte war, antwortete ihr: »Edle Frau, mein Herz ist so getreu, daß ich, wenn ich einmal abgewiesen würde, niemals wieder froh auf Erden werden könnte, und zudem bin ich so gering, daß keine Dame dieses Hofes meine Dienste annehme würde.« Die Herzogin dachte erröthend, daß er nun gleich besiegt sein würde, und schwor, wenn er es wollte, so wüßte sie die schönste Dame der Gesellschaft, die ihn mit großer Freude empfangen und von der er alles Glück genießen würde. »Ach, edle Frau«, antwortete er, »ich glaube nicht, daß es an diesem Hofe eine so unglückliche und blinde Dame giebt, daß sie an mir Gefallen fände.« Da die Herzogin sah, daß er sie nicht verstehen wollte, lüftete sie vor ihm den Schleier ihrer Leidenschaft, und aus Furcht vor der Tugend dieses Edelmannes sprach sie im Fragetone, indem sie sagte: »Wenn Euch das Glück so begünstigte, daß ich es wäre, die Euch so wohlwollte, was würdet Ihr sagen?« Der Edelmann, der schon gedacht hatte, solche Worte zu hören, beugte das Knie und antwortete: »Hohe Frau, wenn Gott mir die Gnade erwiese, mich des Herzogs, meines Herrn, und Eure Gunst genießen zu lassen, so würde ich der glücklichste Mann der Welt sein. Er hat mich von Kindheit an erzogen und zu dem gemacht, was ich bin; sei es also seine Frau, Tochter, Schwester oder Mutter, so wollte ich eher sterben, denn mit anderen Gedanken als den eines aufrichtigen treuen Dieners meines Herrn an sie herantreten.«

Die Herzogin ließ ihn nicht weiter reden; als sie sah, daß sie sich einer entehrenden Abweisung aussetzte, unterbrach sie seine Rede und sprach: »O, Ihr unglaublich boshafter Thor, wer bittet Euch darum? Ihr glaubt um Eurer Schönheit willen von jeder umherfliegenden Fliege geliebt zu sein; wenn Ihr so verwegen wäret, Euch an mich zu wenden, so würde ich Euch zeigen, daß ich niemand als meinen Gemahl liebe und lieben will. Alles, was ich zu Euch gesagt habe, war nur ein Zeitvertreib für mich, weil ich Euch aushorchen und dann verspotten wollte, wie ich es mit dummen Verliebten mache.« – »Hohe Frau«, sagte der Edelmann, »so dachte ich es mir und glaube, es ist, wie Ihr sagt.«

Ohne ihn weiter anzuhören, ging sie dann auf ihr Zimmer, und da ihre Hofdamen ihr folgten, zog sie sich in ihr Schlafgemach zurück, wo sie so betrübt war, daß es sich nicht beschreiben läßt. Nachdem sie eine lange Zeit geweint hatte, gab sie vor, krank zu sein, um nicht mit dem Herzog zur Abendtafel gehen zu müssen, wobei gewöhnlich der Edelmann aufwartete. Der Herzog, der seine Frau mehr als sich selbst liebte, kam und besuchte sie. Um aber leichter zu ihrem Ziele zu gelangen, sagte sie ihm, daß sie schwanger sei, und daß ihre Schwangerschaft ihr eine Augenerkältung zugezogen habe, die ihr viel Schmerz verursache. So vergingen zwei, drei Tage, während welcher die Herzogin das Bett hütete, so traurig und melancholisch, daß der Herzog auf den Gedanken kam, es möchte da doch wohl noch etwas anderes als eine Schwangerschaft vorliegen. Der Herzog kam deshalb eine Nacht zu ihr und erwies ihr alle möglichen Liebenswürdigkeiten; als er aber bemerkte, daß das ihr fortgesetztes Seufzen nicht verscheuchte, sagte er zu ihr: »Mein Liebchen, Ihr wißt, daß ich Euch mehr liebe als mein Leben, und wenn Ihr sterbet, kann auch ich nicht weiter leben. Wenn Ihr also meine Gesundheit erhalten wollt, so bitte ich Euch, sagt mir die Ursache, warum ihr so seufzt, denn ich kann nicht glauben, daß solches Leid nur aus Eurem Zustande herrührt.« Da die Herzogin nun sah, daß er so gegen sie gestimmt war, wie sie es sich nur wünschen konnte, dachte sie, das sei die Zeit, sich für ihre Schmach zu rächen, und indem sie ihren Gatten umarmte, fing sie an zu weinen und sprach: »Ach, Herr, mein größtes Leid ist das, Euch von denen hintergangen zu sehen, welche so sehr verpflichtet sind, Euer Gut und Eure Ehre zu wahren.« Als der Herzog diese Worte hörte, fühlte er großes Verlangen, zu wissen, warum sie so sprach, und bat sie flehentlich, ihm ohne Furcht die ganze Wahrheit zu sagen; nachdem sie es mehrere Male abgeschlagen hatte, sprach sie: »Ich werde mich nie mehr wundern, wenn Fremde die Prinzen anfeinden, da die, welche ihnen am meisten schuldig sind, es schon in so grausamer Weise thun, daß der Verlust anderer Güter nichts dagegen ist. Das sage ich, Herr, mit Bezug auf jenen Edelmann (und hier nannte sie den Verhaßten), der es gewagt hat, nachdem er von Eurer Hand ernährt und von Euch eher wie ein Sohn als wie ein Diener erzogen und behandelt wurde, ein so ungeheuerliches und elendes Vorhaben zu unternehmen, die Ehre Eures Hauses und Eurer Kinder zu verderben. Obgleich er schon lange Zeit mit seinen Mienen seine schlechten Absichten kundgab, habe ich, die ich nur Euch liebe, nichts davon verstanden, bis er sich endlich mit Worten erklärt hat; ich habe ihm darauf geantwortet, wie es mein Stand und meine Sittsamkeit erfordern. Dennoch aber hasse ich ihn so sehr, daß ich ihn nicht mehr sehen mag; das ist der Grund, warum ich in meinen Gemächern blieb und mich der Freude Eurer Gesellschaft beraubte. Nun, mein Gemahl, kennt Ihr die Ursache meines Schmerzes, der mir sehr würdig und gerecht erscheint, und ich bitte Euch demnach, Eure Befehle möglichst schnell zu erlassen.« Der Herzog, der ebenso seine Frau wie seinen Diener liebte, dessen Treue er so oft erprobt hatte, daß er jetzt kaum diese Lüge für Wahrheit annehmen konnte, befand sich in großer Verlegenheit; von Zorn erfüllt, ging er in sein Gemach und befahl dem Edelmann, sich nicht mehr vor ihm blicken zu lassen, sondern einige Zeit in seiner Wohnung zu bleiben. Der Edelmann, dem die Ursache unbekannt war, war höchst ärgerlich darüber, da er sich bewußt war, das gerade Gegentheil einer so schlechten Behandlung verdient zu haben; und wie jemand, der über sein Gewissen und seine Werke beruhigt war, schickte er einen seiner Freunde zum Herzog, um mit ihm zu reden und ihm einen Brief zu bringen, in welchem er sehr demüthig bat, sein Urtheil so lange aufzusparen, bis er von ihm die Wahrheit der Thatsache erfahren habe, und daß er dann finden werde, daß er ihn, den Herzog, in keiner Weise beleidigt habe. Bei diesem Brief legte sich der Zorn des Herzogs ein wenig; er ließ ihn heimlich in sein Zimmer kommen und sprach dort mit wüthender Miene zu ihm: »Ich hätte niemals gedacht, daß sich die Mühe, welche ich mir gegeben habe, Euch wie mein Kind zu erziehen, in Reue umwandeln würde, Euch so weit gefördert zu haben; Ihr habt nach dem getrachtet, was mir unersetzlicher ist als mein Leben und meine Güter, indem Ihr an der Ehre derjenigen rühren wolltet, welche die Hälfte meiner selbst ist, um damit mein Haus und mein Geschlecht für immer ehrlos zu machen. Euer Ankläger trägt keine anderen Waffen als seine Keuschheit, denn ich versichere Euch, daß es mir kein anderer als meine Frau selbst gesagt hat, indem sie mich bat, sie an Euch zu rächen.« Der arme Edelmann, der die Schlechtigkeit der Dame erkannte und sie dennoch nicht anklagen wollte, antwortete: »Edler Herr, Eure Gemahlin mag sagen, was ihr beliebt; Ihr kennt sie besser als ich und wißt, ob ich sie anders als in Eurer Gegenwart gesehen habe, ausgenommen einmal, wo sie sehr wenig mit mir sprach. Ihr habt ein so gutes Urtheil, wie irgend ein anderer christlicher Fürst; darum bitte ich Euch, Herr, habt Ihr jemals an mir eine Miene bemerkt, welche einen solchen Verdacht erzeugen könnte? Ich flehe Euch an, Herr, glaubt mir zwei Dinge: Erstens daß ich Euch so ergeben bin, daß, wäre selbst Eure Frau Gemahlin das schönste Geschöpf der Welt, doch Amor nicht die Macht haben würde, meine Ehre und Treue zu beflecken; und zweitens, daß ich, auch wenn sie nicht Eure Frau wäre, mich doch nicht in sie verlieben würde, und daß es genug andere giebt, an denen ich eher Gefallen finden würde.« Der Herzog, begann sich bei dieser wahrheitsgetreuen Rede zu besänftigen und sprach zu ihm: »Ich habe es auch nicht geglaubt; fahrt darum ganz in Euren Gewohnheiten fort; ich versichere Euch, wenn ich sehen werde, daß Ihr die Wahrheit gesprochen habt, so werde ich Euch mehr als jemals lieben; ist es aber das Gegentheil, so liegt Euer Leben in meiner Hand.« Darauf dankte ihm der Edelmann und unterwarf sich jeder Strafe und Folter, wenn er schuldig befunden würde. Als die Herzogin den Edelmann wie gewöhnlich aufwarten sah, konnte sie es nicht geduldig ertragen und sprach zu ihrem Mann: »Es würde Euch Recht geschehen, wenn Ihr vergiftet würdet, da Ihr mehr Vertrauen zu Euren Todfeinden als zu Euren Freunden habt.« – »Ich bitte Euch, Liebste, macht Euch keine Gedanken darüber; wenn ich sehe, daß das, was Ihr mir gesagt habt, wahr ist, so versichere ich Euch, daß er nicht vierundzwanzig Stunden am Leben bleiben soll; aber er hat mir so sehr das Gegentheil beschworen (und ich habe auch niemals dergleichen bemerkt), daß ich es nicht ohne guten Beweis glauben kann.« – »Wahrhaftig, Herr«, sprach sie, »Eure Güte macht seine Schlechtigkeit nur noch größer. Ist es Euch nicht Beweis genug, einen Mann wie ihn zu sehen, ohne daß man von einer Liebschaft bei ihm spricht? Glaubt mir, wenn er sich nicht den verwegenen Plan in den Kopf gesetzt hätte, mein Ritter zu werden, so hätte er nicht so lange gezögert, sich eine Geliebte zu nehmen; denn kein junger Mann würde in so guter Gesellschaft so einsam leben, wie er es thut, wenn er nicht sein Herz an so hoher Stelle vergeben hätte, daß er sich mit seiner eitlen Hoffnung begnügt. Da Ihr aber denkt, daß er Euch keine Wahrheit verhehlt, bitte ich Euch, laßt ihn Euch schwören, daß er keine Liebe hegt; denn wenn er eine Andere liebt, so will ich mich damit zufrieden geben, daß Ihr ihm glaubt; wenn nicht, müßt Ihr sehen, daß ich die Wahrheit gesagt habe.«

Der Herzog fand die Gründe seiner Frau sehr richtig, ging mit dem Edelmann ins Feld und sprach zu ihm: »Meine Frau bleibt noch immer bei ihrer Meinung und hat mir einen so guten Grund angeführt, daß ich wieder Verdacht gegen Euch habe; man wundert sich nämlich, daß Ihr, so achtbar und so jung, noch niemals geliebt habt, so viel man weiß; darum glaube ich nun, daß Ihr in der That meine Frau liebt, und daß Euch die Hoffnung auf sie so befriedigt, daß Ihr an keine andere Frau denken könnt. Ich bitte Euch daher als Freund und befehle Euch als Herr, mir zu sagen, ob Ihr eine Dame auf dieser Welt liebt oder nicht.« So war der arme Edelmann, der für sein Leben gern seine Neigung verschwiegen und verborgen hätte, gezwungen, um der großen Eifersucht seines Herrn willen, ihm zu schwören, daß er wirklich eine

Dame liebte, deren Schönheit so groß wäre, das die der Herzogin und aller Hofdamen dagegen nichts als reine Häßlichkeit und Ungestalt wären; doch bat er innig, ihn nie zu zwingen, sie zu nennen, denn die Verbindung zwischen ihm und seiner Geliebten sei derart, daß sie nie gebrochen werden könne, außer durch den, der sie zuerst verriethe. Der Herzog versprach, ihn nicht danach zu fragen, und war so zufrieden mit ihm, daß er ihn besser behandelte, wie je vorher. Die Herzogin merkte es sehr wohl und suchte durch ungewöhnliche Listen die Ursache zu erfahren, die ihr der Herzog auch nicht verbarg. Nun gesellte sich zu ihrem Rachedurst heftige Eifersucht, so daß sie den Herzog bat, dem Edelmann zu befehlen, ihm seine Geliebte zu nennen, und ihm versicherte, das sei eine Lüge, nur dazu angethan, ihre Aussagen noch mehr zu bekräftigen; wenn ihm der Edelmann seine Schöne nicht nennen wolle, so sei er der dümmste Prinz der Welt, seinen Worten zu glauben. Darauf ging der arme Fürst, dem seine Frau den Sinn je nach ihrem Gefallen drehte, mit dem Edelmann allein spazieren, indem er ihm sagte, daß er unmuthiger als je über ihn sei, da er vermuthete, jener habe ihm eine Ausrede gesagt, damit er nicht die Wahrheit durchschaue; das quäle ihn nun so sehr, daß er ihn so viel wie möglich bäte, ihm den Namen derjenigen zu nennen, die er so sehr liebte. Der arme Edelmann bat ihn, ihn nicht zu einem solchen Vergehen gegen seine Geliebte zu zwingen. Als der Herzog sah, daß er sie ihm nicht nennen wollte, erfaßte ihn eine solche Eifersucht, daß er mit wüthendem Gesicht sagte: »Wählt denn von zwei Dingen eines; entweder Ihr nennt mir die, welche Ihr über alles liebt, oder ich verbanne Euch aus meinen Ländern mit dem Befehl, daß, wenn Ihr acht Tage darauf noch angetroffen werdet, Ihr eines grausamen Todes zu sterben habt.«

Der Edelmann entschloß sich, ihm lieber die Wahrheit zu sagen, da er darauf baute, daß sein Herr zu sehr Ehrenmann wäre, um ihn zu verrathen. So ließ er sich mit gefalteten Händen auf ein

Knie nieder und sprach: »Hoher Herr, die Verpflichtung, welche ich gegen Euch habe, und meine Liebe zu Euch zwingen mich mehr, als die Furcht vor irgendwelchem Tode, denn ich sehe Euch in solchem Wahne und falscher Meinung über mich befangen, daß ich entschlossen bin, um Euch aus diesem großen Leid zu befreien, das zu thun, was keine Folter von mir erzwungen hätte. Nur bitte ich Euch, Herr, zu Gottes Ehre mir mit Eurem prinzlichen und christlichen Wort zu schwören, daß Ihr niemals das Geheimniß verrathen werden, welches mir abzuzwingen Euch gefällig ist.« Zur Stunde schwor ihm der Herzog mit allen Eiden, die ihm einfielen, niemals irgend einem Menschen weder mit Worten, Thaten noch Mienen etwas davon zu verrathen. Der Edelmann, welcher nun sicher zu sein glaubte, da er den Herzog als tugendhaften Fürsten kannte, fing an, den Beginn seines Unglücks zu begründen, indem er sagte: »Sieben Jahre sind es her, Herr, daß ich Eure Nichte, welche Witwe und unversprochen war, kenne und mich um ihre Gunst bemühe; und da ich nicht aus genügendem Hause war, sie zu heirathen, wollte ich mich damit begnügen, ihr Ritter zu sein, was ich auch wurde. Gott hat es gefügt, daß unser Verhältniß bisher so weise geführt wurde, daß kein Mann und keine Frau außer ihr und mir davon erfuhren, ausgenommen Ihr, hoher Herr, in dessen Hände ich Leben und Ehre lege, indem ich Euch bitte, das Geheimniß zu bewahren und deshalb Eure Nichte nicht geringer zu achten, denn es giebt unter dem Himmel kein vollkommeneres und sittsameres Geschöpf.« Wer war froher als der Herzog! Er kannte die große Schönheit seiner Nichte und zweifelte nicht, daß sie liebenswürdiger sei als seine Frau; da er aber nicht verstand, mit welchen Mitteln sie ein solches Geheimniß durchgeführt hatten, bat er ihn, ihm zu sagen, auf welche Weise er sie sähe. Der Edelmann erzählte ihm, das Zimmer seiner Dame ginge nach dem Garten heraus; an den Tagen, wo er sie besuchte, ließe sie eine kleine Pforte offen, durch die er hineinginge, bis er einen kleinen Hund bellen hörte, den die Dame in den Garten ließe, wenn alle ihre Dienerinnen sich zurückgezogen hätten; dann unterhielte er sich mit ihr die ganze Nacht, und beim Fortgehen bezeichnete er ihr den Tag, wo er wiederkommen wollte, was er bis jetzt ohne die dringendsten Gründe noch nie versäumt hatte. Der Herzog, welcher der neugierigste Mensch der Welt war, und der seiner Zeit mit der Liebe trefflich Bescheid gewußt hatte, bat ihn, theils um seinen Verdacht zu verscheuchen, theils weil ihm die Geschichte so seltsam erschien, ihn das nächste Mal mitzunehmen, nicht als Herrn, sondern als Freund. Der Edelmann, der nun doch schon einmal so weit gegangen war, gewährte es ihm. Er gab vor, in seinem Privatgemach schlafen zu wollen, ließ zwei Pferde für sich und den Edelmann kommen, und dann brachen sie in der Nacht nach dem Ort auf, wo seine Nichte wohnte. Dort ließen sie ihre Pferde außen am Zaun, und der Edelmann ließ den Herzog durch die kleine Pforte in den Garten eintreten, indem er ihn bat, hinter einem großen Nußbaum stehen zu bleiben, von wo er sehen könnte, ob er ihm die Wahrheit erzählt hätte oder nicht. Kaum waren sie in dem Garten, als der kleine Hund anfing zu kläffen; der Edelmann ging nun auf den Schloßthurm zu, wo ihm sogleich seine Dame entgegen ging, ihn grüßte und umarmte und ihm sagte, es schienen ihr tausend Jahre her zu sein, seit sie ihn gesehen habe. Dann gingen sie zusammen in das Zimmer, welches sie offen ließen, so daß der Herzog ihnen heimlich folgte, da kein Licht angezündet war. Dieser, der alle die Reden ihrer sittsamen Freundschaft hörte, war mehr als befriedigt und wartete dort nicht allzu lange, denn der Edelmann sagte seiner Dame, er müßte früher als gewöhnlich zurückkehren, da der Herzog schon um vier Uhr zur Jagd wollte, wo er nicht fehlen dürfe. Die Dame, welcher ihre Ehre lieber war als ihr Vergnügen, wollte ihn nicht von seiner Pflicht abhalten, denn was ihr an ihrer ehrbaren

Freundschaft das Beste schien, das war, sie vor allen Menschen geheim zu halten. So schied der Edelmann von ihr eine Stunde nach Mitternacht; der Herzog ging voraus, und sie stiegen zu Pferd, um dahin zurückzukehren, von wo sie gekommen waren; auf dem Wege schwor der Herzog unaufhörlich dem Edelmann, daß er lieber sterben wolle, als sein Geheimniß verrathen, und von da ab schloß er ihn so in sein Vertrauen und seine Liebe ein, daß am ganzen Hof keiner in höherer Gnade stand, worüber die Herzogin in große Wuth gerieth. Aber der Herzog verbot ihr, jemals wieder davon zu sprechen, da er die Wahrheit wüßte und zufrieden damit sei, denn die Dame, welche er liebte, wäre liebenswürdiger als sie. Diese Worte griffen der Herzogin so ans Herz, daß sie noch kränker wurde als vorher. Der Herzog ging zu ihr, um sie zu trösten, aber es war kein Gedanke daran, wenn er ihr nicht sagte, wer diese schöne, so sehr geliebte Dame sei. Sie machte ihm damit das Leben so unerträglich und drängte ihn so sehr, daß der Herzog das Zimmer verließ indem er sagte: »Wenn Ihr mir weiter solche Reden sagt, so werden wir uns trennen.«

Diese Worte erhöhten die Krankheit der Herzogin, welche nur um ihr Kind besorgt zu sein schien. Der Herzog war so erfreut darüber, daß er wieder eine Nacht bei ihr zubrachte. Als sie ihn aber ganz besonders verliebt sah, drehte sie sich auf die andere Seite und sagte: »Ihr liebet weder Eure Frau noch Eure Kinder und laßt uns sterben.« Bei diesen Worten vergoß sie so viele Thränen, daß der Herzog befürchtete, sie möchte eine vorzeitige Niederkunft haben. Er nahm sie deshalb in seine Arme, bat sie, ihm zu sagen, was sie wollte, es gäbe nichts, was er nicht für sie zu thun bereit sei. Sie antwortete ihm unter Thränen: »Wie kann ich hoffen, daß Ihr für mich etwas thun werdet, was Euch schwer fällt, wenn Ihr das Leichteste und Einfachste für mich nicht thun könnt, nämlich mir den Namen der Geliebten des schlechtesten Dieners, den Ihr je gehabt habt, zu sagen? Ich dachte, Ihr und ich, wir wären nur ein Herz. Jetzt sehe ich wohl, daß Ihr mich wie eine Fremde anseht, da Ihr mir Eure Geheimnisse, die mir nicht verborgen sein sollten, wie einer feindlichen Person vorenthaltet. Wenn Ihr also auch geschworen habt, Niemandem das Geheimniß des Edelmannes zu sagen, so tretet Ihr doch Eurer Ehre nicht zu nahe, wenn Ihr es mir sagt; denn ich bin und kann nichts anderes sein, als Ihr selbst. Ich halte Euch in meinen Armen, ich trage ein Kind von Euch unter meinem Herzen, Ihr lebt in meinem Leibe, und trotzdem besitze ich Eure Liebe nicht so, wie Ihr die meine besitzt.« Indem sie so sprach, umarmte und küßte sie ihren Gatten und übergoß sein ganzes Gesicht unter so herzbrechendem Schreien und Seufzern mit ihren Thränen, daß der gute Fürst, welcher fürchtete, Frau und Kind zugleich zu verlieren, sich entschloß, ihr alles zu sagen; zugleich schwor er ihr aber, wenn sie es irgend einer Kreatur der Welt verriethe, so würde sie von keiner anderen als seiner eigenen Hand sterben, was sie annahm und die Strafe erleiden wollte. Und nun erzählte ihr der arme, betrogene Gatte alles, was er gesehen hatte, von Anfang bis zu Ende. Sie that, als sei sie sehr erfreut darüber, doch dachte sie im Herzen das Gegentheil; immerhin aber verbarg sie, so gut es ging, aus Furcht vor dem Herzog ihre Leidenschaft. An einem großen Festtage hielt der Herzog Hof und hatte dazu alle Damen des Landes, unter anderen auch seine Nichte, eingeladen; nach dem Festmahl fingen die Tänze an, woran sich alle betheiligten. Aber die Herzogin litt Qualen, als sie die Schönheit und Holdseligkeit ihrer Nichte sah, sie konnte sich nicht freuen und noch weniger verhindern, daß ihr Zorn sichtbar wurde; denn nachdem sie alle Damen gerufen hatte und sie in ihrer Nähe sich setzen ließ, fing sie an, von Liebe zu reden; und da sie sah, daß ihre Nichte nichts sprach, sagte sie mit einem von Eifersucht zernagten Herzen zu ihr: »Und Ihr, schöne Nichte, wäre es möglich, daß Eure Schönheit ohne Freund und Ritter geblieben ist?«

– »Madame«, antwortete diese, »meine Schönheit hat mir keinen solchen Gewinn gebracht, denn seit dem Tode meines Mannes habe ich keine anderen Freunde haben wollen als seine Kinder, womit ich ganz zufrieden bin.« – »Ei, schöne Nichte«, antwortete die Herzogin im äußersten Verdruß, »doch giebt es keine so heimliche Liebe, daß sie nicht bekannt würde, und keinen so gut erzogenen und dressirten kleinen Hund, daß man sein Bellen nicht hörte.«

Ich überlasse es Euch, meine Damen, Euch auszumalen, welchen Schmerz diese arme Dame im Herzen fühlte, als sie eine so verborgene Sache zu ihrer Unehre öffentlich aussprechen hörte. Die so grausam behütete und so unglücklich verlorene Ehre quälte sie, noch mehr aber der Verdacht, daß ihr Freund sein Versprechen gebrochen habe; sie hätte nie gedacht, daß er das thun würde, außer wenn er sich in eine andere Dame verliebte, welche schöner wäre als sie, und der er aus Liebe alles das erzählen würde. Immerhin war ihre Tugend so groß, daß sie niemand etwas merken ließ und lachend antwortete, daß sie die Sprache der Thiere nicht verstände. Unter dieser weisen Verstellung aber war ihr Herz von Traurigkeit so bedrückt, daß sie sich erhob; sie ging durch das Zimmer der Fürstin und trat in ein kleines Gemach, wo der Fürst, der in der Nähe war, sie hineingehen sah. Als die gute Dame sich nun an einem Ort befand, wo sie allein zu sein glaubte, ließ sie sich in so großer Schwäche auf ein Bett fallen, daß ein Kammermädchen, welches in einem Durchgang saß und da ein wenig schlafen wollte, aufstand und durch den Vorhang blickte, um zu sehen, wer da war. Als sie aber sah, daß es die Nichte des Herzogs war, welche allein zu sein glaubte, wagte sie nichts zu sagen und hörte ihr so lautlos zu, wie sie konnte. Die arme Dame fing mit halberstorbener Stimme an, ihren Freund und die Herzogin des Verraths anzuklagen. Schmerz und Trauer übermannten sie hierbei so, daß sie zuletzt zu Boden sank; ihr

Gesicht wurde ganz fahl, ihre Lippen blau und die Glieder kalt. In diesem Augenblick trat der Edelmann, welchen sie liebte, in den Saal; als er die Herzogin mit ihren Damen tanzen sah, schaute er sich überall nach seiner Freundin um; da er sie nicht sah, trat er in das Zimmer der Herzogin, wo er den Herzog lustwandelnd fand, der ihm, seine Gedanken errathend, ins Ohr flüsterte: »Sie ist in dieses Gemach dort gegangen, es schien, als befände sie sich schlecht.« Der Edelmann fragte, ob er hineingehen dürfe, was ihm der Herzog erlaubte. Wie er in das kleine Gemach trat, sah er, daß sie in den letzten Zügen lag; er umarmte sie und sprach: »Was ist das, meine Liebste, wollt Ihr mich verlassen?« Die arme Dame gewann, als sie die Stimme hörte, welche sie so gut kannte, ein wenig Kraft zurück und öffnete die Augen, den anblickend, der die Ursache ihres Todes war. Aber in diesem Blick wuchsen ihre Liebe und ihr Leid so an, daß sie mit einem jammervollen Seufzer ihren Geist aufgab. Der Edelmann, der fast mehr todt als die Todte war, fragte die Kammerjungfer, wieso diese Krankheit sie ergriffen hätte, worauf diese ihm alles mit den Worten wiedererzählte, die sie vernommen hatte. Zur Stunde erkannte er, daß der Herzog sein Geheimniß seiner Frau verrathen hatte, worüber er in eine solche Wuth gerieth, daß er, indem er seine Freundin umarmte, sie ganz mit seinen Thränen begoß. Dann neigte er sich über die Leiche wie ein Mensch, der außer sich ist und den Verstand verloren hat, zog seinen Dolch hervor und stieß ihn sich mit großer Heftigkeit in das Herz; dann nahm er abermals seine Freundin in die Arme und küßte sie mit solcher Inbrunst, daß er eher von Liebe als vom Tode ergriffen zu sein schien. Als die Kammerjungfer den Stoß sah, lief sie zur Thür und rief nach Hülfe. Der Herzog, welcher den Schrei hörte und das Unglück derer, die er liebte, ahnte, trat zuerst in das Gemach; als er das beklagenswerte Paar sah, versuchte er, sie zu trennen, um womöglich den Edelmann noch zu retten. Aber er hielt seine

Freundin so fest, daß es unmöglich war, sie ihm zu entreißen, bis er ebenfalls todt war. Als er hörte, wie der Herzog zu ihm sagte: »O Gott, wer trägt Schuld hieran?« antwortete er mit einem wüthenden Blick: »Eure Zunge und die meine, Herr.« Und mit diesen Worten, das Gesicht an seine Freundin gelegt, verschied er. Der Herzog, welcher Näheres darüber wissen wollte, zwang die Kammerjungfer, ihm zu sagen, was sie gesehen und gehört hatte, worauf sie ihm genau alles erzählte, ohne etwas zu verschweigen. Da zur Stunde der Herzog erkannte, daß er die Ursache dieses ganzen Leides sei, warf er sich über die todten Liebenden und bat mit vielen Seufzern und Thränen um ihre Verzeihung, indem er sie beide mehrmals küßte; dann stand er auf und zog voller Wuth den Dolch aus der Brust des Edelmanns; und wie ein Keiler, den ein Spieß verwundet hat, sich ungestüm auf den stürzt, der den Stoß führte, so ging der Herzog, die zu suchen, die ihn bis in den Grund der Seele verwundet hatte; er fand sie im Saale tanzend und vergnügter als gewöhnlich, da sie dachte, sich wohl an der Nichte des Herzogs gerächt zu haben. Der Herzog ergriff sie mitten im Tanz und sprach zu ihr: »Ihr habt das Geheimniß mit Eurem Leben verbürgt, nun falle auch die Strafe auf Euer Leben.« Indem er das sagte, erfaßte er sie bei den Haaren und stieß ihr den Dolch in die Kehle. Die Gesellschaft war darüber so bestürzt, daß sie glaubten, der Herzog habe den Verstand verloren. Nachdem er dieses gethan hatte, versammelte er alle seine Ritter im Saale und erzählte ihnen die Ehrbarkeit und das traurige Schicksal seiner Nichte und den bösen Streich, den ihr seine Frau gespielt hatte, worüber die Zuhörer Thränen vergossen. Dann befahl der Herzog, daß seine Frau in einer Abtei begraben werde, die er gründete, und ließ eine schöne Grabstätte herrichten, wo die Leichen seiner Nichte und des Edelmanns zusammen bestattet wurden, mit einer Grabschrift, welche ihre traurige Geschichte berichtete. Der Herzog aber unternahm eine Fahrt gegen die

Türken, wobei Gott ihn so begünstigte, daß er Ehren und Gewinn davon heimbrachte; da er bei seiner Rückkehr seinen ältesten Sohn reif fand, sein Land zu regieren, ging er in die Abtei, wo seine Frau und die beiden Liebenden begraben waren, wurde dort Mönch und verbrachte sein Alter glücklich mit Gott.

»Dies, meine Damen«, fuhr Parlamente fort, »ist die Geschichte, welche Ihr mich gebeten habt, Euch zu erzählen, und die Ihr, wie ich an Euren Blicken sehe, nicht ohne Theilnahme angehört habt.

Mir scheint, Ihr sollt Euch hieraus ein Beispiel nehmen, bei Eurer Liebe nicht die Ehre aufs Spiel zu setzen, denn so ehrbar und tugendhaft sie auch sein mag, so bekommt sie schließlich doch immer einen üblen Nachgeschmack. Ihr seht ja auch, daß der Apostel Paulus will, daß nur die verheirateten Leute diese große Liebe für einander haben; denn je mehr unser Herz sich an etwas Irdisches hängt, um so weiter entfernt es sich von der himmlischen Liebe; und je ehrbarer und je tugendhafter eine Liebe ist, um so schwerer ist ihr Band zu zerreißen; darum bitte ich Euch, meine Damen, zu jeder Stunde Gott den heiligen Geist anzuflehen, Euer Herz so in der Liebe zu Gott zu entflammen, daß es Euch im Tode keinen Schmerz bereitet, die zu verlassen, die Ihr auf dieser Erde zu sehr liebt.« – »Da die Liebe so ehrbar war, wie Ihr sie uns beschriebt«, sagte Hircan, »warum mußte sie so geheim gehalten werden?« Parlamente sagte: »Weil die Schlechtigkeit der Männer eine solche ist, daß sie niemals denken, eine große Liebe sei mit Ehrbarkeit verbunden. So urtheilen Männer und Frauen nach ihren Leidenschaften. Aus diesem Grunde ist es nöthig, daß, wenn eine Frau außer ihren nächsten Verwandten einen guten Freund hat, sie insgeheim mit ihm verkehrt, wenn sie lange mit ihm zu verkehren wünscht. Denn die Ehre einer Frau wird ebenso in Zweifel gezogen, wenn sie tugendhaft, als wenn sie lasterhaft lebt; denn man hält sich nur an das, was man sieht.« Guebron sagte: »Ist aber das Geheimniß entdeckt, so denkt man nur noch Schlimmeres davon.« – »Das gebe ich zu«, sagte Longarine, »deshalb ist es schon das Beste, garnicht zu lieben.« Dagoucin sagte: »Das lassen wir nicht gelten, denn wenn wir annehmen müßten, daß die Damen ohne Liebe seien, so möchten wir zu leben aufhören. Ich verstehe es vielmehr dahin, daß sie nur leben, um Liebe zu erwerben. Kommt sie nicht, so hält die Hoffnung sie aufrecht und läßt sie tausend edle Dinge thun, bis das Alter diese edle Leidenschaft in andere Sorgen verwandelt. Wenn man aber annehmen wurde, daß die Frauen nicht lieben, so müßte man aus Waffenhelden Kaufleute machen und anstatt auf Ehre auszugehen, nur daran denken, Reichthümer zu sammeln.« – »Das heißt also«, sagte Hircan, »wenn es keine Frauen gäbe, wären wir alle schlechte Menschen, als wenn wir nur den Muth besäßen, den sie uns einflößen. Ich bin ganz entgegengesetzter Ansicht und glaube, daß nichts den Muth eines Mannes so niederdrückt, als zuviel mit Frauen umzugehen und sie zu sehr zu lieben. Deshalb verboten auch die Juden, daß ein Mann in dem Jahre, indem er sich verheirathete, in den Krieg zöge, aus Furcht, die Liebe zu seiner Frau könne ihn von dem Opfermuth, den man dann bethätigen muß, zurückschrecken lassen.« Saffredant sagte: »Ich finde keine besondere Vernunft in diesem Gesetz, denn nichts treibt den Mann früher aus dem Hause als der Ehestand, weil der Krieg im Felde lange nicht so schwer zu tragen ist, wie der im Hause. Deshalb glaube ich, wenn man den Männern das Verlangen eingeben wollte, in fremde Länder zu gehen und sich am häuslichen Heerd nicht wohl zu fühlen, so wäre das geeigneste Mittel, sie zu verheirathen.« – »Es ist richtig«, sagte Emarsuitte, »daß die Ehe ihnen die Sorgen für ihr Haus abnimmt; denn das überlassen sie vertrauensvoll ihren Frauen, und denken nur daran, Ehren zu erwerben, indem sie fest glauben, daß die Frauen den Gewinn schon sorgsam hüten werden.« Saffredant antwortete: »Wie dem auch sei, ich bin sehr froh, daß Ihr meiner Meinung seid.« Parlamente wandte jedoch ein: »Ihr streitet ja garnicht mehr über das, was viel mehr zu überlegen ist, nämlich, weshalb der Edelmann, der an all' diesem Unglück Schuld war, nicht sofort wie die Unschuldige vor Kummer und Verdruß starb?« Nomerfide sagte: »Das liegt daran, daß die Frauen tiefer als die Männer lieben.« Simontault sagte: »Nein, sondern daran, weil Eifersucht und Verlangen die Frauen ganz ohne Grund umkommen lassen, während die Klugheit der Männer sie der Wahrheit auf den Grund kommen läßt, die verbunden mit dem gesunden Menschenverstand ihre Ueberlegenheit zeigt. So that es auch der Edelmann, der, nachdem er gehört hatte, daß er die Ursache des Todes seiner Geliebten sei, zeigte, wie sehr er liebte, und daß ihm dagegen sein eigenes Leben nichts galt.« Emarsuitte sagte: »Jedenfalls starb auch sie in wahrer Liebe, denn ihr treues und liebendes Herz konnte es nicht ertragen, in so schimpflicher Weise betrogen zu sein.« Simontault sagte: »Es war nur Eifersucht, die keiner Ueberlegung Raum gab, und da sie bei ihrem Freunde eine Schlechtigkeit voraussetzte, die er garnicht hatte, so war ihr Tod eine natürliche Folge, denn sie konnte nichts mehr gut machen; der Tod ihres Geliebten aber war ein freiwilliger, nachdem er ihr Geschick erfahren hatte.« – »Immerhin muß die Liebe groß sein, welche einen solchen Kummer verursachen kann«, sagte Nomerfide »Fürchtet Euch nicht«, wandte sich Hircan an sie, »Ihr werdet an solcher Krankheit nicht sterben«. »Ebensowenig, wie Ihr Euch das Leben nehmen werdet«, antwortete diese, »wenn Ihr Euer Unrecht erkannt habt.« Parlamente errieth, daß der Streit auf ihre Kosten ging, und sagte lächelnd zu ihnen: »Es ist genug, daß zwei vor Liebe gestorben sind, und es ist nicht nöthig, daß die Liebe noch zwei andere sich streiten läßt, denn eben läutet die Vesperglocke zum letzten Male, die uns wohl oder übel jetzt trennen wird.« Auf ihren Rath erhob sich die Gesellschaft, und alle gingen in die Messe und vergaßen in ihren Gebeten nicht die Seelen der wahren Liebenden, für welche die Mönche aus eigenem Antriebe ein *de profundis* sagten. So lange sie bei Tisch saßen, sprachen sie von nichts anderem, als von Frau von Verger.[4] Nachdem sie dann noch eine Zeit lang zusammen geblieben waren, zog sich ein jeder auf sein Zimmer zurück. So beendeten sie den siebenten Tag.

---

4   Wahrscheinlich war dies der Name der Heldin der vorstehenden Erzählung.

Achter Tag.

Als der Morgen gekommen war, erkundigten sie sich, ob der Brückenbau fortschritt, und sie erfuhren, daß er in zwei bis drei Tagen vollendet sein würde. Einigen der Gesellschaft war das unlieb, denn sie hätten lieber gewünscht, daß die Arbeit noch länger gedauert hätte, um noch länger das Vergnügen dieser in froher Unterhaltung verlaufenden Tage zu haben. Da sie nun hörten, daß sie nur noch zwei bis drei Tage vor sich hätten, beschlossen sie, sie noch auszunützen, und baten Frau Oisille, ihnen die gewohnte Predigt zu halten. Sie that es auch, aber hielt sogar eine noch längere als gewöhnlich; sie wollte nämlich vor ihrer Trennung noch die Offenbarung Johannis zu Ende gebracht haben und sie entledigte sich dieser Aufgabe auch so gut, daß es den Anschein hatte, als wenn der heilige Geist voller Liebe und Milde aus ihrem Munde spräche. Ganz erfüllt von diesem heiligen Feuer gingen sie darauf, um die Messe zu hören. Nach Tisch, als sie noch von dem vergangenen Tage sprachen, zweifelten sie, ob sie demselben einen gleich schönen würden anreihen können. Um sich vorzubereiten, zog sich ein jeder in seine Wohnung zurück, bis zur Stunde, wo sie an den Ort ihrer Erzählungen nach der grünen Wiese gingen, wo sich die Mönche schon eingefunden und ihre Plätze eingenommen hatten. Nachdem sich jeder gesetzt hatte, fragte man, wer heut beginnen sollte. Saffredant sagte: »Ihr habt mir die Ehre erwiesen, an zwei Tagen den Anfang machen zu dürfen; es scheint mir nun, daß wir den Damen Unrecht thäten, wenn nicht wenigstens eine auch zwei Tage einleitete.« – »Dann müßten wir entweder sehr lange hierbleiben«, sagte Frau Oisille, »oder einer von Euch, beziehentlich eine von uns müßte keinen Tag haben.« – »Was mich anbetrifft«, sagte Dagoucin, »so würde ich, wenn man mich wählte, meine Stimme wieder nur Saffredant geben.« – »Und ich«, sagte Nomerfide, »würde sie Parlamente gegeben haben, denn ich bin so daran gewöhnt, die zweite Stelle zu haben, daß ich garnicht verstehen würde, eine erste anszufüllen.« Die Gesellschaft schloß sich dem an, und Parlamente begann folgendermaßen: »Meine Damen, die vergangenen Tage sind so voller verständiger Erzählungen gewesen, daß ich bitten möchte, es möge dieser nur so thörichte, als uns irgend einfallen können, enthalten, aber immer wahrheitsgetreue; ich will also beginnen.«

Einundsiebenzigste Erzählung.

Eine Frau, die in den letzten Zügen liegt, geräth in solchen Zorn, weil ihr Mann mit ihrem Kammermädchen schön thut, daß sie wieder gesund wird.

In Amboise lebte in Diensten der Königin von Navarra ein Sattler, namens Borrihaudier, dessen Wesen man am besten nach seiner Gesichtsfarbe beurtheilen konnte, denn er schien eher ein Diener des Bacchus als ein Priester der Diana zu sein. Er hatte eine vermögende Frau geheirathet, welche seiner Wirthschaft und der Erziehung seiner Kinder auf sehr verständige Weise vorstand, worüber er sehr zufrieden war. Eines Tages sagte man ihm, daß seine Frau krank und in großer Gefahr sei, was ihn in so große Aufregung versetzte, daß er in größter Eile zu ihrer Hülfe herbeikam. Er fand seine Frau so darnieder, das ihr die Beichte nöthiger war als ein Arzt; alles das verursachte ihm große Traurigkeit. Um sich ihn ordentlich vorzustellen, müßte man mit seiner fetten, belegten Stimme sprechen können; noch besser wäre es, wenn einer sein Gesicht und seine Haltung malen könnte. Nachdem er ihr alle möglichen Dienstleistungen verrichtet hatte, verlangte sie nach dem Krucifix, welches man ihr auch brachte. Als der brave

Mann das sah, warf er sich ganz verzweifelt auf ein Bett und schrie und rief mit seiner schnalzenden Stimme: »O weh! Mein Gott! Ich verliere meine gute Frau, was werde ich armer Unglücklicher allein thuen?« und andere solche Klagen. Als schließlich im Zimmer nur noch eine sehr schön gebaute, junge Kammerzofe war, rief er sie leise zu sich heran und sagte ihr: »Meine Liebe, ich sterbe, ich bin schon schlechter daran wie ein Todter, daß ich Deine Herrin so sterben sehe. Ich weiß nicht, was ich thun und sagen soll, ich empfehle mich Dir an und bitte Dich, für mein Haus und meine Kinder zu sorgen. Nimm die Schlüssel hier von meiner Seite und halte die Wirtschaft gut in Ordnung, denn ich kann nichts mehr dafür thun.« Dem armen Mädchen that er sehr leid, sie tröstete ihn und bat, er solle den Muth nicht verlieren, damit sie, wenn sie ihre gute Herrin verlieren müsse, nicht auch ihren guten Herrn verliere. Er antwortete: »Das hilft alles nichts, meine Liebe, ich sterbe doch; sieh einmal her, wie mein Gesicht kalt ist, nähere einmal Deine Wangen den meinen.« Bei diesen Worten faßte er sie an ihre Brust, was sie nicht recht leiden wollte, er bat sie aber, keine Furcht zu haben, es sei durchaus nöthig, daß sie sich näher sähen. Währenddem nahm er sie in seine Arme und warf sie aufs Bett. Plötzlich begann seine Frau, deren ganze Gesellschaft das Krucifix und das Weihwasser war und die seit zwei Tagen den Mund nicht aufgethan hatte, so laut sie mit ihrer schwachen Stimme konnte, zu schreien: »Halt, Ihr da, ich bin noch nicht todt!« Dann drohte sie ihnen mit der Hand und sagte: »Ihr schlechten Menschen, ich bin noch nicht todt.« Als ihr Mann und das Kammermädchen ihre Stimme hörten, erhoben sie sich sofort; sie war aber so zornig auf sie, daß der Zorn ihr den Katarrh ganz fortnahm und sie ihnen alle Schimpfworte, die ihr nur einfielen, an den Kopf warf. Und von Stund an gesundete sie, warf aber oft genug ihrem Mann die geringe Liebe vor, die er für sie gehabt habe.

»Hieraus, meine Damen«, sagte Parlamente weiter, »könnt Ihr die Heuchelei der Männer entnehmen, die über so geringen Trost die Trauer wegen ihrer Frauen sofort vergessen.« Hircan fragte: »Was wißt Ihr davon, ob er nicht vielleicht gehört hatte, daß dies das beste Mittel war, seine Frau, zu retten? Da er sie durch seine gute Behandlung nicht heilen konnte, wollte er versuchen, ob das Gegentheil nicht am Ende besser wäre; er führte das auch mit Erfolg durch. Ich wundere mich auch, daß Ihr, da Ihr selbst eine Frau seid, die Art Eures Geschlechts selbst dahin offenbart habt, daß es besser durch Zorn als durch Milde geheilt wird.« – »Ohne Zweifel«, bestätigte Longarine, »würde mich ein solcher Zorn nicht nur vom Bett aufspringen, sondern sogar aus dem Grabe wiederkehren lassen.« – »Welches Unrecht that er denn?« fragte Saffredant, »daß er, als er sie todt glaubte, sich trösten wollte? Es ist doch allbekannt, daß das Band der Ehe nur so lange dauert, als das Leben, und daß man nachher nicht mehr gebunden ist.« Oisille sagte: »Ja, vom Gelübde ist man allerdings entbunden, aber ein braves Herz giebt niemals die Liebe hin. Und das war doch ein schnelles Vergessen seiner Trauer, daß er nicht einmal den letzten Athemzug seiner Frau abwartete.« – »Am wunderbarsten finde ich«, sagte Nomerfide, »daß er, den Tod und das Krucifix vor Augen, nicht den Gedanken, Gott zu verletzen, aufgab.« – »Das ist ein guter Grund!« rief Simontault, »wenn es also nur weit von der Kirche und dem Kirchhof ist, würde es Euch nicht stören, wenn wir Thorheiten begehen?« – »Verspottet mich, so viel Ihr wollt«, entgegnete Nomerfide, »wahr bleibt, daß das Denken an den Tod auch ein junges Herz sehr erkältet.« Dagoucin sagte: »Ich wäre ganz Eurer Meinung, wenn ich nicht einmal eine Prinzessin genau das Gegentheil hätte sagen hören.« – »Das heißt also«, sagte Parlamente, »sie erzählte eine Geschichte. Wenn dem so ist, gebe ich Euch das Wort, um sie uns wiederzuerzählen.« Dagoucin begann darauf wie folgt:

Zweiundsiebenzigste Erzählung.

Von der fortwährenden Reue einer Nonne, welche, ohne daß ihr Gewalt angethan wird und ohne daß sie liebt, ihre Jungfräulichkeit verliert.

In einer der größten Städte Frankreichs nach Paris war ein reich fundirtes Hospital, d.h. eine Abtei mit 15 bis 16 Nonnen und in einem anderen Flügel des Hauses ein Prior mit 7 bis 8 Geistlichen, welche alle Tage den Gottesdienst wahrnahmen, während die Nonnen nur den Rosenkranz hersagten und die Stundengebete abhielten, weil ihnen im Uebrigen die Pflege der Kranken oblag. Eines Tages starb ein armer Mann dort, wobei alle Nonnen zugegen gewesen waren. Nachdem sie alle Mittel, ihn zu heilen, angewendet hatten, schickten sie nach einem Mönch, um ihm die Beichte abzunehmen. Dann, als sie sahen, daß seine Kräfte abnahmen, gaben sie ihm die letzte Oelung; kurz darauf verlor er die Sprache. Da er aber noch weiter zu leben und zuzuhören schien, sagten sie ihm alle Trostworte, so viel sie konnten. Auf die Dauer aber langweilte es sie; die Nacht war herangebrochen, es war schon spät geworden, und sie gingen eine nach der anderen zu Bett. Es blieb nur bei den Sterbenden eine der jüngsten Nonnen mit dem Mönch, den sie wegen der Strenge, die er in seinem Leben und seiner Worten offenbarte, mehr als den Prior oder irgend einen anderen fürchtete. Nachdem sie dem armen Mann noch viele Gebete ins Ohr gerufen hatten, sahen sie, daß er todt war, und bereiteten ihm das Sterbelager. Während sie diesen letzten mitleidigen Akt ausführten, begann der Mönch von der Hinfälligkeit des Lebens und dem Glück des Todes zu sprechen; mit solchen Reden verbrachten sie die halbe Nacht. Das arme Mädchen lauschte aufmerksam auf seine Predigt und sah ihn mit Thränen in den Augen an; er empfand ein so großes Vergnügen darüber, daß er, während er von dem zukünftigen Leben sprach, sie häufig umarmte, als drängte es ihn, sie gleich in seinen Armen ins Paradies zu tragen. Das arme Mädchen hörte weiter zu, und da sie ihn für den gottesfürchtigsten aller seiner Genossen hielt, wehrte sie ihm nicht. Als der Mönch dies merkte, vollführte er, immer von Gott sprechend, eine That, die der Teufel ihm plötzlich eingegeben hatte, und wovon garnicht die Rede gewesen war. Er versicherte sie, daß ein geheimgehaltenes Vergehen vor Gott straflos sei, und zwei nicht gebundene Personen in solchem Fall kein Verbrechen begehen könnten wenn nur kein Gerede davon entsteht; um das zu vermeiden, solle sie sich hüten, einem anderen als nur ihm zu beichten. So trennten sie sich; sie ging zuerst, und als sie durch eine Kapelle der Mutter Gottes kam, wollte sie, wie sie es gewohnt war, ihre Andacht verrichten; als sie aber mit den Worten »Jungfrau Maria« begann, fiel ihr ein, daß sie ihre Jungfräulichkeit ohne Gewalt und ohne Liebe verloren habe, nur aus einer ganz dummen Furcht, worüber sie so zu weinen begann, daß sie meinte, das Herz müsse ihr brechen. Der Mönch hörte von Weitem ihr Seufzen, und da er vermuthete, daß sie ihren Sinn geändert hätte, wodurch er sein Vergnügen verlieren würde, suchte er sie, um das zu verhindern, auf und fand sie auf den Knieen vor dem Muttergottesbild. Er tadelte sie mit heftigen Worten und sagte ihr, daß, wenn sie ihr Gewissen zu erleichtern wünsche, sie ihm beichten solle, daß er sie auch nicht mehr behelligen werde, denn er sowohl wie sie seien in ihrer Freiheit ohne Sünde. Die dumme Nonne glaubte Gott eine Genugthuung zu erweisen und beichtete ihm, und er, anstatt aller Buße, schwor ihr, daß sie nicht sündige, wenn sie ihn liebe, und daß Weihwasser die ganze Sünde zu sühnen imstande sei. Sie glaubte ihm mehr als Gott, und nach einiger Zeit folgte sie ihm wieder, so daß sie schließlich schwanger wurde. Sie wurde darüber so traurig, daß sie die Aebtissin bat, jenen Mönch aus dem Kloster zu jagen, da sie wußte, daß er so schlau und verschlagen war, daß es ihm schon immer von Neuem gelingen würde, sie zu verführen. Die Aebtissin und der Prior, welche beide im Einverständniß standen, machten sich über sie lustig, indem sie sagten, sie sei groß genug, um sich eines Mannes zu erwehren, auch sei der, von dem sie spreche, ein durchaus wohlanständiger Mann. Am Ende bat sie die Aebtissin, im Drang ihrer Gewissensbisse nach Rom gehen zu dürfen; sie glaubte nämlich, wenn sie auf den Knieen ihre Sünde dem Papst beichten würde, könnte sie ihre Jungfräulichkeit wiedererlangen. Der Prior und die Aebtissin erlaubten ihr das bereitwilligst, es war ihnen lieber, sie wurde gegen die Regel eine Pilgerin, als daß sie sich einschloß und so gewissenhaft wurde, wie es der Fall war. Sie fürchteten auch, daß sie in ihrer Verzweiflung das Leben, wie es bei ihnen geführt wurde, offenbaren könnte, und gaben ihr auch das nöthige Reisegeld. Gott wollte aber, daß, während sie in Lyon war, eines Abends nach der Vesper die Herzogin von Alençon, die spätere Königin von Navarra am Altar der Kirche Saint Ican sich befand, wo dieselbe mit drei oder vier ihrer Frauen insgeheim eine neuntägige Andacht abhielt; als sie vor dem Krucifix auf den Knien lag, hörte sie jemanden die Stufen emporsteigen und sah beim Schein der Lampe, das es eine Nonne war. Um nun ihre Andacht anzuhören, zog sich die Herzogin bis ans Ende des Altars zurück. Die Nonne, welche sich allein glaubte, kniete nieder; dann schlug sie sich vor die Brust und begann so laut zu schluchzen, daß es zum Erbarmen war, und rief immer nur: »O, mein Gott, mein Gott, erbarme dich mir armen Sünderin.« Die Herzogin näherte sich ihr, um zu erfahren, was es sei, und fragte: »Meine Gute, was habt Ihr? Woher kommt Ihr und was führt Euch an diesen Ort?« Die arme Nonne, die sie nicht erkannte, sagte zu ihr: »O, meine Liebe, mein Unglück ist so groß, daß ich mich nur an Gott wenden kann, den ich bitte, mir die Möglichkeit zu gewähren, mit der Frau Herzogin von Alençon sprechen zu können. Denn ihr allein will ich meine Geschichte erzählen und bin sicher, daß, wenn sie mir helfen kann, sie es thun wird.« Die Herzogin sagte: »Meine Liebe, Ihr könnt zu mir, wie zu ihr selbst sprechen, ich bin eine ihrer Freundinnen.« – »Verzeihet mir«, antwortete die Nonne, »niemals wird jemand anderer als nur sie allein mein Geheimniß erfahren.« Nunmehr sagte ihr die Herzogin, sie könne ohne Zagen sprechen, denn sie habe gefunden, was sie suchte. Die arme Nonne warf sich ihr nun zu Füßen, und nachdem sie viel geweint und geschrieen hatte, erzählte sie ihr ihr Unglück, das Ihr schon vernommen habt. Die Herzogin tröstete sie so gut, daß sie, ohne ihr zwar die fortdauernde Reue wegen ihrer Sünde zu nehmen, ihr doch den Gedanken ausredete, nach Rom zu pilgern. Sie schickte sie vielmehr in ihre Abtei zurück und gab ihr Briefe für den Bischof mit, damit dieser den Befehl gebe, den gewissenlosen Mönch fortzujagen.

»Ich habe diese Erzählung von der genannten Herzogin selbst«, fuhr Dagoucin fort, »und Ihr könnt daran sehen, daß das Rezept Nomerfides nicht bei Personen aller Art hilft. Denn diese beiden berührten und begruben einen Todten und wurden doch von Fleischeslust erfaßt.« Hircan sagte: »Das ist eine Erfindung, die meines Erachtens niemals ein Mensch anwendete, vom Tode zu sprechen und dabei Leben zu schaffen.« – »Zu sündigen heißt nicht Leben schaffen«, wandte Oisille ein, »denn man weiß wohl, daß die Sünde den Tod gebiert.« – »Glaubt mir«, sagte Saffredant, »diese guten Leute dachten nicht an alle diese theologischen Deduktionen. Vielmehr, wie die Töchter Lots ihren Vater betrunken machten, um ihr Geschlecht zu erhalten, so wollten diese armen Menschen wieder gut machen, was der Tod an jenem Körper zu Schanden gemacht hatte, und einen neuen schaffen. Deshalb sehe ich nur *ein* Schlimmes dabei, das sind die Thränen der armen

Nonne, die immer weinte und in ihrem Denken immer zu der Veranlassung ihrer Thränen zurückkehrte.« – »Ich habe genug gesehen«, sagte Hircan, »welche auch ihre Sünden beweinten und daneben ihrem Vergnügen weiter lebten.« Parlamente sagte: »Ich errathe, für wen Ihr das sagt, einer, dessen Lachen lange genug gedauert hat, daß es nun an der Zeit wäre, daß die Thränen beginnen.« – »Schweig«, gebot Hircan, »noch ist die Tragödie, die mit Lachen begonnen hat, nicht zu Ende.« – »Um nun von etwas anderem zu sprechen«, sagte Parlamente, »so scheint mir, daß Dagoucin unsere Abmachung überschritten hat, nur Geschichten zu erzählen, die uns lachen machen; die seine war doch zu traurig.« – »Ihr sagtet selbst«, wandte sich Dagoucin an sie, »daß wir nur thörichte, Dinge erzählen sollen, und da bin ich doch wohl nicht aus der Rolle gefallen. Um aber etwas Lustiges zu hören, gebe ich Nomerfide das Wort und hoffe, daß sie meinen Fehler wieder gut machen wird.« Diese sagte: »Ich weiß auch gerade eine Geschichte, welche werth ist, auf die Eure zu folgen, denn es dreht sich um einen Mönch und um den Tod. Hört also gefälligst zu.«

Hier enden die Erzählungen der verstorbenen Königin von Navarra, so viele davon wieder aufgefunden worden sind.

CPSIA information can be obtained
at www.ICGtesting.com
Printed in the USA
LVHW052301260720
661583LV00020B/321